제7판

상담 및 심리치료 윤리 사례집

Barbara Herlihy · Gerald Corey 공저

신효정 · 홍정순 · 김민정 공역

ACA
Ethical
Standards
Casebook

미지의 세계로 우리를 안내할
차세대 상담 전문가인
학생 독자들에게

2017년 샌프란시스코에서 열린 ACA(미국상담학회)에 참여하였다가 책 판매대에서 이 윤리 사례집을 발견하였다. 규정으로 제시된 윤리강령만 보다가 윤리 사례들을 구체적으로 살펴보고 고민해 볼 수 있겠구나 싶어 반갑게 이 책을 구매했다. 책을 읽어보면서 초보 상담자들이 윤리규정을 처음 배우게 될 때, 규정 하나하나가 실제에 어떻게 적용될 수 있는지를 살펴보면서 윤리규정을 쉽게 이해할 수 있으리라 생각되었다. 또한 우리나라에서는 아직 정비되지 않은 주제와 영역들의 사례들이 윤리강령 개정 시 참고자료가 될 수 있으리라 판단되어 번역을 시작했다.

이 책은 PART 1/ ACA 윤리강령의 진화와 개정 과정 그리고 윤리의 기초 지식, PART 2/ 간단한 사례로 살펴보는 ACA 윤리강령, PART 3/ 윤리 문제와 사례 연구로 구성되어 있다. 각 파트에는 ACA 윤리강령을 토대로 윤리강령이 어떻게 발전되어 왔는지, 각 섹션의 규정마다 규정을 반영하는 사례를 제시하면서 규정을 어떻게 적용하고 해석할 수 있는지 이해하기 쉽게 설명되어 있다. 마지막으로 윤리문제를 사례로 제시하여 상담자가 깊이 고려해야 할 부분들을 다루고 숙고의 과정을 거치도록 안내하고 있다.

함께 번역한 역자들은 번역을 하면서 여러 가지 용어에 대한 일관된 통일성을 유지하고자 노력하였다. 먼저, 'Informed consent'는 '설명 후 사전동의'라고 번역하였다. 이전에는 사전동의라고 많이 번역되어 왔으나 동의는 상담에서 언제든지 다시 설명되고 함께 약속할 수 있는 지속적인 과정임을 강조하는 의미로 상담 시작 전에 하는 사전동의라는 의미보다는 상담과정 속에서 필요할 때마다 내담자와 상담자가 논의하고 약속할 수 있는 설명 후 사전동의라는 단어가 적절하다고 판단되었다. 'romantic relationships' 는 '낭만적 관계'로 번역하였다. 보통은 연애적 관계라고 번역되어 오곤 하였는데, 내담자와 상담자가 연애적 관계뿐 아니라 친구인 우정의 관계를 가지는 것도 윤리적인 경계를 넘어선다고 판단하여 '낭만적 관계'의 용어로 폭넓은 해석을 하였다. 그 밖에 'licensed professional counselor: LPC'는 '공인전문상담사', 'certified counselor/professional counselor'는 '전문상담사', 그리고 'counselor'는 '상담사 또는 상담자'로 번역 용어를 통일하였다.

상담자가 전문적 상담을 수행하면서 윤리적 문제를 만날 때, 지식과 경험을 바탕으로 상황을 올바르게 판단하고 행동할 수 있도록 하는 것, 객관적이고 주관적인 측면을 모두 고려하는 것, 후속 조치의 결과와 장기적 영향을 고려하여 행동할 수 있는 통찰력을 갖는 것 등이 윤리적 의사결정의 중요역량이라는 생각이 든다. 윤리적인 의사결정은 종종 복잡하고 모호한 상황에서 이루어지는데, 이러한 상황에서 다양한 사례들을 이해하고 숙고하는 연습 과정은 상담자가 최선의 선택을 찾는 데 도움을 줄 수 있을 것이다. 이 책에서 만나는 사례를 통해, 상담자들이 우리나라의 문화적 맥락에서 어떠한 윤리적 의사결정을 할 수 있을지 동료들과 토론하고 스스로 숙고의 과정을 경험해 보는 의미있는 시간을 만들어 가기를 기대한다. 다양한 이해 관계자들의 의견을 존중하고 이를 종합적으로 고려함으로써 윤리적인 의사결정을 도출하는 데 훈련이 될 수 있는 사례집으로 활용되기를 바란다.

이 책을 아주대학교 교육대학원 김민정, 홍정순 교수님과 함께 번역하였다. 두 교수님을 뵐 때마다 옆에서 함께 진지하게 의논할 수 있는 동료 교수가 가까이 있음에 늘 감사한 마음이 든다. 마지막으로 오랫동안 기다리며 책이 출판되기까지 도움을 주신 박영스토리 노현 대표님, 이선경 부장님, 그리고 편집부 배근하 차장님께도 감사의 마음을 올린다.

2024년 4월 역자 대표 신효정

차 례

I 서론 · 1

II 간단한 사례로 살펴보는 ACA 윤리강령 · 39

Ⅲ 문제 및 사례 연구 · 185

감사의 말

이번 사례집 7판은 오랜 시간 동안 많은 사람이 함께 노력한 결과물입니다.

많은 사람이 *2014 ACA 윤리 강령* 개발에 기여했습니다. Perry C. Francis가 의장을 맡은 ACA 윤리 강령 개정 태스크포스는 2011년부터 2013년까지 2005년 *윤리 강령*의 개정안을 개발하기 위해 노력했습니다. 또한 강령 초안에 대한 의견 수렴 기간 동안에 많은 ACA 회원들이 유용한 의견을 제공했습니다. 모든 분의 이름을 일일이 거론할 수는 없지만, 이 책은 그분들의 책이기도 합니다.

제2부에 등장하는 많은 사례에 도움을 준 뉴올리언즈 대학교의 박사 과정 학생들인 Drew David, Melissa D. Deroche, Emeline Eckart, Angela E. James, Earniesha Lott, Panagiotis Markopoulos, Candace N. Park, Latrina Raddler, Karen Swanson Taheri 에게 감사를 전합니다. 이들은 2005년 *윤리 강령*에 등장한 수많은 규정에 대한 사례를 업데이트하고 2014년 강령, 특히 섹션 H에 처음 등장한 규정에 대한 새로운 사례를 만들었습니다.

Jane Rheineck, Dale-Elizabeth Pehrsson, Mee-Gaik Lim은 이 책의 이전 버전을 사전 검토하고 유용한 피드백을 주었으며, 이번 7판 개정은 이분들의 피드백을 고려하였습니다. 감사합니다.

ACA의 유능하고 성실한 출판 담당 직원들과 함께 일하게 되어 기뻤습니다. 항상 그렇듯이 제작 과정 내내 Carolyn Baker의 신속하고 세심한 배려에 깊은 감사를 표합니다. 이번 판을 능숙하게 편집해 준 Kay Mikel에게도 감사드립니다.

Barbara Herlihy 박사, 공인 전문 상담사(LPC), 공인 전문 상담사−수퍼바이저(LPC−S)는 뉴올리언즈 대학원 프로그램의 연구 교수이다. ACA 윤리위원회의 위원장(1987−89년)과 위원(1986−87년, 1993−94년)으로 활동했으며, 1995년과 2005년 ACA 윤리 강령 개정 태스크포스 위원으로 활동했다.

Herlihy 박사는 상담의 윤리적 문제(상담의 윤리적, 법적, 전문적 문제, 2014; ACA 윤리기준 사례집 5판 및 6판, 1996, 2006; 상담의 이중관계, 1992) 및 상담의 경계 문제(다중 역할과 관계 2판 및 3판, 2006, 2015, 모두 Gerald Corey와 공저; ACA 윤리 규정 사례집 4판, 1990, Larry Golden과 공저)에 관한 여러 권의 책을 공동 저술했다. 또한 윤리, 사회정의 및 다문화 상담, 여성주의 치료 및 기타 주제에 관한 65편 이상의 논문과 책 챕터의 저자 또는 공동 저자이기도 하다. 그녀는 남부 상담자 교육 및 수퍼비전 학회 코트랜드 리 사회정의 상과 상담자 교육 및 감독 협회 저명한 멘토 상을 수상했다. 최근에는 미국 전역과 몰타, 베네수엘라, 멕시코 등을 중심으로 국제적으로 윤리에 관한 세미나와 워크숍에서 발표자로 활발하게 활동하고 있다.

Gerald Corey 박사, 미국 전문 심리학 위원회(ABPP), 국가 공인 상담자(NCC)는 풀러턴 캘리포니아 주립대학교의 사회복지 및 상담 명예교수이다. 미국 전문심리학회 상담심리학 자격 취득자이고, 상담심리사 면허를 취득했으며, 미국 상담학회, 미국 집단 상담 전문가 학회, 미국 심리학회 17분과와 49분과의 펠로우이다. Marianne Schneider

Corey와 함께 2011년에는 미국 정신건강 상담사 학회로부터 종신 공로상을, 2001년에는 집단 상담 전문가 학회의 탁월한 경력상을 수상했다.

Corey 박사는 현재 출판중인 15권의 상담학 교재를 저술하거나 공저했으며, 상담의 다양한 측면을 다룬 5개의 교육용 DVD 프로그램을 제작했고, 수많은 논문과 책 챕터를 집필했다. 그가 공저한 책으로는 Marianne Schneider Corey, Cindy Corey, and Patrick Callanan과 함께 쓴 '남을 돕는 직업에서의 문제와 윤리(2015)', Marianne Schneider Corey와 함께 쓴 '조력자 되기(2016)'와 '나에게 선택권이 있다는 것을 몰랐다(2014)', 그리고 Marianne Schneider Corey, Cindy Corey와 함께 쓴 '집단: 과정과 실천(2014)'이 있다. 다른 저서로는 상담 및 심리치료의 이론과 실제(2013), 집단 상담의 이론과 실제(2016) 등이 있다. Corey 부부는 지난 40년 동안 미국뿐만 아니라 캐나다, 멕시코, 중국, 홍콩, 한국, 독일, 벨기에, 스코틀랜드, 영국, 아일랜드의 여러 대학에서 정신건강 전문가를 위한 집단 상담 교육 워크숍을 진행했다.

이 사례집이 학생과 숙련된 상담자에게 유용한 자료가 되기를 바란다. 이 사례집은 윤리 수업이나 실습 또는 인턴십에서 효과적으로 활용되어 미래의 상담 전문가들이 윤리적 책임과 윤리적 딜레마에 대처하는 방법을 배우는 데 도움이 될 것이다. 규정을 설명하는 사례들은 규정의 의도를 명확히 하는 데 도움이 되며 적절한 실천의 예시를 제공한다.

이 책의 12개 장에서는 내담자의 권리와 사전 동의, 사회 정의와 서로 다른 문화간 상담, 비밀 유지, 역량, 가치관 갈등 다루기, 미성년자 상담, 경계 관리하기, 자해 가능성이 있는 내담자와의 협력, 기술과 소셜 미디어 및 온라인 상담, 상담자 교육 및 수퍼비전, 연구 및 출판, 윤리와 법의 교차점 등 다양한 윤리적 문제를 살펴본다.

12개의 각 장에는 해당 장에서 검토한 몇 가지 문제를 설명하는 두 개의 사례 연구가 이어진다. 각 사례 연구에는 윤리적 딜레마가 제시되고, 다음에는 학습 및 토론을 위한 질문, 사례 분석, 추가적인 성찰을 위한 추가 질문이 이어진다. 학생들은 종종 어려운 문제를 제기하거나 직면하기 전까지는 특정 윤리적 문제에 대해 생각해 본 적이 없다고 말한다. 이 사례집은 학생들이 실제로 윤리적 문제에 직면하기 전에 다양한 윤리적 문제를 검토할 수 있는 기회를 제공한다. 각 사례 연구를 읽으면서 자신이 사례에 설명된 전문가의 자문 역할을 맡았다고 생각해 보라. 이 사람이 사례와 관련하여 여러분에게 상담을 요청한다면 어떤 말을 해주고 싶은가? 또한 사례에서 상담자, 학생, 수퍼바이저 또는 교수의 역할을 맡아서 상황에 어떻게 대처할 수 있을지 생각해 볼 수도 있다.

숙련된 상담자의 경우, 이 사례집이 보수 교육을 위한 수단으로 활용되기를 바라며, 이 자료를 통해 윤리에 대한 열망을 키우길 바란다. 자료를 읽고, 숙고하고, 동료들과 토론하면서 스스로에게 물어보라: "어떻게 하면 내 행동을 가장 잘 모니터링할 수 있을까?", "내가 직면하는 상황에 관련 기준을 어떻게 적용할 수 있을까?", "어떻게 하면 윤리적 감수성을 높일 수 있을까?", "내담자, 학생, 또는 수퍼바이지에게 무엇이 최선인지를 생각하려면 어떻게 해야 하나?"

우리는 윤리를 발달적 관점에서 바라보는 것이 가장 좋다고 믿는다. 학생일 때는 한 가지 방식으로 문제를 바라보지만, 시간이 지나고 경험이 쌓이면서 우리의 관점은 진화할 수 있다. 윤리적 추론은 다양한 윤리적 딜레마에 직면하면서 새로운 의미를 갖게 된다. 전문적 성숙을 위해서는 스스로에게 기꺼이 의문을 제기하고, 동료와 함께 의구심을 논의하며, 지속적인 자기 모니터링에 참여하는 것이 필요하다.

PART

I

서론

서론

Perry C. Francis, Gerald Corey, & Barbara Herlihy

상담자들은 아마도 현장에서 *ACA 윤리 강령*을 따르면서 왜, 언제, 그리고 어떻게 *강령*이 생겨났는지에 대해 그다지 생각해 보지 않을 것이다. 학생들 역시 50년이 넘게 발달해 온 역사가 있다는 것을 알지 못한 채 강령을 배울 것이다. 잠시 다음 질문들에 어떻게 대답할지 되돌아보자:

- 상담 전문영역은 왜 윤리 강령이 필요할까? 강령은 어떤 용도일까?
- *ACA 윤리 강령*은 누가 만들었을까?
- *강령*은 왜 주기적으로 변할까? 얼마나 자주 개정될까? 누가 개정할까?
- 윤리적 딜레마는 어떻게 최선으로 해결할 수 있을까? 윤리적 의사결정을 위한 최선의 절차는 무엇일까?
- *ACA 윤리 강령*은 어떻게 시행될까?

본 *사례집*의 서론 섹션에는 이러한 질문들에 대한 해답을 담아서 다음에 나올 *ACA 윤리 강령*에 대해서 보다 자세하게 검토할 수 있도록 하였다. Perry C. Francis(의장, 2014 ACA 윤리 개정 태스크포스)가 간단한 "역사 수업"을 통해 상담계가 어떻게 그리고 언제 처음 공식 윤리 강령이 필요함을 인식하였는지, 어떻게 탄생하게 되었으며, 시간이 흐르면서 어떻게 진화했는지 설명하는 것부터 시작한다. 이러한 역사를 알게 되면

*강령*을 탄생시키고 업데이트하는 방대한 과정에 감사하게 될 것이다.

| ACA 윤리 규정의 진화와 *사례집*

Perry C. Francis

윤리 강령이 탄생하고 계속해서 수정되는 것은 모든 전문영역이 발달하는 과정에서 자연스럽게 나타나는 현상이다. 윤리 강령은 전문적 영역이 발전하고 변화함에 따라 함께 변화하는 살아있는 기록이다. 지도(guidance)의 영역에 처음 뿌리를 두었던 상담이 전문영역으로 진화하면서, 상담자들은 내담자와의 상호작용과 이러한 상호작용의 경계에 대한 이해의 수준이 점점 더 높아졌다(Herr, 2011). 이러한 진화는 50년 이상 지속되어 온 우리의 윤리 규정이 계속해서 수정되고 있다는 점에서 알 수 있다.

1953년, 당시 새로 구성된 미국 인사 및 지도 학회(American Personnel and Guidance Association, APGA)의 회장이었던 Donald Super는 많은 상담 실무자들이 확실한 윤리 강령 없이는 전문가로 충분히 성장할 수 없다는 점을 인식했다(Francis & Dugger, 2014). Super는 새로 생겨난 상담계를 위해 윤리강령을 세울 위원회를 구성했다. 8년 후 (1961), APGA의 첫 *윤리 강령*이 이사회에 의해 채택되었다. 곧이어 1963년, APGA 윤리 위원회는 전문적 상담 활동의 규준이 되는 규정들을 분명히 보여줄 수 있도록 예시 사례와 사건들을 수집하기 시작했다. 수집된 정보들은 1965년에 출판된 *윤리 규정 사례집* 초판의 기초가 되었다.

변화는 오늘날 세상에서 한 가지 변함없는 사실이며, *ACA 윤리 강령*도 예외는 아니다. 사회가 변화하고 상담계가 이러한 변화에 호응하고 유능한 상담 활동의 경계를 재정립하면서, *윤리 강령* 역시 진화해왔다. 1961년의 *강령*을 포함하여, 미국상담학회 (American Counseling Association, ACA)와 그 전신(APGA와 미국 상담 및 발달 학회; American Association for Counseling and Development, AACD)은 7개의 서로 다른 윤리강령(1961, 1974, 1981, 1988, 1995, 2005a, 2014에 출간)을 갖고 있었다. 각각은 변화하는 사회의 특성, 상담에 대한 더 발전된 지식, 상담계 내에서의 변화된 요구를 반영했다. 각

각 수정본이 출간됨에 따라 *사례집*도 수정되었다.

APGA와 AACD가 1961년에서 1988년까지 개발한 강령은 사실상 포괄적이었고 상담계 내에 발달한 많은 특수한 영역(학교, 집단, 정신건강 상담 등)을 반영하지 않았다. 1993년에 16개 ACA 분과 중 7개(ASCA, ARCA, ASGW, AMHCA, ACPA, ACES, IAMFC) 분과와 2개의 국가 자격 위원회(NBCC와 CORE)는 자체적인 윤리강령을 공포했고(Herlihy & Remley, 1995), 이러한 강령의 급증은 전문상담자들과 주(state) 자격 위원회의 혼란을 야기했다. 상담영역 내의 다양한 특수성을 고려하고, 각 특수영역의 많은 고민과 규정을 포함하며, 기존 강령에 포함되지 않았던 새로운 윤리적 고려가 필요한 영역을 포함하는 새롭고 폭넓은 윤리강령이 필요했다. 그 결과물이 윤리 강령과 실무 규정*Code of Ethics and Standards of Practice*(ACA, 1995)이다.

시간이 흐르면서, *윤리 강령*과 *사례집*이 매 7년에서 10년 간격으로 개정되는 패턴이 생겼다. 2002년 ACA 회장(David Kaplan)은 Michael M. Kocet을 2005 윤리 개정 태스크포스의 의장으로 임명했다. 태스크포스는 초안을 작성하고 배포 후 피드백을 받으면서 분과, 주(state) 자격 위원회, 인증 기관뿐만 아니라 ACA 회원들에게도 조언을 청했다. 2004년, 2005년에 회원들에게 전체 윤리 개정 태스크포스를 직접 살펴보고 조언과 피드백을 할 기회를 제공하기 위해 두 번의 공개 회의가 있었다. 2005년, ACA 이사회의 승인 후, 새로운 *윤리 강령*이 배포되었다. 용어 사전이 없는 다섯 페이지의 원래 *윤리 강령*(1961)과 달리, 2005 *윤리 강령*은 18개의 용어 사전이 포함된 24페이지 분량이었다. *사례집* 6판이 다음 해에 출간되었다(Herlihy & Corey, 2006).

2005 *ACA 윤리 강령*이 승인된 지 6년이 지나, ACA 회장 Marcheta Evans는 개정 과정을 시작했고 현재의 2014 *강령*이 되었다. 2011년에 태스크포스가 임명되었고 작업이 시작되었다. 앞서 있었던 개정과 마찬가지로 ACA 회원들, ACA 분과들, 주 자격 위원회, 국가 인증 기관의 조언을 구했다. 2012, 2013 ACA 학술대회의 공개 회의와 같은 수많은 회의와 회담이 있었다. 동시에 *사례집* 6판의 편집자들은 새로 채택된 *강령*을 적용하도록 세부적으로 안내하기에 적합한 *사례집* 7판을 제작하기 위해 계약을 맺었다.

2014 *ACA 윤리 강령* 개정 과정

*ACA 윤리 강령*이 개정될 때마다 상담계의 변화된 특성들이 반영되었다: 상담에 대한 지식이 계속적으로 확장되고, 내담자와 학생, 그리고 서로 간에 협력하여 상담을 함으로서 우리 자신들에게 갖는 기대가 발달하고, 우리가 살아가고 일하는 세계가 변화했다. 다른 개정과 마찬가지로 기존 문서를 분석하는 것부터 작업이 시작되었고, 이 경우는 2005 *윤리 강령*을 분석하는 것부터 시작했다. 앞서 2014 태스크포스 개정의 토대를 마련한 분들의 멋진 업적에 감사를 전한다.

2005년 *강령*을 토대로, 2014 태스크포스는 용어사전을 확장했다: 기존에는 섹션 A에서 다루었던 원격 상담, 소셜 미디어, 과학기술-관련 문제를 별도로 다루는 새로운 섹션을 추가했다; 또한 2005년 강령이 발간된 이후에 부각된 많은 문제를 해결하고 명료화하려 했다. 그렇게 함으로써 우리는 다음 개정 때까지 상담계에 방향성과 지침을 제공할 수 있는 최신 자료를 제공하려 하였다.

태스크포스에 대한 책임

개정 과정은 태스크포스를 선정하는 것부터 시작되었다. 많은 응모자들 중에서 11명의 전문가들이 선출되었다. 그들은 상담자를 교육하는 자들, 상담자들, 그리고 학생 한 명이었다. 각자 서비스, 출판 및 발표, 그리고/또는 상담 실제에서 폭넓은 배경을 갖고 있었다. 구성원들의 배경이 우리 상담 전문영역의 많은 하위 전문분야들(예컨대, 정신건강, 사회복귀, 학교, 대학, 중독) 사이에서 균형을 잡을 수 있도록 주의를 기울였다. 구성원들은 Perry C. Francis(의장), Jeannette Baca, Janelle Disney, Gary Goodnough, Mary Hermann, Shannon Hodges, Lynn Linde, Linda Shaw, Shawn Spurgeon, Richard Watts 그리고 Michelle Wade(학생)이었다. ACA 임원진이었던 David Kaplan(ACA 최고 전문 책임자)와 Erin Martz(ACA 윤리 책임자)가 연락 담당자로 함께했다. 우리의 과제는 2005 *윤리 강령*을 업데이트하는 것뿐만 아니라 과학기술을 이용하여 서비스를 제공하는 변화를 둘러싼 윤리적 문제를 해결하는 것이었다. 과학기술이 계속 확장되면서 우리는 2005년 *강령*이 담고 있었던 것 이상의 규정을 마련할 필요가 생겼다. 우리는 전문적인 상담자가 상담 회기와 그 이외의 상황에서 상담계의 가치관과 도덕적 원칙, 상담자의 개인적 가치관, 그리고 내담자의 가치관의 교차로에서 어떻게 윤리적으로 방향을 잡을 수 있을지를 명확히 하려 했다. 마침내 우리는 이전 개정판 이래로 추가적으로 명료화하거나 개정할 필요가 있는 문제를 다루었다(예컨대, 가치관에 기반한 의뢰, 경계 다루기, 임종 케어).

개정 절차

태스크포스는 매달 전화 회의를 했고, 세 번의 ACA 회의와 버지니아 알렉산드리아에서 네 번의 별도의 회의를 통해 추가적인 대면 모임을 가졌다. 전화 회의와 대면 모임들 사이에 구성원들은 정기적으로 이메일이나 게시물로 서로 의사소통했다. 작업팀들을 구성하여 정기적인 모임을 통해 *강령*의 각 세부적인 영역을 집중적으로 확인 및 논의하고, 전체 태스크포스에 제안하도록 하였다. 또한 작업팀 하나는 *강령*에서 특히 과학기술, 소셜 미디어, 원격 상담을 다룰 새로운 섹션을 만들도록 하였다. 각 작업팀에게는 각 섹션 내에서 적절한 곳에 과학기술의 사용에 대해 다루어 과학기술, 소셜 미디어, 원격 상담을 *강령* 전반에 녹여내는 과제가 부여되었다. 최종본이 나올 때까지 전체 태스크포스는 모두가 함께하는 작업뿐 아니라 각 작업팀이 제안한 모든 변화, 추가, 삭제에 대해 점검하고, 논의하고, 토론했다.

어떠한 개정도 진공상태에서 이루어지지 않는다. 태스크포스는 다양한 곳에서 다양한 방법으로 피드백과 제안을 받으려 했다. 개정 절차가 시작되면서 ACA 웹사이트의 전용 페이지를 통해 ACA 회원들에게 피드백과 제안을 청했다. 또한 동일한 경로로 회원들에게 개정 초안에 대한 피드백을 구하기도 하였다. 앞서 언급된 바와 같이, 태스크포스는 최종본을 배포하기에 앞서 ACA 회의(San Francisco, 2012, Cincinnati, 2013)에서 두 번의 공개 회의를 가졌다. 많은 회원들이 각 기회를 이용하여(어떤 경우는 열정적으로) 개정의 방향성에 대한 정보, 제안, 비평, 격려를 제공하였다. 이러한 피드백은 새로운 섹션을 만들고 현 섹션을 수정하고 개정 절차의 전반적 방향을 잡는 데 매우 큰 영향을 미쳤다. ACA의 각 분과, 주 자격 위원회, 검토중인 특정 영역의 전문가인 윤리적이고 적법한 학자들로부터도 제안과 피드백을 구했다. 전국에서 상담자를 교육하는 자뿐만 아니라 태스크포스의 많은 구성원들은 이 개정 과정을 교육의 도구로 활용했다. 이것은 학생들이 *강령*의 초안을 상세히 검토하는 훌륭한 기회가 되었고, 태스크포스가 개정에 대한 학생들의 관점을 알 수 있도록 하였다. 이 미래의 전문가들은 태스크포스에게 *강령*은 능수능란한 전문가뿐만 아니라 이 분야에 새로 입문한 전문가들에게도 이해가 가능해야 한다는 것을 일깨웠다.

이 과정은 충돌이나 자잘한 마찰이 없었던 것은 아니다. 태스크포스의 각 구성원은 의견이 강했고, 우리가 하는 일들을 왜 하는지에 대한 윤리적 토대뿐만 아니라 상담 실제에 대한 깊이 있는 지식을 갖고 있었으며, 자신의 의견에 목소리를 높이는 것에 두려움이 없었다. 정보가 부족할 때에 우리는 필요한 지식을 가진 다른 사람들에게 자문을 구했고, 그들의 제안을 작업에 통합시켰다. 항상 어떠한 목소리에도 귀를 기울였고 존중했으며, 반대의견도 깊게 고민했고, 상담의 많고 다양한 세부영역의 관점도 고려했다. 결국에는 강한 우정이 쌓였고, 오랜 우정은 더욱 강해졌으며, 새로운 *강령*이 마련되었다.

2014 *윤리 강령*은 13명만의 작품이 아니다. 이것은 앞으로 수년간 전문 상담영역을 이끌 *강령*을 창조한 지혜로운 안내, 열렬한 의견, 조사에 근거한 제안, 그리고 상담영역에서의 수년의 경험을 제공한 수백 명의 작품이다. 또한, 우리가 2014 *강령*을 사용하기 시작함에 따라 비공식적으로 다음 개정 작업이 진행될 것이다. 지식은 늘어나고, 서비스를 제공하는 방식이 변화하고, 상담계는 진화를 계속할 것이다. 우리가 상담전문가의 업무를 지원하는 한, 이 진화는 또다시 *윤리 강령*과 *사례집*의 개정을 요구할 것이다.

2014 ACA 윤리강령의 주요 변화

1995년에서 2014년까지 *ACA 윤리 강령*은 8개의 주 섹션과 머리말로 구성되었다;

2014년에 원격 상담, 과학기술, 소셜 미디어에 대한 새로운 섹션이 더해졌다. 각 섹션에 포함된 구체적인 기준들은 *사례집* 2장에 자세히 기술했다. 여기서는 2014 *강령*의 주 섹션을 소개하고, 내용을 간략히 설명하고, 새로운 규정이 다룬 세 가지 주요 문제를 집중 조명한다.

머리말과 목표

*강령*의 여섯 개 주요 목표를 설명하고, 윤리적 의사결정을 논의하고, 상담 분야의 전문적 가치를 명료화한다.

섹션 A: 상담 관계

상담 관계를 맺기 시작하고 수행하고 마칠 때의 윤리적 실행을 다룬다. 내담자 복지, 설명 후 사전동의, 다른 전문가의 서비스를 받는 내담자, 피해를 없애고 유용성을 높이기, 관계의 경계, 옹호하기, 다수의 내담자 및 집단과 작업하기, 상담료 및 비즈니스 관행, 그리고 종결과 의뢰와 관련한 규정을 포함한다.

섹션 B: 비밀 보장과 사생활 보호

내담자의 사생활을 보호하는 것, 비밀을 보장하는 것과 관련된 규정을 설명한다. 비밀 보장의 예외사항, 설명 후 사전동의를 제공할 능력이 부족한 내담자와 집단 및 가족과 작업하기, 기록보관 및 문서화, 자문을 포함한다.

섹션 C: 전문적 책임

역량, 자격에 대한 명확한 표현, 차별하지 않기, 대중과 다른 전문가들에 대한 책임, 그리고 치료 양식에 관련된 윤리적 책임을 포함한다.

섹션 D: 다른 전문가들과의 관계

동료, 고용주, 피고용인과의 관계와 자문 서비스를 제공하는 것에 대한 지침을 제공한다.

섹션 E: 평가와 해석

평가 도구를 사용하고 해석하는 기준을 제공한다; 평가에 대한 설명 후 사전동의; 자료 배포; 진단; 수집하기, 관리하기, 채점하기, 해석하기, 작성하기, 평가 도구 보관하기; 평가에서 다문화 문제에 관심 갖기; 그리고 법의학 평가.

섹션 F: 수퍼비전, 수련, 교육

상담자 수퍼비전과 관련한 기준을 제시한다; 수퍼바이지, 학생, 상담자를 교육하는 자의 책임; 학생 복지, 평가, 추천; 역할과 관계; 다문화 역량.

섹션 G: 연구와 출판

연구자와 참여자의 권리와 의무에 대한 지침을 제공한다; 경계 관리하기; 결과 보고하기; 출판과 발표.

섹션 H: 원격 상담, 과학기술, 소셜미디어

이 새로운 섹션은 전자통신에서의 설명 후 사전동의, 개인정보, 보안을 다룬다; 원격 상담; 웹과 기록 유지; 소셜 미디어.

섹션 I: 윤리적 문제 해결

위반이 의심될 때 고려해야 하는 윤리 규정과 법의 관계, 그리고 윤리 위원회와의 협력을 설명한다.

2005년과 2014년 *ACA 윤리 강령* 사이에는 많은 차이점이 있다. 2005년 *강령*에 익숙한 사람들을 위해, 세 가지 영역에서의 주요한 변화를 간략히 설명하겠다; 원격 상담, 과학기술, 소셜 미디어; 전문적 대 개인적 가치관; 상담 관계(경계).

원격 상담, 과학기술, 소셜 미디어

1990년대 초반, 상담계는 이제 막 이메일, 채팅방, 서비스를 제공하는 웹사이트의 출현에 대처하기 시작하고 있었다. 소셜 미디어(페이스북, 트위터와 같은)와 관련된 애플리케이션은 이제 우리 세상 어디에나 있으며 상담자들이 온라인에서 전문성을 발휘할 때에도 종종 사용된다. 상담자들은 다른 전자 플랫폼과 프로그램 중에서 가상 현실 환경을 사용하여 주 내에서, 주 경계를 넘어서, 어떤 경우에는 국경을 넘어서, 내담자들에게 상담 서비스를 제공한다. 이러한 컴퓨터 기술의 발전은 불과 몇 년 전에는 예상치 못했던 것이다.

2005년 *강령*은 기술 애플리케이션의 사용을 "상담 관계" 섹션에서 다루었다. 이 부분은 이제 독자적인 섹션이 되었고, 전자 기기를 사용하여 서비스를 제공하고, 기록을 보관하고, 서비스를 홍보하고, 내담자와 소통하는 현재의 문제를 반영하기 위해 업데이트 및 확장되었다. 2014 태스크포스는 원격 상담, 기술, 소셜 미디어를 위한 독립된 섹션을 만드는 것뿐만 아니라 이들을 여러 다른 섹션에 녹여내기로 결정했다. 비록 과학 기술은 상담계의 새로운 문제가 아니지만, 과학기술이 우리 세상과 우리가 상담 서비스를 제공하는 방식을 변화시키는 속도는 몇 년 후 2014 *강령*을 적용하는 데 어려움을 초래할 것이다.

가치관

예술이면서 과학인 상담에서 전문적이고 개인적인 가치관의 역할을 이해하지 않고 윤리를 연구할 수는 없다. 가치관에 대한 이해를 시작하기 위해, 두 가지 정의를 내려 보자:

- **가치**(value; 명사): "개인이나 사회에 의해 어떤 것이 좋고, 선호되고, 중요한지에 대한 지침으로 받아들여지는 도덕적, 사회적, 또는 심미적 원칙"(미국 심리학회, 2007, p. 975)
- **가치관**(values): "사물, 행위, 삶의 방식, 사회적 및 정치적 기관이나 구조에서 무엇이 좋은지 (또는 더 좋거나 가장 좋은지) 선택하기 위한 원칙이나 표준. 가치관은 개인이나 기관, 그리고 전체 사회의 수준에서 작동한다"(Schwartz, 1990, p. 8, Kelly에서 인용, 1995, p. 648)

개정 과정의 일부로, 태스트포스는 2005 *강령*의 머리말에 다음과 같이 기술된 전문적 가치관에 대한 진술문을 수정하고자 하였다; "전문적 가치관은 윤리적 약속을 실천하는 중요한 방식이다. 가치관은 원칙을 알려준다. 우리 행동을 안내하거나 규정된 행동을 넘어서도록 하는 고유한 가치관은 상담자 속에 깊게 배어있고, 외부 기관으로부터 의무적으로 요구된 것이 아닌 개인적인 헌신으로부터 발전한다"(p. 3). 이 진술문은 상담의 전문적 가치관에 대해 언급은 했지만 그것을 정의하지는 않았다. 개정 과정에서는 (20/20 상담의 미래 태스크포스[1]가 제시한 것과 같이) 상담 전문영역의 기본 가치관을 확인하고 상담의 정의를 제공하도록 머리말을 개정함으로써 상담계에 들어선 사람들이 "전문적인 윤리적 정체성"(Handelsman, Gottlieb, & Knapp, 2005, p. 59)을 발달시키도록 돕고자 하였다. 이러한 발달은 우리 학생들이 상담 전문영역에서 기대하는 바에 성공적으로 동화될 때 이루어진다. Handelsman과 동료들(2005)은 이러한 동화는 윤리에서 멈추지 않는다고 지적했다. 동화는 우리가 상담에 입문하려 준비하고 전문가로 살아가면서 우리가 하는 모든 것(교육, 실무, 수퍼비전)을 포함한다.

 *윤리 강령*에 대한 법정 다툼이 있는 동안 질문들이 생겼고(e.g., Ward v. Wilbanks, 2010; Keeton v. Anderson—Wiley, 2010), 이 때문에 태스크포스는 *강령*의 머리말과 다른 부분들에서 더 많은 방향성과 명확성을 제공하고자 하였다. 태스크포스는 상담의 기본 가치관을 명확히 함으로써, *강령*에서 의뢰, 역량, 차별, 내담자에 대한 개인적 가치관 강요 금지를 다루는 다른 섹션을 위한 토대를 강화하고자 하였다. 새 규정(ACA, 2014, 규정 A.11.b.)은 상담자에게 단순히 내담자의 가치관, 행동, 또는 생활방식과 상담자의 개인적 가치관이 충돌하는 것을 이유로 다른 상담자에게 보내지 않도록 구체적으로 지시했다. 이 문제는 *강령*에서 다양성에 대한 역량과 존중이라는 문제뿐만 아니라 전문적 학회로서 특히 우리의 차별금지의 자세와 관련된다.

상담 관계

 2005 *윤리 강령*은 우리가 내담자 및 학생들과 맺는 관계를 어떻게 개념화하는지에 대해 패러다임의 전환이 벌어지고 있음을 인정하고 변화에 기여했다. 이제 우리는, 예컨대, 내담자 인생의 중요한 행사(졸업이나 결혼 같은)에 참석하는 단순한 행동이 치료 과정에 얼마나 유익하거나 해로운지를 신중하게 생각할 필요가 있다. 더 이상 단순히

---

1) 20/20 Future of Counseling Taskforce

모든 이중관계는 금지라고 말하고만 있을 여유가 없다; 이제 우리는 복잡한 연결의 파급효과를 내담자와 검증해야 하는 상황에 처했다. 2014 개정판은 이러한 어려운 연결들에 대해 명료하게 하고자 했다. 예컨대, 상담자는 내담자의 확대가족 중 누구에게 서비스를 제공할 수 있을까? 상담자를 교육하는 자는 과거의 학생과 학업 이외의 관계를 시작하기 전에 무엇을 고려해야 할까? 태스크포스는 이러한 문제들에 대해 작업하면서 길고 유익한 논의가 이루어졌다.

태스크포스는 또한 상담 과정이 시작되기 전에 잠재적인 내담자의 비밀 보장에 대한 권리를 어떻게 보호할 것인지도 고민했다. 잠재적인 내담자의 비밀을 보호하는 것은 언제 정식으로 내담자가 되는가 하는 문제와 함께 비교해 보아야 했다.

개인적 소회

나는 당시 ACA 회장이었던 Marcheta Evans가 전화해서 내가 윤리 개정 태스크포스에 지명되었을 뿐만 아니라 의장으로 임명되었다고 알려준 날을 또렷하게 기억한다. 그 소식이 실감나기까지 며칠이 걸렸다. 함께 임명된 사람들의 이름들을 살펴보았을 때는 훨씬 더 압도되었다. 절차가 진행되고 사람들이 모이면서, 나는 내가 이끄는 역할을 한다기보다 숙련되고 학식 있고 즐거운 전문가 집단을 구조화하는 역할을 할 것임을 깨달았다. 우리는 우리를 전문영역으로 나아가도록 하는 *윤리 강령*의 개정안을 ACA 회원들에게 제공한다는 단 하나에 집중함으로써 함께 모여 금방 친구가 되었다.

가끔, 우리가 윤리와 실천의 세부사항을 의논할 때, 나는 의자에 기대 앉아 질 높은 대화가 오가고 서로가 서로에게 순수한 존경심이 번지며 명시된 의견에 동의하지 않는 다른 사람들에게 기꺼이 귀를 기울이려는 태도에 감탄했다. 우리가 활발한 토론을 하지 않았다거나 항상 만장일치의 합의가 이루어졌다는 말이 아니다. 오히려 반대로, 대게 우리는 당면한 과제를 협업하면서 서로가 함께하는 것을 즐겼다.

가끔은 우리가 지나치게 학구적이거나 사소한 점에 과도하게 집중한다는 것을 알게 되었다. 그러다 보니, 태스크포스 구성원은 제안된 규정이 현장의 상담 전문가에 의해 어떻게 살아남을 것인지를 전체에게 묻곤 했다. 우리가 특히 어려운 문제에 대해 해결책을 찾아낸 것처럼 보일 때, 우리는 우리의 해결책이 농촌 지역, 학교 또는 작은 개인 상담센터 상담 전문가의 상담 실제에 어떻게 영향을 미칠 것인지를 스스로에게 물었다. 우리는 개정안이 가능한 한 포괄적으로 상담계에 적절한 안내를 제공할 수 있도록 하기 위해 일했다.

작업이 진행되면서, 나는 또한 2014 *윤리 강령*의 초안에 대해 ACA 회원들이 많은 열정적인 응답과 반응으로 보내준 양질의 피드백과 태스크포스에 보내준 깊은 지식과 경험에 깊게 감동했다. 나는 특히 공개 회의에서 차별적 가치관과 의뢰의 문제에 대해 언급하던 한 여성을 기억한다. 비록 그녀와 나는 의견이 일치하지 않았지만, 그녀가 자신의 내담자들을 깊이 염려하고 그들이 더 나은 삶을 살고 고통을 줄일 수 있도록 도울 수 있는 최선의 보살핌을 받는 것을 진심으로 돕고 싶어 한다는 점은 분명했다. 또 다른 경우에, 나는 어떤 회원이 개정된 *윤리 강령*의 특정 사항에 대한 나의 개념에 동의하지 않는다면서 태스크포스에 준 피드백을 읽고 좌절했다. 나의 정서적 반응을 되돌아보면서, 나는 그 사람이 나에게 동의하지 않았다는 것에는 그리 좌절하지 않았지만 그의 코멘트가 훌륭했고 심사숙고하고 논의할 가치가 있었으며 내가 그 특정 문제에 대해 이해의 폭을 넓힐 필요가 있었다는 점에서 좌절했다는 것을 깨닫게 되었다. 이 덕분에 나는 성장하고 이해하는 기회를 갖게 되었고 전문적으로뿐만 아니라 개인적으로도 나에게 유익한 경험이었다.

나는 동료들과 가졌던 정기 모임이 그리울 것 같다. 거의 3년간의 협업 동안 우리는 윤리적 원칙과 실천의 세부 사항을 논의했을 뿐만 아니라 우정을 쌓고 기쁨과 슬픔을 함께했으며 우리 자신들과 우리 학생들과 우리의 전문적 동료들을 위해 서로에게서 배움을 얻었다. 나의 전문적 경력에서 가장 눈부신 시간 중 하나였다.

윤리 강령의 기초

Barbara Herlihy & Gerald Corey

정신건강 전문가 단체의 윤리 강령은 여러 가지 목적으로 사용된다. 윤리 강령은 조직 구성원뿐만 아니라 대중에게 전문직의 정체성, 전문직의 공통된 가치와 원칙, 실무자에 대한 기본 규범과 기대, "타인을 위한 봉사에 대한 규범적 지향과 내담자의 복지를 보호하겠다는 약속"(Francis & Dugger, 2014, 131페이지)을 전달한다(Francis & Dugger, 2014, p. 131). 강령의 기본 기능 중 하나는 회원들에게 건전한 윤리적 행동에 대해 교육하는 것이다. 전문상담사로서 우리는 ACA의 윤리 기준에 따라 업무를 수행한다. 규정을 읽고 숙고하는 것은 우리의 인식을 넓히고 개인적, 전문가적 가치관을 명확히 하며, 이후 내담자에게 우리의 직업적 책임에 대해 알리는 데 도움이 될 수 있다. 예를 들어, 2014 ACA *윤리 강령*은 "상담자의 핵심 전문적 가치"(서문)를 나열하고 "상담자는 자신의 가치, 태도, 신념 및 행동을 인식하고 강요하지 않는다"(규정 A.4.b.)고 제시함으로써 상담자가 직업적 가치에 대해 성찰하도록 강조하고 있다. 이 규정을 우리 자신의 업무에 적용할 때 중요한 질문이 제기될 수 있고, 그중 대부분은 간단하거나 명확한 답이 없을 것이다. 따라서 윤리적 지침을 특정 상황에 적용하려면 예리한 윤리적 감수성과 열린 마음이 필요하다.

윤리 강령의 두 번째 기능은 전문적 책임을 위한 원리와 구조를 제공하는 것이다. 윤리 강령의 궁극적인 목적은 대중을 보호하는 것이다. ACA는 *윤리 강령*을 시행함으로써 회원들에게 윤리 강령이 정한 규정에 대해 책임을 묻는다. 또한 윤리 강령은 모든 전문상담자 및 수련 중인 상담자가 제공하는 상담 업무에 대한 지침을 제공하고자 한다. 전문상담자로서 우리는 자신의 행동을 모니터링할 의무가 있을 뿐만 아니라 ACA 회원 여부에 관계없이 동료의 윤리적 행동을 장려해야 할 의무가 있다.

윤리 강령은 실천을 개선하는 촉매제 역할도 한다. 윤리 강령이 아무리 길고 정확하게 표현되어 있더라도 상담자가 업무 중에 직면할 수 있는 모든 상황을 다룰 수는 없다. 따라서 윤리 강령의 문자와 정신을 모두 고려하여 강령을 읽고 각 규정의 근간이 되는 의도를 이해하기 위해 노력하는 것이 중요하다. 이를 위해서는 의무적 윤리와 이상적 윤리를 모두 고려해야 한다. 단순히 윤리 강령을 따르는 것과 최고의 이상을 실천하겠다는 약속을 실천하는 것 사이에는 매우 큰 차이가 있다.

의무적 윤리 윤리(Mandatory ethics)는 상담자가 최소한의 기준을 준수하여 행동하는 윤리적 수준을 말한다. 상담자는 이러한 기본적으로 해야 하는 필수사항과 하지 말아야 할 사항을 따르면서 상담자라는 직업의 윤리 기준을 충족할 수 있다. 윤리에 대한 규칙에 기반한 접근 방식은 윤리적 판단과 실천에 관심이 있는 상담자에게 의미 있는 도움을 제공하는 데 매우 제한적이다.

이상적 윤리(Aspirational ethics)는 전문상담자가 열망할 수 있는 가장 높은 수준의 행동 기준을 설명하며, 최소한의 요구 사항 그 이상을 실천할 것을 요구한다. 이상적 윤리를 실천하려면 상담자는 강령의 정신과 강령의 기반이 되는 원칙을 이해하고 윤리적 딜레마에 직면했을 때 이를 추론할 수 있는 과정을 갖춰야 한다. 냅Knapp과 반디크릭VandeCreek(2012)의 긍정적 윤리(*positive ethics*)에 대한 설명은 내담자에게 해를 끼치지 않는 방법뿐만 아니라 상담자가 내담자를 가장 잘 도울 수 있는 방법에 초점을 맞추고 있다. 긍정적 윤리는 윤리적 문제를 다루는 치료적 접근 방식에 초점을 맞추기보다 영감적 수준의 실천에 기반을 두고 있다. 긍정적 윤리는 비윤리적인 행동과 징계 조치에 초점을 맞추지 않고 최고 수준의 실천에 대한 명확한 비전을 제시하는 데 중점을 둔다.

윤리에 대한 매우 다르지만 상호 보완적인 두 가지 추론 방식은 **원칙 윤리**(Principle ethics)와 **덕행 윤리**(Virtue ethics)이다. 원칙 윤리는 전통적으로 의학 및 생명윤리 분야(Cottone & Tarvydas, 2007)와 상담 전문직에서 지지되어 왔다. 이 접근법에서는 특정 도덕적 원칙 또는 사회에서 일반적으로 받아들여지는 가정이나 가치를 윤리적 추론의 기본으로 간주한다. 즉, 상담자가 윤리적 딜레마를 해결하기 위해 노력할 때 항상 고려해야 하는 원칙으로 간주된다. 원칙 윤리는 윤리적 딜레마에 직면했을 때 "내가 무엇을 해야 하는가?"라는 질문을 던진다. 덕행 윤리는 행동이 아닌 행위자에 초점을 맞추고 "나는 어떤 사람이 되어야 하는가?"라는 질문을 던진다. 덕행 윤리학자들은 직업 윤리가 도덕적 행동 그 이상을 포함하며, 분별력이나 신중함, 존중, 성실성, 자기 인식과 같은 인격적 특성 또는 덕목도 포함한다고 믿는다(Jordan & Meara, 1991; Meara, Schmidt,

& Day, 1996). 덕이 있는 상담자는 윤리적 행동을 판단하는 데 있어 감정의 역할과 공동체와의 연결의 중요성을 인식한다. 덕행 윤리를 통합하면 원칙 윤리에만 의존하는 것보다 윤리적 의사 결정에 대해 문화적으로 더 민감한 접근 방식을 제공한다.

전문가적 가치관은 상담 전문직의 필수적인 측면이다. 2014 ACA 윤리 강령 서문에는 다음과 같은 전문가적 가치관이 명시되어 있다:

1. 전 생애에 걸친 인간 발달 증진
2. 다양성을 존중하고 다문화적 접근 방식을 수용하여 사회적, 문화적 맥락에서 사람들의 가치, 존엄성, 잠재력, 고유성 지원
3. 사회 정의 증진
4. 상담자와 내담자 관계의 성실성 보호
5. 유능하고 윤리적인 방식의 실천

이러한 전문가적 가치관은 다음에 논의되는 윤리 원칙과 윤리적 행동 및 윤리적 의사 결정에 대한 개념적 기반을 제공한다. 다음 여섯 가지 도덕 원칙은 시간이 지나면서 발전해 왔다.

이 원칙들은 생명의료 윤리(inbiomedical ethics)에서 확인된 원래의 네 가지(자율성, 무해성, 선의, 정의)에서 확장되어, *충실성* fidelity(Kitchener, 1984)과 *진실성* veracity(Remley & Herlihy, 2014)을 포함하며 일반적으로 상담 실천에 필수적인 것으로 여겨진다.

- **자율성**(*Autonomy*)은 개인의 독립성과 자기 결정권을 증진하는 것을 의미한다. 이 원칙에 따라 상담자는 내담자가 사회적, 문화적 틀 안에서 스스로 방향을 선택하고, 스스로 삶을 통제할 수 있는 자유를 존중한다. 상담자는 내담자의 의존성을 줄이고 독립적인 의사 결정과 내담자의 역량 강화를 촉진해야 할 윤리적 의무가 있다. 윤리적 상담자는 목표를 강요하지 않고, 판단하지 않으며 다양한 가치를 수용한다.
- **무해성**(*Nonmaleficence*)은 해를 끼치지 않는다는 의미로, 여기에는 내담자를 해칠 위험에 처하게 하는 행동을 피하는 것이 포함된다. 상담자는 자신의 행동이 의도치 않게라도 내담자에게 상처를 줄 위험이 없도록 주의해야 한다.

- 선이(*Beneficence*)는 개인과 사회의 이익을 위해 일하고 문화적 맥락에서 내담자의 정신 건강과 안녕을 적극적으로 증진하는 것을 의미한다.
- 정의(*Justice*)는 모든 개인을 공평하게 대우하고 공정성과 평등을 증진하는 것을 의미한다. 정의에는 서비스 품질, 시간 및 자원 할당, 수수료 책정, 상담 서비스 접근성 등의 요소를 고려하는 것이 포함된다.
- 충실성(*Fidelity*)은 상담자가 내담자, 학생 및 수퍼바이지에게 정직하게 약속하고 약속을 지키는 것을 의미한다. 이 원칙에는 사람들이 스스로 해결책을 찾을 수 있는 신뢰와 치료적 분위기를 조성하고 내담자를 속이거나 착취하지 않도록 주의를 기울이는 것이 포함된다.
- 진실성(*Veracity*)은 상담자가 내담자, 수퍼바이지, 동료와의 전문적인 행동과 처신에 있어 진실함을 의미한다. 상담자는 신뢰가 상담 관계 및 기타 전문적 관계의 초석이라는 것을 알고 있다.

개인적 윤리의식의 발달

앞서 언급했듯이, 이상적 윤리를 실천하는 상담자는 단순히 윤리 강령의 문구를 따르는 것 이상의 것을 스스로에게 요구한다(ACA, 2014). 그들의 결정은 주로 비윤리적 또는 비전문적 행동에 대한 혐의를 피하려는 욕구가 아니라 내담자, 학생 또는 수퍼바이지에게 가능한 최상의 서비스를 제공하려는 욕구에 의해 동기화된다. 윤리 강령을 철저히 숙지하는 것도 중요하지만, 우리 각자가 개인적인 윤리의식을 개발하는 것도 필요하다. 우리는 스스로의 관행을 점검하여 윤리적으로 행동하지 않을 수 있는 미묘한 경로를 찾아내야 한다. 심각한 비윤리적 행위는 감지할 수 있으며, 이를 제재할 수 있다. 하지만 상담자가 적절한 조치를 취하지 않을 수 있는 명백하지 않은 상황도 많이 있다. 다음은 상담자가 다른 사람이 감지하기 어렵고 따라서 시행하기 어려운 윤리적으로 의심스러운 행동에 관여할 수 있는 몇 가지 예이다.

- 상담자의 정서적 또는 재정적 필요를 충족시키기 위해 상담 회기 수를 연장하는 경우
- 내담자, 학생 또는 수퍼바이지에 대한 역전이 반응을 인식하지 못하여 의도치 않게 비협조적인 행동을 증가시키고 성장을 방해하는 경우
- 내담자의 문화적 배경과 일치하지 않는 가치관, 목표 또는 전략을 내담자에게 부과하는 경우
- 내담자가 치료 목표를 달성하도록 돕기 위한 것이 아니라 상담자에게 편안한 기술이나 전략을 사용하는 경우
- 열정이 거의 없이 상담하거나 지루함과 무관심을 용인하는 경우
- 자기 돌봄 실천을 무시하여 효과적으로 상담할 수 없는 경우

상담자의 업무는 모호함으로 가득 차 있다. 직업 윤리 강령에 명확하게 표시되지 않은 물속을 항해할 때는 내부 윤리 나침반의 안내를 받아야 한다. 2014 ACA *윤리 강령*과 이 사례집을 여러분 자신의 윤리의식을 발전시키기 위한 수단으로 활용하기 바란다. *윤리 강령*은 우리를 안내하는 데 도움이 될 수 있지만, 최종적으로 우리 각자가 자신의 행동에 대한 책임을 져야 한다. 우리는 회색 지대와 기꺼이 씨름하고, 질문을 제기하고, 동료와 윤리적 문제를 논의하고, 필요한 경우 수퍼비전을 구하고, 추가 교육을 받고, 스스로의 행동을 모니터링해야 한다.

윤리적 의사결정 과정

어려운 윤리적 딜레마에 직면했을 때 취해야 할 적절한 조치를 결정하는 것은 어려울 수 있으며, 상담자는 윤리적 추론을 안내하는 체계적인 과정 또는 모델을 갖춰야 한다. ACA 윤리 강령(ACA, 2014)에 따르면 상담자는 "윤리적 의사 결정 과정을 신중하게 고려해야 한다"(목적)고 명시되어 있다. 강령은 또한 다음과 같이 제시한다:

상담자는 윤리적 딜레마에 직면했을 때 상담, 관련 윤리 기준, 원칙 및 법률의 고려, 잠재적 행동 방침 마련, 위험과 이익에 대한 숙고, 관련된 모든 사람의 상황과 복지에

기반한 객관적인 결정의 선택 등을 포함하되 이에 국한되지 않는 윤리적 의사결정 모델을 적절히 사용하고 문서화한다. (규정 I.1.b.)

특정 윤리적 의사결정 모델이 가장 효과적이거나 더 실용적이고 유용하거나 모든 상황에 널리 적용 가능한 것으로 밝혀진 바는 없으며, 이러한 모델에 대한 경험적 검증도 존재하지 않는다. 그럼에도 불구하고 "상담자는 그 적용에 대한 대중의 감시를 견딜 수 있는 신뢰할 수 있는 의사 결정 모델을 사용해야 한다"(목적)고 규정하고 있다.

다음 섹션에는 몇 가지 윤리적 의사 결정 모델이 설명되어 있으므로 각 모델에 대한 문헌을 공부한 다음 자신에게 가장 적합한 모델 또는 여러 모델의 조합을 선택하기 바란다.

윤리적 의사결정 모델 검토

Melissa D. Deroche, Emeline Eckart, Earniesha Lott,
Candace N. Park, & Latrina Raddler

상담 문헌은 다양한 이론적, 실무적, 전문적 윤리적 의사결정 모델을 제공한다. 여기서 설명하는 여섯 가지 모델은 다양한 관점을 대표한다.

Kitchener(1984)의 원칙 윤리는 철학과 상담 사이의 다리를 구축한 중요한 작업으로 묘사되어 왔으며(Urofsky, Engels, & Engebretson, 2008), 대부분의 모델이 이 모델을 기초로 구축되었다고 볼 수 있다. Kitchener의 모델은 앞서 설명한 자율성(선택의 자유), 선의(선을 행함), 무해성(해를 끼치지 않음), 정의(공정함), 충실성(충성심)이라는 다섯 가지 윤리적 원칙을 기반으로 한다. 그녀의 원칙 윤리는 상담에서 윤리를 이해하는 방식에 필수적인 부분이 되었다.

윤리적 의사 결정을 위한 실무자 가이드(Forester – Miller & Davis, 1996)는 ACA 윤리 위원회에서 사례집의 이전 버전에서 소개한 바 있다. 이 모델은 Kitchener가 제안한 다섯 가지 도덕 원칙을 기반으로 하며, 이 모델을 사용하는 사용자는 현재 직면하고 있는 윤리적 문제에 다섯 가지 원칙을 각각 어떻게 적용할 수 있는지 결정하도록 촉구한다.

Forester-Miller와 Davis(1996)는 윤리적 딜레마를 해결할 수 있는 한 가지 방법은 거의 없으며, 이 모델은 상담자가 '정답'을 제시하는 것이 아니라 상황에서 최선의 결정을 내릴 수 있도록 돕기 위한 것이라고 강조했다.

윤리적 의사 결정을 위한 실무자 가이드(A Practitioner's Guide to Ethical Decision Making)는 일곱 가지 단계가 포함되어 있다. 첫 번째 단계는 문제를 식별하고 문제와 관련된 모든 관련 정보를 수집하는 것이다. 다음 단계는 ACA 윤리 강령(ACA, 2014)을 참조하여 해당 문제가 윤리 강령에서 다루어지는지 여부를 판단하고, 만약 그렇다면 문제를 해결할 수 있다. 해결이 이루어지지 않으면 세 번째 단계는 문제를 차원별로 세분화하는 것이다. 상담자는 이 단계를 실행할 때 다섯 가지 도덕적 원칙을 고려하고, 전문 문헌을 검토하고, 동료와 상담하고, 전문가 학회에 자문받을 수 있다. 네 번째 단계에서 상담자는 가능한 행동 방침을 결정하고, 다섯 번째 단계에서는 그러한 행동의 결과를 고려한다. 여섯 번째 단계는 행동의 결과로 새로운 윤리적 딜레마가 발생하지 않도록 행동 방침을 선택하고 평가하는 것이다. 마지막 단계는 선택한 조치를 실행하는 것이다. 실행은 어려울 수 있으므로 행동을 실행할 수 있는 자아의 힘을 찾는 데 중점을 둔다. 이 모델은 다문화 문제를 포함하지 않는다는 비판을 받아왔다(Garcia, Cartwright, Winston, & Borzuchowska, 2003).

Cottone(2001)은 이론에 근거하거나 현실에 대한 관계적 관점에 근거한 의사결정 모델의 부족에 대응하여 사회구성주의 모델을 제안하였다. 사회 구성주의는 심리적 패러다임과 체계적 관계 패러다임을 모두 고려하고 진리의 상대성을 존중하는 사고의 전환을 나타낸다. 윤리적 의사 결정에 대한 사회 구성주의적 접근 방식을 이해하려면 의사 결정이 개인 내에서 이루어지지 않는다는 점을 인식하는 것이 중요하다. 다른 모델에서는 딜레마에 처한 개인에게 의사 결정에 대한 책임을 묻는다. 그러나 사회 구성주의 모델에 따르면 의사 결정은 진리가 결정되는 환경으로 간주되는 사회적 매트릭스에서 발생한다.

Cottone((2001)의 접근 방식은 몇 가지 단계를 거친다: "(a) 관련된 사람들로부터 정보를 얻고, (b) 그 시점에 작동하는 관계의 성격을 평가하고, (c) 동료와 전문가의 의견(윤리 강령 및 문헌 포함)을 참조하고, (d) 의견 불일치가 있을 때 협상하고, (e) 어떤 일이 일어나야 하는지 또는 실제로 어떠한 일이 일어났는지에 대해 합리적으로 합의할 수 있는 방식으로 대응한다."(p. 43). 사회 구성주의 모델에서는 딜레마와 관련된 각 관계가 다른 시스템, 특히 적대적 시스템과의 연관성, 그리고 상충되는 의견에 대해 평가된다.

윤리적 의사 결정을 위한 페미니스트 모델은 이중 의사 결정 과정을 확립하려는 의도로 Hill, Glaser, Harden(1995)에 의해 개발되었다. 이들은 정신건강 전문가가 대부분의 모델에서 볼 수 있는 이성적 평가 과정을 고수하되, 임상가의 감정적 경험을 인정하고, 대인 관계에서 권력 차이를 인식하며, 의사 결정 과정에 존재하는 잠재적 문화적 편견을 식별하고 해결하기 위해 감정적 직관적 과정을 통합해야 한다고 제안했다. 이 모델에는 문제 인식, 문제 정의, 해결책 개발, 해결책 선택, 과정 검토, 결정 실행 및 평가, 지속적인 성찰 등 여러 단계가 포함되어 있다. 이 과정에서 임상가는 상황에 대한 인지적 분석과 딜레마에 대한 정서적 경험에 대한 내적 평가 사이를 오간다. 모델은 선형적인 방식으로 제시되지만, 각 단계를 순서대로 실행할 필요는 없으며 딜레마에 따라 일부 단계로 되돌아가야 할 수도 있다.

문화 간 통합 모델은 다양한 배경을 가진 내담자와 함께 일할 때 사용하기 위해 Garcia 등(2003)이 제안한 모델이다. 이들은 덕행 윤리와 통합 모델을 결합한 후 다문화적 요소를 추가했다. 이 모델은 상담자가 자신의 감정에 대한 성찰, 딜레마의 맥락에 대한 관심, 딜레마와 관련된 모든 개인의 관점 균형 잡기, 관련된 모든 개인과 협력, 다양성에 대한 관용 등 특정 태도 또는 덕행을 갖춰야 한다는 전제를 바탕으로 한다.

문화 간 통합 모델은 네 가지 주요 단계로 구성되며, 각 단계에는 여러 가지 고려 사항이 있다. 첫 번째 단계는 철저한 사실 파악으로, 여기에는 누가 관련되어 있고 서로 다른 세계관이 관련자에게 어떤 영향을 미칠 수 있는지 파악하는 것이 포함된다. 이 단계에서 상담자는 자신의 세계관과 이것이 딜레마를 대하는 태도에 어떤 영향을 미치는지 성찰한다. 두 번째 단계에서는 윤리적 딜레마를 해결하기 위한 결정을 내리는 과정을 거친다. 여기에는 차별적인 법률이 있는지 고려하고, 필요한 경우 문화 전문가와 상의하며, 고려 중인 조치가 관련된 개인의 다양한 세계관을 반영하는지 고려하는 것이 포함된다. 조치 과정은 관련된 모든 개인이 동의할 수 있는 것이어야 한다. 세 번째 단계에서 상담자는 행동 방침과 가치 및 문화가 해당 행동 방침에 어떤 영향을 미쳤는지 되돌아본다. 이 추가 단계는 다문화에 대한 인식과 개인의 편견과 가치관에 대한 성찰을 보장하기 위한 것이다. 마지막 단계는 행동 방침을 따르고 해당 행동을 평가하는 것이다. 행동 계획이 실행된 후 발생하는 다문화 관련 문제를 고려해야 한다. 이 모델은 다른 많은 모델에서 다루지 않는 문화적 구성 요소에 대한 고려를 강조한다.

문화적으로 민감한 윤리적 의사 결정 모델은 변화하는 사회의 인구 통계를 고려한 Frame과 Williams(2005)에 의해 제안되었다. 이들은 당시 시행되던 윤리 강령 및 실무 규정(ACA, 1995)이 비백인, 비서양인 내담자의 요구를 적절히 다루지 못한다고 우려했다. 그들은 "보편주의 철학, 치료 윤리(Gilligan, 1982; Kidder, 1995; Ponterotto & Casas, 1991), 권력 맥락(Hill, Glaser, & Harden, 1995), 적응 과정에 기반한" 모델이 필요하다고 하였다(Frame & Williams, 2005, pp.165-166). 이 모델의 단계는 윤리적 딜레마를 식별 및 정의하고, 권력의 맥락을 탐색하여 적응과 인종 정체성 발달을 평가하고, 자문을 구하고, 대안을 도출하고, 행동 방침을 선택하고, 결정을 평가하는 것이다. 문화적 적응과 인종 정체성 발달을 평가하는 세 번째 단계는 이 모델이 내담자와 상담자 모두의 세계관과 문화 적응 수준을 직접 평가한다는 점에서 다른 모델과 차별화된다.

특수 모델

여러 윤리적 의사 결정 모델이 존재함에도 불구하고 새로운 모델들이 계속해서 등장하고 있다. 최근의 추세는 상담의 전문 분야 또는 경계와 같은 특정 윤리적 문제(Herlihy & Corey, 2015; Pope & Keith-Spiegel, 2008), 놀이 치료(Seymour & Rubin, 2006), 섭식 장애 치료(Matusek & O'Dougherty, 2010), 영성과 종교의 통합 심리 치료(Barnett & Johnson, 2011)에 초점을 맞춘 의사결정 모델의 개발인 것으로 보인다. 이러한 최신 모델은 특수한 상황이나 특정 내담자 집단에서 사용하기 위한 것이지만 일반적인 윤리적 의사 결정 과정에도 적용할 수 있는 요점을 제시한다.

Seymour와 Rubin(2006)의 놀이치료사를 위한 모델은 다른 많은 모델과 마찬가지로 키치너의 윤리적 원칙에 기반하며, 이러한 원칙은 "윤리적 의사결정에 객관적으로 도움이 되고, 과도한 도덕적 상대주의와 치료자 개인의 도덕적 직관에 균형을 제공한다"(p. 106)고 언급한다. Seymour와 Rubin은 또한 의사 결정 과정에서 "목소리(voices)"의 중요성을 강조하며, 첫 번째이자 일차적인 목소리는 내담자의 목소리이며, 가족, 지역사회 구성원 및 기타 전문가와 같은 부수적인 목소리도 포함하는 것이 중요하다고 강조한다.

Pope와 Keith—Spiegel's(2008)의 모델은 전문가가 특정 경계를 넘나드는 것이 내담자 또는 상담 관계에 도움이 될지 방해가 될지 판단하는 데 도움을 주기 위한 것으로, 어떤 결정이 치료 관계에 도움이 될지 방해가 될지 고려하는 것은 윤리적 딜레마에서 중요한 요소이다. Matusek과 O'Dougherty(2010)의 윤리적 의사결정 모델은 섭식장애 치료의 복잡한 문제(예: 강제 치료, 강제 수유, 강압적 행동 전략 사용, 치료 저항 관리 등)를 해결하기 위해 만들어졌다. 이는 상담자가 딜레마와 관련된 고유한 상황을 고려하고 그에 따라 의사 결정 과정을 수정할 수 있다는 것을 시사한다. Barnett과 Johnson(2011)은 종교와 영성이 많은 내담자의 삶에서 중요하다는 인식을 바탕으로 윤리적 의사결정 모델을 제안했다. 이를 염두에 두고 상담자는 내담자의 영적/종교적 신념을 평가하여 이러한 신념이 윤리적 딜레마 해결에 영향을 미칠 수 있는지 판단하는 것을 고려할 수 있다.

모델 간의 유사점

어떤 두 모델도 똑같지는 않지만 여러 가지 유사점이 있다. 대부분의 모델은 3단계에서 9단계로 구성된 단계별 형식으로 제공된다. 대부분의 모델은 선형적인 방식으로 진행되도록 고안되었지만 일부 접근 방식은 단계별 재검토의 필요성을 강조한다. 예를 들어, Barnett과 Johnson(2011)은 새로운 정보를 입수하거나 자문을 통해 관점이 바뀌었을 때 이전 단계로 돌아갈 것을 권장한다. 대부분의 모델은 문제를 식별하거나 설명하는 것으로 의사 결정 과정을 시작하고, 문제 식별이 필요 없는 경우 정보 수집으로 이어진다. 식별된 선택에 대한 잠재적 결과뿐만 아니라 선택을 고려하는 것이 일반적인 단계이다. 자문은 일반적으로 포함되며 동료에게만 국한되지 않고 문헌과 ACA 윤

리 강령(ACA, 2014)까지 확장된다. 마지막으로, 대부분의 모델은 행동 방침을 결정하고 실행하며 선택한 행동 방침을 평가할 것을 권장한다. 새로운 모델들의 공통된 주제는 모델에 따라 다른 의미를 가질 수 있는 '맥락'을 통합하는 것이다. 결론적으로, 상담자가 직면한 윤리적 딜레마를 해결하기 위해 노력할 때 능동적이고 신중한 태도를 취하는 데 도움이 될 수 있는 다양한 모델이 존재한다는 것은 분명하다.

윤리적 의사결정의 구성 요소

Barbara Herlihy & Gerald Corey

앞에서 설명한 것처럼, 다양한 윤리적 의사결정 모델이 있으며 서로 같은 것은 없다. 그들 모두는 각각의 장점을 가지고 있기에, 어떤 하나의 모델이 다른 것보다 낫다고 추천할 수 없다. 대신에, 다양한 모델 안에 포함된 몇몇 구성 요소 또는 단계들을 제시하고자 한다. 윤리적 딜레마에 맞닥뜨렸을 때 각각의 단계를 검토해보면 복잡한 상황을 해결하는데 도움이 될 것이다.

- **문제를 확인한다.** 윤리적 딜레마를 해결하는 첫 단계는 문제가 존재한다는 것을 인정하고 현재 상황에 대하여 가능한 한 많은 정보를 모으는 것이다. 이것이 윤리적인 문제인지, 아니면 법적, 직업적, 임상적 문제인지, 또는 다양한 문제들의 조합인지를 스스로에게 물어보라. 만약 법과 관련한 궁금증이 생긴다면, 변호사에게 자문을 구해야 할 수도 있다. 지나치게 단순화한 해결책을 찾기보다는 다양한 관점에서 문제를 검토하라. 초기단계에서부터 내담자와 협력하는 것이 좋다. 이러한 협력은 윤리적 의사결정을 내리기 위한 과정 내내 지속적으로 이루어져야 하며, 결정과 행동을 문서화할 때도 마찬가지이다.
- **관련된 윤리강령과 문헌을 검토한다.**   일단 문제가 명확해졌으면, 관련된 주제가 제시되어 있는지 윤리강령을 검토한다. 적용 가능한 규정이 구체적이고 명백하게 제시되어 있다면 그 절차를 따르는 것이 문제해결에 도움이 될 것이다. 윤리규정을 적용하기 위해서는 주의깊게 읽으면서 함축된 의미를 이해하는 것이 중요하다. 또한, 특

정한 주제와 관련한 최신 문헌을 찾아 읽어봄으로써, 가장 최신의 전문지식과 사고를 활용하는 것이 좋다.

- **자율성, 무해성, 선의, 정의, 충실성, 진실성의 도덕적 원칙을 고려한다.**   어떤 원칙이 이 상황에 적용될 수 있는지 결정하라. 도덕적 원칙들은 서로 충돌하면서 각각 다른 행동들을 제안할 수 있음을 명심하라. 이론적으로 각각의 원칙은 동등한 가치를 지닌다. 이는 당신의 사례에 어떤 원칙을 우선적으로 적용할지 결정하는 것은 당신의 몫이라는 것을 의미한다.

- **동료, 수퍼바이저, 전문가에게 자문을 구한다.**   동료들은 맞닥뜨린 상황과 관련된 또 다른 문제 및 간과했을지 모르는 새로운 관점을 제공하는 데 큰 도움이 된다. 그들은 당신이 객관적으로 보지 못했던 딜레마의 어떠한 측면들을 확인시켜줄 지도 모른다. 또한 나중에 법적 이의가 제기되었을 때, 자문 받았다는 것은 그 자체로 법정에서 당신을 방어해줄 수 있는 중요한 요소가 된다. 자문 받았다는 것은 같은 직종에 있는 동료들이 같은 상황에서 어떻게 행동하는지 확인함으로써 공동체의 기준을 준수하려 했다는 것을 나타내기 때문에 법정에서 중요하게 작용할 수 있다. 자문 받았다는 것을 문서로 기록해두는 것이 필요하다.

- **당신의 감정에 주의를 기울인다.**   그 상황을 떠올릴 때 어떤 감정이 느껴지는지 살펴본다. 두려움, 자기의심, 좌절, 실망, 또는 과도한 책임감 같은 감정들에 영향받고 있는 것은 아닌지 확인하는 것이 필요하다. 당신의 감정을 이해하는 것은 당신이 그 상황을 정확하게 보고 있는지 아닌지를 평가하는 데 도움이 될 것이다.

- **내담자를 의사결정과정에 참여시킨다.**   내담자를 의사결정과정에 참여시키는 것은 가능한 한 딜레마를 해결하는 과정 전반에 걸쳐 계속해서 이루어져야 한다. Walden (2015)은 내담자는 상담관계라는 윤리적 공동체의 한 부분이기에 상담자가 내담자와 함께(with)가 아니라 내담자를 위해서(for) 의사결정하는 것을 피해야 한다고 하였다. 의사결정과정에서 적극적인 파트너가 될 때 내담자는 힘을 가지게 될 것이다.

- **문화적 맥락을 고려한다.**   윤리적 의사결정의 최신 모델들은 당신의 세계관이 딜레마에 대한 지각과 해석에 영향을 미칠 수 있음을 강조한다. 내담자의 세계관, 가치, 문화는 당신의 것과 다를 수 있다. 딜레마의 해결은 당신이 옳다고 느껴야 할 뿐 아니라 내담자에게도 적절해야 한다.

- **바람직한 결과를 확인하고 잠재적인 행동 목록들을 만들어본다.**   최대한 신중하고 사

려깊게 고려한다 할지라도, 윤리적 딜레마에서 바람직한 결과가 하나만 나타나는 경우는 거의 없다. 어떤 결과는 필수적일 수 있으며, 어떤 결과는 바람직하지만 필요하지 않을 수도 있다. 가능한 한 많은 행동들을 최대한 많이 브레인스토밍하라. 미처 떠올리지 못한 다양한 가능성을 찾아낼 수 있도록 동료들에게 협조를 구한다.

- 모든 선택안에 대한 잠재적 결과들을 고려하여 행동을 결정한다.   여러 정보들과 우선순위를 고려하여 각각의 선택안을 평가한다. 관련된 모든 사람들에게 어떠한 영향을 끼칠 수 있는지 평가한다. 내담자, 영향받을 사람들, 상담자로서의 당신 자신을 위해서 각각의 행동들이 초래할 수 있는 결과들을 숙고한다. 명백하게 바람직한 결과를 만들지 않거나 심지어 더 많은 문제를 만들 소지가 있는 선택안은 제거한다. 남아있는 선택안들을 검토함으로써 어떤 선택안 또는 어떤 선택안들의 조합이 현재 상황에 가장 적절한지, 당신과 내담자가 정한 우선순위를 충족시키는지 결정한다.

- 선택된 행동을 평가한다.   혹시 새롭게 제기될 만한 윤리적 고려 사항이 있는지를 확인하기 위하여 선택된 행동을 검토한다. Stadler(1986)는 세 가지의 간단한 질문에 대답해볼 것을 제안한다. 첫 번째는 정의와 관련한 질문이다. 같은 상황에서 다른 사람이었어도 똑같이 대할 것인지를 생각해봄으로써 공정성을 평가한다. 두 번째는 대중성 질문으로, 당신의 행동이 언론에 보도되어도 괜찮은지를 물어본다. 마지막 보편성 질문은 같은 상황에 놓인 다른 상담자에게 같은 행동을 취하도록 권할 수 있는지 물어보는 것이다. 세 가지 질문에 모두 긍정적으로 대답할 수 있고 적절한 행동을 선택했다고 만족한다면, 이제 실행에 옮길 준비가 된 것이다. 만약 당신이 선택한 행동에서 새로운 윤리적 문제가 나타나는 것처럼 보인다면, 처음으로 돌아가서 각각의 단계를 재평가한다. 아마 잘못된 선택을 했거나 문제를 잘못 확인한 것일 수 있다.

- 실행한다.   윤리적 딜레마에 처했을 때 행동을 결정하는 것보다 실제 행동으로 옮기는 것이 더 어려울 수 있다. 행동을 실행할 수 있도록 당신의 자아를 강화시키는 것이 마지막 단계에 포함된다. 행동을 실행한 후, 당신의 행동이 기대했던 결과를 가져왔는지를 평가하기 위하여 상황을 계속 추적하는 것이 좋다.

위에서 제시한 단계들을 윤리적 문제 해결을 위한 단순한 일방적인 방법으로 여겨서는 안된다. 윤리적 의사 결정은 많은 성찰과 내담자와의 협력, 동료들의 자문, 그리고 이러한 과정에 기반하여 의사결정하겠다는 용기 등이 포함된 과정이다. 복잡한 윤리적 딜레마를 해결하는 단 하나의 정답은 없다. 그러나 체계적 모델을 따른다면, 당신이 선택한 행동에 대하여 전문적인 설명을 할 수 있다는 확신을 가질 수 있다.

ACA 윤리강령 시행

모든 ACA 회원은 회원에 대한 윤리 위반 신고 처리의 근거가 되는 ACA 윤리강령(ACA, 2014)을 숙지하고 준수해야 한다. ACA 윤리위원회는 신고된 내용을 조사할 책임이 있다. 윤리위원회의 조사와 관련된 업무들은 엄격하게 비밀 유지되기 때문에, ACA 회원들 대부분은 위원회가 어떻게 조사업무를 처리하는지 잘 알지 못할 것이다. 따라서 비윤리적인 행동이 신고되었을 때 어떻게 처리되는지의 과정을 여기에서 간단히 설명할 것이다. '윤리 위반 신고 처리와 관련한 ACA 정책과 절차(ACA, 2005b)' 전문을 보고자 한다면, ACA 사이트에 접속하면 된다(www.counseling.org/knowledge-center/ethics).

신고 처리하기

윤리강령을 위반한 대상이 현재 ACA 회원이거나 회원이었다면 윤리위원회는 신고를 접수한다. 위원회는 비회원에 대해서는 어떠한 권한도 가지고 있지 않다. 따라서, 비회원을 신고하고자 하는 경우에는 다른 대안적 방안을 알려준다. 신고가 접수된 후에 별도로 법적 소송이 제기되면, 그 법적 소송에 대한 결론이 날 때까지 모든 윤리위원회의 활동은 정지된다.

신고인이 익명인 경우에는 접수가 이루어지지 않는다. 문서로 작성되어 있고 신고인의 서명이 들어가 있을 경우 공식적인 신고로 간주한다. ACA 회원이 윤리강령을 위반했다고 믿을만한 근거를 가진 개인은 누구든지 신고할 수 있다.

만약 ACA 회원이 비윤리적으로 행동했거나 한다고 믿는다면, 당신은 신고해야 할 윤리적 책임이 있다(ACA, 2014, 규정 I.2.b). 첫 번째 단계는 "해당 조치가 비밀 보장의 권리를 침해하지 않는다는 조건하에, 가능한 한 먼저 상담자와 비공식적으로 문제를 해결하기 위하여 노력해야 한다"(규정 Ⅰ.2.a)는 것이다. 비공식적인 해결이 가능하지 않거나 실패한다면, 전반적인 개요를 문서로 작성하여 서명한 후에 "기밀"이라고 쓰여진 봉투에 넣어서 윤리위원회에 보낸다. 혐의가 사실일 경우, 위반한 ACA 윤리규정이 명시된 공식적인 신고서 양식을 받게 되며, 그 신고서(필요하다면 수정을 제안할 수도 있다)에 서명하고 정보공개 동의서를 작성해야 한다. 신고서와 정보공개 동의서가 접수되면, 피신고인 회원에게 공식적인 신고서 및 신고를 뒷받침하기 위해 제출된 모든 문서의 복사본을 제공한다.

피신고인 회원이 혐의에 대해 답변하고 모든 관련 자료들이 수집되면, 윤리위원회는 신중하게 생각하고 결정한다. 각각의 신고들은 최대한 주의깊게 고려되어야 한다. 대부분의 신고는 다양한 규정을 위반한 혐의가 있고 상당한 양의 관련 서류들이 포함되어 있기에, 길고 복잡한 논의과정이 따른다. 최종 결정을 내리기 전에 모든 관점들이 충분히 검토되어야 한다. 신고인, 피신고인, 그밖에 다른 사람들이 제공한 증거와 문서에 기초하여 최종 결정이 내려진다. 윤리위원회는 다음과 같은 결정을 선택할 수 있다: (1) 신고를 기각하거나 신고 내의 혐의들을 기각한다. (2) 윤리규정을 위반하였음을 결정하고 징계한다.

징계의 종류에는 개선 요청, 문책, 일정 기간 동안 회원 자격 정지, 회원 영구 제명, 또는 특별한 교육이나 훈련, 수퍼비전, 평가, 치료와 같은 행동교정을 받도록 하는 것 등이 포함된다. 회원 제명을 결정하기 위해서는 만장일치 투표가 필요하다. 혐의가 있다고 판명된 회원들은 구체적인 근거를 제시해야만 이 결정에 대해 항소할 수 있다. 항소위원회(Appeals Panel)가 항소된 사례들을 검토한다. 항소절차가 마무리되거나 항소 마감일이 지나면, 자격 정지와 제명 징계가 내려진 경우에는 구성원들에게 공표한다.

윤리위반으로 신고되었을 경우의 대처

윤리 위반으로 공식적으로 신고되었다는 것을 알게 되었을 때, 상담자에게 이보다 더 큰 스트레스는 없을 것이다. 대부분의 상담자들에게 일어날 확률은 극히 드물지만,

그럼에도 불구하고 신고된 경우 어떻게 준비하고 대응해야 하는지 알 필요가 있다.

우선, *신고를 진지하게 대해야 한다.* 신고가 부당하다고 믿는다 할지라도 무시하거나 가볍게 대응해서는 안된다. 때때로 상담자들은 이렇게 말한다: "학회에 신고된 것 가지고 걱정할 필요가 뭐가 있어. 가장 최악이더라도 회원 자격을 잃게 되는 것 뿐이잖아" ACA 윤리위원회에서의 가장 심각한 징계가 회원의 영구제명인 것은 사실이다: 그러나 자격 정지나 제명과 같은 징계가 이루어지면 상담자 면허교부 위원회, 증명위원회, 명부위원회나 다른 정신건강 위원회, 또는 ACA 보험신탁회사와 다른 자격위원회에도 통보가 된다. 주립 자격증 위원회의 조사가 이루어질 수 있으며, 자격증 취소로 이어질 수도 있다.

둘째, *성실하게 대응한다.* 윤리위원회의 조사에 협조해야 한다(ACA, 2014, 규정 Ⅰ.3). 신고 결과를 결정하게 될 윤리위원회 위원들은 당신을 개인적으로 알지 못하며 단지 가지고 있는 정보로만 조사할 수 있다. 가능한 한 신중하고 감정에 치우치지 않게 답변서를 작성하는 것이 좋다. 감정을 담아 열정적으로 변호하는 글을 쓰고 싶을 수 있으나, 위원회는 사실에 기반한 자료를 다루어야 한다는 것을 명심한다. 윤리위원회는 객관적이고 사실에 기초한 자료들에 근거하여, 문제해결을 위한 가장 최선의 권고를 내릴 책임이 있다.

답변서를 작성할 때는, 위반 혐의를 받고 있는 ACA 윤리강령의 구체적인 부분과 제출된 문서들을 보면서 구체적인 혐의에 대한 답변을 준비한다. 예를 들어, 신고한 내담자에게 강력하거나 상대적으로 새로운 기법을 적용하였다면, 구체적인 기법을 훈련받았다는 증명서를 제출할 수 있으며, 수퍼비전을 받고 있다거나 해당 사례에 대하여 기법 전문가에게 자문을 받았다는 것, 또는 윤리강령에서 명시된 것처럼 해롭게 하지 않기 위하여 다른 예방조치를 취했음을 증명하는 문서를 제출하는 것이 도움이 될 것이다.

세 번째, 내담자나 동료가 당신을 신고했다는 것에 놀랐을지라도, *신고인과 연락하려 해서는 안된다.* 좋은 의도라 할지라도, 내담자나 동료에게 무언가를 강요하거나 부당하게 영향을 주려는 시도로 해석될 수 있다. 신고당했다는 것을 전문가책임보험에 즉각 알려야 한다.

넷째, 대응할 수 있도록 도와주고 법적 자문을 해줄 수 있는 *변호사와 상담하는 것*

도 좋은 방법이다. 윤리위원회가 법정은 아니지만, 적법한 절차에 익숙하고 범법행위 기소와 관련하여 훈련된 변호사는 유용한 자원이 될 수 있다. 일단 상담 받은 후에는 변호사의 충고를 따르라. 변호사의 도움을 받는 것은 윤리적 신고와 관련한 혐의가 나중에 소송의 근거로 사용될 때 결정적인 도움이 될 것이다(Chauvin & Remley, 1996).

마지막으로, 이러한 과정을 거치는 동안 *스스로를 정서적으로 돌보는 것*이 중요하다. 윤리적인 신고를 당했을 때, 충격과 불신, 분개와 분노, 공포 등과 같은 강한 감정을 경험할 수 있다. 정서적 지지를 위해서 가족 구성원, 친구나 동료들에게 털어놓고 싶을 것이다. 그렇다 할지라도, 신고의 세부사항에 대하여 누설하지 않도록 조심해야 한다. 내담자에게처럼, 신고인에게도 비밀 보장의 원칙이 요구된다는 것을 기억해야 한다(Chauvin & Remley, 1996). 수퍼바이저에게 토로하거나 다른 개인상담(신고의 세부사항을 논의하지 않는)을 통해 정서반응을 처리하는 것이 자기확신과 정서적 안녕감을 유지하면서 시련에서 살아남도록 도와줄 수 있을 것이다.

윤리적 문제에 대한 태도와 신념 척도

ACA 윤리강령에 대하여 비판적으로 생각하는 것을 돕기 위하여, 강령에 제시된 여러 윤리적 문제에 대한 반응을 검토할 수 있는 척도를 개발하였다. 이 척도는 비판적 사고를 촉진하고, 윤리지침에 대한 자신의 태도와 신념을 파악하고 평가하기 위하여 만들어졌다. 어떤 문항에도 정답은 없다. 각각의 문항을 살펴보면서 동의/ 비동의 수준을 나타내는 선택항목에 체크하라.

| | | A = agree(동의) | | U= unsure(잘 모르겠다) | | D=disagree(비동의) |

1. 나는 상담자로서			
A	U	D	전문가 가이드라인을 따르며 과실소송을 방지할 의무가 있다.
A	U	D	의도적이지 않다 할지라도, 내담자에게 해를 끼치지 않을 의무가 있다.
A	U	D	내담자의 비밀을 보장해야 할 의무가 있다.
A	U	D	내담자의 존엄성을 존중하고 복지를 증진시킬 의무가 있다.

2. 문화적 배경이 아주 다른 내담자와 상담할 때, 나는

A	U	D	내 역량의 한계를 초과하면 내담자를 다른 상담자에게 의뢰할 책임이 있다.
A	U	D	내담자의 문화에 대하여 가능한 한 많이 배워야 할 책임이 있다.
A	U	D	서로간의 차이를 존중할 책임이 있다.
A	U	D	유능한 서비스를 제공하기 위하여 자문이나 수퍼비전 받아야 할 책임이 있다.

3. 내담자에게 사전 후 설명 동의서를 제공한다. 왜냐하면 내담자들은

A	U	D	비밀 보장의 한계를 알아야 할 권리가 있기 때문이다.
A	U	D	그들이 받게 될 상담에 대한 정보를 가지고 있는 것이 중요하기 때문이다.
A	U	D	상담이 자신에게 도움이 될지 아닐지를 알아야 할 필요가 있기 때문이다.
A	U	D	나를 상담자로 선택하기 위한 충분한 정보가 필요하기 때문이다.

4. 설명 후 사전동의서와 관련하여 다음과 같은 것들을 고려해야 한다.

A	U	D	첫회기에 동의서 내용에 대하여 충분히 설명해야 한다.
A	U	D	동의서를 상담 내내 지속적으로 이루어지는 과정으로써 다루어야 한다.
A	U	D	내담자에게 문서로 된 설명 후 사전동의서를 받아야 한다.
A	U	D	내담자가 이해할 수 있는 언어로 상담에 대하여 설명해야 한다.

5. 상담에서 나의 개인적 가치관의 역할과 관련하여

A	U	D	때때로 나의 가치관을 내담자에게 설명할 필요가 있다고 믿는다.
A	U	D	나의 가치관이 상담 과정에 어떤 영향을 미치는지 이해하는 것이 중요하다고 믿는다.
A	U	D	나의 가치관과 갈등을 일으킬 수 있는 가치관을 가지고 있는 내담자와 상담하는 것을 피해야만 한다고 믿는다.
A	U	D	나의 가치관과 신념이 다양한 사회에서 어떻게 적용되는지 이해하는 것이 정말로 중요하다고 믿는다.

6. 내담자와 또다른 관계(친구, 고용주, 수퍼바이저와 같은)에 들어갈지를 고려할 때

A	U	D	가능한 한 이러한 관계를 피해야만 한다.
A	U	D	이러한 관계가 착취로 이어질 가능성이 있는지를 고려해야 한다.
A	U	D	친구나 고용주, 수퍼바이저로써 관계하는 동안 상담관계를 중지할 것이다.
A	U	D	잠재적 위험과 이익을 고려하면서, 그때그때 상황에 따라 다른 관계로 들어갈지 아닐지를 결정할 것이다.

7. 이전 내담자와 성적 관계를 맺는 것은

A	U	D	거의 항상 비윤리적이다.
A	U	D	상담자의 자격 박탈을 초래할 수 있다.
A	U	D	상담관계가 종료된 이후 충분한 시간이 지났다면 수용될 수 있다.
A	U	D	현명하지 못한 일이며, 상담자 입장에서 판단력이 흐려졌다는 것을 나타낸다.

8. 집단상담을 제공할 때

A	U	D	잠재적 집단원을 대상으로 선발을 위한 사전인터뷰를 실시할 의무가 있다.

A	U	D	집단 내 상호작용에서 일어날 수 있는 신체적, 심리적 외상에서 내담자를 보호해야 할 의무가 있다.
A	U	D	필요하다면, 종결 이후에 추수상담을 제공할 의무가 있다.
A	U	D	실험적인 방법을 사용할 때 안전대책을 마련할 의무가 있다.

9. 상담료를 책정하는 데 있어서

A	U	D	내담자의 재정 상태를 고려한다.
A	U	D	내가 먼저 어느 정도를 원하는지 결정한 후 모든 내담자에게 같은 상담료를 일관되게 부과한다.
A	U	D	내가 책정한 상담료를 지불할 수 없는 내담자를 위하여 무료 상담소와 좀 더 상담료가 저렴한 추천기관 목록을 제공한다.
A	U	D	상담료를 제공할 수 없는 내담자들에게 물물 교환 약정을 체결한다.

10. 내담자에게 전문적인 도움을 줄 수 없다는 결정을 내렸다면

A	U	D	상담관계를 종결하는 것이 윤리적이다.
A	U	D	내담자를 의뢰한다.
A	U	D	내담자와 현재 상황에 대하여 의논한다.
A	U	D	내담자가 의뢰 제안을 거절한다면 계속 상담을 이어간다.

11. 이러한 상황일 때, 상담관계를 종결한다.

A	U	D	내담자에게 더 이상 도움이 되지 않는다는 것이 아주 분명할 때
A	U	D	상담 서비스가 더 이상 필요하지 않을 때
A	U	D	상담이 더 이상 내담자에게 필요하거나 이익이 되지 않을 때
A	U	D	내담자가 상담료를 지불하지 않을 때

12. 이렇게 함으로써 내담자의 사생활에 대한 존중을 보여준다.

A	U	D	사생활에 대하여 불필요한 공개를 피한다.
A	U	D	내담자에게 최선의 이익이 된다면 포기할 수도 있다.
A	U	D	비밀 보장에 대한 법적 예외 사항이 분명하지 않을 때에는 다른 정신건강전문가에게 자문을 구한다.
A	U	D	비밀 정보를 공개하기 전에 내담자에게 서면 동의서를 받는다.

13. 상담 회기 기록 보관과 관련하여

A	U	D	필요없는 기록을 가지고 있을 의무가 없다.
A	U	D	내담자에게 양질의 서비스를 제공하는데 필요한 기록을 가지고 있어야 한다.
A	U	D	주 법률과 소속기관, 자격 면허 요건에서 요구하는 일정 기간 동안 기록을 보관해야 한다.
A	U	D	제3자에게 기록을 공개하거나 이전하려면 내담자의 허락을 받아야 한다.

14. 자신의 역량 범위 내에서 상담할 의무가 있다는 것은

A	U	D	분명하게 정의된 전문 상담 영역을 개발해야 한다는 것을 의미한다.
A	U	D	사용한 기법에 대한 역량을 유지하기 위하여 노력해야 한다는 것을 의미한다.

A	U	D	윤리적이고 전문적인 상담 실시가 염려될 때 다른 전문가들에게 자문을 구해야 한다는 것을 의미한다.
A	U	D	교육과 훈련에 바탕을 둔 영역 내에서만 엄격하게 상담해야 한다는 것을 의미한다.

15. 내담자에게 해가 될 것 같은 개인적 문제나 갈등을 경험하고 있을 때

A	U	D	나 자신의 문제와 관련한 상담을 받는다.
A	U	D	내담자와의 관계를 제한하거나 연기하거나 종결한다.
A	U	D	내 문제를 내담자에게 개방하고 내가 처한 어려움에 대하여 솔직하게 이야기한다.
A	U	D	그 문제에 대하여 다른 전문가들에게 자문을 구한다.

16. 동료 전문가에게 내담자를 소개할 때

A	U	D	전문가와 상담료를 나눈다.
A	U	D	소개비용을 받기를 기대한다.
A	U	D	소개비용을 받지 않는다.
A	U	D	답례로 소개 받기를 기대할 수 있다.

17. 평가 도구를 선택할 때

A	U	D	연령, 문화, 성(gender), 인종 등이 평가 결과에 영향을 미친다는 것을 알고 있다.
A	U	D	동일한 조건하에 평가를 실시하기 위하여 모든 내담자를 동등하게 대한다.
A	U	D	내담자에게 평가의 성격과 목적을 설명한다.
A	U	D	내담자에게 평가 결과를 어떻게 사용할 계획인지 설명한다.

18. DSM-5 진단을 제공할 때

A	U	D	내담자의 문제를 정의하는 방식에 문화가 영향을 미친다는 것을 인식한다.
A	U	D	소수 집단에 속한 내담자에게 오진을 내리고 병리화하는 역사적, 사회적 편견을 알고 있다.
A	U	D	진단의 긍정적 영향과 부정적 영향 모두를 고려한다.
A	U	D	내담자의 건강 보험 제공업체가 상담서비스에 대하여 배상하도록 하기 위하여 진단명을 변경한다.

19. 법정 평가(법적 소송 절차를 위한 평가)를 해야 할 때

A	U	D	개인에 대한 조사와 관련 기록 검토에 근거하여 객관적인 결과를 제시한다.
A	U	D	평가대상자에게 설명 후 사전동의서를 받는다.
A	U	D	예전 내담자나 현재 내담자 또는 그들의 가족을 평가하지 않는다.
A	U	D	공유된 정보가 비밀 보장이 되지 않으며 법정에서 알려질 것이라는 것을 평가대상자에게 설명한다.

20. 학생으로서 상담자 교육자를 만나게 될 때, 나는 상담자 교육자들이

A	U	D	전문적 행동의 역할 모델로서 기능하기를 기대한다.
A	U	D	힘의 차이를 알고 있으며, 나와 동료 학생들에게 미치는 위험을 최소화하기 위한 조치를 취하기를 기대한다.

A	U	D	교실을 벗어난 관계가 착취적일 수 있다는 것에 대하여 나와 동료 학생들에게 설명하기를 기대한다.
A	U	D	전문적 경계를 엄격하게 유지하길 기대한다.

21. 상담자 교육 프로그램에 대하여 다음과 같은 정보들을 예비학생들에게 제공해야 한다.

A	U	D	그 프로그램에서 다루고 있는 주제
A	U	D	훈련과정의 일부로서 자기성장과 자기개방을 격려한다는 훈련 구성요소
A	U	D	상담과 다른 정신건강직업과의 차이점
A	U	D	졸업자를 위한 최근 고용 전망

22. 상담자 교육 프로그램은

A	U	D	다양한 이론적 입장을 제시해주어야 한다.
A	U	D	이론이 상담실제에서 어떻게 나타나는지에 대한 학생들 사이의 혼란을 최소화하기 위하여 단 하나의 이론적 입장을 가르쳐야 한다.
A	U	D	학생들이 실습/인턴십 기간 동안 단 하나의 이론적 입장에 숙달될 것을 기대해야 한다.
A	U	D	전문적 상담의 과학적 기반에 대한 정보를 제공하여야 한다.

23. 훈련 프로그램의 일부로서 자기성장 경험과 관련하여

A	U	D	교실내의 대인관계에서 얼마나 자기를 개방하고 진실한지를 토대로 학생들의 등급을 매기는 것은 윤리적이지 않다고 생각한다.
A	U	D	학생들에게 끼칠 위험을 최소화하기 위한 안전장치를 개발하는 것이 중요하다고 생각한다.
A	U	D	목적이 무엇인지를 분명하게 하고 적절한 경계를 유지하는 것이 중요하다고 생각한다.
A	U	D	학생들이 불편한 상황에 놓일 수 있기 때문에 이러한 경험을 요구하는 것은 잘못된 관행이라고 생각한다.

24. 인간 피험자를 대상으로 연구를 수행할 때, 다음과 같은 연구윤리가 요구된다.

A	U	D	특별한 모집단에 대한 다양한 이슈들에 대하여 민감해야 한다.
A	U	D	연구설계가 그만한 가치를 나타낼 때만 속임수를 사용한다.
A	U	D	연구 피험자들의 권리를 보호하는 안전장치를 개발하고 자문을 구해야 한다.
A	U	D	연구 피험자들에게 설명 후 사전동의서를 받아야 한다.

25. 다음과 같은 경우에 한하여, 연구에 비자발적인 참여자를 포함시킬 수 있다.

A	U	D	연구에 참여하는 것이 전혀 해가 되지 않는다는 것을 설명할 수 있다.
A	U	D	연구에서 필수적이다.
A	U	D	참여자들에게 유인가가 지급된다.
A	U	D	비자발적인 참여가 결과에 어떤 영향을 미치는지 알아보는 연구이다.

26. 연구결과를 보고할 때

A	U	D	정확한 결과를 제시해야 한다.
A	U	D	불리한 결과를 보고해야 한다.

A	U	D	연구 참여자들의 신분을 감추어야 한다.
A	U	D	다른 연구자들이 그 연구를 반복할 수 있도록 충분한 정보를 제공해야 한다.

27. 원격 상담(인터넷을 사용한 상담)를 제공할 때, 설명 후 사전동의서에 다음과 같은 것들이 포함되어야 한다.

A	U	D	내담자의 메시지에 응답하는데 걸리는 시간
A	U	D	상담소의 위치 및 연락할 수 있는 정보
A	U	D	원격 상담과 관련된 위험과 이익에 대한 설명
A	U	D	소셜 미디어를 통하여 내담자와 접촉하는 것과 관련된 방침에 대한 설명

28. 원거리 상담의 내담자를 보호하기 위하여

A	U	D	내담자의 신분을 확인하기 위한 방법이 포함되어야 한다.
A	U	D	무단 전송 및 기록을 방지하기 위한 암호화 방법이 사용되어야 한다.
A	U	D	내담자가 그 프로그램을 사용할 수 있는지 확인하기 위하여 노력해야 한다.
A	U	D	대면 상담과 전자매체를 활용한 의사소통간의 차이를 고려해야 한다.

29. 페이스북 같은 소셜미디어를 사용할 때

A	U	D	직업적 사용과 개인적 사용에 대하여 구분된 태도를 유지해야 한다.
A	U	D	허락 없이 내담자의 소셜미디어를 보지 않음으로써 내담자의 사생활을 존중해야 한다.
A	U	D	소셜미디어를 통해 내담자의 비밀 정보를 공개하지 않도록 조심해야 한다.
A	U	D	개인적 소셜미디어 사이트를 통해 의사소통하지 않을 것임을 내담자에게 알려주어야 한다.

30. 다른 상담자가 윤리규정을 어기고 내담자에게 해를 입힐 가능성이 있다고 믿을 만한 이유가 있다면, 우선 취해야 할 첫 번째 단계는

A	U	D	그 상담자와 개인적으로 이야기함으로써 비공식적인 해결을 한다.
A	U	D	그의 수퍼바이저에게 그 상담자의 행동을 보고한다.
A	U	D	윤리위원회에 의심되는 위반행동을 신고한다.
A	U	D	의심되는 행동에 대해 좀 더 자세하게 알아보기 위하여 그 상담자의 내담자에게 연락한다.

31. 의심되는 윤리적 위반행동에 대하여 동료에게 얘기했으나 상황이 해결되지 않았다면, 다음 단계는

A	U	D	동료와 의견차이가 있음을 존중해야 한다.
A	U	D	윤리위원회에 신고한다.
A	U	D	나의 수퍼바이저에게 자문을 구한다.
A	U	D	그의 행동이 변화될 것이라는 희망을 가지고 동료와 계속 이야기한다.

32. 공익적 기여를 위한 무료 서비스(pro vono services) 제공을 거절하는 상담자들은

A	U	D	비윤리적이라고 생각한다.
A	U	D	상담학회(ACA)에서 회원자격을 취소해야 한다고 생각한다.

A	U	D	관심과 금전적 이득이 있을 때 동기가 유발되는 것이기에, 이러한 정책은 상담 전문가에게는 적합하지 않다고 생각한다.
A	U	D	상담자가 금전적으로 스트레스를 받고 있다면 무료 서비스를 제공하도록 기대해서는 안된다고 생각한다.

33. 상담서비스에 대한 대가로 내담자와 물물 교환을 하는 것은

A	U	D	각각 처한 상황에 따라 다르다고 생각한다.
A	U	D	내담자가 상담료를 지불할 방법이 없으나 상담에서 진전이 있다면 고려해볼 수 있다고 생각한다.
A	U	D	잠재된 위험이 너무 많기 때문에 해서는 안된다고 생각한다.
A	U	D	물물 교환에 동의하기 전에 자문을 구할 것이다.

34. 내담자가 선물을 준다면

A	U	D	대부분 받는다. 왜냐하면 선물을 거절함으로써 내담자의 기분을 상하게 하고 싶지 않기 때문이다.
A	U	D	어떤 상황에서도 받지 않는다.
A	U	D	선물의 의미를 내담자와 탐색한다.
A	U	D	내담자의 문화에서 선물을 주는 것이 당연한 것이라면 받는다.

35. 영적 종교적 가치관의 역할과 관련하여

A	U	D	나의 신념을 내담자에게 강요하지 않기 위하여 상담 중에 이와 관련한 이야기를 하지 않는 경향이 있다.
A	U	D	내담자의 영성은 다양성의 중요한 부분이라고 여기는 경향이 있다.
A	U	D	내담자가 관련된 토론을 주도하지 않는다면 그 주제에 대하여 이야기하는 것을 피하는 경향이 있다.
A	U	D	접수상담에서 내담자의 영적 종교적 신념을 평가한다.

36. 자살할지 말지를 탐색하고 있는 내담자들을 상담할 때

A	U	D	어떠한 결정을 내리던 내담자의 자기결정원칙이 중요하다고 생각한다.
A	U	D	내담자가 필요한 도움을 받을 수 있도록 적절한 정보를 제공한다.
A	U	D	내담자를 보호하기 위하여 비밀 보장을 깨뜨릴지 또는 내담자의 소망을 존중하기 위하여 비밀 보장을 유지할지를 검토한다.
A	U	D	내담자의 심리상태나 질병유무가 어떠하건 상관없이, 내담자가 인생의 의미를 발견할 수 있도록 격려해야 한다고 생각한다.

PART

II

간단한 사례로 살펴보는
ACA 윤리강령

이번 장에서는 2014년 3월에 학회(American Counseling Association, 2014)에서 채택한 개정된 윤리강령을 간단한 사례와 함께 소개한다. 윤리강령의 서문과 목적을 먼저 제시한 후, 강령을 구성하는 구체적인 윤리규정과 그 규정의 의미를 명확하게 설명하는 사례를 보여줄 것이다. 사례는 규정의 모든 측면을 다루고 있지는 않다. 사례를 살펴볼 때, 각각의 규정들이 상호 연관되어 있다는 것을 염두할 필요가 있다.

　윤리강령의 주요 섹션을 시작할 때, 일련의 질문(학습 및 토론을 위한 질문)들을 제시하였다. 이러한 질문이 학생, 동료들과 함께 생각하고 토론하는 데 자극이 되기를 기대한다. 질문에 대한 답을 고민하다보면, 규정을 실제 상황에 적용하는 데 도움이 될 수 있을 것이다. 이번 판에서 새롭게 등장하고 개정된 사례들은 Drew David와 Melissa D Deroche, Emma Eckart, Angela E. James, Earniesha S. Lott, Panagiotis Markopoulos, Candace N. Park, Latrina Ray Raddler, Karen Swanson Taheri가 도와주었다.

ACA 윤리강령 서문

미국상담학회(American Counseling Association, ACA)는 다양한 장면에서, 다양한 역량을 발휘하고 있는 회원들로 구성된 교육적, 과학적, 전문적 조직이다. 상담은 다양한 개인, 가족, 집단이 정신건강, 안녕, 교육 및 진로 목표를 달성할 수 있도록 힘을 불어넣어 주는 전문적인 관계이다.

전문적 가치는 윤리적 책임을 달성하게 하는 중요한 통로이다. 다음은 상담전문가의 핵심적인 전문적 가치이다:

1. 일생에 거쳐 인간의 발달을 향상시킨다.
2. 다양성을 존중하고 사회 문화적 맥락에서 인간의 가치, 존엄성, 잠재력 및 고유성을 지지하는 다문화적 접근을 수용한다.
3. 사회 정의를 증진시킨다.
4. 상담자−내담자 관계의 충실성을 유지한다.
5. 유능하고 윤리적인 방식으로 행동한다.

이러한 전문적인 가치는 아래 열거된 윤리 원칙에 대한 개념적 기반을 제공한다. 이러한 원칙들은 윤리적 행동과 의사결정의 토대가 된다. 전문적인 윤리적 행동의 기본 원칙은 다음과 같다.

- **자율성**autonomy: 자신의 삶의 방향을 조율할 수 있는 권리를 촉진한다.
- **무해성**nonmaleficence: 해를 끼칠 수 있는 행동들을 피한다.
- **선의**beneficence: 정신건강과 안녕을 증진시킴으로써 개인과 사회의 이익을 위해 일한다.
- **정의**justice: 개인을 공정하게 대하고 공정성과 평등을 촉진한다.
- **충실성**fidelity: 전문적 관계에서 신뢰의 책임을 다하는 것을 포함하여 약속을 지키고 책임을 다한다.
- **진실성**veracity: 상담자들이 전문적으로 만나게 되는 사람들을 정직하게 대한다.

ACA 윤리강령의 목표

ACA 윤리강령은 여섯 가지 주요 목표를 가진다.

1. ACA회원들의 윤리적 의무를 명시하고 전문상담사들의 윤리적 행동을 안내하기 위한 지침을 제공한다.
2. 전문상담사 및 훈련중인 상담사와 관련된 윤리적 고려 사항을 제시한다.
3. 학회는 이를 통해 현재 회원과 미래의 회원들 그리고 회원들로부터 서비스를 받는 사람들에게 회원들이 가지는 공통된 윤리적 책임의 성질이 어떤 것인지를 분명하게 할 수 있다.
4. 학회원들이 상담서비스를 이용하는 사람들에게 가장 적합한 행동이 무엇인지를 확인하고 전문상담사의 역할에 맞는 행동기대치를 설정할 수 있도록 돕는 윤리적 지침으로써 기능한다.
5. 학회의 사명을 다하도록 돕는다.
6. 강령에 포함된 규정들은 ACA 회원에 대한 질의와 신고가 들어왔을 때 이를 처리하는 근거가 된다.

ACA 윤리강령은 다음 영역을 나타내는 9개의 주요 섹션으로 이루어져 있다.

- Section A 상담 관계
- Section B 비밀 보장과 사생활 보호
- Section C 전문적 책임
- Section D 다른 전문가들과의 관계
- Section E 평가와 해석
- Section F 수퍼비전, 수련, 교육
- Section G 연구와 출판
- Section H 원격 상담, 과학 기술, 소셜 미디어
- Section I 윤리적 문제 해결

ACA 윤리강령의 각 섹션은 머리말로 시작하며, 상담자들이 염두에 두어야 할 윤리적 행동과 책임에 대해 설명하고 있다. 이는 각 섹션의 논조를 설정하도록 도와주며, ACA 윤리강령의 구체적인 윤리규정에 대한 성찰을 유도하는 출발점이 된다. 이 규정들은 전문적 책임을 개괄적으로 설명하고, 윤리적 책임을 이행하기 위한 지침을 제공한다.

상담자들이 해결하기 어려운 윤리적 딜레마에 직면했을 때, 신중하게 윤리적 의사결정 과정에 참여하고 필요에 따라 이용 가능한 자원들로부터 자문받기를 바란다. 상담자들은 윤리적 문제를 해결하는 것이 전문적 가치, 전문적 윤리 원칙 및 윤리 규정을 모두 고려하는 과정임을 알고 있어야 한다.

상담자들의 행동은 윤리 규정의 내용뿐만 아니라 정신과 일치해야 한다. 특정한 윤리적 의사결정 모델이 항상 가장 효과적인 것은 아니다. 따라서 사례에 적용할 때, 일반 대중의 감시를 견딜 수 있는 신뢰할 만한 의사결정 모델을 사용하길 바란다. 선택한 윤리적 의사결정 절차와 상황적 맥락에 대한 평가를 통해, 내담자와 협력하여 내담자의 성장과 발달을 증진시킬 수 있는 결정을 내린다. 여기에 제시된 규정과 원칙을 위반했다고 해서 반드시 법적 책임이나 법적 위반이 되는 것은 아니다. 법적 책임과 위반에 대한 조치는 사법적 절차를 통하여 이루어진다.

윤리규정의 끝부분에 있는 용어 해설에서는 ACA 윤리강령에 사용된 일부 용어에 대한 간략한 설명을 제공한다.

Section A. 상담 관계

학습 및 토론을 위한 질문

- **내담자 복지**: 내담자의 복지가 최우선이라는 것을 보장하기 위해 당신이 할 수 있는 중요한 절차들은 무엇인가?
- **설명 후 사전동의**: 상담관계에 들어가기 전에 정보에 입각한 결정을 내리기 위해 잠재적인 내담자들이 알아야 할 정보에는 어떠한 것들이 있는가? 잠재적인 내담자에게 상담의 성격을 알리기 위해 어떤 절차를 사용해야 하는가?
- **상담자의 개인적 가치**: 당신이 중요하게 생각하는 개인적 가치관, 신념, 태도는 무엇인가? 우연히라도 내담자에게 이러한 가치를 강요하지 않으려면 어떻게 해야 하는가?
- **관계의 경계**: 상담자가 가족, 친구, 또는 과거에 연인 또는 성관계를 가졌던 사람들과 상담하는 것을 피해야 하는 이유는 무엇이라고 생각하는가?
- **현재 내담자 및 이전 내담자와의 성적 친밀감**: 이전 상담자와의 상담이 종결되기 전 몇 달동안 그와 성관계를 맺어왔다고 말하는 내담자에게 뭐라고 말할 수 있을까? 당신은 어떻게 할것인가? 이전 내담자와 성적인 친밀감을 가지는 문제에 대하여 어떻게 생각하는가?
- **옹호**: 상담자로서, 개인적, 제도적 및 사회적 수준에서 내담자를 옹호할 수 있는 방법에는 어떠한 것들이 있는가?
- **집단상담**: 집단상담에서 일어날 수 있는 주요 윤리적 문제에는 어떠한 것들이 있다고 생각하는가?
- **상담료 부과**: 적절한 상담료 체계를 어떻게 결정하는가? 무료 서비스를 제공해야 하는 윤리적 의무를 충족할 수 있는 방법에는 어떠한 것들이 있는가?

- **종결과 의뢰**: 내담자를 도울 수 없다고 생각하는데도 내담자가 계속 상담받길 원한다면 어떻게 하겠는가? 이 내담자가 의뢰를 받아들이지 않을 경우 어떤 조치를 취할 수 있는가? 내담자와의 종결과 관련된 윤리적 문제에는 어떠한 것들이 있는가?

Section A. 상담 관계

머리말

상담자는 내담자의 이익과 복지를 향상시키고 건강한 관계 형성을 증진시키는 방식으로 내담자의 성장과 발달을 촉진한다. 신뢰는 상담관계의 초석이며, 상담자는 내담자의 사생활과 비밀 보장 권리를 존중하고 보호할 책임이 있다. 상담자는 내담자가 가지고 있는 다양한 문화적 배경을 이해하기 위해 적극적으로 노력해야 한다. 또한 자신의 문화적 정체성과 이것이 상담 과정에서의 가치와 신념에 어떠한 영향을 미치는지 탐색한다. 추가적으로, 상담자는 서비스에 대한 경제적 대가가 거의 없거나 전혀 없어도 공익을 위해서 자신의 전문적인 활동의 일부를 할애함으로써 사회에 기여하기를 권장한다(공익적 기여: 프로보노(Pro Bono Publico)).

A.1. 내담자 복지

A.1.a. 주요 책임

상담자의 주요 책임은 내담자의 존엄성을 존중하고 복지를 증진시키는 것이다.

78세의 메리Mary는 뇌졸중으로 인해 대화를 이어나가기 어렵다. 움직임은 아직 느리지만 거동은 많이 회복되었다. 그녀는 자신의 집을 팔고 요양시설에 입주할지 여부를 결정하기 위해 지역사회 기관에 상담을 요청하였다. 상담자 알렉스Alex는 인내심을 갖고 귀를 기울이면서 그가 메리를 정확하게 이해하고 있는지 확인한다. 그는 메리가 20년 넘게 미망인으로 살아오면서, 독립을 소중히 여기고 꽃밭을 가꾸는 데 큰 기쁨을 느끼며 이웃이 찾아오는 것을 고대한다는 사실을 알게 되었다. 알렉스는 자신의 집에 머무는 것이 메리에게 얼마나 중요한지 확인하고, 이를 도울 수 있는 방법을 모색한다. 지역 단체에서 매일 배달하는 따뜻한 식사를 할 수 있도록 하거나 그녀를 도울 수 있는 정원사를 고용하는 것, 언어 치료사가 가정 방문을 하도록 준비하는 등, 집에 머물면서 요양할 수 있도록 하기 위한 여러 가지 선택사항들을 함께 탐색한다.

A.1.b. 기록과 문서

상담자는 전문 서비스를 제공하는데 필요한 문서를 작성하고 보호하고 보관한다. 매체에 관계없이, 서비스 제공과 연속성을 촉진하기 위해 충분하고 시기 적절한 문서들이 포함되어야 한다. 상담 진행 상황과 제공되는 서비스가 정확하게 반영될 수 있도록 문서가 작성되어야 하며, 기록 및 문서를 수정하는 경우, 기관 또는 기관의 정책에 따라 수정사항을 적절하게 기록해놓는다.

사설기관에서 공인전문상담사로 일하는 욜란다Yolanda는 상담 날짜 및 기간, 제공된 서비스 유형, 진행 상황, 진단, 청구 및 결제 정보 등 내담자와 관련된 기록을 꼼꼼하게 관리한다. 그녀는 기억이 생생할 때 기록할 수 있도록 상담 회기 사이에 시간을 비워둔다. 기록을 추가하거나 변경할 때는 변경사항에 날짜 및 이니셜을 적는다. 그녀는 주 면허법에 따라 성인 내담자의 전체 기록을 7년 동안 보관한다.

A.1.c. 상담 계획

상담자와 내담자는 성공할 가능성이 있고, 내담자의 능력, 기질, 발달 수준, 상황에 부합하는 상담 계획을 수립하기 위해 함께 노력한다. 상담자와 내담자는 실행 가능성과 효율성을 평가하기 위해 상담 계획을 주기적으로 점검하며, 상담자는 내담자의 선택의 자유를 존중한다.

 고등학교 상담자인 사라Sarah는 수업을 방해하는 행동으로 인해 의뢰된 학생
들을 상담한다. 학교 전문의 및 교사들과 협력한 후, 그녀는 내담자와 함께 상
담 목표와 그들이 변화할 수 있고 기꺼이 변화하고자 하는 행동의 어떤 측면을
결정하기 위해 상담을 실시한다. 일단 구체적인 생각과 행동을 파악하고 나면,
내담자와 협력하여 개별화된 행동 계획을 설계한다. 사라는 내담자가 명확하고,
달성 가능하며 현실적인 계획을 수립하고, 이러한 계획이 내담자 자신의 계획이
라는 것을 분명히 할 수 있도록 돕는다. 그녀는 내담자에게 계획을 모니터링하
면서 필요에 따라 수정하는 방법을 가르친다. 내담자의 동의 하에 내담자가 자
신의 목표를 달성할 수 있도록 돕기 위하여 교사와 학부모의 협조를 구한다.

A.1.d. 지지 네트워크 활용

상담자들은 지지 네트워크가 내담자의 삶에 다양한 의미를 가지고 있다는 것을 인식
하고, 필요할 경우 내담자의 동의하에 다른 사람들(예: 종교적/영적/공동체 지도자들, 가족
구성원, 친구)의 지지, 이해, 참여를 긍정적인 자원으로 활용할 것을 고려한다.

 빌Bill은 자신의 우울증을 해결하기 위해 공인전문상담사 마를린Marlene을 만나
고 있다. 상담 과정을 통해, 그는 아내와 아이들의 욕구를 충족시키는데 너무
몰두한 나머지 자신의 욕구와는 접촉하지 못하고 있었다는 것을 깨닫게 되었다.
마를린의 도움으로, 그는 자신의 삶의 어떤 측면을 발전시키길 원한다는 것을
깨달았다. 빌과 상담자는 빌이 자신의 감정과 소망을 표현할 때 지지받는다고
느낄 수 있도록 상담 회기에 부인과 자녀들을 초대하기로 하였다. 또한 교회 공
동체의 중요성에 대해 논의하고, 빌이 교회 활동에 참여할 수 있도록 목사의 지
원을 받기로 하였다.

A.2. 상담 관계에서 설명 후 사전동의

A.2.a. 설명 후 사전동의

내담자는 상담관계를 시작하거나 유지할지 여부를 자유롭게 선택할 수 있으며, 상담 과정과 상담자에 대한 적절한 정보를 필요로 한다. 상담자는 내담자에게 서면과 구두로 상담자와 내담자의 권리와 책임에 대해 자세히 알려줄 책임이 있다. 설명 후 사전동의는 상담 과정 내내 지속되는 것으로, 상담자는 상담관계 전반에 걸쳐 이루어진 동의에 대해 적절히 문서화한다.

한번도 상담을 받아본 적이 없는 이만Iman은 사설기관의 상담자인 칼라Carla와 첫 상담을 하였다. 이만은 중동 출신이 아닌 상담자에게 상담을 받으러 오는 것에 대해 망설여졌다는 것과 이만이 일상에서 겪는 편견을 상담자인 칼라가 가지고 있을지도 모른다는 두려움에 대하여 이야기한다. 그럼에도 불구하고, 칼라의 이전 내담자였던 친구가 칼라를 적극 추천했기 때문에 오게 되었다고 덧붙인다. 칼라는 이만과 함께 이러한 걱정거리를 탐색하고 자신에 대한 정보와 그녀가 일반적으로 상담 과정을 어떻게 진행하는지에 대한 정보를 제공한다. 그들은 내담자의 권리와 책임을 설명해놓은 칼라의 전문가 정보 설명문(professional disclosure statement)을 함께 검토한다. 칼라는 이만이 집에 가져갈 수 있도록 복사본을 건네준다. 상담이 끝날 무렵, 이만은 약간 망설이면서도 자신이 이 상담 관계에서 편안할 수 있을 것 같다고 말한다. 망설여하는 것을 본 칼라는 두 번째 약속을 잡는 동시에 며칠 동안 자신의 결정에 대해 잘 생각해보고 전화할 것을 제안한다. 만약 이만이 다른 상담자를 찾기로 결정한다면, 중동 출신이거나 유사한 문화적 배경을 가진 내담자들과의 상담경험이 많은 상담자를 찾을 수 있도록 도와줄 것이라고도 덧붙인다.

A.2.b. 필요한 정보의 유형

상담자는 내담자에게 제공되는 모든 서비스의 특징을 명확하게 설명한다. 상담자는 내담자에게 상담의 목적, 목표, 기법, 절차, 한계, 잠재적 위험 및 이점; 상담자의 면허, 자격, 관련경험 및 상담 접근방식, 상담자의 자격정지 또는 사망 시 서비스의 지속 여부, 과학기술의 역할 및 기타 적절한 정보를 안내한다. 상담자는 내담자가 진단의 의미와 심리검사 및 보고서의 사용 목적을 이해할 수 있도록 돕는다. 또한 상담자는 내담자에게 미납 절차를 포함하여 상담료와 지불방식에 대해 알려준다. 내담자는 비밀 보장과 그 한계(수퍼바이저 또는 자문팀의 전문가들이 어떻게 참여하는지를 포함하여)에 대해 설명받을 권리, 기록에 대해 명확한 정보를 얻을 권리, 지속적으로 상담 계획에 참여할 권리, 어떤 서비스나 상담 방식의 변경을 거부할 권리와 그런 거부의 결과에 대한 전문가적 의견을 들을 권리가 있다.

아놀드Arnold는 공인전문상담사와 상담자 교육 프로그램의 인턴 상담자가 상담을 제공하는 지역사회 상담 및 교육 센터에서 상담을 받으려고 한다. 아놀드는 인턴 상담자인 도나Donna와 접수상담을 진행하였다. 도나는 아놀드에게 센터에서 제공하는 상담 서비스에 대한 정보를 제공하고, 아놀드가 상담을 종결하기 전에 인턴십을 마친다 하더라도 센터 정책에 따라 다른 상담자에게 계속 상담을 받을 수 있다고 설명한다. 그들은 함께 도나의 자격, 상담 접근 방식, 그리고 일반적인 관점에서 상담의 목표, 기법, 위험과 이점에 대해 설명해 놓은 도나의 전문가 정보 설명문을 검토하며, 센터가 상담 서비스를 개선하기 위해 어떻게 과학기술을 사용하는지에 대해 논의한다. 또한 비밀 보장과 인턴이라는 신분으로 인해 발생하는 한계에 대해 설명한다. 상담 과정의 일부가 될 수 있는 검사나 보고서 및 진단의 사용 가능성에 대하여 논의하며, 센터의 상담료 할인 정책이 아놀드에게 어떻게 적용될 수 있는지 의논한다. 상담료 지불에 대해 논의할 때, 도나는 아놀드가 센터의 상담료 미납 정책을 이해할 수 있도록 돕는다. 또한 상담 목표와 계획을 수립하는 데 있어서 아놀드가 적극적인 파트너가 될 것임을 설명하고, 그녀의 수퍼바이저의 역할에 대하여 설명한다.

A.2.c. 발달적, 문화적 감수성

상담자는 내담자의 발달단계와 문화에 맞게 적절한 방식으로 정보를 전달한다. 설명 후 사전동의와 관련된 문제에 대해 논의할 때는 명확하면서도 이해하기 쉬운 언어를 사용한다. 상담자가 사용하는 언어를 내담자가 이해하는 데 어려움이 있을 때는 내담자가 확실히 이해할 수 있도록 필요한 서비스를 제공한다(예: 자격을 갖춘 통역사 또는 번역사 주선). 상담자는 내담자와 협력하여 동의 절차의 문화적 의미를 고려하고, 가능하면 그들의 문화에 맞추어 상담 실제를 조율한다.

지역 대학 상담센터의 상담자인 다니엘Danielle은 18세의 신입생 기예르모Guillermo와 처음 만났다. 기예르모는 과테말라 출신으로, 8개월 전에 가족과 함께 미국으로 왔다. 그는 영어를 더듬거리며 자신을 표현할 단어를 찾는데 어려움을 겪고 있다. 다니엘은 스페인어를 할 줄 모르기에 기예르모가 상담 과정에 대한 자신의 설명을 완전히 이해했는지 확신이 서지 않는다. 기예르모의 허락을 받아, 그녀는 스페인어에 능통한 센터 내의 또 다른 상담자 후안에게 상담 회기에 참석해줄 것을 요청하였다. 회기가 끝날 무렵, 후안은 다니엘에게 기예르모의 영어 이해력은 뛰어나지만 표현력은 충분치 않음을 설명한다. 기예르모는 다니엘과 상담을 계속하고 싶으며, 자신의 가족들이 자신의 결정에 대해 알고 찬성해주었으면 좋겠다고 말한다. 후안이 다니엘의 전문가 정보 설명문을 스페인어로 번역하여, 기예르모가 집으로 가져가 그의 가족과 공유할 수 있도록 한다. 또한 다니엘과 후안은 기예르모가 원한다면 그의 가족을 초대하여 함께 상담회기를 가질 수 있다고 말한다.

A.2.d. 동의 능력 부족

미성년자, 장애인, 기타 자발적인 동의를 할 수 없는 사람들을 상담할 때, 상담자는 서비스에 대한 내담자의 동의를 얻고, 적절히 의사결정에 참여시킨다. 상담자는 내담자의 선택, 서비스에 대해 동의하거나 동의할 수 있는 능력, 내담자를 보호하고 결정할 부모 또는 가족의 법적 권리 및 책임들 사이에서 균형을 잡아야 할 필요가 있다는 것을 안다.

대니Danny는 11살의 예비 내담자로, 상담을 받기 위해 어머니가 아드리안

Adriane의 사무실로 데려왔다. 대니가 법적으로 효력이 있는 동의를 하기에는 너무 어리지만, 아드리안은 대니가 이해할 수 있는 언어를 사용하여 그녀의 전문가 정보 설명문에 포함된 모든 정보에 대하여 대니와 어머니에게 설명한다. 아드리안은 대니가 정보를 이해하고 있는지, 상담에 참여할 의지가 있는지를 확인하기 위해 주의를 기울인다. 회기가 끝날 때쯤, 아드리안은 대니와 그의 어머니에게 서면으로 된 전문가 정보 설명문에 서명해줄 것을 요청한다.

A.2.e. 명령에 의한 상담

상담자는 상담서비스를 받도록 의무화된 내담자와 상담할 때 비밀 보장의 한계를 논의한다. 상담을 시작하기 전에 어떤 종류의 정보를 누구와 공유하는지도 설명한다. 내담자는 상담서비스 거부를 선택할 수도 있다. 이러한 경우, 상담자는 상담서비스를 거부함으로써 발생할 수 있는 잠재적인 결과에 대해 내담자와 논의한다.

안드레아Andrea는 전환 프로그램의 일환으로 상담에 참석할 법적 의무가 있는 내담자들을 위한 집단상담을 운영한다. 조지George는 잠재적인 집단 참여자로 의뢰되었다. 조지가 집단에 들어가기 전에 안드레아는 조지를 개별적으로 만나 접수 평가를 진행한다. 그녀는 조지에게 이 집단에 참여하려면 자신이 그의 전환 프로그램 담당자와 의사소통할 수 있도록 비밀 보장 해제 문서에 서명해야 한다고 설명한다. 그녀는 조지에게 전환 프로그램 담당관에게 보고되는 유일한 정보는 월간보고서인데, 여기에는 그가 집단회기에 참석하였는지만이 나타나 있으며 안전하게 팩스로 전송될 것임을 알려준다. 또한 집단상담에 참석할지 여부에 대한 선택권이 있으며, 참석하지 않을 경우 사법체계 내에서 추가적인 조치가 이루어질 수 있음을 알려준다.

A.3. 다른 전문가의 서비스를 받는 내담자

내담자가 다른 정신건강전문가와 전문적 관계를 맺고 있다는 것을 상담자가 알았을 경우, 그 전문가가 알 수 있도록 정보를 개방하도록 요청하고, 그와 긍정적이고 협력적이며 전문적인 관계를 수립하기 위해 노력한다.

조지Jorge는 지역사회 정신 건강 기관에서 집단상담을 실시하고 있다. 엘리자베스Elizabeth가 이 집단에 합류하고 싶다고 신청하였으며, 사전 면접에서 그녀가 현재 또 다른 기관에서 개인 상담을 받고 있음을 알게 되었다. 조지는 개인 상담자에게 연락해도 되는지를 물었고, 엘리자베스는 이에 동의한다. 조지와 개인 상담자는 집단상담과 개인 상담을 동시에 받는 것이 엘리자베스에게 바람직하다는 데 동의한다. 그들은 또한 엘리자베스의 허락 하에, 가능한 한 최고의 서비스가 제공되도록 하기 위해 필요한 경우 서로 연락하기로 한다.

A.4. 위험 방지와 가치의 강요

A.4.a. 위험 방지

상담자는 그들의 내담자, 수련생, 연구 참여자에게 해를 끼치지 않으며, 피할 수 없거나 예상치 못한 피해를 최소화하거나 해결하기 위한 조치를 취한다.

사설기관의 상담자인 팀Tim은 이혼을 둘러싼 문제와 관련하여 수개월 동안 엘렌Ellen을 상담해오고 있다. 오늘 상담회기 초반에 팀은 엘렌에게 체중이 줄고 있는 것 같다고 말하며, 너무 말랐기 때문에 걱정되지는 않는지를 물었다. 엘렌은 다시 누군가를 사귀기 위해서는 살을 빨리 빼야될 것 같은 절박함을 느낀다고 털어놓는다. 또한 엘렌은 필요 이상으로 많이 먹는 경우가 있다면서 칼로리를 없애기 위해 즉시 토해낸다고 한다. 더불어 설사약을 먹기 시작했으며 며칠 동안 금식을 하기도 했다는 것이다. 팀은 엘렌이 섭식 장애와 관련된 행동들을 보이고 있다는 것을 깨닫는다. 팀은 섭식장애를 치료하기 위한 충분한 훈련을 받지 않았기에, 섭식장애를 전문으로 상담하는 사람에게 엘렌을 의뢰할 필요가 있음을 알려준다. 엘렌은 이미 팀을 신뢰하고 있기에 그와 계속 상담하고 싶다고 말한다. 팀은 의뢰의 이유를 설명하고 섭식 장애에 대한 훈련과 경험을 가진 다른 상담자와 약속을 잡도록 도와준다.

A.4.b. 개인적 가치

상담자는 자신의 가치, 태도, 신념, 행동들에 대해 알고 있으며 강요하지 않는다. 상담자는 내담자, 수련생 및 연구 참여자의 다양성을 존중하며, 특히 상담자의 가치가 내담자의 목표와 일치하지 않거나 차별적일 경우, 내담자에게 자신의 가치를 강요할 위험이 있는 영역에 대한 교육을 받는다.

> 초등학교 학생들을 상담하는 학교 상담자 케이티Katy는 내년에 그 지역의 고등학교에 상담자 채용 공고가 있을 것이라는 소식을 들었다. 그녀는 청소년들을 상담하고 싶지만, 피임, 임신과 관련된 문제로 상담을 요청할 수 있는 학생들을 상담해본 경험이 없다. 케이티는 혼전 성관계, 피임, 낙태에 반대하는 종교 단체의 회원이다. 그녀는 자신의 종교적 가치관이 청소년 내담자들과 상담 관계를 맺는 데 어떠한 영향을 미칠지를 잘 알고 있다. 그녀는 자신이 사는 지역에서 상담에서의 가치관 갈등을 다루는 워크숍이 열린다는 것을 알게 되었다. 그녀는 워크숍에 참석하여 개인적 가치와 직업적 가치 사이의 갈등을 관리하는 방법에 대하여 공부하며, 수퍼바이저와 지속적으로 이러한 문제에 대해 논의한다. 또한 만약 그녀가 고등학교에 지원해서 합격하면, 그녀의 종교적 가치와 관련된 문제들을 제시하는 학생들과의 상담은 더 집중적인 수퍼비전을 받아야겠다고 결심한다.

A.5. 금지된 상담 외의 역할과 관계

A.5.a. 금지된 성적 그리고/또는 낭만적 관계

현재 내담자, 그들의 연인, 그들의 가족 구성원과의 성적, 그리고/또는 낭만적인 관계는 금지되어 있다. 이러한 금지는 대면, 매체를 통한 관계에 모두 적용된다.

> 정신건강재활기관의 상담자인 돈테Donté는 주로 아이들을 상담한다. 사적으로, 그녀는 독신이며 유명한 데이트 웹사이트 계정을 가지고 있다. 어느 날, 내담자 중 한명의 아버지인 마르코Marco가 이 웹사이트를 통해 돈테에게 연락을

해왔다. 마르코는 돈테에게 매력을 느끼고 있다며 만남을 제안한다. 돈테는 업무용 전화기로 마르코에게 연락해서 관계가 불가능하다는 것을 알려준다. 그는 시간을 내어, 자신의 윤리적 의무와 왜 내담자의 부모와 낭만적인 관계를 맺지 말아야 하는지 설명한다.

A.5.b. 이전의 성적 그리고/또는 낭만적 관계

상담자는 이전에 성관계를 가졌거나 낭만적 관계에 있던 사람들과 상담관계를 맺는 것을 금지한다.

피트Pete는 사설기관에서 일하는 전문상담사이다. 지인의 결혼 피로연에서 그는 마을로 막 이사온 전 여자친구 세레나Serena를 만났다. 세레나는 상담 예약을 위해 전화하고 싶다면서 피터에게 명함을 요청한다. 피트는 성관계나 낭만적인 관계를 맺어온 사람들을 상담하는 것은 윤리적이지 않다고 설명한다. 그런 후, 혹시 지역사회의 상담자 명단을 제공받기 원한다면 월요일에 그의 사무실로 연락하라고 제안한다.

A.5.c. 이전 내담자와의 성적 그리고/또는 낭만적 관계

이전 내담자, 그들의 연인, 그들의 가족 구성원과의 성적 그리고/또는 낭만적인 관계는 마지막 전문적 접촉 이후 5년 동안 금지된다. 이는 대면, 매체를 통한 관계에 모두 적용된다. 상담자는 이전 내담자, 그들의 연인 또는 가족 구성원과의 성적 또는 낭만적인 관계를 시작하기 전에, 그 관계가 어떤 식으로든 착취적으로 볼 수 있지는 않은지 또는 이전 내담자에게 해를 입힐 가능성은 있지 않은지에 대해 숙고했음을 보여주고 이를 문서화해야 한다. 착취나 위해의 가능성이 있다면 상담자는 그러한 관계를 맺는 것을 피해야 한다.

수잔Susan은 6개월 동안 프랭크Frank와 상담을 진행하였다. 상담하는 동안 프랭크는 친밀감에 대한 두려움에 대해 작업하였으며, 자신이 원하는 것을 요청하는 자기 주장 기술을 배웠다. 상담이 끝난 지 거의 3년이 지난 후, 수잔과 프랭크는 온라인 데이트 사이트에서 만났다. 프랭크는 수잔에게 개인적인 관계를 맺고 싶다고 말한다. 그는 그들의 전문적인 관계가 끝난 후 충분한 시간이 흘렀다고 느끼며 성적으로 그녀에게 끌린다고 한다. 수잔은 프랭크가 매우 흥미로운 사람이라고 생각하지만, 그들의 이전 관계의 특성 때문에 개인적인 관계를 맺는 것이 불편하다고 대답한다. 그녀는 상담 윤리 및 사생활과 업무생활을 분리해야 한다는 자신의 개인적인 신념에 대해 설명한다. 그녀는 프랭크에게 그들 사이의 개인적인 관계는 불가능하다고 알려준다.

A.5.d. 친구 또는 가족 구성원

상담자는 객관성을 유지할 수 없는 친구나 가족 구성원과 상담관계를 맺는 것을 금지한다.

샤나Shanna는 신체적, 성적 학대 생존자들을 전문적으로 상담하는 기관에서 일하는 공인전문상담사이다. 샤나는 지원금을 통해 급여를 받는 몇 안 되는 치료사 중 한 명이기 때문에 대부분의 내담자들을 무료로 상담한다. 샤나는 친한 친구 데이빗David으로부터 전화를 받았는데, 데이빗은 자신의 딸이 학대받고 있는 것 같다며 딸과 함께 와서 상담받을 수 있는지 묻는다. 샤나는 이 아이의 대모로, 휴일이나 특별한 날에 이들 가족과 함께 보내는 경우가 종종 있다. 데이빗은 샤나의 도움을 간절히 원하고 있으며 상담료를 지불할 만한 여유가 없다. 샤나는 데이빗에게, 비록 그녀와 아이가 혈연관계의 친척은 아니지만, 그녀와의 개인적인 관계가 있기 때문에 상담에서 객관성을 유지할 수 없다고 말한다. 샤나는 데이빗에게 무료 서비스를 받을 수 있는 다른 기관들을 알려준다.

A.5.e. 현재 내담자와의 개인적인 가상의 관계

상담자는 현재 상담을 받고 있는 내담자와 개인적인 가상의 관계를 맺는 것을 금지한다(예: 소셜미디어 및 기타 매체를 통해).

말로Marlo는 사설기관에서 일하는 공인전문상담사이다. 그녀는 전문가 정보 설명문을 통해 자신의 개인 소셜 미디어와 개인 웹 사이트에 관한 방침을 설명한다. 그녀의 설명문에는 현재 그리고/또는 과거의 내담자들과 어떠한 사회적 또는 가상적인 관계도 맺지 않는다고 명시되어 있다. 또한 상담 관계를 시작하기 전에 내담자와 이 방침에 대해 논의한다. 말로는 지난 몇 주 동안 케이시 Casey와 상담을 진행해 왔으며, 케이시는 말로의 정책에 대하여 명확하게 이해하고 있음을 전달했다. 말로는 자신과 케이시가 같은 인터넷 데이트 사이트에 속해 있다는 것을 알게 되었을 때, 케이시에게 사회적 그리고/또는 가상 관계에 대한 자신의 방침을 상기시키고 인터넷 데이트 사이트에서 그들 사이의 상호작용은 불가능하다는 것을 재차 강조한다.

A.6. 경계 및 전문적 관계의 관리와 유지

A.6.a. 이전 관계

상담자는 그들이 이전에 관계 맺었던 사람들을 내담자로 받아들이는 것의 위험과 이익을 고려한다. 이러한 잠재적 내담자에는 상담자와 일상적인 관계이거나 먼 관계이거나, 과거에 관계를 가졌던 사람들이 포함될 수 있다. 예를 들어, 전문 협회, 조직, 커뮤니티의 구성원 또는 과거에 회원으로 활동한 적이 있는 경우 등이 있을 수 있다. 상담자는 이러한 내담자들을 받아들일 때, 판단력이 손상되지 않고 착취가 발생하지 않도록 설명 후 사전동의, 자문, 수퍼비전, 문서화와 같은 적절한 전문적인 예방조치를 취한다.

필립Phillip은 개인 상담소를 운영하고 있으며, 지역 내의 유일한 공인전문상담사이다. 그에게 전화 한통이 걸려왔는데, 자신은 제리Jerry라고 하면서 상담을 받고 싶다고 한다. 필립은 목소리를 듣고 그가 누군지 알아차렸다. 둘은 1년 전에 같은 요가수업을 들었으며 수업 전후에 가끔 수다를 떨기도 하였다. 필립은 과거 관계가 어떠했는지를 고려한 다음 그들이 요가수업을 통해 가졌던 사적인 관계에 대해 이야기하기 시작한다. 필립은 과거의 관계와 새로운 전문적 관계

간의 차이점을 강조하며, 상담관계에 들어가게 되면 이전의 사적인 관계를 가질
수 없다는 것을 이해할 수 있도록 돕는다.

A.6.b. 상담 경계의 확장

상담자는 현재의 상담 관계를 일반적인 기준 이상으로 확장할 경우의 위험과 이점을
고려한다. 예를 들어, 내담자의 공식 행사(예: 결혼식, 약혼식, 또는 졸업식) 참석, 내담자가
제공하는 서비스 또는 제품 구매(제한을 가하지 않은 물물 교환 제외), 입원 중인 내담자의
아픈 가족 방문 등이 이에 해당된다. 경계를 확장하는 데 있어서 판단력을 훼손하지 않
고 피해가 발생하지 않도록 설명 후 사전동의, 자문, 수퍼비전, 문서화 등 전문적인 예방
조치들을 취한다.

공인된 결혼 및 가족 치료자인 쉐리Sheri는 지난 6개월 동안 상담해온 커플의
결혼식에 초대받았다. 그녀는 자신이 참석할 경우 발생할 수 있는 비밀 보장 위
반의 가능성을 고려하여, 공인전문상담사와 이전 수퍼바이저에게 자문을 구했
다. 커플의 다음 회기에, 쉐리는 결혼식에는 참석하지만 피로연에는 참석하지
않을 것이며, 결혼식에 참석하는 것을 치료과정의 일부분으로 보기 때문에, 혼
자 참석할 것이라는 것을 알린다.

A.6.c. 경계 확장에 대한 문서화

상담자가 A.6.a 및 A.6.b에 기술한 바와 같이 경계를 확장하는 경우, (가능하다면) 그
러한 상호작용이 일어나기 전에 상호작용의 근거, 잠재적 이익, 내담자 또는 이전 내담
자에게 미치는 영향, 내담자 또는 이전 내담자와 밀접하게 관련된 사람들에게 미치는
영향 등에 대하여 공식적으로 문서화해야 한다. 만약 내담자 또는 이전 내담자, 그들과
관련된 사람들이 의도치 않게 해를 입었을 때, 상담자는 그러한 피해를 구제하기 위해
시도한 증거들을 제시해야 한다.

공인된 결혼 및 가족 치료자인 칼로스Carlos는 약 6개월 전에 폴Paul과 다니엘

Daniel을 상담하기 시작했다. 그 커플은 함께 하길 원하지만 관계에서 상당한 갈등을 겪고 있었기 때문에 상담을 하게 되었다. 폴과 다니엘은 이제 그들의 상담 목표를 달성했으며, 칼로스를 그들의 약혼식에 초대하였다. 그들은 칼로스에게 감사를 표현하면서 그가 약혼식에 참석하는 것이 그들에게 중요하다고 말한다. 칼로스는 참석하는데 동의하였으며 약혼식에 참석하는 데에 따른 잠재적 위험(누군가가 그가 그 커플을 어떻게 아는지 묻는 것과 같은 예들)에 대해 설명한다. 칼로스는 참석에 따른 잠재적 이익과 위험을 확인하고 결정의 근거를 문서화한다.

A.6.d. 전문적 관계에 있어서의 역할 변경

상담자는 처음 또는 가장 최근에 계약한 관계에서 역할을 변경할 때, 내담자에게 설명 후 사전동의를 받고 변경과 관련된 서비스를 거절할 수 있는 내담자의 권리에 대해 설명해야 한다. 역할 변경의 예는 다음과 같으나 이에 국한되지는 않는다.

1. 개인 상담에서 관계 또는 가족상담으로 변경 또는 그 반대의 경우
2. 평가 역할에서 치료 역할로의 변경 또는 그 반대의 경우
3. 상담자에서 중재자 역할로 변경 또는 그 반대의 경우

상담자의 역할 변경으로 인해 예상되는 모든 결과(예: 재정적, 법률적, 개인적, 치료적)에 대해 내담자에게 충분히 알려야 한다.

공인전문상담사인 마이징MaiJing은 개인상담소를 운영하고 있으며, 소년보호 관찰소와 계약을 맺고 법원에서 의뢰된 청소년들에게 상담서비스를 제공하고 있다. 마이징에게 켄드라Kendra의 상담이 의뢰되었는데, 켄드라는 절도로 체포된 후에 판결유예를 받은 15살 소녀이다. 켄드라를 처음 만났을 때 마이징은 그녀와의 상담진행 상황을 법원에 보고해야 한다는 것을 조심스럽게 설명하였다. 켄드라는 이러한 조건에 동의하였고, 법원이 명령한 8회기 동안 상담을 진행하였다. 마지막 회기에서, 켄드라는 개인상담소에서 마이징과 계속 상담할 수 있는지를 묻는다. 마이징은 켄드라에게 비밀 보장, 보고, 상담료와 관련된 차이를 포

함하여, 상담관계에서 변화가 있을 수 있음을 설명한다. 마이징의 개인상담소에서 상담받기 위해 마이징이 자신의 법적 보호자에게 연락하는 것에 대해 켄드라는 동의한다.

A.6.e. 비전문적인 상호작용 또는 관계(성적 또는 낭만적 상호작용이나 관계 외)

상담자는 잠재적으로 내담자에게 해롭다고 여겨질 경우, 이전 내담자, 그들의 연인, 또는 그들의 가족 구성원과의 비전문적 관계를 피해야 한다. 이는 대면 및 매체를 통한 상호작용 및 관계에 모두 적용된다.

학교 상담자인 라키에샤Lakiesha는 학업성적이 갑자기 나빠져 의뢰된 초등학교 4학년 타이론Tyrone과 개인상담을 진행하였다. 상담을 통해 라키에샤는 타이론의 부모가 이혼했으며, 함께 살고 있는 아버지가 최근에 재혼했다는 것을 알게 되었다. 어느 날 저녁, 한 정치 행사에서 라키에샤는 자신을 타이론의 새엄마라고 소개하는 한 여성을 만난다. 그 여성은 타이론에게 많은 도움을 주고 있는 라키에샤에게 감사를 표하며, 행사가 끝난 후에 잠깐 밖에 나가서 한잔 하며 그들이 함께 관심있어 하는 정치적 대의를 위해 협력할 수 있는 방법에 대하여 이야기하자고 제안한다. 라키에샤는 초대에 감사를 표하면서도, 복잡하게 얽힐 수 있는 가능성을 미리 떠올려보고는 초대를 거절한다.

A.7. 개인, 집단, 기관 및 사회적 수준에서의 역할과 관계

A.7.a. 옹호

적절할 경우, 상담자는 내담자의 성장과 발달을 저해하는 잠재적 장벽과 장애물을 해결하기 위해 개인, 집단, 기관 및 사회적 수준에서 옹호활동을 한다.

폴Paul은 대학에서 진로상담을 전문으로 하는 상담자이다. 마틴Martín이 직업 선택에 대하여 상담받기 위해 폴을 찾아왔다. 마틴은 컴퓨터 공학을 전공하길 꿈꿔왔으나 이것이 자신에게 가능한 선택이 아닌 것 같다고 한다. 마틴은 시각 장애를 가지고 있으며, 이러한 장애가 직업선택을 포함하여 자신의 삶의 모든 영역에 어떻게 영향을 미치는지를 설명한다. 마틴은 컴퓨터 공학과 지도교수가 시각적 작업이 많이 필요하지 않는 다른 전공으로 바꾸는 게 어떤지를 권유했다고 말한다. 마틴은 지도교수에게 컴퓨터 화면을 볼 수 있게 해주는 보조 장비가 있으며, 학과에서 이것을 제공해주면 그 과정을 쉽게 끝낼 수 있다고 설명했음을 덧붙였다. 그러나 그 지도교수는 학과에 이러한 장비를 구입할 재정적 자원이 없다고 생각하였다. 폴은 마틴에게 학생 장애지원센터에 연락할 수 있도록 도와주면서 이 장비를 제공받을 수 있는지 함께 살펴보자고 한다. 또한 폴은 전담팀을 조직하여, 장애 학생의 요구가 대학에서 어떻게 충족되고 있는지를 조사한다. 그리고 센터의 다른 상담자들과 협력하여 대학 교수들에게 다양성 교육을 제공하기 시작한다.

A.7.b. 비밀 보장 및 지원

상담자는 특정 내담자를 대신하여 서비스 제공을 개선하고 내담자의 성장, 발달을 저해하는 제도적 장벽이나 장애물을 제거하기 위한 옹호활동에 참여하기 전에, 먼저 내담자의 동의를 얻는다.

클라우디아Claudia는 재향군인 병원에서 근무하는 재활 상담자이다. 그녀는 자신의 내담자 중 한 명인 존John이 적절한 의료 서비스를 받지 못하고 있다는 것을 알게 되었다. 존은 지속적으로 통증이 있다고 불평하면서, 약을 늦게 받거나 아예 받지 못하는 경우도 있다고 말한다. 클라우디아는 병원 내 환자로서의 권리에 초점을 맞추어서 존과 이 문제를 논의하였다. 존은 자신은 도움이 필요하지만 의료서비스의 질에 대하여 병원측에 이야기할 수 있는 가족이 없다고 하였다. 클라우디아는 그의 동의 아래 존을 옹호하기로 하였다. 클라우디아는 존에게 그녀가 누구와 이야기할 것인지, 어떤 정보가 공개될 것인지에 대하여 분명하게 설명한다. 그리고 이러한 행동으로 인해 발생할 수 있는 결과와 이것이 존에게 어떤 영향을 미칠지에 대하여 논의한다. 존은 이것이 최선의 행동이라는

것에 동의하였으며, 클라우디아가 존이 적절한 치료를 받을 수 있게 도울 수 있
도록 비밀 보장 해제 문서에 서명한다.

A.8. 다수의 내담자

상담자가 이미 관계를 맺고 있는 둘 이상의 사람들에게 상담서비스를 제공하는 데
동의하는 경우, 상담자는 처음부터 어떤 사람이 내담자인지, 상담자가 각각의 사람들과
맺을 관계의 성격은 어떠한지를 분명하게 한다. 만약 상담자가 잠재적으로 상충되는
역할을 수행하도록 요구받을 수 있음이 명백해지면, 상담자는 역할을 명확히 하거나
조정하거나 그만둔다.

결혼 및 가족상담자는 부부상담을 위해 린다Linda와 톰 Tom을 만나기로 하였
다. 상담자는 처음에는 두 사람과 함께 상담을 시작하지만 가끔은 각각 개별적으
로 만나기를 원할 수도 있음을 설명하였다. 또한 개인회기에서 말한 내용을 상대
에게 누설하지 않을 것이라는 것에 대해 이해와 동의를 얻었다. 상담이 시작된
지 몇 주 후, 개인회기에서 린다는 톰이 바람을 피우고 있는 것 같다고 하면서,
톰의 개인회기에서 이를 확인할 수 있는 어떤 말을 한 적이 있는지 알려달라고
요청한다. 상담자는 개인회기의 비밀 보장에 대한 원칙을 다시 한번 강조하면서,
린다가 그녀의 걱정을 톰에게 직접 표현할 수 있을지에 대해 탐색한다.

A.9. 집단 작업

A.9.a. 선별

상담자는 집단상담/치료 참가자를 선별한다. 가능한 한, 자신의 필요와 목표가 집단
의 목표와 일치하며, 집단 진행을 방해하지 않고, 집단 경험으로 인해 안녕이 위협받지
않을 사람들을 선발한다.

현재 상황에 대한 교육적, 직업적, 개인적 대안을 찾고 있는 30세 이상의 여

성들을 위한 집단상담에 몇몇 여성들이 참여하겠다고 신청하였다. 집단상담 촉진자인 대니카Danica는 신청자들을 면접하고 성격검사를 진행하였다. 검사를 통해 신청한 여성 중 한 명이 심각한 우울증상을 경험하고 있다는 것을 알게 되었다. 대니카는 그녀를 만나서 상담센터에서 제공하는 다른 서비스를 받는 것이 더 도움이 될 것 같다고 제안하였다. 의뢰를 위한 절차가 진행되었다.

A.9.b. 내담자 보호

집단 장면에서, 상담자는 신체적, 정서적, 심리적 외상으로부터 집단원들을 보호할 수 있도록 합리적인 주의를 기울여야 한다.

공인전문상담사인 마틴Martin은 성장집단의 첫 번째 회기를 진행 중이다. 첫 회기는 그들이 집단에 들어오길 원하는지 여부를 결정하도록 돕기 위하여 이루어진 '시범' 회기였다. 어느 순간, 한 집단원이 자신이 심각한 정서적 문제를 가지고 있는 것 같다며 개인적인 걱정을 이야기하였다. 마틴은 집단의 초점이 그 집단원에게 집중되지 않도록 이끌었으며, 회기가 끝난 후 그를 개인적으로 만나 개인상담을 권유하고 안내하였다.

A.10. 상담료 및 비즈니스 관행

A.10.a. 자기 추천

상담서비스를 제공하는 조직(예: 학교, 기관, 단체)에서 일하는 상담자는 특정 조직의 방침에 명시적으로 자기 추천에 대한 규정이 없다면 내담자를 자신과 연관된 사설기관에 의뢰하지 않는다. 예로써, 내담자가 개인 상담을 받고자 하는 경우, 내담자가 이용할 수 있는 다른 대안적 선택들을 알려주어야 한다.

라마Rahma는 학교 상담자로, 파트타임으로 사설 상담기관에서 개인상담도 하고 있다. 사설 상담기관에서, 그녀는 다양한 유형의 학대를 경험한 아이들을 상담한다. 라마는 학교에서 한 아이를 상담했는데, 그는 자신이 성적 학대를 경험하고 있다고 털어놓았다. 그녀는 아이의 엄마와 만나서 이야기를 나누었으며, 엄마는 아이를 위해 외부 상담 기관을 소개해줄 것을 요청하였다. 라마는 지역의 사설 상담기관 목록이 안내되어있는 브로슈어를 제공하였다. 브로슈어 목록에는 라마가 일하고 있는 사설 상담기관은 기재되어있지 않다.

A.10.b. 허용되지 않는 비즈니스 관행

전문서비스를 위해 내담자를 의뢰할 때 수수료, 리베이트 또는 기타 형태의 보상을 제공하거나 받지 않는다.

호세Jose와 마이크Mike는 중학교 때부터 친구 사이였다. 호세는 공인전문상담사이고 마이크는 가족 전문변호사이다. 호세는 최근에 자녀 양육권 평가자 자격을 취득하였으며, 마이크에게 자신의 경력을 새롭게 확장시킬 수 있는 방법에 어떤 것이 있을지를 물었다. 마이크는 서로에게 내담자를 소개하고 상담료를 반반씩 나누는 것은 어떤지를 제안한다. 호세는 상담료를 나누는 것은 비윤리적이라고 말하면서, 추천인 명단에 마이크를 추가할 수는 있다고 말한다.

A.10.c. 상담료 책정

전문적 상담서비스 요금을 책정할 때, 상담자는 내담자의 재정상태와 지역을 고려한다. 일반적인 상담료가 내담자에게 과도한 부담을 초래한다면, 법적으로 허용되는 경우 상담료를 조정하거나, 비슷하면서 좀 더 저렴한 상담서비스를 찾을 수 있도록 지원한다.

나탄Nathan은 집단상담을 진행하는 공인전문상담사이다. 임상가들은 자신의 전문성에 근거하여 상담료를 정하며, 그 지역의 다른 정신건강전문가들과 비슷한 수준의 상담료를 책정한다. 나탄은 정신건강 보험에 가입되어 있지 않아 상담료 전액을 감당할 수 없는 내담자들에게는 상담료을 할인해준다. 내담자가 할인된 상담료를 지불할 수 없을 경우, 내담자를 무료 또는 최소한의 비용만 받는 비슷한 기관에 의뢰한다.

A.10.d. 상담료 미납

만약 합의한 대로 상담료를 지불하지 않는 내담자들에게 상담료를 징수하기 위해 미수금 처리 대행사를 이용하거나 법적 조치를 취할 의사가 있는 경우, 상담자는 설명 후 사전동의 문서에 이러한 정보를 포함시키고, 사전동의에 따라 예정된 조치가 이루어질 것임을 미리 알려주고 내담자에게 상담료를 지불할 기회를 제공한다.

제니퍼Jennifer는 사설기관의 공인전문상담사이다. 제니퍼는 데비Debbie와 말콤 Malcolm 커플과 9회기의 상담을 진행하였다. 접수 회기에서 제니퍼는 지불과 미납 절차에 대하여 설명하였다. 또한 지불과 관련한 기준 시간을 안내하고, 마지막 회기 후 30일 이내에 납부하지 않으면 청구서가 징수기관으로 보내질 것이라고 설명하였다. 제니퍼는 이 커플이 재정적인 어려움을 겪고 있다는 것을 알기에, 마지막 3회기에 대한 지불을 연기해주었다. 데비와 말콤은 9회기 이후에 상담을 진행하지 않았고, 3회기 상담료는 미결제로 남았다. 제니퍼는 전화로 연락을 시도했으나 전화를 받지 않았다. 그녀는 청구서가 징수기관에 이전되기 전인 30일 이내에 미납료를 지불해야 한다는 것을 알리는 편지를 보낸다.

A.10.e. 물물 교환

상담자는 물물 교환이 착취나 피해를 초래하지 않는 경우, 내담자가 요청하는 경우, 그리고 그러한 합의가 지역사회 내의 전문가들 사이에서 받아들여지는 관행인 경우에만 내담자와 물물 교환을 할 수 있다. 상담자는 물물 교환의 문화적 의미를 고려하고, 관련된 문제를 내담자와 논의한 후 서면계약서를 작성하여 이러한 합의내용을 문서화 한다.

브라이언Brian은 고액의 이혼소송을 진행 중이며, 다른 재정적 조치가 이루어지지 않는 한 매주 1번씩 만나는 상담을 중단해야 할 것 같다고 상담자인 산드라Sandra에게 말한다. 브라이언은 산드라의 사무실이 오래된 가구와 저렴한 골동

품들로 꾸며져 있다는 것을 알고 있었다. 브라이언은 골동품과 고미술 가게를 운영하고 있기에, 혹시 상담료를 그녀가 가게에서 선택할 수 있는 몇몇 가구들과 교환할 수 있는지를 묻는다. 산드라가 일하는 지역의 전문가들 사이에서는 물물 교환이 일반적이지 않다. 산드라는 브라이언에게 그녀가 그의 제안을 받아들였을 때 일어날 수 있는 잠재적 문제에 대하여 설명한다. 물물 교환에 대한 제안을 거절하면서, 대신 상담료를 깎아주는 것에 동의하고 당분간 격주로 상담 받으러 오는 것이 어떤지 제안한다.

A.10.f. 선물 받기

상담자는 내담자의 선물을 받는 것이 갈등을 일으키는 도전거리임을 이해하고, 어떤 문화에서는 작은 선물이 존경과 감사의 표시라는 것을 인식한다. 내담자의 선물을 받을지 여부를 결정할 때, 상담자는 치료 관계, 선물의 금전적 가치, 선물을 주는 내담자의 동기, 선물을 수락하거나 거절하려는 상담자의 동기를 고려한다.

보니타Bonita는 3개월 동안 매주 데이빗David을 상담해왔다. 상담 과정을 통해 데이빗은 스스로 설정한 목표를 성공적으로 달성할 수 있었다. 지난주 회기에서 보니타와 데이빗은 오늘 회기가 종결회기가 될 것이라는데 합의하였다. 데이빗은 오늘 회기에 화분을 들고 왔으며, 도움에 대한 감사의 표시로 보니타에게 준다. 보니타는 선물을 주는 데이빗의 동기, 데이빗이 선물을 줄 여유가 있다는 사실, 그리고 이번이 그들의 마지막 회기라는 사실을 고려하여, 그 선물을 받기로 결정한다.

A.11. 종결 및 의뢰

A.11.a. 종결 및 의뢰 시 역량

상담자가 내담자에게 전문적인 도움을 줄 수 있는 역량이 부족한 경우, 상담관계를 시작하거나 지속하는 것을 피해야 한다. 상담자는 문화적, 임상적으로 적절한 의뢰 기관들을 알고 있어야 하며 이러한 대안들을 제시해야 한다. 만약 내담자가 제안된 의뢰를 거절한다면, 상담자는 관계를 종결한다.

소년 법원 시스템 내에서 상담자로 일하고 있는 라파엘Rafael은 권위자와 관련된 심각한 문제를 가지고 있는 청년과 상담을 시작하였다. 이 내담자는 끊임없이 경찰, 행정관 및 권위적인 다른 인물들을 조롱하고 모욕하였다. 라파엘은 이 내담자와 라포를 형성하려는 시도를 여러번 하였으나 계속 실패하였으며, 임상 수퍼바이저와 상의한 끝에 이 내담자와 치료 관계를 맺을 수 없다는 결정을 내렸다. 내담자의 허락을 받은 후, 그는 내담자를 권위자와 관련된 어려움을 가지고 있는 청년들과 성공적으로 상담한 경험이 있는 다른 상담자에게 의뢰하였다.

A.11.b. 종결 및 의뢰 시 가치

상담자의 개인적인 가치, 태도, 신념, 행동만을 바탕으로 내담자를 의뢰하는 것을 자제한다. 상담자는 내담자의 다양성을 존중하며, 특히 상담자의 가치관이 내담자의 목표와 일치하지 않거나 차별적인 특성을 가지고 있을 때는 내담자에게 가치를 강요할 위험이 있는 영역에 대한 교육을 받는다.

조나단Jonathan은 인턴십 첫 학기를 보내고 있는 상담 수련생이다. 그는 지난 2주 동안 인종 간 커플을 상담해오고 있는데, 인종 간 결혼이 잘못되었다고 믿도록 자랐기 때문에 약간 불편감을 느낀다고 수퍼바이저에게 말한다. 상담 중 편견이 나타나는지를 확인하기 위해 자신의 상담회기를 살펴보고 피드백을 해줄 것을 수퍼바이저에게 요청한다. 또한 다문화 상담에 대한 인식을 높이기 위해 주말 집중 워크숍에 등록한다.

A.11.c. 적절한 종결

상담자는 내담자가 더 이상 도움을 필요로 하지 않거나, 도움이 될 것 같지 않을 때, 또는 상담을 지속하는 것이 해가 된다는 것이 비교적 확실해지면 상담 관계를 종결한다. 상담자는 내담자나 내담자와 관계 있는 다른 사람으로부터 해를 입을 위험이 있는 경우 또는 동의한 상담료를 지불하지 않는 경우 상담을 종결할 수 있다. 상담자는 종결 전 상담을 제공하고, 필요하다면 다른 서비스 제공 업체들을 추천해 준다.

게리Gary는 상담자 로레타Loretta와 거의 7개월 동안 개인상담을 진행해왔다. 처음 몇 달 동안은 목표달성을 향해 꾸준히 나아가고 있었다. 그러나 지난 한 달 동안 로레타는 게리가 상담시간이나 상담 밖에서 거의 아무것도 하지 않는다고 느꼈다. 로레타는 이를 게리에게 이야기했으나, 그는 상담관계 종결에 대하여 고려하는 것을 꺼려하였다. 마침내, 게리는 자신이 더 많은 변화를 만드는 데 별로 관심이 없으며, 종결로 인해 생길 수 있는 불편한 감정들을 피하고 있다는 것을 인정하게 되었다. 추가적인 논의 끝에, 그들은 종결을 준비하기 위해 2회기를 더 갖기로 합의한다.

A.11.d. 적절한 서비스 이양

상담자가 내담자를 다른 상담자에게 이양하거나 의뢰하는 경우, 적절한 임상적, 행정적 절차가 완료되었는지 확인하고 내담자, 다른 상담자 모두와 개방적인 의사소통을 유지해야 한다.

로렌Lauren은 알렉스Alex와 상담을 진행하고 있다. 알렉스가 다른 도시로 이사 가게 되었다는 것을 그녀에게 말한 후, 그들은 알렉스가 새로운 도시에서 전문적인 상담자를 찾을 수 있도록 돕는 것을 포함하여 종결 계획을 세웠다. 로렌은 그의 새로운 상담자와 정보를 공유해도 되는지에 대하여 알렉스에게 허락을 받는다.

A.12. 내담자 포기 및 방치

상담자는 상담 중 내담자를 포기하거나 방치해서는 안된다. 필요한 경우 휴가, 질병, 그리고 상담 중단 기간 동안 내담자가 치료를 지속적으로 받을 수 있도록 적절한 조치를 취해야 한다.

　　메리 로우Mary Lou는 여름에 유럽에서 4주를 보낼 예정이다. 그녀는 2월에 내담자에게 이 사실을 알리고, 자신이 없는 동안 그녀의 동료 중 한 명이 상담을 할 수 있다는 것을 알려주었다. 봄이 시작될 무렵, 그녀는 전화를 걸어오는 예비 내담자들에게 자신이 여행에서 돌아올 때까지 새로운 내담자를 받지 않을 것임을 알리고, 그들에게 다른 전문상담자들의 전화번호와 이름을 알려주었다.

Section B. 비밀 보장과 사생활 보호

학습 및 토론을 위한 질문

- **비밀 보장을 설명하기**: 내담자에게 비밀 보장의 본질과 목적에 대해 어떠한 정보를 제공해야 하며 어떻게 제시해야 하는가?
- **비밀 보장의 예외**: 비밀 보장에 대한 주요 예외 사항을 무엇이라고 생각하는가? 내담자에게 비밀 보장의 한계에 대해 알려주는 것이 신뢰를 높이거나 낮춘다고 생각하는가?
- **집단, 가족 및 미성년 내담자를 위한 비밀 보장**: 개인을 상담할 때와 집단과 가족을 상담할 때 요구되는 비밀 보장의 차이점이 있는가? 미성년자들을 상담할 때는 어떠한가?
- **문화적 고려 사항**: 내담자의 문화가 내담자의 비밀 보장에 대한 관점과 기대에 어떠한 영향을 미치는가?
- **비밀 정보 공유**: 내담자에 대한 정보를 제3자와 공유하는 것이 어떠한 상황에서 윤리적으로 허용되는가?
- **기록**: 어떤 종류의 상담 기록을 보관해야 하는가? 내담자가 상담회기에 대하여 당신이 보관하고 있는 기록을 보고싶다고 요청하면 어떻게 대응할 것인가?

Section B. 비밀 보장과 사생활 보호

머리말

상담자는 신뢰가 상담관계의 초석임을 인식한다. 상담자는 지속적인 파트너십을 구축하고, 적절한 경계를 설정하고 유지하며, 비밀을 유지함으로써 내담자의 신뢰를 얻고자 노력한다. 상담자는 문화적으로 적절한 방식으로 비밀 보장과 관련된 기본적인 사항들에 대해 전달한다.

B.1. 내담자의 권리 존중

B.1.a. 다문화/ 다양성 고려

상담자는 비밀 보장과 사생활 보호의 문화적 의미에 대해 인식하고, 민감성을 유지한다. 상담자는 정보 공개에 대한 다양한 관점들을 존중한다. 상담자는 어떻게, 언제, 누구와 정보를 공유할 것인지에 대해 내담자와 지속적으로 논의한다.

패트리스Patrice는 지역사회 기관에서 상담자로 일하고 있다. 그녀는 새로운 내담자인 파티마Fatima를 맞이하기 위하여 대기실로 갔는데, 파티마는 그녀의 남편과 함께 기다리고 있었다. 파티마는 패트리스에게 남편을 소개하면서, 접수상담을 진행하는 동안 남편과 함께 있을 수 있게 해달라고 요청하였다. 파티마는 자신의 문화에서는 부인이 남편에게 비밀을 가지는 것이 허용되지 않으며 남편 없이 상담을 받는 것이 편안하지 않다고 설명한다. 접수상담은 부부와 함께 진행되었다. 패트리스는 파티마가 상담을 요청하게 된 고민거리에 초점을 맞출 수 있도록 하기 위하여, 앞으로의 상담은 파티마만 오는 것이 어떤지를 제안한다. 패트리스는 상담회기에서 나눈 내용들에 대한 비밀은 파티마의 것이며, 파티마가 원한다면 언제든지 남편과 정보를 공유해도 된다고 설명한다.

B.1.b. 사생활 존중

상담자는 미래와 현재의 내담자의 사생활을 존중한다. 상담자는 상담 과정에 도움이 되는 경우에만 내담자에게 사생활 정보를 요청한다

초등학교 상담자인 론Ron은 위축되어 있고 부주의해 보인다며 교사가 의뢰한 2학년 학생 타와나Tawana를 상담하게 되었다. 타와나의 아버지는 유명한 프로 운동선수인데, 최근에 그가 속한 스포츠팀의 몇몇 구성원들이 연루된 성 스캔들 때문에 뉴스에 이름이 오르내리고 있다. 론은 타와나의 아버지에게 어떤 일이 일어나고 있는지 궁금하지만, 의뢰된 호소문제에 초점을 맞추어 상담을 시작한다. 론은 타와나가 그 주제를 가져올 때만 가족문제를 논의하려고 한다.

B.1.c. 비밀 보장

상담자는 미래와 현재 내담자의 비밀을 존중한다. 상담자는 적절한 동의가 있거나 충분한 법적 또는 윤리적 정당성이 있는 경우에만 정보를 공개한다.

초등학교 상담자인 아네타Arnetta는 학생들을 대상으로 단기 집단상담을 진행하고 있다. 교장선생님이 아네타에게 말하길, 학생에 대한 책임감이 강조되고 있기에 아이들이 집단에서 어떤 진전을 보이고 있는지 알 필요가 있다면서 알려줄 것을 요청하였다. 아네타는 이러한 요청에 응하는 것이 윤리적이거나 적절하지 않은 이유를 설명한다. 대신에, 그녀는 구체적인 아동이 드러나지 않도록 주의하면서, 집단에 속한 아이들의 주요 주제와 일반적인 관심사를 요약하여 제공하겠다고 제안한다. 또한 아동이 자신이나 타인에게 해를 끼칠 위험이 있을 경우, 교장에게 알려야한다는 학교 정책을 따를 것임을 약속한다.

B.1.d. 비밀 보장의 한계에 대한 설명

상담자는 상담을 시작할 때와 상담 과정 내내 내담자에게 비밀 보장의 한계를 알리고, 비밀 보장을 지킬 수 없는 상황이 있는지 파악하기 위해 노력한다.

18세의 고등학교 3학년인 조Joe는 금지 약물 소지 혐의로 체포되어 집행유예 판결을 받았으며, 현재 보호관찰중이다. 기소유예 판결의 한 가지 조건은 약물 남용 상담자와의 상담에 참여해야 한다는 것이다. 조가 상담인 탈리아Thalia를 만났을 때, 그녀는 비밀 보장과 그 한계에 대하여 설명한다. 그녀는 그들이 상담을 끝내면 법원에 보고서를 제출할 의무가 있으며 그녀의 보고서에 포함될 정보의 유형들을 알려준다.

B.2. 예외

B.2.a. 심각하고 예측 가능한 위험 및 법적 요청

비밀 보장이 일반적인 원칙이기는 하지만, 내담자 혹은 다른 사람들이 심각하고 예측 가능한 위험에 처한 경우 또는 법적 요청에 따라 비밀 정보를 공개해야 하는 경우에는 적용되지 않는다. 상담자는 예외의 타당성이 의심스러운 경우 다른 전문가에게 자문을 구한다. 임종과 관련된 문제를 다룰 때는 추가적인 고려 사항이 적용된다.

대학 신입생인 마크Mark가 대학상담센터를 찾아왔다. 상담자인 레니Renee와의 첫 회기에서 그는 여자친구와 헤어진 것에 대해 낙담했다고 털어놓는다. 그는 전날 저녁에 자해를 시도했다가 피가 나기 시작하자 멈추었다고 하였다. 레니는 마크의 현재 정서적 상태를 탐색한 후에, 대학보건센터에 가는 것은 어떤지 제안한다. 마크는 다시는 자해행동을 시도하지 않을 것이라고 확신할 수는 없다면서도 이러한 제안을 거절한다. 레니는 마크가 고위험에 놓여있다고 평가하고, 마크에게 이유를 설명한 후 대학보건센터의 정신과 의사에게 연락한다.

B.2.b. 임종 결정에 대한 비밀 보장

자신의 죽음을 서두르고자 하는 시한부 환자에게 서비스를 제공하는 상담자는 관련 법률과 상황의 구체적인 조건에 따라, 적합한 전문가와 법률 관계자들로부터 자문과 수퍼비전을 구한 후에 비밀 보장 여부를 선택할 수 있다.

매리Mary는 시한부 진단을 받은 22살의 다니엘Daniel과 상담하고 있는 상담자이다. 상담중에 다니엘은 가족에게 짐이 되지 않기 위해 스스로 목숨을 끊는 것을 고려하고 있다고 메리에게 말한다. 수퍼바이저 및 시한부 내담자들을 보호하는 변호사에게 자문을 구한 후에, 메리는 그의 복지에 대한 우려를 표명하면서 이 문제에 대해 그의 가족에게 이야기했으면 좋겠다고 설명한다. 그녀는 다니엘과 그의 가족들이 자신의 감정을 표현하고 해결책을 찾도록 돕기 위하여 가족회의에 참여하겠다고 제안한다.

B.2.c. 전염성, 생명을 위협하는 질병

내담자가 전염성이 있으면서 생명을 위협하는 것으로 알려진 질병을 가지고 있는 경우, 제3자가 해당 질병에 걸릴 위험이 심각하고 예측 가능함을 알게 되었다면 상담자는 특정한 제3자에게 정보를 공개할 수 있다. 정보를 공개하기 전에, 상담자는 내담자가 자신의 질병을 제3자에게 직접 알릴 의도가 있는지 또는 그에게 해가 될 수 있는 행동을 하려는 의도가 있는지를 종합적으로 평가한다. 상담자는 질병 상태 공개에 관한 관련 법률을 준수한다.

졸리Jolie는 HIV 관련 질병을 가진 개인을 돕는 지역사회 클리닉에서 일하는 전문상담사이다. 그녀는 제인Jane과 상담을 하고 있는데, 제인은 6개월 전에 HIV 양성 판정을 받았다. 졸리는 제인이 최근에 남자친구와 성관계를 가졌다는 것을 알게 되었다. 졸리가 물었을 때, 제인은 "말하는 것은 상황을 복잡하게 만들 뿐"이라며 남자친구에게 자신이 양성 판정을 받았다는 것을 알리지 않겠다고 한다. 졸리는 법에 대해 알려주면서, 제인의 결정이 법에 저촉된다고 설명한다. 그러나 제인은 자신의 결정을 바꾸기를 거부한다. 졸리는 자신은 주 법률과 윤리적 의무를 따라야만 하며, 위험에 처한 제3자에게 경고할 의무가 있다는 것을 설명한다. 추가 논의 끝에, 제인은 졸리에게 남자친구의 연락처를 알려주는 데 동의하였으며, 제인의 이름을 밝히지 않은 채 남자친구가 HIV에 감염될 위험이 있으므로 검사를 받아야 한다는 것을 알리기로 한다.

B.2.d. 법원 명령에 의한 정보 공개

법원에서 내담자의 동의 없이 비밀 정보를 공개하라는 명령을 받은 경우, 상담자는 내담자에게 서면으로 설명 후 사전동의를 받거나, 또는 내담자나 상담관계에 잠재적으로 해를 끼칠 수 있으므로 공개 금지 절차를 밟거나 가능한 한 최소한으로 공개할 수 있도록 한다.

법원은 공인전문상담사인 조안Johann에게 양육권 소송 대상인 미성년 내담자의 기록을 공개하라고 명령하였다. 아동이 법정에서 부모 갈등의 한가운데에 놓이는 것에 대해 매우 불안해하고 있기 때문에, 조안은 상담회기의 구체적인 내용을 공개하는 것이 아동에게 최선의 이익이 될 것이라고 생각하지 않았다. 조안은 아동의 기록을 공개하지 않을 것임을 법원에 요청하면서, 비밀 보장을 지키는 것과 상담관계의 중요성에 대하여 설명한다.

B.2.e. 최소한의 정보 공개

가능한 한 정보를 공개하기 전에 내담자에게 알리고 공개와 관련된 의사결정과정에 참여시킨다. 정보를 공개해야만 할 상황이라면, 꼭 필요한 정보만을 공개한다.

술에 취하면 폭력적인 행동을 했던 경험이 있는 프란세스카Francesca는 알코올 중독 입원치료 프로그램을 마친 직후 정신건강센터에서 상담자를 만나기 시작하였다. 그녀는 몇 달동안 금주를 하였다. 그러던 어느날 저녁, 술에 취한 것이 분명한 그녀가 상담자에게 전화를 걸어 자신의 엄마를 죽이겠다고 협박하면서 횡설수설하며 앞뒤가 맞지 않는 말을 하였다. 상담자는 그녀가 총을 가지고 있다는 것을 알고 있었다. 상담자는 위험에 빠진 사람을 보호하기 위해서는 비밀보장을 하지 않을 의무가 있다는 것을 설명하였지만 내담자는 듣지 않았다. 상담자가 내담자의 엄마에게 전화를 걸었지만 연락이 닿지 않았다. 그래서 상담자는 경찰에 전화하여 위협의 구체적인 상황만을 설명하면서 내담자와 엄마의 이름과 주소를 알려주었다.

B.3. 타인들과의 정보 공유

B.3.a. 하급자

상담자는 내담자의 사생활과 비밀이 직원, 수련생, 학생, 사무보조원, 자원봉사자들에 의해서도 지켜질 수 있도록 최선을 다한다.

상담기관에서 새로운 사무 직원을 고용하였다. 기관장은 이들을 대상으로 상담에서의 비밀 보장의 중요성에 대한 내용이 포함된 교육프로그램을 제공한다. 내담자의 비밀을 보호하기 위하여 사례파일이 적절하게 관리되어야 한다는 것을 강조한다. 전화, 편지 또는 직접방문을 통해 문의한 상황에 대한 답변과정에서 내담자 정보를 공개하지 않도록 주의시키며, 그러한 요청이 올 경우 기관장에게 전달하도록 한다.

B.3.b. 학제간 팀

내담자에게 제공되는 서비스에 학제간 또는 치료팀의 참여가 포함된 경우, 내담자에게 팀의 존재와 구성, 공유되는 정보 및 정보 공유의 목적에 대해 알려야 한다.

입원기관에서 일하고 있는 마모드Mahmoud는 치료팀의 구성원들이 그들의 기록을 볼 수 있다는 것을 내담자에게 알린다. 또한 정기적으로 사례회의가 열리며, 다양한 관점을 살펴보기 위하여 팀접근이 이루어질 것이라는 것을 알려준다. 그는 내담자가 기관에 머무는 동안 궁금한 것에 대해 맘껏 질문할 수 있도록 격려한다.

B.3.c. 비밀 보장 환경

상담자는 내담자의 사생활을 적절히 보장할 수 있는 환경에서만 비밀 정보에 대해 논의한다.

로베르토Roberto는 병원의 암병동에서 상담자로 일하고 있다. 내담자와의 상담약속을 조정하기 위해 함께 만나고 있는 병동의 사회복지사와 아침 내내 통화를 시도했는데, 계속 엇갈려서 통화를 할 수 없었다. 점심을 먹으러 병동을 나서던 로베르토는 붐비는 엘리베이터 안에서 그 사회복지사와 마주쳤다. 두 사람은 동시에 "계속 연락했었어요"라고 말한다. 둘은 엘리베이터에서 내려 로베르토의 사무실로 들어가 문을 닫고 의논한다.

B.3.d. 제3자 지불인

상담자는 내담자가 정보 공개를 허가한 경우에만 제3자 상담료 지불인에게 정보를 공개한다.

사설기관 상담자인 노만Norman은 관리의료회사(managed care company)와 계약을 체결하였다. 회사에서 소개받은 신규 내담자와의 첫 상담에서, 그는 회사 정책과 절차에 따른 비밀 보장의 구체적인 제한사항을 논의하는 데 상당한 시간을 할애한다. 그는 내담자가 서면으로 승인한 경우에만 회사에 정보를 공개할 것이라고 이야기한다. 또한 요청된 정보 제공을 거부할 경우, 회사가 보험급여 청구를 거부할 수 있음을 설명한다.

B.3.e. 비밀 정보 전송

상담자는 매체를 통해 전달되는 모든 정보의 비밀을 보장하기 위해 주의를 기울인다.

공인전문상담사인 이작Yitzhak은 이전 내담자로부터 전화 한 통을 받았다. 그 내담자는 이작에게 자신이 다른 주로 이사했다고 말하며, 상담을 다시 시작할 예정인 클리닉으로 자신의 기록들을 보내줄 것을 요청하였다. 이작은 정보를 공개하기 전에 서면 동의서를 받아야 한다고 설명하고, 기록 전송을 동의하는 문서 양식을 보내겠다고 제안한다. 내담자는 이러한 절차에 동의하였으며 동의서에 서명하여 보내주었다. 이작은 기록과 함께 기록에 대한 비밀 보장을 설명하는 문서를 첨부하여 보낸다.

B.3.f. 사망한 내담자

상담자는 법적 요건 및 내담자가 작성해놓은 우선 순위에 근거하여 사망한 내담자의 비밀을 보호한다.

전문상담자인 통가Tonga는 과거 자신의 내담자였던 19세 남성의 어머니로부터 한통의 전화를 받았다. 그 청년은 백혈병 진단을 받은 후 상담을 받았지만 병이 심해지면서 상담을 중단한 상태였다. 청년의 엄마는 아들이 2주 전에 세상을 떠났다고 하면서, 보험 청구를 위해 아들의 상담기록 복사본을 받고 싶어했다. 통가는 아들이 마지막 상담회기에서 자신이 세상을 떠나면 누구에게도 자신의 기록을 공개하지 말아달라는 서면 요청서를 전달했음을 알려주었다. 통가는 법원 명령 없이는 그 기록을 공개할 수 없다며, 어머니가 기록을 받고 싶어하는 것을 이해하지만 법적 의무를 따라야 함을 설명하였다.

B.4. 집단 및 가족

B.4.a. 집단상담

집단상담 시 상담자는 비밀 보장의 중요성과 한계를 명확하게 설명한다.

고등학교 상담자인 퀜틴Quentin은 정기적으로 집단상담을 진행한다. 그는 처음부터 학생들에게 비밀 보장의 중요성과 비밀 보장의 예외에 대해 설명한다. 그는 집단원들에게 서로의 비밀을 존중해주는 것이 얼마나 중요한지 강조하면서 비밀 보장이 되지 않으면 집단내에 신뢰가 일어날 수 없음을 설명한다. 비밀 보장이 때때로 의도치 않게 얼마나 쉽게 위반될 수 있는지 집단원들에게 상기시키며 구체적인 예와 함께 명확하게 설명한다.

B.4.b. 커플 및 가족상담

커플 및 가족상담에서 상담자는 누가 '내담자'로 간주되는지 명확하게 정의하고 비밀 보장에 대한 기대와 한계에 대해 논의한다. 비밀 정보와 관련된 모든 당사자들에게 동의를 구하고, 이를 문서화한다. 반대가 없는 한, 커플이나 가족 전체가 내담자로 간주된다.

결혼 및 가족상담자인 체웅Cheong은 상담을 시작할 때, 보통 부부가 함께 상담을 진행하지만, 가끔은 부부를 개별적으로 볼 수도 있음을 안내한다. 비밀을 가지는 것은 상담의 목적에 반하는 것이기 때문에 서로에게 비밀을 가지지 않는 것이 중요하다고 설명한다. 또한 개개인의 관심사를 다루기보다는 커플로서 그들을 돕는 데 초점을 맞출 것이라고 설명한다.

B.5. 사전동의 능력이 부족한 내담자

B.5.a. 내담자에 대한 책임

미성년 내담자나 자발적인 사전동의 능력이 부족한 성인 내담자를 상담할 때, 상담자는 연방 및 주 법률, 서면 정책, 관련 윤리 규정에 명시된대로 상담관계에서 알게 된 정보에 대한 비밀을 보장한다.

사설기관 상담자인 케롤Carol은 조나단Jonathan이라는 아동을 상담하고 있다. 상담이 끝난 후 조나단의 아버지가 조나단을 데리러 왔을 때, 아버지는 아들이 상담을 잘 받고 있는지 알고 싶어하였다. 케롤은 아버지에게 접수회기에서 설명했던 것들을 일깨워주면서 미성년자와 상담할 때 비밀 보장이 왜 중요한지, 한계는 어떠한 것들이 있는지 등을 설명하였다. 조나단의 허락을 받은 후, 케롤은 조나단의 상담 진행상황에 대한 일반적인 것들을 알려주었다. 아버지가 좀 더 구체적인 이야기를 듣기 원하자, 케롤은 다시 조나단의 허락을 받아 조나단의 다음 회기 후반부에 아버지가 참석하도록 초대하였다. 케롤은 정보를 요청할 법적 권리가 아버지에게 있다는 것을 알고 있다. 그러나 어떤 정보를 공유하고 싶은지에 대해 조나단과 먼저 얘기한 후, 아버지가 이를 받아들일 수 있게끔 설득할 수 있길 바란다.

B.5.b. 부모와 법적 보호자에 대한 책임

상담자는 부모와 법적 보호자에게 상담자의 역할과 상담관계의 비밀스러운 성격에 대해 알린다. 상담자는 가족의 문화적 다양성에 대해 민감하며 법에 따른 자녀/피보호자의 복지에 대한 부모/보호자의 고유한 권리와 책임을 존중한다. 상담자는 내담자에게 최상의 서비스를 제공하기 위해 부모/보호자와 적절한 협력 관계를 형성하기 위해 노력한다.

> 호세Jose는 초등학교 상담자이다. 최근에 남미에서 이주한 부모를 둔 아이들이 학교 내에 증가하고 있다. 그의 업무 중 하나는 적응에 어려움을 보이는 1, 2학년 학생들을 상담하는 것이다. 일반적으로 호세는 아이를 만나 아이의 동의를 얻은 후 부모를 초대하여 아이를 도울 수 있는 최선의 방법에 대해 의논한다. 호세는 부모가 설명 후 사전동의를 제공하고 아이와의 상담목표를 달성하도록 돕는데 협력했을 때, 아이와의 상담이 더 잘 이루어진다는 것을 알고 있다. 호세는 부모에게 상담관계에서 신뢰의 기초가 되는 비밀 보장의 중요성에 대하여 설명한다.

B.5.c. 비밀 정보의 공개

미성년 내담자나 비밀 정보 공개에 대해 자발적으로 동의할 능력이 결여된 성인 내담자를 상담할 때, 상담자는 적절한 제3자로부터 정보 공개 허락을 받는다. 그러한 경우에, 상담자는 내담자의 이해 수준에 맞추어 설명하고, 내담자의 비밀을 보호하기 위한 적절한 조치를 취한다.

> 로웨나Rowena는 만성 정신질환을 앓고 있는 내담자들에게 서비스를 제공하는 기관에서 일하는 상담자이다. 그녀는 지난 3년 동안 3-4달에 한 번씩 사만타Samantha를 만나고 있는데, 그녀는 만성 조현병을 앓고 있으며 성인 아들과 함께 살고 있다. 상담회기의 주요 초점은 사만타가 항정신병 약물을 계속 복용하도록 하고 병의 진행상황을 모니터링하는 것이다. 어느 날, 사만타의 아들로부터 전

화가 걸려왔다. 아들은 사만타의 상담기록을 요청하면서, 사만타의 상태가 악화되어 더 이상 집에서 돌볼 수 없어 지역 기관에 입소시킬 계획이라고 한다. 로웨나는 비밀 정보 해제 문서에 서명해야 하며, 사만타가 서명할 수 없는 경우, 아들이 사만타를 대신하여 결정내릴 법적 권한이 있음을 증명하는 문서가 첨부되어야 한다고 설명한다.

B.6. 기록과 문서

B.6.a. 기록과 문서 작성 및 관리

상담자는 전문적인 서비스를 제공하는데 필요한 기록과 문서를 작성하고 관리한다.

중독 상담자인 스콧Scott은 약물남용으로 심각한 문제를 겪고 있는 제레미아Jeremiah와 접수면접을 하였다. 첫 회기에서 스콧은 상담회기 동안 기록을 할 것이며 이 기록은 최상의 서비스를 제공하는 데 도움이 될 것이라고 설명한다. 회기가 끝난 직후에 손으로 작성한 기록은 전자문서로 변환될 것이며, 암호로 보호된 파일에 저장될 것이라고 알려준다. 또한 이 기록은 제레미아가 원하면 언제든지 볼 수 있으며, 윤리규정과 법적 한도 내에서 비밀이 유지될 것이라고 설명한다.

B.6.b. 기록과 문서의 비밀 보장

상담자는 모든 매체에 저장된 기록과 문서를 안전하게 보호하고, 권한을 가진 사람만 접근할 수 있도록 한다.

학교상담자인 아메드Ahmad는 교장선생님에게 상담기록을 함부로 볼 수 없도록 보호하는 것이 중요하다는 것을 강조한다. 교장선생님은 아메드의 사무실에 자물쇠가 있는 문서함을 제공한다. 문서함에 보관함으로써 상담기록을 비밀로 유지하고 학생의 교육기록과 분리할 수 있다. 또한 이 기록은 가족교육권과 개인정보보호법Family Educational Rights to Privacy Act: FERPA[1])하에서만 타인이 접근가
능하다.

B.6.c. 녹음에 대한 허락

상담자는 전자기기나 다른 수단을 통해 상담회기를 녹음하기 전에 내담자에게 동의
를 구한다.

> 퀴링Qi-Lingi은 상담기관에서 인턴과정을 밟고 있는 석사과정 학생이다. 그녀
> 는 첫 회기 때 내담자들에게 자신은 수련생이며, 수퍼비전을 받으면서 상담하고
> 있다고 말한다. 그녀는 회기를 녹음하는 것에 대한 허락을 요청하며, 자신의 상
> 담을 평가하기 위하여 녹음테이프를 들을 것이며, 수퍼바이저 또한 녹음테이프
> 의 일부를 듣고 피드백을 제공할 것임을 설명한다.

B.6.d. 관찰에 대한 허락

상담자는 수퍼바이저, 교수, 동료, 수련환경에 있는 다른 사람들과 함께 상담회기를
참관하거나, 상담회기 축어록을 검토하거나 또는 상담회기를 녹음한 것을 듣게 될 때
는 사전에 내담자의 허락을 구한다.

> 엘렌Ellen은 석사과정중에 있으며, 관찰실이 있는 기관에서 인턴십을 받고 있
> 다. 그녀의 수퍼바이저는 주기적으로 일방경을 통해 엘렌의 상담을 관찰한다.
> 접수상담 시, 엘렌은 내담자에게 자신이 인턴이며 수퍼비전을 받고 있다는 것을
> 알린다. 그녀는 수퍼바이저가 일방경 관찰을 통해 자신의 상담에 대해 피드백한
> 다는 것을 설명하고, 상담회기를 진행하기 전에 내담자의 허락을 받는다.

---

1) 학생 교육 기록에 대한 접근과 공개를 규제하는 법.

B.6.e. 내담자 접근

상담자는 권한을 가진 내담자가 요청할 경우, 기록에 접근할 수 있도록 하고 기록 사본을 제공한다. 접근이 내담자에게 해를 끼칠 수 있다는 명백한 증거가 있을 때만 기록 및 기록의 일부에 대한 접근을 제한할 수 있다. 상담자는 내담자의 요청 및 내담자 파일에 있는 기록의 일부 또는 전부를 제한하는 것의 근거를 문서로 기록한다. 다수의 내담자들이 포함된 상황이라면, 상담자는 직접적으로 관련된 기록의 일부만을 개별 내담자에게 제공하고 다른 내담자와 관련된 비밀 정보는 포함시키지 않는다.

> 말로프Malouf는 마르샤Marcia로부터 전화 한통을 받았다. 마르샤와는 예전에 3개월 동안 개인상담을 진행한 적이 있으며, 마르샤의 남편 또한 몇몇 회기에 참석하였다. 마르샤는 자신이 이혼했으며, 다른 주로 이사할 예정이기에 자신의 상담 기록 복사본을 원한다고 말한다. 말로프는 그녀의 개인회기 기록의 복사본을 보내주는데 동의하였으며, 전 남편에 대한 비밀 정보가 포함된 기록의 일부분은 그의 동의 없이는 공개할 수 없다고 설명한다.

B.6.f. 기록에 대한 지원

내담자가 자신의 기록에 대한 접근을 요청하면, 상담자는 상담기록 해석에 대한 지원과 자문을 제공한다.

> 케롤라인Caroline은 사설기관의 상담자로, 40세 내담자인 마가렛Margare과 상담하고 있다. 마가렛은 상담자가 보관하고 있는 상담기록을 보고 싶다고 요청한다. 케롤라인이 이유를 묻자, 마가렛은 자신에 대해 부정적인 기록을 작성하여 파일로 남긴 이전 상사와의 안좋은 경험에 대해 설명한다. 그 사건 이후로, 그녀는 자신과 관련된 기록을 그다지 신뢰하지 않는 경향이 있다. 케롤라인은 마가렛을 위해 기록 복사본을 만들어 함께 내용을 검토하며, 마가렛이 기록의 내용과 의미를 이해하고 있는지에 대해 확인한다.

B.6.g. 공개 또는 전송

비밀 보장의 예외사항이 아닌 한, 상담자는 합법적인 제3자에게 기록을 공개하거나 전송하는 것에 대해 내담자에게 서면 동의서를 받는다. 상담기록을 받는 사람이 기록의 비밀보호에 대해 민감한지 확인하는 조치를 취한다.

공인전문상담사인 웨인Wayne은 정신과 의사로부터 이전 내담자의 기록을 요청하는 편지를 받았다. 의사의 서면 요청서에는 내담자의 서명이 포함된 동의서가 포함되어 있었다. 웨인은 기밀이라고 명시된 표지를 덧붙인 후, 기록을 보낸다.

B.6.h. 종결 후 보관 및 파기

상담 종결 후, 추후에 접근이 가능할 수 있도록 기록을 저장하고, 면허법 및 기록 관리 정책 및 법령에 따라 보관하며, 내담자의 비밀을 보호하는 방식으로 내담자 기록과 기타 민감한 자료들을 처분한다. 상담자는 아동학대, 자살, 성희롱 또는 폭력과 같이 법원에서 요구할 수 있는 기록일 경우, 파기하기 전에 최대한 신중하게 고려한다.

나오미Naomi는 주 법률에 명시된대로 상담기록을 보관한다. 법적 보관 기간이 지나면, 원기록은 파기하고 내담자의 이름과 연락처, 상담날짜, 제공된 서비스, 진단명, 상담 과정 요약과 같은 기본 정보만 안전한 데이터베이스에 저장한다. 그러나 학대 또는 본인이나 타인에게 잠재적 위해를 끼칠 수 있는 등 소송이 예상되는 내담자 파일은 파기하지 않도록 주의한다.

B.6.i. 합리적인 사전 조치

상담자가 업무 종료, 자격 박탈, 또는 사망시 내담자의 기밀을 보호하기 위해 사전에 충분히 주의를 기울이며, 필요한 경우 기록 관리자를 지정한다.

올리버Oliver는 3명의 다른 전문상담사들과 함께 상담기관을 운영하고 있다.

그는 자신이 사망하거나 무능력 상태가 되거나 상담업무를 종료하는 경우, 자신의 내담자를 의뢰받아 지속적인 상담서비스를 제공할 수 있도록 하는 계약을 파트너 중 한 명과 체결한다. 파트너는 내담자의 기밀 유지에 대한 책임을 지며, 필요한 경우 기록 관리자로서의 역할을 하는 데 동의한다.

B.7. 사례 자문

B.7.a. 사생활 존중

자문을 통해 공유된 정보는 전문적인 목적으로만 사용된다. 서면 및 구두 보고서에는 자문과 관련된 자료만 제시하며, 내담자 신원을 보호하고 과도한 사생활 침해를 피하기 위해 모든 노력을 기울인다.

사설기관의 공인전문상담사인 제르메인Germaine은 특정 초등학교의 모든 교사를 대상으로 인권 감수성 워크숍을 진행하였다. 교장이 그에게 문화적으로 다양한 학생들과 관계맺는 교사의 능력을 어떻게 증진시킬 수 있는지 물었을 때, 그녀는 워크숍에 참여한 특정 교사를 지칭하지 않도록 주의하면서, 교사들의 다문화 역량을 향상시키기 위한 일반적인 전략에 대한 정보만을 제공하였다.

B.7.b. 비밀 정보 공개

동료에게 자문을 구할 때, 사전에 동의를 얻었거나 공개를 피할 수 없는 경우가 아니라면 내담자, 다른 사람 또는 기관의 신원을 확인할 수 있는 비밀 정보를 공개하지 않는다. 자문을 구하는데 필요한 범위 내에서만 정보를 공개한다.

사설 기관의 공인전문상담사인 재클린Jacqueline은 자신이 속한 지역사회에서 유명한 정치가로 알려져 있는 한 남성을 상담하게 되었다. 그는 우울증상을 관리할 수 없어서 마지못해 상담을 받으러 왔으며, 사생활이 보호되지 않을까봐 걱정이 많다. 상담 진전이 더디자, 재클린은 동료에게 자문을 구하는 것이 도움이 될 것이라고 판단하여, 과거에 임상 수퍼비전을 받았던 동료 상담자에게 연락하였다. 자문을 받으면서, 내담자 신원이 드러날 수 있는 세세한 정보를 공유하지 않도록 주의하였다.

Section C. 전문적 책임

학습 및 토론을 위한 질문

- **역량의 범위**: 당신의 역량 범위가 어디까지인지 어떻게 결정하는가? 만약 당신이 새로운 전문 영역에서 발전하고 상담하기를 원하게 되었다면, 당신은 어떻게 적절한 교육, 훈련, 수련 경험을 갖출 것인가?
- **전문성 유지**: 사용하는 기술의 역량을 유지하고 새로운 기술을 최신 상태로 유지하기 위해 어떤 단계를 수행해야 하는가?
- **결함**: 당신은 자신의 탈진이나 결함의 초기 징후를 어떻게 인식하는가? 어떤 조건이 당신의 일에 부정적인 영향을 미치기 시작한다는 것을 알게 된다면 어떻게 할 것인가?
- **홍보/광고**: 잠재적 내담자가 어떤 상담자를 선택할지 정보에 입각한 선택을 할 수 있도록 하기 위해 전문 웹사이트나 다른 형태의 광고에 어떤 정보를 포함해야 하는가?
- **성희롱**: 당신의 직장에서 성희롱이 발생하는 것을 막기 위해 당신이 취할 수 있는 조치는 무엇인가?
- **다른 전문가의 서비스를 받는 내담자**: 내담자 중 한 명이 다른 정신건강 전문가를 만나고 있다는 사실을 발견했는데, 내담자가 다른 전문가에게 연락하여 서비스를 조정하는 것을 원하지 않는다면 어떻게 하겠는가?
- **혁신적인 방법**: 새롭거나 혁신적인 상담 기법을 사용할 때 어떤 안전장치를 마련해야 하는가?

Section C. 전문적 책임

머리말

상담자는 대중과 다른 전문가를 대할 때 개방적이고 정직하며 정확한 의사소통을 추구한다. 상담자는 상담 서비스에 대한 접근을 용이하게 하고, 전문적·개인적 능력의 범위 내에서 차별 없는 방식으로 상담 업무를 수행한다. 그들은 또한 ACA 윤리 강령을 준수할 책임이 있다. 상담자는 상담의 발전과 향상을 촉진하는 지역, 주 및 전국 협회에 적극적으로 참여한다. 상담자는 개인과 집단의 삶의 질을 향상시키고, 개인, 집단, 기관 및 사회적 수준의 변화를 촉진하도록 옹호해야 한다. 그리고 적절한 서비스의 제공 또는 접근에 대한 잠재적 장벽을 제거한다. 상담자는 대중들에게 엄격한 연구 방법론을 기반으로 한 상담을 실시할 책임이 있다. 상담자는 재정적 보상이 거의 또는 전혀 없는 서비스에 헌신함으로써 사회에 기여하도록 격려받는다(pro bono publico). 또한 상담자는 자신의 전문적 책임을 다하기 위해 자신의 정서적, 신체적, 정신적, 영적 안녕을 유지하고 증진하도록 자기 관리 활동에 참여한다.

C.1. 규정에 대한 지식 및 준수

상담자는 ACA 윤리 강령을 읽고, 이해하고, 준수하며, 관련 법률 및 규정을 준수할 책임이 있다.

압둘라Abdullah는 네 명의 다른 상담자들과 함께 사설기관에서 상담자로 일하고 있다. 2014년 ACA 윤리 강령 개정판이 발표될 때, 그는 윤리 강령을 주의 깊게 읽었다. 압둘라는 동료들에게도 문서를 읽도록 요청하고, 다섯 명이 모여 윤리 규정에 대한 이해와 실무에 적용하는 방법에 대해 논의하는 시간을 갖자고 제안하였다.

C.2. 전문역량

C.2.a. 역량의 범위

상담자는 오직 자신의 능력 범위 내에서 그리고 교육, 훈련, 수련 경험, 주 및 국가 전문 자격 및 적절한 전문 경험을 기반으로 업무를 수행한다. 다문화 상담 역량은 모든 상담 전공에 걸쳐 요구되지만, 상담자는 다양한 내담자와 함께 일하면서 문화적으로 유능한 상담자가 되기 위한 지식, 개인 인식, 감수성, 성향 및 기술을 습득한다.

다니엘Daniel은 최근에 상담 면허를 받고 문화적으로 다양한 내담자들을 상담하고 지원하는 지역 사회 기관에서 일하기 시작했다. 그는 자신이 함께 일하는 다문화 집단에 대한 지식이 제한적이라는 사실을 깨닫고 이러한 내담자 집단의 특정 요구 사항을 다루는 여러 워크숍에 참석한다. 다니엘은 대학원 교육으로는 그가 현재 직면하고 있는 모든 문제를 효과적으로 해결할 수 없다는 것을 알고, 그가 속한 기관에서 상담하는 내담자와 유사한 내담자 사례를 다룬 경험이 풍부한 동료에게 수퍼비전을 구한다.

C.2.b. 새로운 전문 영역의 상담

상담자는 적절한 교육과 훈련, 수련 감독의 경험을 거친 후에만 새로운 전문 영역에서 상담한다. 새로운 전문 영역에서 기술을 발달시키는 동안에 상담자는 자신의 업무 역량을 확실히 하고 다른 사람들을 잠재적인 피해로부터 보호하기 위한 조치를 취한다.

윌렌Willene은 성폭력 생존자들을 위한 지원 단체를 도와달라는 요청을 받았다. 그녀는 트라우마와 성적 학대에 대한 상담 워크숍에 여러 번 참석했고, 그 주제의 저널과 책을 광범위하게 읽었지만, 그녀는 생존자들과 직접 일한 경험이 제한적이었다. 그녀는 성적 학대 생존자들을 상담한 경험이 있는 동료와 처음 3개월 동안 함께 그룹을 공동 진행하기로 했다. 그녀는 또한 자신의 작업에 대한 지속적인 수퍼비전을 받을 계획이다.

C.2.c. 고용 자격

상담자는 교육, 훈련, 수련감독 경험, 주 및 국가 전문 자격증, 적절한 전문 경력을 고려하여 자격이 있는 직위에 대해서만 고용을 허용한다. 상담자는 전문 상담직에 자격과 능력을 갖춘 개인만을 고용한다.

> 지역 상담 기관의 책임자인 인-리Yin-Li는 인-리가 일하는 본사에서 차로 약 2시간 거리에 있는 작은 지역 사회의 위성 센터에서 직원으로 일할 상담원을 구하는 광고를 냈다. 위성 센터 직원으로 고용된 사람은 센터장에게 최소한의 수퍼비전만 받으며 독립적으로 일을 해야 한다. 인-리는 최근에 석사 학위를 마친 한 남자를 인터뷰했다. 인-리는 지원자에게 호의적인 인상을 받았지만, 최근에 졸업한 이 학생이 더 면밀한 수퍼비전 없이 일하기에 충분한 경험이 부족하다는 것을 알기 때문에 그를 고용하지 않았다.

C.2.d. 효율성 점검

상담자는 전문가로서의 효율성을 지속적으로 점검하고 필요한 경우 개선 조치를 취한다. 상담자는 상담자로서의 효율성을 평가하기 위해 동료 수퍼비전을 받기 위한 합리적인 조치를 취한다.

> 하비에르Javier은 중미 국가로부터의 이민자 유입으로 인해 인구가 급격히 늘어난 도시에서 상담자로 일하고 있다. 하비에르의 부모님은 멕시코에서 이민을 왔고, 그는 스페인어에 능통하지만, 미국에서 자랐기 때문에 중미 문화에 대한 지식이 거의 없다. 최근 이민자인 내담자를 더 많이 만나기 시작하면서 그는 이러한 내담자와의 작업에 대해 동료 수퍼비전을 구한다.

C.2.e. 윤리적 의무에 관한 자문

상담자는 자신의 윤리적 의무 또는 전문적 수행과 관련하여 질문이 있을 때 다른 상담자, ACA 윤리 및 전문적 윤리 규정 부서 또는 관련 전문가에게 자문을 구하는 합리적인 조치를 취한다.

육군 기지에서 일하는 상담원인 무스타파Mustafa는 군인 가족과 함께 일하면서 윤리적 딜레마에 직면한다. 그는 가족상담에 전문성을 가진 두 명의 다른 전문가와 상담하여 딜레마를 해결하기 위한 자신의 선택 사항을 탐색한다. 두 자문가 모두 비슷한 제안을 하고 있으며, 그는 그들의 조언을 따른다. 자문 내용을 사례 기록지에 작성한다.

C.2.f. 지속적인 교육

상담자는 자신의 활동 분야에서 최신 과학 및 전문 정보에 대한 합리적인 수준의 인식을 습득하고 유지하기 위해 지속적인 교육이 필요함을 인식한다. 상담자는 자신이 사용하는 기술에 대한 역량을 유지하고, 새로운 절차에 개방적이며, 다양한 인구 집단과 함께 일하기 위한 모범 사례 정보를 지속적으로 습득한다.

피터Peter는 게이 및 레즈비언 내담자 상담에 대한 전문 교육이나 과정을 이수한 적이 없는 상담자이다. 그는 이 집단에 대한 상담 서비스를 거부하고 싶지는 않지만, 이성애가 아닌 행동을 죄악으로 여기는 근본주의 신앙에서 자랐기 때문에 자신도 모르는 편견을 가지고 있을지도 모른다고 우려하고 있다. 또한 자신의 제한된 지식이 상담의 효율성을 저해할 수 있다는 사실도 인지하고 있다. 피터는 LGBT[2]상담에 관한 저널 기사를 읽고, 이 내담자 집단과의 상담에 관한 책을 구입한다. 그는 게이 및 레즈비언 내담자 상담에 관한 전문 연구소 교육에 참석하고 게이 및 레즈비언 정신 건강 전문가로 구성된 지역 단체의 여러 회의에 참여한다. 피터는 성소수자 내담자를 상담하기 시작하면서 자신이 배움에 열려 있어야 하며 당분간 수퍼비전하에 일해야 한다는 것을 인지하고 있다.

---

2) LGBT: 성소수자 중 레즈비언(Lesbian), 게이(Gay), 양성애자(Bisexual), 트랜스젠더(Transgender)를 합하여 부르는 단어.

C.2.g. 결함

상담자는 신체적, 정신적 또는 정서적 문제로 인한 장애의 징후를 스스로 모니터링하고 장애가 발생했을 때 전문적인 상담을 제공하는 것을 자제한다. 상담 업무를 지속할 수 없는 장애 수준에 도달한 문제에 대한 도움을 받으며, 필요한 경우 안전하게 상담 업무를 재개할 수 있다고 판단될 때까지 전문적인 책임을 제한, 중지 또는 종료한다. 상담자는 동료나 상사가 자신의 업무상 장애를 인지할 수 있도록 돕고, 동료 또는 상사가 장애 징후를 보이는 경우 상담 및 지원을 제공하며, 내담자에게 피해를 주지 않도록 적절히 개입한다.

론다Rhonda는 일주일에 두 번 저녁에 애도 집단을 진행하는 개인 상담사이다. 그녀는 자동차 사고로 부모님을 예기치 않게 모두 잃었다. 그 결과 그녀는 집단 구성원들에게 유능한 상담 서비스를 제공할 수 없다고 느낀다. 그녀는 집단 구성원들에게 상황을 알리고 그들의 승인을 받아 자격을 갖춘 다른 전문가가 회기를 진행할 수 있도록 준비한다. 그녀는 자기돌봄이 필요하다는 것을 인식하고 인근 마을의 애도 상담 전문가를 만나기 위해 예약을 잡는다.

C.2.h. 상담자 자격 박탈, 죽음, 은퇴 또는 상담 업무 종료

상담자는 상담자의 자격 박탈, 사망, 은퇴 또는 상담 업무 종료 시 특정 동료 또는 기록 관리자에게 내담자를 이관하고 기록을 전달하기 위한 계획을 준비한다.

캐서린Katherine은 개인 상담 업무에서 은퇴할 계획이다. 캐서린은 내담자의 복지를 최우선으로 생각하기 때문에 은퇴 예정일 1년 전부터 계획을 세우기 시작했다. 사전 계획에는 내담자 기록의 유지, 보관, 보안 및 이관을 위한 준비도 포함된다. 현재 및 이전 내담자 모두에게 은퇴 예정일을 알리는 편지를 보내고, 현재 내담자와 은퇴 전에 상담 관계를 종료하지 않은 내담자가 계속 상담을 받을 수 있는 방법에 대해 논의한다. 또한 새로운 내담자를 받지 않는다.

C.3. 홍보와 내담자 모집

C.3.a. 정확한 홍보

상담자는 대중에게 자신의 서비스를 홍보하거나 다른 방식으로 표현할 때 허위, 오해의 소지가 있거나 기만적이거나 사기가 아닌 정확한 방식으로 자신의 자격을 밝힌다.

지역 사회 기관에서 몇 년 동안 일하고 상담사 자격증을 취득한 후 앤리코Enrico는 자신의 개인 상담소를 설립하기로 결심한다. 그는 전화번호부와 신문에 광고를 게재하고, 지역 전문가에게 공지 사항을 우편으로 발송하며 전문 웹사이트를 구축한다. 광고와 그의 웹사이트에는 앤리코의 이름, 주소, 전화번호를 제공하고, 상담 석사 학위(정식 인가된 주립 대학에서 취득)를 받았으며 주에서 전문 상담사 면허를 취득했다고 정확하게 명시한다.

C.3.b. 추천글

상담자는 현재 내담자, 이전 내담자 또는 부당한 영향에 취약할 수 있는 다른 사람에게 추천글을 요청하지 않는다. 상담자는 내담자와 추천글의 의미에 대해 논의하고 추천글 사용에 대한 허락을 받는다.

타샤Tasha는 입원 환자 약물 남용 재활 센터의 상담사이다. 센터 웹사이트에는 치료를 통해 금주에 성공한 내담자의 후기를 동영상으로 녹화한 링크가 있다. 3개월간의 입원 치료 후 레비Levi는 프로그램을 수료한다. 레비는 타샤에게 다가가 자신의 경험을 센터 웹사이트에 올릴 비디오 테이프를 녹화하여 도움이 필요한 잠재적 참가자들과 나누고 싶다고 말한다. 타샤는 레비가 자신의 경험을 공개할 경우, 발생할 수 있는 결과를 설명하며 비밀이 보장된다는 사실을 강조한다. 타샤는 레비에게 웹사이트에 후기를 게시하는 데 대한 서면 동의를 구하고, 레비가 원한다면 언제든지 후기를 철회할 수 있음을 보장한다.

C.3.c. 다른 사람의 진술

가능한 경우 상담자는 자신이나 상담 직업에 대한 타인의 진술이 정확하도록 합당한 노력을 기울인다.

루안Luanne은 개인 센터의 공인전문상담사(licensed professional counselor)이다. 그녀는 때때로 잠재적 내담자들과 지역 사회의 구성원들에 의해 심리학자(psychologist)로 잘못 분류되기도 한다. 이런 일이 발생할 때마다 루안은 구별을 명확히 하기 위해 자신의 자격증을 주의 깊게 설명한다.

C.3.d. 고용을 통한 모집

상담자는 개인 상담을 위한 내담자, 수퍼바이저 또는 자문가를 모집하기 위해 자신의 고용 기관이나 소속을 이용하지 않는다.

개인 상담소를 운영하고 있는 공인상담사인 루페Lupe는 주립대학교의 석사학위 프로그램에서 두 개의 상담 과정을 가르치고 있다. 루페는 개인 상담실에서 개인, 커플, 가족을 대상으로 한 다년간의 상담 경험을 바탕으로 강의를 진행한다. 수업에서 임상 사례를 예로 들 때마다 이전 또는 현재 내담자를 보호하기 위해 세부 사항을 숨기는 데 주의를 기울인다. 루페는 강사로서의 역할을 다음과 같은 목적으로 사용하지 않도록 주의한다. 직간접적으로 자신의 상담을 홍보하지 않도록 주의한다. 루페는 강사로서 존경받는 인물이며, 때때로 학생들이 루페에게 개인 상담을 요청하기도 한다. 루페는 학생들과 이중적인 관계를 맺고 싶지 않고 자신의 강의실을 내담자를 모집하는 수단으로 이용하고 싶지 않기 때문에 어떤 학생도 내담자로 받아들이지 않는다. 하지만 학생들에게 대학 상담센터에 대한 정보를 제공하고, 요청이 있을 경우 지역 사회의 전문상담사 목록을 제공한다.

C.3.e. 제품 및 교육 광고

자신의 직업과 관련된 제품을 개발하거나 워크숍 또는 교육 행사를 진행하는 상담자는 이러한 제품 또는 행사에 관한 광고가 정확한지 확인하고 소비자가 정보에 입각한 선택을 할 수 있도록 적절한 정보를 공개해야 한다.

> 제임스James는 자신이 개발한 교육 자료를 사용하여 부모 효과성 교육 워크숍을 진행하는 상담사이다. 그는 홍보 자료에 교육의 목적, 내용 및 형식과 함께 참가자가 반드시 읽어야 하는 자료에 대한 설명을 포함시킨다. 그는 필요한 모든 자료의 비용이 워크숍 비용에 포함되어 있음을 명확히 밝힌다.

C.3.f. 서비스 대상자에게 홍보

상담자는 상담, 교육, 훈련 또는 수퍼비전 관계를 이용하여 기만적이거나 취약한 개인에게 부당한 영향력을 행사할 수 있는 방식으로 제품 또는 교육 행사를 홍보해서는 안 된다. 그러나 상담자를 교육하는 자는 교육 목적으로 자신이 저술한 교재를 채택할 수 있다.

> 상담사이며 교육자인 레이넷Raynette은 다문화 상담 과정을 가르치고 있다. 필수 교재는 그녀가 공동 집필한 교재이다. 그녀는 학생들에게 다른 사람들이 쓴 글을 제공하고, 초청 연사를 수업에 초대하며, 다양한 관점을 제시하여 학생들이 균형 잡힌 시각을 갖출 수 있도록 한다.

C.4. 전문 자격

C.4.a. 정확한 표현

상담자는 실제로 이수한 전문 자격에 한하여만 자격을 주장하거나 포함시키며, 다른 사람이 자신의 자격에 대해 잘못 진술한 경우 이를 바로잡는다. 상담자는 동료의 자격을 정직하게 표현한다. 상담자는 유급과 자원봉사 경력을 명확하게 구분하고 지속적 교육 및 전문 훈련을 정확하게 설명한다.

타냐Tanya는 석사 학위를 가진 상담사이다. 그녀는 해당 주에서 면허를 취득하고 전문 추가 교육을 받고 약물 의존 상담사 자격증을 취득했다. 한 대학의 평생 교육 프로그램에서 그녀를 고용하여 청소년을 대상으로 약물 남용 예방에 관한 주말 워크숍을 진행하려고 한다. 평생 교육 프로그램에서 제작한 홍보 전단지에 타냐를 '박사'라고 잘못 언급했다. 다행히 타냐는 자신의 의견을 말할 수 있어, 그녀는 즉시 프로그램을 운영하는 대학에 자신이 박사 학위가 없다는 사실을 알리고 전단지를 발송하기 전에 이를 수정해 달라고 요청한다.

C.4.b. 자격 증명

상담자는 현재 유효한 면허 또는 자격증에 대해서만 보유하고 있음을 밝힌다.

에드나Edna는 파트타임으로 개인 상담을 하고 있다. 그녀는 공인전문상담사 및 임상 사회복지사 자격증을 취득했으며, 명함에는 두 자격증이 모두 기재되어 있다. 그녀는 사회복지사 면허가 만료되어 명함을 즉시 폐기하고 공인전문상담사 자격만 광고하는 명함을 새로 주문한다. 그녀는 자신의 전문 웹사이트와 전문가 정보 설명문 등 내담자에게 제공하는 모든 서면 자료를 업데이트한다.

C.4.c. 교육 학위

상담자는 취득한 학위와 명예 학위를 명확하게 구분한다.

윌마Wilma는 상담 및 관련 교육 프로그램 인증 위원회(Council for Accreditation of Consulting and Related Education Programs: CACREP)[3])에서 승인한 프로그램

---

3) 상담 및 관련 교육 프로그램 인증 위원회(CACREP)는 미국 내 대학의 상담 교육 프로그램(석사 및 박사 학위)에 대한 인증 기관임.

에서 상담 심리학 박사 학위를 취득했다. 이후 조교수가 되어 대학원 프로그램에서 상담 과정을 가르치고 있다. 그녀는 지역사회 활동에도 매우 적극적이다. 수년간 지역사회에서 프로그램을 마련하고 지역사회에서 발생한 주요 환경 재난에 대한 조율된 대응책을 개발하기 위해 헌신적으로 봉사한 공로를 인정받아 그녀는 모교로부터 명예 인문학 박사 학위를 받았다. 이력서에 그녀는 자신의 학력을 설명하고 학부 및 대학원 학위를 나열한다. 그녀는 또한 명예 박사 학위를 받았다고 기재한다.

C.4.d. 박사급 역량 암시

상담자는 상담 또는 이와 밀접하게 관련된 분야에서 취득한 최고 학위를 명확하게 명시한다. 상담자는 상담 또는 관련 분야 석사 학위를 소지한 경우 상담 또는 관련 분야가 아닌 상담 맥락에서 자신을 "박사"라고 지칭함으로써 박사 수준의 역량을 암시하지 않는다. 상담자는 능력을 암시하기 위해 "박사수료(all but dissertation: ABO)"4) 또는 기타 용어를 사용하지 않는다.

짐Jim은 상담사 교육 및 수퍼비전 분야에서 박사 학위를 취득하는 동안 전일제로 일해 온 면허를 소지한 전문상담사이다. 그는 논문 연구를 제외한 모든 박사 과정을 마쳤다. 그의 명함이나 상담 업무를 위해 사용하는 다른 형태의 광고에는 상담학 석사 학위와 주 면허증만 표시되어 있다.

C.4.e. 인증 상태

상담자는 학위 프로그램 및 대학의 인증 상태를 정확하게 명시한다.

바네사Vanessa는 최근에 지역 인증 대학에서 상담 및 관련 교육 프로그램 인증 위원회(CACREP)의 인증 상담 프로그램으로 석사 학위를 받았다. 그녀는 현

---

4) 논문을 제외한 모든 단계: 대학원 박사과정 학생이 박사학위 준비 과정 및 시험을 완료했지만 아직 박사학위 논문을 작성하지 않은 단계.

재 지역 사회 기관의 상담사 자리에 지원하고 있다. 이력서에 그녀는 자신의 학위, 대학 이름, 인증 상태, 해당 프로그램이 상담 및 관련 교육 프로그램 인증위원회(CACREP)의 인증을 받았다는 사실을 기재한다.

C.4.f. 전문가 회원

상담자는 학회의 현재 정회원 자격과 이전 회원 자격을 명확하게 구분한다. ACA 회원은 상담학 석사 이상의 학위 소지자를 의미하는 전문회원과 ACA의 관심분야 및 활동과 일치하지만 전문회원 자격이 없는 개인에게 열려 있는 일반회원을 명확하게 구분해야 한다.

셀레스트Celeste는 특수 교육 교사이다. 몇 년 전에 상담학 석사 학위를 취득하고 ACA의 전문회원 자격을 유지하고 있지만, 특수 교육 교사로 계속 남아 있기로 결정했다. 그녀는 가끔 자문을 하고 명함도 소지하고 있다. 명함에는 자신을 "교사 겸 자문가"라고 설명한다. 그녀는 자신이 상담사라는 인상을 줄 수 있는 가능성을 피하기 위해 ACA 회원이라는 사실을 언급하지 않는다. 그러나 이력서에는 다른 조직뿐만 아니라 ACA 회원 자격도 기재되어 있다.

C.5. 차별 금지

상담자는 연령, 문화, 장애, 민족, 인종, 종교/영성, 성별, 성 정체성, 성적 지향, 결혼/동거 여부, 언어 선호도, 사회경제적 지위, 이민 신분 또는 법으로 금지된 모든 근거를 이유로 잠재적 내담자, 학생, 직원, 수퍼바이지 또는 연구 참여자에 대한 차별을 용인하거나 차별에 가담해서는 안된다.

로리Lori는 29세의 상담사로 정신과 병원의 입원 환자 병동에서 3년 동안 근무했다. 그녀는 병동장으로부터 매년 매우 긍정적인 평가를 받아왔는데, 이는 마리Marie로부터 받은 긍정적인 멘토링 덕분이라고 생각하고 있다. 60대 초반인 마리는 10년 넘게 같은 병동에서 상담사로 일하고 있다. 부서장이 승진할 때,

그는 로리에게 자신의 뒤를 이어 그 자리를 맡을 것을 추천하였다. 로리는 마리가 부서장이 될 자격이 더 뛰어나며, 마리가 추천되지 않은 유일한 이유는 나이 때문이라고 생각하였다. 로리는 병원 관리자에게 자신의 우려를 설명하고, 병원 관리자는 해당 직책을 선발하기 위해 검색을 다시 시작하고 자격을 갖춘 다른 후보자들과 함께 마리를 면접하기로 동의하였다.

C.6. 공적 책임

C.6.a. 성희롱

상담자는 성희롱에 가담하거나 묵인하지 않는다. 성희롱은 한 번의 격렬하거나 심각한 행위 또는 지속적이거나 만연한 여러 행위로 구성될 수 있다.

미구엘Miguel은 젊은 성인들을 위한 개인 성장 집단을 공동으로 진행하고 있다. 집단이 오전 회기를 진행하는 동안 미구엘은 집단진행자가 한 집단원에게 시시덕거리고 휴식 시간에 부적절해 보이는 방식으로 포옹하는 것을 발견하였다. 미구엘은 그 자리에서 진행자에게 이 행동에 대한 자신의 반대 의사를 설명하였다. 진행자는 비전문적인 행동을 중단하였다.

C.6.b. 제3자에 대한 보고

상담자는 자신의 전문적 활동과 판단을 법원, 의료 보험 회사, 평가 보고서의 수령인 등 적절한 제3자에게 정확하고 정직하며 객관적으로 보고해야 한다.

스티브Steve는 내담자와 관련된 모든 기록에 대해 법원의 소환장을 받았다. 사례 기록부에는 초기 회기에 진단이 부정확했음이 드러나 있다. 또한 내담자의 어려움과 욕구를 보다 정확하게 해결하기 위해 진단 및 치료 계획이 나중에 수정되었음이 적혀 있다. 스티브는 법원의 관리자들이 그의 기록을 읽고 그의 초기 오진을 보게 될 것이라는 사실에 다소 당황스럽긴 하지만, 필요에 따라 기록 전체를 법원에 제출한다.

C.6.c. 미디어 프레젠테이션

상담자는 공개 강연, 시연, 라디오 또는 텔레비전 프로그램, 녹음, 기술 기반 애플리케이션, 인쇄물, 우편물 또는 기타 매체를 통해 조언이나 의견을 제공할 때 다음과 같은 합당한 예방 조치를 취한다.

1. 진술은 적절한 전문 상담 문헌 및 실제에 근거한다.
2. 진술이 ACA 윤리 강령에 부합하는지 확인한다.
3. 정보를 듣는 사람이 전문 상담 관계가 성립되었다고 유추할 수 없도록 한다.

개인 상담사로 일하고 있는 아이린Irene은 라디오 방송국에서 우울증 극복에 관한 그녀의 인기 있는 자기계발서 중 하나에 대해 이야기해 달라는 초대를 받았다. 아이린은 강연에서 자신의 일반적인 제안이 상담을 대신하는 것으로 받아들여져서는 안 된다고 강조하였다. 그녀는 우울증으로 고통받는 사람들에게 단순한 해결책을 제시하지는 않았다.

C.6.d. 타인에 대한 착취

상담자는 직업적인 관계에서 다른 사람들을 착취하지 않는다.

샤론Sharon은 개인 센터의 정신건강 상담사이다. 그녀의 내담자 수지Suzie는 예기치 않게 실직하여 더 이상 상담을 받을 여유가 없다고 샤론에게 알렸다. 수지는 샤론에게 자신이 샤론의 보모로 일하면서 상담을 계속하고 청구서를 지불할 수 있게 해 달라고 제안하였다. 샤론은 어린 자녀를 위한 보모를 찾고 있지만 수지에게 자신의 보모로 고용할 수 없다고 설명하였다. 대신 샤론은 수지가 일자리를 찾는 한 달 동안 무료로 수지를 만나기로 동의하였다.

C.6.e. 공익적 기여: 프로보노(Pro Bono Publico)

상담사는 금전적 대가가 거의 또는 전혀 없는 서비스를 대중에게 제공하기 위해 합당한 노력을 기울인다(예: 집단과의 대화, 전문 정보 공유, 상담료 할인 제공).

그레고리Gregory는 많은 주민들이 빈곤선 이하로 살고 있는 지역에서 면허를 취득한 전문상담사이다. 그는 한 달에 한 번 지역 보건소에서 자원봉사를 하며 위험에 처한 청소년을 위한 심리 치료 집단을 운영하고 있다.

C.7. 치료 양식

C.7.a. 치료를 위한 과학적 근거

상담자는 서비스를 제공할 때 이론에 근거하거나 경험적 또는 과학적 근거가 있는 기술/절차/양식을 사용한다.

한나Hannah는 혁신적인 신체 중심의 치료법에 대한 주말 워크숍에 참석하였다. 이 워크숍은 참가자의 개인적인 성장을 목표로 하는 체험형 워크숍이기 때문에 한나는 고통스러운 감정을 표현하지 않는 방법에 대한 새로운 통찰력을 얻고 돌아가게 된다. 그녀는 이 워크숍에서의 경험을 통해 많은 도움을 받았지만, 그녀가 진행하는 주간 집단상담 회기에서 이 혁신적인 기술을 소개하는 것을 자제하였다. 그녀는 이 기법이 함께 집단 작업을 하는 사람들에게 효과가 검증되지 않았다는 것을 알고 있다. 또한 그녀는 이 신체 중심 접근 방식을 사용하기 전에 훨씬 더 많은 감독 훈련이 필요하다는 것을 알고 있다.

C.7.b. 개발 및 혁신

상담자가 개발 중이거나 혁신적인 기법/절차/양식을 사용할 때 해당 기법/절차/양식 사용에 따른 잠재적 위험, 이점 및 윤리적 고려 사항을 설명한다. 상담자는 이러한 기술/절차/양식을 사용할 때 잠재적인 위험이나 피해를 최소화하기 위해 노력한다.

사토우Satou는 불안을 치료하기 위한 새로운 행동 수정 기법을 개발 중이며, 이를 개인 상담에 통합하고자 한다. 그녀는 브로슈어에 이 기법을 설명하고 기법이 아직 개발 단계에 있으며, 따라서 모든 잠재적 위험에 대해 알지 못한다고 명확하게 설명한다. 내담자가 이 기법을 활용해 달라고 요청하면 그녀는 다시 한 번 실험적 특성을 설명한다. 그녀는 기술을 계속 평가할 수 있도록 내담자와의 회기를 비디오로 녹화할 수 있도록 서면 동의를 요청한다. 그녀는 참가자가 걱정되는 사항이 있을 경우를 대비하여 주 면허 위원회의 연락처 정보를 표시한다.

C.7.c. 유해한 치료

해를 끼칠 수 있음을 시사하는 실직적 증거가 있을 때, 상담자는 내담자가 그러한 서비스를 요청하더라도 해당 기법/절차/양식을 사용하지 않는다.

마르타Marta는 6주 동안 부부 상담을 해왔는데, 그들은 십대 딸이 다른 십대 소녀와 연애 관계에 들어갔다고 말했다. 부모는 마르타에게 처음에는 이 관계가 "단순한 단계"라고 생각했다고 말한다. 이제 그들은 그렇지 않다고 매우 우려하고 있다. 그들은 딸을 위해 전환 치료를 요청한다. 마르타는 이러한 유형의 치료는 내담자에게 해로운 것으로 밝혀졌기 때문에 치료를 제공하지 않으며 전환 치료사를 추천할 수도 없다고 설명한다. 그녀는 부모에게 ACA를 포함한 주요 정신건강 기관에서 발행한 전환 요법에 관한 문헌 및 입장 논문을 제공한다. 마르타는 부부가 딸의 성에 대한 고민을 상담하고 싶다면 계속 상담해 주겠다고 제안한다.

C.8. 다른 전문가에 대한 책임

C.8.a. 개인적인 공개 진술

공적인 맥락에서 개인적인 진술을 할 때, 상담자는 자신의 개인적인 관점에서 말하는 것임을 명확히 하고, 모든 상담자 또는 상담자 직업을 대표하여 말하는 것이 아님을 명확히 한다.

전과자 상담사인 보이드Boyd는 거리의 갱 폭력 문제를 다루기 위해 마련된 지역사회 회의에 참석한다. 보이드는 지역 사회에서 잘 알려져 있고 존경받는 사람이다. 그는 논의 중인 문제에 대한 의견을 제시할 때, 이는 자신의 개인적인 견해이며 상담 전문가를 대표하는 것이 아님을 강조한다.

Section D. 다른 전문가와의 관계

학습 및 토론을 위한 질문

- **학제 간 팀워크**: 심리학자, 정신과 의사, 임상 사회복지사, 정신과 간호사가 포함된 기관 또는 기관의 치료 팀원이라면 이들과 어떤 직업적 관계를 맺고 싶은가?
- **역할 정의**: 고용주에게 자신의 직업적 역할을 정의하는 과정에서 어떤 문제를 겪었거나 겪을 것으로 예상하는가? 고용주가 본인의 역할과 양립할 수 없다고 생각되는 기능을 수행하기를 기대하는 경우 어떻게 대처할 수 있는가?
- **차별**: 직장 내 다른 전문가가 종교를 이유로 개인을 차별하고 있다는 사실을 알게 된다면 어떻게 말하거나 행동할 수 있는가? 성적 지향에 따른 차별이라면 어떻게 하겠는가?
- **착취적인 관계**: 당신의 동료가 수퍼바이지에게 착취적인 행동을 하고 있다는 사실을 알게 되었다면 어떻게 해야 하는가?
- **상담**: 내담자의 사례를 논의하기 위해 다른 전문가에게 자문을 받고자 할 때 내담자에게 어떻게 말해야 하는가?

Section D. 다른 전문가와의 관계

머리말

전문상담자는 동료와의 상호작용의 질이 내담자에게 제공되는 서비스의 질에 영향을 미칠 수 있음을 인식한다. 상담자들은 상담 분야의 동료들에 대해 알기 위해 노력한다. 상담자는 동료와 긍정적인 작업 관계 및 의사소통 시스템을 개발하여 내담자에 대한 서비스를 향상시킨다.

D.1. 동료, 고용주 및 직원과의 관계

D.1.a. 다양한 접근법

상담자는 이론에 근거하거나 경험적 또는 과학적 기반을 가지고 있지만 자신과 다를 수 있는 접근 방식을 존중한다. 상담자는 다른 전문가 집단의 전문성을 인정하고 그들의 실무적 접근을 존중한다.

> 게일Gayle은 대학에서 학제 간 인간 서비스 프로그램을 가르치는 상담 심리학자이다. 그녀는 상담사, 사회복지사, 학교 심리학자, 결혼 및 가족 치료사 등의 직업을 선택할 수 있는 학부생들을 대상으로 "도움 기술(helping skills)" 입문 과정을 가르치고 있다. 수업에서 그녀는 이러한 모든 분야의 관점을 포함하며 다양한 도움 직업에 대한 존중하는 태도를 보여준다. 또한 전통적인 정신분석, 인본주의, 인지 행동 및 시스템 지향의 기본 개념과 포스트 모던 및 구성주의적 접근법을 소개한다.

D.1.b. 관계 형성

상담자는 내담자에게 최상의 서비스를 제공하기 위해 다른 분야의 동료들과 관계를 발전시키고 강화하기 위해 노력한다.

공인전문상담사인 앤서니Anthony는 기관 기반의 지역사회 프로그램의 책임자
이다. 그는 매주 전문 직원들의 집단 모임을 위해 최선을 다하고 있다. 이 회기
는 팀원들에게 치료 계획을 조율할 수 있는 기회를 제공하며, 기관에서의 업무
가 개인적으로 어떤 영향을 미치는지, 업무와 관련된 스트레스를 어떻게 더 잘
관리할 수 있는지에 대해서도 이야기한다. 이 팀에는 사회 복지사, 간호사, 임상
심리학자, 레크리에이션 치료사, 상담사가 있다. 팀원들은 서로 협력하여 일할
수 있는 방법과 내담자의 요구를 가장 잘 충족시키기 위해 치료 프로그램을 개
선할 수 있는 방법을 파악한다.

D.1.c. 다학제적 팀워크

내담자에게 다각적인 서비스를 제공하는 다학제적 팀의 구성원인 상담자는 내담자
에게 최상의 서비스를 제공하는 방법에 계속 집중한다. 상담 전문직과 다른 분야 동료
의 관점, 가치, 경험을 활용하여 내담자의 복지에 영향을 미치는 결정에 참여하고 기여
한다.

정신병원의 치료 팀원들은 정기적으로 만나 내담자 치료에 대한 관점을 공유
한다. 매 회의마다 다른 팀원이 돌아가면서 의제를 구성하고 회의를 진행하는
역할을 맡는다. 이 전문가들은 그룹으로서 프로그램 요구 사항과 서비스를 받는
사람과 팀원 모두의 상태를 개선하기 위해 할 수 있는 일을 파악한다.

D.1.d. 전문적 및 윤리적 의무 확립

학제간 팀의 구성원인 상담자는 팀 전체 및 개별 구성원의 전문적이고 윤리적인 의
무를 명확히 하기 위해 팀 구성원과 함께 작업한다. 팀 결정으로 윤리적 문제가 제기되
면 상담자는 먼저 팀 내에서 문제를 해결하려고 시도한다. 팀 구성원들 사이에서 해결
책을 찾을 수 없는 경우 상담자는 내담자의 복지에 부합하는 문제를 해결하기 위한 다

른 방법을 모색한다.

치료 팀원들은 내담자와의 첫 번째 회기에서 초기 DSM-5 진단을 제공하기로 한 결정을 논의하기 위해 만난다. 이 결정은 진단을 내리고 치료 계획을 수립하는 것이 HMO(Health Maintenance Organization)가 요구한 것이라는 것을 분명히 한 기관장의 압력 때문이었다. 윤리적 이유로 일부 전문 직원은 초기 회기에서 진단과 구체적인 치료 계획을 수립하라는 압력에 반대했다. 다른 직원들은 같은 윤리적 문제에 대해 공감대를 형성하지 않았고 일부 정책은 변경할 수 없다고 생각했다. 팀은 실무에 영향을 미치는 이 정책에 대한 통일된 견해가 갖고 있지 않았기 때문에 기관 책임자와 문제를 논의할 시간을 요청했다.

D.1.e. 비밀 유지

법률, 기관 정책 또는 특별한 상황으로 인해 상담자가 사법 또는 행정 절차에서 두 가지 이상의 역할을 수행해야 하는 경우, 상담자는 동료와 역할에 대한 기대치와 비밀 유지의 범위를 명확히 한다.

제프리Jeffrey는 임상 직원의 일원이자 지역 보건 센터의 프로그램 책임자이기도 하다. 개인과 가족에게 직접 서비스를 제공하는 임상 업무 외에도 치료팀의 다른 구성원을 채용하고 평가하는 데 참여한다. 제프리는 임상 동료이지만 팀 내 다른 직원에 대한 정기적인 평가도 수행해야 한다. 그는 임상 서비스를 제공하고 다른 전문 직원을 평가하는 역할에서 자신에게 기대되는 것이 무엇인지 명확하게 설명하기 위해 노력한다. 그는 동료들과 각 역할에서 비밀 유지의 범위를 명확히 했다.

D.1.f. 직원 선발 및 배치

상담자는 직원을 선발하거나 다른 사람에게 책임을 부여해야 하는 위치에 있을 때, 유능한 직원을 선발하고 그들의 기술과 경험에 맞는 책임을 부여한다.

1년 전에 개인 상담실을 개업한 마사Martha는 풀타임 접수원/사무 보조원을 고용해야 할 정도로 상담실이 성장했다. 그녀는 그 자리를 광고하고 의사 그룹의 접수원으로 일한 상당한 경험이 있는 지원자를 면접한다. 이 지원자는 사무 절차를 잘 이해하고 있으며 환자 비밀 유지의 중요성을 잘 이해하고 있다. 추천서도 훌륭하며 추가 교육 및 감독에 매우 적극적이다. 마사는 지원자를 고용한다.

D.1.g. 고용주 정책

기관에서의 고용을 수락한다는 것은 상담자가 기관의 일반 정책과 원칙에 동의한다는 것을 의미한다. 상담자는 내담자의 성장과 발달에 도움이 되는 기관 정책의 변화를 허용하고 내담자 치료 및 전문적 행동의 수용 가능한 기준에 대해 고용주와 합의에 도달하기 위해 노력한다.

본Vaughn은 청소년 범죄자를 위한 주거 시설에서 상담사로 일하고 있다. 이 시설의 새 원장은 본이 보기에 규칙을 위반한 수용자에게 가혹한 처벌을 내리는 정책을 시행한다. 본은 이러한 방법과 관련하여 윤리적으로 문제가 있음을 원장과 상의한다. 원장은 이 정책을 논의하기 위해 모든 상담 직원회의를 소집하는 데 동의한다.

D.1.h. 부정적인 조건

상담자는 고용주에게 부적절한 정책 및 실무에 대해 경고한다. 조직 내에서 건설적인 행동을 통해 그러한 정책이나 절차의 변경을 시도한다. 그러한 정책이 잠재적으로 내담자에게 혼란을 주거나, 피해를 주거나, 제공되는 서비스의 효과를 제한할 수 있고, 변화를 이끌어낼 수 없는 경우, 상담자는 적절한 추가 조치를 취한다. 이러한 조치에는 적절한 인증, 인가 또는 주 면허 기관에 의뢰하거나 자발적으로 고용을 멈추는 것이 포함될 수 있다.

고용 상담자인 미리암Miriam은 예비 고용주에게 연락하고 구인 정보를 얻는

데 너무 많은 시간이 소요되어 자격 및 내담자 관심사에 대한 파일을 업데이트
할 시간이 부족하게 되었다. 미리암은 수퍼바이저에게 이러한 우려를 알리고 예
비 고용주에게 연락하는 데 소요되는 시간을 문서로 작성하여 제출한다. 수퍼바
이저는 현재 정책 및 절차에 대한 변경을 거부하기 때문에 미리암은 일자리를
다른 곳에서 구하기로 결정한다.

D.1.i. 징벌적 조치로부터 보호

상담자는 부적절한 고용주 정책 또는 실무를 폭로하기 위해 책임감 있고 윤리적인
방식으로 행동한 동료 또는 직원을 괴롭히거나 직원을 해고해서는 안 된다.

회의에서 마르키타Marquita는 예산 삭감으로 인해 기관에서 전문 직원을 위한
주간 지원 그룹이 종료되었다는 사실에 대해 이의를 제기한다. 마르키타는 많은
직원들이 이 지원 그룹을 높이 평가하기 때문에 우려하는 이유를 설명하고 대
안을 제시한다. 마르키타의 수퍼바이저는 마르키타가 행정 수준에서 내려진 의
사 결정에 대해 목소리를 높여 반대했다는 이유로 보복을 당하지 않도록 조치
를 취한다.

D.2. 상담 서비스 제공

D.2.a. 상담자의 역량

상담자는 상담 서비스를 제공할 때 적절한 자원과 역량을 갖출 수 있도록 합리적인
조치를 취한다. 상담자는 요청이 있거나 필요한 경우 적절한 의뢰 자원을 제공한다.

찬드라Chandra는 연구 프로젝트의 자문을 제안받은 교수이다. 자신의 역할은
연구에 필요한 데이터의 통계 분석을 돕는 것이라는 설명을 들었다. 그녀는 자
신의 역할에 대한 범위를 더 자세히 정의하기 위해 연구원들과 만나자고 요청
한다. 이 회의에서 그녀는 전문 지식이 없는 특정 컴퓨터 통계 패키지에 대한

기술적 도움을 제공해야 한다는 사실을 알게 된다. 그녀는 자문 직책을 거절하고 자격을 갖춘 다른 자문가를 소개한다.

D.2.b. 공식 상담 시 설명 후 사전동의

상담자는 공식 상담 서비스를 제공할 때 상담사와 내담자 모두의 권리와 책임을 서면 및 구두로 검토해야 할 의무가 있다. 상담자는 명확하고 이해하기 쉬운 언어를 사용하여 모든 관련 당사자에게 제공될 서비스의 목적, 관련 비용, 잠재적 위험 및 혜택, 비밀 유지의 한계에 대해 알린다.

> 디아나Deanna는 사설 정신병원에 고용되어 그곳에서 근무하는 직원들을 대상으로 스트레스 관리 교육을 제공한다. 그녀는 직원들에게 병원에서 일하면서 스트레스를 받는 부분에 대한 피드백을 병원장에게 제공해야 한다고 알려준다. 그녀는 병원장에게 스트레스의 원인에 대한 정보를 제공하되, 특정 개인의 신원을 보호하기 위해 주의를 기울일 것임을 직원들에게 알린다.

Section E. 평가(Evaluation), 평가(Assessment) 및 해석

학습 및 토론을 위한 질문

- **역량**: 특정 평가 도구를 사용할 수 있는 능력이 있는지 어떻게 판단할 수 있는가?
- **설명 후 사전동의**: 내담자에게 평가를 사용하기 전에 평가의 성격과 목적에 대해 어떤 정보를 제공해야 하는가? 평가 과정에 내담자를 어떤 방식으로 참여시키려고 하는가?
- **평가 관리하기**: 내담자 또는 내담자 그룹에 평가를 관리할 계획이라면 평가가 제대로 관리되도록 하기 위해 어떤 요소를 고려해야 하는가?
- **진단**: 진단을 내릴 때 어떤 윤리적 문제가 관련되는가? 상담사가 정신 장애 진단에 참여하는 것에 대해 어떻게 생각하는가?

- **문화적 민감성**: 내담자의 사회경제적, 문화적 경험이 내담자가 받을 수 있는 진단에 어떤 역할을 한다고 생각하는가? 내담자의 우려와 관련될 수 있는 문화적, 환경적 변수를 어떻게 고려할 수 있는가?
- **평가 및 테스트**: 상담 과정의 일부로 언제 평가 도구를 사용할 수 있는가? 검사를 선택, 관리, 채점 및 해석할 때 고려해야 할 요소에는 어떤 것이 있는가? 다양한 내담자 집단을 테스트할 때 윤리적 고려 사항은 무엇인가?
- **포렌식 평가**: 포렌식 평가(법적 소송을 위한 평가)에서 상담자의 역할은 무엇이라고 생각하는가? 상담자의 역할은 포렌식 평가자의 역할과 어떻게 다른가?

Section E. 평가(Evaluation), 평가(Assessment) 및 해석

머리말

상담자는 내담자의 개인적, 문화적 맥락을 고려하여 상담 과정의 한 구성 요소로 평가를 사용한다. 상담자는 적절한 교육, 정신 건강, 심리 및 진로 평가를 개발하고 사용함으로써 개별 내담자 또는 내담자 집단의 복지를 증진한다.

E.1. 일반

E.1.a. 평가(Assessment)

교육, 정신 건강, 심리 및 진로 평가의 주요 목적은 내담자의 의사 결정, 치료 계획 및 법의학적 절차를 포함하되 이에 국한되지 않는 다양한 목적을 위해 내담자에 관한 정보를 수집하는 것이다. 평가에는 정성적 방법론과 정량적 방법론이 모두 포함될 수 있다.

개인 개업의인 멜로디Melody가 내담자 중 한 명에게 우울증 척도를 실시하고 있다. 이 도구는 표준화된 현장 검사를 거쳤으며 신뢰성과 타당성이 있는 것으로 확인되었다. 그녀는 평가의 목적과 그 결과가 치료 과정에서 어떻게 사용되는지 신중하게 설명하여 내담자의 현재 정신 건강 요구 사항을 더 잘 이해하고 개별화된 치료 계획을 수립한다. 또한 내담자에게 척도 결과가 다른 평가(질적 및 양적 평가 모두)의 맥락에서 고려될 것임을 설명한다.

E.1.b. 내담자 복지

상담자는 평가 결과 및 해석을 오용하지 않으며, 다른 사람이 제공된 정보를 오용하지 못하도록 합리적인 조치를 취한다. 상담자는 결과, 해석, 상담자의 결론 및 권고의 근거에 대해 내담자의 알 권리를 존중한다.

낸시Nancy는 고등학교 상담자이다. 2학년 학급을 대상으로 성취도 검사를 시행하기 일주일 전, 그녀는 교실을 방문하여 이 검사의 목적을 설명한다. 결과가 나오면 그녀는 각 2학년 학생을 만나 결과를 해석한다. 그녀는 학부모에게 검사 점수를 어떻게 해석해야 하는지에 대한 정보를 제공하는 편지를 보내고 검사 결과에 대해 궁금한 점이 있으면 전화해 달라고 요청한다. 그녀는 이 편지의 사본을 각 2학년 교사의 우편함에 넣는다.

E.2. 평가 도구 사용 및 해석 능력

E.2.a. 능력의 한계

상담자는 교육을 받고 자격을 갖춘 검사 및 평가 서비스만 사용한다. 기술 지원 검사 해석을 사용하는 상담자는 기술 기반 응용 프로그램을 사용하기 전에 측정 대상 구조와 특정 도구에 대한 교육을 받는다. 상담자는 자신의 감독하에 있는 사람이 평가 기술을 올바르게 사용할 수 있도록 합리적인 조치를 취한다.

정신 건강 기관의 원장은 기관에 고용된 공인전문상담사인 루즈Luz에게 미네

소타 다면적 인성 검사-Ⅱ를 내담자에게 시행해 달라고 요청한다. 루즈는 이 최신 버전의 검사 관리 및 해석에 대한 교육을 받지 않았다. 그녀는 원장에게 이 사실을 설명하고 최근에 교육을 받은 다른 상담자가 검사를 시행하도록 협의한다. 또한 원장은 루즈가 이 도구의 관리 교육을 받을 수 있도록 준비한다.

E.2.b. 적절한 사용

상담자는 평가 도구를 직접 채점하고 해석하거나 기술 또는 기타 서비스를 사용할 때, 내담자의 요구와 관련된 평가 도구를 적절하게 적용, 채점, 해석 및 사용할 책임이 있다.

진로 상담을 받고 있는 내담자 윌리엄William은 간호사가 되고 싶어 한다. 하지만 이 분야가 자신에게 정말 적합한 분야인지에 대해 의구심을 가지고 있다. 상담자는 직업 흥미 검사를 실시한다. 결과는 간호 분야에 대한 그의 흥미를 반영하지 못하는 것으로 나타난다. 상담자는 이 검사가 윌리엄의 결정에 유일한 요인이 되어서는 안 되지만, 이 결과는 윌리엄의 관심사가 최근 간호 직종에 종사하는 남성 표본의 관심사와 다르다는 것을 보여준다고 설명한다.

E.2.c. 결과에 기반한 결정

평가 결과에 기반한 개인 또는 정책과 관련된 결정을 담당하는 상담자는 심리평가에 대한 철저한 이해가 있어야 한다.

셜린Sherlene은 입학, 재심 및 퇴학 위원회에서 자주 활동하는 학교 상담자이다. 이 위원회는 검사 자료를 포함한 다양한 정보를 평가한 후 아동이 특수 교육 서비스를 받을 자격이 있는지 여부를 결정한다. 셜린은 검사 및 평가에 대해 철저히 이해하고 있다. 그녀는 다른 위원들이 검사 결과를 올바른 관점에서 보고 현명한 결정을 내리는 데 활용할 수 있도록 도울 수 있다.

E.3. 평가 시 설명 후 사전동의

E.3.a. 내담자에게 설명하기

상담자는 평가에 앞서 평가의 성격과 목적, 잠재적 수혜자가 결과를 구체적으로 어떻게 사용할 수 있는지 설명한다. 설명은 의뢰인(또는 의뢰인을 대신하여 법적으로 권한을 부여받은 다른 사람)이 이해할 수 있는 용어와 언어로 제공한다.

> 두 단과 대학 상담자가 입학생이 가장 적합한 신입생 영어 코스를 선택할 수 있도록 지원하는 컴퓨터 프로그램을 개발하기 위해 노력하고 있다. 그들은 학생들이 도움 없이도 프로그램을 수행할 수 있도록 소프트웨어를 설계하고자 한다. 2년 동안 이 프로그램의 예비 실험연구를 진행하고 검증 연구를 수행한다. 또한 상담자들은 어떤 유형의 장애를 가진 학생들도 프로그램에 접근할 수 있는지 확인하기 위해 캠퍼스에 있는 장애 서비스 사무실의 협조를 얻어 현장 검증을 진행한다. 프로그램 매뉴얼에는 학생들이 이해할 수 있는 언어로 결과를 해석하고 사용하는 방법이 자세히 설명되어 있다. 처음 두 학기 동안 상담자는 프로그램 사용 학생과 개별적으로 만나 학생들이 프로그램 사용법을 제대로 이해했는지 확인한다.

E.3.b. 결과 수령자

상담자는 평가 결과를 받을 사람을 결정할 때 내담자 그리고/또는 수검자의 복지, 명시적인 이해, 설명 후 사전동의를 고려한다. 상담자는 개인 또는 그룹 평가 결과를 공개할 때 정확하고 적절한 해석을 한다.

> 메그Meg는 개인이 자신의 생활 스트레스 요인을 파악할 수 있도록 설계된 컴퓨터 애플리케이션을 개발한다. 그녀는 평가의 용도와 한계를 포함하여 평가의 특성을 신중하게 설명한다. 내담자가 평가를 받을 때마다 그녀는 내담자가 로그온하고 평가를 완료하는 동안 컴퓨터 앞에 함께 앉아 기술 사용 방법을 이해했는지 확인한다. 결과를 논의할 때는 결과를 해석하는 방법과 스트레스 관리를

위한 추가 상담의 필요성을 시사할 수 있는 기타 요인을 주의 깊게 설명한다.

E.4. 자격을 갖춘 사람에게 자료 공개

상담자는 내담자 또는 내담자의 법적 대리인의 동의가 있는 경우에만 내담자의 평가 자료를 공개한다. 이러한 자료는 상담자가 자료를 해석할 자격이 있다고 인정한 사람에게만 공개된다.

공인상담자인 크레이그Craig는 아동 평가 및 상담을 전문으로 한다. 그는 말을 거부하는 7세 아동에게 투사 검사를 실시한다. 결과는 비정상적인 패턴을 나타내지만 상담자는 이를 어떻게 해석해야 할지 잘 모르고 있다. 그는 아동 부모의 서면 동의를 얻어 아동 평가 전문가인 교수와 함께 검사 프로토콜을 검토하고 아동의 결과를 해석하는 방법을 이해하기 위해 교수의 도움을 요청한다.

E.5. 정신 장애 진단

E.5.a. 적절한 진단

상담자는 정신 장애에 대한 적절한 진단을 제공하기 위해 특별한 주의를 기울인다. 내담자 치료를 결정하는 데 사용되는 평가 기법(개인 면담 포함)을 신중하게 선택하고 적절하게 사용한다(예: 치료 영역, 치료 유형, 권장된 후속 조치).

멜Mel은 정신병원의 접수상담자이다. 멜은 새로운 환자가 입원할 때마다 초기 진단을 내리고 적절한 치료 과정을 제안하는 일을 담당한다. 그는 병원 정책에 따라 표준화된 입원 평가 설문지를 사용하지만, 정확한 진단을 내리기 위해 필요에 따라 각 내담자와 추가 상담 시간을 잡는다. 그는 내담자의 치료 팀과 협력하여 치료 계획을 수립한다.

E.5.b. 문화적 민감성

상담자는 문화가 내담자의 문제를 정의하고 경험하는 방식에 영향을 미친다는 것을 인식한다. 정신 장애를 진단할 때 내담자의 사회경제적, 문화적 경험을 고려한다.

션Sean은 문화적으로나 인종적으로 다양한 학교에서 근무하는 상담자이다. 공인 특수 교육 상담사로서 특수 교육 학급에 배치해야 할 학생들을 평가하는 일을 담당하고 있다. 그는 각 학생의 문화적 맥락을 고려하여 평가를 신중하게 진행한다.

E.5.c. 병리 진단의 역사적, 사회적 편견

상담자는 특정 개인과 집단을 진단하고 병리화하는 역사적, 사회적 편견을 인식하고 자신이나 타인의 편견을 해결하기 위해 노력한다.

챈드렐Chandrelle은 도시의 저소득층 지역에 위치한 지역 사회 기관에 상담을 받으러 왔다. 챈드렐은 상담 회기에서 수면 장애, 체중 감소, 무력감과 절망감 등 우울증 증상에 대해 설명한다. 챈드렐은 최저임금을 받으며 풀타임으로 일하고 있으며 혼자서 세 자녀를 키우고 있다. 이전에도 비슷한 증상으로 두 번이나 상담을 받은 적이 있으며 주요 우울 장애 진단을 받았다. 챈드렐에 따르면 그녀는 항우울제를 처방받았고, 그 약이 "힘든 시기를 극복하는 데 도움이 되었다"고 한다. 상담자인 샐리Sally는 여성이 남성보다 우울증 진단을 받을 확률이 높고, 경제적으로 취약한 계층이 심각한 진단을 받을 가능성이 더 높다는 사실을 잘 알고 있다. 그녀는 챈드렐과 협력하여 챈드렐이 우울증을 유발하고 어느 정도 원인이 되는 환경적 조건에 대처할 수 있도록 상담자의 옹호를 포함한 전반적인 치료 계획을 개발한다. 또한 샐리는 수퍼바이저와 함께 저소득 도시 지역의 내담자를 상담하는 기관의 전문 직원들을 위해 현장 교육을 준비하기 위해 노력한다.

E.5.d. 진단 자제하기

상담자는 내담자나 타인에게 해를 끼칠 수 있다고 판단되는 경우 진단을 내리거나 보고하는 것을 자제할 수 있다. 상담자는 진단의 긍정적인 영향과 부정적인 영향을 모두 신중하게 고려한다.

시드니Sidney는 영리 단체의 약물 남용 치료 시설에서 일하는 상담자이다. 이 시설에서는 입원 치료, 주간 치료 및 사후 관리 서비스를 제공한다. 마케팅 책임자는 시드니에게 잠재 내담자인 제레미아Jeremiah에 대한 평가를 수행해 달라고 요청한다. 책임자는 시드니에게 입원 환자 수가 적으며, 제레미아가 약물 사용 장애 진단을 받으면 제레미아의 건강보험에서 입원 치료비를 지불할 것이라고 말한다. 시드니는 제레미아를 만나 제레미아가 사회적 불안을 겪고 있으며 대규모 사교 모임에 참석할 때만 자가 치료를 위해 술을 마신다는 사실을 확인한다. 시드니는 마케팅 책임자가 제안한 진단이 제레미아에게 미칠 수 있는 영향을 고려한 후 약물 사용 장애 진단을 내리지 않기로 한다. 그는 적절한 치료를 위해 제레미아를 불안 장애 클리닉에 의뢰한다.

E.6. 도구 선택

E.6.a. 도구의 적절성

상담자는 평가도구를 선택할 때 도구의 타당성, 신뢰성, 심리측정적 한계 및 적절성을 신중하게 고려하고, 가능하면 결론, 진단 또는 권고를 내릴 때 여러 형태의 평가, 자료 또는 도구를 사용한다.

아동 및 청소년 상담을 전문으로 하는 공인전문상담사(LPC)인 멜빈Melvin은 딸 브리트니Britney의 주의력 결핍/과잉 행동 장애 검사를 받고 싶다는 줄리아Julia의 연락을 받았다. 줄리아와 브리트니와의 첫 상담에서 멜빈은 평가 과정의 일부로 공식적인 평가를 실시할 수 있다고 설명한다. 또한 이러한 도구는 부분적인 정보만 제공하며 완전한 평가를 위해서는 부모, 교사, 브리트니 본인 등 여러 출처에서 브리트니의 행동에 대한 정보를 얻어야 한다는 점을 분명히 한다.

E.6.b. 의뢰 정보

내담자가 평가를 위해 제3자에게 의뢰되는 경우, 상담자는 적절한 평가 도구가 활용될 수 있도록 구체적인 의뢰 질문과 내담자에 대한 충분한 객관적인 자료를 제공한다.

노라Nora는 결혼 가족상담사로, 결혼 생활에 어려움을 겪고 있는 젊은 부부인 재닌Janine과 제프Jeff를 상담해 왔다. 부부는 대부분의 상담 회기에 2살짜리 아이를 데리고 왔다. 상담이 진행되면서 노라는 이 부부의 결혼 생활에서 스트레스의 주요 원인이 자녀가 발달 장애가 있을지도 모른다는 두려움이라는 사실을 알게 되었다. 이 두려움 때문에 부부는 아이가 검사를 받는 것을 피했다. 이러한 두려움을 탐색한 후, 제닌과 제프는 아이가 검사를 받아야 한다는 데 동의하고, 노라는 아이의 동의를 받아 유아 발달 장애 전문가에게 아이의 평가를 받도록 준비한다. 노라는 전문가에게 아동에 대한 객관적인 정보를 제공하며, 자신의 관찰에 근거한 정보와 부모가 보고한 정보를 명확하게 명시한다.

E.7. 평가 실시 조건

E.7.a. 실시 조건

상담자는 표준화 검사조건에서 설정한 것과 동일한 조건에서 평가를 실시한다. 장애가 있는 내담자를 수용하기 위해 필요할 수 있는 표준화 검사조건에서 평가가 시행되지 않거나 시행 중 비정상적인 행동이나 불규칙성이 발생하는 경우, 해당 조건은 해석에 명시되며 결과는 무효 또는 유효성에 의문이 있는 것으로 판정될 수 있다.

고등학교 3학년을 대상으로 표준화 검사를 시행하던 중 타이머 오작동으로 인해 하위 검사 시간이 4분 부족하게 되었다. 일주일 후 타이머를 다시 사용했을 때 문제가 발견된다. 교장은 이 문제를 국가시험 센터에 보고하기를 꺼려하지만 상담자는 전체 시험 결과에 악영향을 미칠 수 있음을 지적하며 보고해야 한다고 주장한다. 이 사안에 대해 논의한 후, 발생한 문제를 보고하기로 동의한다. 또한 시험을 치른 학생과 학부모에게 문제를 설명하는 방법과 관련하여 국가시험 센터의 지침을 따르고 결과 해석에 대해 주의를 기울이기로 동의한다.

E.7.b. 적합한 조건 제공

상담자는 평가 관리에 적합한 환경(예: 개인공간, 편안함, 방해받지 않는 공간)을 제공한다.

공인전문상담사(LPC)이자 공인 성 치료사인 카렌Karen은 두 명의 가족상담자와 함께 개인 진료를 시작한다. 카렌은 접수 평가의 일부 질문은 구두로 논의해야 할 수도 있다는 것을 알고 있다. 그녀는 커플을 위한 개인 평가실을 제공하고 각 상담실에 소음 제거 기계를 사용하여 내담자의 사생활을 보장한다.

E.7.c. 전자기술 관리

상담자는 전자기술로 관리되는 평가가 제대로 작동하고 내담자에게 정확한 결과를 제공하는지 확인한다.

직업 기술 대학의 상담자인 카일Kyle은 내담자와 함께 컴퓨터로 시행하고 채점하는 검사를 사용할 계획이다. 그는 컴퓨터 프로그램이 제대로 작동하는지 확인하기 위해 전체 검사 응시 및 채점 과정을 직접 거친다.

E.7.d. 감독되지 않은 평가

평가 도구가 자가 관리 또는 채점을 위해 설계, 의도 및 검증되지 않은 경우, 상담자는 감독되지 않은 평가 사용을 허용하지 않는다.

초등학교 상담자인 레티시아Leticia는 학습 장애를 발견하기 위해 고안된 개별적으로 시행되는 시간 제한이 있는 검사를 관리하고 있다. 그녀는 아동의 집중력을 방해하거나 검사 결과가 무효화되지 않도록 검사 회기 중에 방해가 되지 않게 예방 조치를 취한다.

E.8. 다문화 문제/평가의 다양성

상담자는 내담자 이외의 집단에서 표준화된 평가 기법을 신중하게 선택하고 사용한다. 상담자는 연령, 피부색, 문화, 장애, 민족, 성별, 인종, 선호하는 언어, 종교, 영성, 성적 지향, 사회경제적 지위가 검사 시행 및 해석에 미치는 영향을 인식하고 다른 관련 요인과 함께 검사 결과를 고려하여 배치한다.

멕시코계 미국인 전학생인 그레고리오Gregorio는 정신 능력 검사에서 낮은 점수를 받아 낮은 수준의 반 배정을 추천받았다. 학교 상담자는 멕시코계 미국인이 해당 검사의 표준 그룹에 포함되지 않으며 그레고리오가 멕시코에서 학교를 다닐 때 학업 성적이 좋았다는 사실을 알게 된다. 상담자는 배정의 근거로 사용하기 위해 더 적절한 여러 가지 조치를 취한다.

E.9. 평가의 채점 및 해석

E.9.a. 보고

상담자는 평가 결과를 보고할 때 내담자의 개인적 및 문화적 배경, 결과에 대한 내담자의 이해 수준, 결과가 내담자에게 미치는 영향 등을 고려한다. 상담자는 평가 결과를 보고할 때 평가 상황이나 검사 대상자에 대한 규범의 부적절성으로 인해 타당성이나 신뢰성에 의문이 있는 경우 이를 표시한다.

공인전문상담사인 조이Joey는 대도시에 여러 지점을 두고 있는 기관에서 일하고 있다. 조이가 근무하는 곳은 영어가 제2 언어인 내담자에게 서비스를 제공한다. 치료 과정 전반에 걸쳐 여러 가지 정량적 평가를 사용하여 내담자의 진전 상황을 측정하는 것이 기관의 정책이다. 조이는 내담자와 결과를 공유하기 전에 각각 내담자가 결과를 이해할 수 있는 능력과 내담자의 개성과 문화적 배경이 결과 해석에 어떤 영향을 미칠 수 있는지 평가한다. 조이는 내담자에게 자료가 일반화가 가능하거나 유효하거나 신뢰할 수 있는 표준값을 기반으로 함을 알린다.

E.9.b. 실증 데이터가 불충분한 도구

상담자는 수검자의 결과를 뒷받침할 충분한 경험적 자료가 없는 도구의 결과를 해석할 때 주의를 기울여야 한다. 이러한 도구의 구체적인 사용 목적을 수검자에게 명시적으로 설명한다. 상담자는 타당성이나 신뢰성이 의심스러운 평가나 도구를 기반으로 한 모든 결론, 진단 또는 권장 사항을 검증한다.

프랑수아Francois는 지역 대학의 직업 상담 센터의 책임자이다. 그는 검사개발 회사에서 새로운 직업 목록을 검사하는 샘플로 대학 신입생을 사용하고 싶다는 연락을 받았다. 프랑수아는 도움을 주기로 동의하고 학생 자원 봉사자들에게 그들이 이 검사개발에 참여하고 있음을 설명한다. 검사가 완료되면 학생들이 관심 있는 직업에 대한 인쇄물을 받게 되지만 프랑수아는 검사가 아직 개발 중이기 때문에 결과를 신뢰할 수 없다고 주의를 준다.

E.9.c. 평가 서비스

평가 과정을 지원하기 위해 평가, 채점 및 해석 서비스를 제공하는 상담자는 해석의 타당성을 확인한다. 이들은 절차의 목적, 규범, 타당성, 신뢰성, 적용 및 사용에 적용되는 특수 자격을 정확하게 설명한다. 항상 상담자는 평가받는 사람들에 대한 윤리적 책임을 유지한다.

개인 상담자로 일하고 있는 발레리Valerie는 대형 백화점의 자문가로 고용되었다. 그녀는 어떤 입사 지원자가 지각과 결근(병가 신청)을 자주 하는 경향이 있는지 파악해 달라는 요청을 받았다. 발레리는 지각 및 결근 경향을 측정하는 도구의 결과와 실제 직원들의 10개월 동안의 지각 및 결근을 비교하는 상관관계 연구를 제안한다. 그녀는 실제 직원으로부터 수집한 모든 자료는 기밀로 유지되며 피자문가(직장상사)와 공유하지 않는다는 서면 동의를 피자문가에게 받는다. 발레리는 실제 직원 성과와 검사 자료 간에 충분한 상관관계가 발견되기 전까지는 지원자의 검사 결과가 지각 및 결근의 잠재적 문제와 관련이 있다고 볼 수 없다고 설명한다.

E.10. 평가 보안

상담자는 법적 및 계약상 의무에 따라 검사 및 평가의 정확성과 보안을 유지한다. 상담자는 개발자의 승인 및 허가 없이 출판된 평가 또는 그 일부를 도용, 복제 또는 수정해서는 안 된다.

칸란Kamran은 약물 남용 치료 시설의 집중 외래 환자 프로그램 책임자로 승진했다. 그는 시설에서 집중 외래 또는 입원 치료를 추천할지 여부를 결정하기 위해 잠재적 내담자를 선별하는 데 사용하는 평가 과정을 개선하고자 한다. 그는 이러한 목적에 이상적으로 보이는 평가 도구를 설명하는 기사를 발견하였다. 칸란은 출판사에 연락하여 해당 논문을 복사하여 잠재적 내담자에게 배포할 수 있도록 허락을 요청한다.

E.11. 사용되지 않는 평가 및 오래된 결과

상담자는 현재 목적에 맞지 않거나 오래된 평가 자료 또는 결과(예: 최신 버전이 아닌 평가/도구)를 사용하지 않는다. 상담자는 다른 사람이 오래된 측정 및 평가 자료를 오용하는 것을 방지하기 위해 모든 노력을 기울인다.

해리엇Harriet은 대학 입학처의 상담자로 고용되었다. 그녀는 대학원 시험

(Graduate Record Exam) 결과가 시험 날짜를 고려하지 않고 대학원 과정의 입학 기준으로 사용된다는 사실을 알게 된다. 그녀는 10년이 지난 결과는 이러한 목적으로 사용되어서는 안 된다고 입학처장에게 알리고, 그녀의 입학처장은 필요한 절차를 변경하는 데 동의한다.

E.12. 평가 구성

상담자는 평가 기법의 개발, 출판 및 활용에 있어 평가 설계를 위해 확립된 과학적 절차, 관련 표준 및 최신 전문 지식을 사용한다.

라몬Ramon은 시험 구성에 대한 전문 지식을 갖춘 상담 교육자이다. 그는 새로운 평가 도구를 설계할 때, 도구가 개발되면 도구를 사용하여 평가할 수 있는 특정 문화 집단에 대한 편견을 줄이기 위해 구체적인 조치를 취한다. 그는 최신의 전문 지식을 활용하고 다른 전문가들에게도 평가 도구를 평가하도록 한다.

E.13. 법의학 평가: 법적 절차를 위한 평가

E.13.a. 주요 의무

법의학적 평가를 제공할 때 상담자의 주요 의무는 평가에 적합한 정보와 기술을 바탕으로 입증할 수 있는 객관적인 결과를 도출하는 것이며, 여기에는 개인에 대한 검사 및/또는 기록 검토가 포함될 수 있다. 상담자는 평가에서 수집된 자료로 뒷받침할 수 있는 전문 지식과 전문성을 바탕으로 전문적인 의견을 기술한다. 상담자는 특히 개인에 대한 조사가 수행되지 않은 경우 보고서 또는 증언의 한계를 정의한다.

올리비아Olivia는 법원에서 명령한 자녀 양육권 평가를 수행하는 상담자이다. 그녀는 양육권 분쟁의 대상인 6살 티파니Tiffany를 평가해 달라는 요청을 받았다. 티파니는 현재 어머니와 동거 중인 남자 친구와 함께 살고 있으며 격주로 주말마다 아버지와 함께 지내고 있다. 양쪽 부모는 모두 신체적 학대를 주장하고 있다. 아버지는 어머니의 남자 친구를, 어머니는 아버지를 고발했다. 올리비아는 티파니와 연령에 맞는 놀이 치료 기법을 사용하여 일련의 상담 회기를 진행한다. 또한 올리비아는 분쟁에 연루된 성인 세 명과 개별 면담을 진행하고 두 가정을 모두 방문한다. 올리비아는 보고서를 작성할 때 평가 과정에서 수집한 자료를 바탕으로 전문적인 의견을 기술한다.

E.13.b. 평가에 대한 동의

평가 대상 개인에게는 해당 관계가 평가 목적이며 치료 목적이 아님을 서면으로 알리고 평가 보고서를 받게 될 주체 또는 개인을 명시한다. 법의학적 평가를 수행하는 상담자는 법원이 평가 대상자의 서면 동의 없이 평가를 수행하도록 명령하지 않는 한 평가 대상자 또는 법정 대리인으로부터 서면 동의를 받는다. 자발적으로 동의할 능력이 부족한 아동 또는 성인이 평가를 받는 경우 부모 또는 보호자로부터 설명 후 사전동의를 받는다.

22세인 해리Harry는 음주 운전으로 체포된 후 법원에 출두했다. 법원은 해리에게 약물 및 알코올 검사 및 평가를 의뢰했다. 해리의 사건을 맡은 상담자 사무엘Samuel은 자신의 보고서가 해리의 형량을 결정하는 요소로 고려될 것이라는 통보를 받았다. 사무엘은 해리를 만날 때 면담의 목적은 평가를 위한 정보 수집이며 상담 서비스는 포함되지 않는다고 설명한다. 또한 해리에게 판사에게 보고서를 작성할 것이라고 말하고 보고서에 어떤 유형의 정보가 포함될지 명확히 설명한다. 그는 평가를 수행하기 위해 해리의 서면 동의를 받는다.

E.13.c. 내담자 평가 금지

상담자는 현재 또는 과거 내담자, 내담자의 연인 또는 내담자의 가족을 법의학적 목적으로 평가하지 않는다. 상담자는 자신이 평가하는 개인을 상담하지 않는다.

결혼 및 가족상담사인 퀴아나Quiana는 1년 전 남편과 함께 부부 상담을 받았던

전 내담자인 애니Annie로부터 전화를 받는다. 애니는 남편과 이혼 절차를 시작했으며 자녀 양육권 분쟁에 휘말렸다고 말한다. 애니의 변호사는 애니에게 부모로서의 적합성에 대한 평가를 받으라고 조언했다. 애니는 퀴아나가 자신이 얼마나 헌신적이고 배려심 많은 부모인지 이미 알고 있기 때문에 퀴아나가 평가를 수행했으면 좋겠다고 말한다. 퀴아나는 이를 거절하고 그 이유를 설명한다.

E.13.d. 잠재적으로 해로운 관계 피하기

법의학적 평가를 제공하는 상담자는 현재 평가 중이거나 과거에 평가했던 개인의 가족, 연인, 친한 친구와의 잠재적으로 해로운 직업적 또는 개인적 관계를 피한다.

로렌스Lawrence는 청소년 법원 시스템에 고용된 상담사이다. 그는 최근 절도 혐의로 체포된 15세 소녀 아만다Amanda와 법원에서 명령한 상담 회기를 6회 완료했다. 그는 아만다의 부모로부터 법원에 공정한 보고를 해줘서 고맙다는 이메일 메시지를 받고 감사의 표시로 저녁 식사를 함께하고 싶다는 제안을 받는다. 로렌스는 제안을 거절하고 부모에게 이유를 설명한다.

Section F. 수퍼비전, 수련과 교육

학습 및 토론을 위한 질문

- **내담자 복지**: 수퍼바이저가 내담자 복지를 보호해야 할 필요성과 수퍼바이지가 경험을 쌓고 자신의 역량 범위를 확장하도록 장려하는 것 사이에서 어떻게 균형을 맞출 수 있다고 생각하는가?
- **상담자 수퍼비전 역량**: 임상 수퍼바이저가 되기 위해 필요한 자격은 상담자가 되기 위해 필요한 자격과 어떻게 다른가? 수퍼바이저는 수퍼바이지와 함께 다양성 문제를 해결할 수 있는 지식과 기술을 어떻게 습득할 수 있는가?

- **온라인 수퍼비전**: 온라인으로 임상 수퍼비전을 실시하는 것에 대해 어떻게 생각하는가? 원격 수퍼비전의 잠재적 장점은 무엇이라고 생각하는가? 잠재적인 문제는 무엇인가?
- **수퍼바이저 관계**: 수퍼바이저와 수퍼바이지 간의 적절한 관계 경계를 어떻게 결정할 수 있는가? 수퍼바이저와 수퍼바이지 사이의 윤리적, 직업적, 사회적 관계의 경계는 무엇이라고 생각하는가? 수퍼바이저와 수퍼바이지 간의 비전문적 상호작용 중 유익할 수 있는 사례를 생각해 볼 수 있는가?
- **수퍼비전에서의 설명 후 사전동의**: 수퍼바이저로서 수퍼비전을 시작할 때 가장 원하는 정보는 무엇인가?
- **전문가 개방**: 당신이 수퍼비전 받고있는 학생 또는 상담 인턴이었다면, 당신은 학생/인턴/수퍼바이지로서의 신분에 대해 당신의 내담자에게 어떤 정보를 제공해야 한다고 생각하는가?
- **학생 및 수퍼바이지를 위한 상담**: 상담 교육자 또는 수퍼바이저가 학생 또는 수퍼바이지에게 상담자 역할을 하는 것을 금지하는 이유는 무엇이라고 생각하는가?
- **윤리 교육**: 윤리를 가장 잘 가르칠 수 있는 방법은 무엇이라고 생각하는가? 상담 교육자와 수퍼바이저는 학생들이 윤리적 자아를 개발하도록 어떻게 도울 수 있는가?
- **프로그램 오리엔테이션**: 학생으로서 입학 전에 지원하려는 프로그램에 대해 무엇을 알고 싶은가? 수련 프로그램을 시작할 때 어떤 종류의 정보를 받아야 하는가?
- **자기 성장 경험**: 대학원 상담 프로그램에서 치료적 경험은 어떤 역할을 하는가? 경험적 수련을 교과 학습과정과 결합하는 데 문제가 있는가? 학생들의 자기 공개 수준과 관련하여 어떤 가이드라인이 있었으면 좋겠는가?
- **다양성 역량 증진**: 상담자를 교육하는 자와 수퍼바이저는 교육 및 수퍼비전 실습에 다문화 역량을 적극적으로 포함시켜야 할 윤리적 의무가 있다. 이를 가장 잘 수행할 수 있는 방법은 무엇이라고 생각하는가?
- **평가 및 교정**: 상담 학생이 필요한 기술과 역량을 습득하지 못한 경우, 상담자를 교육하는 자와 수퍼바이저는 학생이 역량을 갖추도록 돕기 위해 어떤 교정 절차를 실행해야 하는가?

Section F. 수퍼비전, 수련과 교육

머리말

상담 수퍼바이저 및 교육자는 의미 있고 존경스러운 직업적 관계를 형성하고 수퍼바이지 및 학생들과 대면으로 그리고 전자매체를 통해 적절한 경계를 유지하려고 한다. 그들은 일에 대한 이론적이고 교육학적인 기초를 가지고 있고, 수퍼비전 모델에 대한 지식을 가지고 있으며, 상담자, 학생, 수퍼바이지에 대한 평가에 있어서 공정하고 정확하고 정직한 것을 목표로 한다.

F.1. 상담 수퍼비전 및 내담자 복지

F.1.a. 내담자 복지

상담 수퍼바이저의 주요 의무는 수퍼바이지가 제공하는 서비스를 모니터링하는 것이다. 상담 수퍼바이저는 내담자의 복지와 수퍼바이지의 성과 및 전문성 개발을 모니터링한다. 이러한 의무를 이행하기 위해 수퍼바이저는 수퍼바이지와 정기적으로 만나 수퍼바이지의 작업을 검토하고 그들이 다양한 내담자에게 서비스를 제공할 준비를 하도록 돕는다. 수퍼바이저는 ACA 윤리 강령을 이해하고 준수할 책임이 있다.

그레타Greta는 자신의 주에서 LPC-S(공인전문상담사, 수퍼바이저) 자격을 보유하고 있다. 그녀는 자격증을 취득하기 위해 노력하는 4명의 상담자에게 수퍼비전을 제공한다. 그레타는 각 수퍼바이지와 일주일에 한 번씩 개별적으로 만나고 한 달에 한 번씩 그룹으로 만난다. 수퍼바이지는 보안 웹사이트를 통해 상담 세션의 비디오 테이프를 제출해야 한다. 그레타는 적절한 피드백을 제공할 수 있도록 수퍼바이지와 만나기 전에 수퍼바이지와 함께 비디오 테이프를 검토한다. 또한 수퍼비전 세션에서는 수퍼바이지의 자기 인식, 특히 효과적인 상담을 방해할 수 있는 역전이 문제와 ACA 윤리 강령 준수에 중점을 둔다.

F.1.b. 상담자 자격

상담 수퍼바이저는 수퍼바이지가 내담자에게 서비스를 제공할 수 있는 자신의 자격에 대해 알릴 수 있도록 노력한다.

> 상담 수퍼바이저인 셸리Shelley는 모든 수퍼바이지가 내담자에게 자신이 인턴임을 알리고 서비스를 제공할 수 있는 자격에 대해 내담자와 논의하도록 요구한다.

F.1.c. 설명 후 사전동의 및 내담자 권리

수퍼바이저는 상담 관계에서 내담자의 사생활 보호 및 비밀 유지를 포함한 내담자의 권리를 수퍼바이지가 인지하도록 한다. 수퍼바이지는 내담자에게 전문가 정보(professional disclosure information)를 제공하고 수퍼비전 과정이 비밀 유지의 한계에 어떤 영향을 미치는지 알려준다. 수퍼바이지는 상담 관계의 기록에 접근할 수 있는 사람과 이러한 기록이 어떻게 저장, 전송 또는 검토되는지 내담자에게 알린다.

> 사유리Sayuri는 그녀의 수퍼자이지가 상담 관계를 시작할 때 내담자에게 제공할 설명 후 사전동의서를 작성하여 내담자와 논의하도록 한다. 이 문서의 내용은 수퍼바이지의 교육 및 훈련; 수퍼바이지의 수련생 신분 공개와 비밀 유지에 대한 의미; 수퍼바이저와의 정기적인 회의와 관련된 진술; 그리고 누가 기록에 접근할 수 있는지와 기록이 어떻게 저장, 전송, 그리고 검토될 것인지에 대한 정보의 요약이 포함된다. 수퍼바이지가 설명 후 사전동의서를 작성한 후에, 동의 절차의 주요 주제에 대해 구두로 어떻게 설명할지 역할극을 통해 시연한다. 사유리는 수퍼바이지에게 설명 후 사전동의 절차 이행에 대한 우려 사항을 논의할 수 있는 기회를 제공한다.

F.2. 상담자 수퍼비전 역량

F.2.a. 수퍼바이저 준비

수퍼비전 서비스를 제공하기 전에 상담자는 수퍼비전 방법과 기법에 대한 교육을 받는다. 수퍼비전 서비스를 제공하는 상담자는 상담 및 수퍼비전 주제와 기술을 포함한 지속적인 교육 활동을 정기적으로 참여한다.

상담자를 교육하는 다이앤Diane은 박사과정 학생들이 실습 수퍼바이저로서 석사과정 학생들을 지도하는 것을 수퍼비전한다. 그녀는 박사과정 학생들이 수퍼바이저로 활동하기 전에 반드시 들어야 하는 수퍼비전 과정을 가르친다. 또한, 다이앤은 매주 작은 그룹으로 이 박사과정 학생들을 만난다. 이 회의에서 학생들은 그들이 무엇을 배우는지에 대해 토론하고 다이앤은 그들이 수퍼비전을 제공하면서 발생하는 모든 문제에 대해 그들을 돕는다. 다이앤은 상담과 수퍼비전에 관한 지속적인 교육 워크숍에 참석하고, 임상 수퍼비전에 관한 교과서와 논문을 읽으며 최신 정보를 얻는다.

F.2.b. 수퍼비전에서의 다문화 문제/다양성

상담 수퍼바이저는 수퍼비전 관계에서 다문화주의/다양성의 역할을 인식하고 다룬다.

노먼Norman은 상담 수퍼바이저로서 자신과 수퍼바이지 사이의 차이가 작업관계에 영향을 미칠 수 있음을 알고 있다. 다양성의 두드러진 측면에 대한 토론을 촉진하기 위해 노먼은 모든 수퍼바이지의 오리엔테이션 과정의 일부로 사용하는 설명 후 사전동의 자료에 수퍼바이저 관계에서 다양성을 다루는 섹션을 포함시켰다. 그는 수퍼바이지들이 자신에게 중요한 다양성의 모든 측면에 대해 논의하도록 장려한다. 그는 자신이 모델로 삼고 있는 각 수퍼바이지와의 관계에서 다양성의 역할을 언급하는 것 외에도 수퍼비전 회기에서 내담자와의 관계에서 다양성을 어떻게 다루는지에 대해 논의하도록 수퍼바이지에게 요청한다. 그는 학생들이 특히 그들에게 도전적인 다양성의 측면에 집중하도록 격려한다. 노면은 수퍼바이지가 다양성을 다루는 문제에 직면할 때 단순한 해결책을 제공하지 않는다. 대신, 그는 그들이 문제를 어떻게 해결하고 있는지 그리고 그들이 하고 있는 일을 어떻게 평가하는지를 말하도록 요청한다.

F.2.c. 온라인 수퍼비전

수퍼비전에서 전자기술을 사용할 때 상담자의 수퍼바이저는 해당 기술 사용에 능숙해야 한다. 수퍼바이저는 모든 전자적 수단을 통해 전송되는 모든 정보의 기밀성을 보호하기 위해 필요한 예방 조치를 취한다.

줄리Julie는 해당 주에서 이사회가 승인한 수퍼바이저이며, 자격증을 취득하려는 사람들을 대상으로 정기적으로 수퍼비전을 실시한다. 그녀는 매월 첫 번째 수퍼비전 회의 전에 수퍼바이지에게 비디오 녹화물을 한 개씩 보내도록 요구한다. 줄리는 모든 전자 전송이 암호화된 수단을 통해 전송되도록 조치를 취한다. 각 수퍼비전 회기가 끝난 후, 줄리는 녹화된 회기를 삭제하고 수퍼바이지에게도 동일한 조치를 취하도록 요구한다.

F.3. 수퍼비전 관계

F.3.a. 기존의 수퍼비전 관계 확장

상담 수퍼바이저는 수퍼바이지와의 윤리적, 직업적, 개인적, 사회적 관계를 명확히 정의하고 유지한다. 수퍼바이저는 기존의 한계를 넘어 어떤 형태로든 현재의 수퍼비전 관계를 확장할 경우의 위험과 이점을 고려한다. 이러한 경계를 확장할 때 수퍼바이저는 판단력이 손상되지 않고 해가 발생하지 않도록 적절한 전문적 예방 조치를 취한다.

상담자 교육 프로그램에서 상담자를 교육하는 자 및 수퍼바이저는 수퍼비전 관계에서 다양한 역할을 수행한다는 것을 인식한다. 모든 수퍼바이지와의 설명 후 사전동의 절차의 일환으로, 수퍼바이저는 교사, 멘토, 컨설턴트, 조언자, 평가자 등 수퍼바이저가 수행할 수 있는 다양한 역할을 서면으로 요약한다. 오리엔테이션 회기에서 수퍼바이지에게 이러한 역할을 설명하고 질문과 토론의 장을 마련한다. 또한 수퍼바이저는 적절한 경계를 설정하는 것의 중요성을 설명하고 적절한 그리고 부적절한 비전문적 상호 작용의 예를 제공한다. 수퍼바이저가 명시된 경계를 확장하는 것을 고려하는 상황이 발생할 때마다 수퍼바이저는 먼저 동료와 상의하고 이러한 상의 내용을 문서화한다.

F.3.b. 성적 관계

현재 수퍼바이지와의 성적 또는 낭만적 상호 작용이나 관계는 금지된다. 이 금지는 대면 및 전자적 상호작용 또는 관계 모두에 적용된다.

상담 수퍼바이저인 모니카Monica는 모든 수퍼바이지에게 서면으로 설명 후 사전동의 자료를 제공하여 수퍼바이저와 수퍼바이지의 권리와 책임을 포함한 수퍼비전 과정에 대해 교육한다. 수퍼바이지 관계에 적용되는 경계 문제에 대한 짧은 섹션이 있다. 특히 온라인 상호작용을 포함한 비전문적 관계와 이러한 문제를 수퍼비전 회기에서는 어떻게 다룰 수 있는지에 대해 언급한다. 수퍼비전 관계에서 성적인 관계는 금지되어 있음을 구체적으로 명시하고 있다. 모니카는 수퍼바이지와 함께 이 자료를 검토하고 수퍼바이지가 자신과의 관계에 대해 질문하도록 권한다.

F.3.c. 성적 위협/성희롱

상담 수퍼바이저는 수퍼바이지를 성적으로 위협하는 것을 묵인하거나 성적 위협의 대상으로 삼지 않는다.

상담 수퍼바이저인 실비아Sylvia는 모든 신규 수퍼바이지에게 성적 위협과 관련된 서면 진술서를 수퍼비전 계약에 포함시킨다. 그녀는 성적 위협을 다루는

ACA 윤리 강령 규정을 구체적으로 언급한다. 실비아는 신규 수퍼바이저와의 첫 미팅에서 이러한 기준에 대해 논의하여 수퍼바이저가 성적 위협을 구성할 수 있는 요소를 이해하고 성적 위협에 대한 자신의 인식을 논의하게 한다.

F.3.d. 친구 또는 가족 구성원

수퍼바이저는 객관성을 유지할 수 없는 개인과 수퍼비전 관계를 맺는 것을 금지한다.

허브Herb는 소규모 사립 대학의 상담자 교육 프로그램의 임상 훈련 코디네이터로, 캠퍼스 내 클리닉에서 실습 및 인턴십 학기를 이수하는 모든 상담 학생을 수퍼비전 한다. 대학은 작은 마을에 위치하고 있으며 가장 가까운 상담자 교육 프로그램은 차로 3시간 거리에 있는 도시에 있다. 허브의 사촌인 테레사Teresa가 이 프로그램에 등록하고 싶어하여, 잠재적인 문제에 대해 허브에게 상담을 요청한다. 허브는 테레사에게 윤리적으로 가까운 친척을 수퍼바이지로 받아들일 수 없다고 설명한다. 따라서 그는 지역 사회 기관에서 훈련생을 수퍼비전 하는 공인상담사 자격을 소지한 상담자에게 테레사의 수퍼바이저로 활동할 수 있도록 연계한다. 이 조치는 테레사의 수퍼바이저와 긴밀히 협력하고 그 과정을 모니터링 할 의향이 있는 학과장과 협력하여 이루어진다.

F.4. 수퍼바이저의 책임

F.4.a. 수퍼비전을 위한 설명 후 사전동의

수퍼바이저는 설명 후 사전동의 및 참여 원칙을 자신의 수퍼비전에 포함할 책임이 있다. 수퍼바이저는 수퍼바이지가 준수해야 하는 정책 및 절차와 개별 수퍼바이저 조치에 대한 이의제기 체계에 대해 수퍼바이지에게 알려야 한다. 원격 수퍼비전과 관련된 고유한 문제는 필요에 따라 문서에 포함되어야 한다.

상담자 교육 프로그램의 상담 인턴 오리엔테이션 과정의 일환으로, 학생들은 현장 배치를 시작하기 전에 모든 수퍼바이저와 집단 미팅을 한다. 이 미팅에서 학생들은 수퍼비전의 범위와 기대치를 명시한 수퍼바이저와 수퍼바이지 간의 서면 계약서를 받게 된다. 이 계약은 수퍼바이저와 수퍼바이지가 수퍼비전 회기, 관계 및 평가 과정에 대한 명확한 기대치를 설정하는 데 도움을 주기 위해 고안되었다. 서면 설명 후 사전동의 자료에는 정기적인 피드백 및 평가가 어떻게 제공되는지 그리고, 지속적인 평가를 수행하기 위한 정책과 절차, 이의 제기 절차가 설명되어 있다. 이 오리엔테이션에서 수퍼바이저는 설명 후 사전동의를 보장하기 위해 계약서의 모든 부분을 검토한다. 수퍼비전은 때때로 스카이프(화상)를 통해 진행되기 때문에 대면하지 않는 수퍼비전 회기의 비밀을 보장하기 위한 절차가 신중하게 명시되어 있다. 학생에게는 이러한 서면 자료와 수퍼비전의 방식에 대해 질문할 수 있는 기회가 주어진다. 이는 수퍼바이지가 수퍼비전 과정에 적극적으로 참여하고 자신에게 기대되는 사항과 수퍼바이저에게 기대할 수 있는 것이 무엇인지 이해하도록 하기 위함이다.

F.4.b. 긴급 상황 및 부재

수퍼바이저는 수퍼바이저 부재 시 위기 처리를 지원할 대체 당직 수퍼바이저에게 연락하는 절차를 수립하고 수퍼바이지에게 전달한다.

수퍼비전 계약의 일부로, 베티Betty는 휴대폰 번호와 호출기를 포함하여 수퍼바이지가 연락할 수 있는 모든 방법을 제공한다. 또한 연락이 닿지 않을 경우를 대비하여 수퍼바이지를 지원하기로 동의한 동료의 이름도 알려준다.

F.4.c. 수퍼바이지에 대한 규준

수퍼바이저는 수퍼바이지에게 전문적이고 윤리적인 규준 및 법적 책임을 인식하도록 한다.

상담자를 교육하는 로빈Robin은 첫 현장 실습에 참여하는 학생에게 집단 수퍼비전을 한다. 집단과의 첫 만남에서 그녀는 학생들에게 ACA 윤리 규정을 복사하여 나누어 준다. 그녀는 학생들에게 이 규정을 읽고 초보 수퍼바이저로서 가장 우려되는 분야를 선택하도록 요청한다. 두 번째 회의는 윤리 규정과 윤리적 문제에 대한 엄격한 토론의 자리를 마련한다. 그녀는 이들에게 언제든지 윤리적 또는 법적 문제와 관련된 우려 사항이 있으면 집단 수퍼비전 회기에 가져와야 한다고 알려준다.

F.4.d. 수퍼비전 관계 종료

수퍼바이저나 수퍼바이지는 적절한 통지를 한 후 수퍼비전 관계를 종료할 권리가 있다. 종료를 고려하는 이유에 대해 논의하고, 양 당사자가 의견의 차이를 해결하기 위해 노력한다. 종료가 필요한 경우, 수퍼바이저는 가능한 대체 수퍼바이저에게 적절히 의뢰한다.

상담 인턴인 워렌Warren은 자신의 상사인 윌마Wilma에게 그가 생각하기에 그들의 작업 관계에 부정적인 영향을 미치는 몇 가지 주요 성격 차이 때문에 다른 수퍼바이저에게 배정되기를 원한다고 말한다. 윌마는 워렌이 두 사람의 관계를 끝내고 새로운 수퍼바이저를 찾고 싶다는 바람을 말해준 것에 대해 고맙게 생각한다. 윌마와 워렌은 그들의 관계를 개선할 수 있는지 보기 위해 그들의 대인 관계에 있는 긴장 관계에 대해 논의했지만 도움이 되지 않았다. 두 사람은 중재자 역할을 할 수 있는 제3자가 참석한 가운데 두 번째 논의를 하는 것에 동의한다. 이 두 번째 논의 후에도 워렌은 여전히 이러한 차이가 자신의 수퍼비전에 부정적인 영향을 미칠 것이라고 믿고 있어, 윌마와 수퍼비전 관계를 종료하기로 결정하고 윌마는 다른 잠재적 수퍼바이저의 연락처 정보를 제공하기로 한다.

F.5. 학생 및 수퍼바이지의 책임

F.5.a. 윤리적 책임

학생과 수퍼바이지는 ACA 윤리 규정을 이해하고 준수할 책임이 있다. 학생과 수퍼바이지는 내담자에 대해 전문상담자에게 요구되는 것과 동일한 의무가 있다.

매들린Madelyn은 상담 인턴십을 시작하려고 한다. 그녀는 인턴십 기관에 보고하기 전에 ACA 윤리 규정을 주의 깊게 검토한다. 매들린은 인턴십 업무와 관련된 윤리적 의무를 현장 수퍼바이저와 검토한다. 한 학기 동안 매들린은 자신이 직면한 윤리적 딜레마를 수퍼비전 회기에 가져온다.

F.5.b. 결함

학생과 수퍼바이지는 자신의 신체적, 정신적 또는 정서적 문제로 인한 결함이 내담자나 다른 사람에게 해를 끼칠 가능성이 있는 경우, 그러한 징후를 스스로 모니터링하여 전문적인 서비스를 제공하거나 또는 제공하지 않는다. 전문적 장애 수준에 이르는 문제에 대해서는 교수진 및/또는 수퍼바이저에게 알리고 도움을 요청하며, 필요한 경우 안전하게 업무를 재개할 수 있다고 판단될 때까지 전문적 책임을 제한, 일시 중단 또는 종료한다.

아드리안Adriane은 호스피스 환자를 돌보는 인턴십을 하고 있다. 아드리안은 정규 업무 일정과 대학 수업 및 인턴십의 균형을 맞추는 데 많은 스트레스를 받고 있다. 그녀는 죽어가는 사람들을 대하는 데 개인적으로 어려움을 겪어왔고, 객관성을 유지하는 데 어려움을 겪고 있었다. 아드리안은 어머니가 췌장암 진단을 받았으며 아마도 2개월 정도 살 수 있을 거라는 사실을 알게 된다. 어머니의 병과 임박한 죽음에 직면한 아드리안은 극도로 불안해하고 학업에 집중하기 힘들어하며 인턴십 현장에서 끊임없이 화를 낸다. 그녀는 내담자와 자신의 심리적, 신체적 건강을 위해 조치를 취해야 한다는 것을 깨닫는다. 그녀는 임상 수퍼바이저에게 자신이 겪고 있는 어려움에 대해 이야기하고, 수퍼바이저는 아드리안의 개인적인 위기가 인턴십 업무와 학업에 미치는 영향을 다룰 수 있는 상담자를 찾도록 도와준다. 그녀는 대부분의 과정에서 '미이수'를 하기로 하고, 수퍼바이저는 이번 학기 인턴십 과정을 종료하기 위해 그녀와 협력한다.

F.5.c. 전문가 공개

상담 서비스를 제공하기 전에 학생과 수퍼바이지는 수퍼바이지로서의 신분을 공개하고 이 신분이 비밀 유지의 한계에 어떤 영향을 미치는지 설명한다. 수퍼바이저는 내담자가 제공되는 서비스와 해당 서비스를 제공하는 학생 및 수퍼바이지의 자격에 대해 알고 있는지 확인한다. 학생과 수퍼바이지는 수련 과정에서 상담 관계에 관한 정보를 사용하기 전에 내담자의 허락을 받아야 한다.

프리다Frieda는 지역사회 기관에서 인턴십을 시작하려는 상담전공 학생이다. 프리다는 현장에 나가기 전에 대학 수퍼바이저와 만나 프리다가 실시해야 할 설명 후 사전동의 절차를 검토한다. 프리다는 내담자 한 명 한 명에게 자신의 인턴 신분과 자격, 수퍼비전하에 일하고 있다는 사실을 알려야 한다는 것을 이해한다. 또한 상담 회기를 비디오로 녹화해야 하며 녹화하기 전에 내담자의 동의를 얻어야 한다. 내담자에게 수퍼바이저와 함께 비디오테이프를 검토할 것이며 검토가 끝나면 즉시 비디오테이프를 지울 것임을 알린다.

F.6. 상담 수퍼비전 평가, 치료 및 승인

F.6.a. 평가

수퍼바이저는 수퍼바이지의 성과에 대한 지속적인 피드백을 문서화하고 수퍼바이지에게 제공하며 수퍼비전 관계 전반에 걸쳐 정기적인 공식 평가 회기 일정을 잡는다.

학생들은 상담 프로그램에 들어가기 전에 실습 및 인턴십 경험 동안 상담 기술에 대한 습득과 실천을 기대한다는 사실을 통보받는다. 실습 및 인턴십 등록 기간 동안 학생들은 정기적으로 공식적인 평가를 받게 된다. 공식적인 서면 평가는 매 학기 중간 및 학기 말에 완료된다. 평가 결과 학생이 성과 기대치를 충족하지 못하는 것으로 나타나면 학생에게는 확인된 기술 부족 영역과 성과 개선 방법에 관한 구체적인 행동 피드백이 제공된다.

F.6.b. 문지기 역할 및 치료

수퍼바이저는 초기 및 지속적인 평가를 통해 수행을 방해할 수 있는 수퍼바이지의 한계를 인지한다. 수퍼바이저는 필요한 경우 수퍼바이지가 치료 지원을 받을 수 있도록 돕는다. 수퍼바이지가 다양한 내담자에게 유능한 전문 서비스를 제공할 수 있음을 입증할 수 없는 경우 수퍼바이지에게 수련 프로그램, 상담 기관, 주 또는 자발적 전문 자격 과정을 그만 둘 것을 권고한다. 수퍼바이저는 수퍼바이지를 그만두게 하거나 돕기 위한 결정을 내릴 때 자문을 구하고 문서화한다. 또한 수퍼바이저는 수퍼바이지가 이러한 결정을 내릴 때 사용할 수 있는 선택지를 알고 있는지 확인한다.

> 상담자를 교육하는 레이첼Rachel은 첫 실습에서 내담자를 상담하는 켄Ken을 관찰한다. 그녀는 그의 상담 기술 부족에 대해 우려하여, 피드백을 주었음에도 불구하고 켄은 개선하지 못했다. 켄은 면담을 엄격하게 통제하고, 내담자가 자신의 제안을 받아들이지 않을 때 화를 내거나 비꼬는 듯한 반응을 보이기도 한다. 개인 상담을 통해 분노에 대해 알아보는 것이 어떻겠냐는 레이첼의 제안에 대해 켄은 방어적인 태도를 보이며 그 제안을 고려하지 않았다. 레이첼은 켄에게 자신의 의도를 알린 후 다른 두 명의 임상 수퍼바이저에게 그의 상담 회기에 참관해 달라고 요청하였다. 두 수퍼바이저는 켄의 상담 기술이 부족하다는 데 동의하고, 켄과 상의하여 서면 치료계획을 수립하고 모든 당사자가 서명한다. 켄은 계획을 완료하지 못하면 대학원 프로그램에서 제적 당할 것이라는 말을 들었다. 켄은 이러한 결정에 항소하는 방법에 대한 정보를 제공받는다.

F.6.c. 수퍼바이지를 위한 상담

수퍼바이지가 상담을 요청하는 경우, 수퍼바이저는 수퍼바이지가 적절한 서비스를 확인할 수 있도록 도움을 준다. 수퍼바이저는 수퍼바이지에게 상담 서비스를 제공하지 않는다. 수퍼바이저는 이러한 문제가 내담자, 수퍼비전 관계 및 전문적 기능에 미치는 영향 측면에서 대인관계 역량을 다룬다.

학생인 벤Ben이 상담 교수인 사라Sarah에게 찾아왔다. 벤은 자신감 부족과 상담자가 되는 것에 대한 의구심에 대해 이야기하고 싶다고 말한다. 사라는 근무 시간 중에 벤을 만나 그의 의구심이 어떻게 방해가 되고 있는지, 그리고 그의 수업 성과에 부정적인 영향을 미칠 수 있는지 함께 살펴본다. 상담이 끝나고 벤은 고마움을 표하며 사라에게 매주 상담을 받아 문제를 해결할 수 있는지 물어본다. 그는 그녀를 정말 신뢰하며 이 한 번의 회기가 집중력을 회복하는 데 도움이 되었다고 말한다. 사라는 벤에게 개인적인 문제에 대해 상담을 받고자 하는 그의 열망은 고맙지만 윤리적으로 교수와 상담자를 동시에 할 수는 없다고 말한다. 그녀는 대학 상담 센터에서 이용할 수 있는 자원에 대해 논의하고 벤에게 이러한 상담 서비스를 활용하도록 권유한다.

F.6.d. 인증

수퍼바이저는 수퍼바이지가 인증을 받을 자격이 있다고 판단하는 경우에만 수퍼바이지의 자격증, 면허, 고용 또는 학업 또는 훈련 프로그램 이수를 인증한다. 자격에 관계없이, 수퍼바이저는 인증과 관련된 직무 수행에 방해가 될 수 있는 장애가 있다고 판단되는 수퍼바이지는 인증하지 않는다.

스티브Steve는 상담전공 석사 과정 학생으로 인턴십 첫 학기에 등록했다. 스티브는 학업 과정에서 높은 성적을 받았지만, 특정 성격 패턴이 인턴으로 근무하는 기관의 직원 및 내담자들과 좋은 관계를 형성하는 데 방해가 되고 있다. 대학 수퍼바이저는 스티브와 그의 현장 수퍼바이저를 만나 구체적인 문제 영역을 파악한다. 두 사람은 스티브의 일부 행동을 수정하기 위한 행동 계획을 함께 수립한다. 이들은 주기적으로 만나 계획이 어떻게 실행되고 있는지 평가할 계획이다. 대학 수퍼바이저는 스티브가 인턴십을 성공적으로 마칠 수 있도록 지원할 것이지만, 대인관계에서 우려되는 부분을 개선해야 다음 학기에 인턴십을 계속할 수 있다는 점을 분명히 밝힌다.

F.7. 상담자를 교육하는 자의 책임

F.7.a. 상담자를 교육하는 자

상담자 교육 프로그램을 개발, 구현, 지도 감독하는 교육자는 숙련된 교수자이며 상담자이다. 그들은 상담계의 윤리적, 법적, 제도적 측면들에 대해 지식을 갖춘다; 능숙하게 지식을 적용하고; 학생과 수퍼바이지들에게 자신들의 책임을 인식하도록 한다. 전통적이건, 혼합적이건, 그리고/또는 온라인 방식이건 간에 상담자를 교육하는 자들은 상담자 교육 및 훈련 프로그램을 윤리적인 태도로 실시하고 전문적 행동의 롤모델 역할을 수행한다.

> 엘런Ellen은 상담실습, 가족치료, 상담기술, 다문화상담 등 다양한 과목을 가르친다. 상담 전공의 교수진으로서, 그녀는 학생들을 프로그램에 입학시키는데 부분적으로 책임이 있고, 프로그램의 여러 시점에서 학생들이 계속 교육을 받을지 여부를 평가하는 과정에 참여한다. 그녀는 모든 수업에서 경험적 요소와 교수자의 강의 요소를 결합한다. 실제 적용에 초점을 둠으로써 이론을 생생하게 학습시키려 노력한다. 자신의 교수법 때문에 그녀는 학생들의 가치관, 태도, 삶의 경험에 대해 많은 것을 알게 된다. 예를 들면, 가족치료 수업에서 학생들은 자신의 원가족 경험이 어떻게 현재의 자신에게 영향을 미치는지 탐색한다. 다문화상담에서 학생들에게 자신의 문화적 편향과 편견을 시험하고 이것들이 어떻게 문화적으로 다양한 사람들과 작업하는 것에 영향을 미칠지 살펴보도록 한다. 전문적 행동의 모범이 되기 위해서, 엘런은 학생들에게 자신이 수업에서 평가를 할 때와 입학 및 평가 위원회 역할을 할 때 갖는 기준을 설명한다. 그녀는 힘의 차이를 인식하고 다양한 역할에서 어떻게 기능할지를 명확히 알고 있다.

F.7.b. 상담자를 교육하는 자의 역량

상담자를 교육하는 자로서 또는 수퍼바이저로서 역할을 하는 상담자는 자신의 지식과 역량 내에서 교육을 제공해야 하며 상담계 내의 현재의 정보와 지식을 토대로 교육

해야 한다. 교육을 위해 과학기술을 사용할 때, 상담자를 교육하는 자는 과학기술 사용
역량을 개발해야 한다.

상담자 교육 프로그램의 교수인 말릭Malik은 전역 군인 상담에 중점을 둔 특
별한 주제의 과목을 가르치는 데 관심이 있다. 그는 제안서와 강의계획서를 준
비한다. 제안서에서 본인의 자격을 강조하기 위해, 말릭은 자진 입대 군인의 정
신건강 요구에 대한 자신의 논문뿐 아니라 군 복무 경험도 기술한다. 그는 강의
계획서에 더 많은 인터넷 기반 리소스를 포함시킨다는 규정과 함께 승인을 받
는다. 말릭은 과학기술을 이용한 다양한 강의 도구를 사용하도록 교육하는 워크
숍을 신청한다.

F.7.c. 다문화 이슈/다양성 포함하기

상담자를 교육하는 자는 전문적 상담자를 양성하기 위하여 모든 과목과 워크숍에 다
문화주의/다양성과 관련된 자료를 포함시킨다.

패트리샤Patricia는 임상 수퍼비전을 하는 정신 건강 전문가들에게 정기적으로
보수 교육 워크숍을 연다. 워크숍 자료집의 몇 부분은 수퍼비전과 관련이 있는
다양성 문제에 할애되어 있다. 하루 동안의 워크숍에서 패트리샤는 소그룹 토론
의 기회를 몇 차례 만들어서 참여자들이 특히 다양성 측면에서 자신의 관심 분
야를 명확히 할 수 있도록 한다. 참여자들이 자신의 수퍼바이지들과의 어려움이
발생하는 문화차가 나타나는 영역을 발견하면 그녀는 역할극을 시작한다.

F.7.d. 연구와 상담의 통합

전통적, 혼합적, 그리고/또는 온라인 형식에서 상담자를 교육하는 자는 학문적 연구
와 지도감독하의 상담을 통합하는 교육과 훈련 프로그램을 확립한다.

상담 석사 학위 프로그램의 교수진은 프로그램의 강의를 통한 학습과 경험을

통한 학습 간의 균형을 평가하기 위해 수련회를 개최한다. 학생들에게 지도감독하의 실습 기회를 제공하는 필수 과목의 구성 요소를 확인하고, 실습 및 인턴십에 들어가기 전에 더 많은 기술을 구축할 기회가 필요하다는 결론을 내린다. 그들은 전임 교수진이 입문 핵심 과목을 가르치고 역할극 및 기타 기회를 통해 이론을 실무에 적용할 수 있도록 노력할 것을 약속한다. 또한 지도감독하의 실습에 중점을 둔 고급 상담 기술 과목을 커리큘럼에 추가하기로 결정한다. 이 과정은 학생들이 이론 과목을 마친 후 수강하게 된다.

F.7.e. 교수 윤리

프로그램을 통틀어, 상담자를 교육하는 자는 학생들이 상담 전문영역의 윤리적 책임 및 규정과 직업에 대한 윤리적 책임을 인식하도록 한다. 상담자를 교육하는 자는 커리큘럼 전체에 윤리적 고려 사항을 포함시킨다.

상담자 교육 프로그램의 입문 과목에서, 수업 시간이 ACA 윤리 강령에 대한 학습에 할애된다. 정규 윤리 과목 역시 필수이며, 연구방법, 심리측정 절차, 집단상담, 다문화 상담, 진단과 치료 계획, 상담실습과 같은 다른 과목들에서는 윤리의 특수한 적용에 대해 다룬다. 마지막으로, 인턴십에서 학생들은 매주 수퍼바이저와 소그룹 형식으로 만나 상담사례를 의논하고 현장에서 만날 수 있는 문제점은 없는지 살펴본다. 첫 모임에서 수퍼바이저는 수퍼바이지에게 ACA 윤리 강령을 꼼꼼히 살펴보도록 요청한다. 그들은 수퍼바이지를 독려하여 어떠한 우려라도 주간 모임에 가지고 오도록 한다. 현장에서 마주하는 윤리적 문제에 대한 것이라면 특히 그렇다.

F.7.f. 사례 예시 사용하기

강의중에나 교실에서 내담자, 학생, 또는 수퍼바이지의 정보를 사례 예시 목적으로 사용하는 것은 다음의 경우에만 허용된다. a) 내담자, 학생, 또는 수퍼바이지가 자료를 검토했고 발표를 허락했을 때, 또는 b) 정보가 신원을 모호하게 하기 위해 충분히 수정되었을 때.

파울레트Paulette는 상담 초심 수퍼바이저가 일반적으로 경험하는 어려움을 다루는 워크숍을 하는 것에 동의를 얻었다. 참여자들이 특정 어려움을 어떻게 다루는지를 의논할 기회를 가지면 좋겠다고 생각하고, 상담자를 교육하는 자와 수퍼바이저로서 자신이 경험한 것을 토대로 사례 예시를 개발한다. 그녀는 개인을 식별할 수 있는 모든 인구통계학적 정보를 바꾸고 사례 예시에 포함되는 상세한 기술을 줄인다. 그렇게 함으로써 예시의 토대가 된 어떠한 학생이나 수퍼바이저도 식별할 수 없도록 한다.

F.7.g. 학생 간 수퍼비전과 교육

학생이 상담자를 교육하는 자 또는 수퍼바이저 역할을 할 때, 그들은 자신이 상담자를 교육하는 자, 훈련자, 수퍼바이저와 동일한 윤리적 책임을 갖는다는 것을 이해한다. 상담자를 교육하는 자는 동료가 전통적, 혼합적, 그리고/또는 온라인 형식으로 경험적인 상담 활동을 이끌 때(예: 상담 집단, 기술 수업, 임상 수퍼비전) 학생의 권리가 희생되지 않도록 모든 노력을 기울인다.

집단상담 실습의 한 요소로서, 대학원 프로그램에서 대학원생들은 자기탐색 과목을 공동으로 지도한다. 이 집단들은 매주 집단 수퍼비전 모임을 통해 교수자의 수퍼비전을 받는다. 수퍼바이저는 윤리적이고 전문적인 행동의 중요성을 강조하고 자신들의 집단을 촉진하면서 마주하는 어떠한 어려운 상황에 대해서도 집단 수퍼비전 시간에 의논하도록 시간을 마련한다. 설명 후 사전동의, 비밀보장, 과학기술의 적절한 사용과 같은 윤리적 문제들을 매주 모임에서 정기적으로 논의한다. 수퍼바이저는 다른 경험적 상담 활동과 온라인 수퍼비전에도 동일한 윤리적 규정이 적용된다는 것을 강조한다.

F.7.h. 혁신적인 이론과 과학기술

상담자를 교육하는 자들은 이론에 근거를 두고(또는 두었거나) 경험적이거나 과학적인 토대를 가진 과학기술/절차/양식을 사용하도록 촉구한다. 상담자를 교육하는 자들이 혁신적인 과학기술/절차/양식에 대해서 또는 그 개발에 대해서 논의할 때에는 이러한 과학기술/절차/양식을 사용함에 있어서 잠재적인 위험요소, 이익, 윤리적 고려에 대한 설명이 있어야 한다.

베르나딘Bernadine이 대학원 과목에서 상담 이론과 기술을 가르칠 때, 그녀는 학생들과 근거기반치료에 대해 토론한다. 경험적으로 증명된 기술이 행동적 접근과 인지행동적 접근과는 잘 맞지만 어떤 상담이론들은 기술에 대한 경험적 토대를 강조하지 않는다고 설명한다. 비록 기술들이 경험적 근거가 부족하더라도, 그녀는 학생들에게 자신들이 사용하는 모든 기술에 대한 근거를 생각해 보도록 하고 자신들이 사용하는 기술들은 명확한 치료적 목적이 있어야 한다고 제안한다. 베르나딘은 또한 지금으로서는 근거가 충분하지 않은 혁신적 기술에 대해서도 토론한다. 그녀는 이러한 기술을 사용할 때의 윤리적 고려점과 잠재적인 위험요소 및 이익을 염두에 두면서 토론을 촉진한다. 베르나딘은 학생들에게 상담에서 자신이 사용하는 명백히 혁신적인 기술의 잠재적인 위험요소에 대해 내담자와 이야기를 나누고 내담자의 허락을 얻는 것이 바람직하다고 가르친다.

F.7.i. 현장 배치

상담자를 교육하는 자는 훈련 프로그램 내에서 적절한 현장 배치와 다른 임상 경험과 관련하여 명확한 방침을 세우고 직접적인 도움을 준다. 상담자를 교육하는 자는 학생이나 수퍼바이지, 현장 수퍼바이저, 프로그램 수퍼바이저의 역할과 책임을 명확하게 명시한다. 그들은 현장 수퍼이저가 서비스가 제공되는 형식에 따라 수퍼비전을 제공하기에 적절한 자격을 갖추었는지 확인하고 현장 수퍼바이저에게 전문적이고 윤리적인 책임성을 알린다.

카산드라Cassandra는 대학 상담 프로그램의 상담실습과 인턴십 코디네이터이다. 매 학기 전 그녀는 석사과정 학생들에게 곧 있을 상담실습과 인턴십 실습지에 대한 목록을 보낸다. 이 목록은 이전 학생들이 현장실습을 완료했던 실습지에 대한 정보로 구성된다. 학기가 시작되기 전, 그녀는 학생들에게 업데이트된 상담실습/인턴십 핸드북을 보낸다. 여기에는 석사과정 학생, 대학 수퍼바이저, 현장 수퍼바이저의 역할과 책임에 대한 정보가 담겨있다. 수퍼바이지와 현장 수퍼바이저는 학기 동안 명시된 역할과 책임을 준수할 것이라는 동의서에 서명을 한다. 간혹 어떤 학생은 대학에서 이전에 승인한 적 없는 곳에서 실시한 현장실습 경험을 승인해 달라고 요청한다. 승인에 앞서 카산드라는 현장을 방문하고 현장 수퍼바이저를 만나 수퍼비전 형식, 현장 수퍼바이저의 자격과 이전 수퍼비전 경험, 현장 수퍼바이저의 전문적 윤리적 책임에 대해 의논한다.

F.8. 학생 복지

F.8.a. 프로그램 정보와 오리엔테이션

상담자를 교육하는 자는 프로그램 오리엔테이션이 학생이 상담 교육 프로그램과 처음 접촉할 때부터 시작되어 학생의 교육적 임상적 훈련을 통틀어 계속되는 발달적 과정임을 인식한다. 상담자 교육 교수진은 예비 및 재학생에게 상담자 교육 프로그램의 기대에 대한 다음과 같은 정보를 알린다.

1. 상담 전문분야의 가치관과 윤리적 원칙
2. 교육을 성공적으로 이수하는 데 필요한 기술과 지식 습득의 유형 및 수준
3. 과학기술 요구사항
4. 프로그램 훈련의 목표, 목적, 미션, 다루어야 할 주제
5. 평가의 근거
6. 훈련 프로그램의 일부로 개인적 성장이나 자기 개방을 독려하는 훈련 요소들
7. 수퍼비전 세팅의 유형과 필수 임상 현장 경험을 위한 현장의 요구사항
8. 학생 및 수퍼바이저 평가와 퇴학(해고) 정책 및 절차
9. 졸업생을 위한 최신 취업 전망

상담 프로그램 지원에 관심을 보이는 예비 학생들은 프로그램의 철학을 설명하는 안내 책자를 얻는다; 입학, 훈련 지속, 해고 정책과 절차; 졸업을 위해 필

요한 기술과 지식 습득; 커리큘럼. 평가 절차를 상세히 다루고 자기성장 및 자기개방을 포함한 훈련 요소가 등급을 매기는 요소와 별개임을 명시하는데 한 영역이 할애된다. 집단상담, 상담실습 과목과 원가족 문제가 탐색되는 과목들에서 경험적 학습을 위해 이루어지는 활동에 대한 설명 후 사전동의를 다루는 부분이 있다. 안내 책자는 필수 현장 경험을 설명하고 프로그램이 현장 및 현장 수퍼바이저를 선택하는 기준을 설명한다. 책자의 마지막에는 졸업 후의 고용 전망에 대한 정보를 제공하기 위하여 최근 졸업생을 추적 조사한 결과가 요약된다. 지원한 학생에게는 프로그램 교수진과 학생들이 유사한 정보를 담아 만든 비디오를 보도록 안내한다.

F.8.b. 학생 진로 조언

상담자를 교육하는 자는 학생에게 진로에 대해 조언하고, 현장의 기회들을 알도록 한다.

상담자를 교육하는 조Joe는 자신의 석사과정 학생을 위해 온라인 데이터베이스를 구축한다. 데이터베이스는 상담학과의 메인 웹페이지 아래에 있다. 조는 이메일로 모든 학생에게 이 자료에 대해 공지한다. 조는 이 데이터베이스를 정기적으로 업데이트하고, 학생들에게 정신 건강 분야에서의 구직기회, 박사과정, 고용 트렌드에 대한 최신정보를 얻을 수 있도록 한다.

F.8.c. 자기성장 경험

자기성장은 상담자 교육에 포함되는 요소이다. 상담자를 교육하는 자는 학생들을 자기성장 경험에 참여시킬 때 윤리적 원칙을 염두에 둔다. 상담자를 교육하는 자와 수퍼바이저는 학생들에게 그들이 수업에서 어떤 정보를 공유하고 보류할 것인지 결정할 권리가 있음을 알린다.

상담자를 교육하는 베리Barry는 석사과정 상담 과목에서 다양성, 사회정의, 옹호를 가르친다. 베리는 수업 첫 날과 강의 계획서를 통해 학생들에게 이 수업에서 토론에 참여하게 되며 이것은 성적에 반영된다고 안내한다. 과목의 내용과 관련된 개인적인 경험을 나눌 것을 독려하지만, 베리는 학생들이 어떤 유형의 정보를 개방하는지는 성적에 반영되지 않는다는 것을 강조한다.

F.8.d. 개인적 문제 해결하기

상담자를 교육하는 자는 학생들에게 전문적 역량에 영향을 미칠 만한 개인적 문제를 해결하도록 요청할 수 있다.

아놀드Arnold는 지방 대학에서 상담자를 교육하고 있다. 학생들 중 한 명인 가브리엘라Gabriella는 근래에 실습 중 내담자에게 정보를 너무 많이 개방하고 있다. 아놀드는 가브리엘라에게 면담을 요청하고 적절한 자기개방과 부적절한 자기개방의 경계에 대해 이야기를 나누었다. 가브리엘라는 가끔 내담자의 마음이 어디서 온 것인지 "완전히 알" 것 같은 기분이 들고 자신의 경험을 나누고 싶은 때가 있다고 말한다; 그렇지만, 가브리엘라는 이후에는 자기개방을 할 때 더 신중할 필요가 있다고 동의한다. 아놀드는 계속적으로 가브리엘라의 실습 기관에서 녹화된 비디오를 모니터링하고, 그녀의 자기개방이 더 늘어나고 더욱 개인적인 수준으로 확대되는 것을 발견한다. 아놀드는 다시 가브리엘라를 만나고, 향후 상담 관계에 영향을 미칠 수 있는 개인적인 문제를 해결하도록 개인상담을 받게 교정계획을 수립한다. 그는 가브리엘라에게 대학 상담 센터에서 무료로 상담받는 방법에 대한 정보를 제공한다.

F.9. 평가와 치료

F.9.a. 학생 평가

훈련 프로그램 전과 프로그램 중에 상담자를 교육하는 자는 기대 역량 수준, 평가 방법, 지식 역량과 임상 역량 모두에 대한 평가 시기를 학생들에게 명확히 언급한다. 상담자를 교육하는 자는 학생들에게 훈련 프로그램 동안의 수행에 대해 지속적인 피드백을 제공한다.

상담 프로그램에 들어가기 전에 학생들에게 그들이 집단 작업을 통해 역량을 습득할 것이고 비록 경험적 학습으로 기술을 배우겠지만 자기개방은 평가대상이 아니라는 정보를 제공한다. 전임 교수진이 집단상담 과목의 지식적 요소를 가르치고, 강의계획서에는 평가요건이 명시되어 있다. 겸임교수가 경험적 요소를 가르치는데, 이때 학생들은 자기 자신들의 개인적인 문제를 탐색하는 소규모 집단을 운영한다. 겸임교수는 집단을 수퍼비전하고 피드백을 제공하지만 학생들이 집단원이나 리더로서 수행한 것 또는 집단에서의 자기개방 수준을 근거로 평가(성적부여)하지 않는다.

F.9.b. 제한점

상담자를 교육하는 자는 지속적인 평가를 통해 상담 역량을 갖추기 어려운 학생들을 발견하고 이 문제를 다룬다. 상담자를 교육하는 자는 다음을 수행한다:

1. 필요 시 치료적 지원를 받을 수 있도록 학생들을 돕고
2. 학생을 퇴학/퇴출하거나 지원을 요청하는 것에 대해서 전문적 자문을 구하고 이러한 결정을 문서화하며
3. 치료적 지원을 받도록 권고하는 결정이나 퇴학/퇴출하는 결정에 대해 학생이 적시에 대처할 수 있도록 하고, 기관 정책 및 절차에 따라 학생들에게 적법한 절차를 제공한다.

학생을 평가할 때, 상담 교수진은 상담 수련생으로서 효과적으로 역할을 하는 것에 영향을 미치는 임상적 기술과 대인관계 특성에 대해 학생들에게 피드백을 주는 것이 중요하다고 인식한다. 교수진은 학생의 대인관계적 역량과 전문적 역량을 평가하는 양식을 개발하였다. 평가영역은 상담기술, 전문적 책임감, 개인적 책임감을 포함한다. 각 학생은 인턴십 전에 상담기술과 집단상담 과목에서 평가를 받고, 두 학기 인턴십에서는 매 학기 마지막에 평가를 받는다. 학생

들에게는 프로그램에 입학할 때 그들이 정기적으로 이러한 역량에 대해 평가를 받을 것이라는 점을 알린다. 만일 특정 역량이 갖추어지지 않으면, 자문 교수는 학생들이 그 상황을 개선하기 위해 실행 계획을 설계하는 데 도움을 준다. 학생들은 자신들이 프로그램을 마치기 전에 해당 역량을 갖추어야 한다는 것을 알고 있다. 프로그램 입학 전 오리엔테이션에서 학생들에게 만약 역기능적인 대인관계 행동, 심각한 미해결 갈등, 또는 비윤리적 행동이 보이면 프로그램에서 퇴학/퇴출되는 것을 포함하여 어떠한 조치가 취해질 것임을 알린다. 항소에 관한 정책과 적법한 절차뿐만 아니라 비학업적인 이유로 퇴학이 이루어지는 정책과 절차에 대해 구체적으로 문서화된 정보를 학생들에게 제공한다. 또한 퇴학은 최후의 수단이라는 점 역시 알린다.

F.9.c. 학생에 대한 상담

만일 학생이 상담을 요청하거나 학생 교정 절차의 일부로 상담 서비스가 포함되어 있다면, 상담자를 교육하는 자는 학생이 적절한 서비스를 선별할 수 있도록 돕는다.

로렐라이Lorelei는 상담 풀타임 석사과정 2학년 학생이다. 그녀는 개인적인 문제를 경험하고 있는데 이것이 수업에서의 수행에 부정적인 영향을 미치기 시작한다는 것을 자각한다. 그녀는 한 교수에게 상담을 받을 곳을 문의하고 자신이 경제적으로 넉넉하지 않다는 점도 덧붙인다. 교수는 대학 상담 센터에서 6회기까지 무료로 상담을 받을 수 있다고 알려준다. 또한 교수는 지역 내에서 개인 자격으로 상담을 하는 두 상담자의 이름과 연락처, 그리고 무상으로 또는 경우에 따라 차등적으로 상담료를 받으면서 상담을 제공하는 두 기관을 알려준다.

F.10. 상담자를 교육하는 자와 학생의 역할 및 관계

F.10.a. 성적 또는 낭만적 관계

상담자를 교육하는 자는 현재 상담중이거나 관련 프로그램에 재학중이고 그에 대해 권력이나 권위를 발휘할 수 있는 학생과 성적이거나 낭만적 상호작용 또는 관계를 해서는 안된다. 이 금지사항은 모든 대면과 비대면 상호작용이나 관계에 해당한다.

마크Mark는 상담 프로그램의 교수이다. 그는 최근 힘들게 이혼을 겪었다. 자신이 정서적으로 취약한 상태이며 자신이 학생들 중 한 명에게 매력을 느낀다는 것을 알게 된다. 마크와 이 학생은 유명한 소셜 미디어 웹사이트에서 서로 친구들과 연락한다. 마크는 학생들이 자신에게 연락할 수 없도록 사생활을 명확히 설정하지만, 이 웹사이트를 통해 그 학생에게 쉽게 연락할 수 있다는 것을 알게 된다. 마크는 그 학생에게 연락하는 것이 부적절하다는 것을 인정하고 자신의 감정을 다루기 위해 개인 상담을 받는다. 마크는 이 학생 및 다른 학생들과 적절한 전문적 경계를 유지하는 데 주의한다.

F.10.b. 성적 괴롭힘

상담자를 교육하는 자는 학생의 성적 괴롭힘을 묵인하거나 직접 하지 않는다.

학생들은 상담 프로그램 입학에 앞서 오리엔테이션에서 핸드북을 받는다. 핸드북은 명시적으로 성적 괴롭힘을 다루고 이러한 행동은 프로그램 내에서 용인되지 않는다고 기술한다. 성적 괴롭힘이란 무엇인지에 대한 예시가 제시된다. 더하여, 핸드북은 학생들이 동료나 교수진으로부터 성적 괴롭힘을 당했다고 생각하면 연락할 수 있는 캠퍼스 내의 기관명과 전화번호를 제공한다.

F.10.c. 이전 학생과의 관계

상담자를 교육하는 자는 교수와 학생 관계에서 힘의 차이가 있음을 인식한다. 교수진은 이전 학생과 사회적, 성적 또는 다른 친밀한 관계를 맺으려 할 때, 잠재적인 위험성에 대해 학생과 의논한다.

노부Nobu는 박사과정 프로그램에서 상담자를 교육한다. 그는 이전 학생들 중 한 명인 주디스Judith의 박사논문 심사 위원장이다. 주디스가 졸업한 지 3년 후,

그녀는 같은 프로그램에 임용된다. 주디스와 노부는 같은 프로그램에서 교육을 할 것이고, 두 사람 모두 사회적인 관계를 맺는 것을 좋아한다. 그들은 자신들의 이전 학생-교수 관계가 같은 학과의 동료로서 역할을 하는데 어떻게 영향을 미칠 것이며 자신들이 의도하는 사회적 관계가 함께 전문적 작업을 하는 데 어떻게 영향을 미칠 것인지 이야기를 나눈다.

F.10.d. 비학술적 관계

상담자를 교육하는 자는 학생들에게 잠재적으로 해가 될 위험성이 있거나 훈련 경험이나 부여된 성적에 해가 될 수 있는 학생들과의 비학술적 관계를 피한다. 또한 상담자를 교육하는 자는 학생이나 수퍼바이저를 배치하는 현장으로부터 어떠한 형식으로라도 전문적 서비스, 비용, 수수료, 배상, 보수를 받지 않는다.

상담자를 교육하는 루스Ruth는 학술지 연구에 공동저자로 참여하고 주와 지역 학술대회에서 함께 연구발표를 함으로써 박사과정 학생을 멘토링하려 한다. 그 과정에서 그들은 종종 점심을 함께 하면서 집필 작업을 의논하거나 발표 준비를 한다. 또한 학술대회에서 그들은 동일한 학술대회 관련 사교모임에 참석한다. 루스는 멘토링 관계를 맺기에 앞서 학생들과 이러한 관계와 관련한 잠재적인 이득과 위험성을 의논한다. 그녀는 연구과제를 작성할 때 업무 분담에 대한 자신의 기대를 명확하게 말하고, 공동저자 자격에 대한 ACA 가이드라인을 따르며, 학술대회 동안 어느 정도까지의 사교가 적절한지를 명확히 한다. 학생 멘토링에 동의하기 전에, 루스는 이 관계가 프로그램에서 그들이 역할을 하는 것에 어떻게 영향을 미칠지 논의한다. 만약 학생이 이 멘토링 관계의 어떤 측면에 대해서라도 의구심이 있고 이 의구심이 상호간에 만족스럽도록 해결되지 않는다면, 이 관계는 시작하지 않는다.

F.10.e. 상담 서비스

상담자를 교육하는 자는 현재 상담이나 관련 프로그램에 재학중이며 자신의 권력이나 권위의 영향을 받을 수 있는 학생에게 상담 서비스를 제공하지 않는다.

버지니아Virginia는 실습 과목과 경험적 활동을 수반하는 다른 과목들을 가르친다. 그녀는 종종 수업중에 '내담자'를 자원하는 학생들과 커플상담, 개인상담, 집단상담을 시연한다. 일반적으로 그녀는 학생 '내담자들'이 자신의 진술한 문제를 다루는 것을 선호한다. 어떨 때는 까다로운 내담자에게 어떻게 개입할지를 시연하기 위해 학생들에게 역할연기를 하도록 요청하기도 한다. 학생들은 지속적으로 이 시연이 개인적으로나 상담기술 적용을 배우기에 유용하다는 피드백을 준다. 버지니아의 과목에서, 종종 학생들은 탐색하고 싶은 개인적 고민을 수업 중에 또는 수업이 끝난 후 가지고 온다. 버지니아는 자신은 현 학생들을 상담하지 않으며 이전 학생을 내담자로 받지 않는다는 것을 명확히 한다. 그녀는 학생들에게 교내나 지역사회에서 개인적으로 상담을 받을 수 있는 다양한 자원에 대한 정보를 준다.

F.10.f. 교육자-학생 경계 확장하기

상담자를 교육하는 자는 교수와 학생 사이의 힘의 불균형을 인식한다. 만약 학생과의 비전문적 관계가 학생에게 잠재적으로 이익이 될 것이라고 믿는다면, 그들은 상담자가 내담자와 취하는 것과 유사한 예방조치를 취한다. 반드시 여기에 한정되지는 않지만, 잠재적으로 이익이 되는 상호작용이나 관계의 예는 다음과 같다-격식을 차린 의식에 참여하기; 병문안; 스트레스 사건 중에 지지하기; 또는 전문적 학회, 기관, 공동체에서 회원자격 유지하기. 상담자를 교육하는 자는 이러한 상호작용의 근거, 잠재적 이익과 문제점, 그리고 학생에게 예상되는 결과에 대해 학생과 의논한다. 교육자는 비학술적인 관계를 시작하기에 앞서 앞으로 있을 이 부가적인 역할(들)의 구체적인 성격과 한계를 학생에게 분명히 알린다. 학생과의 비학술적 관계는 한시적으로 그리고/또는 상황 특수적으로 그리고 학생의 동의하에 이루어져야 한다.

네일라Neela는 버넌Vernon의 학교에서 상담 과목을 수강한다. 그녀는 그 학기의 5주차에 심각한 교통사고를 당한다. 완전히 회복은 되겠지만 3주간 재활시설에 입원해야 한다고 진단을 받는다. 재활시설에 도착해서 네일라는 버넌에게 연락하여 자신이 회복하는 동안 계속 수강을 할 방법이 있을지 묻는다. 네일라의 요청에 버넌은 스카이프로 출석할 수 있도록 준비하고 네일라가 입원한 동안 놓쳤던 수업 자료를 검토할 수 있도록 온라인으로 상의하였다.

F.11. 상담자 교육 및 훈련 프로그램에서의 다문화/다양성 역량

F.11.a. 교수진 다양성

상담자를 교육하는 자는 다양한 교수진을 모집하고 보유하도록 노력한다.

상담학과는 신임 교수 채용을 공고한다. 학과는 자격을 갖춘 다양한 문화적 민족적 배경의 후보자들을 적극적으로 모집한다. 교수진은 모여서 모든 정년트랙 교수들이 정년을 보장받고 승진을 할 수 있도록 어떻게 지원할지를 논의한다. 정년을 보장받은 교수들은 동료를 지원하기로 자원하는데, 특히 연구와 저서 집필 조건을 갖추는 것을 지원하기로 한다.

F.11.b. 학생 다양성

상담자를 교육하는 자는 다양한 학생군을 적극적으로 모집하고 유지한다. 교육자는 학생들이 실습에서 보여주는 다양한 문화와 다양한 능력을 인식하고 인정함으로써 다문화/다양성 역량에 헌신적인 태도를 보여준다. 상담자를 교육하는 자는 다양한 학생의 안녕과 학업적 수행을 고양시키고 지원하기 위해 적절한 편의를 제공한다.

상담 프로그램의 교수진은 교내의 선별된 심리학, 사회사업, 사회학, 사회복지 학부생 수업에서 학생들에게 상담 대학원 프로그램에 대한 정보를 제공하는 설명회를 정기적으로 갖는다. 그들은 다양한 학생군을 가지고 있는 다른 대학에 프로그램을 설명하는 브로슈어를 보낸다. 교내의 장애 학생 지원 사무실과 협력하여 장애를 가진 모든 학생들에게 필요한 편의를 제공하도록 하고, 대학 문화가 낯설고 어렵게 느껴질 국제 학생을 포함하여 다양한 학생들을 지원하기 위한 학생간 멘토링 프로그램을 시작한다.

F.11.c. 다문화/다양성 역량

상담자를 교육하는 자는 훈련과 수퍼비전을 할 때 다문화/다양성 역량을 적극적으로 고취한다. 학생들이 다문화 상담의 인식, 지식, 기술 역량을 습득하도록 훈련한다.

상담 프로그램의 교수진은 주말 교수 수련회에 참여한다. 그들은 프로그램의 모든 측면에 다양성 관점을 효과적으로 고취하는 방법들을 탐색한다. 주말 수련회 동안 교수진은 자신의 과목에 다문화 역량을 주입하고 학생들의 다문화적 인식, 지식, 기술을 증대시키기 위해 무엇을 하고 있는지에 대해 각자 이야기한다. 그들은 과목의 내용, 지역사회 자원을 활용하는 방법, 다문화적 인식, 지식, 기술을 결합시키는 방법을 공유한다. 또한 자신들의 다문화 역량을 어떻게 강화할지도 검토한다.

Section G. 연구와 출판

학습 및 토론을 위한 질문

- **연구 책임**: 내담자와 상담의 효과를 평가하는 연구과제를 설계하고 있다면, 연구과제에서 어떤 윤리적 문제를 고려해야 하는가?
- **설명 후 사전동의**: 상담 성과를 검증하는 연구에 참여하는 내담자에게 무엇이라고 말할 것인가? 설명 후 사전동의를 얻기 위해 어떤 절차를 거쳐야 하나?
- **결과 보고**: 결과를 보고할 때 정확한 정보를 제공하고 결과에 대한 오해의 소지를 최소화하기 위하여 어떤 조치를 취해야 하는가?
- **참여자에게 설명하기**: 연구자로서, 당신의 연구에 참여한 사람들에게 연구에서 발견한

것을 공유함에 있어서 어떤 의무가 있는가? 당신의 연구를 후원한 사람/단체에게는?

- **출판**: 학술지에 논문을 게재하기 위해 준비하고 투고한다면, 어떤 윤리적 문제를 다루어야 하는가? 공동저자가 있다면 어떤 문제들을 고려해야 하는가?
- **사례 예시**: 연구 결과를 보고할 때 사례 예시를 사용함에 있어서 윤리적 고려점은 무엇인가? 사례 예시를 사용하기 전에 마련해야 할 안전장치는 무엇인가?
- **연구 기여자**: 연구과제에 기여한 학생이나 동료에게는 어떤 종류의 보상을 주어야 하는가? 해당 주제에 대해 사전연구를 진행한 사람에게는?

Section G. 연구와 출판

머리말

연구하는 상담자는 상담에 대한 지식적 토대에 기여하고 건강하고 더 정의로운 사회로 나아갈 조건들이 더 명확하게 규명되는 데 일조하기를 바란다. 상담자들은 가능할 때마다 연구에 성실하고 기꺼이 참여함으로써 연구자들의 노력을 돕는다. 상담자들은 연구를 계획하고 시행하는데 편견을 최소화하고 다양성을 존중한다.

G.1. 연구 책임

G.1.a. 연구 수행하기

상담자들은 적절한 윤리원칙, 연방 및 주 법, 주 기관의 규정, 그리고 연구에 적용되는 과학적 규정에 부합하는 방식으로 연구를 계획, 설계, 수행, 보고한다.

조앤Joanne은 상담자를 교육하고 연구를 한다. 그녀의 연구 프로토콜은 참여자가 오랜 기간 동안 연구에 참여하게 짜여 있고 어떤 사람에게는 이것이 매우 피곤하고 좌절스러운 경험이 될 수 있다. 그녀는 매시간 끝에 짧게 쉴 수 있도록 절차를 구성한다. 대학의 기관연구윤리심의위원회(IRB)의 권고대로, 그녀는 끝난 후에 참여자를 지지하고 질문에 답하고 연구에 대한 정보를 제공할 수 있도록 참여자들과 회의를 할 충분한 시간을 갖는다.

G.1.b. 연구 비밀 보장

상담자들은 연구 수행의 기밀성에 관한 주, 연방, 단체, 기관의 정책 또는 적용 가능한 지침을 이해하고 따를 책임이 있다.

알리Ali는 학위논문을 준비하는 박사과정 학생이다. 그는 자신이 연구 참여자의 비밀 보장에 대하여 정책과 지침을 준수하고 있는지 확인하기 위해 대학 IRB 웹사이트에서 자문을 구한다. 그는 비밀 유지를 포함하여 연구 참여자의 설명 후 사전동의 요소를 다루는 필수 온라인 IRB 교육을 이수한다.

G.1.c. 독립적인 연구자

상담자가 독립적으로 연구를 하면서 IRB를 거치지 않을 때, 그들은 연구 계획, 설계, 수행 및 보고에 대한 검토와 관련해서 동일한 윤리 원칙과 연방 및 주 법을 따른다.

엘리스Ellis는 지역사회 단체에서 일하는 공인전문상담사이다. 그는 공황장애를 다루는 두 기술의 효과를 비교하는 연구를 설계한다. 그가 속한 단체에는 연구 프로토콜을 검토하는 절차가 마련되어 있지 않기 때문에, 그는 지역 대학의 IRB 위원장인 교수에게 연락하여 자신의 프로토콜을 검토해주기를 요청한다.

G.1.d. 표준 실무와의 차이

연구가 규정이나 수용 가능한 실무에서 벗어날 때, 상담자는 연구 참여자의 권리를 보호하기 위해 자문을 구하고 엄격한 보호장치를 준수한다.

상담자를 교육하는 크리스틴Christine은 집단상담에서 신뢰를 형성하고 응집력을 발달시키는 특정 기술들의 효과를 평가하는 연구를 수행 중이다. 그녀는 자신이 사용하려는 기술 중 하나가 표준적인 상담기술과 일치하는지 의문이다. 그 기술을 구현하기 전에 그녀는 동료에게 자문을 구하고 자신의 대학 IRB로부터 승인을 얻는다.

G.1.e. 피해 방지를 위한 예방조치

상담자가 연구를 할 때는 연구 과정 동안 참여자의 복지에 대한 책임이 있으며 참여자의 정서적, 신체적, 사회적 피해를 방지하기 위한 합당한 예방조치를 취해야 한다.

지역사회 정신건강 기관의 감독인 윈스톤Winston은 서비스를 찾는 내담자의 성격 특질과 발현된 증상을 연구하고자 한다. 모든 내담자들에게 접수 절차의 일부로 광범위한 검사 배터리에 답하도록 한다. 배터리를 완료한 내담자들에게 검사의 목적을 충분히 설명하고 부작용이 없는지 신중하게 모니터링한다.

G.1.f. 책임 연구원의 책임

연구를 윤리적으로 수행하는 것에 대한 궁극적 책임은 책임 연구원에게 있다. 연구에 관여하는 모든 다른 사람들은 자신들의 활동에 대한 윤리적 책무와 책임을 공유한다.

학군의 관리자는 지역 대학의 연구자에게 부모의 이혼이 초등학생의 학업성취 검사 점수에 미치는 영향에 대한 연구를 하도록 권한을 부여한다. 연구자는 대학의 IRB로부터 이 연구에 대한 승인을 얻는다. 이 연구는 각 캠퍼스에 있는 학교 상담자의 도움을 받아야 한다. 도움을 주기로 동의하기에 앞서, 학교 상담자들은 연구가 윤리적 지침을 따르는지, 학생 내담자들의 권리가 지켜지는지 확인하기 위해 연구계획서를 꼼꼼하게 읽는다.

G.2. 연구 참여자의 권리

G.2.a. 연구 설명 후 사전동의

개인은 연구 참여자가 되어달라는 요청을 거절할 권리가 있다. 동의를 구할 때, 상담자는 다음과 같은 언어를 사용하여 설명한다.

1. 연구의 목적과 절차를 정확히 설명한다.
2. 실험적이거나 상대적으로 잘 시도되지 않는 절차가 있다면 명확히 알린다.
3. 불편이나 위험, 그리고 연구자와 참여자 사이에 잠재적인 힘의 차이가 발생한다면 설명한다.
4. 합리적으로 생각할 때 개인이나 기관에 이익이나 변화가 발생할 것이 예상된다면 기술한다.
5. 참여자에게 유리할 적절한 대안적인 절차를 알린다.
6. 절차와 관련한 모든 문의에 답변한다.
7. 비밀 보장에 있어서의 한계점을 설명한다.
8. 연구 결과가 어떤 형식으로 누구에게 발표될 것인지 설명한다.
9. 연구 참여 중간에 불이익 없이 동의를 철회하고 참가를 중단할 자유가 있음을 참여자에게 알린다.

상담자를 교육하는 멜리사Melissa에게 집단 과정에 대한 실험에 참가할 학생 자원자 두 그룹이 있다. 그녀는 연구의 목적 및 절차, 잠재적인 위험 및 이득, 그리고 집단 형식에서 오는 비밀 보장의 한계에 대해 신중하게 설명한다. 그녀는 이 연구를 대체할 절차는 없지만 참여자들은 연구 시작 이전을 포함하여 언제든 불이익 없이 실험에서 이탈할 자유가 있음을 설명한다. 멜리사는 연구자와 참여자의 관계 및 잠재적인 힘의 불균형에 대해 의논한다. 그녀는 연구 결과를 전문 학술대회에 공개할 계획이며 연구 논문을 전문 학술지에 게재하고 싶다고 설명한다. 두 경우 모두 개인정보는 완전히 가려질 것임을 잠재적인 참여자들에게 보증한다.

G.2.b. 학생/수퍼바이지 참여

학생이나 수퍼바이지를 연구에 포함시키는 연구자들은 연구 활동에 참여하는 것에 대한 결정이 그들의 학업적 지위나 수련감독 관계에 영향을 미치지 않음을 명확히 한다. 연구에 참여하지 않기로 선택한 학생이나 수퍼바이지에게는 그들의 학업적 또는 임상적 요구사항을 충족시킬 적절한 대안책이 주어진다.

집단역동 과목을 가르치는 교수 데미안Damien은 소규모 과제－지향 집단 속에서의 학생의 행동을 살펴보는 연구를 설계한다. 그의 학생들은 이 연구에 적절한 참여자가 될 것이다. 데미안은 학생들에게 과제 집단에 참여할 기회를 제공하고 참여 여부는 철저히 자발적이라고 설명한다. 나아가서, 그들이 참여나 불참을 결정하는 것은 과목의 성적과 무관하다고 설명한다.

G.2.c. 내담자 참여

상담자가 내담자를 포함하는 연구를 수행할 때는 설명 후 사전동의 절차에서 내담자가 연구 활동에 참여할지 여부를 자유롭게 선택할 수 있음을 명확히 한다. 상담자는 참여를 거절하거나 철회할 경우의 부정적 결과로부터 내담자를 보호하기 위해 필요한 예방조치를 취한다.

상담자인 메리 루Mary Lou는 치료집단에서 나타나는 자기개방의 깊이에 대한 연구를 하려고 한다. 이러한 집단에 참여하는 경험은 정서적으로 강렬하기 때문에, 메리 루는 자발적인 참여자만 받기로 결정한다. 모든 잠재적인 참여자들은 이 실험의 속성 및 가능한 위험에 대해 안내를 받을 것이다. 추가적인 예방조치로, 메리 루는 모든 자원자를 충분한 자아강도와 정서적 안정성을 갖고 있는지를 사전검토하고, 집단을 중단하는 사람들에 대해서는 다른 상담자와 개인상담을 할 수 있도록 선택지를 줄 것이다.

G.2.d. 정보의 비밀 보장

연구 과정에서 연구 참여자에 대해 얻게 된 정보는 기밀이다. 비밀을 보호하기 위한 절차를 시행한다.

박사과정 학생인 킴벌리Kimberly는 회기 기록 내용을 살펴보는 연구 과제의 일부로 내담자 파일을 검토할 계획이다. 연구과제에 참가하기로 동의한 상담자들에게 기록을 할 때 내담자의 가명 또는 허위 이니셜을 사용하도록 안내한다. 또한 그 연구의 성격 및 목적, 기밀을 유지하기 위한 절차, 실수로 내담자의 이름을 기록에 포함시킬 가능성에 대해 내담자들에게 설명하도록 교육한다. 내담자들은 연구자가 상담자와 동일하게 비밀 보장 윤리를 지키며, 기록은 그 연구자만이 볼 것이라는 보장을 받는다. 설명 후 사전동의를 한 내담자의 기록만이 연구에 사용된다.

G.2.e. 설명 후 사전동의를 할 수 없는 사람들

연구 참여자가 설명 후 사전동의를 할 수 없을 때, 상담자는 법적으로 승인된 사람에게 적절한 설명을 제공하고, 참여에 대한 동의를 얻고, 적절한 동의서를 받는다.

박사과정 학생인 필Phil은 초등학교 1학년을 대상으로 연구를 계획한다. 학교장으로부터 연구에 대한 승인을 얻은 후, 그는 아동의 부모에게 연구 절차를 설명하고 그들에게서 문서화된 동의서를 받는다. 그는 아동들에게 그들이 이해할 수 있는 언어로 연구 과제에 대해 설명하고 동의를 얻는다.

G.2.f. 참여자에 대한 약속

상담자는 연구 참여자들에게 한 모든 약속을 지키기 위해 합리적인 조치를 위한다.

상담자를 교육하는 로나Lorna는 상담학 개론 과목을 가르친다. 학생들 중 몇명이 윤리적 행동에 대한 태도를 측정하는 지필검사를 사용하는 연구에 자발적으로 참가한다. 로나는 참여자들에게 연구가 완료되면 결과를 요약하여 알려주겠다고 말한다. 자료를 분석한 후, 그녀는 연구의 결과와 결론을 기술하여 각 학생에게 알린다.

G.2.g. 자료수집 후 설명

자료가 수집된 후, 상담자는 참여자에게 연구의 성격을 충분히 설명하여 연구에 대해 참여자가 가질 수 있는 모든 오해를 없앤다. 과학적 또는 인간적 가치로 인해 정보 제공이 지연되거나 보류되는 경우, 상담자는 해를 끼치지 않도록 합리적인 조치를 취한다.

상담자를 교육하는 에이브Abe는 휴먼 서비스 전공의 학부생 중 자원자를 대상으로 연구를 수행한다. 그는 연구의 성격과 목적에 대한 일반적인 정보를 제공한다. 연구가 종료되고, 그는 연구를 충분히 설명하고 참여자들이 오해할 수 있는 부분을 정정하기 위해 보고회를 연다.

G.2.h. 후원자 알리기

상담자는 연구 절차 및 결과물과 관련하여 후원자, 기관, 출판 경로를 알린다. 상담자는 적절한 기관과 당국에 관련 정보를 제공하도록 하고 사사표기한다.

대학원생인 할Hal은 기관 상담자가 어떻게 향정신성 약물 평가를 심리 치료사에게 의뢰할 내담자를 결정하는지에 대한 연구를 하고, 지역사회 정신건강 기관의 책임자는 이를 허가한다. 할은 연구를 마치고 책임자에게 연구의 절차, 결과, 결론을 보고한다. 할은 자신의 연구를 전문 학술지에 투고한다. 투고한 원고에는 그 연구를 가능하게 한 기관과 책임자의 도움에 대해 사사표기한다.

G.2.i. 연구 기록 보관

연구자는 자신이 연구능력이 없어지거나 은퇴를 하거나 사망하는 경우에 연구 자료를 전송할 계획을 미리 준비하고 이를 신원이 확인된 동료나 기록 보관 대리인에게 전한다.

대학의 연구교수인 페드로Pedro는 수행중인 연구를 위해 자료를 수집했다. 페드로는 거의 은퇴를 앞둔 나이인데, 기관에서 조기퇴직 장려책을 제시할 때 그는 조기퇴직 할 생각을 한다. 그는 연구 자료를 동료에게 보내서 자신의 은퇴 후에 연구 과제가 마무리될 수 있도록 한다.

G.3. 경계 설정 및 유지

G.3.a. 연구자-참여자 경계 확장

연구자는 현 연구 관계를 기존의 범위를 넘어서 확장하는 것의 위험과 이득을 고려한다. 연구자와 참여자가 연구와 무관한 상호작용을 하는 것이 이득이 될 가능성이 있다면, 연구자는 상호작용에 앞서(가능할 때) 이러한 상호작용의 이유와 잠재적인 이득, 그리고 연구 참여자에게 예상되는 결과를 기록해야 한다. 이러한 상호작용은 연구 참여자의 적절한 동의가 있을 때 시작되어야 한다. 연구 참여자에게 의도치 않은 피해가 발생할 경우, 연구자는 이러한 피해를 없애려 시도를 했다는 증거를 제시해야 한다.

상담자를 교육하는 앨시아Althea는 선별된 참여자들에게 3회의 개인 인터뷰를 실시하는 질적연구를 하고 있다. 2회차의 인터뷰를 마친 후, 그녀는 참여자 중 한 명에게서 가족의 사망으로 인해 세 번째 인터뷰를 2주 정도 연기하고 싶다는 이메일을 받는다. 앨시아는 참여자에게 전화하여 조의를 표하고 인터뷰 일정을 다시 잡기로 결정한다. 또한 그녀는 참여자에게 조문카드를 보낸다. 앨시아는 자신의 행동과 연구 참여자에게 전화를 걸고 조문카드를 보내는 것의 잠재적인 이익 및 결과를 기록한다.

G.3.b. 연구 참여자와의 관계

현 연구 참여자와의 성적이거나 낭만적인 상호작용 또는 관계는 금한다. 이러한 금지는 직접적이거나 전자매체를 이용한 상호작용 또는 관계에 모두 해당한다.

상담자를 교육하는 크리스탈Crystal은 신임 교수의 진로에 대한 종단연구를 하고 있다. 크리스탈의 연구 참여자들 중 한 명인인 조Joe는 SNS를 통해 크리스탈에게 관심을 표현한다. 그는 그녀에게 연구가 종료될 때까지 SNS로만 연락할 수 있다고 제안한다. 크리스탈은 자신들이 연구자−참여자 사이이므로 낭만적 관계는 불가능하며 전자매체를 이용한 상호작용이나 관계 역시 금지된다고 정중히 거절한다.

G.3.c. 성적 괴롭힘과 연구 참여자

연구자는 연구 참여자에 대한 성적 괴롭힘을 용인 또는 행하지 않는다.

박사과정생 섀넌Shannon은 학부 수업에서 일어나는 집단 과정을 관찰하는 연구팀의 일원이다. 수업 쉬는 시간에 섀넌은 연구팀의 동료인 루이스Louis가 학부생 중 하나에게 외설적인 언급을 하는 것을 듣는다. 학부생은 루이스의 말이 매우 불편한 것 같다. 섀넌은 루이스를 따로 불러서 자신은 연구 참여자에 대한 성희롱을 용인하지 않을 것이며 이 행동을 그만두라고 말한다.

G.4. 결과 보고

G.4.a. 정확한 결과

상담자는 연구를 정확하게 계획, 수행, 보고한다. 상담자는 오해의 소지가 있거나 사기성의 연구에 관여하거나, 자료를 왜곡하거나, 자료를 잘못 전하거나, 의도적으로 결과를 편향시키지 않는다. 다양한 집단에서 연구 결과가 적용될 수 있는 정도를 명시한다.

베키Becky는 특정 이론적 입장을 지지하는 것으로 잘 알려진 연구자이다. 그녀는 자신의 관점을 부분적으로만 지지하는 실험을 수행한다. 실험 보고서의 논의 부분에서 베키는 자료를 우선 자신이 지향하는 이론을 지지하는 측면에서 해석하고, 이어서 반대가 되는 이론을 지지하는 측면에서 해석한다. 그녀는 어떤 해석을 택할지는 독자 자신의 이론적 지향에 달려 있다고 기술한다. 그녀는 독자들에게 다양한 내담자 집단과 작업할 때 이러한 해석의 적용 가능성을 고려하도록 독려한다.

G.4.b. 불리한 결과를 보고할 의무

상담자는 전문적 가치가 있는 어떤 결과라도 보고한다. 기관, 프로그램, 서비스, 널리 알려진 의견, 또는 기득권에 불리한 결과도 보류하지 않는다.

고등학교 상담자인 이Yi는 고학년 학생들이 안전하지 않은 성관계를 하는지를 알아보기 위한 연구를 한다. 이 지역 교육청은 지난 7년간 중학생들에게 제공한 성교육 프로그램에 특별히 자부심이 있다. 이의 연구는 뜻밖에도 많은 수의 학생들이 성병의 위험성을 의식하지 않는다는 결과를 보인다. 연구 결과는 작은 책자로 제작되어 다른 상담자들과 학생들, 학부모들에게 공개된다. 교육청은 성교육 교육과정을 개정하고 성병 예방을 재강조하기로 결정한다.

G.4.c. 오류를 보고하기

만약 상담자가 출판된 자신의 연구에서 심각한 오류를 발견한다면, 정오표 또는 다른 적절한 출판 수단을 통해 이러한 오류를 수정할 합리적인 조치를 취한다.

학교의 지도 감독자와 상담자는 학업중단율 연구를 위해 협력한다. 지도 감독자는 지난해 학업중단 자료를 요약하고 이 결과를 학교위원회 보고서에 발표한다. 상담자는 전부는 아니지만 몇몇 학교들이 보고서에 여름학기 중퇴자를 포함한 것을 알게 된다. 상담자는 지도 감독자에게 그러한 차이를 알린다. 그들은 자료를 재분석하고 수정된 보고서를 학교위원회에 제출한다.

G.4.d. 참여자의 신원

참여자들로부터 별도의 승인이 없는 경우, 자료를 제공하거나, 다른 사람의 연구를 돕거나, 연구 결과를 보고하거나, 원자료를 입수한 상담자는 각 참여자의 신원을 보호하는 데 세심한 주의를 기울인다. 참여자가 자신이 연구에 참여했음을 스스로 밝히는 경우, 연구자는 모든 참여자의 신원과 복지가 보호되도록 자료를 수정/변환하고 결과에 대한 논의가 참여자에게 해가 되지 않도록 분명하고 적극적인 조치를 취한다.

타라Tara는 주(state) 학술지에 게재하기 위해 연구물을 투고할 계획이다. 연구물은 그녀가 그 주의 연간 전문상담자 학술대회에서 실시한 워크숍을 토대로 할 것이다. 원고에는 워크숍 참여자 중 몇 명의 직접적인 발언이 포함된다. 참여자의 신원을 숨기기 위해 가명을 사용하더라도 학술지의 독자들 중 몇몇은 누가 워크숍에 참여했는지 알 수 있다는 점을 타라는 인지한다. 그녀는 각 참여자들에게 연구계획서 복사본을 보내고 연구내용에 대해 확실히 편안하게 느껴지려면 어떻게 하면 좋을지 피드백을 구한다. 그녀는 학술지에 투고하기 전에 각 참여자들로부터 문서화 된 승인을 얻는다.

G.4.e. 반복 연구

상담자는 연구를 반복 또는 확장하고자 하는 검증된 전문가에게 원래 연구에 대해 충분히 정보를 제공할 의무가 있다.

한 상담자 교육 학과에는 다른 연구자가 다른 분석 또는 반복연구를 수행할 수 있도록 해당 학과의 학생이 쓴 모든 석사 및 박사학위 논문이 충분한 정보를 포함하도록 하는 정책이 있다. 자료는 참여자 정보의 비밀을 보장하는 형태로 공개되어야 한다.

G.5. 출판과 발표

G.5.a. 사례 예시 사용하기

참여자, 내담자, 학생, 또는 수퍼바이지의 정보를 발표나 출판에서 사례 예시의 목적으로 사용하는 것은 (a) 참여자, 내담자, 학생, 또는 수퍼바이지가 그 자료를 살펴보고 발표나 출판에 동의할 때 또는 (b) 신원이 모호하도록 정보가 충분히 변형될 때에만 용인된다.

> 응우옌Nguyen은 개인적으로 상담을 하고 지방 대학에서 파트타임으로 강의를 한다. 그녀는 수업 토론을 위해 사례가 필요한데 자신의 현 내담자들 중 하나인 잰더Zander의 문화적 배경이 학생들이 토론하기에 유용한 사례가 될 것이라 생각한다. 응우옌은 잰더에게 그의 사례를 교육 목적으로 사용해도 좋을지 묻고 수업에서 공개할 정보를 보여준다. 그녀는 사례에 신원과 관련한 어떠한 정보도 포함하지 않는다. 잰더는 그녀의 수업 자료로 사용하는 것에 동의한다.

G.5.b. 표절

상담자는 표절을 하지 않는다; 이는 다른 사람의 업적을 자신의 것으로 소개하지 않는 것을 뜻한다.

> 박사과정 학생 모리츠Maurice는 학위논문을 위해 문헌고찰을 작성하고 있다. 그는 세심하게 작업하면서 자료의 인용 출처를 정확하게 밝힌다. 그는 다른 사람의 저작물에 대해 자신이 저자라고 추론되지 않도록 주의한다.

G.5.c. 기존 작업물에 대한 사사

출판과 발표를 할 때, 상담자는 해당 주제에 대한 다른 사람이나 자신의 이전 작업물을 알리고 사사표기한다.

상담자를 교육하는 코린Corinne은 전문 학술지에 게재하기 위해 원고를 투고한다. 코린은 원고와 편집자에게 쓴 커버레터에 자료의 일정 부분은 그녀가 이전에 출판한 연구물에 근거했다는 것을 알린다.

G.5.d. 기여자

상담자는 연구 또는 개념을 발전시키는데 의미있는 기여를 한 사람에게 공저자 자격을 주거나, 감사의 글 또는 각주문을 표시하거나, 또는 다른 적절한 방법으로 그 기여에 부합하도록 공로를 인정한다. 주요한 기여자가 먼저 나열되고, 작은 기술적 또는 전문적 기여는 주석 또는 서문에 알린다.

상담자를 교육하는 세 명이 단기 해결중심 치료의 효과성에 대한 연구논문을 쓴다. 게재를 위해 투고한 원고에 세 명의 이름이 모두 공저자로 나열된다. 이름이 나열되는 순서는 연구에 대한 각자의 상대적인 기여에 따라 결정된다. 그들은 자료의 일부를 해석하는 데 도움을 준 통계학자에 대해 각주에 사사표기를 한다.

G.5.e. 기여자의 동의

동료들 또는 학생들/수퍼바이저들과 공동연구를 수행하는 상담자는 사전에 업무 분담, 출판 업적, 사사 표기의 형태에 대해 협의를 한다.

상담자를 교육하는 에이든Aidan은 상담 수퍼바이저들과 그들의 수퍼바이지들을 면담하는 연구를 계획한다. 에이든은 박사과정 학생 세 명의 도움을 얻어 면담을 실시하는데, 자신이 개발한 면담 초안을 사용한다. 그는 연구과제 시작 전에 학생들을 만난다. 이 회의에서 업무 분담, 완료 일정, 진행 방법과 관련한 명확한 합의에 도달한다. 게재를 위해 투고할 원고에는 에이든이 주저자로서 처음으로 이름이 올라가고 학생들의 이름은 알파벳 순으로 올라가기로 합의된다.

G.5.f. 학생 연구

어떤 매체로든 학생의 학기중 보고서, 과제, 학위논문 또는 소논문에 주로 근거한 원고 또는 전문적 발표는 학생의 승인이 있을 때에만 사용되며 학생이 주저자가 된다.

> 소피아Sophia는 지도교수인 자비에르Xavier에게 자신이 수업 과제로 작성한 논문의 공동저자가 되어줄 것을 제안했다. 자비에르는 소피아를 지도하고 피드백을 주기로 하고 원고를 더욱 발전시키는 데 기여하기로 동의했다. 또한 자비에르는 소피아에게 원고가 그녀의 원 작업물을 토대로 한 것이기 때문에 그녀가 주저자로 이름이 올라갈 것이라고 알렸다.

G.5.g. 이중 투고

상담자는 한 번에 하나의 학술지에만 투고한다. 한 학술지에 전체 또는 많은 부분이 게재된 원고 또는 이미 출판된 작업물은 원래 출판사의 허가나 승인 없이는 다른 출판사에 투고하지 않는다.

> 상담자를 교육하는 실비아Sylvia는 준비하고 있는 원고에서 기존에 출판된 청소년 발달에 대한 학술지 논문을 많이 인용한다. 그녀는 학술지 출판사에 연락하여 해당 학술지에 실린 논문의 표를 자신의 연구에 재사용하도록 승인을 얻는다. 그녀는 원고에서 적절한 인용으로 그 학술 논문의 저자에게 감사를 표시한다. 그녀는 전문 학술지에 투고하고, 만약 원고가 거절당한다면 투고할 두 번째 학술지를 찾는다.

G.5.h. 전문적 심사

출판, 연구, 또는 다른 학문적 목적으로 제출된 자료를 심사하는 상담자는 그것을 제출한 사람에 대한 비밀 보장과 소유권을 존중한다. 상담자는 명확하고 설명이 가능한 기준에 따라 게재 여부를 판단한다. 상담자는 투고된 논문을 시간을 엄수하여 자신의 주제영역과 연구방법론에 대한 역량을 토대로 심사한다. 편집자나 출판사의 의뢰를 받아 심사를 하는 상담자는 자신의 역량 범위 내의 자료를 심사하기 위해 모든 노력을 기울이며 개인적인 편향을 피한다.

학교 상담자인 어빈Irvin은 전문 학술지의 편집위원이다. 모든 원고는 블라인드 리뷰로 이루어진다; 편집위원들은 원고의 저자가 누구인지 모른다. 어빈은 2주 후 워크숍에서 발표를 하기로 되어 있는데, 바로 그 발표 주제로 쓰인 원고를 받고 매우 관심을 갖는다. 그는 비록 그 원고의 자료를 포함하면 자신의 발표가 더 좋아질 것을 알지만, 그 원고를 도용하는 것이 비윤리적이라는 점을 깨닫는다. 그는 시간을 지켜 심사를 하고 학술지 편집자에게 보낸다.

Section H. 원격 상담, 기술, 소셜미디어

학습 및 토론을 위한 질문

- **급성장하는 과학기술**: 상담영역에서 과학기술의 사용이 증가하면서 나타나는 윤리적 문제에는 어떠한 것들이 있는가?
- **동의서**: 내담자와 동의서를 작성할 때 원격 상담, 과학기술, 소셜미디어의 사용 측면에서 특별히 포함되어야 할 문제는 무엇인가?
- **과학기술의 위험 및 이점**: 과학기술 사용이 상담 전문성과 상담 관계에 어떻게 이익이 될 수 있나? 과학기술 사용의 주요 위험은 무엇인가?
- **원격 상담**: 대면상담에 비해 원격 상담의 이점과 제한점은 무엇인가? 인터넷으로 내담자를 상담할 때 어떤 윤리적 고려가 필요한가?
- **원격 상담의 법적 고려**: 다른 주(state)에 살고 있는 내담자를 원격으로 상담을 한다면, 당신의 자격증은 당신의 주에서 발급된 것이어야 하는가, 내담자의 주에서 발급된 것이어야 하는가, 또는 둘 다인가? 원거리 내담자가 자신이나 타인을 해칠 위험에 처해 있다면 어떻게 할 것인가? 원격 상담에서 발생할 수 있는 추가적인 법적 문제는 무엇

인가?

- **기록**: 당신이 컴퓨터나 스마트기기에 보관하는 기록의 비밀 유지를 어떻게 보장할 수 있는가?
- **전문적 경계선**: 상담자가 전문적인 소셜미디어와 개인적 소셜미디어를 모두 운영한다면 발생할 수 있는 문제는 무엇인가? 상담자는 내담자들과 친구들 양쪽으로부터 경계선을 존중받도록 무엇을 할 수 있나?
- **소셜미디어**: 내담자 중 한 명이 소셜미디어로 친구 초대를 보낸다면 어떻게 반응할 것인가?

Section H. 원격 상담, 기술, 소셜미디어

머리말

상담자는 전문적 상담이 더이상 직접적으로 대면하여 이루어지는 상호작용으로 제한되지 않는다는 것을 안다. 상담자는 원격 상담, 과학기술, 소셜미디어와 관련하여 진화하고 있는 상담계의 특성과 이러한 자원들이 어떻게 내담자를 더 잘 돕는데 사용되는지를 이해하려고 적극적으로 노력한다. 상담자는 이러한 자원들에 대한 지식을 쌓기 위해 애쓴다. 상담자는 원격 상담, 과학기술, 소셜미디어의 사용과 관련하여 따르는 추가적인 고려점을 이해하고, 비밀을 보장하고 이러한 자원을 사용하는 것에 있어서 모든 법적 및 윤리적 요구를 충족시키기 위해 모든 노력을 기울인다.

H.1. 지식과 법적 고려 사항

H.1.a. 지식과 역량

원격 상담, 과학기술, 그리고/또는 소셜미디어 사용과 관련되는 상담자는 과학기술,

윤리, 그리고 법적 고려 사항(예: 특별한 증명서, 추가적인 교육)에 대한 지식과 기술을 쌓는다.

공인전문상담사인 클레어Claire는 매우 특수한 집단－유전성 질환의 소인이 있는 사람들－을 상담하는 것에 전문적인 기술을 갖추었다. 이 내담자 집단에 대한 전문성을 가진 임상가가 많지 않기 때문에, 클레어는 유전적 소인으로 힘들어하는 전국 내담자들의 요구에 부합하는 도구로서 과학기술을 통한 원격 상담을 연구한다. 원격 상담자로서 상담 시작을 준비하기 위해 클레어는 몇 개의 워크숍에 참석하고; 자문을 구하고; ACA 윤리강령에서 원격 상담, 과학기술, 소셜미디어에 대한 H 섹션을 재검토하고; 다른 주나 사법권에 속한 내담자를 상담할 때 발생할 수 있는 윤리적 딜레마를 조사한다. 클레어는 원격 상담을 시작할 때 지속적으로 수퍼비전을 받을 계획을 세운다.

H.1.b. 법과 법령

상담에서 원격 상담, 과학기술, 소셜미디어를 사용하는 상담자는 상담자가 상담을 하는 지역과 내담자가 거주하는 지역 둘 다의 법과 규정이 그들에게 적용된다는 것을 이해한다. 상담자는 내담자들에게 주나 국가의 경계를 넘는 상담에서 그들이 갖는 적절한 법적 권리와 한계를 확실히 알린다.

스티브Steve는 공인전문상담사로, 일상적으로 원격 상담을 하고 상담에서 과학기술과 소셜미디어를 사용한다. 스티브는 개인적으로 활동하는 상담자이며 자기 지역의 법을 검토해왔다. 그는 치료적 관계를 시작하기 전에 내담자가 될 사람이 속한 지역의 관련 법과 규정을 검토하는 습관을 만든다. 그는 또한 원격 상담을 할 주의 법뿐만 아니라 자신의 주 법을 주기적으로 재검토한다. 상담 관계를 시작할 때 스티브는 문서화된 동의서와 철저한 논의를 통해 내담자들이 원격 상담에서의 자신들의 법적 권리와 위험성 및 한계점을 알도록 한다.

H.2. 설명 후 사전동의와 보안

H.2.a. 설명 후 사전동의와 정보공개

내담자는 상담 과정에서 원격 상담, 소셜미디어, 그리고/또는 과학기술을 사용할지 여부를 선택할 자유가 있다. 대면 상담에서의 상담자와 내담자 사이의 일반적이고 관례적인 설명 후 사전동의서 초안에 더하여, 원격 상담, 과학기술, 그리고/또는 소셜미디어 사용 특유의 다음 문제들이 동의서 작성 과정에서 다루어진다:

- 원격 상담 자격, 상담의 물리적 위치, 연락 정보
- 원격 상담, 과학기술, 그리고/또는 소셜미디어 사용과 관련된 위험성과 이점
- 과학기술의 오작동 가능성과 서비스를 제공할 대안적 방법들
- 응답 예정 시간
- 상담자 개입이 가능하지 않을 때의 비상 절차
- 시차
- 상담에 영향을 미칠 문화적 그리고/또는 언어적 차이
- 보험 혜택이 승인 거부될 가능성
- 소셜미디어 정책

공인전문상담사인 제프리Jeffrey는 사설 상담자이며 원격 상담을 제공한다. 상담을 받으려는 내담자들이 제프리의 웹사이트를 찾으면, 그들은 원격 상담이 어떻게 진행되는지를 설명하는 공개 설명문(설명 후 사전동의서)을 읽게 된다. 또한 공개 설명문은 설명 후 사전동의서와 함께 과학기술의 오작동, 시차를 고려하지 않는 실수, 문화적이고 언어적인 차이로 인한 의사소통의 어려움과 같은 발생 가능한 문제들을 꼼꼼하게 설명한다. 상담 관계가 시작되기 전에, 내담자들은 공개된 설명문을 읽고 내용에 동의한다는 문서에 전자서명을 하고 제출한다.

H.2.b. 상담자에 의한 비밀 유지

상담자는 전자 기록과 전송에서 비밀 유지의 한계가 있음을 인정한다. 이러한 기록이나 전송에 접근할 권한을 갖거나 갖지 않는 개개인(예컨대, 동료들, 수퍼바이저들, 직원들, 정보 기술자들)이 있음을 내담자들에게 알린다.

공인전문상담사인 완다Wanda는 지역 기관에서 일을 하며 온라인 접수면접을 하고 있다. 접수면접 과정에서 완다는 기록은 비밀이 유지되며 내담자가 공개에 서명하거나 법원의 소환 요청이 있을 때에만 기록이 기관 밖으로 공개된다는 것을 설명한다. 완다는 직원, 수퍼바이저, 정보 기술자들과 같은 기관 내의 사람들이 전자 기록에 대해 접근 권한을 갖거나 또는 무단으로 접근할 수도 있음을 설명한다.

H.2.c. 한계 인정

상담자는 내담자에게 과학기술을 이용할 때 내재하는 비밀 보장의 한계점을 알린다. 상담자는 상담 과정에서 이러한 매체를 사용함으로써 공개되는 정보에 접근할 권한이 있고/있거나 무단으로 접근하려는 사람이 있음을 인지하도록 내담자에게 강력히 알린다.

공인전문상담사인 조니Joni는 개인적인 상담 활동을 원격 상담으로 확장한다. 그녀는 화상회의나 다른 형식의 가상 회의 기술을 사용할 때의 비밀 보장의 한계성을 설명하는 문구를 설명 후 사전동의서에 포함시킨다. 매 상담 회기를 시작할 때, 조니는 무단 접근의 가능성을 내담자에게 상기시킨다.

H.2.d. 보안

웹사이트 그리고/또는 과학기술 기반의 통신에서 상담자는 적용 가능한 법적 요건을 충족시키는 최신 암호화 기준을 사용한다. 상담자는 컴퓨터를 통해 전달되는 정보의 비밀 유지를 보장할 합리적인 예방조치를 취한다.

사설 상담자인 호세José는 내담자의 서류를 보관하는 전자 기록 체계를 구축
하려고 한다. 그러나 그는 암호화와 전자 기록 보호에 완전히 익숙하지는 않다.
호세는 과학기술 기반의 통신에 대한 법적인 요건을 더 잘 이해하려고 보수 교
육을 받는다. 그는 가장 최신의 암호화 기준을 갖춘 전자 기록 시스템을 구매하
고 정기적으로 시스템을 업데이트하여 최신 버전으로 유지되도록 한다.

H.3. 내담자 신원 확인

내담자와 상호작용하기 위해 원격 상담, 과학기술, 그리고/또는 소셜미디어를 사용
하는 상담자는 시작과 치료 과정 중에 내담자의 신원을 확인하는 조치를 취한다. 확인
은 코드 단어, 숫자, 그림, 또는 다른 설명이 어려운 식별자를 사용하는 것을 포함하지
만, 그것에 제한되지는 않는다.

공인전문상담사인 아리아Arria는 개인적인 상담 활동에서 온라인 상담을 제공
한다. 그녀는 HIPAA 규정에 따른 비즈니스 이메일을 통해 새로운 온라인 내담
자를 받는다. 아리아는 상담 요청에 답하면서 여러 개의 가능한 접수면접 날짜와
시간을 알리고, 접수면접 양식도 제공한다. 그녀는 내담자에게 자신의 온라인 설
명 후 사전동의서를 읽어보도록 요청하는데, 동의서에는 상담에서 화상 기술을
사용하는 것을 포함하여 온라인 상담 절차에 대한 설명이 제공된다. 아리아는 또
한 내담자에게 자신의 신원을 명확히 하도록 요청하고 신원 확인이 완료되기 전
에는 상담이 시작되지 않는다는 것을 명시한다. 그녀는 내담자에게 두 가지 신분
증(하나는 주 발행 신분증과 같이 사진을 포함한 것으로 지정한다)을 보내도록 요청한
다. 아리아는 또한 내담자에게 매회기를 시작할 때 내담자에게 보안 시스템을 통
해 접속하도록 할 것이며 코드 단어를 제공할 것이라는 점을 알린다.

H.4. 원격 상담 관계

H.4.a. 이점과 한계점

상담자는 내담자에게 과학기술을 사용하여 상담 서비스를 제공하는 것의 이점과 한

계점을 알린다. 이러한 과학기술은 컴퓨터 하드웨어 그리고/또는 소프트웨어, 전화와 애플리케이션, 소셜미디어와 인터넷 기반 애플리케이션, 그리고 다른 오디오 그리고/또는 비디오 통신, 또는 자료 보관 장치나 미디어를 포함하지만 이것들에 제한되지는 않는다.

게리Gary는 대면 상담의 대안으로 온라인 상담을 요청하는 내담자들에게 온라인으로 상담을 제공한다. 온라인 설명문에서 그는 온라인 상담의 잠재적인 장점과 단점을 설명한다. 그가 설명하는 한 가지 이점은 편안한 집을 떠날 필요 없이 상담 서비스를 받을 수 있다는 점이다. 게리는 또한 내담자의 컴퓨터 소프트웨어, 전화, 이메일 계정, 또는 서비스 장소에 대한 보안이나 개인정보를 보장할 수 없는 점과 같이 가능한 제한점을 명확히 알린다.

H.4.b. 원격 상담의 전문적 경계

상담자는 내담자와 전문적 관계를 유지할 필요가 있음을 이해한다. 과학기술을 적절하게 사용 그리고/또는 적용하는 것과 과학기술을 상담관계 내에서 사용하는 것의 제한점 측면에서(예컨대, 비밀 보장성의 부족, 사용이 적절하지 않을 때) 상담자는 내담자와의 전문적 경계를 의논하고 확립한다.

공인전문상담사인 토마스Thomas는 웹 기반의 상담 서비스를 제공한다. 그는 설명 후 사전동의서에 비밀 유지의 한계성을 설명하는 부분을 포함하고 과학기술을 사용할 때에 특히 해당하는 전문적 경계를 설정한다. 그는 컴퓨터에 보안과 암호화 소프트웨어를 갖추고 있음에도 불구하고 예상치 못한/의도치 않은 보안 실패가 있을 수 있음을 설명한다. 토마스는 또한 설명 후 사전동의서에서 내담자와 소셜미디어를 사용하지 않으며 온라인 소셜 웹사이트나 커뮤니티를 통해 소통하려는 시도에 대해서는 답하지 않을 것이라고 명시한다.

H.4.c. 과학기술 지원 서비스

과학기술이 지원하는 서비스를 제공할 때, 상담자는 내담자가 인지적, 정서적, 물리적, 언어적, 기능적으로 애플리케이션을 사용할 능력이 있고 애플리케이션이 그 내담자의 요구에 적절하다고 판단하기 위한 합리적인 노력을 기울인다. 상담자는 내담자가 과학기술 적용의 목적과 사용법을 이해하는지 확인하고 내담자가 오해가 있다면 정정하며, 적절하게 사용할 수 있는 방법을 찾고, 필요한 다음 단계를 가늠한다.

자비에Javier는 지역 대학의 진로상담자로 근무한다. 마리아Maria와의 접수면접을 마치고, 그는 마리아가 진로흥미검사를 하는 것이 도움이 되겠다고 생각한다. 그는 마리아에게 이 검사들이 일반적으로 컴퓨터 애플리케이션 소프트웨어로 진행하는 검사라고 설명한다. 자비에는 검사의 목적과 이점 및 한계점을 설명한다. 그는 또한 마리아에게 컴퓨터를 사용하는 것이 얼마나 편안한지를 묻고, 그 소프트웨어를 사용할 수 있는지 확인할 수 있도록 검사에 있는 예시 문항에 답을 하도록 요청한다.

H.4.d. 서비스의 효과성

상담자나 내담자에 의해서 원격 상담 서비스가 효과적이지 않다고 생각된다면, 상담자는 대면상담을 고려한다. 만약 상담자가 대면상담 서비스를 제공할 수 없다면(예컨대, 다른 주에 거주함), 상담자는 내담자가 적절한 서비스를 찾을 수 있도록 돕는다.

공인전문상담사인 크리스토퍼Christopher는 원격 상담 자격을 갖추고 자신의 내담자인 조지George에게 웹 기반 전문 상담 서비스를 제공한다. 온라인 회기 동안 조지는 인터넷 속도가 느려서 상담자와의 소통에 큰 어려움을 경험한다. 크리스토퍼는 원격 상담을 하는 것이 조지에게 좋은 결과를 예상할 수 있는 방법은 아닌 것 같다고 제안한다. 조지는 크리스토퍼의 사무실에서 상당히 먼 거리에 있기 때문에 크리스토퍼는 조지가 사는 지역에서 활동하는 전문상담사 명단을 제공하고, 조지는 대면상담 서비스를 찾는 데 동의한다.

H.4.e. 접근

상담자는 과학기술 지원 서비스를 제공할 때 내담자에게 적절한 애플리케이션에 올바르게 접근할 수 있도록 정보를 제공한다.

사설 상담기관을 운영하는 공인전문상담사인 그웬Gwen은 자신의 온라인 상담 서비스를 소개하는 웹사이트를 개발하고 있다. 상담을 찾는 내담자가 모두 과학 기술에 대한 지식이 있는 것이 아니라는 점을 깨닫고, 그웬은 사용하기 쉬운 웹사이트를 구축한다. 웹사이트의 홈페이지에 그녀는 비디오와 오디오를 이용한 사용지침서를 한 단계씩 차례로 제시하여 잠재적인 내담자들이 웹사이트를 이용하는 데 도움을 준다.

H.4.f. 전자 미디어에서의 의사소통 차이

상담자는 대면 소통과 전자 소통의 차이(비언어적, 언어적 단서들)와 이것이 상담 과정에 어떻게 영향을 미치는지를 고려한다. 상담자는 내담자에게 전자기술을 이용해서 의사소통을 할 때 시각적 단서와 목소리 높낮이에 대한 정보가 부족해서 나타날 수 있는 오해를 어떻게 예방하고 다룰지를 교육한다.

공인전문상담사 아킬Akil은 온라인 상담 서비스를 제공한다. 그는 대면 소통과 전자기기를 이용한 소통의 차이에 유념하고, 시각적 단서가 부족하고 목소리 높낮이가 잘 들리지 않아서 발생할 수 있는 오해에 대해 내담자들을 교육하기 위한 온라인 지침서를 개발한다.

H.5. 기록과 웹 유지관리

H.5.a. 기록

상담자는 관련 법과 법령에 따라 전자 기록을 유지관리한다. 상담자는 내담자에게 기록이 컴퓨터로 어떻게 관리되는지 설명한다. 여기에는 암호화의 유형, 기록에 사용되는 보안장치, 그리고 거래기록에 대한 아카이브 스토리지[5]가 있다면 기록이 얼마 동안 유지되는지에 대한 설명이 포함되지만, 이것들에 제한되지는 않는다.

사무엘Samuel은 사설 기관의 상담자이다. 그는 상담실을 개원할 때 기록 유지 관리와 보관에 대한 법적인 요구사항이 무엇인지를 주 위원회에 문의한다. 그는 내담자의 기록을 HIPAA 규정에 따라 고급암호표준을 사용하는 소프트웨어로 관리하고, 주 법에 따라 5년간 보관한다. 그는 내담자들에게 기록을 어떻게 암호화하고 보관하는지 설명하고, 내담자들에게 자신과 소통하는데 사용할 보안 계정을 생성하도록 요청한다.

H.5.b. 내담자 권리

원격 상담을 제공하고 그리고/또는 전문적 웹사이트를 유지관리하는 상담자는 관련 면허 관리 기관과 전문가 자격 위원회에 링크를 제공하여 소비자와 내담자의 권리를 보호하고 윤리적 문제를 다룰 수 있도록 한다.

스튜어트Stuart는 최근에 상담 서비스를 원격 상담으로 확장했다. 그는 웹사이트에서 자신의 자격증을 설명하는 부분에 주 자격관리 위원회의 링크를 제시한다. '자주 묻는 질문'에서 그는 내담자가 불만을 표현하고 윤리적 문제를 제기하는 방법을 설명하고, ACA 윤리강령뿐만 아니라 주 자격관리 위원회의 링크를 다시 한 번 제시한다.

H.5.c. 전자 링크

상담자는 전자 링크가 유효한지 그리고 전문적인 측면에서 적절한지 정기적으로 확인한다.

대학 상담자인 라나Lana는 상담센터의 웹페이지를 담당한다. 내담자를 가장

---

5) 기록 보존용의 초대용량 기억 장치.

확실하게 지원하기 위해서, 라나는 학생들이 사용할 수 있는 캠퍼스 내 다른 자원으로 이어지는 링크들을 포함시킨다. 매 학기 시작 전에 라나는 각 부처에 연락해서 링크 주소가 변함이 없는지 확인한다. 또한 그녀는 부처에 문의하여 웹페이지가 최신상태인지 확인한다. 상담센터 웹페이지 하단에 그녀는 페이지가 최근 업데이트 된 날짜를 표시한다.

H.5.d. 다문화 및 장애에 대한 고려 사항

웹사이트를 유지관리하는 상담자는 장애를 가진 사람들을 위한 접근성을 높인다. 그들은 가능하다면 다른 언어를 사용하는 내담자들을 위해 번역기능을 제공한다. 상담자는 이렇게 번역을 제공하고 접근성을 높이는 것이 불완전할 수 있음을 인정한다.

공인전문상담사 마크Mark는 이주민 농업 지역으로 이사를 하고 상담 서비스를 제공한다. 지역사회 주민들 대부분은 영어를 하지만 영어가 모국어는 아니다. 마크는 자신의 상담 서비스를 설명하는 웹사이트를 만든다. 그는 동일한 정보를 지역사회 주민들의 모국어로 제공하고, 내담자들이 그 웹사이트의 모든 정보를 번역할 수 있는 링크를 첨부한다. 그는 웹사이트를 '프레임이 없는' 형식6)으로 제공하여 접근성을 높인다. 마지막으로 그는 웹사이트를 읽기 어려운 사람들을 위해 연락 정보를 제공한다.

H.6. 소셜미디어

H.6.a. 가상의 전문적 존재

상담자가 전문가로서와 개인으로서 모두 소셜미디어를 유지하고자 하는 경우, 전문가와 개인 자격의 웹페이지 및 프로필을 각각 생성하여 두 가지 가상의 존재를 분명하게 구분한다.

---

6) 사용자의 접속 기기나 환경에 구애받지 않고 웹사이트가 구현됨.

공인전문상담사인 카렌Karen은 사설 기관 상담자로, 상담을 위해 소셜미디어 페이지를 만든다. 업무용 사이트에서 그녀는 이것은 전문가로서 운영하는 페이지이며 이 사이트를 통해 개인적인 연락은 불가하다고 설명한다. 카렌은 또한 개인적인 소셜미디어 페이지를 갖고 있는데, 마찬가지로 그 사이트에는 이것이 그녀의 개인적인 페이지이며 전문적이거나 상담과 관련된 주제로는 연락이 불가하다고 밝힌다.

H.6.b. 소셜미디어에 대한 설명 후 사전동의

설명 후 사전동의 절차에서 상담자는 내담자에게 소셜미디어를 사용하는 것의 이점, 한계점, 경계에 대해 분명하게 설명한다.

상담자 해리Harry는 설명 후 사전동의서에 소셜미디어와 관련된 위험성과 이점을 설명하는 문구를 넣는다. 새 내담자와의 첫 회기 동안, 그는 자신이 전문가로서 온라인에서 활동하고 있음을 설명하고 자신의 전문가로서의 소셜미디어 사이트에 접속한다면 발생할 수 있는 위험성을 안내한다. 해리는 내담자들에게 자신의 전문가 사이트에 접속하고, 관심을 표하고, 공유하는 것은 선택이지만, '관심'을 표현함으로 인해 다른 사람들이 상담관계를 추측함으로써 익명성을 잃게 되는 등의 위험이 있음을 알린다. 해리는 소셜미디어 계정은 정보제공 및 마케팅 수단으로만 사용되며 이 사이트를 통해서는 위기상황이거나 상담 자문을 위해서는 연락이 되지 않는다는 설명을 덧붙인다.

H.6.c. 내담자의 소셜미디어

내담자의 소셜미디어를 열람하는 것에 대해 동의가 이루어지지 않았다면 상담자는 내담자가 사용하는 소셜미디어의 사생활을 존중한다.

소피아Sofia는 대학 상담센터의 상담자이다. 많은 내담자들이 소셜미디어 페이지의 "사건들"을 언급한다. 소피아는 이 사이트들에서 일어나는 상호작용들이 궁금하지만, 내담자의 사생활을 존중하기 위해 내담자의 개인적인 사이트를 들여다보지 않는다.

H.6.d. 공적인 소셜미디어 사용

상담자는 비밀이 유지되어야 할 정보가 공적인 소셜미디어를 통해 개방되는 것을 막기 위해 예방조치를 취한다.

안나Anna는 전문상담자 및 임상 수퍼바이저로서 네트워킹을 하기 위한 수단으로 소셜미디어 웹사이트 계정을 만든다. 그녀는 프로필에 이 계정을 통해서는 어떠한 상담, 자문, 또는 수퍼비전도 제공하지 않을 것임을 설명한다. 그녀는 상담이나 수퍼비전을 원하는 사람들은 프로필에 기재된 업무용 전화로 직접 연락하도록 요청한다.

Section I. 윤리적 문제 해결하기

학습 및 토론을 위한 질문

- **윤리적 책임**: 동료의 비윤리적 행동을 발견했을 때 당신의 윤리적 책임은 무엇인가?
- **윤리적 의사결정 모델**: 윤리적 의사결정 모델의 핵심 요소는 무엇인가? 윤리적 딜레마에 처할 때 당신은 어떤 모델을 따르는가?
- **비공식적 해결**: 만약 다른 전문가가 윤리적 규정을 위반한다는 합리적인 의심이 든다면, (적어도 처음에는) 이 문제를 비공식적으로 해결하려는 노력을 어떻게 할 것인가?
- **자문**: 다른 전문가의 윤리 위반이 의심되는 것과 관련해서, 언제 자문을 구할 것인가?
- **윤리적 딜레마 해결을 위해 윤리 강령 사용하기**: 윤리적 딜레마를 해결하는데 도움이 되도록 ACA 윤리 강령을 사용하는 방법들은 무엇인가?
- **윤리와 법의 충돌**: 만약 어떤 행동이 윤리와 법이 충돌하는 것으로 보이는 상황에 처

한다면, 어떻게 할 것인가?

Section I. 윤리적 문제 해결하기

머리말

전문상담자는 윤리적이고 합법적으로 행동한다. 그들은 내담자의 복지와 상담 전문성에 대한 신뢰는 수준 높은 전문적 활동에 달려 있다는 점을 알고 있다. 그들은 다른 상담자들에게 동일한 규정을 적용하고, 규정이 확실히 지켜지도록 적절한 조치를 취한다. 상담자는 관련된 모든 당사자들 사이의 직접적이고 개방적인 의사소통으로 윤리적 딜레마를 해결하려 노력하고, 필요하다면 동료 및 수퍼바이저의 자문을 구한다. 상담자는 일상적인 전문적 활동에 윤리적인 실천을 통합하고 상담에서의 윤리와 법적인 현안과 관련하여 지속적으로 전문성을 발전시킨다. 상담자는 ACA 윤리 위반 신고 처리의 정책 및 절차(ACA Policy and Procedures for Processing Complaints of Ethical Violations)를 숙지하고 ACA 윤리강령을 실행하는데 도움이 되도록 참고한다.

I.1. 규정과 법

I.1.a. 지식

상담자는 ACA 윤리강령과 자신이 속한 전문 기관 또는 자격 및 면허 기관의 다른 응용할 수 있는 윤리강령을 알고 이해한다. 윤리적 책임에 대한 지식이 부족하거나 오해를 한다는 것은 비윤리적 행동에 대한 변명이 되지 못한다.

> 카렌Karen은 ACA의 전문가 회원이며 자신이 활동하는 주의 공인전문상담사이다. 그녀는 성 교육 및 치료에 전문성을 갖고 있으며, 미국 성 교육자, 상담자,

치료자 학회(American Association of Sex Educators, Counselors, and Therapists: AASECT)의 회원이다. 2014 ACA 윤리강령이 출간될 때, 그녀는 강령을 확실히 이해하기 위해 문서를 꼼꼼하게 읽는다. 그녀는 AASECT와 주 면허 기관의 윤리강령을 살피고 그 기준을 ACA의 기준과 비교한다. 그녀는 ACA 윤리강령에 의하면 상담자는 자신의 활동 일부가 공익활동에 기여하도록 해야 한다는 점을 주목한다. 비록 다른 두 강령에서는 공익활동에 대해 언급하고 있지 않지만, 카렌은 십 대 자녀들에게 성에 대해 이야기하는 것을 주제로 일련의 무료 부모 교육 세미나를 열기로 결정한다.

I.1.b. 윤리적 의사결정

상담자가 윤리적 딜레마에 처할 때, 그들은 적절한 윤리적 의사결정 모델을 사용하고 기록한다. 윤리적 의사결정 모델은 다음을 포함하지만 여기에 한정되지는 않는다; 자문; 관련된 윤리적 규정, 원칙, 법에 대해 고려하기; 가능한 행동 절차 만들기; 위험과 이점 숙고하기; 관련된 모든 사람의 상황과 복지를 토대로 객관적인 선택하기.

수퍼바이저이며 상담자를 교육하는 자말Jamal은 동료와의 윤리적 딜레마에 부딪혔다. 이 윤리적 진퇴양난 상황에서, 자말은 딜레마를 논리적으로 추론하는 데 도움이 되도록 윤리적 의사결정 모델을 참조한다. 모델에 따라, 자말은 자신의 개인적인 수퍼바이저뿐만 다른 기관에 있는 동료의 자문을 구하고, ACA 윤리강령 내의 관련 규정을 살피고, 모든 가능한 행동에 대한 잠재적인 위험과 이점을 고려하고, 적절하고 윤리적으로 옳은 행동 절차를 선택한다. 자말은 자신이 선택에 도달한 이 과정을 기록한다.

I.1.c. 윤리와 법의 충돌

만약 윤리적 책임이 법, 규정, 그리고/또는 다른 법정권한과 충돌한다면, 상담자는 자신이 ACA 윤리강령을 따르고 있음을 알리고 충돌을 해결하기 위한 조치를 취한다. 만약 이러한 방법으로 충돌이 해결되지 않는다면, 상담자는 내담자의 최선의 이익을 위해 행동하면서 법, 규정, 그리고/또는 다른 법정 권한의 요구에 따른다.

놀이치료사인 크리스틴Christian은 5세 여아의 어머니로부터 연락을 받는다. 어머니는 자신의 가족이 최근에 자녀 양육 분쟁을 겪었고 딸이 정신건강 상담을 받도록 판사가 권유했다고 말한다. 크리스틴은 어머니에게 자신이 아동과 작업을 할 때에는 부모가 모두 상담 과정에 참여하는 것이 원칙이며 극단적인 상황이거나 부모 중 어느 하나가 참석하는 것이 위험한 것이 아니라면 접수면접에 부모가 모두 참여하도록 요청한다고 안내한다. 어머니는 상담에 동의하고, 전남편과 함께 있고 싶지 않으므로 자신은 접수면접의 초반에 참석하고 전남편은 후반에 참석하겠다고 말한다.

한 달 상담을 한 후, 크리스틴은 어머니에게 상담 과정을 의논하기 위해 부모 각각과 회기를 진행하고 싶다고 알린다. 어머니는 전남편이 양육비를 보내고 있지 않아서 현재 전남편과 딸을 만나지 못하게 하고 있으며 전남편이 상담 과정에 참여하는 것을 원하지도 않는다고 말한다. 크리스틴은 한 부모가 다른 부모의 방문을 금지하고 있다는 것을 보고해야 하는지에 대해 확신이 없다. 그는 방문 금지에 대해 보고해야 하는지를 가족법 변호사에게 문의한다.

I.2. 의심되는 위반

I.2.a. 비공식적 해결

다른 상담자가 윤리 규정을 어기고 있거나 어겼다고 생각할 만한 근거가 있고 심각한 피해가 나타나지 않았다면, 상담자는 그 문제를 가능하다면 그리고 이러한 행동이 비밀보장의 권리를 해치지 않는다면 우선 비공식적으로 그 상담자와 해결하려고 시도한다.

현재 전문상담자인 팻Pat과 유진Eugene은 같은 대학원 과정을 거치고 같은 시기에 석사 학위를 받았다. 2년 후, 그들은 학술대회에서 만난다. 그들은 대화를 나누다가 최면요법에 대해 더 공부하고 싶다는 공통의 전문적 관심사를 발견한다. 팻은 유진에게 자료 몇 개를 복사해서 보내겠다고 한다. 유진은 팻에게 새

명함을 건넨다. 나중에 팻은 유진의 명함에 학위가 잘못 적힌 것을 발견한다. 그녀는 유진에게 전화해서 자신이 염려하는 바를 말한다. 유진은 즉시 명함을 파쇄하기로 하고 정확한 정보가 담긴 명함을 새로 준비한다.

I.2.b. 윤리 위반 보고하기

만약 명확한 위반으로 인해 심각한 피해가 발생하거나 개인이나 기관에 심각하게 해를 끼칠 가능성이 있고 비공식적으로 해결하는 것이 적절하지 않거나 또는 올바르게 해결되지 않는다면, 상황에 따라 상담자는 더 나아간 조치를 취한다. 이러한 조치에는 전문가 윤리를 담당하는 주 또는 국가 위원회, 임의의 국가 인증 기관, 주 자격 위원회, 또는 적절한 기관 당국에 회부하는 것을 포함한다. 모든 조치에는 내담자의 비밀 보장에 대한 권리가 고려되어야 한다. 이 규정은 상담자가 전문적 활동에 문제가 있는 다른 상담자의 업무를 검토하기 위해 고용된 경우에는 적용되지 않는다(예컨대, 자문, 전문가 평가).

토니Toni는 ACA 회원인 에녹Enoch이 지방 대학에서 심리학 강의를 하면서 학생들을 사설 상담 기관의 내담자로 모집해온 것을 알게 된다. 그녀는 에녹에게 전화해서 우려를 표하지만, 에녹은 대화를 거부한다. 이에 토니는 그의 행동에 대해 해당 심리학과장에게 말하겠다고 알린다. 에녹은 여전히 그녀와 이 문제에 대해 이야기하는 것을 거부한다. 이어서 토니는 에녹의 행동에 대해 의논하기 위해 학과장과 면담 약속을 잡는다.

I.2.c. 자문

특정 상황이나 행동들이 ACA 윤리강령에 위배되는지 여부를 확신하기 어려울 때, 상담자는 윤리 및 ACA 윤리강령을 잘 아는 다른 상담자, 동료, 또는 ACA 윤리 및 전문 규정 분과(ACA Ethics and Professional Standards Department)와 같은 적절한 관계자에게 자문을 구한다.

자비에Xavier는 사설 재활 상담 기관의 상담자이다. 기관의 관리자는 새로운 기록보관 절차를 도입했고 자비에는 이 절차가 윤리적인지 의문이 든다. 그는 예전 윤리학 교수에게 자문을 구한다. 또한 수년간 주 재활상담학회의 윤리 위원회에서 일한 동료에게 전화한다.

I.2.d. 조직과의 충돌

상담자가 연계되어 있는 기관의 요구가 ACA 윤리강령과 충돌한다면, 상담자는 이 충돌의 성격을 명확히 하고 수퍼바이저나 다른 책임자에게 자신이 ACA 윤리강령을 따르고 있음을 알리며 가능하다면 그 상황을 다룰 적합한 채널을 통해 작업한다.

공인전문상담사인 노튼Norton은 자문을 받은 후, 기관 관리자가 개발한 새로운 기록보관 절차가 윤리 규정에 어긋날 수 있다고 판단한다. 그는 문제의 윤리 규정을 짚고 자문 결과를 설명하면서 관리자에게 자신의 염려를 표한다. 관리자는 위원회를 만나서 절차를 재검토하고 필요하다면 절차를 수정하기로 동의하고 노튼에게 위원회에 참여할 것을 요청한다.

I.2.e. 부당한 신고

상담자는 보복의 성질을 띠거나 혐의가 틀렸음을 입증하는 사실들을 무모하게 무시하거나 의도적으로 모른 척하면서 이루어지는 윤리적 신고를 시작하거나 참여하거나 독려하지 않는다.

알란Alan은 주립대학에서 상담자를 교육한다. 그는 같은 도시의 사립 대학에서 일하는 비키Vicky에게 ACA 회원인 자신의 학과장에 대해 화가 난 일을 의논한다. 최근 알란과 학과장은 연구 계획에 대해 의견이 달랐고, 알란은 학과장이 자신의 아이디어를 존중하지 않는다고 생각한다. 알란은 학과장이 비윤리적이라고 생각하며 ACA 윤리 위원회에 신고를 고려중이라고 말한다. 다른 이유로 정당화될 수 있을지 몰라도 비키가 보기에 알란이 화가 난 것은 학과장의 비윤리적 행동과 관련이 없는 것이 명백하다. 그녀는 자신의 생각을 알란에게 말하고 부당하게 신고를 하기보다 적합한 조치를 취하기를 독려한다.

I.2.f. 신고자와 피신고자에 대한 부당한 차별

상담자는 단지 윤리적 신고를 했거나 신고를 당했다는 이유로 개인의 고용, 승진, 입학, 정년보장, 또는 진급을 취소하지 않는다. 그렇다고 해서 신고 절차의 결과를 토대로 조치를 취하거나 또는 다른 타당한 정보를 고려하는 것을 막는 것이 아니다.

상담자를 교육하는 그레첸Gretchen은 상담 석사과정에서 집단상담 과목을 가르친다. 집단 수업의 일부로 체험 집단에 참여하도록 요구하는 것에 그녀의 학생들 중 하나가 이의를 제기하며 ACA 윤리 위원회에 신고를 한다. 학생은 또한 교수자가 자신이 의미 있는 자기개방을 하지 않았다는 이유로 성적을 깎았다며 B 학점을 받은 것에 대해 불만을 표한다. 윤리위원회에 보낸 답변서에서 그레첸은 자신이 첫 수업에서 교과목에서 기대하는 바를 어떻게 공지했는지 강조한다. 그녀는 또한 강의계획서에 학생들이 교과의 체험적 측면에 대해 성적이 부여되는 것이 아니라 보고서와 시험과 같은 다른 근거로 성적이 부여된다고 기술하였다. 신고는 기각된다. 그레첸이 정년보장과 승급 심사 대상이 되었을 때, 상담학과장은 그녀가 윤리적 신고의 대상이었다는 점은 고려하지 않는다.

I.3. 윤리위원회에 협조하기

상담자는 ACA 윤리강령 집행 과정을 돕는다. 상담자는 위반으로 신고된 사람들에 대한 권한을 가진 ACA 윤리위원회 또는 다른 정식으로 구성된 학회 또는 기관의 윤리위원회의 조사, 진행, 요청에 협조한다.

캔디스Candace는 예전 내담자가 자신을 ACA 윤리위원회에 신고했다는 것을 알고 충격을 받는다. 신고가 부당하다고 굳게 믿지만, 그녀는 문제를 진지하게 받아들인다. 캔디스는 ACA 윤리 위반 신고 처리의 정책 및 절차(ACA Policy and Procedures for Processing Complaints of Ethical Violations)를 읽고, 변호사와 의논하고, 문제의 사건들에 대해 가능한 한 최대한 상세하게 설명하는 답변서를 작성한다. 그녀는 답변서를 뒷받침할 기록을 제출한다.

PART

III

문제 및 사례 연구

3부는 상담자가 직면하는 주요 윤리적 문제를 강조하기 위한 12개의 장으로 구성되어 있다. 대부분의 장은 저자들이 직접 작성하였으며, 특정 주제에 대해서는 각 주제에 대한 전문가들이 작성하였다. 각각의 장은 다음과 같은 문제를 다룬다:

• 내담자 권리 및 설명 후 사전동의
• 사회 정의 및 다문화 상담
• 비밀 보장
• 역량
• 가치 충돌 관리하기
• 미성년자 상담하기
• 경계 관리
• 자해 가능성이 있는 내담자 상담하기
• 기술, 소셜 미디어, 온라인 상담
• 상담자 교육과 수퍼비전
• 연구 및 출판
• 윤리와 법의 교차점

각 장에는 논의된 문제와 관련된 윤리적 딜레마에 직면하였을 때, 때로는 현명하게, 때로는 현명하지 않게 결정을 내리는 두 개의 사례 연구가 제시된다. 3부에 제시된 사례들은 2부에서 제시된 단편적인 사례들보다 더 상세하며 실제 상담의 복잡한 현실을 잘 보여준다. 이 사례들은 윤리위원회에서 다룬 실제 사례는 아니지만, 윤리에 대해 특히 잘 알고 있는 전문가들이 작성하였다. 각 사례 연구에는 딜레마를 해결해나가는 방법과 상담자의 행동이 강령을 준수하거나 위반할 수 있는 방식에 대하여 설명하는 사례 분석이 포함되어 있다. 논의 중인 주제에 대한 보다 구체적인 정보를 쉽게 찾을 수 있도록, 해당되는 ACA 윤리 강령(미국상담학회[ACA], 2014) 규정을 인용하였다. 가능한 한, 윤리위원회와 상담자가 현장에서 전형적으로 접하게 되는 유형들을 대표하는 사례들로 제시하고자 하였다.

앞서 언급했듯이, ACA 윤리위원회에 공식적으로 제기되는 문제들의 경우 윤리강령을 하나만 위반하는 경우는 거의 없다. 오히려 여러 규정들을 위반한 혐의를 가지며, 다양한 윤리적 문제를 포함하고 있는 경우가 많다. 이러한 점에서, 여기에 제시된 사례들은 매우 현실적이며, 하나 이상의 규정에 비추어 검토할 필요가 있는 여러 윤리적 문제를 제기한다. 예를 들어, 사례 연구 1의 "켄드라의 비밀을 지킬 것인가, 말 것인가?"는 [1장. 내담자 권리와 설명 후 사전동의]에 제시되어 있지만, 비밀 보장(3장), 역량(4장), 미성년자 상담하기(6장), 자해 가능성이 있는 내담자 상담하기(8장)와 관련된 문제도 보여준다. 상담자가 실제로 자주 접하게 되는 몇가지 문제들이 다양한 사례 연구에서 다루어진다. 즉,

옹호, 사회 정의 및 문화적 다양성 문제는 대부분의 윤리적 딜레마를 해결할 때 고려되어야 하며, 특히 사례 연구 3, 4, 5, 9, 20에서 두드러지게 나타난다.

경계와 이중 관계는 7장에서 다루고 있으며 사례 연구 18, 19, 20에서도 나타난다.

역량, 결함, 의뢰는 제한된 경험과 전문성을 가진 상담자가 내담자들을 만날 때 종종 문제가 되며, 사례 연구 1, 2, 4, 6, 9, 10, 15, 19, 20에 반영되어 있다.

비밀 보장과 관련된 문제는 종종 윤리적 딜레마를 야기하며, 사례 연구 1, 4, 11, 12, 13, 14, 15, 16에 나타난 것처럼 상담자의 의사 결정에 영향을 미친다.

윤리 강령 섹션 E의 주요 부분인 평가와 해석은 사례 연구 2, 3, 5, 9, 13, 15, 16의 윤리적 딜레마를 해결하는 데 핵심적인 요인이다.

사례 연구 1, 2, 4, 8, 10, 11에 묘사된 것처럼 가족 및 커플 상담에는 고유한 윤리적 고려 사항이 포함될 수 있다.

사례 연구 4, 5, 10, 11, 12에 나타난 것처럼, 법적 문제는 딜레마의 윤리적 차원과 함께 다루어질 때가 많다.

*미성년 내담자*는 상담자가 직면하게 될 가장 복잡한 윤리적 문제를 제시하며, 6장 뿐만 아니라 사례 연구 1, 2, 4, 16에도 등장한다.

*다른 전문가와의 관계*는 윤리적 의사 결정을 복잡하게 만들 수 있으며, 사례 연구 3, 13, 14, 17, 23에서 상담자가 반드시 고려해야 할 사항이다.

8장에서 다루고 있는 *자살 위험* 또한 상담자가 평가하고 해결해야 할 문제이며, 사례 연구 1, 3, 23에 반영되어 있다.

사례 연구 3, 6, 7, 8, 9에 설명된 것처럼 윤리적 딜레마를 해결해나가는 데 있어서 *수퍼비전*은 매우 중요할 수 있다.

*가치와 가치 충돌*은 5장에서 다루고 있으며 사례 연구 1, 12, 13, 20의 다른 문제와 함께 발생한다.

윤리적 딜레마는 하나의 문제만을 다루는 경우가 거의 없다. 3부에서 제시된 복잡한 사례들과 씨름하면서, 각 사례에서 제기하고 있는 문제들에 대해 토론해 보기 바란다.

1장
내담자 권리 및 설명 후 사전동의

Gerald Corey and Barbara Herlihy

상담 관계는 신뢰를 기반으로 하며, 신뢰는 상담 관계를 정의하고 치료 과정의 맥락을 제공하는 매우 개인적인 경험이다(Pope & Vasquez, 2011). 상담은 내담자가 선택한 목표를 달성하기 위하여 상담자와 내담자가 파트너십을 형성하여 함께 노력하는 협력적인 과정이다. 이러한 이유로 상담자는 내담자에게 그들의 권리에 대해 가르칠 책임이 있다. 내담자는 치료 관계에 적극적으로 참여할 수 있도록 충분한 정보를 제공받아야 한다.

설명 후 사전동의는 내담자의 가장 기본적인 권리일 것이다. 내담자는 상담을 받으러 올 때 자신이 어떤 상황에 처해 있는지 알 권리가 있다(Remley & Herlihy, 2014). ACA 윤리 강령(미국상담학회[ACA], 2014)은 "내담자는 상담 관계를 시작하거나 유지할지 여부를 자유롭게 선택할 수 있다"고 명시하고 있다(규정 A.2.a.). 이러한 결정을 내리려면 내담자는 상담 과정이 어떻게 진행되는지 이해할 필요가 있다. 내담자의 동의를 확보하는 과정은 상담 관계가 시작될 때부터 이루어지며 상담 과정 내내 지속된다. 상담자가 상담 관계를 시작할 때 설명 후 사전동의에 대해 주의깊고 신중하게 다루었더라도, 상담 과정 중 예기치 못한 상황이 발생하여 동의를 다시 검토해야 할 수도 있다. 이 장의 끝에 제시된 첫 번째 사례 연구(켄드라의 비밀을 지킬 것인가, 말 것인가?)가 훌륭한 예가 될 것이다. 이 사례에서, 몇 차례의 상담 회기 후에 미성년 내담자가 자해 행동을 하고 있다는 사실을 밝혔고, 상담자가 초기에 설명 후 사전동의에 대하여 설명하면서 비밀 보장의 한계에 대해 설명한 내용에 대한 질문들이 제시되어 있다.

　윤리강령은 내담자에게 제공해야 할 정보 유형을 구체적으로 제시하고 있다. 예를 들면, 상담의 목적, 목표, 기법, 절차, 한계, 잠재적 위험 및 이점; 상담자의 면허, 자격, 경험; 상담자가 사망하거나 자격이 정지될 경우 상담이 지속될 수 있는 방법; 진단의 의미; 심리검사 및 보고서의 사용 목적; 상담료와 지불 방식 등이 이에 해당된다. 또한 내담자는 비밀 보장과 그 한계에 대해 알 권리, 기록에 대해 명확한 정보를 얻을 권리, 지속적으로 상담 계획에 참여할 권리, 어떤 서비스나 상담 방식의 변경을 거부할 권리와 그런 거부의 결과에 대한 전문가적 의견을 들을 권리가 있다. 내담자가 상담을 시작하기로 결정하는 데 영향을 미칠 수 있는 다른 요인으로는 상담자와 내담자의 책임, 관계를 정의하는 법적 및 윤리적 기준, 대략적인 상담 기간 등이 있다.

　물론 설명 후 사전동의를 받는 과정은 간단하지 않다. 상담자는 내담자에게 너무 많은 정보를 제공하거나 너무 적은 정보를 제공하는 것 사이에서 균형을 잡아야 한다. 너무 많은 정보는 압도적일 수 있지만, 문제가 발생한 후에는 정보를 제공해도 소용이 없다(G. Corey, Corey, Corey, & Callanan, 2015). 어떤 상담자들은 소속되어 있는 환경에 따라 너무 많은 정보를 제공하거나 또는 정보를 너무 제공하지 않아서 실수하는 경향이 있는 것 같다. 예를 들어, 정신과 입원 시설에서는 내담자가 병원에 입원하기 전에 여러 동의서에 서명해야 하는 경우가 많다. 하지만 이 때 내담자는 큰 스트레스를 받고 있을 가능성이 높으며 신중한 결정을 내릴 수 있는 능력이 저하되어 있을 수 있다. 또한 상세한 의학 용어로 된 너무 많은 정보를 제공받기 때문에, 해당 상황을 효율적으로 이해하기 어려울 수 있다. 반대로 학교 환경의 학생 내담자는 충분한 정보를 받지 못할 수 있다. 어떤 학교 상담자는 비밀 유지의 한계 또는 검사의 목적과 잠재적 사용과 같은 동의에 필요한 정보들에 대해 최대한 간략하게만 설명하기도 한다. 이 장의 두 번째 사례 연구(미성년 내담자)에서는 상담자가 설명 후 사전동의에 필요한 정보인 진단의 의미에 대한 자세한 설명을 제공하지 않을 때 발생할 수 있는 문제를 다루고 있다.

　정보의 종류와 양, 제공 스타일은 여러 가지 요인에 의해 결정된다. 법적 요건(예: 적법 절차), 조직의 정책 및 절차(많은 기관 및 시설에 표준 양식이 구비되어 있음), 내담자의 정보 이해 능력, 내담자가 성인인지 미성년자인지 여부 등이 고려되어야 한다. 내담자에게 질문할 기회를 주는 것이 중요하며, 내담자가 이해할 수 있는 명확한 언어로 정보를 제공해야 한다.

상담자는 "내담자의 발달단계와 문화에 맞게 적절한 방식으로 정보를 전달"해야 할 의무가 있다(ACA, 2014, 규정 A.2.c.). 설명 후 사전동의 절차의 문화적 의미를 고려하고 가능하면 그들의 문화에 맞추어 조율할 필요가 있다.

상담자는 윤리 강령의 문구를 준수하는 것 외에도 내담자에게 무엇을 말할지 결정할 때 설명 후 사전동의 가이드라인의 바탕이 되는 정신을 잘 고려해야 한다. 내담자가 현명한 선택을 할 수 있도록 충분한 정보를 제공해야 한다. 여기에는 상담을 받을지 여부, 상담자 선택 및 치료 계획에 대한 선택 등이 포함된다.

내담자는 치료 관계에 적극적으로 참여해야 하지만 자신의 권리에 대해 잘 모르는 경우가 많다. 또한 문제 해결과 관련한 자신의 책임에 대해 전혀 생각해보지 않았을 수도 있다. 전문가의 전문 지식을 구하는 과정에서, 상담 과정에 대한 내담자 자신의 투자에 따라 성공 여부가 좌우된다는 것을 깨닫지 못한 채, 상담자가 제안하는 모든 것을 의심 없이 받아들일 수 있다.

내담자에게 상담 과정에서 무엇을 기대할 수 있는지에 대한 정보를 제공하면 상담 과정을 이해시키고 내담자가 적극적인 파트너가 되게끔 할 수 있다.

상담에 대한 내담자의 기대치를 말하도록 하는 것이 중요하다. 내담자는 종종 상담이 얼마나 오래 지속될지 묻는다. 상담자가 구체적인 기간을 알려줄 수는 없지만 내담자의 걱정을 다루면서 적절한 정보를 제공할 수는 있다. 내담자는 상담과 관련된 불편한 감정을 경험할 수 있다는 사실을 인지하지 못할 수 있으며, 빨리 편안해지고 행복해질 것이라는 기대를 품고 있을 수 있다.

서면으로 된 설명 후 사전동의서를 제공하는 것은 내담자의 이해를 돕는 좋은 방법이다. 내담자는 이 문서를 집으로 가져간 후, 질문이나 우려사항이 있으면 다음 회기에 가져올 수 있다. 2003년에 시행된 건강보험 양도와 책임에 관한 법률(Health Insurance Portability and Accountability Act, HIPAA)의 규정에 따라, 모든 상담자는 내담자에게 서면으로 된 전문가 정보 설명문 또는 설명 후 사전동의서를 제공해야 한다.

가족상담에서의 설명 후 사전동의

설명 후 사전동의 문제는 가족상담이나 집단상담에 적용될 때 복잡해진다. 가족상담을 진행할 때 몇가지 질문이 떠오른다: 누가 동의를 하는가? 어떤 가족 구성원이 적극적으로 상담을 받고자 했으며, 누가 상담에 참여하기를 꺼리는가? 상담 과정에 어떤 것들이 포함되는지를 이해하는 능력에 있어서 가족 구성원 간에 차이가 있는가? 가족상담자는 상담을 시작할 때, 상담 과정에서 일어날 수 있는 힘든 상호작용 및 그러한 상황이 일어날 때 대처하는 방법에 대해 어떻게 설명할 수 있는가? 상담을 통해 일어날 수 있는 삶의 변화에 대해 각각의 내담자에게 명확한 정보를 제공하는 것은 간단한 일이 아니며, 시스템의 변화에 따라 가족 구성원이 겪을 수 있는 변화뿐만 아니라 가족 관계에서의 잠재적 변화를 설명하는 것은 가족상담자에게 실제적인 도전이 될 것이다.

가족 구성원들이 가족상담을 받기로 동의하기 전에, 가족상담자는 상담의 목적, 절차, 가족상담 참여에 따른 잠재적 이익과 위험, 상담료, 각 가족 구성원의 권리와 책임, 상담자에게 기대할 수 있는 것, 비밀 보장의 한계에 관한 정보를 각각의 가족 구성원에게 제공해야 한다. Kleist와 Bitter(2014)는 비밀 보장의 구체적인 적용과 한계에 대해 상담 과정 동안 자주 논의할 필요가 있음을 강조한다. 가족상담자와 가족 구성원은 법으로 규정된 비밀 보장의 구체적인 한계뿐만 아니라 효과적인 상담을 위해 가족상담자가 설정할 수 있는 한계에 대해서도 동의해야 한다. 가족 구성원은 가족상담을 시작할 때 질문할 수 있는 기회를 가져야 하며, 자신이 어떤 과정에 들어가는지에 대하여 가능한 한 명확하게 알아야 한다. 설명 후 사전동의 절차가 철저하고 명확할수록 가족 구성원이 상담 참여 여부 및 상담과 관련된 의사 결정을 내리는 것이 쉬워진다. 상담자가 가족 구성원 모두에게 설명 후 사전동의를 받을 때, 어떤 구성원도 '확인된 내담자'(모든 가족 문제의 원인)로 간주되지 않을 것이라는 메시지를 전달한다.

집단상담에서의 설명 후 사전동의

집단상담에는 고유한 권리와 책임이 따르기에, 집단상담에서의 설명 후 사전동의는 특히 중요하다. 예비 집단원은 집단상담에 참여할지 여부를 결정하기 위해 충분한 정보를 제공받아야 한다. 예를 들어 법원 명령에 따라 의무적으로 상담에 참여해야 하는 경우, 집단원은 비밀 보장의 제한 사항 및 어떤 정보들이 판사나 보호관찰관 등 다른 사람과 공유되는지에 대하여 알아야 한다. 집단상담자는 집단원들이 자신의 권리와 책임을 모두 인식하도록 해야 하며, 집단 내에서 발생할 수 있는 잠재적 위험 및 이에 따른 보호조치에 대해 알려주어야 한다. 희생양 삼기, 부당한 압력이나 강요, 부적절한 직면은 집단 내에서 발생할 수 있는 위험 중 하나이다. 설명 후 사전동의를 확보하는 것은 오리엔테이션 과정에서 사전에 이루어져야 할 뿐 아니라 첫 번째 집단상담 회기에서 재검토될 필요가 있다. 상담자는 집단의 성격, 목표 및 목적, 리더(및 공동 리더)의 자격, 집단의 형식, 절차 및 규칙, 비용 및 지불 방식(있는 경우)에 대해 설명해야 한다. 또한 예비 집단원이 집단 내에서의 개인적인 목표를 명확히 하고, 집단이 자신의 문화적 신념 및 가치와 일치하거나 공존할 수 없는 방식에 대해 논의할 수 있도록 도울 준비가 되어 있어야 한다(M. Corey, Corey, & Corey, 2014).

ACA 윤리 강령(ACA, 2014)은 상담자가 여러 내담자와 함께 일할 때 해결해야 하는 구체적인 문제들에 관하여 다루고 있지 않다. 가족 및 집단상담자들은 다음과 같은 강령과 지침을 숙지하는 것이 필요하다: 미국 결혼 및 가족 치료 학회 윤리 강령 (American Association for Marriage and Family Therapy[AAMFT], 2012), 결혼 및 가족상담자 국제 협회 윤리 강령(International Association of Marriage and Family Counselors, 2005), 실무 가이드라인(Association for Specialists in Group Work [ASGW], 2008), 집단상담자를 위한 다문화 및 사회 정의 역량 원칙(ASGW, 2012).

이러한 지침들을 염두에 두고 다음에 제시한 두 개의 사례 연구를 읽기 바란다. 두 사례 모두 설명 후 사전동의 절차의 복잡성을 보여준다. 또한 설명 후 사전동의는 뒷장에 나오는 다른 사례에서도 중요한 문제로 떠오른다. 예를 들어, 사례 연구 15에서 상담자는 임종 결정과 관련된 내담자와의 상담에서 설명 후 사전동의에 대한 질문과 씨름한다.

사례 연구 1
켄드라Kendra의 비밀을 지킬 것인가, 말 것인가?

Kelly L. Wester

켄드라는 15세 여학생이다. 켄드라의 어머니인 라샤나Lashawna는 켄드라가 가출했다 돌아온 후 켄드라를 상담소에 데려왔는데, 딸이 지난 1년 동안 계속 분노 폭발, 부정적인 태도, 성적 하락을 겪어왔다고 보고하였다. 접수상담에서 켄드라는 거의 말을 하지 않았으며, 라샤나는 말이 많았고 딸에 대해 지치고 걱정하는 것처럼 보였다. 접수상담에서 상담자는 내담자 동의 및 비밀 보장 제한사항을 포함한 기본 서류들을 안내한다. 라샤나는 계속해서 켄드라의 부정적인 태도와 행동—문을 쾅 닫고, 뜻대로 되지 않을 때 소리를 지르며, 여동생을 괴롭히는 등—에 대해 얘기를 늘어놓는다. 라샤나는 켄드라와 여동생이 예전에는 친했지만, 켄드라의 부정적인 태도와 분노 폭발로 인해 더 이상 여동생이 켄드라와 함께 있기를 원하지 않는다고 말한다. 라샤나는 켄드라가 가출할 것이라는 징후가 전혀 없었기에 너무 놀랐다며, 켄드라가 가출했을 때는 너무 걱정되었지만 집에 돌아온 지금은 이런 일을 겪게 한 것에 대해 화가 난다고 하였다. 라샤나가 분노와 걱정을 토로하는 동안 켄드라는 조용히 앉아 있을 뿐이다. 상담자가 켄드라에게 자신의 입장을 묻거나 하고 싶은 이야기가 있는지 물어도 그저 어깨를 으쓱하며 아무 말도 하지 않는다. 접수상담이 끝나고 상담자와 라샤나는 켄드라와의 개인상담을 이어가기로 결정했으며, 켄드라는 이에 마지못해 동의한다.

다음 회기에서 상담자는 켄드라와 개인상담을 진행하였는데, 엄마가 없으니 더 많이 마음을 여는 듯 했다. 켄드라는 "집이 짜증나서" 가출했다고 말한다. 그녀는 엄마가 일하느라 집에 오지 않으며, 자신이 하는 일이라고는 학교에 가고, 여동생을 돌보고, 집안일을 돕는 것 뿐이기에 너무 화가 난다고 덧붙인다. 그녀는 아무런 감사나 보상을 받지 못하며, 가족을 돌보는 것은 엄마의 일이라고 생각하기 때문에 자신이 가족을 돌봐야하는 것에 대해 지친다고 말한다. 켄드라는 엄마가 자신을 오해하고 있으며, 자신의 행동과 의도에 대해 항상 부정적인 결론을 내린다고 한다. 켄드라는 집안에서 일어나는 모든 일에 대해 엄마는 자신을 비난하는데, 자신이 "문제를 일으킨 유일한 장본인은 아니"라고 한다.

켄드라가 분노를 품고 있는 것은 분명하다. 말을 할 때 목소리가 흥분되어 있고 말의 속도가 빨라지며 표정을 찡그린다. 켄드라는 발을 위아래로 흔들며 안절부절 못하는데, 이는 분노와 동요를 더욱 드러낸다. 힘들 때 어떻게 하는지 묻자, 켄드라는 별다른 대처 방법은 없으며 음악을 듣거나 가끔 친구와 대화하는 편이라고 주저 없이 말한다. 그리고는 잠시 먼 벽을 응시하다가 상담자를 똑바로 바라보며 "제가 여기서 한 말은 비밀이 보장되지요?"라고 묻는다. 상담자가 "네, 지난주에 말했던 제한 사항을 제외하고는요."라고 대답한다. 켄드라는 한동안 조용히 있다가 자신의 손을 내려다보며 분노를 다스리는 데 정말 도움이 되는 것은 자해라고 조용히 말한다. 정말 화가 나거나 외로울 때 자해하는 경향이 있다고 말하며 빈도를 묻자 "자주"라고 조용히 대답한다. 상담자가 자살하고 싶거나 자살하고 싶었던 적이 있는지 물었을 때 그녀는 자살 생각이나 자살 시도에 대해서는 부인한다.

지금은 커팅 자해를 하고 있지만, 예전에는 다른 형태의 자해를 했다고 보고한다. 약 1년 전, 차도를 걷다가 우연히 바위에 몸을 베었는데, 그 상처를 보고 더 이상 화가 나지 않는다는 것을 알게 되었다. 팔과 다리에 난 털을 뽑았을 때 찌릿찌릿한 느낌을 받았고, 라이터로 몸을 태우기도 했다. 그러나 이러한 것들은 기분을 나아지게 하는 데 있어서 바위에 몸을 베었을 때와 같은 효과가 없다는 것을 느꼈다. 그래서 다른 사람들이 볼 수 없는 곳, 주로 반소매 셔츠에 가려지는 팔뚝에 자해를 하기 시작했다는 것이다. 현재 켄드라는 안전핀, 칼, 면도날, 날카로운 돌 등 찾을 수 있는 모든 물건으로 자해를 한다고 말한다. 그녀는 일주일에 여러 번, 때로는 거의 매일 자해를 한다. 엄마는 자신의 자해 사실을 모르며, 엄마가 알기를 원하지 않는다고 재빨리 말한다. 켄드라는 자해 빈도를 줄이고 싶지 않으며, 자해가 자신에게 효과가 있었던 유일한 방법이기 때문에 상담에서 자해에 대해 이야기하고 싶지 않다고 덧붙인다.

생각 및 토론을 위한 질문

1. 당신이 이 사례의 상담자라면 켄드라의 어머니에게 자해에 대해 이야기할 것인가? 결정에 영향을 미치는 것은 무엇인가?
2. 켄드라의 자해 행동(커팅)을 줄이거나 없애는 것을 상담 목표로 할 것인가? 하거나, 하지 않는 이유는 무엇인가?
3. 내담자 및 어머니와의 접수상담에서 설명 후 사전동의 절차에 포함하거나 논의해야 할 중요한 사항에는 어떠한 것들이 있는가?

분석

자해는 적응적인 대처 방법으로 간주되지 않으며, 이 내담자와 함께 나아가기 위하여 고려해야 할 몇 가지 요소들이 있다. 첫째, 이 내담자가 미성년자라는 점을 고려할 때, 상담자가 어머니에게 자해에 대하여 말하기 전에 추가적인 정보들을 확보해야 한다. 어머니에게 말하는 것은 비밀 보장을 침해할 수 있다; 그러나 자해와 관련된 몇 가지 중요한 정보에 대한 답변, 설명 후 사전동의서에서 논의된 내용 및 비밀 보장의 한계에 따라 보고하는 것이 필요할 수 있다.

접수상담에서 논의했던 설명 후 사전동의와 비밀 보장의 제한 사항을 먼저 고려해야 한다. 상담자는 어떠한 경우에 비밀 보장이 제한될 수 있다고 명시했는가? 상담자는 상담이 시작될 때 "상담 과정에 대한 적절한 정보"(ACA, 2014, 규정 A.2.a.)를 제공하여, 사전에 제공된 정보에 따라 무엇을 이야기할지 선택할 수 있도록 해야 할 윤리적 의무가 있다. 설명 후 사전동의서에 명시된 내용을 파악하는 것이 중요하다. 예를 들어, 학대, 방임, 자살 충동에 대해서 비밀 보장이 제한될 수 있음을 명시한 경우, 죽으려는 의도가 없고 자살 충동도 없는 켄드라의 자해 행위는 켄드라와 어머니에게 설명한 내용과 맞지 않으므로 어머니에게 말하는 것은 비밀 보장의 위반이 될 수 있다. 그러나 학대, 방임 및 자해 위험에 대해 명시한 경우에는 상담자는 어머니에게 말할 필요가 있다.

ACA 윤리 강령에는 이 사례와 관련된 두 가지의 추가 규정이 포함되어 있다: 규정 A.1.a. 주요 책임, 규정 A.4.a. 위험 방지이다. 두 규정 모두 상담자가 내담자의 존엄성을 존중하고, 내담자의 피해를 방지하며, 내담자의 복지를 증진시키는 것이 중요하다는 점을 강조한다. 상담자는 켄드라의 자해 행동을 보고하는 것이 도움이 되기보다는 해가 될 수 있는지를 고려해야 한다. 예를 들어, 자해 중 사고로 인해 켄드라의 생명이 치명적인 위험에 처하지 않는다면, 켄드라가 분노, 좌절감, 외로움에 대해 이야기할 수 있도록 하여 자해 행동을 하는 이유를 완화하는 것이 더 도움이 되는가? 상담자는 스스로 선택할 수 있는 켄드라의 윤리적 권리와 켄드라를 보호하고 켄드라를 대신하여 결정내릴 수 있는 어머니의 법적 권리를 신중하게 균형 맞추어 고려해야 한다(규정 A.2.d.).

켄드라의 자해 또는 기타 자해 행동을 보고해야 하는지 또는 상담 목표가 되어야 하는지 결정할 때 고려해야 할 또 다른 측면은 켄드라가 어떠한 선택을 할 때 얼마나 충동적인지, 약물의 영향으로 자해하는 것은 아닌지를 살펴보는 것이다. 두 가지 요인 모두 우발적 사망의 위험을 높인다.

켄드라가 자해를 중단하고 싶지 않다고 말한다 할지라도, 위에 제시된 모든 질문에 대한 답변에 따라 자해 행동을 줄이는 것이 상담 목표가 될지 여부를 결정한다. 자살의도와 생각이 없더라도 사고사로 사망할 위험에 처해 있다면 자해를 줄이는 것이 상담 목표가 되어야 한다. 그러나 자해 행동 감소라는 목표가 내담자의 필요에서 비롯된 것인지 아니면 자해 행동과 관련된 상담자 자신의 개인적인 반응과 가치관에서 비롯된 것인지 살펴볼 필요가 있다. 상담자는 자신이 개인적으로 가지고 있는 가치를 내담자에게 강요하지 않도록 주의해야 한다(규정 A.4.b.).

더 생각해 볼 문제

❶ 당신이 켄드라의 상담자이고 켄드라의 어머니에게 알리지 않기로 결정했다면, 이 시점에서 자해 행동과 관련하여 어떤 경계를 설정하겠는가? 다시 말해, 언제 어머니에게 알릴

것인가? 고려해야 할 중요한 요소는 무엇이라고 생각하는가?

❷ 자해 또는 다른 형태의 자해 행동에 대한 당신의 반응은 어떠한가? 자해 행동의 의미에 대해 함께 이야기나눠볼 의향이 있는가? 있다면, 또는 없다면, 그 이유는 무엇인가?

❸ 자해 행동을 하는 내담자와 상담할 때, 자신의 역량의 한계는 무엇이라고 생각하는가? 자해 행동으로 위험에 처한 내담자를 효과적으로 도울 수 있는 역량을 가지고 있다는 인식을 높이려면 무엇이 필요할까?

❹ 당신이 켄드라라면 상담자가 어떻게 해주길 원하겠는가?

사례 연구 2

미성년 내담자

J. Scott Young

17세인 토미Tommy는 부모의 손에 이끌려 상담자 벤Ben을 만나러 왔다. 접수상담에서, 부모님은 토미의 고등학교 성적과 전반적인 사회적응에 대해 걱정한다. 토미는 중, 고등학교 내내 운동선수로 활동했지만, 약 6개월 전에 코치와 학교 관리자에 의해 야구팀에서 쫓겨났다. 토미가 쫓겨나게 된 것은, 토미가 연습 중에 팀 동료와 말다툼을 벌인 사건때문이었다. 연습이 끝난 후 그는 라커룸에서 같은 팀 동료 및 다른 선수와 싸움을 벌였다. 코칭 스태프는 토미가 싸움을 선동한 사람이라고 생각했고, 이를 지켜본 사람들도 마찬가지였다. 토미는 다른 선수들도 마찬가지로 다투고 싸우는데도 불구하고, 코치가 자신을 좋아하지 않기에 자신을 선동자라 찍었다고 생각한다. 싸움이 있은 지 며칠 후, 토미는 성적 문제로 교사와 언쟁을 벌였다. 이 두 가지 사건으로 인해 토미는 팀에서 쫓겨났고 일주일 동안 정학 처분을 받았다.

토미의 학교 성적은 A, B에서 낙제 또는 간신히 통과될 만한 수준으로 떨어졌다. 같이 다니는 친구들도 바뀌어, 문제아나 마약 사용자인 것 같은 친구들과 시간을 보냈다. 실제로 부모님은 토미의 음주와 마리화나 흡연을 여러 번 적발했으며 추가적인 약물 사용을 의심하고 있다. 통금 시간까지 집에 들어오지 않은 채 위험한 지역에서 어울려 지내는 시간이 늘어나고 있다.

벤은 부모님과 토미와의 접수상담을 끝낸 후, 토미를 개별적으로 만난다. 토미는 마리화나 외에 다른 약물을 복용하고 있다는 사실을 부인하며 부모님이 과민 반응하는 것 같다고 말한다. 그는 자신의 약물 사용은 "정상적인 고등학교 생활"일 뿐이라고 한다. 그는 학교로 돌아가서 성적을 올려 제때 졸업할 계획이며, 대학에서 야구를 하고 싶다고 말한다. 벤이 토미에게 상담을 계속하고 싶은지 묻자 토미는 그렇다고 말한다. 상담을 받고 싶어서가 아니라 부모님과 사이가 나빠지는 것을 피하고 싶은 마음에서 나온 것이 아닌지 조심스럽게 묻자 토미는 이를 부인한다.

이후 6주 동안의 상담이 이루어졌지만 토미는 상담 과정에 거의 참여하지 않는다:

질문에 대답하고 대화를 이어가기는 하지만 현재 상황에 이르게 된 내면의 어려움, 감정 또는 행동에 대해 적극적으로 탐색하지는 않는다. 벤은 때로는 가족들과 함께 상담하고, 때로는 토미를 개별적으로 상담한다. 두 상황 모두에서 토미는 같은 태도를 취한다: "저는 괜찮아요, 부모님이 과민 반응하는 것뿐이에요." 반면에 토미의 부모는 토미의 약물 남용이 그가 인정하는 것보다 훨씬 더 심각하다고 생각한다. 그들은 집에 있는 모든 술을 치워서 토미가 술을 마시지 못하도록 하였으며, 토미가 재미로 자낙스(Xanax)를 복용하는 것을 발견했다고 보고한다. 또한 토미와 그의 친구들이 약물을 사러 갔을 때 누군가 총을 겨누는 상황에 처한 적도 있다고 말한다. 부모의 보고에 따라, 벤은 토미를 약물 사용 장애로 진단하고 보험 회사에 환급을 위한 서류를 제출한다. 또한 품행 장애를 동반한 적응 장애 진단도 포함시킨다.

보험 회사로부터 보험금 청구 통지를 받은 가족은 약물 사용 장애 진단이 내려졌다는 사실에 당황한다. 그러한 꼬리표가 토미를 따라다니며 그의 미래에 부정적인 영향을 미칠까 봐 걱정한다. 토미 또한 이 진단으로 인해 대학에서 야구를 하지 못할까 봐 매우 걱정하고 있다. 토미는 자신의 약물 사용은 "정상"이며 "약물로 문제를 일으킬 만큼 어리석지 않다"고 주장하며 진단에 동의하지 않기 때문에 특히 더 화를 낸다.

이 사례를 복잡하게 하는 요인 중 하나는 토미가 상담을 받는 6주 동안 18세가 되었다는 것이다. 성인이 되었기에 상담을 할지 말지를 결정할 법적 책임이 그에게 있으며, 누가 치료에 동의했는지에 대한 문제가 혼란스러워졌다. 상담을 처음 시작할 때는 토미의 부모님이 치료 동의서를 검토하고 서명했으며 토미도 동의했다. 또한 토미의 부모가 상담료를 지불했다. 내담자 파일에 정보가 있었지만, 벤은 토미의 생일은 알지 못했다.

생각 및 토론을 위한 질문

1. 토미가 곧 법적 성년이 된다는 것을 알았다면, 상담자는 관련된 모든 당사자로부터 명확한 설명 후 사전동의를 얻기 위해 어떤 조치를 취했어야 하는가? 토미의 18세 생일 이후, 어떤 추가 조치가 필요한가?

분석

토미의 사례는 설명 후 사전동의 및 진단과 관련하여 몇 가지 상호 관련된 문제를
제기한다. 상담자 벤은 부모에게 읽고 서명할 수 있도록 상담 동의서를 제공함으로써
적절한 윤리적 절차를 준수한 것으로 보이며, 이를 통해 설명 후 사전동의를 얻고 문서
화하였다(ACA, 2014, 규정 A.2.a.). 또한 토미의 동의를 얻는 것은 윤리적으로 적절한 절
차였다. 미성년 내담자를 상담할 때 상담자는 "서비스에 대한 내담자의 동의를 얻고 적
절히 내담자를 의사 결정에 포함"시켜야 한다(규정 A.2.d.). 토미의 동의를 얻음으로써
벤은 토미가 스스로 결정내릴 수 있는 윤리적 권리와 부모가 토미를 대신하여 결정내
릴 수 있는 법적 권리의 균형을 맞추려고 하였다(규정 A.2.d.). 그러나 벤은 설명 후 사
전동의를 "상담 과정의 지속적인 부분"으로 삼아야 할 의무를 다하지 못했다(규정
A.2.a.). 벤이 토미와 상담하면서 동의와 관련한 문제를 주기적으로 재검토했다면 토미
가 법적 성인이 되었다는 사실을 인식했을 것이며, 보험사에 진단서를 제출한 후 발생
한 문제들을 피할 수 있었을 것이다.

토미는 최근 몇 달 동안 행동과 기분 모두에서 눈에 띄는 변화를 경험한 것으로 보
이며, 토미와 부모 모두 토미가 약물을 사용한다는 사실을 확인했다. 그러나 토미의 약
물 사용 범위는 불분명하다. 또한 토미를 약물 사용 장애로 진단하는 문제는 중요한 의
문을 제기한다.

보험금 청구의 일환으로 진단이 내려질 것이라는 사실에 대해 벤이 토미나 토미의
부모와 대화를 나누었는지 또는 "진단의 의미"를 포함하여 제공될 서비스에 대해 충분
히 설명했는지(규정 A.2.b.) 여부는 이 사례에서 불분명하다. 올바른 윤리적 관행이라면
적절한 진단의 중요성과 토미의 기록에 영구적으로 남을 진단의 의미에 대해 공개적으
로 논의했어야 한다.

또한 토미의 약물 사용에 대한 정보의 불일치를 고려할 때 진단이 적절했는지에 대

한 의문도 존재한다. 보험 회사에서 더 많은 상담 회기를 승인받을 수 있는 기회를 극대화하기 위해 '업코딩', 즉 실제보다 더 심각한 진단을 내린 것은 아닌가? 벤은 토미와 상담하면서 "적절한 진단을 제공하기 위해 특별한 주의를 기울여야 할"(규정 E.5.a.) 윤리적 의무를 다했는가?

진단과 관련된 또 다른 윤리적 문제는 약물 사용 장애 진단 및 치료에 대한 상담자의 경험이다. 상담자는 "자신의 역량 범위 내에서만 상담"한다(규정 C.2.a.). 이 사례에서 나타나는 상충되는 정보를 고려할 때, 벤은 적절한 진단을 내리고 관련된 모든 사람이 진단의 의미를 이해할 수 있도록 조치를 취했어야 한다. 이러한 조치에는 토미에게 보이는 우울증 및/또는 불안의 수준을 파악하기 위한 심리 평가와 토미의 약물 사용에 대한 정보를 제공할 수 있는 약물 남용 선별 척도(Abuse Subtle Screening Inventory)(Miller, 1999)와 같은 구체적인 심리 평가의 사용이 포함될 수 있다. 벤이 이러한 평가를 제공할 수 있는 교육을 받지 않은 경우, 적절한 평가가 이루어질 수 있도록 평가 자격을 갖춘 전문가에게 의뢰해야 한다. 사례 기록에 동료와의 자문이 기록되어 있다면, 이 또한 치료 결정이 신중하게 이루어졌다는 것을 입증하는 중요한 조치가 될 것이다. 약물 남용 치료가 필요하다고 판단되고 벤에게 관련 역량이 부족하다면 토미를 약물 남용 치료 전문 프로그램이나 전문가에게 의뢰할 것을 제안해야 한다.

더 생각해 볼 문제

❶ 약물 남용과 같은 일반적인 정신 건강 문제에 대해 적절하게 진단하고 치료를 제공할 수 있으려면 어느 정도의 훈련이 필요한가?

❷ 내담자의 상태 변화(예: 나이, 관계, 법적 문제, 거주지)를 간과하지 않도록 하기 위해 어떤 조치를 취할 수 있는가?

❸ 토미의 부모님이 상담을 시작했고, 상담 비용을 지불하고 있으며, 토미의 안녕을 진심으로 염려하고 있다는 점을 고려할 때, 당신이 토미의 상담자라면 토미의 18세 생일 이후 부모님과 어떻게 소통할 수 있을까?

2장
사회 정의 및 다문화 상담

Courtland C. Lee

전 세계적으로 연결되어 있는 21세기에 상담자들은 윤리적 실천에 대한 다양한 도전에 직면해 있다. 가장 중요한 도전 중 하나는 다양한 문화적 배경을 가진 내담자들이 증가하고 있다는 것이다. 유네스코(UNESCO, 2009)에 따르면 문화 다양성이란 민족지학적 관찰을 바탕으로 쉽게 구분할 수 있는 다양한 고유 문화를 의미한다. 이러한 문화는 종종 인종/민족, 성별, 성적 지향, 사회경제적 지위, 종교/영성, 능력 상태, 연령 등의 렌즈를 통해 살펴볼 수 있다. 민족지학적 관찰에 따르면 전 세계 사람들은 언어 사용, 자신 및 타인과의 관계, 성 역할 사회화, 물리적 세계와의 관계 등 삶의 여러 측면에 대해 다양한 관점을 가지고 있다. 이러한 세계관의 다양성에 대한 인식은 글로벌 커뮤니케이션과 문화적 접촉의 증가로 인해 훨씬 더 널리 확산되고 있다(UNESCO, 2009).

다양한 문화적 배경을 가진 사람들 간의 접촉이 증가함에 따라 미국을 비롯한 전 세계의 상담 실제에 큰 영향을 미치고 있다. 상담자가 문화적 역량을 갖추는 것은 필수적이 되었다. 문화적 역량은 다양한 문화적 배경을 가진 내담자와 상담 관계를 수립, 유지, 성공적으로 마무리할 수 있는 능력을 나타내는 일련의 태도와 행동을 의미한다(Lee & Park, 2013). 다문화 또는 다문화 역량의 개념은 상담 문헌에서 상당한 주목을 받아왔다(Arredondo et al., 1996; Roysircar, Arredondo, Fuertes, Ponterotto, & Toporek, 2003; Sue, Arredondo, & McDavis, 1992). 이상적으로, 문화적으로 유능한 상담자는 높은 이해와 확장된 지식 기반을 갖추고 있으며, 문화적으로 적절하게 상담을 진행한다. 문화적 역량은 자기 이해, 글로벌 리터러시, 상담 이론에 대한 지식, 윤리적 감수성, 다문화 이론 지식, 개인적 및 전문적인 다문화 만남, 다문화 상담 기술 등 여러 가지 중요한 요소를 포함하는 발달 과정을 통해 발전한다(Lee & Park, 2013).

윤리 기준에 대한 지식은 문화적 역량을 개발하는 과정의 기초가 된다. 실제로 전문직으로서의 상담의 완성은 이상적 윤리와 이를 실천으로 옮기는 데 달려 있다. 다양한 문헌에서 다문화 상담과 윤리 기준의 관련성을 강조하고 있다(Delgado-Romero, 2003; Lee & Kurilla, 1997; Pack-Brown & Williams, 2003; Ridley, Liddle, Hill, & Li, 2001). 이들은 문화적으로 유능한 상담자가 다양한 내담자 집단과 윤리적으로 상담할 가능성이 높다는 것을 보여준다. 문화적 역동성과 그것이 내담자 발달에 미치는 영향을 인식하지 못하는 상담자는 비윤리적인 행동에 관여할 위험이 높다.

ACA 윤리 강령(ACA, 2014)은 윤리적 행동의 기준을 개괄적으로 설명하는 체계를 제공하며 상담에서 최선의 행동이 무엇인지 설명하고 있다. 21세기 다문화 사회에서 이러한 체계는 다문화 상담자와 내담자 간의 상호 작용에 영향을 미친다. 강령은 상담자가 다양성을 존중하고 "사회 문화적 맥락에서 인간의 가치, 존엄성, 잠재력 및 고유성을 지지하는 다문화적 접근"을 수용해야 할 윤리적 책임이 있음을 명시하고 있다(서문). 이 중요한 책임을 감안할 때 상담자는 잠재적 피해를 예방하고 내담자를 보호할 의무가 있으며(선의), 동시에 내담자에게 해를 입히지 않을 책임도 있다(무해성). 상담자가 상담의 모든 측면에서 문화적 역동성을 유능하게 다루지 않으면 해를 끼칠 수 있다는 것은 의심할 여지없이 명백하다.

상담자는 문화적으로 유능하고 윤리적으로 책임감 있는 방식으로 다양성에 따른 암묵적, 명시적 문제를 해결해야 한다. ACA 윤리 강령(ACA, 2014)에 따르면 상담자는 다음과 같은 행동을 취해야 한다:

- 내담자의 다양한 문화적 배경을 적극적으로 이해하려고 노력한다(섹션 A: 머리말).
- 자신의 문화적 정체성과 이러한 정체성이 상담 과정에 대한 가치와 신념에 어떤 영향을 미치는지 탐색한다(섹션 A: 머리말).
- 문화적으로 유능한 방식으로 비밀 보장의 한계를 의사소통한다(섹션 B: 머리말).

- 내담자의 개인적, 문화적 맥락을 고려하여, 상담 과정의 한 요소로써 평가를 활용한다(섹션 E: 머리말).
- 연구를 설계하고 실행할 때 편견을 최소화하고 다양성을 존중한다(섹션 G: 머리말).
- 내담자의 삶에서 지지 네트워크가 다양한 의미를 가지고 있다는 것을 인식하고, 필요할 경우 내담자의 동의하에 다른 사람들(예: 종교적/영적/공동체 지도자들, 가족, 친구)의 지지, 이해, 참여를 긍정적인 자원으로 활용할 것을 고려한다(규정 A.1.d.).
- 발달 단계 및 문화에 맞게 적절한 방식으로 정보를 전달한다(규정 A.2.c.).
- 내담자가 상담자가 사용하는 언어를 이해하는 데 어려움을 겪는 경우, 상담자는 내담자가 이해할 수 있도록 필요한 서비스(예: 자격을 갖춘 통역사 또는 번역사 주선)를 제공한다(규정 A.2.c.).
- 상담자는 내담자와 협력하여 설명 후 사전동의 절차의 문화적 의미를 고려하고, 가능하다면 그들의 문화에 맞추어 상담 실제를 조율한다(규정 A.2.c.).
- 자신의 가치관, 태도, 신념 및 행동을 인식하고 강요하지 않는다(규정 A.4.b.).
- 내담자의 다양성을 존중하며, 자신의 가치를 내담자에게 강요할 위험이 있는 영역에 대한 교육을 받는다(규정 A.11.b.).
- 내담자로부터 선물을 받는 데 따르는 도전을 이해하고 일부 문화권에서는 작은 선물이 존경과 감사의 표시임을 인식한다(규정 A.10.f.).
- 비밀 보장과 사생활 보호의 문화적 의미에 대한 인식과 민감성을 유지한다. 정보 개방에 대한 서로 다른 견해를 존중한다(규정 B.1.a.).
- 다양한 내담자 집단과 함께 일할 때 문화적으로 유능한 상담자가 되는 것과 관련된 지식, 개인적 인식, 민감성, 성향 및 기술을 습득한다(규정 C.2.a.).
- 연령, 문화, 장애, 민족, 인종, 종교/영성, 성별, 성 정체성, 성적 지향, 결혼/동거 여부, 언어 선호도, 사회경제적 지위, 이민 신분 또는 법적으로 금지된 모든 기준들에 따라 예비 또는 현재 내담자, 학생, 직원, 수퍼바이지, 연구 참여자를 차별하거나 차별을 묵인하지 않는다(규정 C.5.).
- 내담자의 문제를 정의하고 경험하는 방식에 문화가 영향을 미친다는 점을 인식한다. 정신장애를 진단할 때 내담자의 사회경제적, 문화적 경험을 고려한다(규정 E.5.b.).
- 역사적, 사회적 편견이 특정 개인과 집단을 오진하고 병리화할 수 있음을 인식하고, 자신 또는 타인의 그러한 편견을 알아차리고 해결하기 위해 노력한다(규정 E.5.c.).

- 평가를 선택할 때 타당성, 신뢰성, 심리측정 한계, 도구의 적절성을 신중하게 고려하고 가능하면 결론, 진단 또는 권고를 내릴 때 여러 형태의 평가, 데이터 및/또는 도구를 사용한다(규정 E.6.a.).
- 내담자가 속한 집단 이외의 집단을 대상으로 표준화한 평가 기법에 대하여 신중하게 선택하고 사용한다. 상담자는 연령, 피부색, 문화, 장애, 민족, 성별, 인종, 선호하는 언어, 종교, 영성, 성적 지향, 사회경제적 지위가 검사 실시 및 해석에 미치는 영향을 인식하고, 검사 결과를 다른 관련 요인들과 함께 고려한다(규정 E.8.).
- [수퍼바이저로서], 수퍼비전 관계에서 다문화주의/다양성의 역할을 인식하고 다룬다 (규정 F.2.b.).
- [상담자 교육자로서], 전문상담자 발달을 돕는 모든 과정과 워크숍에 다문화/다양성과 관련된 자료를 포함시킨다(규정 F.7.c.).
- [상담자 교육자로서] 다양한 학생을 모집하고 유지하기 위해 적극적으로 노력하며, … 학생들이 실습에서 보여주는 다양한 문화와 다양한 능력들을 인식하고 인정함으로써 다문화/다양성 역량에 대한 헌신을 보여준다. [그리고] 다양한 학생의 복지 및 학업적 수행을 향상시키고 지원하기 위한 적절한 편의를 제공한다(규정 F.11.b.)
- [설명 후 사전동의 과정에서] 원격 상담, 과학 기술 및/또는 소셜 미디어 사용과 관련된 고유한 문제를 다룬다. 서비스 제공에 영향을 미칠 수 있는 문화적 및/또는 언어적 차이를 [포함하여] 알린다(규정 H.2.a.)
- [웹사이트를 유지 관리할 때] 장애인들도 접근할 수 있도록 한다. [그리고] 가능한 경우 언어가 다른 내담자를 위한 번역 기능을 제공한다(규정 H.5.d.)

이러한 윤리 규정에는 상담자가 자신이 가지고 있을 수 있는 문화적 편견을 인식하고 자신의 문화적 가치와 편견이 내담자에게 부정적인 영향을 미치지 않기 위해 필요한 예방 조치를 취해야 한다는 의무가 내재되어 있다. 전통적인 상담이론들에는 유럽/유럽계 미국 문화에 내재된 가치가 반영된 경우가 많기 때문에(Lee, 2013; Sue & Sue, 2013) 문화적으로 다양한 내담자의 가치와 신념의 중요성을 무시하거나 오해할 가능성이 크다. 비록 상담자의 행동이 좋은 의도를 가지고 있더라도, 어떠한 행동들은 다양한 문화적 배경을 가진 내담자의 복지에 위험을 초래할 수 있다. 문화적으로 다양한 배경을 가진 개인에 대하여 의심스러워하거나 비윤리적인 행동을 하는 경우, 이는 상담자의 문화적 역량 부족으로 인해 발생하는 경우가 많다. 그러나, 문화적으로 잘 모른다는 것이 비윤리적인 상담에 대한 변명이 되어서는 안 된다. 상담자의 문화적 역량이 부족한 상황에서 다양한 문화적 배경을 가진 내담자에게 상담 서비스를 제공하는 것은 비윤리적인 행위이다.

사회 정의 및 다문화 상담의 윤리

다문화 상담이 하나의 학문으로 발전함에 따라 상담의 접근성과 형평성이라는 중요한 문제에 대한 비판적 사고를 불러일으켰다. 그 결과, 사회 정의의 개념이 상담 실천의 중요한 차원으로 떠올랐다(Lee, 2007; Ratts, D'Andrea, & Arredondo, 2004). 사회 정의는 특히 인종/민족, 성별, 연령, 신체적 또는 정신적 장애, 교육, 성적 지향, 종교, 사회경제적 지위 또는 기타 배경이나 특성에 따라 배제된 사람들이 사회에 충분히 참여할 수 있도록 접근성과 형평성을 증진하는 것을 포함한다. 사회 정의는 모든 사람이 공평한 대우, 인권 지지, 사회적 자원의 공정한 배분을 받을 권리가 있다는 신념에 기초한다(Lee, 2007; Miller, 1999; Ratts, Lewis, & Toporek, 2010).

이론적 구성개념으로서 사회 정의는 억압, 특권, 사회적 불평등 문제에 초점을 맞추고 있다. 억압과 특권의 힘은 종종 한 사회에서 특정 집단의 사람들이 소외되는 불평등을 영속화한다. 사회 정의를 위한 상담은 상담자가 미시적 수준과 거시적 수준 모두에서 사회 변화의 주체로서 유능해야 함을 의미한다. 사회 정의적 관점은 상담자가 자신의 전문성을 활용하여 개인을 돕는 동시에 수많은 사람들의 삶의 질을 괴롭히는 사회적, 문화적, 경제적 불평등에 도전해야 하며(Lee, 2007), 소외, 억압을 경험하는 사람들을 돕기 위해 행동해야 하는 소명을 가지고 있다고 본다. 이러한 소명은 ACA 윤리 강령(ACA, 2014)에 제시된 핵심적인 직업적 가치인 사회 정의 증진에서 강조하고 있다. 윤리 강령은 개인 및 집단 수준뿐만 아니라 기관 및 사회적 수준에서 상담자의 중요한 역할을 명시하고 있다:

- 적절한 경우, 상담자는 내담자의 접근 및/또는 성장과 발달을 저해하는 잠재적 장벽과 장애물을 해결하기 위해 개인, 집단, 기관 및 사회적 수준에서 옹호활동을 한다(규정 A.7.a.).
- 상담자는 특정 내담자를 대신하여 서비스 제공을 개선하고 내담자의 접근, 성장 및 발달을 저해하는 제도적 장벽이나 장애물을 제거하기 위한 옹호활동을 하기 전에 먼저 내담자의 동의를 얻는다(규정 A.7.b.).

문화적으로 다양하고 전 세계적으로 상호 연결된 현대 사회에서 윤리적이고 문화적으로 유능한 상담은 삶에서의 문제 해결이나 의사 결정을 돕는 것뿐만 아니라 그러한 삶에 영향을 미치는 사회적 맥락에도 개입할 수 있는 능력을 포함하고 있다. 사회 정의를 위한 상담은 환경이 행동을 결정하는 중요한 요인이라는 전제를 기반으로 한다. 문제 행동은 종종 인지 및 정서적 기능에 부정적 영향을 미치는 환경에서 기원을 찾을 수 있다. 내담자의 문제는 사람들이 매일 상호작용해야 하는 사회 환경의 뿌리 깊은 문제에 대한 반응이나 증상일 수 있다. 따라서 윤리적 실천이란 개인의 심리사회적 발달에 부정적 영향을 미칠 수 있는 깊은 사회적, 문화적, 경제적 문제들을 해결해야 할 전문적이고 도덕적인 책임이 있음을 의미한다. 사회 정의 원칙이 상담 실제에 어떻게 적용될 수 있는지 설명하기 위해 두 가지 사례와 함께 각 사례에 대한 논의를 제시한다.

사례 1

나이지리아에서 최근에 이민 온 아바요미Abayomi 부인은 지난 2개월 동안 마리나 Marina와 상담을 하고 있다. 상담은 아바요미 부인에게 큰 도움이 되고 있다. 상담이 끝나갈 무렵, 아바요미 부인은 마리나에게 감사의 표시로 나이지리아에서 나무를 조각하여 만든 작은 동물조각품을 선물한다. 마리나는 아바요미 부인에게 매우 감사하지만 선물은 받을 수 없다고 설명한다. 거절당한 아바요미 부인은 상담자에게 매우 화를 내며 회기를 마친다.

논의

내담자에게 선물을 받는 것은 오랫동안 비윤리적인 행위로 여겨져 왔다. 하지만 많은 문화권에서 선물을 주는 것은 최고의 칭찬과 감사의 표시이며, 선물을 거절하는 것은 무례하거나 무신경한 행동으로 받아들여진다. 마리나가 아바요미 부인의 선물을 받지 않은 것은 이중 관계를 피하기 위하여 전문적인 태도로 행동했다고 주장할 수 있다. 그러나 마리나는 일부 문화권에서는 작은 선물이 중요한 감사의 표시라는 사실을 모르는 것 같다. 선물을 거절하는 것은 종종 모욕으로 간주된다. 또한 마리나는 ACA 윤리강령(ACA, 2014)에서 이러한 문화적 차이를 인정하고 있다는 사실을 알지 못하고 있는 것으로 보인다. 문화적으로 유능한 태도를 가지고 있었다면, "선물을 받는 것이 상담 관계에 어떤 영향을 미칠까?", "선물의 가치는 어떠한 것들이 있는가?", "아바요미 부인은 왜 나에게 선물을 주는가?", "내가 선물을 받는 이유는 무엇인가?"와 같은 질문을 스스로에게 한 후에 선물을 받았을 것이다. 선물을 받는 것은 마리나가 선물의 의미와 목적, 그리고 여러 문화권에서 선물을 받는 것의 중요성을 이해하고 있다는 것을 보여줬을 것이다.

사례 2

D씨는 35세의 아프리카계 미국인 여성으로 우울증으로 상담에 의뢰되었다. 그녀는 두 가지 직업을 가지고 있으며, 주단위로 임금을 받고 있다. D씨의 12세 아들은 최근에 뇌에 박테리아감염이 이루어져 사망했다. 치아에 생긴 농양이 뇌로 감염된 것이다. D씨는 아들의 치통이 시작되었을 때 건강 보험이 없었고 메디케이트 보장(의료보장)도 일시적으로 받을 수 없는 상태였으며, 치과 치료에 필요한 80달러의 비용을 감당할 수 없어서 치과에 갈 수 없었다고 말한다. 그녀는 이제 아들을 잃은 슬픔을 극복하고 또 다른 아들을 부양하기 위해 계속 노력하고 있다. 그녀는 두 아들 중 누구도 치과 치료를 받은 적이 없다는 사실이 부끄럽다고 말한다.

논의

D씨의 사례는 상담자에게 여러 가지 중요한 수준의 문제와 과제를 제시한다. 첫 번째는 아들의 죽음으로 인한 그녀의 우울증을 해결하는 것이다. 여기에는 개인적 또는 미시적 수준에서 그녀의 문제를 다루는 애도 상담이 포함될 수 있다. 둘째, 상담자는 D씨와 생존한 아들이 학교 및 지역사회 담당자로부터 필요한 서비스를 받을 수 있도록 도와야 한다. 상담자는 D씨의 가족을 위해, D씨의 가족과 함께 옹호 역할을 해야 할 수도 있다.

아마도 상담자에게 가장 큰 도전은 이러한 수준을 넘어서서 D씨 가족에 대한 관심을 광범위한 영향을 미칠 수 있는 행동으로 전환시키는 것이다. 그녀의 가족만이 치과 치료를 받지 못하는 위기에 처해 있다고 생각하는 것은 비현실적이고 순진한 생각일 수 있다. 상담자는 의료 서비스를 받지 못하는 모든 사회 경제적으로 취약한 아동과 그 가족을 위해 사회적/정치적 옹호에 참여할 수 있는 인식, 지식, 기술을 갖추고 있는지 결정해야 한다. 이러한 형태의 옹호는 상담자의 사회적 책임감을 말하며, 사회적/정치적 문제에 대한 입장을 취하고 차별을 영속화하고 인권을 무시하는 제도와 이념을 근절하기 위해 노력하는 것을 포함한다. 상담자는 여론, 공공 정책 및 입법에 영향을 미치는 옹호 역할을 기꺼이 맡을 수 있어야 한다. 공공 영역에서 옹호자 역할을 하는 상담자는 자신이 특정 집단을 대신하여 행동하고 있다는 점을 이해하고 있어야 한다. D씨의 상담자는 치과 치료가 부족한 빈곤층 또는 노동자 계층 가정을 돕기 위해 활동하면서, 이들을 대신하여 옹호 활동을 하고 있는 집단과 자주 협의할 수 있는 방법을 찾아야 한다.

상담자가 내담자의 생활에 영향을 미치는 환경적 요인을 고려하다 보면, 대부분의 상담 관계에서 사회 정의를 증진하고 내담자를 옹호하며 함께 할 수 있는 기회가 분명하게 나타난다. 다음의 두 사례 연구는 윤리적 딜레마를 해결하는 데 있어 사회 정의적 관점과 옹호의 필요성을 보여준다. 사례 연구 3(그녀는 전에도 이런 적이 있어요)에서는 한 인턴 상담자가 자살 가능성이 있는 내담자가 곧 퇴원을 앞두고 있어 이 내담자를 옹호하려는 노력에 어려움을 겪고 있는 상황을 다루고 있다. 사례 연구 4(이민자 가족과 함께 일하기)는 학생의 가족을 옹호하지 않고는 학생 내담자를 효과적으로 도울 수 없다고 생각하는 학교 상담자가 처한 진퇴양난의 곤란한 상황을 보여준다. 사회 정의와 옹호를 둘러싼 문제는 이 책의 사례 연구 전반에 걸쳐 나타나며, 특히 사례 연구 5(철썩 때리기-홉을 돕는 가장 좋은 방법)와 사례 연구 9(막막해요)에 제시된 것처럼 윤리적 딜레마를 해결하기 위해 노력할 때 반드시 고려해야 할 사항이다.

사례 연구 3
그녀는 전에도 이런 적이 있어요

William B. McKibben & Jodi L. Bartley

제나Jenna는 23세의 백인 여성으로 최근에 알코올 금단 증상으로 병원 응급실에 실려왔다. 응급실로 실려 왔을 때 제나는 매우 흥분한 상태였으며 직원들에게 반복적으로 욕설을 내뱉었다. 너무 흥분이 심하자, 병원 보안팀이 출동하여 제나를 침대에 묶어두기도 했다. 사례담당자, 정신과 의사, 간호사로 구성된 치료팀이 제나의 치료를 담당하게 되었다.

제나가 비교적 안정되고 더 이상 자신이나 타인을 위협하지 않게 되면서, 집단상담에 참여하도록 초대받았다. 이 집단상담은 병원에서 근무하고 있는 인턴 상담자인 케이스Keith(제나의 치료팀에 속해있지 않음)가 하루에 한번 진행하고 있다. 제나가 집단 참여를 거절하자 후속 조치로 케이스는 제나와 좀 더 이야기를 나누게 되었는데, 이를 통해 그녀가 곧 퇴원한다는 사실을 알게 된다. 제나는 케이스에게 자신의 상황을 자세히 설명하면서, 현재 우울감을 느끼고 있으며 알코올 중독과 씨름하고 있다고 한다. 케이스는 제나가 눈물흘리는 모습을 보면서 그녀의 기분이 우울하다고 여긴다. 그녀는 퇴원에 대해 양가감정을 가지고 있는 것처럼 보였는데, 가족들은 자신을 지지하지 않으며, 최근에 실직했고 집도 없다고 말한다. 케이스는 자살 여부를 평가할 필요가 있다고 판단하고, 물어본다. 그러자 제나는 퇴원하면 붐비는 고속도로 한가운데로 뛰어들어 자살할 계획이라고 말한다. 추가 질문을 통해, 제나는 이미 여러 번의 자살 시도 이력이 있으며 앞으로의 자살 계획 또한 구체적이라는 것을 알게 된다. 케이스는 퇴원하려면 정신과 의사와 의논해야 한다는 사실을 알고 있기에, 정신과 의사에게 계획을 털어놓았는지 묻는다. 제나는 정신과 의사가 자살에 대해 물어본 적도 없고 말하고 싶지도 않다고 말한다.

병원 직원들은 하나의 치료팀으로 일하기 때문에 케이스는 즉시 내담자의 자살 경향성에 대해 보고한다. 그는 제나의 차트에 그녀의 고통과 자살 계획을 기록하고, 치료팀 회의에 참석하기로 한다. 치료팀을 만났을 때, 그들은 케이스의 보고에 대해 양면적인 반응을 보인다. 그들은 케이스에게 제나가 과거에도 갈 곳이 없어 병원에 머물기 위해 자살 의도를 표현한 적이 있으며, 입원 초기에 흥분해서 날뛰었던 경험으로 미루어볼 때 다른 환자들의 안전도 염려된다고 말한다. 팀원 중 한 명이 "전에도 이런 적이 있어요"라고 말한다. 정신과 의사는 제나의 자살 충동에 대하여 직접적으로 아는 것은 없지만, 치료팀의 의견을 종합해볼 때 해당 지역에서 이용할 수 있는 노숙자 쉼터 목록을 제공한 후 제나를 퇴원시키겠다고 말한다. 이제 치료팀은 다른 사례에 대해 논의하기 시작한다. 회의가 끝나갈 무렵, 케이스는 여전히 제나가 퇴원했을 때의 안전이 걱정되면서 앞으로 어떻게 해야 하는지 혼란스럽다.

생각 및 토론을 위한 질문

1. 당신이 인턴 상담자라면, 이후에 어떻게 하겠는가? 이 시나리오에서 당신의 역할은 무엇인가? 인턴 상담자가 이 내담자를 옹호해야 한다고 생각하는가?
2. 이 사례에서 어떠한 윤리적 문제(구체적 사례 및 체계적 관점에서)를 찾을 수 있는가?

분석

이 시나리오에는 자살 임박성, 상담자의 역할 모호성, 옹호 등 여러 가지 윤리적 고려 사항이 제시되어 있다. 상담 인턴인 케이스는 자살 위험 평가를 실시했으며, 내담자가 퇴원할 경우 자해 위험이 있다는 결론을 내릴 수 있는 충분한 정보를 가지고 있다고 생각한다. 내담자는 적극적인 자살 사고, 실행 의도가 있는 명확한 자살 계획, 여러 위험 요인(충동적 행동, 중독, 노숙자, 실직, 시도 이력), 매우 치명적이고 접근 가능한 수단, 퇴원 시 안전을 위한 계약을 체결할 수 없는 상태 등을 보고했다. 상담자는 내담자의 안전을 염두에 두고 행동해야 할 윤리적 의무가 있다. 상담자가 지역사회 또는 외래 환자를 만나는 환경에서 근무하는 경우, 그의 임무는 내담자가 즉각적인 위기개입(입원)을 받을 수 있도록 지원하는 것이다. 이 사례의 경우, 내담자는 이미 입원해 있지만 곧 퇴원할 예정이기 때문에, 상황은 더 복잡하다.

이 사례를 더욱 복잡하게 만드는 것은 인턴 상담자의 모호한 역할이다. 인턴인 케이스는 내담자의 병원 치료팀에 속해 있지는 않으나 내담자와 직접 상호작용해 왔으며 현재 내담자의 치료 및 안전과 관련된 중요한 정보를 가지고 있다고 믿고 있다. 그는 치료 팀원들에게 우려를 표명했지만, 그들의 반응은 내담자가 표현한 자살 의도에 대해 다른 해석을 하고 있는 것으로 보인다. 다른 팀원들과 달리 케이스는 병원의 정규 직원이 아닐 뿐더러 면허가 있고 경험이 풍부한 전문가도 아니다. 따라서 치료 팀원들의 의견을 존중하고 그들의 자격과 경험을 바탕으로 한 전문성(ACA, 2014, 규정 D.1.a.)을 인정하는 것이 중요하다.

내담자가 곧 퇴원을 앞두고 있고 케이스는 내담자의 안전을 계속 염려하고 있으므로, 병원 내 수퍼바이저 및 대학 내 수퍼바이저에게 자문을 구하는 것이 현명할 것이다(규정 C.2.e.). 케이스는 치료팀에 자신의 우려와 내담자의 자살 위험성에 대한 평가를 알림으로써 적절한 첫 단계를 거쳤다(규정 D.1.c.). 이제 그는 이 내담자를 어떻게 옹호할 수 있을지 생각해보아야 한다(규정 A.7.a.). 지침을 얻기 위해 ACA 옹호 역량(Ratts, Toporek, & Lewis, 2010)을 활용해볼 수 있다.

이 사례에서 인턴 상담자는 치료팀이 그녀를 퇴원시키려는 모습을 보며 내담자의 목소리(직접적으로 또는 그를 통해)를 듣지 못하고 있는 것 같다고 여길 수 있다. 또한 내담자가 스스로의 안전을 지킬 수 있다는 보장이 없기에 더욱 걱정될 수 있다. 케이스는 내담자가 병원 직원에게 직접 자신의 걱정과 필요를 효과적으로 표현할 수 있도록 도와줌으로써 내담자를 옹호하고 함께할 수 있다. 제나와 대화를 나누면서, 필요한 도움을 받기 위해서는 누구와 이야기해야 하는지, 무엇을 강조해야 하는지에 대한 정보를 제공할 수 있다. 제나는 힘을 가질 필요가 있으며, 현재 무력감을 느끼고 있는 상황에서 자율성을 증진시켜야 한다. 케이스의 수퍼바이저 또한 이 미묘한 상황에서 그가 제나를 계속 옹호할 수 있도록 헤쳐나가는 방법에 대해 조언해줄 수 있다. 특히 병원 내 수퍼바이저는 치료팀 구성원의 동료로써 병원 시스템에서 강력한 발언권을 가질 수 있다. 케이스는 자살 평가와 제나의 상태에 대한 임상적 인상을 수퍼바이저에게 자세히 설명해야 한다. 나중에 케이스가 학위와 면허를 취득한 후 유사한 환경에서 일하게 되면 시스템 차원에서 계속 옹호할 수 있다.

더 생각해 볼 문제

❶ 만약 당신이 인턴의 수퍼바이저라면 어떻게 할 것인가? 인턴에게 어떤 조언을 해주고 싶은가?

❷ 이 상황에서 인턴은 내담자의 옹호자로서 어디까지 행동해야 하는가? 옹호자로서 적극적인 역할을 할 경우 인턴, 내담자, 병원 시스템에 미치게 될 잠재적 영향은 무엇인가?

❸ 옹호자로서의 자신의 역할에 대해 어떻게 생각하는가?

사례 연구 4
이민자 가족과 함께 일하기

Laura M. Gonzalez

에스메렐다Esmerelda는 15세 소녀로, 부모님, 세 명의 동생과 함께 미국의 남부 시골 마을에 살고 있다. 그녀의 부모님은 엘살바도르에서 태어났지만 가난에 시달렸으며, 더 나은 삶을 살 수 있다는 소문을 듣고 1990년대에 미국으로 건너 왔다. 에스메렐다와 그녀의 동생들은 미국에서 태어났다. 부모님은 공장에서 교대로 일하시기 때문에, 동생들을 돌보고, 요리하고, 청소하고, 우편물을 열어보고, 부모님이 주말까지 납부해야 할 청구서를 확인하는 등 에스메렐다가 집안일을 도맡아 한다.

에스메렐다의 학교 상담자인 프란세스Frances는 에스메렐다가 피곤해하는 것을 알아채고, 피곤한 이유에 대해 묻는다. 에스메렐다는 부모님이 추방당하는 악몽을 꾸는 바람에 수면에 방해가 된다고 짧게 설명하며, 이 주제에 대해 더 이상 이야기하고 싶지 않다는 의사를 분명히 밝힌다. 프란세스는 에스메렐다를 가르치는 선생님들에게 에스메렐다에 대해 물었으며, 다양한 이야기를 듣는다: 기하학 수업에서는 조는 경우가 많고, 영어 수업에서는 집중하지 못하고 관심을 쏟지 않으며, 역사 수업에서는 위축되어 있으며 "그다지 사교적이지 않다"는 것이다. 그러나, 어느 교사도 에스메렐다에 대해 지나치게 걱정된다고 말하지 않는다.

프란세스는 에스메렐다에게 무슨 일이 일어나고 있는지 정확히 알아야겠다고 결심하고 에스메렐다에게 대화를 요청한다. 프란세스는 에스메렐다의 부모님 중 한 분이라도 함께 이야기를 나눌 수 있는지 물어보지만 에스메렐다는 부모님이 영어를 잘하지 못해 대화하기 어려울 것이라고 말한다. 에스메렐다가 상담실을 찾아왔을 때, 프란세스는 에스메렐다의 건강 상태부터 묻기 시작한다. 이를 통해 동생들이 충분히 먹을 수 있도록 에스메렐다는 아침 식사를 거르고 있다는 사실을 알게 된다. 이 가족은 학교에서 무료 또는 할인된 가격으로 점심을 받을 자격이 있지만 필요한 서류들을 작성하지 않았으며, 에스메렐다는 신청서를 집으로 가져가기를 거부한다. 또한 에스메렐다는 학교에서 두통과 복통이 자주 발생하며, 이런 저런 생각들이 끊임없이 일어나서 주의가 산

만해진다고 보고한다. 에스메렐다는 가족 외에 다른 지지 시스템을 찾지 못하고 있으며, 반 친구들은 에스메렐다가 이중 언어를 구사하는 미국 시민권자임에도 불구하고 여전히 그녀를 "더러운 멕시코인"이라고 부르며, 그녀 가족의 출신에 대해 놀린다고 말한다. 에스메렐다는 이 모든 얘기들을 무표정한 얼굴과 낮고 조용한 목소리로 말했지만, 추방과 관련된 악몽 얘기를 하면서는 결국 눈물을 흘린다. 에스메렐다가 자신의 슬픔과 두려움에 대해 더 이상 할 말을 찾지 못하고 흐느끼는 동안 두 사람은 잠시 동안 조용히 함께 앉아 있다. 프란세스는 자신이 이민법에 대해 아무것도 모르며, 추방과 관련된 악몽이 현실이 될 가능성이 있는지조차 모른다는 사실을 깨닫는다. 잠시 후, 그녀는 에스메렐다에게 사회복지사에게 연락하면 어떨지 묻는다. 그러자 에스메렐다는 갑자기 방을 나간다.

프란세스는 학교 통역사인 호르헤Jorge가 이민자 가족과 법적 지위에 대해 자신보다 더 많은 정보를 알고 있을 거라 생각하며 호르헤에게 자문을 구한다. 호르헤는 이미 지역 내 일부 공장에서 이민 단속이 이루어져 부모가 추방당한 학생이 여러 명 있다는 사실을 알려준다. 호르헤는 자신은 법적 서류에 대해 아예 묻지 않는다고 한다. 왜냐하면 학교 직원으로서 서류 미비자의 존재를 정부에 보고해야 하는지 여부에 대해 관련 법률이 오락가락하는 것을 보아왔기 때문이라는 것이다. "가족을 찢어놓을지 법을 무시할지 선택해야 하는 입장이 되고 싶지 않을 뿐이예요."라고 그는 말한다. 에스메렐다가 걱정되어 부모에게 연락을 취하고 싶다며, 혹시 에스메렐다의 부모 중 누구를 만난 적이 있는지 묻자, 호르헤는 학교에서 일어나는 일에만 관심을 집중하라고 조언한다. "그 가족이 우리에게 말하거나 필요한 서비스를 찾는 것을 두려워하며, 비용을 지불하거나 보험 혜택을 받을 수 없다면, 우리가 그들을 위해 할 수 있는 일은 많지 않아요."라고 그는 말한다. 프란세스는 에스메렐다의 정신적, 육체적 건강에 대해 걱정이 되면서도 익숙하지 않은 복잡한 법적 문제와 관련하여 효율적인 옹호자가 될 수 없다는 무력감 사이에서 고민이 된다.

생각 및 토론을 위한 질문

1. 교육현장에서 미성년자와 관련된 이같은 사례들을 만나게 될 때, 학교 상담자는 비밀 보장에 대하여 어떻게 해야 한다고 생각하는가? 학교 상담자가 학교 직원, 교사 또는 학부모를 참여시켜야 한다고 느낄 때는 언제인가?
2. 당신이 학교 상담자라면 에스메렐다 사례의 문화적, 윤리적, 법적 측면 중 어디서부터 살펴보기 시작할 것인가?
3. 프란세스는 에스메렐다의 모든 가족 구성원에게 윤리적 책임이 있는가, 아니면 에스메렐다에게만 윤리적 책임이 있는가?

분석

이러한 상황에 처한 상담자는 관련된 몇 가지의 윤리적, 법적 문제를 고려해볼 수 있다. 첫째, 현재 내담자인 에스메렐다는 불안 및 관련 신체 증상을 경험하고 있으며, 기본적으로 충분한 음식을 먹지 못하고 있고 학교 내에서 차별을 당하고 있다. 더 나아가서 부모가 추방될지 모른다는 최악의 두려움이 현실화될 경우 '가장' 역할로 내몰릴 수 있다. 둘째, 다른 학교에 다니는 에스메렐다의 동생들도 아직 발견되지는 않았으나 비슷한 문제를 겪고 있을 수 있다. 셋째, 에스메렐다의 부모는 언어 장벽, 서류 미비자로 신고되는 것에 대한 두려움, 미국의 사회 서비스 구조에 대한 친숙함 부족, 도움 요청에 대한 문화적 규범, 지원 시스템 부족(예: 확대가족과의 분리, 저소득, 무보험) 등으로 인해 학교 또는 기타 기관으로부터 필요한 지원을 제공받지 못하고 있을 수 있다. 이러한 모든 문제는 이민자 가족 시스템의 구성원인 에스메렐다에게 영향을 미칠 수 있으므로 학교와 관련된 문제만 해결하는 것으로는 충분하지 않을 수 있다.

공정한 대우를 받지 못하고 있으며 자신들의 안녕을 적극적으로 증진시킬 서비스 제공자가 필요한 취약한 가족을 찾아낸 것은 정의와 선의라는 윤리 원칙을 따른 것이다. 프란세스는 또한 자율성과 무해성을 고려해야 한다. 예를 들어, 에스메렐다의 부모가 무료 및 할인 점심을 신청하지 않은 것에 대해 스스로 선택할 권리가 있는가? 프란세스가 이 가족의 법적 지위에 대해 계속 질문하다보면, 의도치 않게 가족의 상황을 악화시킬 수 있는가?

이 복잡한 상황에 대한 대응은 여러 수준에서 이루어질 수 있다. 학교 차원에서, 프란세스는 에스메렐다에게 초점을 맞추어 학교에서의 삶의 질을 개선하기 위한 조치를 취할 수 있다. 에스메렐다가 동의하면 악몽을 다룸으로써 불안이 감소될 수 있도록 돕겠다는 제안을 해볼 수도 있다. 또한 에스메렐다의 부모를 참여시키기 위해 더 노력할 수 있다. 프란세스는 "[미성년 내담자에게] 최선의 서비스를 제공하기 위해 부모/후견인과 협력 관계"를 구축해야 할 윤리적 책임이 있다(ACA, 2014, 규정 B.5.b.). 에스메렐다의 부모는 무료 및 할인 점심 정책을 잘 모르고 있을 수 있다. 따라서 잘 이해하고 있는지, 어떤 걱정이 되는지 등을 의논할 수 있는 만남을 가져볼 수도 있다(상담자는 에스메렐다를 통해 또는 통역사를 통해 부모에게 직접 정보를 제공할 수 있다). 이러한 조치들은 내담자의 복지에 대한 학교 상담자의 의무를 다하는 것으로, 에스메렐다가 치료 회기에 참석할지 여부를 자유롭게 선택할 수 있도록 하며 가족을 포용할 수 있게 한다. 에스메렐다가 미성년자이므로, 통역사나 번역된 문서를 통해 에스메렐다의 부모를 이해시키기 위해 노력할 수 있다. 다문화 역량에 따르면 가족 구성원이 서로에게 통역하도록 압력을 주어서는 안된다. 따라서 에스메렐다에게 그러한 역할을 강요해서는 안 된다.

이 사례에 대한 두 번째 수준의 윤리적 대응은 프란세스가 옹호 역할을 맡는 것이다. "적절한 경우, 상담자는 … 접근 및/또는 내담자의 성장과 발달을 저해하는 잠재적 장벽과 장애물을 해결하기 위해 옹호활동을 한다."(규정 A.7.a.). 프란세스가 이 역할을 맡기로 결정한 경우, 이민법에 대한 정보가 부족하고 해당 분야에 대한 잠재적 역량 한계가 있으므로 신중하게 나아가야 한다. 프란세스에게 자문이 필요할 수 있다. 미국 이민법 센터(http://www.nilc.org)는 끊임없이 변화하는 국가 및 주의 정책 환경에 대한 최신 정보를 얻을 수 있는 신뢰로운 기관이다.

동생들의 학교 상담자에게 연락하여 이들의 상태를 확인해보도록 하는 것, 교사들에게 에스메렐다를 가르칠 때 특별히 관심을 가져줄 것을 요청하는 것, 학교 전체에 차별금지 프로그램을 시작하는 것, 교사와 학교 관리자가 관련 이민법에 대해 배울 수 있는 전문성 개발 워크숍을 여는 것, 차등제 또는 프로보노 내담자를 받아줄 이중 언어 지역

사회 정신 건강 전문가를 찾는 것 등의 옹호 활동을 할 수도 있다. 물론 제한적인 이민법 및 정책을 시행하는 주에서 근무하는 상담자는 윤리적, 법적 테두리 내에서 업무를 수행하기 위해 해당 법령을 숙지하고 있어야 한다. 경우에 따라, 회기 중에 내담자의 법적 신분이 공개될 경우 상담자에게 신고 의무가 있다는 것을 치료 작업을 시작하기 전에 미리 내담자에게 알려야 할 수도 있다.

더 생각해 볼 문제

❶ 당신이 상담자라면 어떤 수준의 대응이 가장 편안한가? 또한 당신의 윤리적 입장과 가장 일치하는가?

❷ 특히 내담자가 자신과 문화적으로 유사하지 않을 때, 어떻게 다문화적으로 유능한 방식으로 상담하고 있음을 보장할 수 있는가?

❸ 딜레마에 윤리적 요소뿐만 아니라 법적 요소가 내포되어 있을 때 상담자와 내담자에게 일어날 수 있는 위험에는 어떠한 것들이 있는가?

3장
비밀 보장

Barbara Herlihy and Gerald Corey

상담자는 비밀 보장이 상담 관계에 필수적이라고 믿는다. 진정한 치료적 작업이 이루어지려면 내담자가 두려움, 희망, 환상, 상처 및 기타의 내밀하고 사적인 삶의 측면을 자유롭게 탐색할 수 있어야 한다. 내담자는 상담자가 신뢰할 만하며, 자신이 말한 것을 존중해 줄 것이라는 믿음을 가져야 한다. ACA 윤리 강령(ACA, 2014)에서는 이러한 신뢰의 의무에 대해 설명하고 있다: "신뢰는 상담 관계의 초석이며, 상담자는 내담자의 사생활과 비밀 보장 권리를 존중하고 보호할 책임이 있다."(섹션 A: 머리말). 상담자는 협력적인 파트너십을 구축하고, 적절한 경계를 설정 및 유지하며, 내담자의 개인 정보와 사생활을 존중함으로써 이러한 신뢰를 얻기 위해 최선을 다해야 한다.

비밀 보장은 가장 기본적인 윤리적 의무 중 하나이면서 동시에 가장 문제가 되기도 한다. 전문상담사는 복잡한 법적 요건, 발전하는 기술, 의료 서비스 제공 시스템(예: 다양한 건강관리 의료보험), 서비스 수혜자의 권리를 점점 더 강조하는 문화로 인해 발생하는 비밀 보장 관련 문제에 점점 더 많이 맞닥뜨리고 있다. 3부 전체에 걸쳐 제시된 많은 사례 연구에서 비밀 보장과 관련한 문제들이 발생하는데, 이는 그만큼 상담자가 비밀 보장과 관련된 윤리적 딜레마에 자주 맞닥뜨리게 된다는 것을 보여준다.

윤리 강령의 섹션 B는 비밀 보장 및 사생활 보호에 관한 내용이다. 규정 B.1.a.에 따르면 상담자는 "비밀 보장과 사생활 보호의 문화적 의미"를 인식하고 이에 민감해야 한다고 명시되어 있다. 모든 내담자가 사생활 보호에 대한 서구의 개인주의적 개념을 가지고 있는 것은 아니라는 것을 기억할 필요가 있다. 일부 내담자는 가족이나 지역사회 구성원과 비밀 정보를 공유하고 싶어할 수 있다. 상담자는 관계를 시작할 때 언제, 무엇을, 어떻게, 누구와 정보를 공유할 수 있는지 내담자와 논의하여 문화적 차이를 발견하고 이에 따라 절차를 조정할 수 있도록 해야 한다.

윤리 강령은 "상담자는 적절한 동의가 있거나 법적 또는 윤리적 정당성이 있는 경우에만 정보를 공개한다"고 명시하고 있다(규정 B.1.c.). 일부 상담자는 비밀 보장 의무를 너무 문자 그대로 받아들여 내담자가 다른 사람과 정보를 공유해 달라고 요청하는 경우에도 내담자의 비밀을 지켜야 한다고 생각한다. 비밀은 상담자의 것이 아니라 내담자의 것이며, 내담자(또는 내담자의 권한을 위임받은 대리인)에 의해서만 해제될 수 있음을 기억하는 것이 중요하다.

내담자 옹호자로서의 상담자의 역할은 비밀 보장에 영향을 미친다: 상담자는 "접근 및/또는 내담자의 성장과 발달을 저해하는 잠재적 장벽과 장애물"을 해결하기 위해 노력함으로써 내담자를 옹호할 윤리적 의무가 있다(규정 A.7.a.). 상담자는 "서비스 제공을 개선하고 내담자의 접근, 성장 및 발달을 저해하는 제도적 장벽이나 장애물을 제거하기 위하여 신원이 확인된 내담자를 대신하여 옹호 활동에 참여하기 전에 내담자의 동의를 얻어야 함"(규정 A.7.b.)을 기억할 필요가 있다. 사례 연구 4의 '이민자 가족과 함께 일하기'에서 살펴본 것처럼, 상담자가 자신을 대신하여 옹호하는 것에 내담자가 동의할 수 없거나 동의하지 않을 때 윤리적 딜레마가 발생할 수 있다.

비밀 보장의 예외

비밀 보장의 예외와 한계는 상담이 시작될 때와 상담 과정 내내 필요할 때마다 내담자와 논의해야 한다(규정 B.1.d.). 상담에서 나눈 내용은 *특정 상황을 제외하고는* 비밀 보장이 유지된다는 것을 알릴 의무가 있다. 비밀 보장이 절대적인 것은 아니며 다른 의무가 우선할 수 있다. 최상의 서비스를 제공하기 위해 정보를 공유해야 할 때, 위험에 처한 사람을 보호할 필요가 있을 때, 집단이나 가족을 상담할 때, 미성년자를 상담할 때, 법원 명령을 준수할 필요가 있을 때 등이 예외적인 상황이 될 수 있다. 상담자는 법적 또는 윤리적 차원에서 복잡한 예외 상황을 끊임없이 탐색해야 한다. 상담자는 윤리적 의무인 비밀 보장과 자신의 허락 없이 법정에서 비밀을 개방하지 않도록 내담자를 보호하는 법적 개념인 증언 거부 특권 간의 차이점을 이해할 필요가 있다. Remley 와 Herlihy(2014)에 따르면 비밀 보장과 증언 거부 특권에는 최소 15가지 예외가 있다. 이들은 상담자가 비밀 보장 또는 증언 거부 특권에 관한 의무에 대해 의심이 들 때마다 자문을 구하고 문서화해둘 것을 강조한다.

내담자에 대한 서비스 개선을 위한 정보 공유

내담자에게 최상의 서비스를 제공하기 위해 다른 사람과 정보를 공유하는 것이 허용되는 경우가 있다. 다음은 비밀 정보를 공유할 수 있는 몇 가지 상황이다:

- 행정 직원 또는 기타 보조원이 비밀 정보를 관리할 때
- 상담자가 전문가 또는 동료에게 자문을 구할 때
- 상담자가 수퍼비전을 받으며 상담할 때
- 내담자 치료를 조정하기 위해 다른 전문가가 개입될 때
- 다른 정신건강 전문가가 정보를 요청하고 내담자가 정보 공유에 동의할 때

상담자의 사무 보조원 및 행정 직원이 내담자의 비밀 정보를 관리할 수 있으며, 여기에는 윤리적 문제가 없다. 그러나 상담자는 이들이 비밀 보장을 위반할 경우 이에 대한 책임이 있다는 것을 알고 있어야 한다. 아는 직원들에게 비밀 보장에 대한 교육을 실시하고, 사무실에서 이루어지는 여러 절차를 주의 깊게 모니터링하는 것이 얼마나 중요한지 말해준다.

상담자는 내담자와의 상담에 대해 의문점이나 우려 사항이 있을 때 동료나 전문가에게 자문을 구하는 것이 좋다. 가능하면 내담자의 신원을 밝히지 않고 자문을 구해야 하며, 자문을 구한다는 것을 내담자에게 미리 알려야 한다.

수퍼비전은 내담자의 신원을 숨길 수 없는 또다른 상황이다. 수퍼바이저는 내담자 기록에 접근할 필요가 있으며, 일방경을 통해 실제 상담 회기를 관찰하거나 상담 회기의 오디오 또는 비디오 테이프를 검토할 수 있다. 다시 한 번 강조하지만, 수퍼비전의 목적은 양질의 서비스를 보장하는 것이며, 윤리적 의무는 수퍼비전이 진행되고 있음을 내담자에게 충분히 알리는 것이다. 수퍼비전을 받고 있는 인턴 상담자는 수퍼바이저와 수퍼바이지의 관계에서도 비밀 보장에 대한 한계가 존재한다는 점을 알고 있어야 한다. 수퍼바이저는 전문직의 문지기 역할을 함으로써 수퍼바이지의 내담자를 보호해야 할 윤리적 의무가 있다. 이러한 의무가 명확하지 않으면 수퍼비전 관계에 문제가 발생할 수 있으며, 이러한 상황은 이번 장의 끝에 제시된 사례 연구 6(배신감을 느낀 수퍼바이지)에 묘사되어 있다.

입원병동에서는 내담자에게 서비스를 제공하기 위해 치료팀이 함께 작업한다. 이러한 경우 다양한 전문가들이 서로 협력함으로써 얻을 수 있는 이점이 분명하지만, 내담자는 공유되는 정보, 공유 대상, 공유 목적에 대해 알 권리가 있다.

마지막으로, 비밀 정보는 내담자가 요청하거나 허락하는 경우, 치료팀의 구성원이 아닌 다른 전문가와 공유할 수 있다. 이는 종종 내담자(또는 상담자)가 다른 장소로 이사하여 기록이 새로운 상담자에게 전송될 때 일어난다.

이러한 모든 예외는 윤리적으로 허용된다. 내담자의 사생활과 비밀이 사무 보조원, 직원, 수퍼바이저, 학생, 자문가들에게도 지켜질 수 있도록 최선을 다하는 것이 상담자의 의무라는 점을 기억하는 것이 중요하다(ACA, 2014, 규정 B.3.a.). 또한 규정 B.3.b.는 다학제 팀이 치료에 관여할 때 "내담자에게 팀의 존재와 구성, 공유되는 정보 및 그러한 정보를 공유하는 목적에 대해 알릴 것"을 상기시킨다.

내담자 또는 타인을 보호할 의무

위험에 처한 사람을 보호하기 위해 비밀 보장을 위반하는 것이 허용되는 경우가 있다. 아동, 노인, 시설 거주자 또는 스스로를 돌볼 능력이 제한적인 사람에 대한 학대나 방임이 의심되면 상담자는 그를 돕기 위해 비밀 보장을 위반해야 한다. 또한 내담자의 상태가 자신이나 타인에게 명백하고 임박한 위험을 초래하는 경우에도 상담자는 피해를 예방하기 위한 조치를 취해야 한다.

나이가 어리거나 능력이 약해 위험으로부터 자신을 보호할 수 없는 사람들은 자신을 대신하여 개입해 줄 누군가가 필요하다. 이러한 이유로 연방법과 주법 모두 아동 학대 또는 방임이 의심되는 경우 신고를 의무화하고 있으며, 이외에도 연약한 노인이나 발달 장애인 등 스스로를 돌볼 능력이 약할 수 있는 사람을 보호해야 하는 요건 또한 포함되어 있는 경우가 많다. 신고 의무는 명확하기에 상담자가 고민할 필요가 거의 없다. 그러나 동시에 특정 행동(예: 일부 아동 훈육 방법)이 '학대'에 해당하는지 여부를 결정하려면 상담자의 임상적 판단이 필요하다. 사례 연구 5(철썩 때리기-홉을 돕는 최선의 방법)에서는 이러한 상황이 상담자에게 어떠한 윤리적, 법적 딜레마를 야기할 수 있는지 보여주고 있다.

비밀 보장은 "심각하고 예측 가능한 피해로부터 내담자 또는 특정 타인을 보호하기 위해 공개가 필요한 경우 또는 법적 요청에 따라 정보를 공개해야 하는 경우에는 적용되지 않는다"(규정 B.2.a.). 내담자가 누군가에게 폭력을 저지르겠다고 위협하는 경우 신원이 확인되거나 예측 가능한 피해자에게 경고하고 보호해야 할 법적 의무가 있을 수 있다. 이러한 의무는 캘리포니아에서 발생한 캘리포니아 대학교의 타라소프 사건[1] (1974년)에서 비롯된 것으로, 전문가들 사이에 상당한 논란을 불러일으켰다. 타라소프 판례는 일부 주에서 적용되고 있지만 상담자가 경고할 수 있는지 또는 반드시 경고해야 하는지, 누구에게, 어떤 상황에서 경고해야 하는지 등 여러 측면에서 주마다 차이가 있다. 법적 요건에 의해 요청이 들어올 경우에는 공개해야 하며, 불확실할 경우에는 다른 전문가와 반드시 상의해야 한다. 상담자는 경고 의무에 관한 주 법률을 숙지하고 있어야 하며, 확실하지 않은 경우 주저하지 말고 변호사는 물론 전문가와 상의해야 한다.

---

1) 역주: 캘리포니아 버클리대학 학생상담센터에서 상담을 받고 있던 포다르(Poddar)라는 학생이 상담자였던 무어(Moore)에게 자신의 여자친구인 타라소프를 살해할 계획에 대해 말했고, 상담자는 캠퍼스 경찰에게 이 사실을 통보하였으나 별다른 징후를 발견하지 못했다며 그를 석방함. 이러한 과정 중에 타라소프와 그녀의 가족에게는 아무런 사전경고가 주어지지 않았으며, 결국 약 2개월 후 포다르는 타라소프를 살해함. 타라소프의 부모는 학생상담센터가 예측 가능한 피해자에게 위협을 알리지 않았다는 이유로 소송을 제기했고, 캘리포니아 주 대법원은 사전경고를 하지 않은 상담자에게 법적 책임이 있음을 판결하였음.

또한 상담자는 자문받았다는 사실과 이러한 자문에 따라 취한(또는 취하지 않은) 모든 조치를 문서화해야 한다.

내담자가 자살을 시도하여 스스로에게 위험을 초래하는 경우에도 경고 의무가 있다. 내담자의 위협이나 암시가 이러한 상황을 알릴 만큼 심각한지 여부를 결정해야 할 때 고민이 될 수 있다. 비밀 보장과 관련한 어렵고 민감한 문제는 말기 질환을 앓고 있는 내담자가 자신의 죽음을 앞당기려 할 때도 나타난다. 자살을 시도하거나 임종을 앞둔 내담자와 상담할 때의 윤리적 문제는 8장에서 자세히 다룬다.

정신건강 전문가들은 내담자가 HIV 양성 또는 에이즈에 감염되어 다른 사람을 위험에 빠뜨릴 수 있는 경우, 경고해야 할 윤리적 의무가 있는지 의문을 제기해 왔다. 2014 ACA 윤리 강령(ACA, 2014)에는 이 문제를 다루는 개정된 규정이 포함되어 있다:

> 내담자가 일반적으로 전염성이 있으면서 생명을 위협하는 것으로 알려진 질병에 걸렸다고 공개하는 경우 또한 해당 질병에 걸릴 위험이 심각하고 예측 가능한 것으로 알려진 경우 상담자가 특정한 제3자에게 정보를 공개하는 것이 정당화될 수 있다. 정보를 공개하기 전에, 상담자는 내담자가 자신의 질병을 제3자에게 알릴 의도가 있는지 또는 그에게 해가 될 수 있는 행동을 하려는 의도가 있는지를 종합적으로 평가한다. 상담자는 질병 상태 공개에 관한 관련 법률을 준수한다(규정 B.2.c.)

상담자는 위험에 처한 당사자에게 알리거나 타인에게 해를 끼칠 수 있는 행동을 하려는 내담자의 의도를 평가하기 전에는 조치를 취해서는 안 된다. 이와 관련된 법률을 숙지하는 것이 가장 중요하다.

비밀 보장을 유지할 수 없는 상황

어떤 상황에서는 상담자가 비밀을 보장할 수 없음을 명확히 알려야 한다. 이러한 상황에는 커플, 가족, 집단을 상담할 때 또는 상담실에 두 명 이상의 사람이 있는 경우가 포함된다. 또한 내담자가 미성년자인 경우에도 비밀 보장을 유지할 수 없다. 내담자가 미성년자인 경우 부모나 보호자가 특정 정보에 대한 권리를 가질 수 있다. 상담자는 미성년 내담자의 사생활을 존중하고 비밀 보장을 유지할 윤리적인 의무가 있지만, 이러한 의무는 치료 진행 상황에 대해 알고 있으면서 무엇이 자녀에게 가장 도움이 되는지 결정해야 하는 부모의 권리에 관한 법과 상충될 수 있다. 미국 학교 상담자 협회(2010)의 지침에 따르면 학교 상담자는 "학생에 대한 비밀 보장 유지의 기본 의무가 있음을 인식하되, 자녀의 삶을 안내해야 할 부모/보호자의 법적 및 고유한 권리에 대한 이해와 균형을 맞추어야 한다"(A.2.d.)고 명시되어 있다. 상담자는 가능한 한 미성년자의 비밀을 지켜줘야 할 윤리적 의무가 있다. 부모에게 특정 정보를 제공해야 할 수도 있지만, 아동 또는 청소년의 사생활 침해를 최소화해야 하며, 미성년 내담자를 존중하는 태도를 보여야 한다. 때때로 부모나 보호자를 상담에 참여시킴으로써 상담 과정을 향상시킬 수 있다. 상담자는 부모 또는 보호자와 협력 관계를 구축하기 위해 노력하는 것이 좋다(B.5.b.). (미성년자와의 비밀 보장에 대한 자세한 내용은 6장 "미성년 내담자 상담하기" 참고)

비밀 보장은 집단상담에서 특별한 의미를 가진다. 법적 예외가 없는 한, 일반적으로 집단상담에서는 증언거부특권의 법적 개념이 적용되지 않는다. 따라서 상담자는 집단원들에게 비밀 보장의 한계를 알릴 책임이 있다. ACA 윤리 강령(ACA, 2014)은 집단 내 비밀 보장 문제를 처리하기 위한 몇 가지 지침을 제공하고 있다: "집단상담 시, 상담자는 비밀 보장의 중요성과 한계를 명확하게 설명한다"(규정 B.4.a.). 상담자는 비밀 보장의 중요성을 강조하고 이를 집단 규범으로 정하면서도, 비밀 보장의 한계에 대해 알려야 한다. 집단원은 집단상담자가 비밀을 보장할 수 없음을 알고 있어야 한다. 집단상담자는 자신이 비밀 보장을 할 것임을 약속할 수는 있지만, 집단원의 행동을 보장할 수는 없다. 또한 집단원이 자신이나 타인에게 위험을 초래하는 경우 상담자는 윤리적, 법적으로 비밀 보장을 지키지 않을 의무가 있다.

커플 및 가족상담자도 몇 가지 독특한 비밀 보장 딜레마에 직면하게 된다. ACA 윤리 강령의 규정 B.4.b.에 따르면 "커플 및 가족상담에서 상담자는 누가 '내담자'로 간주되는지 명확하게 정의하고 비밀 보장에 대한 기대와 한계에 대해 논의한다. 상담자는 모든 관련 당사자들에게 비밀 보장에 관한 동의를 구하고 이를 문서화한다." 또한 강령의 규정 B.4.b.는 반대가 없는 한 "커플 또는 가족을 내담자로 간주"하길 권고한다. 이는 대부분의 커플 및 가족상담자가 취하는 체계적 관점을 반영한다.

Kleist와 Bitter(2014)에 따르면 상담자가 한 공간에서 여러 사람과 함께 일할 때 비밀 보장과 관련된 도전은 기하급수적으로 증가한다. 이들은 가족상담에서 특히 비밀 보장과 관련된 윤리적 문제가 더욱 복잡해지고 어려워진다고 덧붙인다. 윤리적 문제에는 내담자가 누구인지를 개념화하는 것, 설명 후 사전동의를 제공하는 것, 개인 맥락에서 관계 문제를 조율하는 것 등이 포함된다.

상담자는 커플 또는 가족을 상담할 때 비밀 보장의 역할에 대해 다양한 관점을 가질 수 있다. 한 가지 견해는 개인 회기에서 개인이 제공한 정보를 상담자가 가족 회기에서 누설해서는 안 된다는 것이다. 부부 상담의 경우, 어떤 상담자는 배우자를 개인 회기에서 따로 만나기도 하는데, 이 경우 개인 회기에서 배우자가 제공한 정보는 비밀이 보장된다. 어떤 상담자는 가족 구성원을 따로 만나는 것을 거부하며, 그렇게 하는 것이 비생산적인 동맹을 조장하고 비밀을 가지도록 한다고 주장한다. 상담 관계가 시작될 때, 부부나 가족 모두에게 비밀 보장의 한계를 명확히 하는 것이 중요하다. 여기에는 비밀 문제를 어떻게 처리하는지에 대한 내용도 포함된다. 많은 상담자들은 효과적인 치료를 위해서는 "비밀 없음" 방침이 기본임을 주장한다. 이들은 내담자에게 이러한 방침이 필요한 이유를 구두와 서면으로 설명한다. 이는 상담자의 주된 의무가 부부 또는 가족 전체를 적절하고 효과적으로 상담하는 것이라는 것을 상담에 참여하는 모든 내담자에게 명확하게 알리기 위해서이다. 모든 참여자는 이러한 방침이 가족 구성원 개인과 가족 단위 전체 간에 일어날 수 있는 갈등을 예방하기 위한 것임을 알아야 한다. 어떤 상담자들은 개인 회기에서 나눈 내용 중 무엇을 부부 또는 가족 회기에서 공개할 것인지에 대하여 스스로 판단할 것임을 가족 구성원 모두에게 말한다(Corey et al., 2015).

법원 명령에 따른 공개

모든 시민과 마찬가지로 상담자도 판사나 법원 공무원이 내린 명령을 따라야 하며, 이는 비밀 보장 서약에 대한 예외가 된다. 그러나 상담자가 내담자의 동의없이 비밀 정보를 공개해야 하는 경우, "내담자로부터 서면으로 설명 후 사전동의를 받거나 또는 내담자나 상담 관계에 잠재적인 해를 미칠 수 있으므로 가능한 한 최소한으로 공개하거나 공개를 금지하기 위한 조치를 취해야 하며"(ACA, 2014, 규정 B.2.d.), 공개 결정 과정에 내담자를 참여시켜야 한다(규정 B.2.e.). 공개가 필요한 경우 "꼭 필요한 정보만 공개한다"(규정 B.2.e.).

상담자가 법원에 정보 보류 요청을 성공적으로 할 수 있는지 여부는 상담자가 근무하는 주연방의 증언거부특권에 달려있다. 상담자를 대리하는 변호사가 행동방침을 조언하기 전까지는 어떠한 정보도 법정에서 공개해서는 안 된다(Remley & Herlihy, 2014). 정신건강 전문가가 어떤 상황에서 어떤 증언거부특권을 갖는지에 관해서는 주마다 법률이 매우 다르다. 상담자는 자신이 속한 주의 법률을 숙지해야 한다.

기록

내담자와의 의사소통뿐만 아니라 상담 기록도 기밀이라는 점을 기억해야 한다. 상담자는 내담자를 돌보는 것과 기록을 관리하는 것에 대한 법적, 윤리적 요구 사항 간에 균형을 맞춰야 한다. Drogin, Connell, Foote Sturm(2010)은 "상담의 필요성, 치료 계획, 치료 과정, 종결 과정을 문서화하여 기록하는 것은 치료를 위한 유용한 로드맵이 될 수 있다"(237p)고 말한다.

기록하는 것은 상담자의 기본 업무이지만, Remley와 Herlihy(2014)는 기록하는 데 너무 많은 시간과 에너지를 소비해서는 안 된다고 주장한다. 그들은 상담자가 윤리적 또는 법적 의무를 수행하면서 취한 조치를 문서화하는 것은 현명하지만, 자기를 보호하기 위해 과도한 기록을 작성하느라 내담자를 제대로 돌보지 못하는 것은 적절하지 않다고 덧붙인다.

규정 B.6은 기록의 유지, 보관, 전송, 공유 및 폐기에 대한 몇 가지 지침을 제시한다. 상담자는 기록을 안전한 장소에 보관하고 우편이나 전자 매체를 통해 다른 사람에게 기록을 보낼 때 주의를 기울여야 할 의무가 있다. 최선의 노력에도 불구하고, 실수로 인해 기록에 대한 비밀 보장이 침해될 수 있다. 상담자가 새로운 과학 기술이 미치는 영향을 제대로 알지 못하는 경우 특히 그럴 수 있다.

상담자는 내담자가 자신의 기록에 대한 사본을 받을 수 있는 법적 권리가 있음을 기억해야 한다. 상담자는 다른 사람이 나중에 읽을 수 있다는 가정하에, 임상 사례 노트를 신중하게 기록해야 한다(Remley & Herlihy, 2014).

철썩 때리기-홉Hope을 돕는 가장 좋은 방법

Chris C. Lauer

28세의 아프리카계 미국 여성 홉은 뉴올리언스에 있는 에이즈예방임시위원회(No Aids Task Force: NATF)에서 매주 상담을 받고 있다. 홉은 HIV 양성으로 건강 상태가 양호하고 HIV와 우울증 약을 잘 복용하고 있다. 싱글맘으로 홉에게는 안젤라Angela라는 4살짜리 딸이 있다.

홉은 4년 전 아프리카계 미국인 커뮤니티를 대상으로 실시된 캠페인에 참여했다가 HIV 검사를 받게 되었다. 자신의 감염 사실을 알게 된 직후, 그녀는 임시위원회 기관에 의료 지원을 요청했다. 6개월 전, 의사에게 진료를 받던 중 불안하고 우울한 증상을 보여 의사의 권유에 따라 위원회 담당 정신과 의사 중 1명에게 진료를 받게 되었다.

정신과 의사는 벡 우울증 검사(Beck Depression Inventory)(Beck, Steer, & Brown, 1996)와 벡 불안 검사(Beck Anxiety Inventory)(Beck & Steer, 1990)를 실시하였으며, 검사 결과 중등도 우울증과 중등도 불안을 모두 나타냈다. 이러한 결과에 대해 정신과 의사와 면담한 후, 홉은 항우울제를 복용하기로 하였으며, 에이즈예방임시위원회에서 상담을 받기로 하였다. 정신과 의사는 저렴한 항우울제를 처방하고 3주 후에 만나자고 했다.

현재 홉은 에이즈예방임시위원회에서 상담자 패트릭Patrick을 만나고 있다. 그녀는 5개월 동안 매주 상담을 받아왔다. 현재 호소하는 문제는 그가 자신의 상황이 자신을 옭아매고 있다고 느끼는 것이다. 홉은 시내 중심가에 있는 히든 오크라는 공공주택에 살고 있다. 카트리나 태풍2)이 지나간 후 고모를 제외한 가족 모두가 시카고에 남기로 결정했기 때문에, 자신은 홀로 뉴올리언스에 있으며 이곳에 있는 이웃 주민들과 유대감을 느끼지 못한다고 말한다. 태풍이 오기 전에는 이웃들과 현관에 앉아 담소를 나누기도 했는데, 태풍이 지나간 후 히든 오크는 현관에 사람들이 모이는 것을 허용하지 않는 방침을 세웠다. 홉은 작은 호텔에서 시간당 10달러짜리 일자리를 유지하며, 어떻게 건강을 관리하고 딸을 돌봐야 할지 막막하다. 원하는 것은 많지만 수입은 적고, 고등학교

---

2) 역주: 2005년 카트리나 태풍이 미국 뉴올리언스를 강타하여 2,576명이 사망하고 50조원의 재산 피해가 발생한 초대형 재난사건.

졸업장도 없고, HIV 감염 상태이며, 싱글맘이기에 삶을 개선할 기회가 거의 없다고 생각한다.

홉은 딸 안젤라를 사랑하며 딸의 신체적, 정서적 욕구를 채워주기 위해 최선을 다하고 있다. 또한 즐기는 것을 좋아하며 가끔씩 동네 술집에서 술을 마시고 담배, 마리화나를 피우는 등 '신나게 즐기는 생활'을 하기도 한다.

오늘은 홉이 안젤라를 상담에 데리고 왔는데, 안젤라를 돌봐줄 사람이 아무도 없었기 때문이다. 안젤라를 상담에 데리고 온 것은 5개월 상담 동안 이번이 세 번째이다. 상담이 진행되는 동안 안젤라가 칭얼대기 시작한다. 그러자 홉은 자리에서 일어나 안젤라에게 다가가 철썩 때렸다. 아주 세지는 않았지만 그렇다고 부드럽지도 않았다. 안젤라는 울기 시작한다.

생각 및 토론을 위한 질문

1. 철썩 때리는 행위는 아동 학대에 해당하는가? 상담자인 패트릭은 이 사건을 수퍼바이저나 아동 보호기관에 신고해야 하는가? 패트릭이 이 사건을 신고하면 홉과의 상담 관계와 딸 안젤라에게 어떤 영향을 미칠 것이라고 생각하는가? 패트릭이 신고하지 않을 경우, 홉과 안젤라, 그리고 패트릭에게 어떤 영향을 미칠 것인가?
2. 만약 당신이 홉의 상담자라면, 홉과의 상담 목표를 무엇으로 할 것인가? 홉의 어떠한 삶의 문제가 안젤라를 때린 사건에 영향을 미쳤을지 고려하는 것이 중요하다고 생각하는가? 만약 그렇다면, 이러한 문제를 어떻게 해결할 수 있을까?

분석

패트릭은 법적 의무와 윤리적 의무 사이에서 갈등을 느낄 수 있다. 법적 관점에서 아동 학대를 신고해야 한다는 것을 알지만, 윤리적 관점에서 볼 때 홉의 스트레스 감소와 양육 기술 향상을 돕기 위해 홉과 계속 상담하길 원할 수 있다. 홉은 선량하고 돌보는 어머니로 보이며, 이번 사건만으로 홉이 아이를 위험에 빠트리고 있다는 충분한 증거가 될 수는 없다. 아동 학대에 대한 법적 정의가 각 주마다 다르므로 신고할 법적 의무가 없을 수도 있다. 패트릭은 루이지애나 주에서 아동 학대를 어떻게 정의하고 있는지에 관해 찾아보아야 할 것이다. 법에서 명확한 정의를 제시하지 않는 경우 패트릭은 임상적 판단에 의존해야 한다. 현재로서는 사건을 수퍼바이저에게 보고하되 아동 보호 기관에는 보고하지 않기로 할 수도 있다. 그는 추후에 일어날 수 있는 법적 책임을 관리하기 위해 자신의 행동을 문서화해야 한다.

패트릭이 딜레마를 해결하기 위해 사회 정의적 관점을 취한다면, 가족에게 무엇이 최선의 이익이 될 것인가에 초점을 맞출 것이다. 신고할 경우 홉과 안젤라 모두에게 미칠 수 있는 영향을 고려해야 한다. 아동 보호 기관의 인력 및 예산을 고려했을 때, 아동을 때리는 행위가 위기 상황으로 간주될 가능성은 낮으며, 호프와 안젤라의 생활을 방해하는 것이 오히려 안젤라의 환경을 불안정하게 만들면서 장기적으로 부정적인 결과를 초래할 수도 있다.

찰싹 때리는 행위가 아동 학대에 해당하는지 여부는 주관적이며, 상담자의 관점에 따라 달라질 수 있다. 패트릭은 자녀 양육 및 훈육에 대한 개인적인 가치관과 자신의 양육 환경 및 경험이 문제 인식에 어떤 영향을 미치고 있는지 생각해 볼 필요가 있다. 홉의 대응이 즉각적이고 처음부터 때리는 것으로 시작했기에 걱정하는 것은 당연할 수 있다. "정신건강 전문가 앞에서 딸을 때릴 정도라면, 집 안에서 그들만 있을 때는 안젤라를 어떻게 훈육할까?"라는 질문을 스스로에게 던질 수 있다. 사건이 일어난 직후에 이에 대한 평가를 하는 것이 필요하다. "딸에게 어떻게 했는지 방금 보았어요"라는 말로 대화를 시작할 수도 있을 것이다. 평가를 통해 홉의 대처 기술과 때리기 같은 행동의 빈도를 더 잘 이해하는 것이 목표가 될 것이다. 홉이 변화를 원한다고 가정하면, 홉과 패트릭은 적절한 대처 기술과 양육 기술을 기르도록 돕는 것 등의 장기적인 목표를 정할 수 있다.

이 사건에 적절히 대응하기 위해서는 문화적으로 민감해야 하며, 홉의 행동을 판단하거나 자신의 신념 체계와 태도가 상담 과정에 개입하지 않도록 해야 한다. 패트릭은 홉이 자신의 가족과 커뮤니티 내에서 경험한 환경, 문화, 양육 신념을 이해하기 위해 노력해야 한다. 그는 홉에게 어떻게 양육되고 훈육되었는지, 손으로 또는 매로 맞은 경험이 있는지 물어볼 수 있다. 연구에 따르면 흑인 아동은 비흑인 또래보다 매를 맞을 가능성이 높다(Zolotor, Theodore, Runyan, Chang, & Laskey, 2011). 홉이 안젤라에 대한 자신의 행동을 학대라고 볼 것이라 가정해서는 안 된다.

패트릭은 홉이 보다 효과적인 대처 및 양육 기술을 기르도록 돕기 위해 노력하면서 많은 기회들을 가질 수 있다. 미혼모가 맞닥뜨리게 되는 일상적인 양육 문제를 해결하고 완화하기 위해 받을 수 있는 보육지원이 있는지 찾도록 도움으로써 옹호자로서의 역할도 수행할 수 있다.

이 문제는 법이 아닌 상담 관계를 통해 해결하는 것이 아동과 가족에게 가장 이익이 될 수 있지만, 추후 일어날 수 있는 위험 및 상담자와 기관의 평판 관리를 고려해보면서 균형을 맞추어야 한다. 패트릭과 기관을 보호하기 위해서는 문서화, 정확한 사례 기록, 자문이 필수적이다.

더 생각해 볼 문제

❶ "상호교차성"은 사회적 힘이 상호작용하여 개인의 경험을 형성하는 다양한 방식을 설명한다. 홉과 그녀의 상황에 인종, 성별, 사회경제적 지위의 상호교차성이 어떻게 관련된다고 생각하는가? 사례 연구를 읽으면서 자신의 인종, 성별, 사회경제적 지위가 어떤 가정과 편견을 가져왔다고 생각하는가?

❷ 사례에서 홉은 가끔씩 동네 술집에서 술을 마시고 담배, 마리화나를 피우는 등 '신나게 즐기고 있다'고 진술했다. 이 말이 홉이 엄마로서 적절한지에 대한 가정에 영향을 미쳤는가?

❸ 홉이 보육 시설을 찾도록 돕는 것 외에 패트릭이 안젤라를 위해 옹호할 수 있는 다른 방법에는 어떤 것이 있는가?

배신감을 느낀 수퍼바이지

Adria Shipp

카렌Karen은 상담학 석사 과정 2학년 학생이다. 그녀는 두 개의 아카데믹 과정과 실습 과목을 등록하였으며, 실습 과목에는 현장 실습이 포함되어 있다. 매주 5~10시간씩 지역 상담 기관에서 실습을 하는데, 현장 수퍼바이저를 관찰하고 매주 2~3명의 내담자를 상담한다. 또한 대학 수퍼바이저 및 현장 수퍼바이저를 매주 만나서 한 시간씩 개인 수퍼비전을 받는다. 그녀의 대학 수퍼바이저인 루엘렌Luellen은 석사 프로그램의 파트타임 교수이자 겸임 강사이다.

어느 날, 루엘렌과의 정기적인 수퍼비전 회기에서 카렌은 대학원 과정, 가족에 대한 의무, 아르바이트 간의 균형을 맞추려고 고군분투하며 "간신히 버티고 있다"고 털어놓는다. 루엘렌은 그녀가 느끼는 어려움에 대해 더 이야기해 달라고 요청한다. 카렌은 저녁에 동네 커피숍에서 아르바이트를 하고 있는데, 이로 인해 학교 과제를 제대로 수행하기가 어렵다고 설명한다. 최근에는 룸메이트가 갑작스럽게 이사를 나가면서 모든 관리비를 혼자 책임져야 했기에 커피숍에서 더 많은 일을 해야 했다. 게다가 카렌의 어머니는 최근 유방암 진단을 받았다. 치료는 잘 되고 있는 것 같으며 엄마는 걱정하지 말고 "학업과 생활에 집중하라"고 격려하지만 마음이 심란하다고 한다. 또한 부모님 댁이 학교에서 2시간 거리라 따로 떨어져 살고 있어 엄마와 충분한 시간을 보내고 있지 못하는 것이 마음에 걸린다고 한다. 그래서 매일 전화통화라도 하려고 하며 주말에는 부모님 댁에서 시간을 보내고 있다고 말한다.

카렌과 루엘렌은 수퍼비전 시간의 절반 정도를 카렌의 상황에 대해 논의하는데 보냈다. 풀타임 학생에서 파트타임 학생으로 변경하거나 개인 상담을 받는 것 또는 엄마의 건강이 안정될 때까지 대학원 공부를 연기하는 등 가능한 해결책을 모색하였다.

수퍼비전 시간의 나머지 절반은 카렌의 개인적인 상황이 실습 현장에서 내담자에게 어떤 영향을 미치고 있는지에 대해 논의하였다. 카렌은 상담 회기 중에 때때로 '멍 때리기'를 할 정도로 주의가 산만하다고 보고한다. 또한 현장 수퍼바이저가 "오늘 아침 머리 빗는 것을 잊은 건 아니죠?"라고 하며, 카렌의 외모가 흐트러지는 것에 대해 가끔 지적한다고 한다. 수퍼비전이 끝날 무렵, 카렌은 자신의 개인적인 상황이 내담자와의 상담에 영향을 미치고 있음을 인정한다.

다음 주에 상담자를 교육하는 교수진들이 모이는 회의가 열렸다. 매 학기마다 한 번씩 열리는 이 회의에서는 학생들의 인턴십 입학 및 지속 여부에 대한 결정이 내려진다. 카렌은 파트타임에서 풀타임 인턴십으로 나아가기 위하여 신청서를 제출하였으며, 이 또한 검토대상에 포함되어 있다. 카렌의 신청서를 검토할 때, 루엘렌은 카렌과 나눈 대화를 꺼낸다. 루엘렌은 수퍼비전에서 나눈 이야기를 언급하며, 현재로서는 카렌이 풀타임 인턴십을 할 준비가 되어 있지 않을 수 있다는 우려를 표명한다. 논의 끝에, 교수진은 다음 학기 인턴십 등록 신청을 승인하지 않기로 결정하며, 이를 카렌에게 알린다. 이러한 결정에 대한 통보서를 받은 카렌은 수퍼바이저에게 배신감을 느끼고 자신의 허락없이 수퍼비전 회기에서 나눈 내용을 공유했다는 것에 대해 화가 난다.

생각 및 토론을 위한 질문

1. 수퍼비전 회기에서 나눈 내용에 대한 비밀 보장을 어디까지 기대할 수 있는가?
2. 만약 당신이 카렌이라면, 수퍼바이저의 행동에 대해 어떻게 느끼겠는가?
3. 수퍼바이저가 상담 전문직의 문지기 역할을 하는 사람(예: 수련위원회 위원 등)과 어떤 정보를 공유해야 하는지 결정하기 위하여 고려해야 할 요소들은 무엇인가?

분석

카렌이 교수진의 결정에 대한 문서를 받고 화가 나는 것은 이해할 수 있다. 카렌이 자신의 어려움을 루엘렌에게 이야기하는 것은 적절하다. 학생은 모든 수퍼비전에서 개방적이고 진실되게 임해야 한다. 수퍼바이지는 문제의 징후가 있는지 스스로를 모니터링하고 "그러한 문제로 인해 내담자나 다른 사람에게 해를 끼칠 가능성이 있는 경우" 수퍼바이저에게 알려야 한다(ACA, 2014, 규정 F.5.b.). 그러나 카렌이 상담 회기 중에 주의가 산만하고 때때로 "멍 때리기"를 한다는 사실을 인정했지만, 문제가 될 정도로 수행이 저하되었다는 것은 분명하지 않다. 이 사례에서 제기되는 질문은 수퍼비전 관계에는 비밀 보장에 대한 기대가 없다는 점에서 수퍼비전 관계와 상담 관계가 다르다는 것을 카렌이 이해했는지 여부이다. 루엘렌과 카렌은 수퍼비전 계약을 맺었는가? 계약에는 수퍼바이저의 자격, 수퍼비전에 대한 기대, 평가 과정, 기대가 충족되지 않을 경우 수퍼바이저가 취할 수 있는 잠재적 조치에 대해 설명되어 있었을 것이다. 가장 좋은 방법은 수퍼비전 관계가 시작될 때, 수퍼비전 계약을 안내하고 계약서에 수퍼바이저와 수퍼바이지가 서명하는 것이다.

루엘렌이 회의에서 카렌에 대한 우려 사항을 공유하기로 한 것은 수퍼바이저의 윤리적 책임에 따른 결정일 수 있다. 수퍼바이저로서 그녀의 주요 윤리적 의무 중 하나는 카렌이 상담하는 내담자의 복지를 모니터링하는 것이다(규정 F.1.a.). 수퍼바이저로서의 역할에서 그녀는 전문직의 문지기 역할을 하고 있다(규정 F.6.b.). 그녀는 카렌이 말한 내용이 교수진의 결정에 도움이 될 것이라고 판단했다. 그러나 공유된 내용이 카렌의 어려움에 대한 개인 정보라는 사실은 두 번째 의문을 제기한다: 루엘렌은 수퍼비전과 상담의 경계를 넘어섰는가? ACA 윤리 강령(ACA, 2104)은 "수퍼바이저는 수퍼바이지에게 상담을 제공하지 않는다"고 명확히 명시하고 있지만(규정 F.6.c.), 또한 내담자와의 전문적인 능력에 미치는 영향의 관점에서 수퍼바이지의 대인관계 역량을 다루도록 권장하고 있다(규정 F.6.c.). 카렌이 자신의 개인적 상황을 스스로 공개한 후, 루엘렌은 수퍼비전 회기의 방향을 바꾼 것으로 보이며, 회기 후반부에는 카렌의 어려움이 실습 현장의 내담자에게 어떤 영향을 미칠 수 있는지에 대해 논의했다. 또한 개인 상담을 포함하여 카렌의 문제를 해결할 수 있는 몇 가지 방법을 함께 모색했다.

문지기 역할을 해야 하는 것은 상담자 교육자와 수퍼바이저에게 가장 어려운 일 중 하나이다. 그러나 수퍼바이저와 상담 프로그램에는 이 프로그램을 졸업하는 학생이 미래에 만나게 될 모든 내담자에 대한 책임이 있다. 수퍼바이저는 학생의 안녕과 정서 상태에 대한 모든 정보에 세심한 주의를 기울여야 한다. 그래야 미래의 내담자, 대학 및 전문직이 온전하게 보호될 수 있다. 위의 사례에서, 루엘렌이 카렌에게 그들이 수퍼비전 회기에서 나눈 내용을 공유할 것임을 알리지 않은 이유는 불분명하지만, 카렌의 인턴십을 승인하지 않기로 한 결정은 필요했을 수 있다. 카렌은 자신의 수행에 대한 지속적인 피드백(규정 F.9.a.)과 문제교정을 위한 지원(규정 F.9.b.)을 수퍼바이저와 프로그램 교수진으로부터 받을 권리가 있다. 루엘렌이 자신의 우려와 이후 행동에 대해 카렌과 의논했다면, 카렌은 배신감을 느끼지 않았을 수 있다.

더 생각해 볼 문제

❶ 수퍼비전 관계가 상담 관계와 동일한 수준의 비밀 보장이 이루어지지 않는 것이 왜 필요하다고 생각하는가?

❷ 수퍼바이지로서, 설명 후 사전동의 과정에서 어떤 정보를 제공받길 원하는가?

❸ 수퍼바이저가 수퍼바이지의 역량에 대해 우려가 될 때, 수퍼바이지와 수퍼바이지의 내담자 모두에게 최선의 이익이 되기 위해서 수퍼바이저가 취할 수 있는 조치에는 어떤 것이 있는가?

4장
역량

Gerald Corey & Barbara Herlihy

믿음은 치료 관계에 들어가게 되는 전제 조건이 되므로, 역량에 대한 모든 논의에서 가장 중요한 핵심 요소이다. Pope와 Vasquez(2011)는 내담자가 전문적인 도움을 구할 때 상담자가 유능할 것이라고 믿는다는 것에 대하여 언급한다. 내담자는 자신을 취약한 위치에 놓으며, 상담자에게 자신의 가장 개인적인 비밀 및 내면에서 일어나는 투쟁에 대하여 이야기한다. 내담자가 상담자에게 가지는 믿음은 힘의 원천으로, 남용되어서는 안된다: 내담자는 조력자로서 상담자의 역량을 믿고 의지할 수 있어야 한다.

ACA 윤리 강령(ACA, 2014)에 따르면 상담자는 "교육, 훈련, 수퍼비전 경험, 주 및 국가 전문 면허, 적절한 전문 경험에 근거하여 자신의 역량 범위 내에서만" 상담해야 할 윤리적 의무가 있다(규정 C.2.a.). 문화적 역량은 상담자가 "다양한 내담자 집단과 함께 일하는 것과 관련된 지식, 개인적 이해, 민감성, 성향 및 기술을 습득"해야 한다는 점에서 이 의무의 중요한 측면이다(규정 C.2.a.). Remley와 Herlihy(2014)는 역량을 윤리적 및 법적 개념으로 논의한다. 이들은 역량은 단순한 양자 택일의 문제가 아니라 연속선상에 있는 다양한 수준을 포함하는 복합적인 개념이라고 지적한다. 윤리적 관점에서 유능성이란 상담자가 내담자에게 해를 끼치지 않는다는 것을 의미한다. 상담자가 내담자에게 해를 끼치려는 의도가 없더라도 무능력으로 인해 해를 끼치는 경우가 많다. 법적 관점에서 무능한 상담자는 의료 과실 소송에 취약하다.

상담은 매우 광범위한 전문직이며, 상담자는 다양한 기술과 역량이 필요한 다양한 환경에서 다양한 내담자와 다양한 문제를 다룬다. 우리 중 누구도 모든 내담자 집단과 환경, 잠재적으로 일어날 수 있는 상담의 모든 측면, 모든 기술과 기법에 능숙할 수는 없다(Barnett & Johnson, 2015). 아동 상담에 대한 적절한 교육, 훈련 및 경험이 있다고 해서 노인을 상담할 자격이 있는 것은 아니며, 경미하고 일시적인 적응의 어려움을 겪는 내담자와 상담할 수 있는 전문성이 있다고 해서 만성 정신 장애를 가진 내담자를 상담할 자격이 있는 것은 아니다. 또한 사례 연구 8(부부 상담이 어긋나버렸어요)의 상담자처럼, 개인상담에 대한 역량이 있다고 해서 집단상담을 진행하거나 가족상담을 할 자격이 있는 것은 아니다. Corey 등(2015)은 역량을 갖추기 위해 노력하는 것은 평생 지속되어야 하는 것임을 강조한다. 역량은 최종적으로 달성되는 목표가 아닌 지속적인 과정으로 보는 것이 가장 좋다. 요컨대, 커리어의 한 시점에서 유능하다고 하여 미래의 역량까지 보장되는 것은 아니다. 상담자는 자신의 기술을 개발 및 개선하고 새로운 지식을 습득하기 위해 적극적으로 나아가는 것이 중요하다.

역량의 경계를 어떻게 결정하고 평가할 수 있을까? 정신건강 전문가들은 오랫동안 이 질문에 대해 고심해 왔으며, 교육, 수련, 자격 인증, 평생 교육, 새로운 전문 영역에 대한 규정 개발, 자기 모니터링 등 다양한 형태로 노력해 왔다. 상담자가 자신의 역량 수준을 파악하기 위해서는 지속적인 자기 모니터링, 자기 평가 및 자기 성찰 과정을 거쳐야 한다(Johnson, Barnett, Elman, Forrest, & Kaslow, 2012). ACA 윤리 강령(ACA, 2014)에서는 상담자로서의 지속적인 효과성을 평가하기 위한 수단으로 자문(규정 C.2.e.)과 동료 수퍼비전(규정 C.2.d.)을 권장하고 있다.

분명, 훈련은 상담 역량을 개발하는 데 있어 기본적인 요소이다. 상담자 교육 프로그램에 참여하는 대학원생은 자신이 배우는 지식과 기술에 흥분할 수 있지만, 충분한 자격을 갖추기 전까지 다른 사람을 상담해서는 안된다.

상담자 교육 프로그램 입학을 위해 선발 대상과 선발 방법을 결정하고, 무엇을 어떤 방법으로 가르쳐야 하는지, 유능한 상담자만 교육 프로그램을 졸업할 수 있도록 하기 위해 어떤 절차를 사용해야 하는지 등이 훈련과 관련한 주요 문제이다. 훈련과 수퍼비전의 윤리적 문제는 10장에서 더 자세히 다루고 있지만, 역량 개발과 관련하여 특히 살펴보아야 할 부분은 수련 기관마다 제공되는 훈련의 질이 상당히 다양할 수 있다는 것이다.

상담 및 관련 교육 프로그램 인증 위원회(Council for Accreditation of Counseling and Related Educational Programs CACREP, 2009)는 상담자 수련에 대한 국가 표준을 제공하는 기관이다. CACREP은 엄격한 검토를 거친 프로그램을 인증하는 독립 기관이다. CACREP 인증 프로그램의 졸업생은 특정 역량을 보유하고 있다고 합리적으로 가정할 수 있다. 그러나 CACREP 인증을 받지 않은 교육 프로그램을 졸업한 유능한 상담자들도 많다.

자격증은 역량을 평가하는 데 영향을 미치는 가시적인 성취 지표로 간주된다. 50개 주 모두에서 성공을 거둔 주 상담자 면허 운동은 이러한 측면에서 중요한 의미가 있다. 면허는 상담자가 최소한의 교육 요건을 이수하고, 수퍼비전 경험이 있으며, 시험 또는 기타 형태의 심사를 성공적으로 완수했음을 내담자에게 보증한다. 그러나 면허 요건은 주마다 다르며, 면허를 소지했다고 해서 그러한 자격이 허용하는 업무를 유능하게 수행할 것이라는 보장은 없다.

일반적으로 면허 관련 법률에서는 면허를 갱신하기 위해서 지속적으로 보수 교육을 이수할 것을 요구한다. 지속적인 훈련과 보수 교육은 윤리적 의무이며 상담자의 경력 기간 내내 이루어져야 한다. 상담자는 최신 정보와 발전을 따라잡기 위해 지속적인 교육의 필요성을 인식하고 있어야 하며, 이러한 의무는 ACA 윤리 강령(ACA, 2014)에 명시되어 있다: "상담자는 자신이 사용하고 있는 기술에 대한 역량을 유지하고, 새로운 절차에 개방적이며, 다양한 집단과 작업하기 위한 최적의 상담 관련 정보를 지속적으로 습득한다"(규정 C.2.f.). 다른 역량 평가 수단과 마찬가지로, 보수 교육 요건으로 달성할 수 있는 것에는 한계가 있다. 보수 교육 제공의 질이나 상담자 욕구를 얼마나 충족시키고 있는지 모니터링하는 것은 어렵다. 상담자가 실제로 얼마나 많이 배우고 실무에 통합했는지는 교육이수시간과는 거의 관련이 없을 수 있다. 보수 교육의 초점은 단순히 면허 유지에 필요한 시간을 쌓는 것이 아니라 역량을 유지하는 데 맞춰져야 한다(Johnson et al., 2012).

역량에 대한 합의된 정의가 없으면, 상담자가 자신의 역량 한계를 정확히 파악하고 한계를 벗어날 위험에 처했을 때 이를 인식하기 어려울 수 있다. 특정 업무 또는 전문 분야의 역량을 평가하는 공식적인 기준이 없는 경우, 상담자는 특정 내담자와 상담을 시작하거나 계속 이어가도 될지, 또는 의뢰할지를 신중하게 평가해야 한다. ACA 윤리

강령(ACA, 2014)은 이러한 상황에서 다른 전문가에게 자문을 구하는 것이 신중하고 윤리적으로 적절한 조치임을 분명히 하고 있다(규정 C.2.e.). 새로운 전문 영역의 기술을 배우는 동안 "상담자는 자신의 상담 역량을 확인하고 다른 사람을 잠재적인 위험으로부터 보호하기 위한 조치를 취한다"(규정 C.2.b.). 자신의 역량 한계를 넓히는 동안 수퍼비전을 받으면서 상담하는 것이 피해를 예방하는 가장 좋은 방법일 것이다.

2장에서 다문화 역량의 중요성을 강조하였는데, 다양성 사회에서 상담하는 상담자에게 다문화 역량이 필수적이라는 점을 다시 한 번 강조하고자 한다. ACA 윤리 강령의 초기 버전에서는 다문화 역량을 윤리적 의무로 다루지 않았지만, 현재 강령에서는 다문화 이해, 지식 및 기술의 필요성을 강조하고 있다. 자신과 문화적으로 다른 내담자에게 서비스를 제공하는 상담자는 이러한 내담자와 효과적으로 일할 수 있는 역량을 갖춰야 할 윤리적 의무가 있다는 것에 상담전문가들이 합의한 것이다.

역량을 정의하고 평가하는 것이 매우 어렵기 때문에 상담자가 최고 품질의 서비스를 제공하고 있는지 확인하는 가장 효과적인 방법은 신중한 자기 모니터링일 수 있다. 상담자는 "전문가로서 자신의 효율성을 지속적으로 모니터링하고, 필요한 경우 효율성을 증진시키기 위한 조치를 취해야 할"(규정 C.2.d.) 윤리적 의무가 있다. 이에 대해 Johnson 등(2012)은 전문가가 끊임없이 변화하는 직무 요구, 삶의 스트레스 요인, 개인적인 문제, 노화로 인한 능력 저하 등 평생에 걸쳐 자신의 역량을 정확하게 평가할 수 있는 능력이나 결단력이 있는지에 대해 의문을 제기한다. 그들은 지속적인 동료와의 자문을 권장하며, "주기적인 역량 재인증이 면허 갱신의 요건이 되어야 한다"(566p)고 하였다.

우리 각자는 지속적으로 자신을 이해하기 위해 노력하고 소진이나 문제의 징후가 있는지에 주의를 기울여야 할 의무가 있다. 소진된 전문가는 스트레스 사건에 효과적으로 대처할 수 없으며 전문적인 업무를 유능하게 수행할 수 없다. Stebnicki(2008)는 공감 피로라는 용어를 만들었는데, 공감 피로는 연민 피로, 대리 외상, 소진과 같은 다른 피로 증후군의 개념과 일부 유사점을 공유한다. Stebnicki는 내담자와 심리적으로 함께 하고 있는 상담자는 종종 내담자의 이야기에 깊이 영향받는 대가를 치른다고 본다. 사례 연구 7(지친 느낌이에요)의 상담자도 바로 그런 대가를 치르고 있는 것처럼 보인다. 공감 피로는 직업적 소진으로 이어질 수 있기에, 대인관계 기능 수준이 극히 떨어지는 사람들을 상담할 때는 회복력을 키우기 위하여 스스로를 돌볼 필요가 있다. Skovholt(2012)는 상담자가 공감 균형을 가질 필요가 있다고 하였다. 이는 내담자의 세계에서 길을 잃지 않고 그 세계로 들어갈 수 있는 능력을 포함한다. 공감이 너무 적으면 돌봄이 부재한 반면, 공감이 너무 많으면 내담자의 이야기에 빠져들어 자신을 잃어버릴 수 있다. 상담자는 자신의 개인적 기능 수준이 전문적 역량을 유지하는 능력에 어떻게 영향을 미치고 있는지 인식하는 것이 중요하다.

상담자의 의무 중 하나는 전문적 효과성을 방해하고 있는 자신의 문제에 대해 도움을 구하고, "필요한 경우 안전하게 상담을 시작할 수 있다고 판단될 때까지 자신의 전문적 책임을 제한, 중단 또는 종료"하는 것이다(ACA, 2014, 규정 C.2.g.). 상담자는 스트레스를 받을 때 적극적으로 동료에게 도움의 손길을 구해야 한다. 이와 관련하여 동료와의 유대감을 유지하는 것의 중요성은 아무리 강조해도 지나치지 않는다. 동료 자문 집단은 상담자, 특히 개인 상담소에서 상담하는 상담자들에게 지지의 원천이 되며 가끔 경험하는 고립감에 대응할 수 있게 돕는다. 동료는 우리의 맹점을 볼 수 있도록 도와주고, 윤리적, 실제적 문제에 대한 새로운 관점을 제시하며, 지지와 효과적인 치료 절차에 대한 정보를 공유할 수 있는 기회를 제공한다

자기 돌봄은 사치가 아니라 윤리적 의무라는 사실을 스스로 상기할 필요가 있다. 자기 돌봄을 실천하지 않으면 결국 내담자와 함께 하기 위하여 필요한 체력을 갖추지 못할 것이다. "회복탄력성을 갖춘 상담자가 되기 위해서는 건강을 챙겨야 한다. 건강은 내담자와의 작업에 필요한 막대한 에너지를 끌어내기 위하여 반드시 필요하다."(Skovholt, 2012, 140p). 자기 돌봄은 최적의 효과적인 업무 수행을 위해 필수적이며, 유능한 상담자가 되는 것과도 밀접한 관련이 있다.

역량을 유지하기 위한 궁극적인 해답은 자신의 동기와 관계를 통찰력 있게 탐색하고 자기 돌봄을 라이프 스타일의 필수적인 부분으로 만드는 능력에 달려있을 가능성이 높다. 개인적으로나 업무적으로 활력을 유지하는 것은 윤리적이고 유능하게 일할 수 있는 역량을 가지는데 매우 중요하다. 역량 개발은 결코 완료되지 않는 지속적인 과정이다.

사례 연구 7
지친 느낌이에요

Isabel A. Thompson

25세의 엘레인Elaine은 졸업 직후 지역정신건강센터에 취업이 되었다. 비록 다른 주로 이사를 가야 했지만 상담을 할 수 있다는 것이 너무 기뻤다. 그녀는 현재 석사 졸업 후 1년이 안되었으며, 면허를 취득하기 위해 노력하고 있다. 면허를 취득한 후, 지역사회에서 긍정적인 변화를 일으킬 수 있도록 돕는 리더로서의 역할을 하는 것이 그녀의 목표이다. 이사를 오면서 친구들을 떠나왔지만, 일상적으로 연락하는 사람들은 많이 있다.

엘레인은 많은 사례들을 담당하고 있으며, 다양한 삶의 스트레스를 겪고 있는 사람들을 상담하고 있다. 처음 새로운 주에 이사 와서 일을 시작했을 때 엘레인은 새로운 내담자를 만난다는 설렘으로 활력을 느꼈다. 하지만 몇 주 후 상황이 바뀌었다. 그녀는 오랜 친구에게 전화를 걸어 "처음에는 새로운 일을 시작하고 변화를 일으킬 수 있다는 기대감에 들떠 있었지만, 지금은 구름이 드리워진 것 같고 대부분의 시간이 지친 느낌이야."라고 말한다. 그녀의 내담자 중 상당수는 기본적인 욕구를 충족하는 데 어려움을 겪고 있으며, 그들의 문제는 너무나 강력해서 압도적으로 보인다. 엘레인은 지역사회에서 제공하는 자원들에 아직 익숙하지 않으며, 동료들에게 도움을 요청하는 데 어려움을 겪고 있다.

엘레인은 종종 너무 피곤해서 여가 시간의 대부분을 TV를 시청하는 데 보낸다. 예전에는 균형 잡힌 식단을 먹었지만 지금은 패스트푸드를 자주 먹고 배달 음식을 주문한다. 예전에는 규칙적으로 운동을 했지만 지금은 그럴 시간이나 에너지가 없다. 이사한 이후에 오랜 친구들과의 연결감이 줄어들었고, 가끔은 친구들이 전화해도 받지 않는다. 게다가 어머니의 지병으로 인해 가족들이 너무 힘들어하는 것 같아 가족에게 도움을 요청하지도 않는다. 외로움을 느낀 그녀는 최근에 요크셔테리어를 입양하여 퇴근 후 반려동물과 함께 시간을 보내는 것을 즐긴다.

엘레인은 때때로 자신이 좋은 상담자가 되기 위해 필요한 자질을 갖추고 있는지 의문이 든다. 그녀는 자신의 가장 큰 자산은 사람들을 진심으로 아끼는 마음이라고 믿는다. 직장내 업무에 집중하면서 내담자들을 도울 수 있는 지역 자원을 찾아보기로 결심하지만, 퇴근 후 집에 돌아와서는 여전히 힘들다. 내담자의 문제에 대해 생각하는 시간이 많고, 잠을 잘 이루지 못하며, 잠을 청하기 위해 술을 마시는 빈도가 점점 늘어나고 있다.

최근, 어떤 내담자가 겪고 있는 어려움이 특히 엘레인을 힘들게 하고 있다. 그녀는 엘레인 또래의 젊은 여성으로, 어린 시절 학대 받았던 경험을 털어놓았다. 상담하는 동안 자신의 개인적인 트라우마가 떠올랐지만, 그 순간은 잘 처리했다고 믿었다. 그러나 상담이 끝난 후 내담자의 이야기가 그녀의 머릿속을 계속 맴돌았다. 그녀는 수퍼바이저에게 "마치 나에게 일어난 일인 것처럼 머릿속에서 계속 반복하여 재생되고 있어요"라고 말한다. 점점 더 자주 내담자의 문제들이 엘레인을 괴롭히고 있다. 그녀는 "세상에는 고통받는 사람들이 너무 많은데 제가 하는 일은 단지 커다란 양동이에 물 한방울 떨어뜨리는 것에 불과한 것처럼 느껴져요"라고 덧붙인다. 엘레인은 매주 수퍼바이저와 만나고 있는데, 수퍼바이저는 엘레인이 처음만큼 수퍼비전에서 자신을 깊이있게 드러내지 않는다고 한다.

생각 및 토론을 위한 질문

1. 엘레인에 대해 어떤 걱정이 드는가? 그녀의 내담자에 대해 어떤 걱정이 드는가?
2. 엘레인은 어떤 강점을 보여주고 있는가?
3. 엘레인이 업무에 대처하도록 돕기 위하여, 어떻게 하면 수퍼비전을 좀 더 효과적으로 사용할 수 있을까?
4. 엘레인이 경험하고 있는 스트레스가 그녀의 전문적 역량에 영향을 주고 있는가?

분석

상담자는 문제를 예방하기 위해 자신의 건강 수준을 모니터링해야 할 윤리적 책임이 있다(ACA, 2014, 규정 C.2.g.). 엘레인은 자신을 모니터링하면서 상담자로서의 역할을 효과적으로 수행하기 위해 노력하고 있다. 그러나 그녀는 많은 사례와 자원 부족 등 개인적, 상황적 스트레스를 경험하고 있다. 내담자의 트라우마 장면을 반복 재생하며 수면장애를 겪고 있는데, 이는 연민 피로(compassion fatigue)의 징후일 수 있다. 이러한 증상을 해결하지 않고 방치하면 직업적 기능에 영향을 미칠 수 있다.

엘레인이 업무 스트레스에 대처하기 위해 시도한 몇 가지 방법은 효과적이지 않으며, 자기 돌봄에도 소홀하다. 엘레인은 이타적인 동기를 가지고 있기 때문에 자기를 돌보는 것과 타인을 효과적으로 돌보는 것 사이의 연관성을 탐색해보는 것이 변화의 계기가 될 수 있다. 인간 중심의 관점에서 볼 때, 엘레인이 내담자에게 보여주는 것과 유사한 수준의 보살핌과 연민을 자신에게 적용한다면 일치성이 더 커질 것이다.

엘레인의 지친 느낌은 소진의 징후일 수 있다. 엘레인은 동료들로부터 지지받고 있다고 느끼지 못하는데, 동료의 지지는 상담자를 정서적 소진으로부터 보호하는 데 도움이 될 수 있기에(Ducharme, Knudsen, & Roman, 2008), 유감스럽다. 게다가 상담자들은 많은 사례들을 담당하고 자원 부족 및 소진 위험을 증가시키는 많은 요인들을 경험하고 있다(Lawson 2007; Maslach, 2003). 이러한 요인 중 일부를 해결하기 위한 조치를 취함으로써 엘레인의 소진 위험을 줄이는 데 도움이 될 수 있다.

엘레인은 업무 성과를 개선하기 위해 긍정적인 변화를 시도함으로써 직업에 대한 헌신을 보여주고 있다. 그러나 자신의 어려움을 수퍼바이저와 공유하는 대신 스스로 문제를 해결하려고 노력하고 있다. 또한 내담자가 겪고 있는 어려움이 그녀의 이전 트라우마를 촉발한 것으로 보인다.

엘레인은 업무 스트레스와 이로 인해 발생할 수 있는 건강하지 않은 결과를 효율적으로 해결하기 위한 조치를 취해야 할 수도 있다. 현재 업무를 계속 수행하면 문제가 생길 위험이 있으므로, "안전하게 업무를 재개할 수 있다고 판단될 때까지 [그녀의] 직업적 책임을 제한, 보류, 또는 종료"해야 한다(ACA, 2014, 규정 C.2.g.). 이러한 조치는 내담자에게 해를 끼칠 위험이 있을 때 이루어진다.

더 생각해 볼 문제

❶ 엘레인이 개인적 및 상황적 스트레스 요인을 해결하기 위해 취할 수 있는 사전 예방적 조치에는 어떤 것들이 있는가?

❷ 만약 당신이 엘레인의 직장 동료이고 그녀가 어려움을 겪고 있다는 사실을 알게 된다면 어떻게 하겠는가?

❸ 엘레인의 내담자에 대해 우려되는 것이 있는가? 엘레인은 내담자에 대한 서비스를 제한, 보류 또는 종료해야 하는가? 그래야 하는 이유 또는 그렇지 않아야 하는 이유는 무엇인가?

❹ 스트레스, 연민 피로, 소진을 어떻게 구분하는가?

사례 연구 8
부부상담이 어긋나 버렸어요

Jennifer M. Johnson

알라야Alayah는 임상 정신 건강 상담을 전공하였으며, 공인전문상담사이자 국가 자격증을 갖춘 상담사로 입원 환자를 위한 시설과 비영리 기관을 포함한 다양한 환경에서 근무한 경험이 있다. 지난 1년 동안 알라야는 개인 상담소를 운영해 왔으며 소셜 미디어, 지역 신문, 교회, 비영리 단체를 통한 광고를 바탕으로 내담자로부터 여러 건의 추천을 받아왔다. 대다수의 내담자들은 우울증, 자존감 문제, 일과 삶의 균형에 대한 도움을 구하고 있으며, 알라야는 자신의 이론적 지향, 자신이 배워온 이론적 관점을 활용하여, 이러한 내담자들을 도울 수 있다는 자신감을 갖고 있다.

그녀는 한 부부로부터 전화를 받았다. 그들은 부부 상담을 요청하였는데, 부부 상담은 그녀에게 미지의 영역이다. 이 부부는 자신의 친구가 알라야에게 상담을 받은 적이 있으며, 알라야에 대해 극찬을 하면서 추천해줬다고 하였다. 이 부부는 도움이 절실하다. 전화 상담 중에 아내는 평소에는 상담을 고려하지 않았지만 친구의 권유로 상담을 신청하게 되었다고 말한다. 알라야는 개인 상담소를 시작한 지 얼마 안 되었기에, 어떤 잠재적 내담자도 외면하고 싶지 않아 부부와 약속을 잡았다.

부부를 만나기 전에 알라야는 부부 상담의 기본에 대해 수강한 워크숍 자료를 검토한다. 그녀는 내담자가 작성해야 할 평가 및 기타 표준 양식을 준비하여 상담회기에 들어간다. 설명 후 사전동의, 비밀 보장, 상담자로서의 자신의 역할에 대해 논의하고 부부 관계의 역사를 파악하는 것으로 회기가 순조롭게 시작된다. 그러나 회기 중간에 논의는 내리막길을 걷는다. 아내가 자신의 괴로움과 남편의 외도에 대해 이야기하면서 부부는 서로 화를 내고 매우 논쟁적이 된다. 알라야는 길을 잃은 것처럼 느껴진다. 자신이 상담자라기보다는 고함치기 시합의 '심판'처럼 행동하고 있는 것 같다. 하지만 결국 그녀는 상황을 돌려놓을 수 있었고, 다음 주에 상담 일정을 잡는 것으로 회기를 마친다. 일정을 다시 잡으면서 남편과 아내는 감사하다며 "오랜만에 처음으로 내 이야기를 들어주는 느낌을 받았다"고 말한다. 이러한 긍정적인 피드백에도 불구하고 알라야는 이 부부와 상담하는 자신의 능력과 역량에 대해 갈등을 느낀다.

  그날 오후, 많은 고민 끝에 알라야는 자신의 이전 수퍼바이저이자 멘토였던 로즈Rose에게 전화를 걸어 조언을 구하였으며, 두 사람은 다음 날 만나기로 한다. 만남에서 알라야는 어제 만난 부부를 보며 "물에서 뛰쳐나온 물고기처럼" 느꼈다고 말한다. 그녀는 자신이 임상 정신 건강에 대한 전문성은 있으나 이 새로운 내담자 집단에 대해서는 "부적절하게" 느껴짐을 인정한다. 그녀는 항상 커플 상담에 관심이 많았고 효과적인 기술을 배우고 싶었다고 덧붙인다. 로즈가 알라야에게 자세히 설명해 보라고 권유하자, 알라야는 "커플 상담에 관한 대학원 과정이 정말 재미있었다"고 말하면서, 그러나 잘하려면 더 많은 정보와 도구가 필요하다는 것을 알고 있다고 말한다. 로즈와 알라야는 알라야가 이 부부를 만나기로 한 동기에 대해서도 이야기를 나눈다. 알라야는 이 부부가 이전 내담자의 추천을 받았고 그 친구 때문에 치료를 받을 마음이 생겼기 때문에 도와야 할 '의무감'을 느꼈다고 인정한다. 또한 다양한 내담자층을 만들고 싶었다며 자신의 결정이 이기적이었다는 점도 인정한다. 그녀는 자신이 공인전문상담사이기 때문에 "부부와 효과적으로 상담하는 방법을 알아야 하며" 내담자를 의뢰한다는 것에 대해 부끄러움을 느낀다고 말한다. 로즈는 이러한 기대치를 알라야와 이야기하며 전문상담사는 끊임없이 배우는 존재라고 말한다. 로즈는 자신 또한 계속해서 배우고 있는 영역이 있다며 알라야의 경험이 정상적임을 이해해준다.

  로즈와 대화를 나눈 후 알라야는 안심하고 낙관적인 기분을 느낀다. 그러나 그녀는 여전히 이 부부와 계속 상담할지 아니면 다른 임상가에게 의뢰할지 결정해야 하는 상황에 직면해 있다. 더 깊이 생각하고 로즈와 또 다시 대화를 나눈 후, 알라야는 (a) 공인전문상담사이자 결혼 및 가족 치료사인 로즈의 수퍼비전하에 이 커플과 계속 상담하고, (b) 당분간 새로운 커플 내담자를 받지 않고, (c) 결혼 및 가족상담에 관한 대학원 수준의 과정을 수강하기로 결정한다. 로즈와 알라야는 지속적인 수퍼비전 일정을 잡는다. 로즈는 알라야에게 부부 상담과 관련된 몇 가지 읽을 자료를 빌려주겠다고 제안한다.

생각 및 토론을 위한 질문

1. 당신이 상담자라면 이 부부를 계속 상담하겠는가, 아니면 다른 임상의에게 의뢰하겠는가? 그렇게 하는 이유는 무엇인가?
2. 이 부부와 함께 상담할 때 알라야가 예상치 못한 어떤 문제가 발생할 수 있는가?
3. 알라야가 이미 확인한 방법 외에, 커플 치료에 대한 역량 수준을 높일 수 있는 추가적인 방법을 생각해 볼 수 있는가?
4. 알라야가 커플 치료에 대한 자신의 역량에 의문을 가지고 있는 상황에서, 수퍼비전을 받는 등 자신의 역량을 강화하기 위한 조치를 취하면서 이 부부를 계속 만나는 것이 윤리적인가?

분석

알라야처럼, 상담자가 제한된 경험을 가지고 있는 문제를 호소하는 내담자를 만나는 상황은 흔히 발생한다. 상담자가 자신의 역량 한계를 넘어서는 문제를 가진 내담자를 받아들일지 또는 계속 상담을 이어갈지 결정해야 할 때, 내담자의 복지 또는 내담자가 치료 관계에서 해를 입지 않을지 여부를 가장 먼저 고려해야 한다(ACA, 2014, 규정 A.4.a.). 이 사례에서 알라야는 자신의 강점과 성장 영역에 대해 자기 성찰을 하고 있다. 자문을 통해, 그녀와 로즈는 로즈의 수퍼비전하에 상담을 진행함으로써 이 부부가 위험에 처하지 않도록 최선을 다할 것임을 결정했다. 알라야는 공인전문상담사임에도 불구하고 이 부부와 효과적으로, 윤리적으로 상담하기 위해서는 추가적인 수퍼비전이 필요하다는 것을 알고 있었다. 이는 어려운 내담자나 새로운 내담자 집단을 상담할 때 멘토 및/또는 수퍼바이저를 두는 것이 얼마나 중요한지를 강조한다. 알라야는 자신의 역량 한계를 인식하고(규정 C.2.a.) 수퍼비전과 추가적인 훈련을 받음으로써(규정 C.2.b.) 윤리 규정에 따라 행동했다.

알라야가 자신의 자격증을 허위로 표시하지는 않았지만, 사설 기관의 상담자들은 자신의 자격증을 홍보하는 방식에 유의할 필요가 있다(규정 C.3.a.). 개업 상담자들은 안내 책자에 자신의 프로필 및 자신이 치료할 수 있는 집단과 문제를 명시하는 것이 좋다.

내담자를 받아들이거나 계속 상담하는 것이 상담자의 역량 한계를 초과하는 경우 의뢰해야 한다. "상담자는 문화적으로, 임상적으로 적절한 의뢰 기관들을 알고 있어야 하며 이러한 대안을 제시한다."(규정 A.11.a.). 다른 상담자와의 네트워크를 통해 필요한 경우 의뢰 및 지지, 자문을 위한 리소스를 제공할 수 있다.

더 생각해 볼 문제

❶ 상담자가 경험이 제한적이거나 아예 경험해본 적 없는 내담자 또는 내담자 집단을 상담할 능력이 있는지 없는지를 어떻게 판단할 수 있는가?

❷ 알라야가 개인 상담소가 아닌 정신 건강 기관에서 일했다면 딜레마와 그 해결 방법에 차이가 있을까?

❸ 만약 당신이 알라야의 수퍼바이저라면, 알라야가 이 분야에 대해 더 많은 지식과 기술을 배워야 하므로 이 부부를 의뢰하도록 권유하겠는가?

5장
가치 충돌 관리하기

Barbara Herlihy & Gerald Corey

ACA 윤리 강령(미국상담학회[ACA], 2014)에서는 상담을 "다양한 개인, 가족 및 집단이 정신 건강, 웰빙, 교육 및 진로 목표를 달성할 수 있도록 권한을 부여하는 전문적인 관계"로 정의한다(서문). 상담에서 가치의 역할을 탐구할 때 이 정의의 핵심 용어는 전문성, 권한 부여, 목표이다. 상담은 우정과 같은 다른 친밀한 관계와는 다른 전문적인 관계이다. 친구는 서로에게 상호 지지를 제공하는 반면, 상담은 관계의 한 당사자인 내담자에게 지지와 도움을 제공하는 데 중점을 둔다. 상담의 목적은 내담자가 자신의 목표를 결정하고 이를 달성하기 위해 노력할 수 있도록 힘을 실어주는 것이다(Dobmeier, Reiner, Casquarelli, & Fallon, 2013).

내담자의 목표와 가치가 상담자의 가치와 일치할 때 이러한 정의에 의문을 제기하는 경우는 거의 없다. 그러나 때때로 내담자는 상담자의 개인적 가치에 반하는 방식으로 생각하고, 믿고, 행동한다. 이러한 경우 상담자는 자신의 가치와 내담자의 가치 사이의 충돌을 어떻게 관리해야 할지 고민할 수 있다. 상담자는 내담자의 가치관에 동의할 필요는 없지만, 내담자가 다른 가치관을 가질 수 있는 권리를 존중해야 한다(G. Corey 외, 2015).

윤리 강령은 "상담자는 자신의 가치, 태도, 신념 및 행동을 인식하고 강요하지 않는다"고 명시하고 있다(ACA, 2014, 규정 A.4.b.). 이 윤리 규정은 간단하고 직관적으로 보일 수 있지만, 실제로는 불가능하지는 않더라도 지키기가 어려울 수 있다(Remle & Herlihy, 2014). Levitt과 Moorhead(2013)는 가치가 필연적으로 상담 관계에 들어가며 상담 과정의 여러 측면에 상당한 영향을 미칠 수 있다고 주장한다. 상담자는 다양한 범위의 내담자와 함께 일할 때 자신의 개인적인 신념과 가치를 제쳐둘 수 있어야 한다. 상담자가 자신의 가치와 신념이 상담 회기에 어떻게 미묘하게 영향을 미칠 수 있는지를 인식하기 위해서는 노력과 경계가 필요하다. Francis와 Dugger(2014)가 지적한 것처럼, 상담자는 비언어적 반응을 통해, 내담자 이야기의 일부 요소에 집중하고 다른 요소는 무시하면서 반응함으로써, 그리고 상담자가 제안하고 선택한 개입을 통해 다양한 간접적인 방식으로 자신의 개인적 가치를 전달할 수 있다. 상담 관계에 존재하는 권력 차이로 인해 내담자는 취약한 위치에 있으며, "개인적 가치에 대한 가장 미묘한 의사소통조차도 내담자가 자신의 가치에 대한 탐색을 촉진하기보다는 상담자의 가치에 따라 행동하도록 흔들릴 가능성이 있다."(132p). 일부 연구에 따르면 내담자는 상담자의 가치와 일치하는 방식으로 변화하고 상담자의 가치를 채택하는 경향이 있다(Zinnbauer & Pargament, 2000).

상담 회기에는 상담자와 내담자 모두의 가치가 필연적으로 존재하지만, 상담자가 자신의 가치, 신념, 편견, 가정을 잘 알고 있다면 의도치 않게라도 자신의 가치를 내담자에게 강요할 가능성이 줄어들 것이다. 상담자는 자신의 가치와 신념이 가치가 얽힌 문제를 가진 내담자와의 치료 작업에 어떤 영향을 미칠 수 있는지 명확히 하는 것이 특히 중요하다. 이런 일이 발생하면 상담자는 상담 회기 중에 자신의 개인적 가치를 제쳐두어야 하는데, Kocet과 Herlihy(2014)는 이 과정을 "윤리적 브래킷ethical bracketing"이라고 부른다.

일부 상담자의 강력하고 깊이 간직된 가치 및 신념과 특정 내담자의 가치 및 신념 사이에 갈등이 발생하는 경우, 상담자는 이러한 내담자와의 상담을 거부하고 다른 상담자에게 내담자를 의뢰할 수 있다. 하지만 가치 갈등을 이유로 내담자를 의뢰하는 것은 차별적 의뢰에 해당하며 비윤리적이다. 가치 갈등은 최근 몇 년 동안 논란을 불러일으킨 일련의 법원 판례의 핵심이었다.

상담 업계의 주목을 받은 첫 번째 법원 판례는 브루프 대 노스 미시시피 보건 서비스Bruff v. North Mississippi Health Services(2001) 사건이다. 비슷한 사건인 월든 대 질병통제예방센터Walden v. Centers for Disease Control and Prevention(2010) 사건도 약 10년 후에 발생했다. 이 사례는 여기에 간략하게 요약되어 있다(자세한 논의는 Herlihy, Hermann, & Greden,

2014 참조). 각 사건의 원고는 파트너와의 관계 개선에 대한 도움을 요청한 레즈비언 내담자의 상담자였다. Bruff와 Walden은 모두 자신의 종교적 신념에 따라 동성애를 부도덕한 것으로 간주했다. Bruff와 Walden의 고용주는 그들의 종교적 신념을 수용하려고 노력했지만 결국 두 상담자 모두 해고되었고, 두 상담자는 각각 자신들에 대한 종교적 차별을 주장하며 소송을 제기했다. 각 사건의 법원은 해고를 지지했으며, 상담자들이 종교적 신념을 수용하려는 고용주의 시도에 '융통성 없이' 대응했다는 사실을 근거로 판결을 내렸다. 이 사건은 상담자가 이성애자가 아닌 내담자에 대한 긍정적 상담을 거부하는 근거로 종교적 신념을 사용할 수 있는지에 대한 의문을 제기했지만 해결하지는 못했다.

널리 알려진 다른 두 건의 법원 판례는 석사 과정의 학교 상담 프로그램에서 제적된 학생들과 관련된 사건이다(Keeton v. Anderson-Wiley, 2010; Ward v. Wilbanks, 2010, 2012). 이러한 사례는 ACA 윤리 강령(ACA, 2014)에 대한 도전이 되었다. 첫 번째 사례에서는 오거스타 주립대Augusta State University(ASU)의 상담전공 학생인 Jennifer Keeton이 성경의 가르침에 대한 자신의 해석을 바탕으로 "동성애를 비난"하고, 회복적 전환 치료를 승인했다고 진술했다. 두 번째 사례는 이스턴 미시간 대학교Eastern Michigan University(EMU)에서 상담 실습에 등록한 학생 Julea Ward가 이전에 동성 관계 문제를 논의하기 위해 상담을 받은 적이 있는 내담자를 배정받았을 때였다. Ward는 실습 수퍼바이저에게 자신의 종교적 신념 때문에 "동성애를 긍정하는" 상담을 제공할 수 없다고 말했고(Ward v. Wilbanks, 2010, 34p), 그 내담자는 다른 상담자에게 재배정되었다. ASU와 EMU의 상담 교수진은 학생들이 다양한 내담자를 상담하면서 자신의 신념 체계를 내려놓는 방법을 배우도록 지원하겠다고 제안했지만 두 학생 모두 치료 계획을 완료하지 못했다. 결국 Keeton과 Ward는 모두 학위 프로그램에서 제적되었고, 학부와 대학을 상대로 제적에 항의하는 소송을 제기했다. 두 사건 모두 법적 절차가 종결되었다: 키튼 사건의 법원은 ASU 교수진의 판결을 지지했으며, 워드 사건은 2012년 재판 이전에 당사자들이 상호 만족할 수 있는 선에서 해결되었다(Dugger & Francis, 2014)(이 사례에 대해 더 자세히 알고 싶다면 2014년 4월 상담 및 발달 저널의 특별 섹션을 참조하라). 이 모든 사례는 중요한 질문을 던져준다: 개인적 가치와 전문가 윤리 규정 사이의 갈등을 해결하는 윤리적으로 적절한 방법은 무엇인가?

사례집 소개에서 설명한 바와 같이, ACA 윤리 강령(ACA, 2014)을 만든 태스크포스는 법원 판례로 인해 제기된 의문점을 인지하고 있었다. 그 결과 윤리 강령의 개정은 가치 관련 문제에 대한 방향과 명확성을 제공했다. 서문의 전문적 가치 진술에는 인간 발달 증진, 다양성 존중, 사회 정의 증진, 상담자와 내담자 관계의 충실성 보호, 능력과 윤리적 성실성을 갖춘 실무 수행이라는 전문적 가치가 명시되어 있다. 이러한 가치는 의뢰, 역량, 차별의 가치와 관련 문제를 다루는 강령의 다른 영역의 토대를 강화하기 위한 방법으로 제시되었다. 상담자가 "자신의 가치관, 태도, 신념 및 행동을 인식하고 이를 강요하지 않아야" 한다는 규정에 더 많은 지침을 추가하기 위해(규정 A.4.b.), "상담자가 개인적으로 보유한 가치, 태도, 신념 및 행동에만 근거하여" 의뢰하는 것을 구체적으로 금지하는 새로운 규정이 추가되었다(규정 A.11.b.). 상담자는 "자신의 가치를 내담자에게 강요할 위험이 있는 분야, 특히 상담자의 가치가 내담자의 목표와 일치하지 않거나 본질적으로 차별적인 경우"에 대한 교육을 받도록 권고받는다(규정 A.11.b.).

이전 강령에서는 의뢰가 가치 갈등이 아닌 역량 부족에 근거해야 한다는 점이 명확하지 않았다. 상담자는 자신의 역량 범위 내에서 상담해야 할 뿐만 아니라(4장 참조), 다양한 내담자 집단과 함께 일하면서 다문화 역량을 개발해야 한다(규정 C.2.a.). 다문화 역량은 "상담자는 연령, 문화, 장애, 민족, 인종, 종교/영성, 성별, 성 정체성, 성적 지향, 결혼/동거 여부, 언어 선호도, 사회경제적 지위, 이민 신분 또는 조례로 금지된 근거에 따른 차별을 묵인하거나 관여하지 않는다"는 추가 규정에서 다루고 있다(규정 C.5.). 이 마지막 규정은 다양한 문제를 둘러싸고 가치 충돌이 발생할 수 있음을 상기시켜 준다. 상담자는 낙태, 죽을 권리 및 임종 결정, 아동·노인 학대, 유전 공학, 혼전 및 혼외 성관계, 종교 및 영성에 관한 내담자의 행동으로 인해 어려움을 겪을 수 있다(Corey 외, 2015; Remley & Herlihy, 2014). 앞서 설명한 4건의 법원 사례는 상담자와 수련 중인 상담자의 종교적 신념과 가치, 그리고 내담자의 성적 지향과 관련된 내담자가 선택한 목표 사이의 충돌을 중심으로 진행되었다. 이 장의 마지막에 제시된 사례 연구 10(부모의 딜레마: 자녀의 죽음 앞당기기)에서는 상담자가 말기 암 환아의 부모를 효과적으로 도울 수 있도록 임종 결정에 관한 개인적 가치관을 인식하고 이를 조정해야 한다.

가치를 고려할 때는 상담자의 개인적 가치와 상담 전문직의 전문적 가치가 모두 포함되어야 한다. 윤리 강령 서문(ACA, 2014)은 "윤리적 약속을 실천하는 중요한 방법"이라는 상담 전문직의 집단적 가치를 전달한다(Francis & Dugger, 2014). 윤리적 문제는 상담자의 개인적 가치관과 상담의 전문적 가치관이 충돌하고 이러한 갈등이 해결되지 않을 때 발생할 수 있다. 상담자가 되고자 하는 개인은 강령에 명시된 전문적 가치를 수용하고 전문적 윤리와 개인적 가치관을 통합할 수 있어야 한다(Handelsman 외., 2005). Ametrano(2014)는 학생들이 윤리 과목에 등록하는 동안 자신의 가치관이 윤리적 의사결정에 어떤 영향을 미치는지 더 잘 인식하고 자신의 가치관과 전문적 가치관을 조화시키는 방법을 배운다고 설명한다. 때때로 수련 중인 상담자가 자신의 가치, 신념 또는 행동과 내담자의 가치관이 충돌하게 되면, 내담자와 효과적으로 작업하는 방법을 배우는 데 어려움을 겪게 된다. 새로운 문화적 역량과 자신의 개인적 가치관을 내려놓는 과정을 배우는 데 개방적이라면 교육 프로그램 전반에 걸쳐 기회가 제공될 것이다. 사례연구 9(말문이 막혀버렸어요)에서는 역할극 상담 회기 중에 학생이 가치관 갈등을 경험하는 시나리오가 묘사되어 있다. 이 사례는 이 갈등을 해결하기 위해 노력하는 과정에서 학생에게 제공된 몇 가지 학습 기회를 설명한다.

개인적 가치관과 전문적 가치관의 교차점에서 일하는 것은 상담자나 수련 중인 상담자에게 특히 어려울 수 있다. 강한 개인적 신념이나 가치를 가지고 있지만, 상담자라는 직업의 윤리적 의무는 상담자의 개인적 가치관에 관계 없이 지켜져야 한다(Granello & Young, 2012). 학생으로서 수련 과정에서 자신의 가치관과 상충되는 행동을 하는 내담자와 함께 상담하는 것이 어렵다면, 내담자가 올바른 길을 찾도록 도와줌으로써 내담자의 복지를 증진하는 방법을 배우는 것이 중요하다(Remley & Herlihy, 2014). G. Corey 외(2015)는 이러한 학습의 본질을 다음과 같이 설명한다: "상담은 가치 체계의 틀 안에서 내담자와 함께 일하는 것이다. 상충되는 개인적 가치관으로 인해 어려움을 겪는 경우, 윤리적 행동은 수퍼비전을 받으면서 이러한 차이를 효과적으로 관리하는 방법을 배우는 것이다."(73p). 또한 "상담 과정은 당신의 개인적 가치관에 관한 것이 아니라 내담자의 가치관과 필요에 관한 것이다. 당신의 임무는 내담자가 자신의 신념을 탐색하고 명확히 하며 문제 해결에 자신의 가치관을 적용하도록 돕는 것이다."(73p). 개인적 및 직업적 가치 갈등을 해결하는 방법을 배우기 위해 Kocet과 Herlihy(2014)가 제시한 의사결정 모델을 사용하는 것이 도움이 될 수 있다.

상담 관계에서 가치관의 문제는 분명 복잡하다. 가치관은 항상 상담 관계에 존재하며 여러 장에 등장하고 여러 사례 연구에서 눈에 띄게 나타난다. 사례 연구 1(켄드라의 비밀을 지킬 것인가, 말 것인가?)에서 상담자는 자해 행동을 하는 십대를 상담할 때 그 목표가 자해 행동과 관련된 상담자 자신의 개인적인 반응과 가치관에 근거한 것이 아닌지 숙고해야 한다. 사례 연구 5(철썩 때리기—흡을 돕는 가장 좋은 방법)에서 상담자는 자신의 가치관에 따라 내담자의 행동을 판단하지 않도록 자녀 양육 및 훈육과 관련된 자신의 가치관과 신념을 인식해야 한다. 사례 연구 12(임신한 십대: 학교 상담사의 난처함)의 상담자는 십대 임신과 낙태에 관한 자신의 가치관을 성찰할 필요성을 인식하고 있다. 두 가지 사례 연구에서는 종교적 신념과 관련된 가치 문제를 제시한다. 사례 연구 13(건강에 해로운 신념에 이의를 제기하거나 가치를 강요하는가?)에서 상담자는 내담자의 종교적 신념이 상담의 진전을 방해할 수 있다는 자신의 견해를 인식해야 내담자의 신념 체계 내에서 작업할 수 있음을 알 수 있다. 사례 연구 20(가치관의 강요?)에서 한 대학 상담자는 내담자의 종교적 신념이 내담자의 정신 건강 문제에 영향을 준다고 인식할 때 어떻게 해야 할지 고민하고 있다. 가치관 문제는 상담에 만연해 있으며, 상담에서 가장 골치 아픈 윤리적 딜레마이다.

상담자 학생이 내담자와 직접 일하기 시작하면 이 장에서 설명한 가치 갈등이 어떤 식으로든 나타날 수 있다. 그런 일이 발생하면 상담자를 교육하는 교육자와 수퍼바이저는 당신의 가치를 존중하며 "포기"하라고 요구하지 않을 것임을 명심하라. 오히려 그들은 당신이 개인적인 가치관을 인식하고 그 가치관이 상담 작업에 어떤 영향을 미치는지 모니터링하기를 기대할 것이다. 특정 가치관에 대해 객관성을 유지하는 데 어려움이 있다면 이는 내담자의 문제가 아니라 당신의 문제라고 생각하라. 내담자의 의제에 귀를 기울일 수 있도록 자신의 가치관을 분리하여 놓거나 제쳐놓을 수 없다면 상담이 자신에게 적합한 직업인지 생각해 볼 수 있다. 당신의 윤리적 책임은 추가 학습과 수퍼비전, 그리고 개인 상담을 통해 당신의 개인적 가치관이 전문적인 상담 작업에 어떻게 영향을 미치는지 이해하는 것이다.

말문이 막혀버렸어요.

Anneliese A. Singh

26세의 라리사Larissa는 학교 상담자가 되는 것이 목표이고, 현재 상담전공 석사 2학기 재학 중인 풀타임 학생이다. 그녀가 수강하고 있는 과목 중 하나는 고급 상담 기법이다. 이 과목에서 학생들은 6회기에 걸쳐 '내담자'를 상담하도록 배정받는다. 각 '내담자'는 상담자 교육 프로그램의 박사과정 학생으로, 여섯 번의 상담 회기 동안 동일한 내담자 역할을 하도록 지시받았다. 과목 강사인 찰스Charles 박사는 각 회기를 관찰하고 학생에게 피드백을 제공한다.

라리사의 '내담자'는 16세 아프리카계 미국인 고등학생 역할을 하는 타마라Tamara이다. 첫 회기가 시작되자 타마라는 정신이 혼미하다며, 눈물을 흘리면서 연애 관계에서 갈등을 겪고 있기 때문에 상담을 받으러 왔다고 말한다. 라리사가 관계에 대해 더 자세히 말해 달라고 요청하자 타마라는 관계 내에서 발생한 일련의 오해로 인해 상처받았으며 이 관계가 자신에게 "올바른" 관계인지 궁금해졌다고 설명한다. 그녀는 이야기하면서 관계의 상대방을 "이 사람", "내 중요한 상대", "내 파트너"라고 불렀다. 라리사는 타마라에게 "그 사람과 계속 일을 해결하려고 노력하는 것이 가치가 있는지 의문을 제기하는 것처럼 들리네요."라고 말하며 타마라의 표현에 대해 자신이 이해한 것을 타마라에게 반영해준다. 타마라는 잠시 그녀를 바라보다가 "'그'가 아니라 '그녀'예요. 전 레즈비언이에요."라고 하였다. 긴 침묵이 흐른 후 라리사는 찰스 박사를 향해 "말문이 막혀 버렸어요"라고 말한다.

찰스 박사는 중단된 회기를 검토하기 위해 라리사에게 말문이 막혔을 때 무슨 일이 있었는지 되돌아보게 하고, 라리사가 내담자의 연애 관계가 이성 관계라고 가정한 적이 있는지 묻는다. 라리사는 자신이 그런 가정을 하고 있었고 놀랐다는 것을 인정하며, 다음 회기에서는 더 잘할 수 있을 것이라고 마음을 다진다. 그녀는 자신의 가정을 확인하면서 상담해 나갈 것이라고 말한다.

두 번째 회기에서 타마라는 여자 친구와의 관계에서 갈등을 겪고 있는 것에 대한 고통을 다시 표현한다. 라리사는 타마라의 지지 체계인 부모님과 친구들에게 "커밍아웃"을 했는지 묻는다. 타마라는 아직 비밀이지만 잘 풀리면 친구 및 가족에게 공개할 계획이며 커밍아웃 과정을 처리하는 데 도움을 받고 싶다고 대답한다. 그런 다음 라리사는 타마라가 남학생과 사귀었거나 남학생에게 매력을 느낀 적이 있는지 물어보며 타마라의 연애 역사를 탐색하려고 시도한다. 회기에서 나머지 시간은 원활히 진행되지 않고 타마라는 가능한 이야기를 하지 않으려고 하며 최소한의 반응만 보인다.

찰스 박사와의 대화에서 라리사는 이 회기가 생산적이지 않았다는 것을 깨달았다고 인정한다. 그녀는 상담 목표를 명확히 할 수 있다면 내담자에게 도움이 될 것이라고 생각한다. 라리사는 "그녀는 젊고 변할 수 있기 때문에" 내담자가 자신의 성적 지향을 탐색하는 것이 치료적이라고 생각한다고 말한다. 그녀는 찰스 박사에게 "전환 치료"에 대해 들어본 적이 있으며 다음 회기 전에 이에 대해 더 자세히 알아보고 싶다고 말한다. 찰스 박사는 상담 목표는 상담자가 아닌 내담자가 설정해야 하며, 내담자는 현재 관계에서 갈등을 해결하고 레즈비언으로 커밍아웃하는 것을 목표로 삼았다고 상기시킨다. 이 시점에서 라리사는 "이 내담자와 어떻게 상담해야 할지 모르겠어요. 저는 매우 종교적인 가정에서 자랐고, 동성애는 죄라는 인식이 뿌리 깊게 박혀 있어요."라고 말한다. 그녀는 "청소년들과 효과적으로 일하려면 성적 지향 문제를 다루는 방법을 배워야 한다는 것을 알고 있습니다."라고 말한다.

생각과 토론을 위한 질문

1. 만약 당신이 이 과정의 교육자였다면, 라리사가 더 효과적인 상담자가 될 수 있도록 돕기 위해 어디서부터 시작하겠는가?

2. 라리사가 자신의 종교적 신념을 고려할 때 다양한 성적 지향을 가진 내담자를 상담하는 방법을 배울 수 있다고 생각하는가? 그렇다면, 그녀가 배우도록 돕는 가장 좋은 방법은 무엇인가?

분석

이 석사 과정 학생은 레즈비언, 게이, 양성애자, 성전환자, 퀴어, 성소수자(LGBTQQ) 내담자를 상담하는 방법을 배우는 데 열려 있는 것 같았다. 아직 2학기에 불과한 이 학생은 앞으로 역량을 개발할 기회가 많을 것이다. 우선, 그녀는 자기 인식을 높이는 데 집중해야 한다. 찰스 박사는 라리사에게 자신의 발달 과정을 탐색하기 위해 영적/종교적 타임라인을 살펴보도록 요청할 수 있다. 라리사는 자신의 신앙을 공유하는 목회자나 상담자와 대화하여 신념 체계 차이를 받아들일 여지가 있는지, 그렇지 않다면 자신이 자라온 신앙에 의문을 제기할 수 있는 내적 자유를 느끼는지 명확히 할 수 있다.

성적 지향 발달 타임라인을 구성하는 것도 라리사가 다른 사람의 성적 지향을 정상으로 인식하는 데 도움이 될 수 있다(Dobmeier 외., 2013). 미국은 이성애 규범 사회이기 때문에(즉, 이성애 규범이 이익이 될 수 있기에), 성소수자 긍정 상담을 위한 첫 번째 단계는 상담자가 자신의 성별, 성, 성적 지향에 대해 적극적으로 자기 성찰을 하는 것이다. 라리사는 다음과 같은 질문을 스스로에게 던질 수 있다: "나는 내 성별을 표현하는 방법을 어떻게 배웠는가?" 그리고 "내 성별, 성, 성적 지향에 대해 규정된 규범에서 벗어났을 때 어떤 결과가 일어났는가?"와 같은 질문을 할 수 있다. 이를 통해 성소수자 내담자와의 상담에 영향을 미칠 수 있는 내면화된 고정관념을 파악하는 데 도움이 될 수 있다. 이러한 고정관념을 확인하지 않은 상담자는 성소수자가 상담에 가져오는 실제 문제와 필요를 가릴 수 있는 가정을 바탕으로 상담에 임할 것이다.

둘째, 라리사는 상담 관계에서 자신의 개인적 가치관과 신념을 강요하지 않도록 이를 내려놓는 방법을 배워야 한다(ACA, 2014, 규정 A.4.b.). 찰스 박사는 라리사에게 명확히 설명하는 것이 중요한데, 상담 교수진은 그녀에게 자신의 신념을 바꾸라고 요구하지 않을 것이며, 단지 그 신념들이 상담 관계에 들어가지 않도록 분리하는 법을 배우도록 도와줄 것임을 알려주어야 한다(Kocet & Herlihy, 2014). 그녀는 내담자의 다양성을 존중하고 자신의 가치를 강요하지 않는 방법을 배워야 한다. 라리사의 '내담자'인 타마라 역을 맡은 박사 과정 학생은 상담 회기 중에 상담자로서 라리사를 어떻게 경험했는지에 대한 피드백을 제공할 수 있다. 이는 자신의 가치관과 가정이 내담자와 상담 과정에 어떤 영향을 미치는지에 대한 라리사의 인식을 높이는 데 도움이 될 수 있다.

셋째, 라리사는 다양한 집단, 특히 성소수자 내담자와 함께 일하는 데 필요한 지식과 기술을 습득해야 한다. 라리사는 긍정적으로 표현하는 언어를 개발하고 성, 젠더와 같은 단어의 정의, 유사점, 차이점을 이해해야 한다. 이전에는 사회에서 성을 '남성' 또는 '여성'으로 정의하는 것으로 이해했지만, 이제는 성의 구성이 다양하다는 것을 알고 있다. 가장 중요한 것은 상담자가 성별은 태어날 때 정해지며 "여자로 태어난다" 또는 "남자로 태어난다"는 사람은 아무도 없다는 사실을 알아야 한다는 것이다. 또한 상담자는 성 정체성이 남성과 여성이라는 용어에서 트랜스젠더와 젠더퀴어를 포함하는 개념으로 확장되었음을 알아야 한다. 젊은 성소수자를 상담하는 상담자는 진화하고 새로운 성 정체성을 설명하는 언어(예: 젠더 블렌더(gender blender), 젠더 플루이드(gender fluid))를 들을 수 있도록 준비해야 한다. 정체성 및 언어 문제에 대한 윤리적 치료의 목표는 상담자가 열린 마음으로 성소수자 내담자에게 자신의 정체성을 가장 잘 설명하는 단어와 대명사가 무엇인지 물어보는 것이다.

라리사는 이러한 정체성과 관련된 언어에 익숙해져야 한다. 예를 들어 트랜스젠더는 태어날 때 자신의 성 정체성 및 표현과 일치하지 않는 성별을 부여받았을 수 있다. 시스젠더는 태어날 때 부여받은 성별이 자신의 성 정체성 및 표현과 일치하기 때문에 그 성별과 동일시한다. 트랜스젠더와 시스젠더는 게이(일반적으로 남성으로 식별되는 다른 남성에게 끌리는 사람)에서 레즈비언(일반적으로 여성으로 식별되는 다른 여성에게 끌리는 사람), 양성애자 또는 퀴어(다양한 성 정체성 및 표현에 끌리는 사람)에 이르는 다양한 성적 지향을 가지고 있다. 성소수자 커뮤니티는 역동적이고 활기차기 때문에 상담자는 성소수자 내담자와 함께 일할 때 사용할 수 있도록 끊임없이 진화하는 용어에 대해 알고 있어야 한다.

라리사는 계속해서 지식을 쌓아가면서 성소수자는 단일화된 집단이 아니며 인종/민족, 연령, 성 정체성 및 표현, 이주 상태, 사회계층, 능력 상태, 종교/영적 소속과 관련된 다양한 정체성을 가지고 있다는 것을 알게 될 것이다(Chun & Singh, 2010). 상담자가 모든 성소수자가 동일한 가치, 감정, 경험, 행동을 가지고 있다고 가정하면 상담 과정이 중단될 위험이 있다. 아프리카계 미국인 레즈비언으로서 여러 형태의 억압에 직면한 타마라와 역할극 회기를 계속 진행하면서 라리사는 여러 정체성의 상호 의존성을 주장하는 교차성 이론에 대한 강력한 이해를 발전시켜야 할 것이다(Warner, 2008). 예를 들어, 유색인종 성소수자 내담자는 인종주의와 이성애주의가 교차하기 때문에 백인 성소수자 내담자와는 매우 다른 가치 체계와 경험을 가질 수 있다(Singh, 2013).

라리사가 다양한 성소수자 내담자와 함께 일하면서 자기 인식과 관련 지식을 쌓은 후에도 '커밍아웃' 과정을 다루는 데 어려움을 겪을 수 있다. 상담자는 성소수자 내담자가 가정, 직장, 학교에서 친구 및 가족과 관련된 커밍아웃 문제를 탐색할 수 있는 안전한 공간을 조성하는 기술을 갖춰야 한다. 라리사의 내담자는 커밍아웃에 대한 도움을 받고 싶다는 의사를 밝혔으므로 라리사는 커밍아웃 과정에서 성소수자 내담자가 직면할 수 있는 다양한 문제를 신중하고 협력적으로 평가할 수 있는 역량을 갖춰야 할 것이다. 미국 사회에는 동성애 혐오, 성전환 혐오, 양성 혐오 문제가 내재되어 있기 때문에 성소수자 청소년은 이러한 사회적 차별로 인해 집에서 쫓겨나거나(Haas 외, 2011) 학교에서 괴롭힘을 당하는 등 수많은 부정적인 결과에 직면하게 된다. 상담자가 성소수자의 커밍아웃을 지원하는데 필요한 기술에는 내담자를 지원 그룹, 온라인 리소스, 미디어와 같은 지원 시스템에 자원을 연결할 수 있는 능력이 포함된다. 연구에 따르면 성소수자 청소년과 성인은 웰빙에 영향을 미치고 자살 충동, 약물 남용, 안전하지 않은 성행위, 노숙, 실직과 같은 부정적인 결과를 초래하는 심각한 사회적 차별에 직면하고 있다(Haas 외., 2011; Singh, 2010). 상담자는 자살 생각, 자해, 기타 내담자를 위험에 빠뜨리는 행동 및 환경에 대한 철저한 평가를 수행할 준비가 되어 있어야 한다. 성소수자들은 이러한 억압을 극복하기 위해 다양한 회복탄력성 전략을 개발해 왔다(Singh, 2010, 2013). 따라서 성소수자 내담자의 안전과 위험에 대한 평가에는 내담자가 웰빙을 증진하기 위해 사용할 수 있는 회복탄력성과 강점에 대한 평가도 포함되어야 한다.

해결해야 할 또 다른 문제는 개인의 성 정체성과 성 표현 및/또는 성적 지향을 "변화"시키려는 '전환 치료' 또는 '회복 치료'에 대해 들어본 적이 있고 더 자세히 알고 싶다는 라리사의 발언과 관련이 있다. 찰스 박사는 이러한 유형의 치료가 성소수자 내담자에게 해롭다고 판단한 주요 상담 전문가 단체(예: 미국상담학회 및 미국심리학회)의 입장을 라리사에게 알릴 수 있다. 라리사는 공부를 계속하면서 상담자는 "그러한 서비스가 요청되더라도 상당한 증거가 해를 끼칠 수 있음을 시사하는 경우"(ACA, 2014, 규정 C.7.c.) 기술을 사용하지 않는다는 것을 알게 될 것이다. 성소수자 긍정 상담이 성소수자의 복지에 도움이 된다는 연구 결과가 있으므로 라리사는 성소수자 내담자 및 다른 사람들과 성소수자 긍정 상담의 중요성에 대해 이야기할 수 있는 능력을 개발해야 한다. 이성애주의 문제를 다루고 이러한 이성애주의가 내면화된 방식을 탐구하는 것은 윤리적 성소수자 긍정 상담의 목표가 된다.

라리사는 수련 프로그램을 통해서 성소수자 내담자에 대한 윤리적이고 긍정적인 실천의 중요 요소로 평생 동안 이 집단의 지지자가 되는 것이 포함된다는 사실을 배우게 된다. 성소수자 자녀를 지원하는 데 어려움을 겪고 있는 가족 구성원과 함께 일할 때 상담자는 자녀와 연대하고 성적 지향과 성 정체성 전반에 걸쳐 존재하는 자연스러운 다양성에 대한 유용한 교육 자료를 제공할 수 있어야 한다. 라리사가 현장 경험을 마치고 학교 상담자로 일하게 되면, 상담실이 성소수자 학생에게 얼마나 안전한지 결정하기 위해 업무 환경을 평가하는 것이 지지 행동에 포함될 것이다. 상담 환경에 비치되어 있는 것(책, 미디어, 세이프 존 스티커)은 긍정적 지지의 존재를 알리는 신호이다.

더 생각해 볼 문제

❶ 다양한 내담자 집단과 함께 일할 수 있는 자신의 역량을 어떻게 평가하겠는가?
❷ 내담자에게 무심코 강요할 수 있는 개인적인 가치관과 신념에는 어떠한 것이 있는가?

사례 연구 10
부모의 딜레마: 자녀의 죽음 앞당기기

Karen Swanson Taheri

나오미Naomi와 로저Roger는 4살 아들 마르쿠스Markus의 부모이다. 결혼한 지 10년이 된 부부는 약 1년 전 아들이 몇 가지 의학적 문제를 겪은 후 상담을 받기 시작했다. 나오미와 로저는 가족 외에 다른 사람의 도움이 필요하다고 느꼈고, 상담의 초기 목표는 "마르쿠스의 건강 문제에 더 잘 대처하는 방법을 배우고 치료 과정에서 추가적인 지원을 받는 것"이었다.

상담자 트레버Trevor와의 첫 상담에서 부모는 다음과 같이 말했다:
저희는 마르쿠스의 건강을 회복할 수 있도록 그의 건강 상태를 파악하기 위해 많은 노력을 기울여 왔어요. 우리는 우리가 받고 있는 모든 의료비를 감당할 수 없기 때문에 재정적으로 압박을 받았고 너무 스트레스를 받았습니다! 최소한 우리는 아이의 건강 상태가 어떤지 알고 싶어요. 세 사람의 명의를 찾아갔지만 아무도 확실한 답을 주지 못했어요. 아이가 아주 어렸을 때부터 자주 아팠는데, 최근에는 고열이 나고 훨씬 더 쉽게 감염되는 것 같아요.

부부가 치료를 시작한 지 얼마 지나지 않아 마르쿠스는 백혈병 진단을 받았다. 마르쿠스는 두 차례의 화학 요법을 받았지만 차도가 보이질 않았다. 약 4주 전, 마르쿠스의 종양 전문의는 나오미와 로저에게 마르쿠스의 백혈병이 치료할 수 없을 정도로 진행되었다는 사실을 알렸고, 마르쿠스가 정기적으로 예정된 수혈을 계속 받는다면 6개월 정도 살 가능성이 있다고 했다. 의사는 수혈 외에도 모르핀과 벤조디아제핀 요법을 권장했고, 죽음이 다가올수록 마르쿠스가 편안하게 지낼 수 있도록 두 약물의 용량을 꾸준히 늘릴 것이라고 말했다.

나오미와 로저는 아들에게 어떤 치료가 최선인지에 대해 의견이 일치하지 않았다. 치료 목적으로 꼭 필요한 경우에만 약물을 사용해야 한다고 굳게 믿는 나오미는 마르쿠스가 죽음을 앞당길 수 있는 진통제를 투여받는 것을 원하지 않는다. 그녀는 모르핀과 벤조디아제핀 요법을 그러한 조합 중 하나로 보고 있으며, 이러한 약물 조합의 고용량이 말기 환자의 사망을 앞당길 수 있다는 가능성을 설명하는 여러 기사를 온라인에서 읽었다고 말한다. 나오미는 또한 마르쿠스가 계속 수혈을 받는 것을 원하지 않는다고 말한다. 그녀의 관점에서 볼 때 이러한 수혈은 아이의 생명을 "잠시 동안" 연장하여 불필요한 고통을 연장할 수 있기 때문이다.

로저는 마르쿠스를 "가능한 한 오래 살아있게" 유지하여 아들과 함께 하는 시간을 늘리고 싶어 한다. 또한 로저는 마르쿠스가 진통제로 인해 죽음을 앞당기더라도 "가능한 한 편안하게" 임종하기를 원한다. 로저는 "아들이 불필요하게 고통받는 것을 원치 않으며, 모르핀을 투여받지 않는 것이 아들에게 해가 될 것 같다"고 여러 차례 이야기했다.

부모 모두 마르쿠스의 임박한 죽음에 대해 계속해서 슬픔을 표현해 왔으며, 두 사람 모두 아들에게 작별 인사를 할 준비가 되어 있지 않다.

생각과 토론을 위한 질문

1. 만약 당신이 이 부부의 상담자라면, 자신의 가치관이 상담 과정 내내 효과적인 상담 능력을 유지하는 데 어떻게 기여하거나 방해가 될 수 있겠는가?

2. 당신은 아들을 위한 임종 의사 결정 과정에서 이 부부에게 상담을 제공할 수 있는 능력이 있다고 생각하는가? 자신의 역량을 어떻게 판단하겠는가? 만약 자신이 그들과 계속 함께 일할 능력이 없다고 생각한다면, 어떻게 진행하겠는가?

3. 이 부부를 위한 상담자로서 당신의 역할은 무엇인가? 마르쿠스가 시한부 진단을 받았기 때문에 상담의 목표를 재정의할 필요가 있는가?

4. "해를 끼치지 말라"는 도덕적 원칙을 고려할 때, 이 상황에서 각 개인(나오미, 로저, 마르쿠스)에게 해가 되는 것은 무엇이라고 생각하는가? 마르쿠스의 부모는 각각 해를 어떻게 정의하는가? 만약 당신의 정의가 그들의 정의와 다르다면, 당신은 그들의 상담자로서 그 차이를 어떻게 처리하겠는가?

5. 방임이라는 용어가 이 상황에 적용되는가? 어떤 상황에서 방임이 적용될 수 있는가?

분석

한 사람이 다른 사람에게 "심각하고 예측 가능한 피해"를 입힐 수 있기 때문에 비밀보장을 위반할지 여부를 판단할 때, "임종 문제에서 추가 고려 사항이 적용된다"고 명시한다(규정 B.2.a.). 규정 B.2.b.는 임종 결정에 관한 비밀 유지를 다루고 말기 환자와 함께 일하기 위한 지침을 제공하며, 말기 환자의 임종 결정권자인 부모 또는 간병인과 윤리적으로 일하기 위한 지침도 제공한다. 말기 미성년자에 대한 치료 거부는 법적으로 방임으로 간주될 수 있으므로 트레버는 해당 주의 법률을 참조하고 말기 아동과 함께 일하는 다른 정신건강 전문가에게 자문을 구해야 한다.

나오미와 로저는 마르쿠스의 법적 보호자이며, 마르쿠스는 미성년자라는 법적 지위 때문에 자신의 의료 치료에 동의할 수 없다. 치료와 관련된 결정은 마르쿠스의 법적 보호자에게 있다. 이 경우 트레버의 역할은 부모가 마르쿠스의 임종 치료에 대한 결정을 내릴 때 함께하고 나오미와 로저가 모든 옵션을 고려할 수 있도록 안전하고 지지적인 환경을 제공하는 것이다.

트레버가 마르쿠스의 임종 치료와 관련하여 자신의 개인적인 가치관을 인식하고 상담 과정 내내 적절한 경계를 유지하는 것이 매우 중요하다. 트레버의 역할은 부모 중한 쪽이나 다른 쪽을 설득하는 것이 아니라 부부가 함께 이 딜레마를 탐색할 수 있도록 지지적인 환경을 제공하는 것이다.

더 생각해 볼 문제

❶ 이러한 상황이나 미성년자에 대한 임종 의사결정 과정과 관련된 다른 상황에서 문화적 고려가 어떻게 작용할 수 있는가?

❷ 만약 마르쿠스가 4살이 아닌 13살이었다면, 당신의 개입은 달라졌겠는가? 만약 그렇다면, 어떻게 해야 하는가?

6장
미성년자 상담하기

Mark Salo

상담자는 공립 및 사립 학교, 입원 치료 시설, 개인 상담소, 지역 사회 기관, 청소년 법 집행 기관 등 수많은 환경에서 미성년자인 내담자와 함께 상담한다. 상담자는 3~4세부터 법적 성년(18세)에 이르기까지 다양한 발달 단계와 연령대의 아동을 상담한다. 이러한 복잡성을 가중시키는 것은 매우 특정한 상황을 제외하고 미성년자 내담자는 부모나 보호자의 권리 외에는 법적 권리가 거의 없다는 사실이다(Remley & Herlihy, 2014). 관련 법률은 주마다 크게 다르며, 많은 경우 법령에서 특정 상황을 다루지 않는다. 법령의 예외를 예로 들면, 버지니아주에서는 모든 연령의 미성년자에게 외래 치료에 동의할 권리를 법으로 부여하고 있다. 미시간주에서는 14세 이상의 아동이 부모의 동의 없이 최대 12주 동안 상담을 받을 수 있다.

상담자는 미성년 내담자와 부모, 교사, 사회 복지사, 조부모 등 성인 사이에서 갈등을 느낄 수 있다. 또한 끊임없이 변화하는 법률 시스템에서 법률이 해석되고 재해석됨에 따라 판사의 법원 판결이 선례가 될 수 있다. 그 결과, 혼란스럽거나 '회색' 상황에 처한 상담자는 지원과 안내를 위해 윤리적 기준을 찾게 된다. 미성년 내담자와의 치료 작업은 윤리적, 법적 문제가 발생할 가능성이 가장 높은 상담 전문 영역이라고 할 수 있다.

아동과 함께 일할 때 발생하는 주요 윤리적, 법적 문제는 비밀 유지이다. 아동과의 상담 관계에서 알게 된 정보를 언제, 누구와 공유하는 것이 적절한가? 정보를 요청하는 사람이 부모(보호자)인지 아니면 교사인지에 차이가 있는가? Glosoff와 Pate(2002)는 미성년자를 상담할 때가 성인을 상담할 때보다 비밀 유지와 관련된 상황이 더 복잡하다고 지적하고, 주마다 법이 크게 다르다고 하였다. 예를 들어, 캘리포니아 교육법 제10장은 "제 49600조에 명시된 바와 같이 학교 상담사의 상담을 받는 과정에서 12세 이상의 학생이 공개한 개인적인 성격의 정보는 비밀"이라고 구체적으로 명시하고 있다. 이 법령은 12세 미만의 미성년 학생에게 상담 서비스를 제공하는 것의 중요성을 인식하고 있으며, 상담 과정에서 비밀 유지가 중요하다는 점을 인정하고 있다. 또한 많은 주에서 미성년자가 부모의 동의 없이 성병, 피임, 낙태에 대한 의학적 조언과 치료를 받을 수 있도록 허용하는 법적 지원이 계속되고 있다(Corey 외, 2015; Welfel, 2013). 이러한 법규가 제정된 이유는 서비스에 대한 부모의 동의가 법으로 의무화될 경우 일부 미성년자가 치료를 받지 않으려 할 것이기 때문이다. 당연히 이로 인해 부모와 이러한 의료 문제에 관련된 전문가 사이에 법적 갈등이 발생했다. 이 장의 마지막에 나오는 두 가지 사례 연구는 미성년 내담자의 윤리적 비밀 보장 권리와 부모 또는 보호자가 요청하거나 필요한 정보를 받을 수 있는 법적 권리를 저울질할 때 상담사가 직면하는 곤경의 유형을 대담하게 보여준다. 사례 연구 11(법적 보호자의 비밀 정보 요구)에서는 13세 내담자가 어려운 문제를 논의할 안전한 장소를 원하고 필요로 하지만 법적 보호자는 정보를 공유해야 한다고 주장한다. 사례 연구 12(임신한 10대: 학교 상담자의 난처한 상황)에서는 임신한 17세 내담자를 상담하는 상담자에게 여러 가지 윤리적 문제가 발생한다. 미성년 내담자를 상담하는 상담자는 종종 미성년 내담자에 대한 충성심과 부모의 법적 권리라는 현실 사이에서 윤리적 울타리를 넘나들게 된다.

ACA 윤리 강령(미국상담학회[ACA], 2014)에 따르면 상담자는 내담자에게 최선의 이익을 위해 행동해야 하지만, 부모가 서비스 비용을 지불하는 경우 내담자는 누구로 보아야 하는가? 부모 또는 법적 보호자가 상담 진행 상황에 대한 구체적인 정보를 요청할 때 상담자는 어떻게 대응해야 하는가? 안타깝게도 상담자는 이러한 정보를 제공할 법적 의무가 있지만 윤리적으로 이러한 정보를 공유하지 말 것을 권고받는다. 학교 상담자는 ACA 윤리 강령에서 요구하는 대로 미성년 내담자 및 부모 또는 보호자와 협력적인 관계를 형성하고 유지하기 위해 최선을 다한다.

상담자는 부모와 법적 보호자에게 상담자의 역할과 상담 관계에서 비밀 보장의 내용에 대해 알려주며, 현행 법률 및 양육권 계약에 따라 상담 관계를 유지한다. 상담자는 가족의 문화적 다양성에 민감하며, 법에 따라 자녀의 복지(부담금)에 관한 부모(보호자)의 고유한 권리와 책임을 존중한다. 상담자는 내담자에게 최상의 서비스를 제공하기 위해 부모(보호자)와 적절히 협력적 관계를 구축하기 위해 노력한다(규정 B.5.b).

상담자의 업무 환경에 따라 직면하는 윤리적 문제의 유형이 결정되는 경우가 많다. 개인 상담을 하는 상담자의 경우, 상담에 대한 부모의 허락이 일반적으로 요구되므로, 비밀 보장 기대와 상담 경험의 다른 영향을 명확하게 명시하여 협약을 체결한다. 그러나 이 업무에는 예외가 있을 수 있다.

입원 치료 시설에 있는 아동은 부모나 아동 보호 서비스에 의해 입원했을 가능성이 높다. 이러한 미성년자는 연령에 관계없이 스스로 중요한 결정을 내릴 수 없는 것으로 간주된다. 보호자는 "아동에게 최선의 이익을 위해" 일하는 것으로 간주된다. 부모와 다른 성인들은 치료 과정에서 종종 치료팀의 일원으로 상담을 받을 수 있다. 특히 정보 공유와 관련하여 오해를 피하기 위해 치료 초기에 관련된 모든 사람의 역할을 명확히 하는 것이 중요하다.

학교 환경은 상담 관계에서 개인정보 보호에 대한 질문을 테스트 할 수 있는 또 다른 무대를 제공한다. 주법은 일반적으로 학교 상담자가 상담 전에 학부모에게 연락하여 동의를 받도록 요구하지 않지만, 일부 학교는 그러한 정책을 채택했다. 학교 상담자는 보건교사와 마찬가지로 모든 학생들이 이용할 수 있으며, 학생들의 이용 가능성이 가장 중요하다. 학교 상담자는 정보에 대한 압박을 받을 때 학생의 관심사에 충실할 수 있도록 주의를 기울여야 한다.

학교 환경에서는 이중 관계가 실제로 발생할 수 있으며, 상담교사는 의도치 않게 피해를 입지 않도록 주의해야 한다. 학교 상담자는 수업을 가르치거나 스포츠를 코치할 수도 있으므로 혼란을 초래할 수 있다. Herlihy와 Corey(2015)는 한 역할의 책임과 기대가 다른 역할의 책임과 기대와 다를수록 피해 가능성이 증가한다고 지적한다.

요약하면, 미성년 내담자 상담은 모호한 업무일 수 있다(Salo & Shumate, 1993). 가능한 모든 시나리오와 상황을 포괄하는 윤리 기준을 작성할 수는 없다. 윤리적 기준, 상식, 미성년 내담자에게 옳은 일을 하고자 하는 열망은 상담자가 미성년 내담자와 함께 일할 때 지침이 될 수 있다.

비밀 정보를 요구하는 법적 보호자

Amanda Crawford

니콜Nicole은 학교에서 종합 학교 및 지역사회 치료(comprehensive school and community treatment: CSCT) 치료사로 일하고 있다. 이 공립학교 프로그램은 몬태나 주 전역의 지역 사회에서 정신 건강 서비스를 제공한다. CSCT 치료사 입장은 학교 상담자의 입장과 다르지만 많은 유사점이 있다. CSCT 치료사와 학교 상담자는 모두 학교 내에 위치하며 교사, 관리자 및 학교 직원과 함께 일한다. 니콜은 CSCT 치료사로서 심각한 정서 장애를 겪고 있는 것으로 확인된 학생들을 상담한다. 이 프로그램은 외래 환자 시설과 유사하게 운영되지만 학교 내에 있다.

니콜은 로렌Lauren이라는 학생과 이모 마리아Maria를 대상으로 상담을 시작했다. 로렌과 하루종일 함께 살고 있는 마리아와의 첫 상담에서 니콜은 최근에 로렌의 가정과 학교에서의 위험한 행동에 대한 정보를 얻었다. 로렌은 이성을 잃고, 어른들과 다투고, 강박적인 거짓말을 하고, 어른들과 관계를 피하고, 통금 시간을 지키지 않고, 비난하고, 분노하고, 악의적인 행동을 하는 등 학교와 가정에서 어려움을 겪고 있었다. 마리아는 로렌의 법적 보호자로 로렌을 CSCT 프로그램에 등록할 법적 권리가 있다고 보고했다. 마리아는 양식 및 필요한 모든 서류 처리에 대한 동의에 서명했다.

니콜은 8주 동안 개인, 집단, 가족 치료 회기에서 로렌과 정기적으로 만났다. 이 기간 동안 로렌과 니콜 사이에 친밀감이 형성되었고, 로렌은 관계의 어려움, 최근 어른들과 관계에서 철수한 배경이 된 감정, 성적 지향에 대한 현재의 어려움에 대한 정보를 공개했다. 상담을 시작한 지 8주 후 개인 치료 회기에서 로렌은 비밀 유지에 대한 명확한 설명을 요청한 후 자신이 여성에게 성적 매력을 느끼며 다른 여학생과 실험적인 관계를 맺고 있다고 말했다.

로렌이 자신의 성적 지향을 공개하고 성적 실험에 대해 이야기한 직후, 마리아는 치료 계획을 세우기 위한 의논을 하기 위해 상담실을 찾아왔다. 마리아는 로렌이 길거리에서 여자 친구와 점점 더 많은 시간을 보내는 것을 알아차리게 되었다고 말했다. 마리아는 로렌이 회기 중에 공유하는 모든 정보를 자신에게 알려야 한다고 주장했다. 니콜은 마리아와의 치료 계획을 하는 상담에서 상냥하고 전문적이었지만, 마리아가 니콜과의 상담관계에서 이루어지는 비밀 정보를 얻으려고 고집하면서 관계가 점점 더 불편해지는 것을 알고 있었다. 마리아는 로렌이 미성년자이기 때문에 로렌이 회기에서 공유하고 있는 모든 정보에 대해 알 권리가 있다고 주장했다. 대화 중에 마리아는 변호사를 부를 것이라고 여러 번 암시하고 니콜이 자신의 요청을 따르지 않으면 ACA 윤리위원회에 불만을 제기하겠다고 협박했다. 니콜은 치료 관계에서 비밀 유지의 중요성을 거듭 강조하며 논의를 마쳤지만 마리아는 계속해서 더 자세한 정보를 요구했다.

후속 가족 치료 세션에서 마리아와 로렌은 로렌이 자신의 감정을 논의할 수 있고 자신의 폭로가 이모와 공유되지 않을 공간을 갖고 싶어한다는 것을 확인했다. 마리아는 13세 소녀가 보호자에게 숨기는 "비밀"을 가져서는 안 된다고 말했다.

생각과 토론을 위한 질문

1. 만약 당신이 이 상담자의 입장이었다면, 개인 상담 회기에서 로렌이 공유한 정보를 공개하라는 마리아의 압박을 받았을 때 어떻게 반응할 것이라고 생각하는가? 마리아에게 뭐라고 말하겠는가?
2. 니콜이 그 상황을 처리한 방식에 대해 어떻게 생각하는가? 만약 다르게 행동할 수 있었다면 그 이유는 무엇인가?

분석

니콜의 딜레마는 로렌이 미성년자이기 때문에 상담 회기에서 얻은 정보의 비밀 유지와 윤리적 고려 사항에 관한 것이었다. 니콜은 이모에게 정보를 공개하면 로렌과 마리아는 물론 로렌과 니콜 사이에 형성된 관계에도 해가 될 수 있다고 우려했다. 니콜의 궁극적인 목표는 내담자의 요구를 지원하면서 윤리적으로 책임감 있고 법적으로 건전한 방식으로 행동하는 것이었다.

니콜은 ACA 윤리 강령(ACA, 2014)을 검토하여 지침을 찾았고, 규정 B.1.c.가 자신의 상황에서 중요하고 의미 있는 내용이라는 것을 알게 되었다. 이 규정에 따르면 "상담자는 적절한 동의가 있거나 법적 또는 윤리적 정당성이 있는 경우에만 정보를 공개한다"고 명시되어 있다. 니콜은 로렌이 내담자임을 인지하고 있었으며 상담 중에 공개된 정보를 이모와 공유하는 것에 대해 동의를 받지 않았다. 니콜은 마리아가 관계의 비밀 보장에 대해 이미 알고 있었으며 로렌이 정보를 공유하기로 결정할 때까지 정보를 비밀로 유지하는 것이 로렌에게 최선이라고 생각했다. 니콜은 치료 관계 내에서 구축된 신뢰의 중요성을 강조하면서 마리아와 이 설명 후 사전동의 논의를 반복할 계획을 세웠다. 또한 니콜은 마리아와 긍정적인 상담 관계를 유지하는 것이 궁극적으로 로렌에게 도움이 될 것이라는 점을 알고 있었기 때문에 이 상황이 미묘하고 어려운 상황이라는 것을 알고 있었다.

강령의 추가 규정은 니콜이 윤리적 딜레마에 대처하는 데 방향을 제시해 주었다. 예를 들어:

자발적이고 충분한 정보를 바탕으로 동의할 능력이 부족한 미성년자 또는 성인 내담자를 상담할 때 상담자는 연방 및 주 법률, 서면 정책 및 해당 윤리 규정에 의해 명시된 대로 상담 관계에서 접수된 정보의 비밀을 보장한다(규정 B.5.a).

니콜은 로렌의 비밀을 유지하는 것이 그녀의 윤리적인 책임이라는 것을 알고 있었지만, 로렌이 미성년자이기 때문에 비밀의 한계를 관리하는 방법에 대한 추가적인 지시와 통찰력이 필요했다. 니콜은 적용 가능한 주 법령도 검토하는 것이 좋다.

규정 B.5.c는 비밀 정보의 공개를 다루고 있다:

상담자는 자발적인 정보 공개 동의 능력이 부족한 미성년 내담자나 성인 내담자와 상담할 때 적절한 제3자에게 정보공개 동의를 구한다. 이러한 경우 상담자는 내담자의 이해 수준에 부합하는 정보를 제공하고 내담자의 비밀을 보호하기 위해 적절한 조치를 취한다.

로렌은 이미 이모에게 정보를 공개하지 않겠다는 의사를 밝힌 바 있다. 니콜은 정보를 공개할 경우 정보를 제공하기 전에 로렌에게 알려야 한다는 것을 알고 있었고, 이로 인해 치료 관계에 잠재적인 손상이 발생할 수 있다는 것을 알고 있었다.

니콜은 마리아가 법적으로 인정받는 보호자이고, 비밀 정보 공개를 계속 요구할 경우 판사가 마리아에게 유리한 판결을 내릴 가능성이 높다는 것을 이해했다. 니콜은 수퍼바이저와 회사 변호사와 상의한 후 이 사건이 법정으로 가면 판사에 의해 결정될 것이라는 사실을 깨달았다. 규정 B.2.d.는 상담자에게 "법원이 내담자의 허가 없이 비밀 또는 특권 정보를 공개하도록 명령하는 경우, 상담자는 … 내담자 또는 상담 관계에 대한 잠재적 피해 때문에 공개를 금지하거나 가능한 한 좁게 제한하도록 조치를 취해야 한다"고 제시되어 있다. 판사가 기록 공개를 명령하는 경우, 이 규정은 니콜의 대응 지침이 될 것이며, 니콜은 "비밀 정보를 공개해야 하는 상황에서는 필수 정보만 공개한다"는 주의 사항을 준수하려고 노력할 것이다(규정 B.2.e.). 가능한 한 비밀 정보가 공개되기 전에 내담자에게 알려야 하며, 공개되는 의사 결정 과정에 내담자가 참여해야 한다. 니콜은 필수 정보만 공개하기로 결정하고 공개하기 전에 로렌에게 알렸다.

이 사례는 니콜이 윤리적 딜레마에 처했을 때 ACA 윤리 강령을 사용하여 의사 결정 과정의 방법이 어떠했는지 보여준다. 윤리 강령은 법률 문서가 아니며 연방법, 주법 및 지방법이 지침을 대체한다는 점을 기억하는 것이 중요하다. 판사가 니콜에게 기록 공개를 명령하는 경우, 니콜은 이의를 제기한 후 기록을 공개해야 한다. ACA 윤리 위원회는 상담자가 법원 명령을 준수하기 위한 것이라면 규정을 위반한 것으로 간주하지 않는다.

더 생각해 볼 문제

❶ 배려심 많고 관심 많은 한 교사가 학교에서 일하는 상담자인 당신에게 다가와 학생의 학업 및 행동 문제를 더 잘 이해할 수 있도록 학생의 가정 상황에 대한 정보를 요청했다고 가정해 보자. 당신은 그 교사에게 뭐라고 말하겠는가?

❷ 만약 내담자가 13세가 아니라 9세였다면 마리아의 추가 정보 요청에 대한 당신의 대답은 달라졌겠는가? 마리아가 17세였다면 어떠한가? 내담자가 성숙함에 따라 비밀 유지에 관한 윤리적 책임이 어떻게 달라지는가?

사례 연구 12
임신한 십대: 학교 상담자의 어려움

Danielle Shareef

마이클Michael은 학생 수가 1,300명인 시골 고등학교에서 대안 프로그램의 학교 상담자로 일하고 있다. 그는 가정 환경이 빈곤, 부모 부재, 약물 노출 또는 사용, 가정 폭력 등의 영향을 받을 수 있는 '위험군' 학생들과 함께 상담하고 있다. 마이클은 매주 학생들과 집단 및 개인 상담을 진행한다. 사춘기 딸 둘을 둔 결혼한 아버지로서 마이클은 종종 자신의 딸들이 겪지 않기를 바라는 문제들로 학생들과 상담하는 자신을 발견하곤 한다.

어느 날 아침, 17세 고등학교 2학년인 제니Jenny가 마이클Michael의 사무실에 정신이 혼미한 채로 들어섰다. 그녀는 다른 학생과 다툼에 휘말렸고 싸움을 하고 싶지 않아 상담사를 만나기 위해 수업을 조퇴했다고 설명한다. 제니는 요즘 학교에서 말다툼을 많이 한다고 말한다. 마이클은 제니와 이야기를 나누면서 제니가 집에서 엄마의 믿음을 저버리고 약속을 지키지 않는 문제로 인해 스트레스를 받고 있다는 사실을 알게 된다. 또한 제니는 임신 6주 정도 되었으며 이모가 엄마 몰래 제니를 병원에 데리고 가서 확인을 받았다는 사실도 이야기한다.

마이클은 엄마에게 임신 사실을 숨겨야 한다는 압박감을 견디는 것이 제니가 학교에서 감정적으로 반응하는 데 영향을 미쳤을 것이라고 추측한다. 추가 논의 끝에 제니는 아기를 갖고 싶은지 확실하지 않기 때문에 엄마에게 말하기가 어렵다고 한다. 만약 제니가 아이를 낳지 않기로 선택하면 엄마는 제니가 임신한 사실 자체를 알지 못할 것이다. 엄마에게 자신의 상태에 대해 말하면 엄마가 낙태를 허락하지 않을 것이라고 생각한다. 제니는 영어 시험을 치러야 한다며 회기를 끝내달라고 요청한다. 마이클은 제니와 대화하면서 자신이 강한 감정이 올라오고 있다는 것을 인식하고 제니의 요청에 동의하며, 학교가 끝나면 다시 돌아와서 한 번 더 이야기하자고 요청한다. 제니는 그렇게 하겠다고 동의한다.

회기가 끝난 후 마이클은 십대 임신과 낙태에 대한 자신의 감정, 가치관, 개인적 신념을 정리한다. 그는 낙태에 대한 확고한 지지자는 아니지만 모든 성인 여성은 출산 여부를 선택할 권리가 있다고 믿는다. 그러나 그는 이 입장이 미성년자에게는 적용되지 않는다고 생각한다. 그는 열여섯 임신에 전적으로 반대하며 어린 소녀들이 아기를 낳고 키워야 한다고 생각하지 않는다. 그는 제니와 함께 상담하면서 제니가 낙태를 해야 한다는 것을 암시하지 않고 제니의 의사 결정에 도움을 주면서 균형을 이루기를 원한다. 그는 또한 친부모에게 이 사실을 알려야 할 법적 의무가 있는지에 대해서도 우려하고 있다.

생각과 토론을 위한 질문

1. 만약 당신이 이 사례의 상담자라면, 제니가 임신 사실을 드러낸 것에 대해 어떻게 반응하겠는가?
2. 마이클의 가치관을 고려할 때, 제니가 임신을 유지할 것인지 아니면 낙태할 것인지 결정하는 데 도움을 주기 위해 마이클은 어떤 접근법을 취해야 하는가?
3. 마이클이 제니의 부모에게 그녀의 상태를 알려야 한다고 생각하는가? 그래야 하는 이유와 그렇지 않은 이유는 무엇인가?

분석

상담자는 자신의 개인적인 편견과 가치관을 알고 있어야 상담 관계에서 편견을 갖지 않고 무조건적인 긍정을 전달할 수 있다. 마이클은 십대 부모와 낙태에 대한 자신의 개인적인 신념을 의식하고 있었지만, 제니의 이야기가 자신에게 강한 감정을 불러일으킬 것이라고는 예상하지 못했다. 제니의 부모에게 이 사실을 알려야 할지 여부에 대한 불확실성 때문에 그의 걱정은 더욱 커졌다. 제니는 미성년자이기 때문에 마이클은 부모가 이런 중요한 결정에 관여해야 한다고 생각할 수 있지만, 제니의 부모에게 알릴 윤리적 또는 법적 정당성이 없을 수도 있다.

마이클은 ACA 윤리 강령(ACA, 2014)을 살펴보고 상황에 맞는 몇 가지 규정을 발견한다. 마이클은 자신의 개인적 가치관과 신념을 강요하지 않아야 할 윤리적 의무(규정

A.4.b.)를 이해하고 있으며, 내담자의 다양성을 존중하겠다는 자신의 약속을 지키고자 한다. 마이클은 사회경제적 요인과 도덕성에 대한 문화적 관점이 청소년 부모에 대한 사람들의 관점에 영향을 미치며, 중산층 백인 남성으로서 자신의 신념이 제니 및 제니의 가족과 다를 수 있다는 것을 알고 있다. 그는 이러한 차이점과 자신의 가치관이 제니와의 상담 개입에 영향을 미칠 수 있다는 점을 상당히 우려하고 있다.

마이클은 자신이 제니의 부모에게 알릴 윤리적 의무가 있는지, 아니면 법적 의무가 있는지(또는 둘 다인지) 불확실하다. 그는 강령을 살펴보고 "상담자는 적절한 동의가 있거나 법적 또는 윤리적 정당성이 있는 경우에만 정보를 공개한다"(규정 B.1.c.)는 내용에 주목한다. 제니는 자신의 어머니에게 자신의 상태를 알리는 것을 원하지 않는다는 의사를 분명히 밝혔고, 마이클은 제니의 의사에 반하는 정보를 알리는 것이 '건전한 법적 윤리적 정당성'에 해당되는지 확신하지 못하고 있다. 그는 강령에서 비밀 유지의 예외를 다루는 섹션을 살펴보고 "상담자가 정보를 비밀로 유지해야 한다는 일반적인 요건은 심각하고 예측 가능한 위험으로부터 내담자 또는 타인을 보호하기 위해 공개가 필요한 경우에는 적용되지 않는다"는 것을 알게 된다(규정 B.2.a.). 건강한 17세인 제니는 임신으로 인해 "심각한" 신체적 위험에 처하지 않은 것 같다. 그러나 그는 그녀가 낙태를 하기로 결정하면 태아에게 해를 끼치는 것은 어떨까 의문을 가지고 있다. 마이클은 이것이 미국 사회 전반에 걸쳐 매우 논란이 많고 분열을 초래하는 문제이며, 그 질문에 대한 확실한 답을 가지고 있지 않다는 것을 잘 알고 있다.

그런 다음 마이클은 강령을 통해 미성년 내담자와의 상담에 대한 지침을 검색한다. 그는 가족을 포함한 다른 사람을 "적절한 경우, 내담자의 동의가 있는 경우, 긍정적인 자원"으로 참여시킬 수 있다는 것을 알게 된다(규정 A.1.d.). 하지만 제니는 동의를 하지 않았다. 또한 "자녀의 복지에 관한 부모/보호자의 고유한 권리와 책임/법령에 따른 책임을 존중해야 한다"(규정 B.5.b.)는 내용도 읽었다. 이 규정은 마이클에게 그의 고민이 법적 차원과 윤리적 차원을 모두 가지고 있음을 시사한다. 그가 관련 법률에 대해 알고 있는 것은 그가 거주하는 주에서는 18세 미만 미성년자가 임신 중절을 하려면 부모의 동의가 필요하다는 것이다. 그러나 판사가 미성년자가 충분히 성숙하고 사유가 정당하다고 판단하는 경우 판사는 부모의 동의 없이 임신 중절을 허가할 수 있다. 마이클은 이 정보를 제니와 공유하는 것이 적절한지 의문이 든다. 만약 그렇게 한다면 사실상 법률적인 조언을 제공하는 것이 되는 것인가?

마이클은 자신의 딜레마에 대한 해답이 교육구의 정책 메뉴얼에 있을지도 모른다고 생각한다. 그는 교육구에 학생 임신에 대한 학부모 통지에 관한 정책이 있는지 확인하기 위해 매뉴얼을 꼼꼼히 살펴본다. 하지만 유감스럽게도 교육구에는 서면 정책이 없다는 사실을 알게 된다. 그는 여전히 제니와 계속 함께 상담하기 위해 어떻게 해야 할지 확신이 서질 않는다.

마이클은 성찰을 통해 여러 가지 문제를 파악할 수 있었다: 자신의 개인적인 가치관이 제니를 효과적으로 상담하는 데 방해가 될 가능성, 제니의 임신 이야기에 대한 비밀을 존중해야 하는지 아니면 부모에게 알려야 하는지에 대한 윤리적 문제, 미성년자의 권리와 부모의 권리에 관한 법적 문제 등. 학교 수업이 끝나고 제니를 만나기 전에 그는 자신의 개인적인 가치관 문제와 비밀 유지의 한계에 대한 윤리적 질문을 모두 해결할 수 있도록 신뢰로운 동료 상담자에게 자문을 구하는 것이 현명할 것이다. 그는 교장에게 가서 제니의 신분을 밝히지 않고 임신한 학생을 상담할 때 법적 의무에 대해 교육구 변호사의 자문을 구하도록 요청해야 한다. 마이클이 개인적인 감정으로 인해 제니를 상담할 때 객관성을 유지하기 어렵다고 판단하는 경우, 다른 상담자에게 의뢰할 수 있도록 준비해야 한다. 제니를 계속 상담하기로 결정한 경우, 그가 받는 법률 자문 결과에 따라 영향을 받게 된다. 제니의 부모에게 통지해야 하는 경우, 그 전에 제니에게 알려야 한다. 부모에게 알릴 의무가 없는 경우, 그의 임무는 제니가 자신의 선택을 고려하도록 돕고 제니가 부모에게 알릴 준비가 되었을 때 부모에게 알릴 수 있도록 독려하는 것이다.

더 생각해 볼 문제

❶ 마이클이 제니와 상담을 계속하면서 제니의 부모에게 임신 사실을 알리지 않는다면 어떤 위험을 감수할 수 있는가? 부모에게 알리는 데 따르는 위험은 무엇인가?

❷ 부모를 참여시킴으로써 얻을 수 있는 잠재적 이점은 무엇인가? 제니의 비밀을 존중하면 어떤 이점이 있을 수 있는가?

❸ 임신한 십대를 효과적으로 상담하는 데 방해가 될 수 있는 개인적인 가치관과 신념은 무엇인가?

7장
경계 관리

Gerald Corey & Barbara Herlihy

경계는 상담 관계에 구조를 제공하고 관계에서 취약한 위치에 있는 내담자의 복지를 보호하는 역할을 한다. 상담자가 경계를 설정하거나 상담 관계에서 참여자의 역할을 명확하게 정의하면 내담자를 위한 안전한 공간을 만드는 데 도움이 된다. 상담 회기에서는 내담자가 개인 및 대인 관계 문제로 어려움을 스스로 드러내면서 상당한 정서적 친밀감이 형성될 수 있지만, 상담은 전문적인 관계이므로 개인적 또는 사회적 관계와는 다른 한계가 있다. 경계를 설정하는 이러한 이론적 근거는 간단하고 직관적으로 보일 수 있지만, 실제 상담에서 경계 문제를 다루는 것은 매우 복잡할 수 있다. 경계와 관련된 질문은 논란의 여지가 있으며 수년 동안 전문 문헌에서 뜨거운 논쟁을 벌여 왔다.

경계를 바라보는 관점

경계 문제는 전통적으로 *이중 관계* 또는 *다중 관계*의 관점에서 다루어져 왔지만, 최근 ACA 윤리 강령(미국상담협회[ACA], 2005a, 2014)에서는 *비전문적 관계*라는 용어를 사용하고 있다. 이중 또는 다중 관계(또는 비전문적 관계)는 상담자가 도움 요청자와 동시에 또는 순차적으로 두 가지 이상의 역할을 맡을 때 존재한다(Herlihy & Corey, 2015). 상담자는 다른 직업적 관계(예: 수퍼바이저, 고용주, 교사, 목사, 사업 파트너) 또는 개인적 관계(예: 친구, 애인, 친척; Remley & Herlihy, 2014)와 상담자 역할을 결합할 때 이중 또는 다중 관계를 형성하게 된다. 문헌에서는 일반적으로 성적 관계와 비성적 이중 관계를 구분하고 있으며, 명확성을 위해 이러한 용어를 사용하여 주제를 살펴볼 것이다.

성적 이중 관계

내담자와의 성적 관계는 내담자에게 치명적인 영향을 미칠 수 있는 권력 남용과 신뢰의 배신을 수반하기 때문에 가장 심각한 윤리 위반 중 하나이다. 내담자와의 성적 관계는 보편적으로 비윤리적이고 불법적인 것으로 인식되고 있다(Remley & Herlihy, 2014). 하지만 항상 그런 것은 아니었다. 오랫동안 전문가(보통 남성)와 내담자(보통 여성) 간의 성적 관계는 상당히 흔한 일이었으나, 전문 기관에서 다루거나 문헌에서 인정하지 않았다. 소수의 정신과 의사, 심리 치료사, 상담자들의 용기 있는 노력 덕분에 이 문제가 밝혀졌다. 오늘날 거의 모든 윤리 강령에서 내담자와의 성적 관계는 비윤리적이라고 명시하고 있으며, 면허/자격 규정과 여러 주 의회에서 윤리적 제재에 법의 힘을 더하고 있다.

이러한 명백한 성적 접촉 금지 규정에도 불구하고 정신건강 전문가에 대한 과실 소송에서 가장 흔한 혐의 중 하나가 여전히 성적 문제라는 사실을 알게 되면 놀랄 수도 있다(Pope & Vasquez, 2011). 이제 법원은 내담자가 상담 관계에서 취약하며 치료사와 성적인 관계를 맺을 경우 심각한 정서적 고통을 겪을 가능성이 높다는 점을 인정하고 있다(G. Corey 외, 2015).

ACA 윤리 강령(ACA, 2014)에는 현재 및 전 내담자와의 성적 이중 관계에 관한 몇 가지 기준이 포함되어 있다. 상담자는 현재 내담자, 내담자의 연애 파트너 또는 내담자의 가족 구성원과 성적 또는 연애적인 "상호 작용 또는 관계"를 맺는 것이 금지된다(규정 A.5.a.). 이러한 금지는 마지막 전문적 접촉 후 최소 5년 동안은 이전 내담자에게도 적용된다(규정 A.5.c.). 전문적 관계가 연애적 또는 성적 관계로 변질되어서는 안 되며, 성적 또는 연애적 관계가 전문적 관계로 변질되어서도 안 된다. "상담자는 이전에 성적 및/또는 연애 관계를 맺었던 사람과 상담 관계를 맺는 것이 금지된다."(규정 A.5.b.).

"이 금지는 대면 및 비대면 상호작용 또는 관계 모두에 적용된다"(규정 A.5.c.).

이전 내담자

강령은 상담자가 이전 내담자, 내담자의 연애 파트너 또는 내담자의 가족과 성적 또는 연애 관계를 맺기 전에 최소 5년이 지나야 한다고 규정하고 있다. 이전 내담자와의 성적 친밀감이 허용되는지에 대한 문제는 광범위하게 논의되어 왔지만, 현재 정신건강 전문가들은 상담 관계가 종료되었다는 사실 자체가 치료 관계를 비성적 관계로 변경할 수 있는 적절한 근거가 될 수 없다는 데 동의한다.

일부 전문가들은 상담자와 내담자의 관계가 영구적으로 지속되며 상담자와 이전 내담자 간의 성적 관계는 결코 윤리적이지 않다고 생각한다. 이에 대한 한 가지 근거는 내담자가 취약하고 상담자가 자신에 대해 거의 공개하지 않는 등 정보가 한 방향으로 흐르는 경향이 있는 치료 관계 중에 성적 매력의 씨앗이 심어졌다는 것이다. 따라서 이전 내담자를 위험에 빠뜨리는 힘의 비대칭이 계속될 것이다. 다른 전문가들은 남아있는 전이와 지속적인 권력 차이로 인해 발생할 수 있는 피해 가능성을 인식해야 하지만, 상담 현장에 존재하는 다양한 상황도 고려해야 한다고 주장한다. 이들은 장기적이고 강도 높은 개인적 상담 관계와 학업, 진로 또는 기타 유형의 짧은 상담 사이의 실질적인 차이점을 지적한다. 상담자가 수년이 지난 후에도 이전 내담자와 성적인 관계를 맺는 경우, 착취가 없었음을 입증할 책임은 상담자에게 있으며, 상담자는 "해당 상호작용 또는 관계가 어떤 방식으로든 착취적인 것으로 간주될 수 있는지 그리고/또는 이전 내담자에게 여전히 해를 끼칠 가능성이 있는지 여부를 사전에 신중하게 검토하고 문서화(서면 형식)해야 한다"(규정 A.5.c.)라고 명시되어 있다. 이전 내담자가 착취당하거나 해를 입을 수 있는 경우, 상담자는 성적 관계를 맺지 않아야 한다.

비성적 이중 또는 다중 관계

내담자 및 이전 내담자와의 성적 관계에 대해서는 금지 사항이 명확하지만, 비성적 이중 또는 다중 관계와 관련된 질문은 여전히 논쟁의 여지가 있다. 일부 상담자들은 이중 또는 다중 관계는 가능하면 피해야 한다고 주장한다. Zur(2007)에 따르면, 이러한 입장의 근거는 상담자가 자신의 권력을 오용하여 자신의 이익을 추구하고 내담자에게 해를 끼치는 방향으로 내담자에게 영향을 미치고 착취할 수 있기 때문이다. 상담자가 자신의 재정적, 사회적, 정서적 필요를 충족하기 위해 내담자와 두 가지 이상의 역할을 수행함으로써 자신의 개인적인 필요를 내담자의 필요보다 우선시해서는 안 되지만, 이제 대부분의 정신건강 전문가들은 여러 관계에 참여하는 것을 전면적으로 비난하는 것이 정당화되지 않는다는 데 동의한다. 상담자가 업무에서 항상 한 가지 역할만 하는 것이 가능한 것은 아니며, 항상 바람직한 것도 아니다. 상담자는 전문적 관계에서 여러 역할과 책임의 균형을 맞출 수 있는 전략을 개발해야 한다(Herlihy & Corey, 2015).

다양한 이론적 성향을 가진 상담자들은 이중 관계 또는 경계 문제에 대해 서로 다른 견해를 가지고 있다. 전통적인 정신분석가들은 전이를 가장 잘 분석하고 다루기 위해서는 내담자와 분리되고 중립적인 자세를 유지하는 것이 필요하다고 생각한다(Lazarus & Zur, 2002). 인본주의, 페미니즘, 실존주의, 행동주의 이론을 지향하는 상담자는 내담자와의 관계에서 경계를 다른 방식으로 개념화할 가능성이 높다. 이론적 지향에 따라 상담자는 자기 개방과 같은 개입을 치료 계획의 중요하고 효과적인 부분으로 간주하거나 경계 위반의 한 유형으로 간주할 수 있다.

특히 소도시에서 생활하고 일하는 상담자에게는 다중 관계를 항상 피할 수 없는 것이 현실이다(Herlihy & Corey, 2015; Schank, Helbok, Haldeman, & Gallardo, 2010). 소도시에서 일하는 상담자는 대도시에서 일하는 상담자보다 다중 관계를 다루는 데 훨씬 더 큰 어려움에 직면한다. 그들은 종종 여러 가지 전문적인 역할과 기능을 혼합해야 하며 개인 생활과 직업 생활이 겹칠 수 있다. 군대에서 생활하거나 근무하는 상담자도 소도시에 거주하는 상담자와 동일한 많은 어려움에 직면한다(Johnson, Ralph, & Johnson,

2005). 대도시에 거주하며 소수 민족, 페미니스트, 청각 장애인, 동성애자 또는 종교 공동체의 일원인 상담자도 마찬가지이다.

대부분의 전문 문헌은 내담자와의 성적 관계로 인한 피해에 초점을 맞추고 있지만, 비성적 이중 관계(또는 비전문적 관계)도 내담자의 복지에 위협이 될 수 있다. 내담자와의 비성적 관계의 예로는 교사와 상담자 또는 수퍼바이저와 상담자의 역할 결합, 상품 또는 서비스 물물 교환, 내담자에게 돈 빌려주기, 친구, 직원 또는 친척에게 상담 제공, 내담자 또는 내담자와 가까운 사람과 친구가 되는 것, 내담자와 함께 사업을 시작하는 것 등이 있다.

특정 유형의 이중 관계에서 해를 끼칠 가능성이 인정되며, "상담자는 객관성을 유지할 수 없는 친구 또는 가족과 상담 관계를 맺는 것이 금지된다"(ACA, 2014, 규정 A.5.d.). 이 강령은 잠재적인 이중 관계가 동시적이지 않고 순차적일 때 다른 유형의 이중 관계에 대해 더 많은 유연성과 전문적인 판단을 제공한다. 규정 A.6.은 경계를 관리하고 유지하는 방법을 다룬다. 상담자는 "이전에 관계를 맺었던 사람을 내담자로 받아들일 때 발생할 수 있는 위험과 이점을 고려해야 한다"고 권고한다. 이러한 잠재적 내담자에는 상담자가 일상적 또는 과거에 관계를 맺었던 개인이 포함될 수 있다(규정 A.6.a.). 상담자가 이점이 위험보다 크다고 판단하여 이러한 개인을 내담자로 받아들이는 경우, 피해가 발생하지 않도록 예방 조치를 취해야 한다(예: 설명 후 사전동의 확보, 수퍼비전 또는 자문 요청, 문서화, 규정 A.6.a.). 본 강령의 이 섹션에서는 일반적인 경계가 확장될 수 있는 특수한 상황도 다룬다:

상담자는 상담 관계를 기존의 한계를 넘어 확장할 경우의 위험과 이점을 고려한다. 예를 들어 내담자의 공식 행사(예: 결혼식/약혼식 또는 졸업식) 참석, 내담자가 제공하는 서비스 또는 제품 구매(제한을 가하지 않은 물물 교환 제외), 병원에 입원 중인 내담자의 아픈 가족 방문 등이 있다. 이러한 경계를 확장할 때 상담자는 설명 후 사전동의, 자문, 수퍼비전, 문서화 등 적절한 전문적 예방 조치를 취하여 판단력이 손상되지 않고 피해가 발생하지 않도록 한다(규정 A.6.b.).
상담자는 여전히 잠재적인 피해와 잠재적인 이점을 비교하여 내담자에게 제공할 수 있는 잠재적 혜택을 평가할 책임이 있다는 점에 유의한다. 경계 넘나들기(boundary crossings)와 경계 위반(boundary violations)을 구분하기 위해 이점과 위험을 비교하는 것이 도움이 될 수 있다(Gabbard, 1995; Gutheil & Gabbard, 1993; D. Smith & Fitzpatrick, 1995). 경계 넘나들기는 특정 상황에서 특정 내담자에게 이익을 주기 위해 일반적으로 인정되는 관행에 대한 예외이다. 경계 위반은 해를 끼치는 심각한 위반이다(예: 내담자와의 성관계). 경계 넘나들기와 같이 잠재적으로 유익한 상호작용을 하는 경우에도 상담자는 내담자의 개인 이력 및 현재 정신 상태, 상담 관계의 성격, 이벤트 참석 또는 불참이 내담자에게 미칠 수 있는 영향, 사무실의 한계를 넘어 치료적 모험을 하는 것과 관련된 위험 등 여러 가지 요소를 고려할 것을 권장한다.

유연한 경계와 다중 역할 관리

현재 대부분의 전문가들은 유연한 경계가 윤리적으로 적용될 때 임상적으로 도움이 될 수 있으며, 경계를 넘나들 때는 사례별로 평가해야 한다는 데 동의한다(Gottlieb & Younggren, 2009; Herlihy & Corey, 2015; Knapp & VandeCreek, 2012; Lazarus & Zur, 2002; Moleski & Kiselica, 2005; Speight, 2012; Zur, 2007, 2008). 상담자가 지역 사회에서 일하고 사회 정의 옹호에 관여할 때 경계에 대한 전통적인 관점을 확장할 필요가 있다. 사회정의와 옹호는 개별 내담자의 역동보다는 변화하는 사회적 요인에 초점을 맞춘 더 넓은 틀을 채택하는 것을 수반한다. 그렇기 때문에 역할 혼합은 문제가 될 수 있다. 대부분의 전문가들은 상담자와 직원 또는 상담자와 연인과 같이 중요한 역할을 혼용하는 것은 분명히 적절하지 않다는 데 동의한다. 상담자가 다중 역할을 수행할 때마다 이해관계의 충돌, 객관성 상실, 상담자와 내담자 관계의 손상, 도움을 요청한 사람들에 대한 착취 또는 피해의 가능성이 있다.

Speight(2012)는 경계에 대한 문화적 관점을 제시한다. 그녀는 경계를 이해하는 전통적인 접근 방식은 다양한 문화 집단과 효과적으로 소통하는 데 매우 제한적이라고 생각한다. Speight는 경계를 이해하는 방법, 상담자의 역할, 상담 관계를 재검토할 것을 권고한다. 많은 아프리카계 미국인 내담자들과 함께 일하면서 Speight는 많은 내담자들이 따뜻하고 상호적이며 이해심 있는 관계를 기대하고 치료사들의 객관적인 분리를 관심과 참여가 부족한 것으로 인식한다는 것을 발견했다. Speight는 경계를 이해하고 관리하는 것은 문화적으로 조화로운 방식으로 사람들을 하나로 묶는 사회 내의 유대에 뿌리를 둔 연대의 개념이라고 제안한다. 그녀는 경계를 설정하는 데 있어 복잡성을 수용하는 방법을 배우고 치료 상황에서 역할의 유연성을 개발해야 한다고 주장한다.

Herlihy와 Corey(2015)는 경계와 다중 관계를 관리하는 주제에 대한 문헌을 검토한 후 상담에서 비성적 다중 관계에 대한 명확한 합의가 존재하지 않는다는 결론을 내렸다. 상담자는 자신을 모니터링하고 어떤 형태로든 다중 관계에 참여하는 동기를 검토할 책임이 있다. 상담자는 임상적 정당성이 없는 한 내담자와 둘 이상의 역할을 맡는 것에 대해 신중해야 한다. 물론 그러한 관계를 피할 수 없는 경우 상담자는 내담자를 보호하기 위해 취하는 예방 조치를 문서화해야 한다.

내담자가 아닌 다른 사람과의 관계

많은 상담자들은 상담자나 내담자 관계 이외의 전문적인 관계를 맺는데, 이 관계에서는 권력 차이가 발생하기 때문에 취약하고 종속적인 위치에 있는 사람들을 착취할 가능성이 있다. 상담자는 고용주, 현장 수퍼바이저, 수퍼바이저 또는 교수의 역할을 할 수 있다. 여러 ACA 윤리강령(ACA, 2014) 규정은 이러한 관계에서 악용될 가능성을 해결한다. 성희롱은 금지된다(규정 C.6.a). 수퍼바이저와 수퍼바이지(규정 F.3.c), 그리고 상담자를 교육하는 자와 학생(규정 F.10.b)과 관련된 별도의 성희롱 규정이 있다.

이 강령은 학생 및 수퍼바이지와의 비전문적 관계 및 잠재적으로 유익을 줄 수 있는 관계에 대한 주제를 다룬다. "상담자를 교육하는 자는 학생에게 잠재적인 해를 끼칠 위험이 있거나 수련 경험 또는 성적에 영향을 미칠 수 있는 학생과의 비학문적 관계를 피한다."(규정 F.10.d.). 일반적인 경계를 확장하는 것과 관련하여 "상담자를 교육하는 자는 교수진과 학생 간의 관계에서 권력 차이를 인식하고, 학생과의 비전문적 관계가 학생에게 잠재적으로 도움이 될 수 있다고 생각하는 경우 내담자와 함께 일할 때 상담자가 취하는 것과 유사한 예방 조치를 취한다."(규정 F.10.f.). 또한 "학생과의 비전문적 관계는 시간 및/또는 상황에 따라 제한되어야 하며 학생의 동의를 얻어 시작해야 한다."(규정 F.10.f.).

많은 전문가들이 상담 수련생이나 초보 상담사를 멘토링하는 것을 자신의 역할에서 빼놓을 수 없는 부분으로 여긴다. 멘토는 긴밀한 협력 관계를 구축하고, 연구 프로젝트를 공유하며, 논문을 공동 집필하고, 소셜 네트워크나 비즈니스 네트워크에 제자(protégé)들을 참여시킨다. 멘토링 관계와 관련된 여러 가지 분명한 이점이 있지만, 이중 관계의 복잡성과 다차원적 특성을 주의 깊게 살펴보고 잠재적 위험과 이점을 비교 검토해야 한다. 잠재적인 윤리적 문제는 멘토링 관계의 전 과정에서 논의되어야 한다. 멘토링의 주된 초점은 제자(protégé)의 전문성 개발에 맞춰져야 한다(Casto, Caldwell, & Salazar, 2005).

내담자 또는 이전 내담자와의 우정

대인 관계의 경계는 고정된 것이 아니라 시간이 지남에 따라 재정의된다. 상담자는 경계 변동을 관리하고 중복되는 역할에 효과적으로 대처해야 하는 과제를 안고 있다. 상담자와 내담자가 얼마나 긴밀하게 협력하는지를 고려할 때, 우정을 쌓는다는 생각은 유혹적일 수 있다. 마찬가지로 대부분의 상담자들은 문제가 있는 가까운 친구나 친척이 상담자에게 치료사 역할을 맡기려고(의도적이든 아니든) 시도하는 상황에 직면한 적이 있을 것이다. 문제는 우정과 치료 관계의 근본적인 역동 관계가 동일하지 않다는 것이다. 우정은 상호 개방과 지지, 즉 기쁨과 문제를 공유하고 서로를 위해 존재하는 것을 기반으로 한다. 상담자는 친구와 상담 관계를 맺지 않아야 할 의무가 있다(ACA, 2014, 규정 A.5.d.). 내담자가 친구이기도 한 경우, 임상적으로 상담자가 내담자와 대면하는 것이 우정으로 인해 어려울 수 있다. 내담자는 정직성과 개방성에도 어려움을 겪을 수 있다. 대부분의 내담자는 때때로 상담자가 자신에 대한 정보를 공개할까 봐 걱정하는 경우가 있다. 상담자가 친구라면 내담자는 친구와 상담자를 모두 잃을 것이라는 두려움 때문에 공개를 더욱 꺼릴 수 있다. 그들은 자신의 발전이나 성장에 중요한 정보를 숨기기로 결정할 수도 있다.

이전 내담자와 친분을 쌓으면 윤리적인 문제가 발생하는가? 상담자가 상담이 종료된 후 내담자와 비성적인 관계를 맺는 것이 법적으로나 윤리적으로 금지되어 있지는 않지만, 이러한 행동은 내담자와 상담자 모두에게 문제를 일으킬 수 있다. 힘의 불균형은 매우 느리게 또는 전혀 변하지 않을 수 있다. 상담자는 상담이 종료된 후에도 전문적인 관계가 개인적인 관계로 발전하도록 허용할 때 내담자의 동기뿐만 아니라 자신의 동기를 인식해야 한다. 고려해야 할 또 다른 사항은 내담자가 전문적 관계를 종료한 후에도 추가 상담 회기를 위해 다시 방문하기를 원할 수 있다는 점이다. 친분이 있는 경우 후속 상담의 기회가 박탈된다. 모든 것을 고려할 때, 가장 안전한 정책은 아마도 이전 내담자와 사회적 관계를 발전시키지 않는 것이다(G. Corey 외., 2015).

물물 교환

상담 서비스를 대가로 상품이나 서비스를 교환하는 물물 교환은 일반적으로 권장되지 않지만, 상담자는 일반적으로 서비스 비용을 지불할 여유가 없는 내담자를 돕기 위한 선의의 이유로 물물 교환을 하는 경우가 많다. ACA 윤리 강령(ACA, 2014)에 따르면, "상담자는 물물 교환이 착취나 해를 초래하지 않는 경우, 내담자가 요청하는 경우, 그리고 그러한 합의가 지역사회의 전문가들 사이에서 받아들여지는 관행인 경우에만 물물 교환을 할 수 있다"(규정 A.10.e.)라고 명시되어 있다. Zur(2011)는 현금이 부족하지만 다른 면에서 재능이 있는 사람들에게는 물물 교환이 품위 있는 지불 방식이 될 수 있으며 물물 교환은 많은 문화권에서 규정이라고 주장한다. 그는 물물 교환이 명확하게 표현된 치료 계획의 일부가 될 수 있으며 다른 개입과 마찬가지로 내담자의 필요, 욕구, 상황 및 문화적 배경을 고려해야 한다고 제안한다.

이러한 이타적인 의도에도 불구하고 물물 교환은 갈등의 가능성을 가지고 있다. 한편으로, 물물 교환은 일부 지역사회와 문화에서 받아들여지는 관행이다. 다른 한편으로, 물물 교환은 내담자나 상담자의 분노로 이어질 수 있다. 내담자가 제공하는 서비스는 종종 상담만큼 금전적으로 가치가 높지 않아 물물 교환에 문제가 있을 수 있다. 내담자는 또한 상담이 효과가 없고 따라서 상담자가 계약의 목적을 달성하지 못하고 있다고 믿을 수 있다. 마찬가지로 상담자는 내담자가 제공하는 상품이나 서비스의 적시성이나 품질에 만족하지 못하고 그들이 받고 있는 것보다 더 많은 것을 주고 있다고 느낄 수 있다. 의심스러운 상황에서 좋은 방법은 형평성, 임상적 적절성 및 잠재적 위험 측면에서 제안된 합의에 대한 객관적인 평가를 제공할 수 있는 신뢰할 수 있는 동료에게 자문받는 것이다.

선물 받기

상담자는 때때로 내담자가 선물을 제안하는 상황에 직면할 수 있으며, ACA 윤리 강령(ACA, 2014)은 선물을 수락하거나 거절해야 하는지에 대한 "엄격한 규정"을 제공하지 않는다. 규정 A.10.f.는 상담자에게 "일부 문화권에서는 작은 선물이 존경과 감사의 표시"임을 상기시킨다. 내담자로부터 선물을 받을지 여부를 결정할 때는 치료 관계의 질, 선물 수락 또는 거부의 임상적 의미, 선물 제공이 이루어지는 상담 단계, 선물의 금전적 가치, 내담자의 선물 제공 동기, 선물을 원하거나 거절하는 상담자의 동기 등 여러 가지 요소를 고려해야 한다.

결론

내담자, 학생 또는 수퍼바이지와의 다중적이거나 비전문적인 관계에 대한 딜레마를 깔끔하게 해결하는 간단하고 절대적인 대답은 거의 없다. 양심적 상담자가 ACA 윤리 강령(ACA, 2014)을 숙지하고 전문적인 문헌을 최신 상태로 유지하는 것은 다소 부담스럽지만 필요한 작업이다. 잠재적인 문제를 미리 예측할 수 있다면 여러 비전문적 관계를 피할 수 있는 경우도 있지만, 그렇지 않은 경우도 있다. 상담자가 업무에서 단일적인 역할을 하는 것이 항상 가능한 것은 아니며 항상 바람직하지도 않다. 상담자들은 그들의 직업적인 관계에서 한 가지 이상의 역할을 균형 맞추기 위해 씨름해야 할 수도 있다. 상담자들이 윤리적으로 의심스러운 다중 관계에 얽히기 전에 잠재적인 합병증에 대해 신중하게 고려하고, 그들이 설명 후 사전동의, 상담, 수퍼비전 및 문서를 사용하여 내담자를 보호하기 위한 조치를 취하는 것이 중요하다.

이 장의 두 가지 사례 연구는 경계 설정과 관련된 결정의 복잡성을 강조한다. 사례연구 13(건강에 해로운 신념에 이의를 제기하거나 가치를 강요하는가?)에서 상담자는 상담관계의 경계를 내담자의 목회자까지 포함하도록 확장하면 내담자를 더 효과적으로 도울 수 있는지 궁금해한다. 사례연구 14(실례하겠습니다)에서는 한 상담자가 교회 신도들에게 상담 서비스를 제공한다. 목회자는 경계와 비밀 유지의 한계를 잘 이해하지 못해서 어색한 사회적 상황을 만든다.

건강에 해로운 신념에 이의를 제기하거나 가치를 강요하는가?

Craig S. Cashwell & Tammy H. Cashwell

55세의 백인 남성인 칼Carl은 알코올 중독에서 조기에 회복할 수 있도록 공인전문상담사인 지나Gina에게 상담을 받고 있다. 그는 30일간의 숙박 프로그램을 마치고 막 집으로 돌아왔다. 그는 30년 이상 알코올 중독으로 고통받았지만 25년 동안 함께 살아온 아내가 그를 떠나고 두 딸이 대화를 거부하자 마침내 치료에 들어가기로 결심했다. 칼의 부모님은 5년 전 돌아가셨고, 칼은 생애 처음으로 혼자서 주말에 술을 마시고 거의 죽을 뻔했다. 간신히 살아남은 그는 치료에 들어갔다.

칼은 초기 접수 면접에서 종교/영성이 매우 중요하지만(5점 척도에서 "5"로 평가) 상담에서 이에 대해 이야기하고 싶지 않다고 했다. 내담자가 종교가 매우 중요하다고 하면서도 종교에 대해 이야기하고 싶지 않다고 말하는 것은 이례적인 일이었지만, 처음에는 상담의 초점이 관계 구축, 대처 기술 개발, 칼의 금주를 도울 지원 커뮤니티를 찾는 것이었기 때문에 지나는 이 요청을 존중했다. 이러한 목표가 설정된 후 지나는 칼이 처음에 종교가 자신에게 "매우 중요하다"고 말했지만 상담에서 종교에 대해 이야기하고 싶지 않다는 점을 부드럽게 다루었다. 지나는 종교에 대해 이야기하고 싶지 않다는 칼의 요청을 존중함으로써 힘을 실어주고 싶지만 또 한편으로는 중요한 정보를 놓치고 있는 것은 아닌지 궁금했다.

이 부드러운 초대에 칼은 자신의 종교 생활에 대해 장황하게 이야기하기 시작했다. 그는 신앙심이 깊은 가정에서 자랐고 어린 시절부터 교회에서 매우 활발하게 활동했다. 안수 집사였고 25년 동안 주일학교를 가르쳤으며 가끔 설교를 하기도 했다. 그는 자신의 중독에 대한 부끄러움을 숨기면서 종교 공동체에서 매우 활발하게 활동했던 '지킬 앤 하이드' 경험에 대해 장황하게 이야기했다.

지나가 종교 생활을 어떻게 하고 있는지 묻자 칼은 고개를 숙이고 망설이면서 "매일 기도하곤 했는데 지금은 안 해요"라고 대답했다. 이에 대해 더 자세히 말해달라는 요청에 칼은 성경 구절을 인용했다: "주님은 악인에게는 멀리 계시지만 의인의 기도는 들으십니다." 그는 자신이 세상에서 저지른 모든 피해에 대해 말하면서, 주님을 너무 멀리 밀어내어 기도를 들을 수 없게 되었으니 기도할 필요가 없다고 하였다. 지나는 그 말을 들으면서 주님이 죄인을 사랑하신다는 사실로 칼을 안심시키고 싶은 마음이 들었지만, 그런 생각은 제쳐두고 칼에게만 집중했다. 지나는 칼이 금주를 통해 자신이 저지른 모든 나쁜 일들을 반성하게 된 계기를 이야기하도록 도왔고, 그 중에는 전처와 두 딸을 신체적, 정서적으로 학대하고 수년 동안 수많은 원나잇 스탠드에 참여했다는 이야기도 했다. 그는 너무 취해서 둘째 딸의 결혼식에 참석하지 못했다고 이야기했다. 칼은 "주님은 걱정할 일이 많은데, 악인들과 멀리 떨어져 계신데 왜 주님께 기도를 올리는 데 시간을 낭비하겠습니까?"라고 결론을 내렸다.

칼은 또한 보수적인 종교 가정에서 자라면서 어떤 잘못을 저질러도 가혹한 처벌을 받았고, 종종 하나님의 진노를 불러일으켜 지옥에 갈 것이라는 위협을 받았던 자신의 성장 과정을 설명했다. 칼은 특히 10대 때 꿈을 꿨다는 이유로 나이에 맞지 않는 방식으로 회초리를 맞는 가혹한 처벌을 받았던 가슴 아픈 이야기를 들려주며 성의 사악함과 부도덕성에 대해 설명했다.

생각과 토론을 위한 질문

1. 지나가 칼의 종교적 신념에 초점을 맞추는 것이 적절한가?
2. 종교와 영성에 관한 칼의 진술에 대한 당신의 개인적인 신념은 무엇인가? 이러한 신념이 칼과 상담하는 데 어떤 영향을 미칠 수 있는가?
3. 만약 당신이 이 사례의 상담자라면, 어떤 개입을 고려하고 실행할 수 있는가?

분석

내담자의 영적 문제와 믿음은 상담자들에게 가장 까다로운 것 중 하나가 될 수 있는데, 이는 그러한 믿음이 크게 형성되기 때문이다. 한편으로, 지나는 영적인 것에 대한 그녀 자신의 개인적인 믿음, 편견, 그리고 선입견을 인식해야 한다. 이 경우 지나의 종교적 배경이 칼의 종교적 배경과 완전히 다르지는 않았지만, 그녀는 자신의 신념이 훨씬 더 자유롭다는 것을 알고 있었고, 칼이 구원의 범위를 벗어나지 않는다는 것을 "다시" 확인하고 싶은 충동을 염두에 두어야 했다. 자신의 행동이 용서받을 수 있다는 믿음이 심리적으로 타당하더라도 칼에게 이러한 믿음을 강요하는 것은 상담자의 가치를 강요하는 것이 될 수 있다.

반면에 칼은 발달적으로 그에게 희망과 지지의 큰 원천이 되었지만 비합리적인 믿음으로 여겨져서 포기한 영적 수행(기도)에 대해 설명하고 있다. 자신이 사랑받을 수 없고 용서받을 수 없다는 칼의 믿음이 그의 영적인 힘과 관련이 없다면 상담자는 아마도 이 믿음에 부드럽게 이의를 제기할 것이다. 지나는 칼의 상담자로서 단순히 치료 관계가 인간이 아닌 신적 관계라는 이유로 이 문제를 피해야 하는가?

지나가 용서와 구원을 넘어섰다는 칼의 믿음을 어떻게 다루고 그가 건강한 영적 훈련을 재개하도록 격려할 수 있는가? 지나는 상담자와 영적 지도자/성직자 사이의 경계를 모호하게 해서는 안 되며, 칼이 상담에서 원하는 것이 아니라고 말했을 때 칼의 종교 생활을 상담의 초점으로 삼아 칼의 권한을 박탈해서는 안 된다.

이 문제를 지지적인 방식으로 해결하는 한 가지 접근 방식은 칼의 지지 체계에 관여하는 것이다(ACA, 2014, 규정 A.1.d.). 지나는 다음과 같이 요청할 수 있다. 칼의 종교적 신념을 더 잘 이해하기 위해 칼이 다니는 교회의 목사와 대화할 수 있도록 허락을 구한다. 지나는 칼에게 서면 동의를 받아 목사와 대화하고 과거의 행동 때문에 하나님이 자신의 기도를 듣지 않는다는 칼의 생각을 전달할 수 있다. 이 대화에서 지나는 목사가 칼의 상황에서 이러한 믿음을 강화할 것인지 아니면 용서, 은혜, 자비를 강조할 것인지를 알 수 있었다. 전자의 경우라면 목사님과의 대화는 단순히 칼의 신념 체계를 더 잘 이해하기 위한 상담으로 남을 가능성이 높다. 후자의 경우에는 목사에게 용서와 자비에 대해 논의하기 위해 칼을 만날 의향이 있는지 물어볼 수 있다. 지나는 목사에게 칼이 종교적으로 권위 있는 가정에서 자랐으며, 부모의 권위적인 스타일(옳은 것에 대해 "강의"하거나 "설교"하기)을 되풀이하기 보다는 칼의 진화하는 신앙 체계에 힘을 실어주기 위해 칼과 토론하는 것이 중요할 수 있다고 강조할 수 있다.

목사가 원하고 칼이 목사님과 만나기 시작하면 지나는 자신의 상담 기술을 사용하여 칼이 목사와의 만남에서 논의하고 싶은 모든 것을 칼과 함께 다루면서 상담 관계의 경계를 명확하게 유지할 수 있다. 따라서 칼이 치료라는 중요한 일에 참여하면서 동시에 필요한 영적 지도를 받을 수 있고, 이 두 가지 요소가 시너지 효과를 발휘하여 중독과 관련된 수치심과 죄책감을 줄일 수 있기를 바란다.

더 생각해 볼 문제

❶ 칼이 목사님과 대화하는 것을 원하지 않는다면 어떻게 하겠는가?

❷ 만약 칼의 목사가 수치심에 기초한 종교를 강조하고 하나님이 자신의 과거 행동 때문에 자신의 기도를 듣지 않으실 것이라는 칼의 생각에 동의한다면 어떻게 하겠는가?

❸ 상담자가 경계나 내담자의 비밀을 침해하지 않고 내담자를 돕기 위해 다른 전문가들(예: 목회자)과 어떻게 가장 효과적으로 협력할 수 있는가? 이러한 종류의 협력 관계에 들어가기 전에 내담자의 복지를 보장하기 위해 어떤 조치를 취해야 하는가?

사례 연구 14
실례하겠습니다

Matthew L. Lyons

드와이트Dwight는 교인들에게 전문적인 상담 서비스를 제공하기 위해 교회의 직원으로 합류해 달라는 요청을 받은 숙련된 상담자이다. 담임 목사는 "우리 교인들 사이에서 정신 건강 서비스에 대한 필요성이 증가하고 있다"는 문제를 해결하고자 드와이트에게 아이디어를 제안했다. 이 교회는 규모가 크고 15명의 직원을 고용하고 있다. 담임 목사는 모든 직원이 상담이 필요한 교인이 있으면 드와이트에게 의뢰할 수 있기를 원한다.

드와이트는 교회 환경이 몇 가지 독특한 문제를 안고 있다는 것을 알고 있다. 그는 담임 목사와 다른 지도자들이 전문적인 상담을 제공한다는 것이 무엇을 의미하는지 이해하도록 주의를 기울인다. 몇 달 동안 비밀 유지, 경계, 사무실 공간, 비용 및 기타 세부 사항에 대해 논의한 후 드와이트는 교회 직원들과 함께 일하게 된다. 담임 목사와 교회의 다른 지도자들은 드와이트가 이 새로운 노력의 실행 계획을 처리할 충분한 시간을 확보할 수 있도록 8주 후에 업무를 시작하는 데 동의한다.

예정된 시작일 2주 전, 담임 목사가 드와이트에게 전화를 걸어 부부 상담이 필요한 친구 웨인Wayne과 웨인의 아내 리사Lisa를 만나줄 수 있는지 물어본다. 담임 목사는 웨인과 리사는 자신의 친구일 뿐 교회에 출석하거나 교회에 소속되어 있지 않다고 분명히 밝힌다. 드와이트는 업무 시작일 이후에 부부를 만나겠다고 말한다. 그러나 담임 목사의 권유로 드와이트는 다음날 그 부부에게 전화를 걸어 약속을 잡자고 제안한다. 다음 날 사무실에 도착한 드와이트는 웨인의 메시지를 확인하고 전화를 걸어 다음 주에 약속을 잡는다. 같은 날 오후 드와이트는 복도에서 목사님과 마주친다. 목사는 "웨인에게 연락을 해 봤어요?"라고 묻는다. 드와이트는 질문을 피하고 계속 걸어간다.

일주일 후, 드와이트는 웨인과 그의 아내 리사를 처음 만난다. 웨인과 리사는 모두 50대 중반이다. 결혼한 지 34년이 되었으며 외도, 약물 남용, 우울증 등 지속적인 어려움을 겪고 있다고 한다. 웨인은 목사님의 추천에 감사를 표하고 목사님과의 친밀한 우정에 대해 자세히 설명한다. 웨인은 골프 클럽 제조업체의 영업 담당자이다. 골프 모임에서 목사님을 만났고 그 이후로 좋은 친구가 되었으며, 최근에 목사님이 골프 클럽 세트를 좋은 조건에 구입할 수 있도록 도와드렸다고 덧붙인다. 웨인과 리사는 자신들이 직면한 어려움에 대해 매우 솔직히 말했다. 상담을 받으려는 이유를 공유한 후, 그들은 비밀 유지에 대해 문의하고 목사님이 상담 내용을 알기를 원하지 않는다고 강조한다.

웨인과 리사의 첫 번째 회기가 끝나고 이틀 후, 드와이트는 지역 사회 사교 모임에 참석한다. 그는 담임 목사와 다른 교회 직원들을 포함한 여러 사람들과 이야기를 나누고 있다. 주제는 골프에서 좋아하는 골프 클럽으로 바뀌고 드와이트는 골프를 치지는 않지만 관심을 가지고 이야기를 듣는다. 어느 순간 담임 목사는 자신이 새로 산 골프 클럽에 대해 설명하고 자신이 지불한 가격에 대해 자랑한다. 다른 사람들이 그의 구매에 관심을 표하자 목사는 드와이트의 어깨에 손을 얹고 "우리 친구 웨인이 저를 연결해줬어요. 사람을 아는 것이 도움이 되지 않나요, 드와이트?"라고 말한다. 목사의 손이 드와이트의 어깨에 계속 얹혀 있는 동안 질문은 멈췄다. 대화에 참여한 사람들은 목사가 누구를 지칭하는지 알지 못한 채 드와이트의 대답을 기다렸다. 드와이트는 목사가 자신의 내담자를 언급하고 있다는 것을 알고 어떠한 선택을 해야할지 고민하는 동안 시간이 멈춘 것처럼 느껴진다. 고민하던 드와이트는 잔을 슬며시 들어올리며 "골프에 대해서는 잘 모르지만 목이 마르다는 것은 압니다. 괜찮으시다면 리필하러 갈게요."라고 말한다. 드와이트는 대화에서 벗어나 가능한 한 빨리 사교 모임을 떠난다.

생각과 토론을 위한 질문

1. 드와이트가 사교 모임에서 상황을 처리한 방식에 대해 어떻게 생각하는가? 대화와 모임에서 자신을 제외시킨 것이 최선의 선택이라고 보는가?

2. 드와이트의 새로운 직책과 관련된 더 큰 문제는 무엇인가? 해결해야 할 더 큰 문제는 무엇인가?

분석

이 시나리오에는 두 가지 주요 윤리적 문제가 있다. 첫째, 드와이트는 대화에서 자신이 곤경에 처한 즉각적인 상황을 신중하게 처리해야 했다. 드와이트는 내담자의 이름이 언급되는 것을 매우 불편하게 느꼈을 것이다. 그의 주된 책임은 내담자의 비밀과 안녕을 보호하는 것이다. 하지만 드와이트는 이 대화에서 담임 목사를 존중하고 동료애를 증진시킬 수 있는 기회로 삼고 싶을 수도 있다. 대화에 참여한 다른 직원들은 드와이트가 이 지역에 처음 온 사람이라는 것을 알고 있다. 그들은 상담자로서 그의 위치를 잘 알고 있다. 드와이트는 목사님과 드와이트가 웨인과 어떻게 연결되어 있는지 궁금해하는 사람들이 있을 수 있다는 것을 깨닫는다. 이를 깨달은 드와이트는 자신이 웨인을 안다는 사실을 인정하거나 부인하고 대화를 계속하는 것이 더 큰 파장을 일으킬 수 있다는 점을 우려했을 수 있다. 주제를 바꾸고 그 상황에서 벗어나기로 한 그의 선택은 적절해 보인다.

두 번째로 중요한 윤리적 문제는 담임 목사, 드와이트와 그의 내담자 간의 관계에서 경계에 관한 것이다. 드와이트는 직원들과 함께 일하기 전에 비밀 유지와 경계에 대한 이해도를 높이기 위해 노력한 것에 대해 칭찬을 받아야 한다. 그럼에도 불구하고, 이 상황과 그 이전의 다른 상황들은 담임 목사가 전문상담자의 역할과 상담 관계의 비밀 보장을 이해하지 못하고 있음을 분명히 시사한다. 드와이트가 사교 모임에서 가장 적절한 행동을 취한 것처럼 보이지만, 목사의 행동을 무시할 수 없다는 것은 분명하다.

드와이트는 일단 사교 모임에서 제외되면 그 상황을 그냥 넘어가고 싶은 유혹을 받을 수 있지만, 그렇게 행동하는 것은 부적절하다. 교회의 직원으로서 그는 "수용 가능한 내담자 관리 및 전문적 행동 규정"에 대해 고용주[목사]와 "합의에 도달하기 위해 노력"해야 할 윤리적 의무가 있다(ACA, 2014, 규정 D.1.g.). 드와이트가 대화에 대한 자신의 우려를 담임 목사에게 명확하게 전달하는 것이 필수적이다. 종종 상담 전문직 외의 전문가들은 일상적인 대화의 치료 효과를 인식하지 못하며 전문적인 경계를 넘지 않아야 할 필요성을 인식하지 못할 수 있다. 담임 목사는 이 사건을 공개적으로 학습하면 향후 의사소통을 개선하는 데 사용할 가능성이 높다.

드와이트는 ACA 윤리 강령을 참조하여 이 상황을 처리하는 방법에 대한 지침을 찾을 수 있지만, 그의 고유한 상황에 대한 직접적인 언급은 없다. 규정 A.6.은 경계 및 전문적 관계를 관리하고 유지하는 것과 관련된 상담자의 책임에 대해 자세히 설명하지만, 상담자는 "이전에 관계를 맺었던 사람을 내담자로 받아들이는 데 따른 위험과 이점을 고려해야 한다"고만 명시하고 있다(규정 A.6.a.). 드와이트가 웨인 및 리사와 상담하기로 동의하기 전에 이전에 관계를 맺은 사람은 드와이트가 아니라 목사였다. 규정 A.6.b.는 "기존의 한계를 넘어" 상담 범위를 확장하는 것에 대해 경고하지만, 드와이트는 자신의 사무실에서 정해진 약속의 범위 내에서만 부부를 만났다. 아마도 강령에서 드와이트에게 가장 적절한 조언은 잠재적인 경계 문제를 야기할 수 있는 상황을 다룰 때 "예상되는 결과"(규정 A.6.c.)를 고려하고 "적절한 전문적 예방 조치를 취해야 한다"(규정 A.6.b.)는 요구 사항일 것이다.

드와이트는 이 장소에서 전문적인 상담을 제공할 수 있는지 자신의 능력에 의문을 품을 수 있다. 그는 교회 환경이 몇 가지 독특한 도전을 제공할 것이라는 것을 알고 있었고, 모든 직원이 상담 관계를 이끄는 윤리를 지켜야 한다는 것을 그 어느 때보다 잘 알고 있다. 또한 드와이트는 담임 목사가 나머지 직원들의 분위기를 조성하며, 담임 목사가 상담 관계를 둘러싼 윤리를 존중하지 않으면 다른 사람들을 설득하기 어려울 수 있다는 것을 깨닫는다. 드와이트는 이러한 환경에서 자신의 전문가적 윤리를 지키기 위해 지속적으로 노력해야 한다는 것을 알 수 있다.

최소한 발생한 사건으로 인해 드와이트는 상담 업무의 기본 설정에 의문을 품게 될 것이다. 이 시나리오의 문제 중 하나는 처음부터 목사의 개입이다. 드와이트는 구조가 내담자의 비밀과 복지를 보호하는지 확인하고 다른 직원들에게도 동일한 조치를 취하도록 교육하는 데 더 많은 시간을 할애해야 할 것이다.

더 생각해 볼 문제

❶ 누군가 내담자에 대해 묻거나 언급할 때 예상치 못한 상황에 대비하는 가장 좋은 방법 중 하나는 미리 계획을 세우는 것이다. 시나리오에 묘사된 사고를 방지하기 위해 드와이트는 어떤 조치를 취할 수 있었는가?

❷ 교회나 다른 전통적이지 않은 장소에서 전문적인 상담을 제공하는 데는 고유한 어려움이 있다. 상담에 참여하는 사람들 사이에 여러 관계가 존재할 때 어떻게 위험을 최소화할 수 있는가?

8장
자해 가능성이 있는 내담자 상담하기

James L. Werth Jr. & Jennifer Stroup

자해하려는 욕구가 있는 내담자는 전문적인 그리고 법적 결과를 초래할 수 있는 특별한 문제를 안고 있다. 자해 위험에 처할 수 있는 내담자는 상담자에게 불안과 혼란의 원인이 되는 경우가 많다. 내담자의 행동을 지속적으로 모니터링하는 것은 불가능하며, 잘못된 관리의 결과는 관련된 모든 당사자에게 치명적일 수 있기 때문에 "올바른" 결정을 내려야 한다는 상당한 압박감이 있다. 실제로 내담자는 최상의 치료 조건에서도 심각한 자해를 할 수 있다. 그러나 상담자가 전문적인 치료 규정에 따라 진료하면 부정적인 결과가 발생할 위험을 크게 줄일 수 있다.

자해 가능성이 있는 내담자와 상담할 때 상담자는 다음과 같은 질문을 할 수 있다: "내담자에 대한 나의 윤리적 책임은 무엇인가?", "내담자가 자해 위험이 높은지 어떻게 알 수 있는가?", "자해를 예방하기 위해 비밀을 깨야 하는가, 깨야 한다면 언제인가?" 다행히도 ACA 윤리 강령(미국 상담 협회[ACA], 2014)은 상담자가 고위험군 내담자의 평가 및 치료에 대한 결정을 내리는 데 도움이 될 수 있는 설명 후 사전동의, 비밀 유지, 상담자 역량 및 상담 영역에 대한 지침을 제공한다. 이 강령은 또한 말기 내담자와 관련된 몇 가지 문제를 다룬다. 이 장에서는 자해 위험이 있는 내담자와 임종을 앞둔 내담자와의 상담에 영향을 미칠 수 있는 기준을 강조한다.

강령에 따르면 비밀 유지의 일반 요건은 "심각하고 예측 가능한 피해로부터 내담자 또는 신원이 확인된 타인을 보호하기 위해 공개가 필요한 경우에는 적용되지 않는다"

고 명시되어 있다(규정 B.2.a.). 상담자는 자해, 자살을 포함하여 내담자를 위험에 빠뜨릴 수 있는 광범위한 행동이 고려될 수 있음을 알고 있어야 한다. 일부 저자는 자해를 비자살적 자해(NSSI)에서 자살에 이르는 연속적인 유형을 따라 발생하는 것으로 개념화했다(Muehlenkamp & Gutierrez, 2007). 자살 의도 없이 고의적으로 신체적 상해를 입히는 피부 자르기, 긁기, 화상 등 14가지 유형의 비자살적 자해가 확인되었다(Glenn & Klonsky, 2009). 자해하는 모든 사람이 자살을 시도하는 것은 아니지만, 자살 위험이 더 높은 것으로 보인다(Muehlenkamp & Gutierrez, 2007). Joiner(2005)는 자해 행위가 개인이 자해와 관련된 두려움과 신체적 고통에 둔감해져 치명적인 자해 행위를 할 수 있는 능력을 증가시킨다는 모델을 개발했다. 이 논의는 자살 행동에 초점을 맞추고 있지만, 논의된 윤리적 기준과 기술은 자해 행위에 대한 다른 행동으로 일반화될 수 있다.

설명 후 사전동의

상담자는 내담자와 자해 문제를 논의하는 것을 주저할 수 있으며, 특히 내담자가 문제를 제기하지 않는 경우 더욱 그렇다. 일부 상담자는 내담자가 자해 생각을 말하거나 심각한 우려 사항이 있어 비밀을 깨뜨려야 할 경우 치료 관계가 손상될 수 있다는 점을 두려워할 수 있다. 상담자는 설명 후 사전동의의 맥락 내에서 자해 문제를 논의함으로써 자해 문제를 다루는 불편함을 줄일 수 있다. "설명 후 사전동의는 상담 과정의 지속적인 부분이며 상담자는 상담 관계 전반에 걸쳐 설명 후 사전동의에 대한 논의를 적절하게 문서화한다"(ACA, 2014, 규정 A.2.a.).

설명 후 사전동의 논의는 기관 정책, 상담에 대한 기대치, 비밀 유지 등 상담 과정에 대해 내담자에게 교육하는 데 사용된다. 비밀 유지의 한계는 "상담을 시작할 때와 상담 과정 전반에 걸쳐 설명되어야 하며, 상담자는 내담자에게 비밀 유지의 한계를 알리고 비밀을 지킬 수 있는 상황을 파악하기 위해 노력해야 한다."(규정 B.1.d.). "심각하고 예측 가능한 피해로부터 내담자 또는 식별된 타인을 보호하기 위해 공개가 필요한 경우 또는 법적 요건에 따라 비밀 정보를 공개해야 하는 경우"를 포함한 일부 예외를 제외하고 회기 자료가 비밀로 유지된다는 점을 내담자에게 명확히 설명하는 것이 중요하다 (규정 B.2.a.). 이 예외를 설명하는 것은 상담자에게 '심각하고 예측 가능한 피해'가 어느 정도인지 살펴볼 수 있는 방법을 제공하고 비밀 유지 위반 여부를 결정하는 데 도움이 될 수 있다. 또한 심각한 위험에 대한 우려가 있는 경우 비밀 유지가 깨질 수 있으며 입원 등의 추가 안전 예방 조치가 취해질 수 있음을 내담자에게 알린다.

또한 상담자는 내담자에게 치료 옵션에 관한 정보를 제공해야 한다. 내담자는 "서비스 또는 치료 방식 변경을 거부하고 그러한 거부의 결과에 대해 조언을 받을 권리"가 있기 때문이다(규정 A.2.b.). 그렇다고 해서 내담자가 상담자의 임상적 판단을 무시하고 자살 시도가 임박한 것으로 보일 때조차 병원에 가는 것을 거부할 수 있다는 의미는 아니다. 오히려 다른 위기 개입 전략이 효과적이지 않은 경우 비자발적 입원이 필요할 수 있음을 내담자에게 알려야 한다.

평가

내담자가 자해 의도를 자발적으로 밝히지 않는 경우 상담자가 직접 물어봐야 할 수도 있다. 내담자의 자해 위험을 높일 수 있는 요인으로는 심각한 정신 질환, 약물 남용, 최근의 상실, 급성 의학적 상태 등이 있다(Bongar& Sullivan, 2013). 내담자는 수치심, 무력감, 절망감, 우울증과 같은 부정적인 생각과 감정을 많이 경험하고 있을 수 있으며, 자기 증오나 혐오의 수준이 높아졌을 수 있고, 삶에 대한 즐거움이나 흥미를 잃었을 수 있다. 상담자는 자해 위험 수준을 완전히 파악하기 위해 내담자의 자해 방법, 계획, 수단을 평가해야 한다.

상담자는 자해에 대한 생각을 평가할 때 자해에 대한 생각의 내용과 빈도에 대해 알아보아야 한다: "자해를 고려할 정도로 기분이 나빠진 적이 있나요?"라고 묻고, 내담자가 이것이 사실일 수 있다고 표시하면 상담자는 이것이 언제 발생했는지 확인해야 한다. 과거에 자살 충동이 있었다면 상담자는 그 사건과 결과에 대해 물어봐야 한다. 내담자가 그 생각이 현재라고 표시하는 경우, 그 목적을 평가하는 것이 중요하다. 예를 들어, 자해를 하는 내담자는 자살이 아닐 수도 있는데, 이는 내담자마다 행동의 의미가 다르기 때문이다. 내담자는 불안이나 긴장을 풀기 위해, 해리 경험에서 벗어나기 위해, 자제력을 회복하기 위해, 다른 사람의 관심을 끌기 위해, 자기 증오에 빠지기 위해, 분노를 표출하기 위해, 성적인 감정을 표현하기 위해 자해할 수 있다. 그러나 자해를 하면서 동기 부여 부족, 무관심, 미래 지향성 부족을 경험하는 개인은 자살 위험이 높을 수 있다(Muehlenkamp & Gutierrez, 2007). 다른 연구에서는 고립된 상태에서 자해하는 청소년은 사회적으로 자해하는 청소년에 비해 자살 위험이 더 높을 수 있다고 지적한다(Glenn & Klonsky, 2009). 내담자가 자해 행동에만 참여하는 경우에도 행동의 심각성에 따라 상담자가 내담자를 보호하기 위해 추가 조치를 취해야 할 수 있다는 점을 명심해야 한다.

내담자가 자살 충동이나 기타 자해 생각이 있음을 나타내는 경우 상담자는 위험 수준을 파악하기 위해 추가 탐색을 해야 한다: "계획이 있나요?", "어떻게 할 것인지 생각해 보셨나요?" 이 두 가지 질문은 내담자가 자신의 생각을 행동으로 옮기는 데 얼마나 진지한지 판단하는 데 좋은 질문이다. 내담자가 잘 짜여진 계획을 가지고 있다면 위험 수준이 높아질 수 있다. 어떤 상황에서는 내담자가 계획은 있지만 이를 실행할 수 있는 수단이 없어 계획이 실용적이지 않을 수 있다. 예를 들어, 내담자가 총기만 사용하겠다고 말한 경우 상담자는 "총을 사용할 수 있습니까?"라고 질문해야 한다. 내담자가 구체적인 계획을 세우고 그 계획을 실행할 수 있는 수단에 쉽게 접근할 수 있다면 자해의 위험이 높다.

상담자는 또한 내담자의 현재 위기감, 정신 상태, 정신병리 수준, 성격, 치료 관계에 대한 인식과 같은 심리적 요인을 고려하여 위험의 긴급성을 판단할 수 있다(Bongar & Sullivan, 2013; Linehan, Comtois, & WardCiesielski, 2012). 공식적인 평가 도구는 이러한 내적 요인에 대한 정보를 수집하고 내담자의 진행 상황을 모니터링하는 데 도움이 될 수 있지만, 상담자는 이러한 도구의 적절한 사용과 해석에 대한 교육을 받아야 한다(ACA, 2014, 규정 E.2.a.).

치료 계획

좋은 치료 계획을 세우면 상담자가 '명백하고 임박한 위험'으로부터 내담자를 보호하는 데 도움이 되며, 철저한 평가를 수행하면 상담자가 비밀을 깨야 하는지 또는 언제 깨야 하는지 결정하는 데 도움이 될 수 있다. 위기 개입이 성공적으로 이루어지고 내담자가 상담자와 협력하여 안전을 유지하려는 의지가 있다면 비밀을 공개할 필요가 없을 수도 있다. 치료 옵션에는 사회적 지원 강화, 개인 또는 가족 치료, 약물 남용 치료, 약물 치료, 회기 사이에 치료사 또는 위기 상담 전화 이용, 재발 방지 전략 등이 포함될 수 있다(Bongar &Sullivan, 2013). 일부 저자는 내담자에게 "자해 금지 계약서"(No-Harm Contract: NHC)에 서명하도록 권장하지만, 이러한 개입은 상담자에게 법적 보호를 제공하지 않으며 실제로 법정에서 불리하게 사용될 수 있음을 이해해야 한다(Walsh, 2006). NHC가 자해 행동을 예방하는 데 효과적이라는 것을 입증한 연구는 없다(Lewis, 2007; McMyler & Pryjmachuk, 2008; Walsh, 2006). NHC 사용을 권장하고 싶지는 않지만, 자해하는 내담자에게 NHC를 사용하기로 결정한 경우 주요 고려 사항에 대해서는 Hyldahl과 Richardson(2011)을 참조하기 바란다. 이 저자들은 지속적인 치료 관계의 필요성, 지속적인 위험 평가, 협력, 긍정적 대처 기술 사용 등 몇 가지 권장 사항을 제시했다. 우리는 설명 후 사전동의 구조화 작업을 사용하여 치료 옵션, 치료 과정과 관련하여 내담자가 선택할 수 있는 선택 사항, 그리고 그러한 선택의 결과에 대해 논의하는 것이 계약서에 의존하는 것보다 더 나은 선택이라고 믿는다. 이 구조화 작업은 내담자가 치료에 적극적으로 참여할 수 있도록 하며 상담자에게 잘못된 안정감을 제공하지 않는다(Miller, 1999).

내담자가 위기 개입 시도에 응답하지 않고 자해 위험이 임박한 경우 비밀을 공개해야 할 수 있다(ACA, 2014, 규정 B.2.a.). 또한 "상담자는 예외의 타당성이 의심스러운 경우 다른 전문가와 상의하여" 비밀을 깨는 것이 적절하고 필요한지 확인한다(규정 B.2.a.). 비밀이 공개되기 전에 상담자는 내담자가 치료 과정에 계속 참여할 수 있도록 노력해야 한다. 때때로 내담자는 상담자가 정보를 외부에 누설하지 않을 것이기 때문에 병원에 가는 데 동의할 것이고, 따라서 내담자는 정보의 비밀을 어느 정도 통제할 수 있다. 또 다른 경우에는 상담자가 비밀을 깨기로 결정할 수도 있다. "가능한 한 비밀 정보가 공개되기 전에 내담자에게 정보를 제공하고 공개되는 의사 결정 과정에 참여시킨다. 비밀 정보를 공개해야 하는 상황이 발생하면 필수 정보만 공개한다"(규정 B.2.e.). 정보를 공개하기 전에 내담자에게 알리는 것은 윤리적으로 권장될 뿐만 아니라 내담자가 치료에 적극적으로 참여하도록 하는 데 도움이 될 수 있다.

임종 결정

이 강령은 "자신의 죽음을 서두르고자 하는 말기 환자에게 서비스를 제공하는 상담자는 관련 법률 및 구체적인 상황에 따라 적절한 전문가 및 법률 당사자의 자문 또는 수퍼비전을 구한 후 비밀을 유지할 수 있는 선택권이 있다"고 명시한다(규정 B.2.b.). 이전에는 인공호흡기 제거를 고려 중인 말기 환자인 경우 "내담자에게 임박한 위험"으로 해석될 수 있기 때문에 비밀을 깨야 할 의무가 있었을 수 있다. 이제 상담 또는 수퍼비전을 받은 상담자는 이러한 정보를 다른 사람에게 누설하지 않기로 결정할 수 있다. 이 선택은 논란의 여지가 있지만, 강령은 내담자가 죽음을 원할 경우 상담자에게 관용을 베풀 수 있도록 규정하고 있다.

조력 사망과 관련된 상황을 포함하여 임종 상황에서 상담자의 역할은 내담자의 필요를 충족하도록 돕고, 내담자의 자기 결정을 극대화하고, 내담자가 정보에 입각한 의사 결정을 내릴 수 있도록 돕고, 내담자가 임종 결정을 내릴 수 있는 능력에 대해 철저한 평가를 받도록 의뢰하거나 평가를 실시하는 것이다. 임종 결정을 고려하는 개인마다 '자기 결정'과 '정보에 입각한 의사 결정'의 의미에 문화적 문제가 영향을 미칠 수 있다는 점을 강조해야 한다(Herlihy & Watson, 2004; Werth, Blevins, Toussaint, & Durham, 2002). 또한 환자가 서구 개인주의적 가치를 수용하는 문화권 출신인지, 아니면 집단주의적 가치를 더 많이 수용하는 문화권 출신인지 고려하는 것도 중요할 수 있다(McCormick, 2011). 일부 문화권에서는 환자의 자율성보다는 가족 중심의 의료 의사 결정이 일반적일 수 있다(KagawaSinger & Blackhall, 2001).

상담자는 철저하고 문화적으로 유능한 평가를 수행하거나 유능한 제공자에게 내담자를 의뢰할 수 있어야 한다. 문헌은 이러한 상황에서의 역량에 대한 지침을 제공할 뿐만 아니라 포괄적인 평가에 포함될 내용에 대한 지침을 제공한다(예: Werth, 1999a; Werth, Benjamin, &Farrenkopf, 2000; Werth & Rogers, 2005; Working Group, 2000). 이러한 평가는 임종 결정을 내리는 모든 임종 환자에게 유용할 수 있다. 이는 다양한 유형의 임종 결정을 구분하지 않는 논의와도 일치한다(예: Werth & Kleespies, 2006; Werth & Rogers, 2005). 자살 충동을 느끼는 사람에게도 임종 결정을 내리는 사람과 동일한 유형의 평가를 실시할 수 있다는 제안이 있었다(Werth & Rogers, 2005).

일부 저자는 고의적인 약물 과다 복용, 목 매달기, 총기 사용 등을 통해 자살을 시도하려는 경우에도 인공호흡기를 떼거나 투석을 중단하거나 의사가 죽음을 도와주기를 원할 때와 동일한 문제가 발생할 수 있다고 주장한다. 임상적 우울증, 절망감, 사회적 고립감이 자살에 영향을 미칠 수 있는 것처럼, 이러한 상태도 말기 환자가 임종을 앞둔 의사 결정의 일부가 될 수 있다.

상담자는 임종 결정을 내리는 사람을 포함하여 자해 위험에 처한 내담자와 상담하는 과정에서 세 가지 추가 조치를 고려해야 한다. 첫째, 상담자는 다른 전문가와 상의해야 한다: "상담자는 자신의 윤리적 의무 또는 전문적 실천과 관련하여 질문이 있을 때 다른 상담자, ACA 윤리 및 전문 규준 부서 또는 관련 전문가와의 자문을 통해 합리적인 조치를 취한다."(ACA, 2014, 규정 C.2.e.). 자문은 상담자가 규준 치료 내에서 진료하고, 비밀 유지의 예외에 대해 정보에 입각한 결정을 내리고, 현재의 모든 치료 옵션에 접근할 수 있도록 도와준다. 둘째, 상담자는 그러한 내담자와 함께 일할 수 있는 역량과 훈련을 갖추고 있는지 판단해야 한다: "상담자는 교육, 훈련, 수퍼비전 경험, 주 및 국가 전문 자격, 적절한 전문 경험을 바탕으로 자신의 역량 범위 내에서만 상담한다."(규정 C.2.a.). 자신이 내담자와 유능하게 일할 수 없다고 생각하는 상담자는 이러한 기술을 가진 전문가에게 수퍼비전을 구하거나 적절한 의뢰를 해야 한다. 마지막으로, 상담자는 개입한 평가, 상담 및 치료 계획을 적절하게 문서화해야 한다. 어떤 중재를 선택했는지, 결정의 근거는 무엇인지, 특정 치료 옵션을 선택하지 않은 이유는 무엇인지 등 의사 결정 과정의 단계를 문서화하는 것이 중요하다.

요약하면, 내담자가 평생에 영향을 미칠 수 있는 결정을 내릴 때 상담자는 ACA 윤리 강령의 지침을 사용하여 적절한 정보에 입각한 동의를 제공한 다음 최선의 방법에 대한 결정을 내릴 수 있도록 지원할 수 있다. 잠재적으로 논란이 될 수 있는 모든 상황에서 그렇듯이, 그러한 내담자와 함께 일하는 상담자는 다른 전문가와 상의하고 평가, 의사 결정 및 개입을 신중하게 문서화해야 한다.

이 장의 첫 번째 사례 연구인 사례 연구 15(자살 또는 합리적인 임종 결정?)에서는 자살과 임종 결정이 어떻게 상호 연관될 수 있는지, 그리고 그러한 상황에서 평가의 중요한 역할을 설명한다. 사례 연구 16(자살을 시도하는 십대)에서는 상담자가 17세 내담자와 상담할 때 다양한 윤리적 문제에 직면하게 된다.

자살 또는 합리적인 임종 결정?

James L. Werth Jr. & Jennifer Stroup

제이슨Jason은 에이즈에 걸린 38세 게이 남성이다. 상담 회기에서 그는 질병의 진행과 미래에 대한 불확실성에 대처하는 것에 대한 걱정을 토로한다. 그는 평생 우울증과 불안증에 시달렸으며 청소년기에 자신이 게이임을 깨닫고 자살을 시도한 적이 있다고 말한다. 그는 20대 초반에 커밍아웃한 이후 원가족(부모님, 형, 여동생)과 소원해졌다. 그는 또한 교회에서도 거부당했으며 "하나님이 내게 등을 돌리셨기 때문에 나도 하나님께 등을 돌렸다"고 하였다. 지역 게이 커뮤니티와 일주일에 한 번 참석하는 HIV 지원 그룹에 친구가 몇 명 있지만, HIV 감염 사실을 알게 된 이후로는 별다른 관계를 유지하지 못하고 있다.

제이슨은 8년 전에 자신이 HIV 양성인 것을 알게 되었지만, 검사 당시의 상태를 고려할 때 의사는 자신이 최소 15년 전부터 감염되었을 것으로 생각한다고 말했다. 그는 즉시 약을 복용하기 시작했지만 복약 순응도가 부족하여 대부분의 약에 내성이 생겼다. 최근 건강검진에서 제이슨은 현재 복용 중인 약물의 조합이 HIV를 억제하고 있는 것 같다는 말을 들었다. 그러나 제이슨의 상태는 더 나아진 것 같지 않으며, 현재로서는 다른 선택지가 없다. 그의 주치의는 이 약이 얼마나 더 오래 효과가 지속될지 예측할 수 없지만 몇 년이 걸릴 수 있으며 새로운 유형의 약이 정기적으로 출시되고 있다고 말했다. 제이슨은 약물의 부작용과 HIV 감염이 진행된 상태로 인해 식은땀, 메스꺼움, 설사, 피로, 사지 마비 또는 통증 등 일상적인 증상으로 인해 현재 자신의 삶의 질이 낮다고 생각한다. 그는 HIV 및 관련 문제로 인해 지난 6년 동안 공장 조립 라인에서 일할 수 없었다. 일을 할 수 있다고 해도 자신의 상태와 지역 고용 시장을 고려할 때 일자리를 찾을 수 없을 것 같다고 생각한다.

제이슨은 특히 HIV 지원 그룹과 더 큰 게이 커뮤니티에 속한 친구들 중 몇몇이 HIV 질병과 관련된 끔찍한 죽음을 맞이했기 때문에 계속 이런 식으로 살고 싶은지 확신할 수 없다. 어차피 죽을 것 같기 때문에 그는 지난 몇 달 동안 삶의 질을 높이는 것이 좋을 것 같다고 말하며 부작용이 사라지도록 약을 중단하는 것을 진지하게 고려했다. 그가 의사에게 그가 읽는 HIV 잡지에서 논의된 "약물 중단"에 대한 아이디어를 언급했을 때, 그의 의사는 약을 중단하면 약에 내성이 생겨 다시 약을 시작할 수 없을 것이라고 말했다. 그가 약을 다시 복용하고 싶을 때 시도해 볼 수 있는 새로운 약물이 없기 때문에 그는 사망할 가능성이 매우 높다.

제이슨은 HIV 치료제 외에도 불안 증상에 도움이 되는 두 가지 종류의 항우울제를 복용하고 있다. 그는 불안 완화제를 추가로 처방받았는데, 공공장소에 나갈 때 불안이 심해져 최근 더 자주 복용하고 있다. 제이슨은 이제 자신의 HIV 양성 상태가 더 분명해졌고 사람들이 자신을 쳐다보고 판단한다고 생각한다. 제이슨은 또한 수면제, 마약성 진통제, 신경 질환에 대한 처방전을 가지고 있다. 또한 그는 다른 약의 부작용에 대응하기 위해 메스꺼움과 설사에 대한 약도 복용하고 있다. 그 결과 제이슨은 증상이 얼마나 심한지에 따라 하루에 20알 이상의 약을 복용할 수 있으며, 매일매일 약을 복용해야 하는 것에 지쳐가고 있다. 이 모든 약의 또 다른 부작용은 식욕이 거의 없다는 것이다. 그는 식욕을 돋우고 메스꺼움을 완화하기 위해 정기적으로 마리화나를 피운다. 그는 매일 술을 마셨다고 인정하지만 HIV 약을 복용하기 시작하면서 술과 기타 기호용 약물(마리화나 제외)의 사용을 중단했다.

회기가 끝날 무렵 제이슨은 대화에 감사하며 자신의 삶에서 직면하고 있는 모든 일과 미래를 바라보는 데 도움이 되었다고 말한다. 그는 이야기를 하다보니 HIV 약 복용을 중단하고 남은 시간을 여행으로 즐기는 것이 가장 합리적이라고 결정했다고 말한다. 그는 약의 부작용 때문에 집이나 화장실 근처에만 갇혀 있는 대신 한 번도 가보지 못한 나라의 곳곳을 보고 싶어 한다. 그는 생명 보험을 현금으로 바꾸고 몇 장 남지 않은 신용카드로 모든 비용을 지불하는 것이 좋겠다고 말한다. 그는 신용 등급을 망쳐도 상관없고 보험금을 남기고 싶은 사람도 없다고 말한다. 마지막으로 그는 앞으로 몇 주 안에 정말 아프거나 이동 중일 것이기 때문에 상담이 더 필요하다고 생각하지 않는다고 말한다.

생각과 토론을 위한 질문

1. 당신이 이 사례의 상담자라면, 설명 후 사전동의의 어떤 구성요소를 제이슨과 함께 의논하겠는가?
2. 당신이 제이슨을 치료할 능력이 있는지 어떻게 판단할 수 있는가?
3. 제이슨의 치료 계획을 위해 어떤 의사결정 과정을 사용하겠는가? 제이슨을 이 과정에 어떻게 계속 참여시킬 수 있는가?
4. 제이슨의 자해 위험에 영향을 미치는 요인은 무엇인가? 당신이 제이슨의 상담자라면 어떤 조건에서 비밀 유지 또는 예외를 고려하겠는가?

분석

상담자가 제이슨의 현재 상황과 과거 경험을 어떻게 해석하느냐에 따라, 제이슨이 자살을 시도하는 것으로 간주하거나 합리적인 임종 결정을 내린 것으로 생각할 수 있다. 철저한 평가를 하는 동안 수집되는 추가 정보가 없다면, 상담자가 개입하거나 그를 떠나보내는 쪽으로 기울어지는 것을 정당화할 수 있을 것이라고 생각한다. 개입하기로 한 경우, 제이슨은 우울증과 자살 충동 병력이 있고, 사회적 지지가 거의 없으며, 종교적 믿음이 없고, 실직 상태이며, 건강 문제가 있고, 병에 걸린 친구에게서 부정적인 경험을 본 적이 있으며, 불법 약물을 하나 이상 사용하고 있고, 자살에 사용될 수 있는 약물을 소지하고 있다는 것을 다룬다. 개입하지 않기로 한 경우, 제이슨은 항우울제를 복용하고 있고, 지원 그룹에 속해 있으며, 자신의 선택을 고려했고, 의사와 상담했으며, 가까운 미래에 호전될 것으로 보이지 않는 심각한 신체적 문제가 있고, 자신의 죽음으로 인해 충격을 받을 사랑하는 사람이 없는 것으로 보이며, 치료를 중단할 권리가 있는 것을 다룬다.

상담자가 어떤 결정을 내리든 제이슨에게 놀랍지 않아야 한다. 상담자는 상담 관계를 시작할 때 회기 내내 계속되는 철저한 서면 및 구두 설명 후 사전동의 정책과 과정을 갖추어야 한다. 말기 질환을 가진 사람들을 상담하는 상담자는 내담자가 자해 가능성이 있다고 생각하는 경우 개입하는 것에 대해 신중하고 구체적으로 이야기해야 한다. 내담자는 약물 중단 등에 대해 이야기하는 것이 안전하며, 그러한 이야기가 자동으로 자해로 간주되어 잠재적으로 강제적인 개입을 시작하지 않는다는 것을 알아야 한다.

상담자는 주법에 따른 의무를 숙지해야 하며, 개입에 대한 구체적인 지침이 없는 한 상담자에게 선택권이 있다. ACA 윤리 강령(ACA,2014)은 말기 환자가 임종 선택을 고려할 때 개입을 요구하지 않는다. 상담자는 제이슨에 대한 철저한 평가를 통해 그가 판단력이 손상되었는지 또는 개선 가능한 조건이 그의 삶의 질에 부정적인 영향을 미치는지 여부를 판단하는 데 도움이 될 것이다. 좋은 평가는 상담자가 제이슨의 결정이 자살과 더 유사한지 아니면 임종 결정을 고려한 것인지 판단하는 데 도움이 될 것이다. 두 경우 모두 상담자가 문헌을 검토하고, 다른 사람들과 자문을 진행하고, 수행한 것과 수행하지 않은 것, 그리고 그 이유를 문서화할 것을 권장한다.

더 생각해 볼 문제

❶ 만약 여러분이 이 사례의 상담자라면 상담자에게 어떤 조언을 해주고 싶고 그 이유는 무엇인가?

❷ 이 사례와 일반적으로 자살과 임종 시기의 의사 결정에 대해 생각할 때 문화적 요인이 어떻게 작용하는가?

❸ 당신이 제이슨의 상황이라면 어떻게 하겠는가, 그 이유는 무엇인가? 상담자가 어떻게 해주길 바라는가?

자살하려는 십대

Robert E. Wubbolding

17세인 프랭크Frank는 최근 행동의 변화로 인해 개인 상담자에게 의뢰되었다. 프랭크는 내성적이고 평소와 달리 부모님에게 짜증을 많이 낸다. 그는 평범한 학생이었지만 최근 성적이 떨어졌다. 그는 또한 메이저리그 경기 관중석에서 잡았던 매우 귀중한 야구공과 자신의 소중한 소장품 일부를 기부했다. 친구들에게도 부츠 한 켤레, 교복 재킷, 애장품 야구 카드 세트 등을 선물했다. 부모님은 프랭크의 행동을 이해하지 못하고 걱정하고 있으며, 상담자에게 프랭크가 절망과 분노를 잘 표현한다고 말했다. 그들은 이러한 감정을 프랭크의 여자 친구가 최근 학교에서 더 인기 있는 학생을 사귀게 되면서 프랭크를 차버렸다는 사실과 연결하여 설명하였다.

첫 번째 회기에서 상담자는 프랭크가 왜 상담실에 의뢰되었는지 설명한다. 그는 집과 학교에서의 어려움에 대해 자유롭게 설명하며, 여자 친구가 그를 차버려서 진절머리가 나고 매우 화가 난다고 말한다. 그는 그녀와 다시 만나는 것이 불가능해지면 그녀가 후회할 것이라고 말하고, 그가 곧 이 모든 고통에서 벗어날 것이라고 덧붙였다. 상담자는 그가 과거에 실망에 어떻게 대처했는지를 물어본다. 프랭크는 자신의 뜻대로 되지 않을 때는 항상 화를 내며, 사람들이 자신을 좋아하지 않아도 보복할 방법은 거의 찾지 못한다고 말한다. 그리고 나서 그는 자신의 반응에 대해 죄책감에 휩싸인다. 그가 죄책감, 상처, 만연한 고통을 다루기 위해 선택한 방법은 몇몇 친구들과 함께 어울리는 것이다. 그는 자신의 부모가 자신의 약물 사용을 모르고 있다고 덧붙였는데, 이것이 문제는 되지 않는다고 부인했다. 상담자와 프랭크의 이어지는 대화는 다음과 같다.

상담자: 프랭크, 아까 문제에 대한 해결책이 있다고 했잖아요.

프랭크: 네, 그런 것 같아요.

상담자: 문제를 가장 잘 해결할 수 있는 방법에 대해 어떻게 생각하는지 자세히 말해 주세요.

프랭크: 글쎄요, 몇 가지 생각은 해봤어요... 더 이상 힘들어하고 싶지 않아요.

상담자: 스트레스로 지쳤나요?

프랭크: 네, 그런 셈이죠.

상담자: 우울한 기분이 드나요?

프랭크: 그런 것 같아요.

상담자: 아마도 기분이 다운되나 보군요. 기분이 좋지 않은 상태에서 벗어나고 싶은 건가요?

프랭크: 물론이죠.

상담자: 저는 프랭크가 지금의 상태에서 나아지도록 도와줄 수 있을 것 같아요.

프랭크: 저는 이미 제 문제에 대한 최선의 해답을 찾았어요.

상담자: 저는 사람들이 어떤 일로 화가 났을 때 일상적으로 간단한 질문을 해요. 프랭크, 자살을 생각하고 있나요?

프랭크: 저희 반 친구 중 한 명이 작년에 그렇게 했어요.

상담자: 그 학생과 친구였나요?

프랭크: 네, 그런 셈이죠.

상담자: 그 친구가 그립나요?

프랭크: 네, 물론이죠.

상담자: 앞으로 나아가서 다른 친구들을 사귀는 것에 대해 어떻게 생각하나요?

프랭크: 귀찮게 하고 싶지 않아요.

상담자: 친구를 만나는 것에 대해 생각해 본 적이 있나요?

프랭크: 좋은 생각인 것 같아요.

상담자: "네"라고 하셨나요?

프랭크: 네, 많이 생각해 봤어요.

상담자: 이 문제에 대해 다른 사람과 이야기해 본 적이 있나요?

프랭크: 아니요. 입 밖으로 꺼낸 건 이번이 처음이에요.

상담자: 가끔은 그냥 얘기하는 것만으로도 도움이 될 때가 있어요. 나는 사람들이 마음속에 있는 것을 기꺼이 이야기하면 기분이 나아진다는 것을 알아요. 죽음에 대한 생각에 관해 몇 가지 더 물어보고 싶어요. 괜찮겠어요?

프랭크: 네, 괜찮습니다.

상담자: 과거에 자해를 하거나 자살을 시도한 적이 있나요?

프랭크: 1년 전쯤에 면도칼을 들고 팔을 베려고 한 적이 있어요. 하지만 피를 보고 겁이 나서...

상담자: 다른 때는 없었나요?

프랭크: 아니요, 그 한 번뿐입니다.

상담자: 다시 자살을 시도한다면 어떻게 할 계획이 있나요?

프랭크: 오후 4시에 18륜차들이 도로를 달리는 12번 국도의 혼잡한 교차로에 차를 몰고 들어갈 생각이에요. 그러면 빠르고 사고처럼 보일 거예요.

상담자: 그렇군요. 그래서 계획을 생각해 보았고 자가용이 있나요?

프랭크: 네, 차는 1년 정도 되었어요.

상담자: 프랭크, 기분이 나아지도록 도와줄 수 있을 것 같아요. 이 비참한 상황을 극복할 수 있는 방법을 제시해 줄수 있을 것 같아요. 최종 결정을 내리기 전에 몇 가지 아이디어에 대해 생각해 보겠어요?

프랭크: 그럴게요...

상담자: 다시 한번 묻고 싶군요. 시도해 볼 의사가 있나요? 물론 당신이 감당할 수 있는 일입니다.

프랭크: 해보고 싶어요.

상담자: 좋아요. 먼저, 내가 아닌 당신 자신과 확고한 약속을 할 수 있는지 물어보고 싶어요.

프랭크: 네, 그런 것 같아요. 아직 아무것도 해보지 않았어요.

상담자: 얼마나 오래요?

프랭크: 무슨 뜻이죠?

상담자: 실수로든 고의적이든 자살하지 않고 일주일, 한 달, 아니면 얼마나 오래 살기로 동의할 수 있나요?

프랭크: 한 달은 할 수 있어요. 실수로라니 무슨 뜻이죠?

상담자: 무모하게 운전하거나 실수로 18륜차 앞으로 나가는 것 같은 거요.

프랭크: 무슨 말인지 알겠어요. 네, 전 자살하지 않을 거예요.

상담자: 자살하고 싶다는 생각이 들 때 주변에 이야기할 수 있는 사람이 있나요?

프랭크: 제 말을 들어줄 삼촌이 있어요. 부모님과는 이야기할 수 없어요.

상담자: 자살하고 싶다는 생각이 진지하게 들기 시작하면 삼촌에게 이야기할 의향이

있나요?

프랭크: 네, 그럼요.

상담자: 프랭크, 몇 분 동안 이 얘기를 하고 나니 지금 기분이 어때요?

프랭크: 기분이 좀 나아졌어요.

상담자: 한 가지 더요, 프랭크. 삼촌과 얘기해도 괜찮겠어요? 삼촌에 대해 좀 더 알고 싶어요. 삼촌에게 전화한다고 해서 삼촌이 지나치게 화를 내지 않았으면 좋겠어요. 내가 할 일은 프랭크에게 해가 되지 않도록 최선을 다하는 거예요.

프랭크: 물론이지요. 괜찮을 것 같아요.

상담자: 지금까지 우리가 말한 내용은 삶이 더 나아질 수 있고, 프랭크가 기분이 좋아지는 일을 하고, 계획을 세우고, 행동을 할 수 있다는 것을 보여주는 거예요. 기분이 더 좋아지는 그런 방향으로 기꺼이 노력할 의향이 있나요?

프랭크: 네, 그럴 의향이 있습니다... 정말 제 삶이 더 나아질 수 있다고 생각하세요?

상담자: 저는 정말 그렇게 생각해요. 저는 프랭크 인생이 반전될 수 있다고 굳게 믿어요.

생각과 토론을 위한 질문

1. 자해 금지(no-harm) 계약을 사용하는 것에 대한 찬성과 반대 주장은 무엇인가? 이 경우라면 어떤 구성 요소를 포함하면 도움이 될 것이라고 생각하는가? 반드시 서면으로 작성해야 하는가?
2. 프랭크에게 정신과 평가를 의뢰해야 하는가?
3. 프랭크는 부모님과 대화할 수 없다고 말했다. 부모님을 개입시키는 경우, 프랭크가 분노와 배신감을 느끼고 상담 관계가 파괴될 위험은 어느 정도인가?
4. 17세 학생을 상담할 때 부모에 대한 당신의 책임은 무엇인가?

분석

상담자는 개입 여부에 대한 최종 결정이 주관적이라는 것을 인식하며, 종종 명백하게 반대되는 책임을 해결해야 하는 경우가 많다. 최고 수준의 윤리적 행동을 하는 상담자는 자살 충동을 표현하는 내담자에게 구체적인 질문을 한다. 그들은 위협의 치사율을 평가하고 구조의 근접성을 판단하는 방법을 알고 있다. 상담자는 프랭크의 위험한 행동을 평가할 때 위협의 심각성을 판단해야 한다. 계획이 있는가? 그 사람이 죽음에 대해 진지하게 생각했는가? 자살할 수 있는 수단을 가지고 있는가? 누가 그를 막을 수 있는가? 가족, 집 또는 다른 곳에서 어떤 종류의 정서적 지원을 받을 수 있는가? 상담자는 프랭크와 친밀감을 형성한 후 이러한 질문을 차분하고 명확하며 모호하지 않게 묻는다. 상담자는 문제를 최소화하지 않고도 프랭크가 기분이 나아질 것이라는 확신을 표현하는 것이 중요하다. 상담자는 희망을 심어주려고 노력하지만 장담은 피하도록 한다.

상담자는 동료와 자문하고(ACA, 2014, 규정 B.2.a.) 자문 내용을 문서화해야 한다. 문서화할 때 상담자와 자문가의 인용문은 평가가 철저하고 포괄적이었는지 확인하는 데 도움이 된다.

규정 B.5.b.에 따르면 "상담자는 내담자에게 최상의 서비스를 제공하기 위해 적절한 경우 부모/보호자와 협력 관계를 구축하기 위해 노력한다"고 명시되어 있다. 프랭크의 상담자는 다른 문제와 관련된 상담을 진행하는 것이 중요하다는 것을 알고 있다. 위기가 지나간 후 상담 과정에서 상담자는 프랭크의 약물 사용, 스트레스 처리 방법, 불행의 근원, 합리적 및 비합리적 사고, 자기 평가, 효과적인 욕구 충족, 개인적 목표, 대인관계 및 기타 여러 문제를 탐색하기 시작할 수 있다. 자기 돌봄 계약 또는 자살 금지 계약의 가치가 제한되어 있기 때문에 상담자는 프랭크의 내부 및 환경 스트레스 요인을 해결하기 위한 수단으로 프랭크의 문제 해결 기술과 사회 활동을 강조할 것이다. 나중에 프랭크가 이 결정에 동의하는 경우 상담자는 가족상담 회기에 부모를 참여시킬 수 있다. 또한 약물 사용의 가능성에 대해서도 논의할 수 있다.

프랭크의 경우 두 가지 상충되는 요구 사항이 명백해 보인다. 즉, 프랭크를 위험으로부터 보호해야 하는 책임과 개인 정보 보호에 대한 권리, 상담 제공을 넘어 개입해야 할 필요성과 내담자를 상담 과정에 계속 참여시켜야 할 필요성이다. 17세인 프랭크가 아직 법적으로 미성년자라는 사실은 복잡한 요소이다. 비밀 유지 요건은 "심각하고 예측 가능한 피해로부터 내담자 또는 신원이 확인된 타인을 보호하기 위해 공개가 필요한 경우 또는 법적 요건에 따라 비밀 정보를 공개해야 하는 경우에는 적용되지 않는다."(규정 B.2.a.). 이 사례에서 프랭크의 상담자는 신중한 평가 끝에 위험이 임박하지 않았다는 판단을 내렸다. 또한 상담자는 프랭크가 의사 결정 과정에 참여하도록 했다: "미성년자, 무능력한 성인 또는 자발적 동의를 할 수 없는 사람을 상담할 때 상담자는 상담에 대한 내담자의 동의를 구하고 적절한 경우 내담자를 의사 결정에 포함시킨다." (규정 A.2.d.).

G. Corey 외(2015)가 지적했듯이, 자살 충동 내담자와 상담할 때 딜레마의 핵심은 내담자의 힌트나 언어적 표현을 언제 심각하게 받아들여 신고해야 하는지 아는 것이다. 올바른 결정을 내려야 하는 책임의 부담은 무겁고, 윤리적으로 양심적인 상담자는 기술과 훈련, 신중한 위험 평가, 상담 및 문서화, 건전한 전문적 판단의 조합을 요구할 것이다.

더 생각해 볼 문제

❶ 당신은 자신의 스트레스를 얼마나 잘 관리하고 있으며, 자신이나 타인에게 위험을 초래하는 내담자와 함께 일하는 데 따르는 막중한 책임감을 잘 감당하고 있는가?

❷ 때때로 내담자가 자살하는 경우가 있다. 이런 일이 발생하면 유족들은 누군가를 비난하고 상담자에게 과실 책임을 물어 소송을 제기할 수 있다. 자살을 시도하는 내담자와 상담할 때 그러한 소송이 성공할 위험을 최소화하기 위해 상담자는 어떤 조치를 취해야 하는가?

❸ 상담자는 내담자가 자살을 시도했을 때 경험할 수 있는 상실감과 실패감을 다루기 위해 어떤 조치를 취해야 하는가? 상실감과 실패를 다루기 위해 상담자가 취해야 할 조치는 무엇인가?

9장
기술, 소셜미디어, 온라인 상담

Martin Jencius

지난 10년간 상담 환경에서 우리가 본 가장 극적인 변화 중 하나는 기술의 발전이었다. 기술의 발전과 그 발전이 상담 실제에 미치는 영향은 전문가 윤리 강령이 보조를 맞추기 어려울 정도로 너무나 급격했다. 20년 전, 윤리 강령 및 실천 규정(American Counseling Association[ACA], 1995)은 기술의 적용과 관련된 비교적 간략한 하나의 규정(규정 A.12.)만을 포함했다. 10년 후인 2005년에 이 규정은 기술을 사용하는 데 있어 많은 특정한 윤리적 고려 사항을 다루기 위해 상당히 확장되었다; 기술과 컴퓨터 사용 문제도 이 문서 전반에서 혼재되어 있었다. 그러나 2005년 *강령*은 상담에서 소셜미디어와 관련된 규정을 포함하지는 않았는데, 당시에는 소셜미디어가 갓 떠오르는 플랫폼이었기 때문이었다.

웹 2.0 기술(소셜 네트워킹, 마이크로 블로그 및 블로그, 동기식 메시징, 가상 세계)의 개발은 페이스북 그리고 유사한 소셜 네트워크의 개발과 함께 2004년에 두드러지기 시작했다. 소셜미디어는 페이스북, 마이 스페이스, 구글 플러스(소셜 네트워킹), 트위터(마이크로 블로그), 블로거 앤드 워드프레스(블로그), 야후 메신저, 왓츠앱, 바이버, 키크(동기식 메시징), 그리고 세컨드 라이프(가상 세계)와 같은 사이트들이다. 웹 2.0 플랫폼 사용이 가능해진 이후 소셜미디어 사용의 성장은 기하급수적이다. 사람들은 온라인 사용시간의 약 25%를 소셜미디어 사용에 쓴다(Shallcross, 2011). 2013년 9월 기준으로 페이스북은 7억 2,800만 명의 일간 실사용자와 119만 명의 월간 실사용자를 보유하고 있다

(Facebook, 2013). 트위터는 1억 명의 일간 실사용자가 하루에 5억 개의 트윗을 전송한다(C. Smith, 2013). 2014년 2월 페이스북이 구매한 인기 있는 새로운 글로벌 인스턴트 메시징 시스템인 왓츠앱은 3억 5천만 명 이상의 사용자를 보유하고 있다. 구성원들이 실물과 똑같은 아바타를 가질 수 있는 가상 세계 환경인 세컨드 라이프에는 3,600만 명 이상의 등록된 거주자와 12,000명의 일간 신규 가입자, 100만 명의 실사용자가 있다(SecondLife.com, 2013).

2014 *ACA 윤리 강령*(ACA, 2014)은 소셜미디어를 새로운 플랫폼으로 다루고, 설명 후 사전동의와 상담자가 소셜미디어 방침을 개발할 필요성을 강조한다. 새로운 *강령*은 상담자 또는 내담자가 단절된 컴퓨터에서 작업하는 독립적인 컴퓨터 시스템에서 사회적 환경이나 상호작용에 접근할 수 있는 상호 연결된 서비스로의 전환을 반영한다. 상담자는 이제 '사무실 기반 환경에 의해 부과되는 많은 제한 사항이 제거된, 원격으로 서비스를 제공할 수 있는'(Harris & Younggren, 2011, p. 413) 기회를 얻었다. *강령*은 상담자와 내담자 사이의 가상의 관계와 상담자가 가상의 존재를 안전하게 유지할 수 있는 방법에 중점을 둔다.

*강령*의 섹션 H는 기술의 사용, 컴퓨터를 통한 의사소통으로 확립된 관계, 그리고 전달 플랫폼으로서의 소셜미디어와 관련하여 매우 직접적이고 명확한 규정을 포함한다. 섹션 H의 주요 하위 섹션은 원격 상담과 관련된 서비스 및 법률을 제공하는 역량, 설명 후 사전동의 및 보안의 구성요소(비밀 유지, 제한점, 보안), 내담자 확인, 원격 상담 관계(접속, 접근성, 전문적 경계), 기록 유지 및 웹사이트 접근성, 소셜미디어 사용의 측면들을 다룬다.

윤리적이고 법적인 많은 문제들이 이러한 새로운 기술들과 연관된다. 기술이 개입되면 자기 개방, 비밀 보장, 관계의 경계와 같은 문제들이 더욱 복잡해질 수 있고, 상담자는 인터넷을 통해 서비스를 제공하는 방법에 대한 윤리적 결정을 내리는 데 어려움을 겪는다.

원격 상담 및 소셜미디어 이용과 관련된 고려 사항

ACA 윤리 강령(ACA, 2014)의 마지막 개정 이후에 등장한 전문적 문헌에서는 기술을 사용한 윤리적 상담의 실제 적용뿐만 아니라 온라인 상담과 소셜미디어에 관한 일반적인 윤리적 고려점을 다루었다. Manhal-Baugus(2001)의 연구는 이메일, 화상 회의, 가상 현실 기술 및 채팅 기술을 통한 서비스를 포함한 온라인 심리 치료와 윤리에 대한 가장 오래된 역사적 개관 중 하나다. Manhal-Baugus는 비밀 유지, 관계 설정, 법적인 고려 사항, 설명 후 사전동의, 역량, 서비스의 구조, 초기 스크리닝, 기록 보관, 위기 대처 절차에 중점을 두고 당시의 ACA와 국가 공인상담자 위원회(National Board for Certified Counselors: NBCC) 그리고 국제 정신 건강 온라인 협회(International Society for Mental Health Online)의 윤리 강령을 조사했다. Shaw와 Shaw(2006)는 온라인 심리 치료를 광고하는 상담자의 웹사이트를 조사하여 윤리적 의도 체크리스트(Ethical Intent Checklist)를 사용하여 내담자 관리를 위한 윤리적 내용을 포함하는지 여부를 평가하였다. 윤리적 의도 체크리스트에는 상담자의 이름, 상담 실무의 상태, 위치 및 연락처 정보, 면허증, 학위 및 학위를 받은 대학에 대한 완전한 공개를 다루는 항목이 포함된다. 체크리스트는 또한 잠재적 내담자들에게 온라인 상담이 그들에게 적절하지 않을 수도 있다는 점, 대면 상담과 동일하지 않다는 점, 어떤 경우에 비밀 유지가 침해되는지, 그리고 내담자를 위해 추천하는 다른 서비스는 어떤 것이 있는지가 웹사이트에 기술되었는지도 선별한다. Shaw와 Shaw는 또한 상담을 시작하기 전에 접수 절차가 있음을 명시하고, 내담자는 온라인 서비스에서 발생할 수 있는 위험을 감수한다는 서약을 해야 하며, 상담을 진행하기 전에 내담자의 위치, 연령, 생년월일 등의 정보를 확인한다는 문구가 있는지도 확인했다. 그들은 88개 사이트를 살폈고 16개 항목 중 8개 항목에 부합하는 상담 실무를 하고 있는 온라인 상담자는 절반이 되지 않음을 발견했다.

Finn과 Barak(2010)은 다양한 전문적 배경을 가진 온라인 상담자들을 대상으로 법적, 윤리적 문제와 관련한 경험에 대해 설문을 실시했다. 다양한 우려들이 있었지만, 비밀 유지, 내담자 신원, 의무적 보고, 위기 내담자, 상담 실무 관할권이 문제로 제기되었다. Kaplan, Wade, Conteh, Martz(2011)도 소셜미디어를 둘러싼 상담에서의 법적, 윤리적 문제를 개관하고 유사한 보고를 했다. 그들은 내담자와 소셜미디어를 사용하는 상담자들에게 경계, 비밀 유지, 신원 확인, 설명 후 사전동의라는 문제가 발생할 수 있음을 확인했다. 또한 Kaplan과 그의 동료들은 주 면허 법을 조사하여 어떤 주 법이 상담에서의 소셜미디어 사용을 다루었는지, 그리고 그것이 용납되는지 금지되는지를 판단했다. 연구 당시에 4개 주는 실무에서 전자 통신을 특별히 지지하지는 않았고, 10개 주는 그것을 규제하는 지침이 있었으며, 24개 주는 내담자와의 인터넷 사용을 다루는 법이나 규칙이 없다고 보고했다.

Anthony와 Nagel이 설립한 온라인 치료 연구소(the Online Therapy Institute; OTI; 2010)는 정신 건강 전문가가 소셜미디어를 윤리적이고 합법적으로 사용하도록 틀을 제공한다. OTI는 내담자 관리와 관련하여 비밀 유지, 다중 관계, 개인적인 내담자 추천, 설명 후 사전동의, 비밀 유지, 소셜미디어를 통해 연락하지 않기, 내담자 기록 문서화와 같은 소셜미디어와 연관된 문제들을 언급한다. 또한 OTI 웹사이트는 소셜미디어 상호작용에 대해 논의하고, 비전문가가 읽을 수 있는 게시물을 만들 때, 친구 요청 및 팔로우 요청을 처리할 때, 내담자 정보 수집을 위해 검색 엔진을 활용할 때 주의를 기울이도록 권장한다. OTI는 상담자들에게 실무 범위 내에서 활동하고 인터넷 서비스와 관련한 자신과 내담자의 관할지역 내의 구체적인 법률을 알아야 한다고 경고한다. 상담자는 공식적 교육, 비공식적 교육(회의 및 워크숍), 서적, 동료-심사 문헌, 임상적 자문과 같은 다양한 형태의 교육을 받는 것이 좋다.

소셜미디어 및 원격 상담에서의 윤리적 문제와 관련한 문헌의 또 다른 경향은 무엇이 윤리적으로 타당한 상담을 구성하는지를 확인하려는 시도이다. Alemi와 동료들(2007)은 물질 남용 내담자에게 치료적 이메일을 효과적으로 사용하는 것을 보여주었다. 그들은 이메일의 구조와 내용의 예시를 제공하였고 이메일 플랫폼이 치료 성공을 방해하지 않았을 뿐만 아니라 이메일의 내용이 치료에 가장 큰 영향을 미쳤다고 주장했다. Bradley, Hendricks, Lock, Whiting, Parr(2011)는 정신건강 상담자의 이메일 통신을 AMHCA 및 ACA 윤리 규정과 비교했다. 그들은 이메일이 어떻게 관계를 증진시키는지와 이 매체를 사용함으로써 생기는 실질적인 윤리적 문제들을 다루었다. Kolmes(2012)는 심리학자들이 소셜미디어를 마케팅에 사용하고 근무 외 및 근무 중에 사용하고 실무를 위한 보조 수단 및 치료를 제공하는 주요 수단으로 사용하는 사례를 들었다. Kolmes는 또한 임상 훈련에서 소셜미디어와 관련한 문제를 제기했고 소셜미디어 사용의 변화를 반영하여 심리학자를 위한 윤리 규정을 업데이트할 것을 촉구했다.

다른 저자들은 소셜미디어와 온라인 윤리 문제를 조직적 또는 교육적 참조 틀에서 다루었다. DiLillo와 Gale(2011)은 대학원생들이 인터넷을 사용하여 내담자의 개인 정보에 접근하는 것에 대한 윤리적 시사점을 연구했다. 비록 대부분의 학생들은 내담자 정보를 위한 웹서핑이 용납될 수 없다는 것을 이해했지만, 그들 중 98%가 지난 1년 동안 내담자 정보를 검색한 적이 있다고 보고하였다. DiLillo와 Gale은 상담자 준비의 일환으로 내담자의 온라인 사생활을 다루어야 한다고 제안했다. 비슷한 맥락에서, Gain(2011)은 개인 정보 보호, 생산성, 조직 내 평판을 다루는 소셜미디어와 관련한 직원 교육과 조직 방침의 필요성을 확인했다. 소셜미디어의 조직적 이용과 관련해서, 소셜미디어 방침의 발전과 병행하여 직원들에 대한 적극적 교육이 필요하다는 공감대가 형성되었다.

컴퓨터 통신을 사용할 때의 윤리적 고려 사항

이 섹션에서는 다양한 기술 응용 프로그램을 사용할 때 자신의 상담이 윤리적으로 법적으로 타당한지 확인하고자 하는 상담자들에게 몇 가지를 제안한다.

법적 고려

상담자는 컴퓨터를 통한 서비스 제공의 합법성을 판단할 때 자신의 주 관할지역과 내담자의 주 관할지역을 고려할 필요가 있다. 인터넷 기반 상담 서비스를 제공하고 제공받는 것과 관련된 규정은 주마다 다르다(Kaplan et al., 2011; NBCC, 2012). 미성년자와 소통할 때 컴퓨터를 사용하는 것과 이 때의 부모 동의에 관한 주 규정이 다양하다는 점은 추가적으로 고려해야 한다. 건강 보험 이동 및 책임 법령(Health Insurance

Portability and Accountability Act: HIPAA)과 같은 연방 규정은 내담자 정보 보호와 정신 건강 기록의 안전한 저장 및 전송을 요구한다. 상담자가 암호화되지 않은 파일을 저장하고 전송할 경우 HIPAA 규정을 위반할 수 있다(Kaplan et al., 2011). 상담자는 민감한 정보를 전자적으로 전송할 때 내담자에게 허락을 구하고 잠재적 위험을 알리는 것이 옳다(NBCC, 2012). 소프트웨어 및 서비스가 HIPAA를 준수하는지 확인하고, 상담자와 고용한 업체가 HIPAA 규정을 준수한다는 내용의 사업 제휴 계약을 제공한다.

역량

기술을 사용하기 전에, 상담자는 자신이 사용하는 수단과 플랫폼을 활용하여 서비스를 제공할 수 있는 능력을 갖추도록 교육을 완수하는 것이 좋다(Haberstroh, 2009). Harris와 Younggren(2011)은 역량은 실무자가 원격 서비스를 제공할 때의 기본적인 윤리적 문제라고 강조한다.

원격 개입의 역량은 전통적인 심리 치료에서 사용되는 것보다 전자 통신 포털에 대한 지식을 훨씬 더 많이 필요로 할 것이다. 또한 자신이 활용하고 있는 전자 기술에 대한 이해, 편안함, 역량에 대한 솔직한 평가가 필요하다(p. 417).

위험 관리 측면에서, 상담자는 자신이 제공하는 서비스와 서비스를 제공하는데 사용하는 기술 모두에서 역량을 입증해야 한다. 온라인 상담자는 OTI(onlinetherapyinstitute.com)와 같은 조직을 통해 교육을 받는 것을 고려하거나 자격증 교육 센터(http://www.cce-global.org/dcc)를 통해 제공되는 원격 자격 상담자(Distance Credentialed Counselor)와 같은 자격증 프로그램을 이수해야 한다.

경계

Kaplan과 동료들(2011)은 상담자가 컴퓨터를 통해 소통을 할 때 이중 관계가 발생할 가능성에 대해 문제를 제기한다. 잠재적으로, 내담자들이 상담자의 개인 소셜미디어 사이트의 디지털 흔적을 찾는다면 상담자 일상의 개인적 측면을 접할 수 있다. 그러나 모든 이중관계가 해로운 것은 아니며 이중관계가 내담자의 안녕을 증진시킬 수도 있다는 것을 명심해야 한다. 내담자와 소셜미디어로 접촉하는 것은 내담자의 발전을 증진하고 지원할 가능성이 있다. 상담을 위한 소셜미디어 방침을 명확하게 작성하는 것은 경계를 명확하게 정의하는 데 도움이 된다. 상담자에게는 소셜미디어를 통한 접촉의 경계가 명확할 수 있지만, 적절한 경계가 무엇인지에 대해 내담자가 이해하는 바는 상담자만큼 명확하지 않을 수 있다. 소셜미디어를 사용하는 상담 전문가는 개인적인 디지털 흔적과 전문가로서의 디지털 흔적을 분리함으로써 경계를 만들 수 있다. 여기에는 친구와 내담자 각각을 위해 별도의 트위터 계정, 페이스북 계정 및 이메일 계정을 유지하는 것이 포함된다. 상담자는 보안 제어에 대해 열심히 배우고 개인 사이트 및 연락처 정보에 누가 접근할 수 있는지에 대해 알아야 한다. 내담자들이 우리의 사생활에 대해 궁금해 할 수 있다는 점을 명심하는 것이 중요하다. 따라서 우리는 권한을 잠그고 디지털 사생활을 보호하는 방법을 배우기 위해 별도의 조치를 취해야 한다.

페이스북 사용을 고려하는 상담자들에게, 경계, 이중 관계, 비밀 유지, 그리고 사생활에 관한 많은 윤리적 우려들이 발생한다. 디지털 시대에 상담자들이 직면하고 있는 문제를 다루면서, Reamer(2013)는 내담자와 친구가 된 후 발생할 수 있는 경계 혼란에 대해 언급한다:

> 사회복지사의 소셜 네트워크 사이트에 접속할 수 있는 사회복지 이용자들은 자신들의 사회복지사에 대한 많은 개인정보(사회복지사의 가족 및 대인관계, 정치적 견해, 사회 활동, 종교에 대한 정보 등)를 얻을 수 있는데, 이것은 전문가-이용자 관계에서 복잡한 전이 및 역전이 문제를 야기할 수 있다(p. 168).

당신은 내담자나 수퍼바이지의 친구 요청을 거절하거나 또는 친구 요청에 응해야 할 것이다. 당신이 어떤 선택을 하는지와 요청을 수락 또는 거절하는 이유는 내담자 또는 수퍼바이지 관계에 영향을 미칠 수 있다. 내담자나 수퍼바이지로부터 친구 요청을 받는 경우 자신이 하거나 하지 않을 일을 직접적으로 언급하는 소셜미디어 방침을 수립하고, 그 방침을 따르라.

접근성 문제

상담자들은 감각에 제한이 있는 내담자에게 문제를 일으킬 수 있는 기술을 사용하는 것에 주의해야 한다(NBCC, 2012). 사용 중인 소프트웨어를 살펴서 시각 및 청각에 어려움이 있는 사용자를 위해 쉽게 수정할 수 있는지 확인하라. Windows와 Mac 컴퓨팅 플랫폼에는 접근성 문제가 있는 사용자가 감각 조절을 위해 화면을 변경할 수 있도록 지원하는 사용자 옵션이 있다. 온라인 상담에 사용되는 소프트웨어는 이러한 설정에서 작동해야 한다. 웹 사이트 설계는 웹 접근성 이니셔티브[3](W3C, 2012)를 준수해야 하며, 멀티미디어는 섹션 508[4](HowTo.gov, 2013)을 따라야 한다.

선별 및 확인

온라인 상담자는 대면 회의, 사진 확인, 또는 온라인 검증의 다른 방법을 통해 온라인 내담자의 신원을 확인하는 방법을 개발해야 한다. 내담자가 확인되면 상담자는 내담자를 위해 온라인 서비스가 적절한지와 전문적 관계에 어떤 문제가 발생할 수 있을지를 선별한다. 컴퓨터를 통한 서비스가 내담자에게 적합하지 않거나 상담자가 문제 해결을 위한 충분한 교육을 받지 못한 경우, 상담자는 내담자를 자격을 갖춘 근거리 상담자에게 소개할 준비가 되어 있어야 한다. 선별 이후에 상담 서비스가 계속된다면, 상담자와 내담자는 인터넷 기반 소통에 참여할 때마다 서로의 신원을 확인하기 위한 "식별어"를 설정해야 한다.

---

3) 장애인의 웹 접근성을 향상시키기 위해 W3C에서 웹 콘텐츠, 브라우저, 미디어 플레이어, 저작 및 평가 툴 등의 요소와 관련한 가이드라인, 보고서, 교육 자료 등을 제작, 발표함.
4) 소프트웨어, 하드웨어, 전자 콘텐츠 및 지원 설명서와 같은 전자 및 정보 기술 제품을 장애인이 액세스할 수 있도록 하는 법안.

서비스의 구조

기술 기반의 개입을 사용하는 상담자는 이러한 서비스가 내담자에게 어떻게 제공될 것인지, 서비스의 한계는 무엇인지, 서비스가 현재의 요금 구조에 어떻게 부합하는지를 고려해야 한다. 내담자에게 문자 메시지 또는 이메일을 보내는 것에 요금이 부과될 것인가, 아니면 기존 요금에 포함되는가? 내담자와 화상 회의로 만나는 경우, 해당 서비스 유형에 대한 요금은 어떻게 되는가? 내담자는 당신의 연락을 얼마나 자주 기대할 수 있으며, 당신의 일반적인 응답 시간은 어떠한가? 이러한 서비스의 구조는 모두 상세하게 안내된 상담 계약과 서비스에 대한 설명 후 사전동의의 일부이다.

설명 후 사전동의 및 서비스 계약

윤리적 서비스를 제공하는 자는 모두 설명 후 사전동의를 활용하고 내담자와 계약한 서비스에 대한 진술서를 갖는다. 상담에 컴퓨터 통신을 통합하려면 이러한 문서에 추가적인 고려 사항을 포함할 필요가 있다. 설명 후 사전동의서에는 상담자의 원격 상담 자격증, 컴퓨터를 통한 소통의 위험성 및 이점, 기술 오류 시 대처, 예상 응답 시간, 응급 절차, 문화차, 시차, 이러한 서비스 혜택을 거부할 가능성이 포함되어야 한다. 소셜 미디어 방침을 동의서에 포함해야 한다. NBCC(2012)는 내담자와 온라인으로 접촉하는 상담자는 설명 후 사전동의서에 다음 요소를 포함할 것을 제안한다: a) 소비자 보호를 돕는 모든 전문적인 인증 사이트의 링크, b) 상담자에게 오프라인으로 연락하는 방법, c) 이메일 확인 빈도, d) 기술 오류 시의 조치, e) 매체의 한계로 인한 오해에 대처하는 방법, f) 지역 지원센터 및 응급상황에 대한 정보. 내담자의 이메일이 동료에게 노출되거나, 당사자가 아닌 사람에게 문자 메시지를 보내는 실수, 그리고 하드웨어 또는 인터넷 충돌과 같은 온라인 플랫폼 특유의 문제와 관련해서 "무해함을 유지"한다는 설명을 포함시킬 것 역시 제안되었다. 모든 설명 후 사전동의서와 마찬가지로, 상담자는 안전상의 문제나 법원의 명령이 있을 때 정보를 개방할 법적, 윤리적 의무가 있음을 설명해야 한다. 설명 후 사전동의서의 일부로든 또는 별도의 양식으로든, 서비스 계약에는 컴퓨터를 통한 서비스를 포함하여 서비스 비용에 대한 명확한 정보가 포함되어야 한다.

소셜미디어 방침

소셜미디어를 내담자 치료의 보조도구로 사용하는 상담자들은 소셜미디어 방침을 만들고 이를 처음부터 내담자와 적극적으로 공유하는 것이 좋다. 이것은 발생할 수 있는 모든 불안감을 최소화하고 소셜미디어를 관계적으로 적절하게 사용할 수 있도록 경계를 설정할 것이다. Kolmes(2010)은 소셜미디어 방침에서 가장 많이 인용된 예시 중 하나를 만들고 이것을 전문가들이 온라인(http://drkkolmes.com/for-clinicians/social-media-policy/)에서 볼 수 있도록 했다. Kolmes의 방침은 내담자와의 친구, 팬, 팔로우에 대한 그녀의 입장, 의사소통에 대한 그녀의 선호, 내담자 정보를 위해 검색 엔진을 사용하지 않는다는 방침, (비지니스 목록 사이트가 요청하는) 내담자 추천 요청에 대한 윤리적 규제를 포함한다. Kolmes(2012)는 상담자들이 내담자와 컴퓨터를 통한 소통을 하는 경우 소셜미디어 방침을 개발할 것을 권장한다.

기록 보관

모든 전자 장치에서 파일에 대한 암호화 방법과 비밀번호 보안을 활용하는 것은 비밀 정보 보호를 위해 필수적이다. Jencius(2013)는 정보를 보호하기 위해 '강력한' 암호를 만드는 방법에 대한 권장사항과 리소스를 제공한다. NBCC(2012)는 상담자들에게 그들이 사용하고 있는 매체를 고려하여 내담자 기록의 일부로 어떤 디지털 자료를 보관할 것인지, 자료를 어떻게 얼마 동안 보관할 것인지, 정보 공개 요청은 어떻게 처리할 것인지 결정하라고 요구한다.

자문

인터넷을 사용하여 다른 전문가들에게 접근하는 것이 얼마나 쉬운지, 그리고 사생활에 대한 우리의 인식이 매체에 따라 얼마나 혼동되는지를 생각하면, 상담자가 내담자를 만날 때 적용한 것과 동일한 수준으로 안전한 보호장치, 계약 준비, 수퍼바이저 검증을 하지 않고 사례에 대한 자문을 구하는 것은 현명하지 않다. 전문가 목록 서비스를 사용해서 상담 자문과 의뢰를 하는 것은 내담자의 세부 정보를 알 수 없는 집단에 (그리고 어쩌면 당신의 내담자에게) 노출시킬 수 있기 때문에 이용해서는 안된다(Kaplan et al., 2011).

응급 절차

내담자는 응급 상황이 발생하고 상담자가 바로 가까이에 있지 않을 때 자신이 무엇을 해야 하는지 알아야 한다. 내담자를 위해, 온라인 상담자는 내담자가 응급 상황에 대면으로 지원받을 수 있도록 내담자 지역의 자원을 조사하고 알아야 할 책임이 있다. 마찬가지로, 내담자들은 그러한 서비스와 그들이 정신 건강 위기에 처했을 때 자신들이 지역 내에서 취해야 할 조치에 대해 교육을 받아야 한다.

기술 오류

컴퓨터를 통한 소통을 사용하는 상담자는 내담자가 기술적 오류에 처할 가능성에 대비하여 그 경우 무엇을 해야 하는지, 상담자와 연락할 수 있는 대안적 방법은 무엇인지를 준비해야 한다. 컴퓨터를 매개로 한 소통은 지속적인 연결이 보장되어야 하는데, 인터넷은 때때로 장애가 발생한다. 잘 모르는 내담자는 상담자가 실제로 기술적인 문제를 겪을 때 의도적으로 상담을 중단했다고 생각할 수 있다. 인터넷 충돌이 발생하면, 내담자와 상담자가 상담을 다시 연결하기 위해 어떻게 할지를 정하거나 컴퓨터를 통한 소통 대신 그들이 취할 수 있는 대안을 설정해야 한다.

결론

컴퓨터의 발전과 함께, 우리가 디지털 기기를 통해 상호작용하는 방법은 상담자와 내담자 모두에게 변화를 가져왔다. 지난 10년간 컴퓨터는 더욱 보편화되었다. 우리는 더 이상 장치와 상호작용하고 있다고 인식하지 않고, 대신 장치의 다른 쪽 끝에 있는 사람 또는 사람들과 상호작용하고 있다고 느낀다. 컴퓨터는 이제 동시간의 우주 (Pendergast, 2004)의 일부이다. 우리는 더이상 입력한 후 출력을 기다리지 않으며, 다른 사람 또는 집단과의 상호작용은 동기화되어 발생한다. 소셜미디어의 핵심 구성 요소인 유비쿼터스와 동기화 모두 컴퓨터를 인간의 상호작용에 훨씬 더 가깝게 만들었다. 내담자들은 관계를 형성하고 유지하는 방법에 컴퓨터를 통합하고 있고, 따라서 그들이 상담자들과 같은 형태의 관계를 기대하는 것은 놀라운 일이 아니다. 이러한 변화를 고려하여, 상담자는 효과적이고 합법적이며 윤리적인 가상의 존재감을 만들어야 한다.

이어지는 두 사례 연구는 매우 빠르게 변화하는 기술에 대응하는 것의 복잡성을 강조한다. 사례 연구 17(집단을 위한 소셜미디어 의사결정)에서는, 한 상담자가 소셜미디어와 그것을 전문적 상담에 활용하는 것에 대한 지식이나 편안함의 정도가 매우 다양한 실무자 집단을 위해 소셜미디어를 개발해야 하는 상황에 직면해 있다. 사례 연구 18(내담자의 친구 요청)에서는 이전 내담자로부터 친구 요청을 받은 상담자에게 경계의 문제가 발생한다.

집단을 위한 소셜미디어 의사결정

Martin Jencius

32세의 공인전문상담사 잭Jack은 다른 인적 서비스 전문가들과 함께 소규모의 치료 집단에 속해 있다. 잭 외에도, 그 그룹은 주로 검사에 초점을 둔 심리학자 월Will(50세), 임상 사회복지사 신시아Cynthia(32세), 갓 졸업한 전문상담자 제니스Janice(26세), 결혼 및 가족 치료사로 확고하게 자리 잡은 기아Kia(45세), 청소년 치료사이면서 공인전문상담사인 한나Hannah(35세)로 구성되어 있다. 그들은 집단으로 일하고, 치료에 관한 모든 결정은 집단으로 이루어진다. 최근에 그들은 소셜미디어를 사용하여 치료를 확장하는 것에 대해 논의했다.

임상 회의에서 잭은 집단 구성원들이 소셜미디어를 사용하는 것에 대해 어떻게 생각하고 그것을 어떻게 집단에게 적용시킬 수 있는지에 대해 의향을 확인하고 있다. 월은 그 집단이 소셜미디어를 잘 사용할 수 있을지 그리고 어떻게 사용할 것인지에 대해 당혹스러워한다. 그는 페이스북과 트위터와 같은 플랫폼에 상당히 익숙하지만 그것들을 사용해 본 적이 없고, 그것들이 치료에 어떻게 도움이 되는지 또는 내담자와 그것들을 사용하는 것에 관련된 윤리는 어떠한지에 확신이 없다. 신시아는 페이스북 계정을 갖고 있지만 다른 소셜미디어를 사용한 적은 없다. 그녀는 월과 마찬가지로 임상에서 소셜미디어를 사용하는 것에 대해 확신이 없지만, 이 시점에 그것을 고려하는 것에 대해 월보다 덜 꺼린다.

제니스는 월과 반대되는 의견을 가지고 있다. 그녀는 페이스북과 트위터를 정기적으로 사용하고 때때로 다른 소셜 네트워크를 사용하는 소셜미디어의 열렬한 사용자이다. 제니스는 대학원 과정 내내 소셜미디어를 사용했고 상담 자원를 개발하는 데 사용했다. 그녀의 고민은 그녀가 현재 사용하고 있는 소셜미디어를 어떻게 전문적인 사용으로부터 보호하거나 전환할 것인가 하는 것이다. 기아는 그녀가 치료하는 많은 가족들이 상담에서 페이스북 정보에 대해 이야기하기 때문에 소셜미디어 플랫폼을 알고 있다. 그녀는 개인 페이스북 계정을 갖고 있으며 내담자들이 그녀의 개인 정보를 검색하는 것을 막기 위해 그것을 잠그려고 노력해 왔다. 한나는 청소년들과의 작업 때문에 소셜미디어에 매우 익숙하다. 많은 내담자들이 친구들과 소통하고 사회적 관계를 유지하느라 소셜미디어를 사용하기 때문에 한나는 소셜미디어를 알아야 했다. 또한 그녀는 십대들에 의해 소셜미디어가 매우 잔인한 방법으로 사용되는 것을 보았다. 그녀는 내담자에게 다가가기 위한 보조 수단으로 소셜미디어를 사용하는 것이 이점이 있다는 것을 알지만, 내담자들이 소셜미디어를 얼마나 광범위하게 사용하는지 알기 때문에 얼마나 많은 시간이 걸릴지 그리고 어떻게 효과적으로 경계를 설정할지를 염려한다. 잭이 집단에 문제를 제기했기 때문에, 소셜미디어를 상담 도구에 추가하는데 필요한 정보와 가능한 절차를 그가 알아보기로 했다.

생각 및 토론을 위한 질문

1. 치료 구성원들이 다양한 분야에 속한 것이 소셜미디어를 윤리적으로 사용하는 것에 대한 의견차로 어떻게 연결되는가?
2. 만약 그들이 소셜미디어를 사용하기를 원한다면 잭은 실행을 위해 어떤 단계를 제안할 것인가?
3. 치료 구성원들 각자는 소셜미디어를 안전하고 윤리적으로 사용하도록 하는 데 어떻게 기여할 수 있을까?

분석

이 사례는 소셜미디어에 대한 문제들, 그리고 치료를 하거나 기관에서 일하는 상담자가 소셜미디어를 규제하고 채택하는 것과 관련된 많은 문제들을 조명한다. 잭의 임무는 치료 구성원들이 내담자와의 소셜미디어 사용에 대한 결정을 내리는 데 도움이 될 자원을 찾는 것이다. 전문가들의 다양성과 소셜미디어에 대한 그들의 다양한 경험 수준을 고려할 때, 잭은 소셜미디어를 안전하고 윤리적으로 사용하도록 하기 위해 할 일이 상당히 많다. *ACA 윤리 강령*(ACA, 2014)뿐만 아니라, 기아를 위해 미국 결혼 및 가족 치료 학회(American Association for Marriage and Family Therapy), 제니스를 위해 전미 사회복지사 학회(National Association of Social Workers), 윌을 위해 미국 심리 학회(American Psychological Association)의 윤리 강령을 조사하여 컴퓨터를 통한 치료에 관해 그 강령들에 무엇이 포함되어 있는지 확인하는 것이 현명할 것이다.

*ACA 윤리 강령*의 규정 H.6.(ACA, 2014)는 소셜미디어 사용과 직접 관련되며, 가상 전문가의 고유한 존재감을 유지하기(규정 H.6.a.), 설명 후 사전동의 과정에서 소셜미디어에 대해 언급하기(규정 H.6.b.), 내담자의 디지털 흔적 존중하기(규정 H.6.c.), 누군가 내담자의 기기에 접속하는 경우에 알려지는 내용이 내담자의 비밀을 보호하도록 예방 조치를 취하기(규정 H.6.d.)를 포함하여 잭의 과제와 관련된 문제를 다룬다. 잭은 또한 그의 동료들이 모두 원격 상담 방법에 대한 공식적인 훈련을 받지 않았기 때문에 섹션 H의 다른 규정을 생각할 수 있다(규정 H.1.a.). 실무에서 치료를 제공하는 곳과 내담자가 거주하는 곳의 주/지방 법과 법령(규정 H.1.b.)을 고려하였는가? 내담자와 함께 개인 문자 메시지나 이메일을 사용한다면, 이러한 메시지가 임상 기록의 일부가 될 것인가, 그리고 이러한 기록이 안전하게 보관되는 방법은 무엇인가(규정 H.5.a.)?

잭과 동료 실무자들은 그들의 업무에 어떤 종류의 소셜미디어나 컴퓨터 통신을 사용할지 생각할 필요가 있다. 웹 사이트 또는 비대화형 페이스북 페이지를 통해 전자적으로 서비스를 마케팅하는 것 외에도, 전부가 아니라 하더라도 내담자 작업의 대부분이 컴퓨터 장치를 통해 제공되는 원격 상담을 제공할 것인가? 아니면 디지털 통신을 내담자와의 상담실 내 작업의 보조 수단으로 사용할 것인가? 내담자와의 작업에 명확하게 원격 상담 접근방식을 포함하기로 선택한 경우, 실무자들은 안전하고 윤리적으로 수행하기 위한 상당한 훈련과 온라인 상담 및 기술 경험이 있어야 한다. 만약 그들이 한 두 가지 형태의 소셜미디어를 사용하는 것에 초점을 두고 있다면, 경험이 적은 사람들은 그리 빠르게 학습하지 못할 것이다. 이러한 선택과 그 의미는 실무 구성원들 사이에서 추가적인 논의가 필요할 것이다.

이 일에서 가장 중요한 점은 실무자들과 내담자들 모두에게 컴퓨터를 통한 바람직한 소통을 안내하는 소셜미디어 방침을 만드는 것이다. 소셜미디어 방침은 설명 후 사전동의 및 안내문의 일부로 통합되어야 하고(규정 H.2.a.), 상담실에 게시하고 내담자에게 배포하기 위한 별도의 문서로 포함될 수 있다(Kolmes, 2010). 치료 구성원들은 인증 암호, 응답 시간, 비밀이 아닌 통신 및 친구 맺기, 팬 만들기, 팔로우와 같은 구체적인 문제를 포함하는 소셜미디어 방침의 다른 예시를 알아야 한다.

더 생각해 볼 문제

❶ 이 분석에서 기관 소셜미디어 방침에 포함되어야 한다고 제안한 내용 외에 고려되어야 할 다른 방침들이 있는가?

❷ 소셜미디어가 상담 서비스를 제공하는데 도움이 될 수 있는 조건, 내담자, 또는 시나리오를 떠올릴 수 있는가? 방해가 될 수 있는 상황은?

❸ 기관은 소셜미디어 방침 위반에 어떻게 대처해야 할까? 직원들을 훈련시키기 위한 기관의 의무는 무엇인가?

내담자의 친구 요청

Martin Jencius

로빈Robin은 42세의 물질 의존 상담자이자 카운티 종합 중독 기관에서 집중 외래 상담자로 일하는 공인전문상담사이다. 그녀는 성공적으로 해독을 마치고 집중 외래 환자로 분류된 내담자 집단과 일한다. 그녀는 15년간 금주하며 알코올 중독에서 회복 중이고 알코올 중독자를 위한 자조집단(Alcoholics Anonymous: AA)에 정기적으로 참석하며 12단계 작업을 계속하고 있다. 6년 전 상담 학위를 마친 후 로빈은 물질 의존 상담자로 일을 시작했다. 자말Jamal은 예전 집중 외래환자 집단의 구성원 중 한 명이다.

자말은 32세로, 2년 전 로빈이 일하는 치료 센터에 알코올과 진통제 중독으로 입원했다. 자말은 성공적으로 해독을 마친 후 로빈의 집중 외래 환자로 옮겼고, 정규 치료를 마칠 때까지 3개월간 머물러 있었다. 그가 치료를 받는 동안 주목할 만한 일은 없었고, 그는 몇몇 촉발 사건들에 성공적으로 대처했다. 치료와 사후 치료를 받는 동안 그는 AA에 정기적으로 참석하여 활동했고, 그와 함께 일할 후원자를 찾았고, 새로운 사회적 관계를 구축하기 시작했다. 비록 로빈과 자말은 AA 참석 일정과 후원자, 그리고 홈 그룹5)이 다르지만, 그들은 가끔 모임에서 마주친다. 그들은 서로 사이가 좋고, 로빈은 그들의 치료 이력에 대한 어떠한 논의나 언급도 삼간다.

로빈은 개인 페이스북 페이지를 가지고 있고 자말로부터 친구 요청을 받았는데, 이를 수락하면 그가 그녀의 연락처, 사진, 게시물 중 일부를 보게 될 수 있다. AA에서 수년간 만난 중독에서 회복중인 다른 친구들이 로빈의 페이스북 계정과 연결되어 있기는 하지만, 자말의 요청을 받아들여야 하는지에 대해서는 그들의 과거 치료 이력 때문에 고민스럽다.

---

5) AA 구성원들의 유대감을 강화하여 금주를 독려하기 위한 모임.

생각 및 토론을 위한 질문

1. 현재 내담자와 소셜미디어 친구 관계를 맺는 것이 바람직할까? 이전 내담자는 어떤가? 자말을 "현재" 또는 "이전" 내담자라고 생각하는가?
2. 회복 모임에서의 자말과 로빈의 관계가 그들의 전문적 관계를 위태롭게 하는가?
3. 당신이 로빈의 수퍼바이저이고 그녀가 이 문제를 가지고 당신에게 왔다면, 그녀에게 무엇을 추천하겠는가?

분석

이 사례는 상담자와 내담자 사이, 또는 이 사례에서는 치료를 마쳤지만 상담자와 여전히 관계를 맺고 있는 내담자와의 소셜미디어와 적절한 경계에 대해 문제를 제기한다. 이 상황에 대한 추론의 출발점은 상담자와 내담자 사이의 이중 또는 다중 관계 문제를 탐구하는 것일 수 있다. Kaplan과 동료들(2011)은 이중 관계와 관련된 윤리적 가이드라인이 시간이 지남에 따라 바뀌었으며 내담자와의 비전문적 관계가 도움이 되고 유익하다면 허용된다고 언급했다. Kaplan과 동료들은 소셜미디어가 비전문적 관계의 유익한 형태가 될 수 있다고 제안한다.

규정 H.6.a.(ACA, 2014)는 상담자가 전문가로서의 소셜미디어 사용과 개인적인 사용을 분리할 수 있도록 주의를 기울이라고 지시한다. 로빈은 페이스북 계정으로 개인적인 가상의 존재를 구축했지만, 직업적인 연락을 취하기 위해 이를 사용할 의도는 없었다. 자말은 예전 내담자이지만, 로빈과 과거에 전문적 관계를 맺게 되었던 문제들을 여전히 다루고 있다. 아마도 자말은 전문적 관계가 끝났고 회복중인 동료로서 이 제안을 하고 있다고 느낄 것이다. 그는 AA에서 만났던 다른 사람들이 로빈과 친구를 맺었다는 것을 안다. 사실, 그가 페이스북에서 로빈을 찾고 연락할 수 있었던 것은 다른 AA 회원의 페이스북 연락처를 통해서였다. 현재 로빈의 페이스북에는 사람들에게 보여주고 싶지 않은 방식으로 그녀의 전문적 역할이 드러날 수 있다. 그녀가 자신의 개인적인 삶과 전문적 삶이 중첩되는 것에 대해 걱정하지 않는다고 하더라도, 이전의 전문적 관계 때문에 자말에게는 그렇게 개방하고 싶지 않을 수 있다.

이 사례는 상담자들이 내담자들에게 얼마나 투명할 수 있는지 또는 투명해야 하는지에 대한 문제를 제기한다. 상담자는 내담자에게 진실하고 일관되며 무조건적 긍정적 존중을 보이도록 교육받는다. 과거에는 전문적 경계가 일반적으로 명확했지만, 컴퓨터를 이용한 소통은 우리 삶의 투과성을 변화시켰다. 현대 세대는 한때 사적이었던 것에 훨씬 더 많이 노출되어 있으며 개방적으로 성장했다. 이러한 새로운 투명성이 이제 가상의 환경으로 확장될 것인가? 개별 상담자들은 상담자-내담자 관계에 대한 자신의 신념과 내담자의 변화에 대한 상담자의 역할을 어떻게 보는지에 따라 경계를 다르게 설정할 수 있다. 로빈이 속한 기관의 구체적인 지침이 없다면, 그녀의 딜레마에 대한 답은 불분명하다.

소셜미디어 방침이라는 형식의 적극적 안내가 있다면 로빈과 그녀의 기관에 도움이 될 것이다. 기관 방침이 엄격하고 상담자가 내담자나 이전 내담자와 소셜미디어로 연락해서는 안 된다고 명시한다면, 로빈이 자말과 친구를 맺지 않을 명확한 방향과 근거가 될 것이다. 만약 내담자나 과거 내담자에게 도움이 되고 유익한 경우에는 친구 맺기가 허용된다고 방침에 명시되어 있더라도, 로빈은 억지로 그렇게 하지 않아도 될 것이고 개인적으로 "친구를 맺지 않음"을 경계로 설정할 수 있을 것이다.

더 생각해 볼 문제

❶ 교수-학생 소셜미디어 친구 맺기에 대한 경계가 상담자-내담자 상호작용과 관련된 경계와 다르다고 생각하는가? 그렇다면 어떤 점에서 그러한가?

❷ 개인적 및 전문적 경계를 유지하기 위해 소셜 네트워킹을 규제하려면 어떤 방침과 실천이 필요한가(또는 필요할 것인가)?

10장
수퍼비전과 상담자 교육

Barbara Herlihy and Gerald Corey

ACA 윤리 강령(American Counseling Association [ACA], 2014) 섹션 F는 수퍼비전, 훈련 및 교육 분야를 다룬다. 대부분의 경우, 강령의 다른 섹션에서는 상담자와 내담자의 관계를 강조하는데, 섹션 F는 수퍼바이저와 수퍼바이지 사이, 그리고 상담자를 교육자하는 자와 학생 사이의 독특한 관계에 초점을 맞추고 있다. 윤리적 실무 지침은 상담 교육 및 수퍼비전 학회(Association for Counselor Education and Supervision, ACES)가 개발한 수퍼비전을 위한 모범 사례 가이드라인에서도 이용할 수 있다. "최고의 임상 수퍼비전 실천"(ACES, 2011)은 설명 후 사전동의, 목표 설정, 수퍼바이지에 대한 지속적 피드백, 효과적인 수퍼비전, 수퍼비전 관계, 다양성 및 옹호의 고려 사항, 문서화, 수퍼비전 형식, 수퍼비전 역할에 대한 종합적인 평가를 제공한다.

수퍼비전

수퍼비전은 상담자 양성에 필수적 요소이다. 상담 실무자들이 정기적으로 수퍼비전을 받으면서 최신 상태를 유지하고 역량의 한계를 유지 및 확장하는 것은 중요하다. 수퍼비전은 두 가지 목적이 있다: 상담자의 기술 개발을 촉진 및 모니터링하고 상담자가 새로운 기술과 역량을 학습하는 동안 내담자의 안녕을 보호한다.

좋은 수퍼바이저를 갖는 것은 전문적 역량을 개발하는 열쇠이다. 수퍼바이저는 전문적 행동의 역할 모델로서 기능하며 수퍼비전과 관련된 특정 업무에 숙련되어야 한다. 과거에는 일반적으로 좋은 상담자가 좋은 수퍼바이저가 될 것이라고 가정했다. 결과적으로, 대부분의 수퍼바이저들은 임상 수퍼비전과 관련된 역할과 책임을 준비하는 공식적인 교육을 거의 받지 않았다. 오늘날 임상 수퍼바이저가 되기 위한 자격 기준은 공식적인 학위 과정과 수퍼바이지와의 작업에 대한 수퍼비전을 포함한다. 임상 수퍼비전 서비스를 제공하는 전문가는 수퍼비전 방법과 기술에 대한 구체적인 교육을 받아야 하며 상담과 수퍼비전 모두에서 정기적인 보수교육을 놓지 말아야 한다(ACA, 2014, 규정 F.2.a.). 수퍼바이저가 수퍼비전에서 다양성 문제를 인식하지 못하는 경우, 수퍼바이지가 가지고 있을 수 있는 기존의 편향과 편견을 의도치 않게 강화할 위험이 있다. 수퍼바이저는 다양성과 문화적 차이에 대해 수퍼바이지와 토론을 시작할 책임이 있다(G. Corey, Haynes, Moulton, & Muratori, 2010). 수퍼바이저가 이러한 문제를 제기하지 않는다면, 수퍼바이지는 다양성이 수퍼비전에서 금기시 되는 주제라는 인상을 받게 될 것이다(Remley & Herlihy, 2014). 사례 연구 20(가치관의 강요?)에서, 종교적 가치와 관련된 문화적 차이에 대한 상담자의 이해 부족으로 인해 내담자는 상담을 종료하고, 상담자는 수퍼바이저에게 불만을 제기했다.

유능한 수퍼바이저는 수퍼비전 관계가 수퍼바이지의 개인적 성장과 발전뿐만 아니라 효과적인 수퍼비전을 위한 핵심임을 안다(ACES, 2011). 수퍼바이저는 도전과 지지의 적절한 균형을 이룰 수 있는 환경을 조성하기 위해 노력한다. 수퍼바이지가 수퍼비전에서 최대한을 얻기 위해서는 개방적이고 정직한 의사소통이 필요하다. 수련중인 상담자들은 실습이나 인턴 과정에서 저지른 실수에 대해 수퍼바이저와 개방적으로 논의하기를 꺼리기도 한다. 그러나 수퍼바이지들이 실수를 바로잡고 실수로부터 배우기 위해서는, 상담자로서 그들의 의심과 두려움에 대해 수퍼바이저들과 직접 이야기하는 것이 중요하다. 그리고 수퍼바이저들은 수퍼바이지들이 내담자와의 작업에 대해 가지고 있는 우려를 개방하는 것을 격려해야 한다.

수퍼바이저들은 상담영역의 문지기 역할을 하며 수퍼바이지의 성과를 공식적·비공식적으로 모니터링하고 평가해야 한다(G. Corey et al., 2010). 문지기로서, 수퍼바이저들은 수퍼바이지가 상담자라는 직업세계로 들어가는 열쇠를 쥐고 있다. 수퍼바이지는 수퍼바이저가 수퍼비전 중에 다양한 시점에서 자신의 지식과 기술, 임상 수행 및 대인 관계 행동을 평가할 것임을 알아야 한다. 수퍼바이저는 "수퍼바이지의 수행에 대한 피드백을 지속적으로 제공한다"(ACA, 2014, 규정 F.6.a.). 수퍼바이지의 수행이 기대되는 기준을 충족하지 못할 경우, 수퍼바이저는 수퍼바이지가 보조적인 도움을 받을 수 있도록 도와야 한다(규정 F.6.b.). "수퍼바이저는 승인된 직무를 수행하는데 방해가 될 수 있는 문제를 어떤 방식으로든 갖고 있다고 판단되는 수퍼바이지를 승인하지 않는다"(규정 F.6.d.).

상담 관계를 시작하기 전에 설명 후 사전동의를 확보해야 하는 것처럼, 수퍼바이저는 초기 수퍼비전 시간에 적절한 설명 후 사전동의를 실천하고 수퍼비전을 수행하기 위한 틀을 명확하게 명시해야 한다(ACES, 2011). 수퍼바이저는 (해당되는 경우) "원격 수퍼비전의 고유한 문제"를 포함하여 설명 후 사전동의 원칙을 수퍼비전에 통합할 책임이 있다(ACA, 2014, 규정 F.4.a.). 원격 또는 온라인 수퍼비전이 점점 더 보편화되고 있다. 수퍼바이저는 이러한 기술 사용에 능숙해야 하며 "모든 전자적 수단을 통해 전송되는 모든 비밀을 보호하기 위해 필요한 예방조치를 취해야" 한다(규정 F.2c.). 수퍼바이저는 수퍼비전 관계를 시작할 때부터 내담자, 수퍼바이지, 수퍼바이저의 권리와 책임의 균형을 맞추는 방법을 논의해야 한다. 이런 종류의 토론을 통해 수퍼바이지는 자신의 기대와 우려를 표현하고, 결정을 내리고, 수퍼비전 과정에 적극적으로 참여할 수 있다.

수퍼비전 관계에서는 관계 경계 및 역할 변경과 관련된 문제에 특별한 주의를 기울이는 것이 중요하다. 몇 가지 유형의 경계는 명확하다. 수퍼바이저는 현 수퍼바이지와 성적 또는 연애 관계를 맺지 않으며(규정 F.3.b.), 친구나 가족의 수퍼바이저 역할을 하지 않는다(규정 F.3.d.). 이러한 기본적인 금지 사항 외에도 수퍼비전에서 적절한 경계를 설정하고 유지하는 것은 어려울 수 있다. 수퍼바이저는 수퍼바이지와 객관성을 훼손할 수 있는 비전문적 관계를 피해야 하지만, 수퍼바이저는 사회적 상황과 지역 활동에서 수퍼바이지를 마주칠 가능성이 높다. 수퍼비전 관계 내에서도 수퍼바이저는 교사로서, 자문가로서 또는 상담자와 유사한 역할로 기능함으로서 다양한 역할을 수행한다. 하지만 상담과 수퍼비전에는 중요한 차이점이 있다.

수퍼비전에는 항상 평가가 포함된다. 수퍼바이저는 수퍼바이지의 상담자가 되지 않는다. 수퍼바이저는 수퍼비전에서 개인적인 문제를 다룰 수 있지만 "이러한 문제가 내담자, 수퍼비전 관계 및 전문적 기능에 미치는 영향"에 초점을 맞추고 있다(규정 F.6.c). 때때로 수퍼바이지의 개인적 문제를 수퍼비전에서 다룰 필요가 있을 수 있으며, 특히 이러한 문제가 내담자와 효과적으로 작업하는 능력에 영향을 미치는 경우 더욱 그렇다. 수퍼바이지가 개인적 문제가 서비스를 효과적으로 제공하는데 어떻게 방해가 되는지 파악하고 이해하도록 도우면서, 수퍼비전 관계가 치료 관계가 되지 않도록 적절한 경계를 유지하는 것이 과제이다. 수퍼바이지가 개인 상담을 요청하는 경우, "수퍼바이저는 수퍼바이지가 적절한 서비스를 찾는데 도움을 주지만" 상담자 역할을 하지는 않는다(규정 F.6.c). 사례 연구 19('부실 수퍼비전 혹은 문제 학생?')의 수퍼바이저는 수퍼바이지가 개인적인 문제로 어려움을 겪고 있을 때 딜레마에 직면한다.

수퍼바이저는 수퍼비전 관계의 관습적 한계를 넘어 경계를 확장할 때 적절한 윤리적 판단을 발휘하고 "판단력이 손상되지 않고 피해가 발생하지 않도록" 주의해야 한다(규정 F.3.a.). 수퍼비전 관계에서 사실상 경계는 변화하고 보다 동료적인 분위기를 띠게 되며, 수퍼바이저는 수퍼비전 관계가 끝나고 수퍼바이지의 동료가 되려고 할 즈음에 수퍼바이저로서 경계를 완화하고 싶은 유혹을 받을 수 있다(Remley & Herlihy, 2014). 그렇지만 평가 요소가 존재하기 때문에 관계에는 권력 차이가 남아 있다.

요약하자면, 수퍼바이저의 역할에는 수퍼바이지가 개인적인 자기 성찰과 임상 기술 개발 모두에 조화롭게 참여하도록 신중하게 이끄는 것이 포함된다. 수퍼바이저는 수퍼바이지의 역할 모델의 기능을 하므로 윤리적 실천이 중요하다는 점을 인식하고 있어야 한다. 수퍼바이지가 역량과 자율성을 확보함에 따라 수퍼비전 관계는 시간에 따라 변화하며, 수퍼바이저와 수퍼바이지는 수퍼비전 관계를 적절하게 마무리하기 위해 공동으로 노력해야 한다.

상담자 교육 및 훈련

상담자를 교육하는 자는 윤리에 대해 잘 알고 있으며(ACA, 2014, 규정 F.7.a.), 상담자라는 직업이 직면하고 있는 새로운 윤리적 문제를 알고 있다. 상담자를 교육하는 자는 윤리적 딜레마 해결에 영향을 미치는 상황적 요인으로서 문화와 다양성, 기술, 경계 문제 등 상담자가 직면할 수 있는 많은 잠재적인 윤리적 문제를 학생들에게 인식시킨다. 상담자를 교육하는 자는 학생들이 상담자의 윤리적 기준에 익숙해지도록 할 책임이 있으며, 커리큘럼 전반에 걸쳐 윤리적 고려 사항(규정 F.7.e.)과 다문화 및 다양성 문제(규정 F.7.c.)를 적극적으로 포함하는 조치를 취해야 한다. 상담자를 교육하는 자는 상담사례를 사용할 때 자료의 사용에 대한 허가를 받았는지 또는 "신원을 가릴 수 없을 정도로 정보가 충분히 수정되었는지"(규정 F.7.f.)를 확인하기 위해 주의를 기울인다.

교수진은 윤리를 가르치는 것 외에도 "전문적 행동의 역할 모델"(규정 F.7.a.)로서 학생들에게 다양한 상황과 환경에서 전문적 의사결정 기술에 윤리를 통합하는 방법을 가르친다. 윤리적 딜레마가 항상 명확한 것은 아니므로, 수련중인 상담자는 명확한 "정답"이 없는 윤리적 상황에 대처하는 방법을 배우는 것이 중요하다. 윤리적으로 유능한 상담자가 되기 위해서는 복잡성과 모호함에 대해 열린 자세를 가져야 한다.

"상담자를 교육하는 자는 이론에 근거하거나 경험적 또는 과학적 기반이 있는 기법/절차/양식의 사용을 장려한다. 상담자를 교육하는 자가 개발중이거나 혁신적인 기법에 대해 논의할 때..., 그러한 기법 사용의 잠재적 위험, 이점 및 윤리적 고려 사항을 설명한다."(규정 F.7.h.). 상담자를 교육하는 자는 상담자의 업무에 영향을 미치는 문제에 대한 다양한 관점을 포함한다.

프로그램의 방침, 실행, 기대에 대한 설명 후 사전동의는 학생에게 가장 중요한 사항이다. 이 과정은 예비 학생의 지원서를 받을 때 시작된다. 교수진은 유능한 상담자가 되기 위해서는 지식과 기술을 습득하는 것 이상이 필요하며, 효과적인 상담에 있어서 중요한 변수는 내담자와의 협력 관계를 구축하는 수련생의 능력이며, 이는 주로 자신의 성격 특성과 행동 특성에 따라 달라진다는 점을 신입생들에게 명확히 알려야 한다.

예비 학생들은 많은 과정에서 개인적으로 영향을 받을 것이며, 학업적 및 개인적 수준 모두에서 프로그램이 그들에게 도전이 될 것이라는 점을 알아야 한다. 수업과 현장 실습에 참여하는 것은 때때로 정서적인 경험이 될 수 있다. 대부분의 상담 프로그램은 학업적 및 개인적 학습을 결합하고, 교수적 접근방식과 체험적 접근방식을 결합하여 학습과 실습을 통합한다.

입학 요건에는 일반적으로 전통적인 기준과 비전통적인 기준이 모두 포함된다. 시험 점수, 학부 평점, 직장 경력만 보는 다른 유형의 대학원 프로그램에 비해 대부분의 상담 프로그램은 지원자의 자기 인식, 정서적 안정, 대인 관계 기술을 입증할 수 있는 능력도 심사한다(Remley & Herlihy, 2014). 프로그램에 입학한 후 학생들은 프로그램에 대한 지속적인 오리엔테이션과 다음과 같은 필요한 정보를 제공받을 수 있다.

1. 상담자 직업의 가치와 윤리적 원칙
2. 교육을 성공적으로 이수하는데 필요한 기술 및 지식 습득의 유형과 수준
3. 과학기술 요구사항
4. 프로그램 교육 목표, 목적, 사명 및 다룰 주제
5. 평가 기준
6. 자기 성장 또는 자기 개방을 장려하는 교육 요소
7. 필수 임상 현장 실습 경험을 위한 현장의 수퍼비전 환경 유형 및 요구사항
8. 학생 및 수퍼바이저 평가와 해고 방침, 절차
9. 졸업생의 최신 취업 전망(규정 F.8.a.)

대부분 상담 교육 프로그램에서 중요한 요소는 학생들이 자신과 타인에 대한 인식을 키우는 자기 성장 경험에 참여하도록 강조하는 것이다. 학생은 "수업 시간에 어떤 정보를 공유하거나 보류할지 결정할 권리가 있다는 사실"을 반드시 인지해야 한다(ACA, 2014, 규정 F.8.c.). 교수는 학생의 자기 공개 수준에 따라 학생의 성적 또는 평가를 결정하지 않는다. 상담자를 교육하는 자는 공식 및 비공식 멘토링 관계, 연구 프로젝트 참여, 전문 콘퍼런스 참석, 일상적인 상호작용을 통해 학생의 삶에 막대한 영향을 미친다. 상담자를 교육하는 자는 학생의 삶에 긍정적 또는 부정적으로 영향을 미칠 수 있는

힘이 있다는 점을 염두에 두어야 한다.

상담자 교육 프로그램에서 학생들을 보호하기 위한 경계가 존재한다. 상담자를 교육하는 자는 "현재 상담 또는 관련 프로그램에 등록되어 있고 자신이 권력과 권한을 가지고 있는 학생과 성적 또는 낭만적 상호작용 또는 관계를 맺지 않는다. 이 금지 사항은 대면 및 전자적 상호작용이나 관계에 모두 적용된다."(규정 F.10.a.). "상담자를 교육하는 자는 교수와 학생 간의 관계에서 권력 차이를 인식한다. 학생과의 비전문적 관계가 학생에게 잠재적으로 유익할 수 있다고 생각하는 경우, 내담자와 함께 작업할 때 상담자가 취하는 것과 유사한 예방조치를 취한다."(규정 F.10.f.). 관례적인 한계를 넘어 경계를 확장하는 경우, 비전문적 관계는 "시간 제한 및/또는 상황에 따라 다르며 학생의 동의를 얻어 시작"된다(규정 F.10.f.). 경계 확장이 유익할 수 있는 몇 가지 예로는 결혼식과 같은 의식 참석, 병원에 있는 아픈 학생 방문, 스트레스가 많은 사건 중 지원 제공, 전문 학회 또는 조직에서 공통적으로 회원으로 가입되어 있는 것 등이 있다(규정 F.10.f.). 상담자를 교육하는 자는 학생과의 직업적 관계에서 적절한 경계를 유지하고 학생의 학업 준비 또는 복지에 영향을 미칠 수 있는 우려 사항이나 문제가 발생하면 이에 대해 논의한다. 학생에게 잠재적인 해를 끼칠 위험이 있거나 교육 경험 또는 성적에 해가 될 수 있는 경우 학생과의 비학업적 관계를 피한다(규정 F.10.d.).

마지막으로, 상담자를 교육하는 자는 다양성 증진과 관련하여 책임이 있다. 이들은 "다양한 학생(규정 F.11.b.)과 교수진(규정 F.11.a.)을 모집 및 유지"하려고 노력한다. 교육 기관은 학생들이 다양한 문화와 유형의 능력을 교육 과정에 가져온다는 점을 인식하고 다양한 학생의 성과와 복지를 향상하고 지원하는 편의를 제공한다(규정 F.11.b.).

부실 수퍼비전 혹은 문제 학생?

Edward Neukrug & Gina B. Polychronopoulos

32세의 백인 여성인 테리Terri는 주로 외래 환자 정신 건강 및 지역 사회기관에서 공인전문상담사로 7년간 일해 왔다. 또한 테리는 석사 수준의 상담 프로그램에서 겸임 교수로 강의를 하고 있으며 실습 또는 인턴십을 이수하는 상담 학생들을 매 학기 임상적으로 수퍼비전하고 있다. 또한 프로그램의 다른 교수진 및 학생들과 함께 여러 프로젝트의 연구 팀원으로 활동하고 있으며, 상담 명예 학회이자 봉사 단체인 CSI(Chi Sigma Iota)의 학교 지부의 고문 교수로 활동하고 있다. 이번 학기에는 다양한 현장에서 실습 및 인턴십 경험을 쌓고 있는 5명의 석사 과정 학생들을 감독하고 있다.

30세 백인 여성인 케이틀린Catlin은 상담 프로그램의 정신 건강 트랙에 참여하고 있으며, 테리가 과거에 근무한 적 있는 지역 기관에서 인턴십을 이수하고 있다. 상담 프로그램의 임상 코디네이터는 테리가 근무했던 지역과 사람들에 대한 테리의 경험과 지식을 근거로 테리를 케이틀린의 인턴십에 대한 대학측 감독자로 지정했다. 케이틀린과 테리는 임상 및 연구 분야에서 많은 관심사를 공유하고 있으며, 케이틀린은 이전 학기에 테리가 강사로 참여한 수업을 들었고 테리와 함께 연구팀에서 활동한 적이 있다. 또한 케이틀린은 CSI 대학 지부의 정회원으로 활동 중이며, 테리를 도와 이 단체를 위한 여러 사교 모임을 개발하고 있다. 이러한 행사에서는 일반적으로 "파티" 분위기가 조성되며, 케이틀린을 포함한 대부분의 학생들이 상당한 양의 음주를 해 왔다. 테리는 이러한 행사에서 케이틀린 및 다른 학생들과 학생-교사 관계를 유지하려고 노력했지만, 평소에는 학생들과 공유하지 않는 자신의 삶에 대한 개인적인 이야기를 나누면서 여러 차례 "경계"를 늦췄다.

인턴십 기간 동안 케이틀린을 감독하기 시작한 테리는 자신이 CSI 행사에서 케이틀린과 경계를 넘을 뻔했다는 사실과 케이틀린이 테리를 감독자가 아닌 학교에서의 다른 역할로도 알고 있었다는 사실을 인지한다. 그녀는 그 사건들을 돌아보고 자신이 개인적인 정보를 공유하고 케이틀린과 다중 관계를 맺은 것이 그들의 수퍼비전 관계에 부정적인 영향을 미치지 않을지 의문을 갖는다. 수퍼비전이 계속되면서 모든 것이 잘 진행되고 있는 것 같고 테리의 우려는 사라지기 시작한다. 테리는 그들이 지난 1년 동안 다양한 상황에서 함께 일해왔고, 공통의 관심사와 학술 활동 덕분에 빠르게 친밀감을 쌓을 수 있었다는 사실을 깨닫는다.

몇 주 더 감독을 진행한 후, 수퍼비전 관계가 오염되었다는 테리의 의심이 다시 제기된다. 테리는 케이틀린이 자신에 대해 더 많은 것을 드러내야 한다고 생각하기 시작한다. 케이틀린은 함께 작업하는 내담자에게 부정적인 영향을 미칠 수 있는 자신의 중요한 측면을 테리에게 공유하려 하지 않는 것 같다. 수퍼비전 관계에서 케이틀린이 개방적이지 않다는 지속적인 느낌을 떠올리며 테리는 케이틀린에게 이 주제를 꺼내기로 결심한다. 수퍼비전 회기 중에 그녀는 케이틀린에게 "우리가 이 수퍼비전 관계를 계속해 오면서 당신이 할 수 있는 만큼, 혹은 해야 하는 만큼 개방적이거나 솔직하지 않다는 느낌이 들어요. 이에 대해 어떻게 생각하세요?"하고 말을 꺼낸다. 그 순간 케이틀린은 눈물을 흘리며 "저는 우리가 친구라고 생각했고, 프로그램을 마치면 우정을 나눌 수 있기를 바랐어요. 내가 정말 하고 싶은 이야기를 하면 당신이 날 좋아하지 않을까봐 두려워요"라고 말한다.

케이틀린에게 특별한 친밀감을 느낀 테리는 이를 돌아보며 케이틀린이 좋은 친구가 될 것이라고 은근히 생각한다. 하지만 그녀는 그런 감정을 제쳐두기로 결심하고 케이틀린에게 "가장 중요한 것은 내담자와의 상담이에요. 당신이 내담자에게 가장 효과적인 상담자가 될 수 있도록 저와 공유할 수 있는 것은 무엇이든 공유해 주셨으면 좋겠어요."라고 말한다. 그 순간 케이틀린은 테리를 바라보며 눈물을 흘리며 자신이 평생 과식과 우울증으로 고생해 왔다고 말하기 시작한다. 그녀는 어떤 날은 과식이 너무 심해서 몸이 아프고 내담자의 말에 집중하는 데 어려움을 겪었다고 말한다. 그녀는 현재 자살 충동을 느끼지는 않지만 과거에는 자주 자살 충동을 느낀 적이 있으며, 이러한 깊은 우울감, 절망감, 낮은 자존감이 내담자와의 작업에 영향을 미칠까 봐 두렵다고 말한다. 그녀는 테리를 바라보며 "어떻게 해야 하나요?"라고 묻는다.

생각 및 토론을 위한 질문

1. 테리는 임상 수퍼바이저 외에 연구 팀원, 겸임 교수, CSI 고문과 같은 다양한 역할을 맡고 있다. 임상 수퍼바이저가 상담 프로그램에서 수퍼바이저로서의 역할을 모호하게 만들 수 있는 다른 역할을 맡는 것에 대해 어떻게 생각하는가?
2. CSI가 후원하는 사교 모임에 학생들과 함께 참석하기로 한 테리의 결정에 대해 어떻게 생각하는가?
3. 테리가 케이틀린이 효과적인 상담자가 될 수 없다고 믿는다면, 그녀는 케이틀린의 어려움을 프로그램에 보고해야 할 책임이 있는가? 케이틀린이 인턴십에 참여하기 전에 프로그램이 케이틀린을 돕기 위해 노력해야 할 책임이 있다면, 무엇인가?

분석

상담 프로그램에서 임상 수퍼바이저가 (수퍼비전 외에) 강의나 프로그램 고문과 같은 다른 역할을 하는 것은 일반적이다. 그러나 이 사례에서 알 수 있듯이 이는 문제를 일으킬 수 있다.

궁극적으로 수퍼비전 관계에서 역할이 모호해지지 않도록 하는 것은 프로그램의 책임이다. 이를 위해서 수퍼바이저가 추가적인 역할을 맡지 않는 것이 가장 좋다. 이를 달성하는 한 가지 방법은 학생 수퍼비전만을 담당하는 겸임 교수를 고용하는 것이다. 그러나 실제로는 이 역할을 맡을 수 있을 만큼 훈련된 겸임 교수를 프로그램에서 충분히 찾을 수 없는 경우가 많기 때문에 이 방법은 어렵다. 핵심 교수진이 학생을 수퍼비전하는 경우가 많으며, 이들은 일반적으로 여러 역할을 맡는다.

경계가 없으면 수퍼비전 관계에 부정적인 영향을 미칠 수 있으므로 수퍼바이저는 수퍼바이지와 적절한 경계를 정의하고 유지해야 한다(ACA, 2014, 규정 F.3.a.). 이 사례에서 테리가 학생들과 함께 외출하기로 결정한 것, 특히 경계를 늦추기로 한 것은 학생 중 한 명 이상을 감독하게 될 수도 있다는 것을 알고 있었기 때문에 부적절했다. 테리가 케이틀린과 사적으로 교류한 결과 테리는 케이틀린을 감독하는 동안 편견 없는 태도를 유지하는 데 어려움을 겪었다. 강사 및 연구원과 같은 다른 직업적 관계도 수퍼비전 관계에 영향을 미칠 수 있으므로 가능하면 피해야 한다. 테리는 학생과 이러한 다중관계를 피하기 위한 조치를 취해야 하며, 상담 프로그램은 가능한 한 이러한 분리를 지원하도록 구조화되어야 한다.

궁극적으로 임상 수퍼바이저는 수퍼바이지가 내담자에게 적절한 서비스를 제공할 수 있도록 해야 한다. 수퍼바이지가 내담자에게 효과적으로 서비스를 제공하는데 방해가 되는 심리적 문제가 있는 경우, 수퍼바이저는 수퍼바이지가 상담 서비스를 찾도록 도와야 한다. "수퍼바이저는 수퍼바이지에게 상담 서비스를 제공하지 않는다"(규정 F.6.c.). 수퍼바이저가 수퍼바이지의 한계로 인해 수련 프로그램에서 해고되어야 한다고 판단하는 경우, 수퍼바이저는 해당 학생을 프로그램 내 적절한 개인에게 보고하고 그러한 조치를 취해야 한다.

상담 프로그램은 학생들이 인턴십을 시작하기 훨씬 전에 자기 성장과 전문적 상담을 받을 수 있는 기회를 제공해야 한다. 상담 전공 학생은 일반적으로 수업과 과제 전반에 걸쳐 자기 성장 경험과 자기 개방을 포함하는 프로그램의 특성을 이해하는 것이 중요하며, 학생은 이러한 개방이 미칠 수 있는 잠재적 파급효과를 알고 있어야 한다(규정 F.8.C.). 케이틀린의 상황이 그랬는지는 알 수 없지만, 그러한 기회가 제공되지 않았다면 케이틀린은 프로그램이 자신의 심리적 성장을 보장하는데 필요한 일을 하지 않았다고 강하게 주장할 수 있다.

하지만, 케이틀린 역시 내담자와 효과적으로 작업할 수 있도록 해야 할 책임이 있다. 그녀는 프로그램에 입학할 때부터 자신의 정서적 안녕을 해결했어야 한다. 학생은 "문제의 징후가 있는지 스스로 모니터링" 해야 한다(규정 F.5.b.).

케이틀린은 자신의 정서적 건강이 수련 중인 상담자로서의 업무에 방해가 될 수 있는지 여부를 인식할 책임이 있지만, 교수자와 임상 감독자도 그러한 장애를 인식할 수 있도록 프로그램을 설정해야 한다. 그런 다음에 치료가 이루어지기 전에 케이틀린을 해고하는 대신, 외부 상담에 의뢰하거나 치료 계획을 수립하는 등 케이틀린에게 필요한 사항을 해결하기 위한 조치를 취할 수 있다.

수퍼바이저는 궁극적으로 수퍼바이지의 내담자 복지에 대한 책임이 있다. "상담 수퍼바이저의 주요 의무는 수퍼바이지가 제공하는 서비스를 모니터링하는 것이다. 상담 수퍼바이저는 내담자 복지와 수퍼바이지의 성과 및 전문성 개발을 모니터링한다."(규정 F.1.a.).

학생은 임상 수퍼바이저의 자격증 및 면허 아래에서 작업하기 때문에 수퍼바이저는 학생이 윤리적이고 전문적인 방식으로 상담할 수 있도록 조치를 취해야 한다. 수퍼바이지의 부적절한 임상 작업은 수퍼비전에서 반드시 해결해야 한다. 수퍼바이저는 필요한 경우 개입해야 하고 발생한 일을 문서화해야 한다. 케이틀린은 개인적인 어려움에 대한 도움을 받고 상담자로서 필요한 역량을 개발할 수 있는 기회를 얻도록 지원을 받아야 한다. 그 동안 케이틀린의 내담자의 복지는 보호되어야 한다.

더 생각해 볼 문제

❶ 수퍼비전에서 개방적이고 정직해야 하는 수퍼바이지의 의무와 게이트 키퍼 역할을 해야 하는 수퍼바이저의 의무 사이의 긴장을 어떻게 해결할 수 있는가? 케이틀린이 수퍼바이저에게 마음을 털어놓았다는 이유로 프로그램에서 해고될 수 있다는 것은 케이틀린에게 공정한가?

❷ 케이틀린에 대한 테리의 도전은 케이틀린에게 양날의 검이 될까? (케이틀린이 마음을 열면 프로그램에서 해고될 수 있지만, 마음을 열지 않으면 적절한 수퍼비전을 받을 수 없다.)

❸ 학생들이 수련을 받는 동안 자신의 안녕을 어떻게 모니터링할 수 있는가? 상담자를 교육하는 자는 학생들이 자기 모니터링하는 방법을 배우도록 어떻게 도울 수 있는가?

사례 연구 20
가치관의 강요?

Alwin E. Wagener

미국 남동부에서 온 19세 대학생 메리 앤Mary Ann은 대학 상담센터에서 상담 서비스를 받으려 한다. 그녀가 한 달 동안 만나온 상담자는 역시 미국 남동부 출신인 마커스Marcus이다. 메리 앤이 상담을 받겠다고 밝힌 이유는 우울증과 학교 과제를 더 잘 수행하고자 하는 욕구였다. 그녀는 고향에 있는 대학에 다니고 여전히 부모님과 살고 있다. 메리 앤은 매우 신앙심이 깊고 작은 기독교 복음주의 교회에 정기적으로 다닌다. 그녀는 자신이 죄인이라고 자주 말하지만 좋은 종교인이 되고 싶어 한다. 그녀는 자신의 가족을 매우 종교적이라고 묘사하며 신앙이 자신의 삶에서 가장 중요한 부분이라고 말한다. 그녀는 신학교에서 교육을 받고 있는 오빠를 자랑스럽다고 말하며 자신도 한때 교회에서 일하고 싶었지만 더 이상 자신의 길이 아니라고 느낀다고 한다. 메리 앤은 자신의 성적이 대부분 B와 C이지만 에너지가 더 있다면 더 잘할 수 있을 것이라 생각한다. 하루에 10~12시간 정도 잠을 자고, 대부분 슬픔을 느끼며, 학교 공부를 잘하고 싶지만 의욕이 생기지 않는다고 말한다. 자신이나 타인을 해치려는 생각은 없지만 가끔은 자신이 사라져 존재하지 않았으면 좋겠다는 생각을 하기도 한다고 말한다.

상담 과정에서 그녀는 10대 때 어린 시절 친구에게 강간당한 과거 경험 때문에 자신에 대해 극심한 부정적 감정을 가지고 있으며 이를 모두에게 비밀로 하고 있다고 밝혔다. 강간 후 몰래 낙태를 했고 자신이 살인자라 믿고 있다고 말한다. 그녀는 목사가 설교 중에 낙태하는 여성은 살인자라고 여러 번 말했다고 보고한다. 그 사실을 알면서도 강간범의 아기를 갖는다는 생각을 견딜 수 없었고 성관계를 가졌다는 사실을 다른 사람에게 알리고 싶지 않아 낙태를 했다. 그녀는 낙태를 했기 때문에 지옥에 갈 것이라고 믿고 있다고 말한다. 그녀는 교회가 자신의 또 다른 가족이며 그들이 자신을 거부할 것이기 때문에 누구에게도 자신의 비밀을 말할 수 없다고 한다. 또한 그녀는 예전에는 교회에서 일하고, 결혼하고, 아이를 낳는 것이 자신이 원했던 삶이었지만 강간과 낙태 이후에는 그러한 목표가 불가능하다고 느낀다고 말한다.

메리 앤이 기꺼이 자신의 비밀을 마커스와 공유한 덕분에 두 사람은 강력한 치료 관계를 발전시키고 있다는 확신을 갖게 되었다. 마커스는 메리 앤의 종교적 신념이 우울증의 주요 원인이며, 이는 자신의 경험을 비밀로 하고 싶은 욕구와 지옥에 갈까 봐 두려워하는 것과 관련이 있다고 생각한다. 마커스는 메리 앤의 종교적 신념이 그녀의 문제와 밀접한 관련이 있으며, 상담 목표를 달성하기 전에 반드시 재구성되어야 한다고 확신하기 때문에 성경에 대한 몇 가지 대안적인 해석을 소개하기로 결심한다. 메리 앤의 수치심과 지옥에 대한 두려움을 덜어주기 위해 그는 자신의 신앙을 다른 관점에서 탐구하고 낙태에 대해 다른 견해를 가진 교회에 출석해 보라고 권유한다. 메리 앤은 생각해 보겠다고 말하지만 상담에 오지 않는다. 이후 그녀는 마커스와 마커스의 상사인 피터스Peters 박사(상담 센터의 임상 책임자)에게 마커스가 자신의 종교적 신념을 바꾸려고 하는 것은 부적절하며 신앙이 아닌 우울증을 바꾸고 싶다는 내용의 편지를 보낸다.

마커스와 피터스 박사가 만나서 메리 앤의 편지와 마커스의 상담에 대해 논의한다. 마커스는 내담자의 종교적 신념과 공동체를 인정하고 지지하면서 내담자를 지지하고 우울증을 줄이려고 노력했다고 설명한다. 마커스는 메리 앤의 현재 신념이 상담 목표에 장애가 된다고 생각했기 때문에 대안적 신념을 소개하려고 했다는 점을 인정한다. 그는 또한 그녀의 가족과 종교 공동체가 역설적으로 그녀를 지지하는 동시에 수치심과 우울증에 기여하고 있다는 것을 알고 있다고 말한다. 마커스는 그녀의 반응에 놀랐고 그녀가 자신의 신념을 탐구하는데 개방적인 것 같다고 생각했다고 한다. 수퍼바이저는 마커스가 내담자를 너무 강하게 밀어붙인 것 같다고 말하며 앞으로는 개입을 시작하기 전에 종교적 신념과 관련된 문제에 대해 자문을 구해야 한다고 말한다.

피터스 박사를 만난 후에도 마커스는 메리 앤을 상담하는데 어떻게 하면 더 효과적이었을지 여전히 확신하지 못한다. 그는 내담자를 가족 및 신앙 공동체와 연결된 상태로 두면서 동시에 정신 건강 문제를 해결하는 방식으로 내담자의 문화적, 종교적 신념을 다루는 방법에 대해 확신할 수 없다. 그는 메리 앤을 도우려고 노력한 것이 옳은 일이었다고 믿으며, 그녀의 종교적 신념이 우울 증상의 주요 원인이라고 계속 믿고 있다. 앞으로는 내담자와 종교적 문제가 있는 경우 자문을 구할 예정이지만, 메리 앤과 함께 작업한 것과 비슷한 상황에 직면했을 때 어떻게 대처해야 할지 혼란스럽다.

생각 및 토론을 위한 질문

1. 내담자가 정신건강 문제를 유발하거나 악화시키는 것으로 보이는 강한 종교적, 문화적 신념을 가지고 있는 경우에 상담자는 무엇을 할 수 있는가?
2. 마커스가 개입을 실행하기 전에 메리 앤이 자신의 신념에 변화를 모색하려는 의지가 어느 정도인지 어떻게 더 잘 이해할 수 있었을까?

분석

마커스는 분명히 메리 앤이 우울감을 줄이고 학교 성적을 향상시키려는 목표를 달성하도록 돕고 싶었지만, 종교적 신념이라는 주제에 충분히 민감하게 접근하지 못했다. 상담자는 내담자의 영적, 종교적 신념이 내담자의 문제에 기여하는 것처럼 보일 때 그 안에서 일히기가 어려울 수 있다. 마커스가 메리 앤의 종교적 신념을 변화시킬 목적으로 개입을 시작한 것은 "상담자와 내담자는 합당한 성공 가능성을 제시하고 내담자의 능력, 기질, 발달수준 및 상황에 부합하는 상담 계획을 수립하는데 공동으로 노력한다"(규정 A.1.c.)는 *ACA 윤리 강령*(ACA, 2014)을 준수하지 않은 것이다. 마커스는 메리 앤이 처한 상황을 충분히 이해하지 못했고, 적절한 개입 계획을 수립하는 데 있어 그녀와 공동으로 노력하지 않았다.

마커스는 여전히 혼란스러워하며 메리 앤과 비슷한 고민을 가진 내담자와 어떻게 협력해야 하는지 더 잘 알고 싶어 한다. 마커스는 우선 *ACA 윤리 강령*에서 지침을 찾을 수 있다. 섹션 A의 서론에서는 "상담자는 자신이 상담하는 내담자의 다양한 문화적 배경을 적극적으로 이해하려고 노력한다"고 명시되어 있다. 마터스의 개입에 대한 메리 앤의 반응과 마커스가 메리 앤의 반응을 예상하지 못한 것은 마커스가 메리 앤의 종교적 문화적 배경에 대한 이해가 부족했음을 나타낸다. 내담자의 문화적 배경과 종교적 신념을 이해하고 존중한다고 해서 신념에 대해 논의하거나 다른 견해를 소개하는 것이 배제되는 것은 아니지만, 그러한 논의에는 내담자의 자율성을 존중하는 민감성과 주의가 필요하다.

마커스가 메리 앤과 함께 일하면서 *ACA 윤리 강령*을 더 잘 지켰다면 어떻게 했을까? 메리 앤의 신념, 가족, 커뮤니티에 대해 이해하는데 더 많은 시간을 할애하는 것이 첫 단계였을 것이다. 마커스가 메리 앤과 이러한 주제를 더 깊이 탐구했다면 다른 종교적 신념과 교회를 직접적으로 제안하는 것이 메리 앤에게 좋은 반응을 얻지 못할 수 있다는 사실을 깨달았을 것이다. 또한 마커스가 메리 앤에 대한 이해도를 높인다면 자신이 메리 앤의 신념 체계 내에서 효과적으로 상담할 수 있는 능력이 있는지 평가하는 것도 가능하다.

*강령*의 추가적인 규정을 숙고하고 상사와 논의하는 것이 마커스에게 도움이 될 수 있다. 섹션 A의 서론에서는 상담자에게 "자신의 문화적 정체성을 탐구하고 이것이 상담 과정에 대한 자신의 가치와 신념에 어떤 영향을 미치는지 살펴볼 것"을 권고한다. 가치관과 관련된 또 다른 규정에서는 "상담자는 자신의 가치관, 태도, 신념 및 행동을 인식하고 이를 강요하지 않는다"고 명시하고 있다(규정 A.4.a.). 메리 앤에 대한 더 나은 이해와 자신의 신념과 가치에 대한 인식을 바탕으로, 마커스는 메리 앤의 신념 체계를 공유하는 지역 내 상담자를 조사하여 추천할 수 있었다. 마커스가 메리 앤에게 전문적인 도움을 줄 수 있는 역량이 부족하다고 판단했다면, 의뢰를 제안하는 것이 적절했을 것이다(규정 A.11.a.). "문화적으로나 임상적으로 적절한 의뢰 자원에 대해 잘 알고 있어야" 하는 것은 그의 책임이었을 것이다(규정 A.11.a.). 그러나 메리 앤이 대안적 서비스를 이용할 수 있는 능력과 해당 지역의 대안적 서비스 가용성 등 다양한 고려 사항에 따라 의뢰가 가능하지 않거나 적절하지 않았을 수 있다.

이 사례에서 수퍼바이저로서 피터스 박사의 역할은 메리 앤의 편지에서 시작된다. 피터스 박사는 "내담자의 복지와 수퍼바이지의 수행 및 전문성 개발을 모니터링"할 책임이 있다. 이러한 의무를 이행하기 위해 수퍼바이저는 수퍼바이지와 정기적으로 만나 수퍼바이지의 업무를 검토하고 다양한 내담자에게 서비스를 제공할 준비가 되도록 도와야 한다".(규정 F.1.a.). 수퍼바이저는 마커스의 상담 문제를 인식하지 못했을 수 있으며 수퍼바이저로서 적절한 감독을 제공하지 않았을 수 있다. 문제를 발견한 후 피터스 박사는 마커스를 만나 내담자의 종교적 신념과 향후 이슈에 대해 자문을 받도록 요구했다. 이후 자문에는 신념과 가치에 대한 자기 인식을 높이기 위한 마커스의 노력을 지원하고, 상담자로서의 역할과 다양한 문화적 배경을 가진 사람들에게 상담 서비스를 제공할 수 있는 능력을 탐색하도록 돕고, 내담자를 의뢰할 시기를 결정하기 위한 의사결정 과정을 개발하도록 돕는 것이 포함될 수 있다.

더 생각해 볼 문제

❶ 상담자가 실수로라도 자신의 개인적 또는 종교적 신념을 내담자에게 강요하지 않으려면 어떻게 해야 하는가?

❷ 내담자의 종교적 신념에 이의를 제기하는 것이 적절한가? 만약 그렇다면, 어떤 상황에서인가?

11장
연구 및 출판

Richard E. Watts

연구 및 출판과 관련된 윤리적 행동은 *2014 ACA 윤리 강령*(미국상담학회[ACA], 2014)
의 섹션 G에서 다루고 있다. 이 섹션에서는 *강령*의 다른 측면(예: 설명 후 사전동의, 비밀
유지, 전문적 경계, 온전성 및 진실성)과 명확하게 잘 어우러지는 윤리적 문제를 다루지만,
상담자의 연구 및 출판 실무와 관련된 윤리적 문제 및 이와 관련된 전문적 관계에 초
점을 맞춘다는 점에서 고유하다.

상담 전문가는 연구를 수행하거나 전문 학술지 및 기타 전문적인 곳에 출판하는 것
을 추구하지 않기 때문에 연구 및 출판에 관한 윤리 규정이 자신에게는 중요하지 않다
고 생각할 수 있다. 그러나 역할을 설명해야 할 책임성에 대한 현재의 요구를 고려할
때, 내담자와의 작업이 효과적이며 변화를 가져옴을 입증해야 하는 필요성이 점점 더
커지고 있다. 따라서 근무 환경에 관계 없이 상담자가 연구에 참여하고 연구 결과를 발
표할 가능성이 크게 증가하고 있다(Remley & Herlihy, 2014).

연구에 대한 기관 검토

연구 책임(ACA, 2014, 규정 G.1.), 연구 참여자의 권리(규정 G.2.), 경계 관리 및 유지
(규정 G.3.), 결과 보고(규정 G.4.)로 명시된 연구 관련 윤리적 요건 대부분은 법적인 요

건이기도 하다. 연방 기금을 받는 모든 기관(대학, 연구 또는 교육 기관, 공립학교, 정신 건강 클리닉을 포함)은 인간 참여자 보호를 위해 연구 제안을 검토하는 위원회를 만들고 유지해야 한다. 이러한 위원회를 기관생명윤리위원회(IRB) 또는 인간 대상 위원회라고 부르기도 한다. IRB의 철저한 검토 규약은 일반적으로 *강령*의 이 섹션에 언급된 윤리적 의무의 전부는 아니더라도 대부분을 다룬다. 하지만 연방 정부 지원 기관에서 일하지 않거나 IRB를 이용할 수 없는 상담자는 어떻게 해야 할까? 규정 G.1.c.에 따르면:

> 상담자가 독립적인 연구를 수행하고 기관 검토 위원회를 접할 수 없는 경우, 연구 계획, 설계, 수행 및 보고 검토와 관련된 동일한 윤리 원칙과 연방법 및 주법을 준수해야 한다.

연구자가 공식 IRB를 이용할 수 없는 경우 연구 검토 규약에 대한 전문 지식을 갖춘 정신건강 전문가 한 명 이상을 연구 제안서의 검토자로 참여시켜야 한다. 독립적인 연구자는 기관 검토와 마찬가지로 검토 과정을 신중하게 문서화해야 한다. 사례 연구 21(연구에 대한 전문가 검토)은 IRB 요건의 복잡성을 이해하는 데 있어 연구자가 겪는 어려움을 보여준다.

출판: 표절 및 저작물

*강령*에는 출판과 관련된 몇 가지 규정도 포함되어 있다. 이전 작업을 수행한 사람의 공을 인정해야 한다. "출판 및 발표에서 상담자는 해당 주제에 대한 타인 또는 자신의 선행 작업을 알리고 인정한다."(ACA, 2014, 규정 G.5.c.). "상담자는 표절을 하지 않는다. 즉, 다른 사람의 업적을 자신의 업적으로 제시하지 않는다."(규정 G.5.b.). 표절에 관한 이 문구는 다소 간단해 보이지만 일부 뉘앙스가 잘못 이해되는 경우가 많다. 표절과 관련하여 미국심리학회(APA) 출판 매뉴얼(미국심리학회[APA], 2010)에서는 "저자는 타인의 저작물을 자신의 저작물인 것처럼 제시하지 않는다"는 것을 핵심 원칙으로 제시하고

있다. *이는 글뿐만 아니라 아이디어에도 적용될 수 있다.*"(16p). 당연히 다른 저자의 저작물을 그대로 인용하는 경우, 그 인용물은 출처를 밝혀야 한다. 그러나 저자의 아이디어에 대한 개념은 종종 간과된다. 어떤 방식으로든 다른 사람의 저작물이나 아이디어를 사용하는 경우 원저자의 저작물을 인용해야 하며, 여기에는 개인적인 의사소통도 포함된다. 인용을 하지 않는 것은 표절에 해당한다.

상담자는 또한 자신의 업적을 표절하지 않아야 한다. *ACA 윤리 강령*(ACA, 2014) 규정 G.5.c.에 "상담자는 해당 주제에 대한 타인 *또는 자신의* 이전 작업을 알리고 인정한다"고 명시되어 있음을 기억하라. 상담자는 타인의 저작물을 표절하지 않을 뿐만 아니라 자기 표절, 즉 이전에 출판된 내용을 마치 이전에 출판되지 않은 것처럼 제시하지도 않는다. 저자는 다른 저자의 표절을 피하는 것과 같은 방식으로 자신의 저작물에 주의를 기울이고 인용함으로써 자기 표절을 피할 수 있다.

저작자 문제를 다루는 규정이 둘 있다. 저자 인정에 관한 주제는 분열을 초래할 수 있다. 저자는 연구 또는 저술 과정 초기에 기여도에 따라 결정되어야 한다(ACA, 2014, 규정 G.5.e.). 연구 및 출판 과정에서 기여도가 변경되는 경우, 공동연구자는 "프로젝트 (및 출판) 과정에서 상대적 기여도에 변화가 있는 경우 저자의 공헌도와 [원고에 기재된 저자의] 순서를 재평가"해야 할 수 있다(APA, 2010, 18p). 연구와 관련된 학생의 권리는 *2014 ACA 윤리 강령*(ACA, 2014)의 규정 G.5.f.에서도 다루고 있다. 이 규정에는 앞서 언급한 저자 문제뿐만 아니라 학생이 자신의 저작물 사용을 통제할 권리도 포함된다.

앞서 언급한 바와 같이, 저자의 공로를 명확히 구분하는 것은 특히 잠재적인 권력 문제로 인해 복잡한 문제가 될 수 있다. 선임 연구자 및 저자는 프로젝트에 대한 기여도가 제 1저자가 될 만하지 않음에도 불구하고 선임 지위 또는 직급을 이유로 원고의 주저자가 되기를 기대하거나 요구할 수 있다. 반대로 저경력 연구자와 저자는 소속 기관의 연구 및 출판 요건 때문에 경력을 위해 주저자가 되기를 기대하거나 요구할 수 있다. 이러한 권력 차이는 교수진과 함께 일할 때 학생에게 특히 문제가 될 수 있다. 교수인 멘토는 "실질적으로" 학생의 작업을 "기반으로 하는" 원고에 대해 주저자가 되기를 기대하거나 요구하기도 한다. 학생은 교수에게 문제를 제기할 충분한 권한이 없다고 느끼거나 교수가 응징의 방식으로 대응할 것을 우려할 수 있다. 사례 연구 22(저자 권한 문제)에서 한 학생은 전 교수와 저자 문제를 해결하는 것이 얼마나 어려운지 알게 된다.

책임성이 강조되는 현재에, 연구 수행 및 결과 발표는 더 이상 대학 환경에서 상담자를 교육하는 자에게만 기대되는 것이 아니라 다양한 근무처의 상담자에게 점점 더 많이 기대되고 있다. *2014 강령*은 연구를 수행하고 출판을 위해 원고를 투고할 때 상담자의 기대와 책임을 보다 명확하게 제시하고 있다. 따라서 모든 상담자는 근무 환경에 관계없이 섹션 G에서 다루는 연구 및 출판 규준을 숙지하는 것이 중요하다.

연구에 대한 전문가 검토

Richard E. Watts

제이니 리Jayni Lee는 상담자 교육 및 수퍼비전 박사 학위를 취득했으며, 상담자 교육으로 교수직을 구하기에 앞서 2년 동안 대규모 외래 환자 클리닉에서 계속 일하기로 결정했다. 이 2년 동안 그녀는 박사 논문으로 시작한 연구를 계속하고 싶어 한다.

그녀의 논문은 내담자의 핵심 역기능적 인지도식에 대한 유아기 가족 환경의 영향을 검증하는 것이었다. 그녀는 외래 환자 클리닉에서 내담자의 인지도식과 어린 시절 가족의 영향을 평가하기 위해 양적 측정 도구를 사용했다. 연구를 위한 데이터를 수집하기 전에, 그녀는 자신이 근무하는 외래 클리닉의 책임자와 소속 대학의 IRB에 연구 제안서를 제출해야 했다. 클리닉 책임자는 연구 제안서를 간략히 검토한 후 연구에 클리닉을 이용할 수 있도록 승인했다. 그 후, 대학 IRB에서 제안서를 검토한 후 몇 가지 수정을 거쳐 승인을 받았다. 제이니는 기존 도구로 측정한 결과 역기능적 인지도식과 유아기 가족의 영향력이 어느 정도 관계가 있음을 발견했지만, 훨씬 더 큰 관계를 나타낼 것으로 기대했기 때문에 실망했다. 그래서 그녀는 이 주제를 계속 연구하기로 결심했다.

졸업 후 제이니는 클리닉 책임자와 이야기를 나눈 후 클리닉에서 연구를 계속하고 싶다는 의사를 밝혔다. 그녀는 이전에 사용했던 양적 측정 도구에 질적 인터뷰를 추가하는 혼합 방법론을 사용하면 훨씬 더 나은 결과를 얻을 수 있을 것이라고 생각한다고 말했다. 그녀는 내담자가 인식하는 유아기 가족의 영향에 인터뷰의 초점을 맞출 것이라고 말했다. 그녀는 책임자에게 승인 절차에 대해 물었다: "제 이전 연구는 대학의 기관 심의위원회에서 승인을 받았고, 여전히 역기능적 핵심 인지도식과 유아기 가족의 영향에 대해 살펴보고 있는데, 클리닉의 다른 내담자들에 대해서도 이 연구를 할 수 있나요?" 책임자는 전문 연구자는 아니지만 연구 내용이 매우 유사하기 때문에 이전에 승인된 검토만으로도 충분하다고 생각한다고 말하고 연구를 승인했다.

생각 및 토론을 위한 질문

1. 이 사례에서 윤리적인 문제가 있다고 생각하는가?
2. *ACA 윤리 강령*의 섹션 G에서는 어떤 지침을 제공하는가?

분석

이 사례 연구에서는 몇 가지 우려 사항이 있다. 가장 중요한 문제점이자 다른 모든 문제점을 포함할 수 있는 것은, 새 연구에 대한 검토 절차를 무시하는 것이다. 이 연구에 대학 IRB 제안서를 사용해서는 안된다. 새 연구가 이전 연구와 동일하더라도 연구자가 더 이상 원래 IRB 승인을 제공한 기관에서 대학원 과정의 일환으로 연구를 수행하지 않는다는 사실이 남는다. 게다가 새로운 연구의 방법론이 크게 다르기 때문에 연구 자체도 크게 다르므로 동일한 연구가 아니다. 제이니는 새로운 연구에 대한 연구 제안서를 작성하여 기관 검토 절차에 대한 전문성을 갖춘 한 명 이상에게 검토를 받아야 한다(ACA, 2014, 규정 G.1.c.). 명백하게, 클리닉의 책임자는 연구 제안서를 승인하기에 적합한 전문 지식이 없으므로 해당 연구를 승인해서는 안된다.

본질적으로 주제는 유사하지만, 새로운 참여자와 정서적으로 더 자극이 주어지는 새로운 방법론이 추가될 것이다. 이전 연구 제안서를 지침으로 사용할 수는 있지만, 상당히 수정되어야 한다. 최소한 제안서의 방법 부분에는 혼합 연구 방법 및 질적 인터뷰에 대한 논의와 그러한 연구 방법에 대한 설명서 또는 정당성이 포함된 인터뷰 프로토콜 사본이 포함되어야 한다. 마지막으로, 참여자의 설명 후 사전동의 절차를 설명하는 내용은 연구 및 연구 인터뷰 과정이 어떻게 활용되고 어떤 잠재적 우려 사항이 있는지를 명확하고 정확하게 설명하도록 수정되어야 한다(규정 G.2.a.).

더 생각해 볼 문제

❶ 만약 당신이 제이니가 감정을 자극할 수 있는 주제를 다루는 질적 인터뷰를 포함하도록 연구를 재설계할 때 자문을 제공한다면, 참여자의 안녕을 보호하기 위해 어떤 조치를 취할 것을 제안하겠는가?

❷ 제안된 연구가 전문가의 검토를 받도록 하는 측면에서, 섹션 G의 윤리 기준이 왜 그렇게 엄격하다고 생각하나?

저자 권한 문제

Richard E. Watts

샐리Sealy 박사는 질적 연구 수업을 수강하는 모든 학생에게 수업 시간에 수행한 질적 연구를 바탕으로 원고를 준비하도록 요구한다. 매년 수업이 끝날 무렵, 샐리 박사는 연구 프로젝트를 훌륭하게 수행하고 우수한 원고를 준비한 학생에게 전문 상담 저널에 원고를 투고할 것을 권한다. 자신이 원고를 편집하고 투고할 저널을 추천해 줄 테니 자신을 원고의 제 2저자로 올리기를 바란다고 말한다.

질적 연구 수업을 수강한 질Jill은 샐리 박사로부터 그녀의 원고가 "탁월"하고 저널에 게재되도록 채택될 것이 확실하다는 말을 들었다. 샐리 박사는 또한 질에게 자신을 제 2저자로 이름을 올리는 방침을 상기시켰다. 질은 이것이 표준 절차라고 생각했고, 따라서 저자로 올리는 것에 동의했다.

질은 제출할 원고를 수정하는 것에 대해 샐리 박사에게 문의했고, 그는 그녀가 수업에 제출한 원고에 대해 그가 제공한 의견을 토대로 원고를 수정해야 한다고 말했다. 질은 수정 과정에 어려움을 겪었고, 샐리 박사에게 도움을 요청하기 위해 연락했지만 계속해서 "부재중"이라는 답변을 받았다. 몇 번 더 시도하고 몇 달이 지난 후, 질은 낙담하고 원고 수정을 보류하기로 결정했다. 그녀는 샐리 박사에게 이러한 결정을 알리는 이메일을 보냈지만 아무런 답을 받지 못했다.

수정 절차를 미루기로 결정한 지 거의 9개월이 지난 후, 다른 주에 사는 친구로부터 친구의 주 전문 상담 학회에서 발행하는 저널에 최근 자신의 논문이 게재된 것을 축하하는 이메일을 받았다. 질은 친구에게 그 논문을 스캔하여 보내달라고 부탁했다. 그 논문은 그녀가 샐리 박사의 수업을 위해 준비했던 원고였다. 그런데 놀랍게도, 샐리 박사가 자신을 제 1저자로, 질을 제 2저자로 기재한 것을 발견했다.

최대한 빨리 질은 샐리 박사의 연구실로 가서 논문 게재와 저자 등재에 관해 따져 물었다. 샐리 박사는 "원고 수정을 너무 오래 미뤄서 제가 직접 수정을 해서 투고하기로 결정했어요. 깜짝 놀라게 해드리고 싶어서 말씀드리지 않았어요. 원고를 수정하고 제출하는 모든 작업을 제가 했기 때문에 저를 제 1저자로 등재하는 것은 당연한 권리라고 생각합니다. 원고가 출판되면 기뻐하실 거라고 생각했어요."라고 답했다.

생각 및 토론을 위한 질문

1. 이 사례 연구에 대한 당신의 첫 반응은 어떠한가?
2. 이 사례에서 보이는 윤리적 문제는 *ACA 윤리 강령* 섹션 G의 어떤 구체적인 규정에서 다루고 있나?
3. 만약 당신이 질의 입장이라면 이후에 어떻게 할 것인가? 질이 이 상황을 처리할 때 어떤 문제나 우려에 처할 수 있다고 생각하는가?

분석

이 사례에는 두 가지 주요한 문제가 있다. 첫째, 학생의 논문을 편집하고 논문 투고를 위한 저널을 제안했기 때문에 자신을 제 2저자로 등재해야 한다는 샐리 박사의 요구는 *ACA 윤리 강령*(ACA, 2014) 규정 G.5.d.에 어긋난다. 학생의 수업 논문과 관련하여 편집을 제안하는 것은 교수자의 일상적인 책임이며 이것으로 해당 교수자가 논문의 공동 저자로 포함될 필요는 없다. 논문의 저자는 안내에 감사를 표하는 각주를 포함할 수 있지만, 이러한 제안을 제공한다고 해서 해당 교수자를 공동 저자로 포함해야 하는 것은 아니다. 또한 교수와 학생 사이의 권력 차이를 고려할 때, 샐리 박사의 요구는 권력의 오용으로 간주될 수 있다.

이 사례의 두 번째 주요 쟁점은 논문 투고와 저자 권한의 측면이다. 학생의 저작물을 실질적으로 기반으로 한 원고는 "학생의 허락을 받은 경우에만 사용되며 학생을 주저자로 명시해야 한다."(규정 G.5.f.). 샐리 박사는 학생에게 "호의를 베푸었다"고 주장하지만, 학생의 허락을 받지 않고 원고를 제출함으로써 명백히 비윤리적인 결정을 내린 것이다. 저자 문제와 관련하여, 샐리 박사는 자신이 원고를 수정하고 출판을 위해 투고하는데 필요한 작업을 수행했으므로 자신이 제 1저자로 올라가야 한다고 말했다.

즉, 그는 자신의 수정 작업으로 인해 자신이 원고의 주저자로 등재되어야 한다고 생각했다(규정 G.5.d. 참조). 그러나 규정 G.5.e., 규정 G.5.f., 그리고 규정 G.5.d.를 자세히 읽어보면, 샐리의 논리는 근거가 없으며 그의 행동은 윤리적으로 부적절하다. 원고는 학생의 작업에 상당 부분 기반을 두고 있다. 그녀는 분명히 주요한 기여자였으므로 제1저자로 올라가야 한다.

더 생각해 볼 문제

❶ 만약 상담자 교육 프로그램의 동료 학생인 질이 당신에게 조언을 구한다면, 질에게 뭐라고 말하겠는가? 질에게 어떤 선택지가 있다고 생각하며, 각각의 장단점은 무엇이라고 생각하는가? 학생과 교수 사이의 권력 차이에 대한 당신의 인식이 당신의 의사 결정에 어떤 영향을 미칠 것인가?

❷ 학생이 수업에서 완료한 과제를 저널에 게재하는 시도를 권장하거나 심지어 의무화해야 한다고 생각하는가? 그렇다면, 학생들이 공정하게 대우받기 위해 어떤 안전장치를 마련해야 한다고 생각하는가?

12장
윤리와 법의 교차점

Burt Bertram and Anne Marie "Nancy" Wheeler

　상담자는 윤리 강령에 따라 일상적 의사 결정을 내린다. 이러한 강령은 전문적 상담이 성숙하고 사회가 변화함에 따라 진화한다. 윤리 강령은 유동적이기 때문에 상담자는 항상 최신 버전의 *ACA 윤리 강령*(미국상담학회[ACA], 2014)을 참조하여 의사 결정에 지침을 얻고 윤리적 딜레마를 해결하는 데 도움을 받는 것이 좋다.

　윤리 규정은 법과는 별개지만 법의 영향을 많이 받는다. 예를 들어, *타라소프* (Tarasoff) *대 캘리포니아 대학교 리전트 사건*(1976)이 판결되고 많은 주에서 유사한 소송이 이어지자 전국 및 주의 여러 정신건강 전문가 학회는 윤리 강령을 수정하여 타라소프 사건 이전에는 비윤리적인 것으로 간주되었던 회원들의 행동을 허용했다. 타티아나 타라소프(Tatiana Tarasoff)는 대학에서 심리학자를 만나고 있던 프로센짓 포다르 (Prosenjit Poddar)라는 대학생에 의해 살해되었는데, 그는 심리학자에게 타라소프를 해칠 의도가 있다고 말했었다. 그 후 이어진 소송을 통해, 피해자가 될 수 있는 사람에게 "경고하고 보호" 해야 하는 경우 상담자는 내담자의 비밀을 유지하지 않아도 된다는 점에 대해 이해하게 되었다. 비밀 보호 원칙은 특정한 경우에는 위반이 허용된다:

　　상담자가 정보를 비밀로 유지해야 한다는 일반적인 요건은 심각하고 예측 가능한 피해로부터 내담자 또는 특정한 타인을 보호하기 위해 공개가 필요한 경우 또는 법적 요건에 따라 비밀 정보를 공개해야 하는 경우에는 적용되지 않는다.(ACA, 2014, 규정 B.2.a.).

사법부 또는 "판례" 결정 외에 주 의회에서 제정하는 법률도 새로운 윤리 규정을 만드는 데 영향을 미친다. 예를 들어, 타라소프 사건과 유사한 사건 이후, 전국의 정신건강 단체는 내담자나 환자가 타인에게 위해를 가할 위협이 있을 때 잠재적인 피해자를 보호하기 위해 특정 조치(예: 경고, 법 집행기관에 통보)를 취한 경우 민사 소송으로부터 면책되는 법령을 통과시키기 위해 주 의회에 로비를 펼쳤다.

이와 관련된 예로 학대 신고를 들 수 있다. 현재 모든 주에서는 상담자 등 특정 전문가의 아동 학대 신고를 의무화하는 법령이 있다. 또한 거의 모든 주에서 노인 또는 취약한 성인에 대한 학대 신고를 의무화하는 법령이 있다. 상담자나 기타 신고 의무자가 신고하지 않을 경우, 주법의 세부사항에 따라 형법(경범죄)부터 면허 상실 가능성까지 다양한 처벌을 받을 수 있다. 윤리 강령은 이러한 법률을 준수하고 아동과 취약한 성인 모두를 보호하는데 관련된 중요한 정책 문제를 인식하기 위해 채택되었으며, 이는 잠재적인 내담자 비밀 보장 문제보다 우선시되는 것으로 간주된다. 또한 많은 윤리 강령에서는 상담자가 상담 시작 시 설명 후 사전동의 절차를 통해 내담자에게 비밀 유지의 다양한 제한 사항을 알릴 것을 요구한다.

연방법은 윤리 강령의 발전에도 영향을 미칠 수 있다. 대부분의 정신 건강 의학과 전문의는 HIPAA라는 약어를 잘 알고 있다. 1996년 의료 보험 이동성 및 책임에 관한 법률(Health Insurance Portability and Accountability Act: HIPAA)을 이행하기 위해 개발된 HIPAA 개인정보 보호 규칙은 보호되어야 하는 건강 정보에 대해 연방 차원에서 정보 보호를 마련하고자 한 최초의 포괄적인 국가적 시도였다(Wheeler & Bertram, 2012). ACA와 같은 정신 건강 학회가 윤리 강령을 개정함에 따라, 하드 카피 형식이든 전자 형식이든, 기록에 대한 내담자의 접근, 내담자 기록 및 의사소통의 비밀 유지 등의 문제를 다룰 때 확실히 HIPAA를 고려하고 있다.

정신 건강 전문가(공인상담사, 결혼 및 가족 치료사, 사회복지사, 심리학자 등)에 대한 주 정부의 면허 발급은 이러한 전문가에게 여러 가지 법적 요건을 부과하고 있다. 정신건강 전문가의 전문적인 행동에 대한 내담자나 그 가족들의 불만은 이제 흔한 일이 되었다.

면허 법령은 특정 직업의 업무 수행에 대한 광범위한 법적 요건을 규정하고 있으며, 시행 규정은 상담자 또는 기타 정신건강 전문가가 법의 테두리 안에서 활동하기 위해 어떻게 행동해야 하는지에 대한 세부 사항을 제공한다. 이러한 규정은 대학원 교육 요건, 면허 취득 전 수퍼비전 경력, 징계(벌금부터 면허 취소까지), 전문 분야 지정, 윤리 강령과 겹치는 기타 문제(예: 비밀 유지 및 기록 보관)에 대한 구체적인 내용을 다룬다. 또한 윤리 강령이 주법령에 통합되어 윤리 강령에 완전한 법적 효력을 부여할 수도 있다.

윤리와 법은 동의어는 아니지만 분명 관련이 있다. 복잡한 윤리적 딜레마를 해결할 때 상담자의 결정에 영향을 미치는 또 다른 관련 요소는 제도적 방침이다. 학교 상담자와 관련된 중요한 법적 판례 중 하나인 *아이젤 대 몽고메리 카운티 교육위원회 사건* (1991, Eisel v. Board of Education of Montgomery County)은 법적 결정에 있어 기관의 방침이 얼마나 큰 비중을 차지하는지 잘 보여준다. 메릴랜드주 항소법원(메릴랜드주 최고법원)은 아이젤 사건에서 학교 상담자는 아동 또는 청소년 학생의 자살 의도를 알게 된 경우 자살을 예방하기 위해 합리적인 수단(이 경우 부모에게 경고하는 것 포함)을 사용할 의무가 있다고 판시했다. 이 판결을 내린 항소법원 판사는 학생이 자살 의도가 있다고 판단되면 교직원이 학교 행정실과 부모에게 알리도록 권고하는 당시의 학교 방침에 특히 주목했다. 항소법원은 하급법원의 약식 판결을 뒤집어 재심을 선고했고, 이 사건에서 학교 상담자가 부모에게 알리는 것이 의무에 포함되는지를 재심 배심원단이 결정하도록 맡겼다.

상담자는 전문가로서 자신의 행동이 "주의 규정"에 부합하지 않고 의무 위반을 초래하여 내담자에게 피해를 입힌 경우 과실 소송(민사 소송)의 대상이 될 수 있다. 상담자의 과실로 인해 인명 피해가 발생한 경우 민사 손해배상은 광범위할 수 있다. 이러한 이유로, 그리고 상담자가 면책을 받더라도 변호사 비용이 많이 들 수 있으므로, 상담자는 믿을 만한 보험사의 전문직 배상 책임보험에 가입해야 한다. 상담자는 일반적으로 면허 위원회 소송에서 변호사 수임료도 보장하는 보험을 선택하는 것이 좋다.

요컨대, 상담자는 복잡한 딜레마에 직면했을 때 적용 가능한 윤리, 법률, 그리고 기관 방침을 알고 있어야 한다. ACA *윤리 강령*(ACA, 2014)은 상담자가 윤리적 딜레마에 직면했을 때 믿을 만한 의사 결정 모델을 알고 활용할 것을 의무화하고 있다. 상담자는 법적/윤리적 의사 결정 모델을 포함하여 여러 가지 모델을 사용할 수 있다(Wheeler & Bertram, 2012). 모든 의사 결정 모델에 포함되는 가장 중요한 측면 중 하나는 동료와 상의하고 필요한 경우 법률 자문을 구하는 것이다. 이어지는 두 가지 사례인 사례 연구 23(한 학생의 자살)과 사례 연구 24(잘못된 좋은 의도)는 법적 고려 사항과 윤리적 고려 사항이 어떻게 교차하여 복잡한 윤리적 딜레마를 야기할 수 있는지 보여준다.

한 학생의 자살

Burt Bertram & Anne Marie "Nancy" Wheeler

메러디스Meredith는 공립 고등학교에서 근무하는 학교 상담자이다. 15세 학생 제이슨 Jason이 메러디스를 찾아와 자신이 다소 우울한 기분이 든다고 말했다. 제이슨은 메러 디스에게 어머니가 작년에 일어난 아버지의 자살로 아직 슬퍼하고 있으니 전화하지 말 아 달라고 부탁했다. 메러디스는 학교 방침상 학생들과 문자 메시지를 주고받는 것이 금 지되어 있기 때문에 보통은 학생에게 휴대폰 번호를 알려주지 않지만, 다음 날 필수 교 직원 연수 때문에 학교를 비워야 한다는 것을 알고 제이슨이 걱정되어 예외를 두었다.

다음 날 오후, 메러디스가 교육에 참석하는 동안 강사는 모든 사람에게 휴대폰을 꺼 달라고 요청했다. 메러디스는 이를 따랐다. 두 시간 후, 메러디스는 휴식 시간에 메시 지를 확인하다가 제이슨이 보낸 문자 메시지를 놓친 것을 확인했다. 그녀는 "미안하지 만 그만할래요. 정말 친절하게 대해주셨는데 더 이상 못하겠어요."라고 적힌 메시지를 보고 깜짝 놀랐다. 그녀는 제이슨에게 연락을 시도했지만 연락이 닿지 않았다. 그녀는 교장 선생님께 전화를 걸었고, 교장 선생님은 제이슨의 어머니에게 전화하지 말고 자 신이 제이슨을 찾아서 연락을 주겠다고 말했다. 그날 저녁, 메러디스는 교장으로부터 제이슨이 학교에 늦게까지 남아 있다가 하교 시간이 2시간 지난 후 화장실에서 목을 매 자살했다는 전화를 받았다.

생각 및 토론을 위한 질문

1. 메러디스는 이제 어떻게 해야 하는가?
2. 당신이 메러디스였다면, 상담을 시작할 때와 다른 결정을 내렸을까? 그렇다면 무엇을 다르 게 했을까?
3. 제이슨의 어머니가 제이슨을 감독하고 보호하지 않았다는 이유로 학교를 상대로 소송을 제기한다고 가정하자. 메러디스는 피고로 지명되지는 않았지만 증인 소환장을 받았다. 메

4. 자살 후 제이슨의 수학 선생님이 메러디스에게 전화를 걸어 자신이 제이슨을 메러디스에게 의뢰했다고 말한다고 가정하자. 그녀는 제이슨이 상담실에서 메러디스를 만난 적이 있는지 알고 싶어 한다. 메러디스는 어떻게 대응해야 할까?

분석

제이슨의 자살이라는 비극적인 소식을 접한 메러디스는 먼저 자문을 받는 것을 고려해야 한다. 메러디스는 지역의 개인 변호사에게 전화를 걸거나 자신의 전문직 배상 책임 보험 프로그램과 연계된 위기 관리 서비스에 문의할 수도 있다. 또한 신뢰할 수 있는 동료에게 전화하여 과거 대처와 향후 예상되는 대처를 검토하는데 도움을 요청할 수 있다. 메러디스는 내담자의 신원을 밝히지 않고 동료와 이야기해야 한다. 메러디스는 교장을 만나 제이슨의 어머니에게 연락이 취해졌는지, 학교가 앞으로 무엇을 할 계획인지 확인해야 할 것이다. 또한 이 상황과 관련된 학교 방침을 검토해야 할 수도 있다.

상담을 시작할 때 메러디스는 응급 상황 발생 시 연락할 수 있는 방법과 메러디스가 부재 중일 때 제이슨이 이용할 수 있는 다른 자원에 대해 명확하게 설명했어야 했다. 메러디스가 문자 메시지 사용에 대한 학교 방침에 동의하지 않는다면 위기가 발생하기 전에 학교 측에 이 문제를 제기할 수 있었을 것이다. 학교의 특정 방침이 시행이 불가능하다면, 사건이 발생하기 전에 변경을 하는 동안 학교 행정부가 이에 주목하도록 해야 한다. 나중에 소송이 제기되는 경우, 상담자가 학교 방침을 무시했다면 학교는 상담자를 지원하지 않을 수 있다.

메러디스가 자신에게 어머니에게 알릴 의무가 있다고 생각했다면, 교장에게 왜 제이슨의 메시지를 어머니에게 전화로 알려야 하는지 강조할 수 있었을 것이다. 학교 상담자는 일반적으로 교장의 지시에 반대해서는 안되지만, 상황에 따라 필요하다고 판단되는 전문적 재량권을 행사해야 한다.

메러디스는 휴대전화를 완전히 끄지 않고 무음으로 설정했을 수도 있다. 더 좋은 방법은 휴대폰에 메시지를 남기고 제이슨에게 긴급 상황 발생 시 어떻게 해야 하는지 미리 알려주는 것이다. 문자 메시지를 사용하기로 결정했다면 제이슨에게 응급 상황에서 어떻게 해야 하는지 미리 알려줄 수도 있었을 것이다. 상담자는 단순히 상담 예약을 잡거나 변경하는 것이 아니라 실제 임상 문제에 문자 메시지를 사용할 때 발생할 수 있는 잠재적 함정을 신중하게 고려해야 한다. 문자 메시지는 내담자의 고민이 즉시 처리될 것이라는 기대감을 조성할 수 있다.

학교를 상대로 한 소송에서 메러디스가 소환장을 받으면 즉시 전문 책임 보험 회사에 전화하여 법률 대리인을 요청해야 한다. 메러디스에게 이미 변호사가 있는 경우, 그 변호사와도 상담할 수 있다. 학생의 이익과 학교의 이익이 일치하지 않을 수 있으므로 학교 교육구 변호사에게만 조언을 구해서는 안된다. 주법에 따라 차이가 있지만, 상담자가 정보 공개에 대한 내담자의 승인을 얻을 수 없는 경우 일반적으로 상담자는 법률 고문에게 "취소 신청" 또는 "보호 명령 신청"을 제출하도록 요청하여 상담자-내담자 특권(상담자로부터 비밀을 보장받아야 하는 내담자의 특권) 포기 여부에 대한 법원(사법부) 명령을 받을 수 있도록 해야 한다. 주마다 법이 다르기 때문에 메러디스는 법률 자문 없이 이 문제를 해결하려고 시도해서는 안된다. 이 경우 메러디스는 학교를 상대로 한 소송에서 추가 피고로 지명될 수 있으며, 이것이 바로 메러디스가 자신의 변호사를 선임해야 하는 또 하나의 이유이다.

제이슨의 수학 선생님의 요청에 대해, 비록 선생님의 의도가 매우 선의일지라도 메러디스는 정보를 제공해 준 것에 대해 감사하지만 비밀 유지 관련 법률 및 윤리에 따라 제이슨이 상담 권고를 따랐는지 여부에 대해 논의할 수 없음을 교사에게 요령 있게 알려주어야 한다. 현재 제이슨은 사망한 상태이므로 제이슨의 상담에 대해 교사와 논의하는 것은 부적절하다. 내담자(및/또는 일부 주에서는 부모)가 자녀의 교육을 돕기 위해 상담자로부터 교사에게 정보를 전달하도록 승인한 경우에는 다른 문제가 될 수 있다. 제이슨이 사망하기 전에 교사와의 소통이 제이슨에게 가해질 수 있는 피해를 예방할 수 있었다면 메러디스는 교사에게 일정 정도의 적절한 정보를 공개할 수 있었을 것이다.

더 생각해 볼 문제

❶ 상담자가 유능하고 성실하게 내담자를 돕기 위해 노력했음에도 불구하고 내담자가 자살하는 경우가 있다. 이런 일이 발생하면 성실한 상담자들은 큰 충격을 받을 수 있다. 이러한 상황에서 상담자가 사용할 수 있는 자기관리 전략에는 어떤 것들이 있는가?

❷ 학생이 자살한 경우 학교 상담자는 학교의 다른 학생들과 교사 및 교직원에게 어떤 의무가 있는가?

잘못된 좋은 의도

Burt Bertram & Anne Marie "Nancy" Wheeler

돈 브라운Don Brown(MA, LPC)은 사설 상담자로 일하고 있다. 그는 45세인 소냐Sonia를 3개월 동안 상담해 왔다. 6주 전 상담에서, 소냐는 자신이 남편에게 이혼을 원한다고 말했고 둘 사이에 폭력적인 고성이 오가는 일이 집안에서 일상이 되었다고 밝혔다. 소냐는 자녀 카렌Karen(19세)과 새미Sammy(16세)가 이러한 행동에 노출되는 것을 우려하고 있으며, 이혼을 결정하는 동안 두 아이들과 함께 지낼 수 있는 장소를 찾고 있다. 소냐는 "아이들이 있을 곳이 없어요. 제 딸이 비록 19살이지만 부모 사이의 이런 추악한 행동에 노출되어서는 안되죠. 새미는 지인 집에서 함께 살 수 있지만 카렌을 위해 아파트를 빌릴 여유가 없어요."라고 말한다.

소냐는 딸 카렌이 살 수 있는 안전한 장소를 찾는데 매우 필사적인 것처럼 보인다. 돈은 소냐가 이혼으로 인한 스트레스와 혼란을 어떻게 감당할지 걱정하고 있으며, 카렌에 대한 걱정이 상황을 악화시킬 뿐이라는 것을 알고 있다. 돈은 소냐에게 자신이 카렌이 다니는 대학과 가까운 곳에 작은 아파트를 가지고 있다고 말한다. 그는 소냐에게 그 아파트를 할인된 가격에 기꺼이 빌려주겠다고 말한다.

카렌이 아파트로 이사한다. 이후 6주 동안 돈과 카렌은 가볍고 플라토닉한 우정을 쌓기 시작한다. 돈은 그녀와 함께 하는 것을 즐기지만 소냐에 대한 비밀 정보나 두 사람의 상담 관계에 대해 누설하지 않도록 조심한다. 자정이 한참 지난 어느 날 밤, 카렌은 정신없이 돈의 집 현관문을 두드리는데, 매우 혼란스러운 상태다. 그녀는 방금 아버지가 바람을 피우고 있다는 사실을 알게 되었다. 돈은 카렌을 위로하고 카렌은 소파에서 자도 되냐고 허락을 구한다.

생각 및 토론을 위한 질문

1. 돈은 소파에서 자고 싶다는 카렌의 요청에 어떻게 대응해야 하는가? 돈이 요청에 응하든 응하지 않든 그의 반응으로 인해 발생할 수 있는 잠재적 위험은 무엇인가?
2. 돈은 어떤 방식으로 소냐와의 상담 관계의 경계를 넓혔는가? 이 시나리오에서 돈에게 윤리적 또는 법적으로 문제가 발생할 수 있다고 생각하는가?

분석

경계가 잘못 관리되었을 때 발생하는 문제는 종종 "면허 위원회 민원의 왕도"라고 불린다. 내담자에게 아파트를 빌려주겠다는 돈의 제안은 명백한 경계 침범이었으며, 실제로 아파트를 빌려준 것은 경계 위반에 해당한다고 합당하게 주장할 수 있다(7장). 분명한 것은 돈이 서 있는 곳이 자신의 집 문 앞뿐만 아니라 경력에 타격을 줄 수 있는 심각한 경계 위반의 문턱이라는 것이다. 우리가 상상할 수 있는 여러 가지 요인에 따라 그는 성범죄를 저지르기 직전에 있을 수도 있다. 그는 이미 매우 잘못된 직업적 판단을 보여줬고, 우리는 그가 정신을 차리고 다음과 같은 조치를 취하기를 바랄 뿐이다:

- 밖으로 나간다(카렌이 들어오지 못하게 한다).
- 소파에서 자고 싶다는 카렌의 요청을 거절한다.
- 카렌과 함께 있을 수 있는 사람(어머니 또는 책임감 있는 친구)에게 연락하여 안전을 보장한다.
- 가능한 한 빨리 상담을 받는다.

돈은 면허를 취득하고 개인적으로 개업중이므로 연락할 수 있는 상사가 없을 수 있다. 대신 신뢰할 수 있는 선배 상담자에게 연락하고 변호사의 자문을 구하는 것을 진지하게 고려해야 한다. 두 경우 모두, 그는 발생한 일을 완전하고 정직하게 설명해야 한다. 그와 그의 자문가가 고려해야 할 여러 가지 주제는 다음과 같다:

- 이러한 사건이 내담자인 소냐와의 상담 관계에 미칠 수 있는 영향
- 내담자에게 어떻게 접근해야 하는지, 그리고 그 상호작용에 제3자인 촉진자가 참여해야 하는지 여부
- 소냐와 남편 사이의 싸움이 아동학대 신고 의무를 이행할 만큼 폭력적이었는지 여부
- 면허 위원회에 신고가 제기된 경우 이에 대응하기 위해 파일에 문서화해야 하는 내용

소냐가 상담 관계를 계속 유지하지 않으려는 경우, 돈은 소냐가 면허 위원회에 신고할 가능성을 고려해야 한다.

돈이 카렌이 소파에서 자도록 허락했거나 둘 사이에 부적절한 접촉이 있었다면 즉시 변호사와 상담하고 전문 책임 보험사에 연락해야 한다. 부적절한 접촉이 있었는지 여부와 관계없이 외부의 균형 있는 관점 없이 혼자서 이 문제를 다루는 것은 무모한 일이며, 애초에 이 문제에 휘말리게 된 것도 바로 이 때문이다. 아파트를 빌려주겠다고 제안하기 전에 신뢰할 수 있는 동료와 상의했다면 윤리적, 법적 위험에 대한 경각심을 일깨웠을 것이다.

마지막으로, 돈은 스스로 상담을 받아야 한다. 그가 파악하고 해결해야 할 몇 가지 문제가 있는 것은 분명해 보인다.

더 생각해 볼 문제

❶ 만약 돈이 부적절한 행위로 인해 소송을 당하거나 면허 위원회에 회부되고 당신이 증언을 요청받는다면 어떻게 말할 것인가?

❷ 돈과 같은 상담자가 당신에게 상담을 요청한다면, 상담 과정의 목표는 무엇이어야 한다고 생각하는가?

윤리적 실천의 하이라이트

결론에서는 사례집의 많은 내용을 상담자가 직업적 생활 전반에 걸쳐 검토해야 한다고 생각되는 몇 가지 원칙에 초점을 맞추어 요약한다. 중점은 윤리적 의사 결정의 문화적 맥락을 고려하는 데 있다. 다문화주의, 다양성, 사회 정의는 2장 "사회 정의 및 다문화 상담"(Courtland C. Lee 저)에서 자세히 다루었다. 우리는 다원주의 사회에서 일하기 때문에 다양성을 인정하고 존중하는 관점에서 윤리적 기준을 적용하는 방법에 대한 의식을 높이는 것이 중요하다.

다문화 및 다양성 관점에서 본 윤리

다문화주의와 다양성 문제는 2014 *ACA 윤리 강령*(미국상담학회[ACA], 2014) 전반에 걸쳐 다루어지고 있다. 상담 관계, 설명 후 사전동의, 물물 교환, 선물 받기, 비밀 유지 및 개인 정보 보호, 전문가 책임, 평가 및 진단, 수퍼비전, 교육 및 훈련 프로그램 등 다양한 규정에서 문화적 고려 사항을 구체적으로 다루고 있다.

다양성을 존중한다는 것은 다양한 내담자 집단과 효과적으로 작업하는데 필수적인 지식, 기술, 개인적 인식 및 감수성을 습득하는 데 전념한다는 것을 의미한다. Lee와 Park(2013)에 따르면, 미국 사회의 다양성이 증가함에 따라 상담 이론과 실제가 더 이상 단일한 문화적 관점의 맥락에서 고려될 수 없게 되었다. 오히려 문화적 다양성은 연령, 민족, 인종, 종교/영성, 성별, 성 정체성, 성적 지향, 장애, 결혼 또는 파트너십 상태, 언어 선호도, 사회경제적 불이익, 이민 상태 등 더 광범위한 문제를 다룬다.

문화적으로 다양한 내담자 집단과 함께 일하려면 상담자가 내담자의 문제를 효과적으로 해결할 수 있는 인식, 지식, 기술을 갖춰야 한다. 문화적 역동을 인식하지 못하고 문화가 상담에 미치는 영향을 고려하지 않는 상담자는 비윤리적인 행동을 할 가능성이 높다. 상담자는 문화적으로 반응하고 윤리적으로 책임감 있는 방식으로 다양성의 문제를 해결해야 한다(Lee & Park, 2013).

다음 페이지에서는 이 사례집에서 다루는 몇 가지 주요 주제를 강조한다.

- 자신의 개인적 욕구, 가치관, 세계관을 인식하라. 미묘한 편견이나 편향이 있을 수 있지만, 이러한 편견이나 편향을 고려하는 것은 당신의 책임이다. 자신의 문화적 유산에 대한 자기 탐색은 타인과의 차이를 이해하고 인정할 수 있는 길을 제공한다. 상담자의 문화적 자기 인식은 효과적이고 문화적으로 적절한 상담을 위해 필수적이다.
- 상담 과정에 대한 자신의 가정, 기대, 태도를 정직하게 살펴보라. 우리 모두는 어느 정도는 문화에 얽매여 있으며, 다양한 내담자와의 업무에 방해가 되지 않도록 자신의 편견과 신념을 모니터링하는 것에 공동의 노력이 필요하다. 배움에 대해 열려 있다면 지역주의에 갇히지 않는 방법을 찾을 수 있고, 문화적으로 갇혀 있는 방식에 도전할 수 있을 것이다(Wrenn, 1962 참고).
- 다양한 배경을 가진 사람들을 상담하는 훈련을 받으라. 다양한 배경을 가진 사람들을 상담하는 것에 대한 적절한 교육을 받지 않았다면, 윤리적 상담을 위해서 이러한 역량을 습득할 방법을 찾아야 한다는 점을 인식하라. 다양성을 갖고 일할 준비가 충분히 되어 있지 않다면 다양한 배경을 가진 내담자에게 직접 상담 서비스를 제공하는 것은 윤리적이지 않을 것이다. 물론 모든 문화나 하위 문화에 대한 전문 지식이 있어야 한다는 의미는 아니지만, 문화적 다양성을 성공적으로 다루기 위한 일반적인 원칙을 포괄적으로 이해하고 있어야 한다. 다원주의 사회에서 일을 한다는 것은 내담자의 고유한 요구를 충족하기 위하여 다양한 관점을 배워야 한다는 것을 수반한다.
- 의뢰해야 할 때를 파악하라. 특정 내담자와 함께 작업할 수 있는 역량이 없는 경우에는 적절한 자원으로 의뢰하라. 유능한 서비스를 제공할 수 없는 경우에만 의뢰를 고려하라. 당신을 힘들게 하는 모든 내담자, 특히 자신의 가치관과 내담자의 행동 또는 목표가 상충하여 어려움을 겪는 경우에 의뢰하고 싶은 유혹을 피하라.

- 자문으로 지식 기반을 확장하라. 자문을 받는 것은 다문화 상담에 대한 지식과 기술을 향상시킬 수 있는 훌륭한 방법이다. 다양한 사회경제적 배경을 가진 사람, LQBTQQ (레즈비언, 게이, 양성애자, 성전환자, 퀴어, 의문을 품는 내담자), 또는 다른 종교적 배경을 가진 내담자 등 다양한 배경을 가진 사람들과 함께 일하기 위한 전문적 교육을 받을 필요가 있을 것이다. 성별 사회화의 역할을 이해하는 것도 상담 과정에서 매우 중요하다.
- 다양성 관련 보수 교육에 참여하라. 보수 교육은 다양성을 존중하는 업무 역량을 갖추기 위한 길이다. 문화적, 사회적, 심리적, 정치적, 경제적, 역사적 차원을 검토하는 활동은 전문성을 개발하는 기회가 될 것이다.
- 사회 정의 관점을 이해하는 것이 다양성에 유능한 상담자가 되기 위한 필수적인 부분임을 인식하라. 사회 정의 관점은 억압, 특권, 사회적 불평등이 존재하며 많은 사람의 삶에 부정적인 영향을 미친다는 전제를 바탕으로 한다. 사회적 불의를 인식하는 것은 일부분에 불과하다. 우리는 이러한 인식을 변화를 옹호하는 다양한 형태의 사회적 행동으로 전환해야 한다. 상담의 세계화가 증가함에 따라 상담자는 우리 사회뿐만 아니라 전 세계에서 개인, 집단, 기관, 사회 차원에서 변화를 옹호하는 방법을 배워야 할 것이다.
- 상담자 교육 과정에 다양성 교육을 지속적으로 포함하라. 상담자를 교육, 훈련, 감독할 때 상담자 교육 프로그램을 담당하는 사람은 모든 과정에 인간의 다양성과 관련된 자료를 포함시켜야 한다. 여기에는 문화적, 민족적, 인종적, 성별, 성적 지향, 사회경제적 및 기타 유형의 차이와 관련된 자료가 포함된다. 이러한 차이의 시사점은 교육뿐만 아니라 상담 실습 및 연구 차원에서도 탐구되어야 한다. 윤리적 상담을 위해 상담자를 교육하는 자는 전통적인 상담 이론, 기법, 연구 결과와 관련된 문화적 한계점과 편견에 대해 논의해야 한다.

서론에서 언급했듯이 강제적 윤리와 이상적 윤리에는 차이가 있다. 윤리적이고 유능한 상담자가 되기 위해서는 주로 위기 관리 측면에서만 상담하는 것이 아니라 최고로 윤리적인 기능을 수행하기 위해 노력하는 것이 수반된다. 2014 *ACA 윤리 강령*(ACA, 2014)의 모든 규정은 다양성을 기본 틀로 하여 해석될 수 있다.

개인 윤리 개발의 과제

전문상담자로서 당신은 소속된 전문 단체의 윤리 규정을 알고 있어야 하며, 이러한 원칙을 특정 사례에 적용할 때 현명한 판단력을 발휘해야 한다. 윤리 규정을 해석하고 특정 상황에 적용하는 데는 최고의 윤리적 민감성이 요구된다는 것을 알게 될 것이다. 책임감 있는 실무자조차도 확인된 윤리 원칙을 특정 상황에 적용하는 방법에 대해 의견이 다를 수 있다. 당신은 항상 명확한 답이 없는 질문에 대처해야 하는 어려움을 겪게 될 것이다. 내담자의 최선의 이익을 증진하는 방식으로 어떻게 행동할지를 결정해야 한다.

직면하게 될 윤리적 딜레마를 해결하려면 자신의 행동과 동기에 의문을 제기하는 노력이 필요하다. 동료 또는 학교 동기 및 선후배들과 기꺼이 자신의 어려움을 공개적으로 공유하는 것은 당신이 좋은 의도를 가졌다는 신호이다. 이러한 자문은 다른 관점을 제공함으로써 문제를 명확히 하는 데 큰 도움이 될 수 있다. 자신의 업무에 영향을 미치는 법률에 대한 정보를 숙지하고, 전문 분야에 대한 최신 정보를 파악하고, 윤리적 업무의 발전 상황을 파악하고, 자신의 가치관이 업무에 미치는 영향을 성찰하고, 정직한 자기 성찰에 기꺼이 참여하라.

이 사례집에서 살펴본 지침과 원칙에 대해 계속 생각하고, 이를 자신에게 적용하고, 우리가 제기한 주제에 대해 자신만의 견해와 입장을 정립해 보기를 바란다. 지금까지 살펴본 바와 같이 윤리적 사고는 흑백으로 단순하게 분류할 수 있는 문제가 아니며, 당신이 직면하게 될 대부분의 윤리적 딜레마에는 회색 영역이 존재한다. 전문적, 윤리적 책임감을 개발하는 것은 결코 끝나지 않는 과제이다.

상담 및 심리치료 윤리 사례집

참고문헌

본 QR코드를 스캔하시면,
'상담 및 심리치료 윤리 사례집'의 참고문헌을 확인하실 수 있습니다.

역자 약력

신효정
고려대학교 교육학박사(학교상담 전공)
현재 아주대학교 교육대학원 교수(심리치료교육 전공)
상담심리사 1급
청소년상담사 1급

홍정순
가톨릭대학교 심리학박사(상담심리 전공)
현재 아주대학교 교육대학원 교수(심리치료교육 전공)
상담심리사 1급
청소년상담사 1급

김민정
연세대학교 심리학박사(학교 및 진로 상담 전공)
현재 아주대학교 교육대학원 교수(상담심리 전공)
상담심리사 1급
학교심리전문가 1급

제7판

상담 및 심리치료 윤리 사례집

제7판발행	2024년 5월 22일
지은이	Barbara Herlihy · Gerald Corey
옮긴이	신효정 · 홍정순 · 김민정
펴낸이	노 현
편 집	배근하
기획/마케팅	이선경
표지디자인	BEN STORY
제 작	고철민 · 조영환
펴낸곳	㈜ 피와이메이트
	서울특별시 금천구 가산디지털2로 53 한라시그마밸리 210호(가산동)
	등록 2014. 2. 12. 제2018-000080호
전 화	02)733-6771
f a x	02)736-4818
e-mail	pys@pybook.co.kr
homepage	www.pybook.co.kr
ISBN	979-11-6519-491-8 93180

* 파본은 구입하신 곳에서 교환해 드립니다. 본서의 무단복제행위를 금합니다.

정 가   25,000원

박영스토리는 박영사와 함께하는 브랜드입니다.